リヒテンベルクの雑記帳

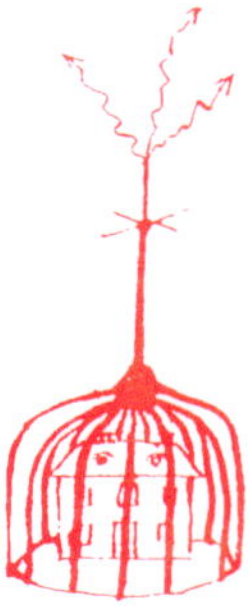

作品社

はじめに

一七七〇年から世紀の変わる直前まで、ゲッティンゲンにひとりの人気教授がいた。ゲオルク・クリストフ・リヒテンベルクという。多彩な実験で受講者を魅了し、文筆家としても著名で、学問的にも尊敬されていた。快活で、学生たちにも慕われ、葬儀に際しては、総数のおよそ三分の二にあたる五百人もの学生が棺に従ったという。

死後、大量のノートが発見された。三十五年にわたりひそかに書き続けられたもので、最初の著作集の第一巻と第二巻でわずかな断片が公表されたとき、人々はその存在を知った。以来、ながく〈アフォリズム〉として、のちにはまったく独自の在り方をした書物として、このノート群は笑いや驚きと共に読まれ、引用されてきた。ニーチェ、マッハ、ホーフマンスタール、ウィトゲンシュタイン、フロイト、ベンヤミン、ブルトン、カネッティら、二十世紀の思想や文学に巨大な足跡を残した人々も、ここから多くの刺激を受けている。カネッティは「世界文学におけるもっとも豊かな書物」と呼んだ。

それは、リヒテンベルクという特異な存在を通して見た十八世紀後半の社会と人間の観察記録であり、文化史・思想史・科学史の貴重なドキュメントであり、〈思考の実験室〉における実践の記録だった。

本書は、そのノート群――ある断片にもとづき、『雑記帳』と呼ばれてきた――を抜粋し、独自に編集・翻訳したものである。リヒテンベルクが取り上げた分野や主題をできるだけ網羅することを目指し、これだけの規模――これでも全体に比すればわずかなものなのだが――の邦訳は初めてとなる。

もとのノートは多種多様な主題のあいだを自由に移動しながら書き進められているが、本書は主題別にまとめてある。どこからでも、興味のある論点から読み始めていただきたい。さまざまな領域をめぐり、かけ離れているように見えるものを結び付け、一括りにされていたものを鋭く切り分けるリヒテンベルクの思考――十八世紀の言葉で言えば、〈機知〉と〈明敏さ〉――の生き生きとした活動に触れることになるだろう。

各項目の断片は年代順に並べてあり、ノートのアルファベットを参照すれば、いつごろ書かれたかわかる。どのノートでも、主題のみならず、文体も、一つ一つの書き込みの長さも目まぐるしく変わっていく（書物としての独自性と、その受容史については、〈解説〉の冒頭、およびⅣを参照のこと）。できることなら、本書の単純な配置をもとに、もとの姿を想像していただきたい。そして、読むことを通じて新たな結合が生み出されればと思う。

各ノートの執筆時期はおよそ次の通り。（編者プロミースによる推測も含む。ノートDは二つに分けられているが、アルファベットで区別はされていない。）

ノートA　一七六四―一七七〇（二十二～二十八歳）
豊穣の角《ケラス・アマルティアス》の書（KA）　一七六五―一七七一（二十三～二十九歳）

ノートB　一七六八―一七七一（二十六〜二十九歳）
ノートC　一七七二―一七七三（三十〜三十一歳）
ノートD　一七七三―一七七五（三十一〜三十三歳）
ノートD　一七七二―一七七七（三十〜三十五歳）
旅日記（RT）　一七七四〜一七七五（三十二〜三十三歳）
旅行注記（RA）　一七七五（三十三歳）
ノートE　一七七五―一七七六（三十三〜三十四歳）
ノートF　一七七六―一七七九（三十四〜三十七歳）
ノートG（復元版）　一七七九―一七八三（三十七〜四十一歳）
ノートH（復元版）　一七八四―一七八八（四十二〜四十六歳）
金紙ノート　一七八九冬（四十七歳）
ノートJ　一七八九―一七九三（四十七〜五十一歳）
ノートK　一七九三―一七九六（五十一〜五十四歳）
雑録ノート（MH）　一七九八（五十六歳）
ノートL　一七九六―一七九九（五十四〜五十七歳）

復元されたノートも含め、翻訳は次の原典に基づく：
Georg Christoph Lichtenberg, Schriften und Briefe. 3., revidierte Auflage. Band 1. Sudelbücher, Band 2. Sudelbücher II, Materialhefte, Tagebücher. Hrsg. von Wolfgang Promies, München (Hanser) 1980 (Band 1) 1991 (Band 2).（本書ではプロミース版と略記する）

同書には膨大な注釈（*Kommentar zu Bd. 1 und Bd. 2*）が付属しており、本書の注釈――特に書誌情報や言及されている同時代の書物や人物に関する情報――は、その多くを同書に負っている。

各断片のアルファベットは上記のノートを指す。番号はプロミースによって付されたものである。かなり長いものでも、原文はほとんど段落を分けることなく書かれている。本書では、読みやすくするため、適宜訳者によって段落分けをした。原文で改行がなされている箇所は注でその旨述べてある。文中の（ ）はリヒテンベルクによるもの。［ ］は訳者による補足である。

各章の冒頭に、そこで扱われる主題をまとめた〈概説〉を付した。七つの〈概説〉を通読すれば、リヒテンベルクの思考が展開される領域の概略を掴むことができる。日本ではこれまで〈アフォリズム作家〉としてのリヒテンベルク紹介に力が注がれてきたが、その関連で最後に一言。思いがけない言葉のつながりが、想像力の飛躍で読者を不意打ちする、いわゆる〈リヒテンベルク的機知〉は本書全体にちりばめられているが、その精粋と言うべきものは第一章〈機知と思考実験〉の項目に収めてある。フランスモラリストの系譜に連なるような人間観察の妙が味わえる断片群は、第三章〈人さまざま〉の項目に収録した。

リヒテンベルクの雑記帳

目次

装丁＝山田和寛（nipponia）

リヒテンベルクの雑記帳

第一章　思考・認識・言語

〈概説〉

現存する『雑記帳』の冒頭から始まる本章は、全巻の一種の基盤をなしている。そこでなされるのは、自己の思考を対象とした観察・分析・記述であり、さまざまな思想家や同時代に話題とされていた思想に対するコメントである。ライプニッツ、スピノザ、ヤコービ、メンデルスゾーン、カント、ラインホルト、フィヒテ――登場する名前を辿ると、十八世紀ドイツ後半の思想史を通覧しているようだ。それがリヒテンベルクという特異なプリズムを通して描き出される。

このノートは解析学および普遍記号法についての叙述と、ライプニッツという名と共に開始される。網目のような思考の連関全体を貫く一つの筋として、言語と思考との関係、そして〈厳密さ・精確さ〉をめぐる考察を挙げることができるだろう。それは言語改良の構想を伴う日常言語批判に始まり、日常言語の豊かさやポテンシャルへの注目（特にメタファーに関して）を経て、とりわけカントとの関連において〈言語批判としての哲学〉――「我々の哲学は全体として言語使用の是正であり、したがって哲学の、それももっとも一般的な哲学の是正である」〔H146〕――という構想に至る。

リヒテンベルクにとってのカントは、何よりも『純粋理性批判』(一七八一/八七)と、『自然科学の形而上学的原理』(一七八六)の著者であったが、両者の関係をどう考えるかについて詰めた考察はなされていない。そもそも「ア・プリオリな総合判断」――自然科学的認識の本質――の可能性の確保というカントの根本的モティーフを十分に把握していたかどうかにも疑念が残る。むしろ『純粋理性批判』は彼の懐疑的傾向に強く訴えかけたと言うべきだろう。認識が成り立つために欠かすことのできない条件を認識しようとしたカントは、思考の根本的な枠組みとしてのカテゴリーに注目した。それと類比的に――本来の意味でここに類比が成り立つかどうかは別個に問われるべきものだが――リヒテンベルクは思考を条件づけるものとしての言語に注目する。「我々の〈外〉」や「思考主体としての〈私〉」は、言語と切り離せないものとして生じているという認識がそこから生まれる。

カントを受け継ぎながら、厳密な原理に基づいた哲学の体系化を志向したラインホルトと、その試みを鋭く批判したエネシデムス(シュルツェ)に言及されたのち、最後のノート群ではフィヒテとシェリングに関心が向けられる。フィヒテは、自分こそがカント哲学を真に継承する者だと考えていたが、ここでは皮肉をこめた批判の対象となっている。一方シェリングは、その自然哲学論考のなかで繰り返しリヒテンベルクに言及することとなる。

他者の思考を頻繁に取り上げながら、彼にとって最終的に重要だったのはなによりも自己の思考であり、自分で考えることだった。自分で考える人々の評議会が真理を決定する、というイメージが彼の真理観の根幹にある。その意味でも、彼は徹底して〈啓蒙〉の人間だった。しかしこの議決が真理の唯一のあり方なのではない。それは目指すべき普遍性と、手放しえない特異性のあいだで折り合いをつける一つのやり方であり、唯一のものではないのである。むしろさまざまな局面において、思考の普遍性と特異性は衝突する。

〈特異な思考〉とリヒテンベルクが自覚しているもののなかに、存在・非在・可能性をめぐる一連の考察がある。［K45］で述べられているように、彼にとってはここで言語の限界も露呈する。それらの断片は、ある特異な存在論的感覚を表現しているようだ。そこに結び付くのがスピノザである。スピノザの名は、第三章における自由意志の存在をめぐる考察、第五章における「理性的な宗教」の帰結をめぐる考察にも登場する。彼がスピノザの思想を「かつて一人の人間の頭脳に到来した思想のなかでもっとも偉大な思想」［J292］と呼んだという事実は重い。

「いつも――どうすればこれはもっとうまくやれるか」［D53］――本章に収められたこの一文は、リヒテンベルクの精神が何を目指して動いていくかを端的に表現している。「うまくやる」ためには、さまざまな方法を試してみるだけではなく、「やる」ための前提となる仮説そのものをつぎつぎと提起せねばならない。思考の勇気は、「すべてを疑う」勇気であると同時に、大胆な仮説を提起する勇気でもあった。

実験自然学の教授であったリヒテンベルクにとって、「うまくやる」べきことのなかで実験は大きな位置を占める。『雑記帳』全体を通じて、実験を改良するための種々様々なアイディアが書き留められていく。それと並んで、実験という営みと切り離せないような一連の手続きを、思考そのものに適用する記述も見出されるのである。リヒテンベルクはそれを「観念で実験する」［K308］「思考で実験する」（同）と呼んでいた。具体的には、拡大と縮小（ある断片では明敏さと機知がこの操作に結び付けられる）、逆転（逆戻りする時間や、老年から胎児へと移っていく生の行程が想像される）、構成要素の除去と付加（鉄がなくなった世界や、人間の知性を備えたスズメバチを想定したとき、何が起こるかが問われる）や諸条件の変化などが挙げられるだろう。

本書の冒頭に登場する〈機知〉は、人間の心の基本的能力の一つであり、同時に特異な表現及びそれを可能にする能力である。さまざまな知覚をまとめ、そこから概念（ないし観念）を作り出すとき、〈類似性を知覚する〉この能力は欠かすことができない。一方で、〈かけ離れたものを結びつける〉能力――これは隠された類似性を発見する能力でもある――という意味では、マニエリスム詩学における〈綺想〉《コンシート》とも切り離すことができない。スターンやシェイクスピアの言語表現と、〈普遍記号法・結合法〉という方法論が結びつくのも〈機知〉においてである。

それは、寸鉄釘を刺す、時にはグロテスクの域に達する想像力の飛躍を見せる、いわゆる「リヒテンベルク的機知」という言葉で連想されるものとして実践されている。主題としては、本書の分類のほぼすべてを網羅していると言っていい。いわば本書のもっとも凝縮されたサンプルと言ってもいいかもしれない。

真理からわずかに逸脱したものを真理そのものとみなす大いなる技法――微分法全体はこの技法に基づいている――は、同時に我々の機知[★1]的思考の基盤でもある。哲学のような厳密さでこうした逸脱を受け止めるならば、しばしばこの思考全体が崩壊してしまうだろう。[A1][★2]

★1……機知（Witz）とは、当時広く用いられていたアーデルンク著の辞書によれば「類似性を、特に隠された類似性を発見する魂の能力」（Johann Christoph Adelung: *Grammatisch-kritisches Wörterbuch der Hochdeutschen Mundart* Elektronische Volltext- und Faksimile-Edition nach der Ausgabe letzter Hand.Leipzig 1793-1801. Berlin(Directmedia)

2004. 以下 Adelung と略記）であり、「隠された差異を探知する」〈明敏さ（Scharfsinn）〉（Adelung、同項目より）とペアにされることも多かった（本章［KA265］参照）。

★2……『雑記帳』のノート群にアルファベットをリヒテンベルク自身が記すようになるのはC以降であり、それ以前の二つのノート群のアルファベットは最初に『雑記帳』をまとまった形で刊行したライツマンの推定による。本書が準拠するプロミース版もそれを継承している。また原ノートでは本断片の前に［A142］（本書には未収録）が書かれている。本ノートには右上の角にγと記載があるが、α、βと記されたノートは現存していない。

普遍記号法[★1]を生み出すには、まず言語における秩序を捨象せねばならない。この秩序は我々が定めたある種の音楽であって、ごくわずかな場合にしか（例えば **femme sage, sage femme** といった場合[★2]）特に役に立つということはない。記号法において先へ進もうとするなら、概念に従う言語をまずは獲得するか、少なくとも特定の場合のために求めねばならない。しかしどんな重要な決意も、語を用いず思考されると、ただの点でしかないこともよくあるので、そういった言語も、そこから導き出されてくるはずの他の言語も、構想することは困難であるだろう。　［A3］

★1……さまざまな概念を単純概念に分析し、それぞれに記号を対応させることで複合概念を一群の記号によって表示し、それらの相互関係を記号の結合・分解規則に基づいて明示することにより「思考の計算」を可能にしようというライプニッツによって構想された方法論。この方法的理念を踏まえ、日常言語の不正確さの批判が一種の言語改造の構想へ展開されていくという流れが一七世紀から十八世紀にかけて見られる——ウンベルト・エーコ『完全言語の探求』（上村忠男・廣石正和訳　平凡社　一九九五）、ジェイムズ・ノウルソン『英仏普遍言語計画』（浜口稔訳　工作舎一九九三）参照——が、リヒテンベルクにおいてもこの段階ではそうした日常言語批判が前面に立っている。

★2……"femme sage"は「賢い女性」、"sage femme"は「産婆」の意味となる。

いま所有している諸観念にいかに到達したかを述べるのは難しい。ライプニッツ氏★の名をいつ初めて耳にしたのかを言うことのできる人間などいないか、いてもごくわずかだろう。すべての人間が死なねばならないのだという考えに初めて到達したのはいつかを述べるのは、しかしはるかに難しいだろう。思っているほど早くその考えに至ったわけではないのだ。我々の中で生じる事物の起源を述べることがこんなに難しいのなら、我々の外にある事物に関してこうしたことを成し遂げようとしたら、どうなることか。

[A9]

★……Gottfried Wilhelm Leibniz（1646-1716） リヒテンベルクは一七六四年秋（刊行表記は一七六五年）に刊行されたライプニッツの『フランス語・ラテン語による哲学著作集』*Œuvres philosophiques latines et françoises de feu Mr. de Leibniz, tirées de ses manuscrits qui se conservent dans la bibliothèque royale à Hanovre*（1765）を読み、[A12]には抜き書きも残している。この著作集には普遍記号法に関する論文と共に『人間知性新論』も収められていた。後にリヒテンベルクはイギリス経験主義哲学に大きな影響を受けることになるが、本書によってジョン・ロックの哲学を深く知るようになったのであろうと推定されている（Smail Rapic: *Erkenntnis und Sprachgebrauch. Lichtenbeg und der Englische Empirismus.* Göttingen（Wallstein）1999, S. 12）。

どんなに重要な真理の発見も自由な抽象に依存している。我々の日常生活は、我々がそうできなくなるよう絶えず努めている。すべての熟達、習慣、ルーティンワークは、人により程度の違いはあるものの、そうしたものだ。哲学者の営みとは、子供のころからの遵守の積み重ねで獲得された、そうしたささやかな盲目的熟達を忘れることにある。したがって哲学者が、幼少期からすでに特別な育て

られ方をされるとして、それは正当なことだ。［A11］

何らかの普遍的原理を見出そうとする努力は、多くの学問においてしばしば不毛なものだろう。鉱物学において、それが組み合わされることですべての鉱物が生じたと言われる第一の普遍的なものを見出そうとすることが不毛なのとまったく同様である。自然は類も種も創造することはない。自然が創造するのは個体であり、多くを一度に銘記するために我々の近視眼はさまざまな類似を探す必要に迫られるのである。我々が作る種や類が大きいものになるほど、この概念は不正確になっていく。［A17］

この世のどんな大いなる事象も、我々が気にも留めない別の事象によって生じる。小さな原因の数々が、我々が見逃しているうちに蓄積した挙句のことなのだ。［A19］

人生に役立つ哲学を構想しようとすれば、あるいは常に満たされた人生を得るための普遍的規則を与えようとすれば、当然ながらあまりにも大きな差異を考察にもたらすようなものを捨象せねばならない。ちょうど力学において、計算をあまりに難しくしないために、物体の摩擦その他の特性を忘れるか、少なくともそれらを一つの文字にまとめるようなものだ。ささやかな災難といったものがこうした実際的規則に大きな不確実性をもたらすことは間違いない。したがってそれらはないものとして、我々はより大きな不幸の攻略に向かわねばならない。間違いなくこれが、ストア哲学★のさまざまな命題の真の意味である。［A28］

★……紀元前三〇〇年ごろ、ゼノンによって創始された哲学の学派。「ストア派と呼ばれる思想に共通するのは、行為に先立つ思考の論理性を、行為そのものより重視する生き方である。初期のストア派は、思考の論理性を獲得するため、論理学や自然学の幅広い知識が必要であると考えた。後期のストア派において重視されるのは正しい自己理解である」（『岩波哲学・思想事典』岩波書店　一九九八「ストア派」（中川純男執筆）より）

どんな思考にも、それに関連して身体の諸部分が取る独自の配置があり、つねにこの思考に付随する。ただし恐怖は、あるいは一般に強迫は、そういったものをしばしば封じ、抑制する。そういった身体運動はもちろん常に他人に気づかれるほど激しいものであるわけではないが、それでも存在するのだ。精神は、こうした外的な運動を抑制しないでよければそれだけ、自由なあり方をみせる。そうしたものを抑えることとは、爆発させられない憤怒と同じく、思考の自由な進展を損なうからである。まったく気の置けない友人たちとの集いで、いい考えが次から次へと湧いてくるのはなぜか、ここからわかる。［A34］

一七六五年七月四日、青空と曇りがたえず交替していた日、一冊の本を手にベッドにいた。活字がくっきり見えていた。とつぜん、本を持っていた手が、気づかぬうちに回転し、そのため本に少し影が落ち、厚い雲が太陽を遮ったなと考えた。するとあたりが少し暗くなったように見えたが、実際には部屋の光は少しも失われていなかったのである。我々の推論はしばしばこうした性質を持っている。遠くに原因を求めるが、実はごく近くに、我々自身のなかにあることもしばしばだ。［A35］

我々はよく悪しき情念を和らげようと努力するが、その他の良き情念はすべて保っておこうとする。

これは人間を描写する我々のやり方に由来する。我々は人間の性格を、極めて正確に組み合わされた全体──そのなかで各部分はさまざまな相対的位置関係をとりうるが、全体は確定している──と見てはおらず、諸情動を付けたり取ったりできる付けボクロのようなものとみなしている。こうした誤りの多くは、かくも貧しい言語に基づいている。なぜなら、こうした言語はいかなる結びつきも必然的なものとしては持っておらず、記憶が付け加わることでそうした結合をはじめて獲得するのである。したがって、記憶からほんの少しでも注意をそらすと、すぐにまったくありふれた意味が心に浮かんできてしまうのだ。こうして、普遍記号法が発明されるべきであれば、まずはそのような［結合の必然性を内包するような］言語が求められるべきだということになる。　［A47］

ある種の大天才は独特の傾向を持っていて、それが困難だという理由から他を差し置いて何事かに着手する。そうすると彼は驚嘆され、これが他人を刺激する。そうしているうちに、誰かがこの営みの有用性を証明してみせる。こうして学問が生まれる。　［A67］

いい考えを読んだら、別の主題で似たようなことを考えたり言ったりできないか試すことができる。そんなときには、別の主題にはこれに似たものが含まれているといわば仮定しているのだ。これは思考分析の一種であり、ひょっとすると多くの学者が口にせずとも用いているのかもしれない。　［A76］

我々の母語で一つの語の真の意味を理解するのに我々はしばしば何年も費やす。ここで「意味」には、音調が与えることのできる意味も含めている。一つの語の意味は、数学的に表現すれば、一つの式で与えられ、音調は変数、語は定数である。語彙を増やすことなく言語を無限に豊かにする方途がここに開かれる。「これでいい」という言い回しが五通りに発音され、そのつど別の意味を伴う★ということ、それが第三の変数である表情によってさらに規定されることもよくあるということに私は気づいた。[A93]

★……原文は„Es ist gut."「よろしい」という意味の他に「もう充分だ」「もうたくさんだ」などさまざまな意味をもつ。

自己の外に外界を持たない霊とは、奇妙な被造物であるに違いない。そこではどのような思考も根拠を自分の内に持ち、どんな奇妙な観念連合もいつだって正当であるからだ。持っている概念の秩序を、我々の普通の世界の出来事の継起に基づいて定めることがもはやできないような人々を、我々は〈狂っている〉と言う。それゆえ、入念な自然の観察は、あるいは数学も、間違いなく狂気に対抗するもっとも確実な手段である。自然はいわば、思考が逸脱しないよう支える命綱なのだ。[A111]

宗教においてかくも多くの災いを生んだ「意味する」と「である」についての争い★は、別の主題についてなされたのだったら、もっと有益なものだったかもしれない。事物が意味しているにすぎないものを、事物は本当にそのようなものだと考えることが、我々の不幸の一般的源泉なのだから。[A114]

★……ミサや聖餐式における聖別されたパンと葡萄酒が「キリストの血肉である」とはどういうことかをめぐる〈聖餐論争〉が念頭に置かれている。

ただ諸概念の〈類〉を表現するだけで、言おうとしていることを十分に言えるのはごくまれでしかないというのは、あらゆる言語がどうしても避けることのできない欠陥である。というのも、我々の諸々の語を事象と比較してみれば、後者とはまったく別の系列を進んでゆくものであることが明らかとなるからだ。我々が自らの魂に認める諸特性は密接に関連しあっているので、二つの特性の間に境界を引くことは容易なことではないだろう。しかしそれらの特性を表現するための語は、そういったあり方をしてはいない。継起し親縁性を持った二つの特性は、それらの間にいかなる親縁性も認められないそれぞれの記号によって表現される。語を哲学的に語形変化させることが可能であるべきなのだろう。つまり、語の間の親縁性を、語形変化を通じて表現できるようになる、ということだ。解析学においては線分aにおける未規定部分をxと呼ぶが、もう一方を日常生活におけるようにyと呼ぶことはなく、a－xと呼ぶ。そのために数学の言語は、日常言語に比して大きな長所を有しているのだ。［A118］

情熱と自然の衝動は魂の翼だとプラトンが言うとき★、その表現法は非常に教育的である。こうした比較は事柄に説明を施し、一人の人間が持つ難しい考えを万人周知の言語へ翻訳することであり、真の定義である。［A120］

★……プロミースは、『パイドロス』246aを指すと推定している。ただしそこでは「翼を持った一組の馬」（『プラトン全集』第五巻　藤沢令夫訳　岩波書店　一九七四年　一七九ページ）について語られている。

ひょっとすると、思考が世界のあらゆる運動の根拠なのかもしれない。そして世界は一匹の動物であると教えた哲学者たちは、この道を通ってそうした結論に至っていたのかもしれない。ただ彼らは、本来そうすべきだったのかもしれないやり方で表現しなかっただけかもしれない。すなわち、我々の全世界は神の思考の物質への作用に他ならないのだ、と。 [A123]

月は犂《すき》の車輪より大きくないと信じている農夫は、何マイルか離れれば一つの教会全体が白い染みのようにしか見えなくなるが、月はいつも同じ大きさであることなど考えてみようともしない。個別にすべて持っている観念をこう結びつけるのを妨げているものは何か。本当に、彼は日常生活において、さまざまな観念をこれよりもっと人工的かもしれない紐帯によって結びつけているというのに。こうした考察は哲学者を注意深くさせるはずだ。彼もある種の結合においては相変わらずこうした農夫なのかもしれないのだ。我々はとても幼いときから考える。しかし自分たちが考えているということを知らない。成長したり消化したりしていることを知らないのと同様である。庶民の多くは一度もそういったことを自覚することがない。外界の事物の正確な観察は、観察する点である我々自身へ容易に遡行する。逆に、自分自身を一度本当に知覚した人間が周囲の事物の観察に至るのは容易である。注意深くあれ。何事もいたずらに感覚するな。測り、比較せよ。これが哲学における掟のすべてである。 [A130]

そもそも人間の哲学とは、個々人の哲学が他人の——それが馬鹿者であっても——哲学によって訂正されたものである。この訂正は蓋然性の度合いの理性的評価という規則に従っている。すべての人間が合意する命題は真であり、それが真でなければ我々はいかなる真理も持っていない。その他の命題を真とみなすよう我々に強いるのは、往々にして、その事柄において重きをなしている人による保証である。まさにそうした状況に置かれた人間は誰でもそれを信じるだろう。こういったことがなければ、存在するのはある特別な哲学であり、人間たちの評議会★で合意された哲学ではない。迷信さえもローカルな哲学であり、自分の一票を投じるのだ。　［A136］

★……リヒテンベルクはこの表現を繰り返し用いている。本書でも第二章［B321］にある。

賢くなるということは、我々が感覚したり判断したりするときに用いるこの道具が服しているかもしれない欠陥について、どんどん詳しくなることである。判断における用心深さは、今日誰にも推奨されるべきことだ。哲学の著述家一人一人から、十年ごとに一つだけ反論の余地ない真理を得られるとしたら、我々の収穫はつねに十分豊かなものだろう。　［A137］

その言葉や表現にすら独自のものを持つ人間がいる（たいていの人間は、少なくとももっと自分たち独自のものを持っている）。というのも、言い回しが他ならぬ現行の形に定まったのは長い流行によるからだ。そういった人間はいつも注目に値する。そこに至るには多くの自己感情と魂の独立性が必要なのだ。新しい感じ方をする人間はけっこういるが、その感情を他人にはっきりわからせようとするときの表現は古くからのものである。　［A138］

雨、雪、風はつぎつぎとやってきて、それらの間に確かな法則を見出すことはできない。法則とは、しかしある事柄の把握を容易にするため我々によって考え出されたものである。我々が種や類を作るのと同じなのだ。　［A192］

英語には「あいつは愚かすぎて馬鹿（道化）になれない」という言いまわしがある。ここには非常に多くの精妙な観察が含まれている。 ［KA231］

これはあれと同じだ——機知。これはあれと天と地ほども異なっている——明敏。★ ［KA265］

★……本章冒頭の［A1］および注参照。ここでは„Scharsinn"ではなく„Verstand"が用いられている。

動物の技術衝動★1の賢明なる仕組みから、最高に賢明な存在を推論するのは性急すぎる★2というものだ。言えるのは、それが我々より賢いということだけである。 ［B34］

★1……ライマールス（Hermann Samuel Reimarus, 1694-1768）による造語。『動物の諸衝動、特に技術衝動についての一般的考察』*Allgemeine Betrachtungen über die Triebe der Thiere, hauptsächlich über ihre Kunsttriebe*（1760）は当時広く読まれた。ライマールスと自然神学についてはエンゲルハルト・ヴァイグル『啓蒙の都市周遊』（三島憲一・宮田敦子訳　岩波書店　一九九七年）第三章の「ハンブルク——視覚のための都市」に優れた叙述がある。

★2……いわゆる〈自然神学〉的考察のこと。自然神学については第七章〈概説〉参照。

彼は機知に富んでいたので、どんな事物でも、別の一組の事物を比較するための媒概念★になった。 ［B101］

★……「論理学における定言的三段論法で、大前提と小前提に含まれ、大概念と小概念を媒介して両者の結合を可能にし、結論を成立させる概念」（小学館『デジタル大辞泉』「中概念」の項目）。

2かける2は4、あるいは2×2＝4という命題には、本当に、すでに太陽の視差めいたもの、あるいは地球の橙状の形状★めいたものが潜んでいる。

［B130］

★ 地球は赤道で膨らみ、南北に扁平な回転楕円体であるとするニュートンと、南北に伸び、東西に扁平な回転楕円体であるとするカッシーニ（Jacques Cassini, 1677-1756）の間で論争となった。フランス科学アカデミーはエクアドル（一七三五年）とラップランド（一七三六年）に測量隊を派遣。実測に基づいてニュートンの主張を認めた。

賢者にとっては偉大なものも卑小なものも存在しない。とくに哲学をしているときにはそうである。ただし、空腹でなくのども乾いておらず、もし風邪をひいているなら薬を飲むのを忘れなかったという前提でのことだが。そうであれば、思うに、まるで自然法《ユース・ナートゥーラエ》論のような重厚な調べを奏で、かつ同じように教示に富む論文を鍵穴について書くこともできるだろう。日常の卑小な出来事のなかに、偉大な出来事と同様、道徳的普遍が潜んでいるのだが、それをよく知るほど奥義を窮めた者はごく少数である。一滴の雨の中には多くの善きもの、巧みなものが隠されていて、薬局では半グルデン★ですら安すぎるくらいだ。［……］

［B195］

★ 銀貨。一グルデン＝三分の二ライヒスターラー（以下ターラー）。当時の「日雇い労働者は、二八〇日働いて年収がおよそ四八ターラー、教授の年棒は四〇〇から四〇〇〇ターラー、学生がその身分にふさわしい生活をするには年間最低二五〇ターラーが必要で、年間五〇〇ターラー以上かける学生も少なくなかった。」（『リヒテンベルク［往復］書簡集／索引・資料篇』Ulrich Joost / Albrecht Schöne (Hg.) *Georg Christoph Lichtenberg. Briefwechsel. Band 5,2. Sachregister.* München (Beck) 2004,「貨幣」の項目（„Münzen"）より引用（五六六ページ）。ちなみに、員外教授としてゲッティンゲン大学に任用されるにあたっての年俸は一二〇〇ターラーだった。

自殺者が時に本物の言葉で自殺の理由を語ることができたとしても、良いことにはならないだろう。聞き手はこの言葉をそれぞれ自分の言葉に還元し、その力を削ぐのみならず、まったく別のものを作り出してくるのだ。一人の人間を真に理解するには、時に、理解しようとする人間その人になる必要がある。思考の体系《システム》★がどのようなものであるか理解している人間なら、わたしに賛同の拍手を送ってくれるだろう。

しばしば一人でいること、自分について考えること、そして自分の世界を自分の中から作り出すこと、それは大きな満足を与えてくれる。しかしそうしているうちに、自殺は正当であり許されているとする哲学にそれと知らぬまま与《くみ》するようになる。であるから、一人の娘か一人の友を通してあらためて世界に自分をつなぎとめ、完全に脱落しないようにするのは良いことなのだ。［B262］

★……一人の人間の中での独自の思考のまとまりを指す。体系とは、彼にとって、ある原理から演繹的に導き出され、そこではすべてが必然的な連関のうちに固定された位置づけをもって存在するようなものではない。そのような静的な体系へ知識を組織化することが学問の進歩を阻害する、というベーコンの体系批判は『雑記帳』で何度も反復されている（本章［C278］など）。

我々は早くから、そしてありがちだが頻繁に読書しすぎる。そこから多くの材料を入手しても、建築に使うことはない。こうして記憶力が、感情や感覚と趣味の領域でやりくりを司ることに慣れてしまう。そんなとき、しばしば深い哲学が必要になる。我々の感情に無垢の最初の状態を再び与えるため、よそよそしい事物の堆積のなかから自己を再び掘り出すため、自分で感じ始め、自分で話し、ほとんどこう言いたくなるが、自分で存在するために。［B264］

［既成の］見解からの逃走力。　［B318］

親愛なる友よ、君は思想に奇妙な衣装を着せるので、もはや思想とは見えないほどだ。★この思想が変な衣装をまとっていないか教えてくれ。君には私の思想のすべてを、私の思案がお仕着せの制服を着せる前の裸の姿で観てもらいたい。恥ずかしいことに、我々が用いる言葉はたいてい誤用された道具であり、以前の所有者たちにつけられた汚物の臭いを放っている。私は新しい道具で仕事をしたい。あるいは、夏の鳥がさえずるだけの空気も使わずに、ただ自分自身と永遠に話していたい。　［B346］

★……この段落分けはリヒテンベルク自身による。

思考の仕方や、それがどう進んでいくかを気にかけずとも、ともあれ考え、生きていくことはできただろう。確かなのは、まず外部の事物について哲学がなされ、それからようやく誰かがこの顕微鏡を自分自身に向けたということである。どのようにして、我々が思考するという事態が生じているのか――好奇心と観察の精神を有した、ある人間がそう自問した。誰もがこんな質問をするわけではなく、それどころか何百万人も、心理学を講ずる教授たちも含めて、そんなことはしなかっただろう。今日、どれだけの人間が、なぜ物は地上へ落ちるのか、と尋ねたりするだろうか。ここに働いている力、オイラー★1もルドルフ・フォン・ベリンクハウス★2もほとんど知ることのないその力は、我々の、時間のなかでの至福にとって必須である。ちょうど、我々を思考させる力が、永遠の至福につねに必須であるように。

前者の力［=重力］の作用を多くの人間が霊たちに帰してきた。人間の愚かさの歴史にそれほど詳しくないので、これまで名誉心に駆られた教祖がこれらの霊を宥《なだ》めることを人間の必須の義務に入れたことがあったか、また、それを怠ると、我々のもはや重くない殻が天に飛散するような状態に至りかねないとしたか、それはわからない。我々のなかで思考しているのは霊であるという仮説から、人間は驚くべき帰結を引き出してきた。そして宗教の開祖たちは、この仮説から直接帰結するわけではないさまざまな見解を、これにぶらさげた。それでこの仮説は、いまや社会の支えになっている。ちょうどあの力［=重力］が天の砦を支えているように。この建築物はあまりに大きいので、人間の手になる設計図がその基礎とはなりえない。それは、生殖が人間の発明だと考えるくらい馬鹿げている。ここには神がいるのだ。しかし最大の官能的快楽によって我々を生殖へ惹き付けた者は、敬虔さを植え付けることで、我々を結集させ、ただ時間のなかでの幸福をもたらすことができるだけだ。これは騙されたということではないのか。我々には欺瞞に思える。　［G91］

★1……Leonhard Euler（1707-1783）　スイスの数学者。一七三〇年にペテルブルク科学アカデミーの自然学《フィジーク》教授となる。『自然学のさまざまな対象についての書簡』*Lettres à une princesse d'Allemagne sur divers sujets de physique et de philosophie*については本章の［K45］で言及される。

★2……Rudolphs von Bellinckhausen（1567-1645）「オスナブリュックのハンス・ザックス」と呼ばれた靴職人兼詩人。なぜここでその名が言及されているのかは不明。

彼は、言葉が意味を所有することを邪魔せずにはいられなかった。　［G158］

そもそもどのような点で大天才と凡人が区別されるかについてしょっちゅう思いを巡らしてきた。気づいた点をいくつか挙げてみる。普通の頭脳は常に支配的意見と支配的流行に親和的で、現在自分が置かれている状態を唯一可能なものとみなし、すべてに受動的態度をとる。すべてが、家具の形から精妙極まりない仮説に至るまで、人間たちの議会――自分もその一員である――で決せられるのだということなど思いもよらない。尖った敷石で怪我をしても、彼は薄底の靴を履く。歩きながら脱げてしまうことになっても、流行通り留め金を爪先に付けさせる。靴の形は、ひどい舗装の上で初めて薄底のやつを履いた馬鹿者によって決められるだけでなく、自分でも決められるということには思い至らないのだ。

大天才は常に、これはひょっとして誤りではあるまいか、と考える。彼は熟慮せずに自らの一票を投ずることはない。私の知っていた、ある才能に恵まれた人間にあっては、その家具揃えと同じく、彼が抱くさまざまな意見が形作っている体系《システム》の全体が、独特の秩序と有用性で他と一線を画していた。有用だとはっきりと認められないものは何一つ家に持ち込まないのだった。他人が持っているという理由で何かを入手することなどありえなかった。自分なしで皆がこう決めたわけだ、では私がいれば別の決め方をしたかもしれない――彼はこう考えるのだった。何か、そうするには我々の世界はまだ若すぎるといったことが決まろうとすると、こういった人々が、少なくとも時々はあらためてかぶりを振ってくれる。そのことに我々は感謝せねばならない。我々はまだ中国人★になるわけにはいかないのだ。諸国家が完全に分断されていたら、ひょっとするとすべての国は、それぞれ別の完成状態ではあるものの、中国のような静止状態に至っていたかもしれない。

[C194]

★……ドイツ啓蒙期の中国像は、ある研究によれば、次の三つの要素に基づいていた。①イエズス会士の報告に基づき、哲学者たちにより理想化されたもの（ライプニッツの「中国自然神学論――中国哲学についてド・レモン氏に宛てた書簡」*Lettre sur la philosophie chinoise à M. de Rémond*（1716）、ヴォルフの「中国人の実践哲学についての講演」*Rede über die praktische Philosophie der Chinesen* (1721) など)。②小説や演劇における、バロック以来の中国趣味。③旅行者—とくに商人—による批判的報告（その代表はイギリスの海軍軍人ジョージ・アンソン（George Anson,1697-1762）による『世界周航記』*A Voyage Round the World* (1748) である）。さらに、シュトルム・ウント・ドラングの時期には、啓蒙主義の批判との関連で①が、ロココ趣味の批判との関連で②が批判の対象となった。(Willy Richard Berger: *China-Bild und China-Mode im Europa der Aufklärung*. Köln (Böhlau) 1990)。この断片は、③を踏まえた批判的中国像に依拠したものとなっている。「静止状態」については、ヴォルテール（『ルイ十四世の世紀』）やモンテスキュー（『法の精神』）の中国像の影響が大きい。

海軍大尉のフォン・ハンマーシュタイン氏は、機械を用いた授業を強く推奨した。その論旨は断固たるもので、できるだけ早く自分の意図を達成できるなら、それはいつも望ましいことだ、というものだった。他の論拠はないと言ってよかった。しかしながら、ある事柄を調べること、それを理解しようとする努力は、この事象そのものについてさまざまな側面からよりよく教えてくれるし、最良の側面から我々の思考の体系《システム》に組み込まれる。それゆえ、力を持っている人々にとっては、図形のほうが立体模型よりも推奨されるべきである。あまりにも労せず、あまりにも急に知識が増えていくのは生産的ではない。学識は実を結ばないまま生い茂ることもありうる。浅薄きわまりないくせに驚くほど物知りな頭脳によくお目にかかる。何かを自分で発見しなければならなくなると、知性には切り開かれた跡が残る。この跡は、別の機会にも利用することができるのだ。

[C196]

人間は何かを期待することなしに何も許しはしない。「天に報酬を集める」★や、「鞭打ちの苦行」およびそれに類することはここに由来する。庶民の哲学が我々の哲学の母であり、ちょうど医学が自家製の薬の知識から生まれたように、庶民の迷信から我々の哲学は生まれ得たのだ。彼は、報酬など予見しないで何かを行った。報酬を受けたときも、直前にそれに値することをなしていたとは意識していなかった。ここで、前者の行いと後者の報いのあいだに結びつきを見出すこと以上に自然なことがあろうか。教祖にとってこれ以上に重要なことが、社会にとってこれ以上に効能あるものがあるだろうか。こうして人間は利己心から非利己的になった。幸運によってどっちみちもたらされたであろうものは支払いへ算入され、それ以上の義務へ拘束することとなった。［C219］

★マタイ福音書五章一二節「喜べ、欣べ。汝らの報酬は天にて大きい。汝らよりも前の預言者たちもこのように迫害されたのだ」（『新約聖書──訳と註　第一巻』田川建三訳著　作品社　二〇〇八年　六〇ページ）への言及。

ベーコン★が体系《システム》の有害性について述べていることはあらゆる語について言える。全体としての種や一つの階梯全体のすべての段を表す多くの語が、まるで個体としての一つの段を表す語のように用いられる。これは、語を再び未定義の状態にするということだ。［C278］

★Francis Bacon（Baco von Verulam 1561-1626）　イギリスの哲学者、神学者、法学者、政治家。ケンブリッジ大学で法学を学び、エリザベス一世の国璽尚書を務めた父の死後、国会議員となる。一六〇五年に『学問の進歩』を刊行。一六一七年に国璽尚書、翌年には大法官となるが一六二一年汚職を告発され失脚した。リヒテンベルクは［C209］で「著名なるヴェルラムのベーコンの言によれば、ある学問が体系化されると、とたんに何も新たに見出されなくなる。我々もこの言は正しいと知った」と述べている。ここで言及されているのは、『学の尊厳と進歩について』*De dignitate et augmentis scientiarum*（1623）である。

ニュートンは色を分解するすべを心得ていた。何が組み合わされて我々の行為の原因となるか教えてくれるのは、どんな名の心理学者だろうか。大抵の事物は、それが我々の目に留まる時点ですでに大きすぎる。樫の萌芽を顕微鏡で見ようが、樹齢二百年の木を裸眼で見ようが、いずれも始原からは遠い。顕微鏡は、我々をいっそう混乱させるだけだ。望遠鏡で到達できる範囲だけでも数多くの太陽があり、おそらくはその周りを惑星が回っている。地球の内部でそのようなことが起こっていると磁針が証明する。こうした事態がさらに進行していって、どんなに小さな砂粒のなかでも、もっと小さな粒子が、まるで我々には恒星のように静止して見える粒子の周りを回っているとしたらどうだろう。我々の可視的宇宙を、灼熱する一盛りの砂のようなものと思う存在があるかもしれない。天の川はある有機体の一部なのかもしれない。その分布は、この体系《システム》によってどれだけ説明できるだろうか。直線はただ一つしかない。しかし曲線は無限に存在する。したがって一つの物体が運動するとき、無限大対一の賭け率で、その運動が曲線を描くほうに賭けることができ、またどの曲がりに対しても中心点を指示することができる。惑星において、自転も、公転も、衛星の運動もそうであるように、世界でもっとも長く持続する運動は周回運動である。したがって、世界のあらゆる運動はこの周回運動を起源としているのかもしれない。ただ、光だけは例外であるようだ。しかしおそらく光は重さを持つので、やはり曲がるだろう。すでに偉大な数学者たちは、この宇宙体系《システム》全体が我々の目には見えないある物体を中心として回転していると仮定した。我々の地球が、いくつもの恒星からなるひとつの体系《システム》でないとどうして言えるのか。

　こうして我々は、そんな砂粒の一つのなかに座っているのだ。もちろん我らの地球は我々にとってもっとも特別なものである。我らの魂がもっとも特別な実体であるように。というのも、我々が住むことができるのは地球だけであり、魂のみが我々自身であるから。ああ、一瞬だけでも別の存在になることができたとしたら。あらゆる対象が、我々がそうであるとみなす通りのものだとしたら、我々

の知性からいったいどんなものが生まれてくるだろうか。Z.U.★
[C303]

★……プロミースは“Zu Untersuchen”（「探求のこと」）の略語であろうと推定している。

民ノ声《ウォクス・ポプリー》ハ神ノ声《ウォクス・デイー》という言葉には、近ごろふつう四つの言葉に籠められる以上の知恵が籠められている。
[D10]

なぜ我々は自分たちの仕事においてかくも良心的な正確さに努め、そこでの「より多い」や「より少ない」に心を砕くのか、まったくわからない。我々の真似をする者は、つねに本来の点から+xか-xだけずれるだろう。円と同面積の正方形を作図できるかできないか★ということは、最終目的にとってはつねにどうでもいいことだろう。では、我々は何をお喋りしているのか。ひょっとして、天使が我々を笑い飛ばしたりしないようにか。
[D41]

★……いわゆる円積問題。これが不可能であることの証明は一八八二年リンデマンによってなされる。

私もまた目覚めたのだ、友よ。そして哲学的思慮の一段階に達した。真理への愛が唯一の導き手であり、私が誤りとみなすものには私に与えられた光で立ち向かいつつ、「それは誤りであると思う」とか、いわんや「それは誤りである」、と声高に言ったりはしない、という段階に。
[D84]

ある実体について、自分自身がその実体となることで得られる以上に判明な知識を得ることは可能だろうか。我々は自分の魂についてほとんど知らないが、それでいて我々自身が魂である。この魂を知るのに我々以上にふさわしいものがいるだろうか。それだというのに、なぜ、魂のなかには我々自身が知らない何かが存在しているのだろうか。思うに、たった今述べたことが、我々はなおも未知の目的に仕えていることをはっきり証明している。我々に付随する諸実体によってくすぐられたり苦しめられたりすることが我々の存在の唯一の使命であるとしたら、なぜ我々は自分にとって未知でありつづけねばならないのかわからない。

[D211]

天才は道を切り開き、美しき精神はそこを均《なら》して美しくする。諸学における道路整備は推奨されるべきだろう。ある学問から別の学問へさらにうまく移動することができるようにするためである。

[D221]

そのなかでなら、哲学の領域におけるたいていの哲学者よりうまくやっていける、という知識の領分が、どんな人間にもある。そこでは、おかしいもの、良質のもの、馬鹿げたもの、余計なものが一目でわかる。そしてある事柄の目的を知っていれば、他にどのような在り方があり得ようか。既知の手段についてある知識を得ていれば、新しい手段においても間違ったものを見通すのは容易であるに違いない。料理係の娘に向かって、ある料理を描写するつもりで、「特別においしい一風変わった料理で、皿の縁にカラスムギを撒いてもいい」なんて言ったら間違いなく笑い飛ばされるだろう。多くの著述家は主題をそんな風に扱っているが、その馬鹿馬鹿しさは彼らには見えていないのだ。人に何かわからせようとすれば、彼らの知識の範囲から取ってきた実例を用いなければならない。また、ある種の学問を自分の知識の範囲に加えるにはどうすればいいかも、この経験から学ぶことができる。

我々はすでに一度復活したのではなかろうか。確かに、来たるべき状態についていま知っているほども、現在について知らなかった状態からは蘇った。我々のかつての状態が、現在の状態に関係しているように、現在の状態は来たるべき状態に関係している。

［D252］

昨今流行の索引じみた博識がじきに冬枯れとならなければ恐るべきことになる。人間が生きるのは、ひとえに自分と同胞の幸福を、力と状況の許す限り促進するためである。短時間で最終目標に到達するため、人間は先人の試みを利用する。研究するのだ。こうした意図なしで研究すること、他人がなしたことを言えるようになるためにのみ研究することは学問の末期状態であり、索引が本と呼べないのと同様、そんな連中はそもそも学者とは言えない。ただ知るのではなく、過去の世界が我々のためにやってくれたことを後世のためにやる、これが人間であるということだ。すでに発明されているものをもう一度発明しないだけのために、学者たちの歴史に人生を費やせと言うのか。物事をわざと二度言っても、衣装が違っていれば悪くは取られない。君が自分で考えたのなら、君が発明したものが既に発明されていたとしても、いずれにせよ独自性のしるしを帯びている。

［D254］

あることについて話し始めると、もっともらしく思える。しかし考えてみると、間違いだとわかる。ある事柄に精神のなかで与える最初の一瞥はとても重要である。我々の精神は事象を明晰ならざるやり方であらゆる側面から展望するが、これはただ一つの側面からの判明な表象より価値あることもしばしばだ。

［D255］

［D273］

一つの物体が動くところ、そこに空間と時間がある。この世界のもっとも単純な、感覚を持つ生物は、角度と時間を測るような生物だろう。我々の聴覚や、ひょっとすると視覚の本質が、振動を数えることであるのは確かだ。

[D314]

ある事象を、すでに言われたように言うこともできるし、それを人間悟性から遠く引き離すことも、それに近づけることもできる。第一のものをするのは浅薄な頭脳であり、第二は熱狂者★、第三のものが本来の哲学者である。

[D364]

★……「熱狂」はルターにおいてはプロテスタント異端の呼び名として用いられ、それ以来、ⓐ教会外の特殊な集団を形成し、ⓑ公の信仰告白ではなく私的な啓示に依拠し、ⓒ公の秩序を乱すないしは転覆しようとする人々、を意味した。(Winfried Schröder: „Schwärmerei" In: *Lexikon der Aufklärung*. hrsg. von Werner Schneiders, München 2001, S. 372) 啓蒙期には、そのような宗教的文脈に限定されず、〈熱狂者〉批判は大きなモチーフとなっていた。

一つの言語で理性によって区別することを学べば学ぶほど、この言語で喋ることは難しくなる。完璧に喋ることとには多くの本能的なことが含まれていて、理性ではそこに到達できない。ある種の事柄は、若いころに習得されねばならないと言われる。他のすべての力に悪影響を及ぼすほど理性を育む人間について言えば、それは正しい。

[D413]

ローマ、ロンドン、カルタゴは、他より長持ちする雲★でしかない。みな姿を変え、ついには消えてしまう。ただプラスとマイナスで異なっている事物を、人間はどんなにしばしば本質的に異なっていると考えることか。

★……電気に関して、プラス（＋）とマイナス（－）を導入したのはリヒテンベルクである。このペアの導入は、二種類の電気が存在するのか、それとも一種類の電気しか存在しないのかという電気の本質論をめぐってなされていた論争に対する介入としてなされた。

［D461］

メタファー的な言語は、恣意的ではあるが確定された語群から構築される一種の自然言語である。★それ故これほどまでに気に入られるのだ。

［D468］

★……言語の恣意性を前提としつつ、いかにして言語を媒介とする認識を直観的認識に近づけていくかと問うことはライプニッツ－ヴォルフ哲学の影響下で成立した、いわゆる記号論美学・詩学の大きな主題であった（『象徴の美学』小田部胤久　東京大学出版会　一九九五年　一八―二七ページおよび三五―五七ページ）。

彼はある体系《システム》を作り上げた。それは彼の思考形式に大きな影響を与えたので、観客は彼の判断が感情や感覚よりいつも数歩先を行くのを眼にしたほどだ。判断はつねに後に控えていると彼自身は考えていたのだが。

［D485］

どんなことも、答えを読んだり聞いたりしたあとの謎々のような形で知っている人が少なくない。これは、もっとも忌むべき、最悪の知のあり方である。むしろ、必要に迫られた場合、他人だったら読んだり聞いたりして知らねばならない多くのことを自力で発見できるようにする知識を得ることを心がけるべきなのだ。多くの、単純薬剤★1のような知識を。ここでまた、すでに一度述べた考え★2に戻っている。

［D536］

★1……複数の薬剤を混ぜたものでなく、単体で用いられる薬剤のこと。
★2……プロミースは［D253］を指すのであろうと推定している（本書では未収録）。

熟慮の力はごくわずかのものしか生み出さず、天才はすべてを生み出す。こうしてみると、天は大発明を直接自分に取っておいているようだ。 ［D540］

ある人間が発明するものは、いつも、以前に失くしていたものとみなしうる。いわば、頭の中に置き忘れられていただけなのだ。頭の中で何も失くしたことのない人間は、何も見出せない。 ［D640］

ある事物の認識へ至るのにどの道を通ってくるかは大きな違いである。若いころに形而上学や宗教を始めたら、魂の不滅まで理性の推論は容易に進んでいく。他の道が、少なくとも同じように容易に、ここへ導いてくるわけではないだろう。それぞれの言葉に判明な概念を与えることができても、きわめて複雑な推論においてこれらの概念をすべて同じように判明に眼前に保持しておくことは不可能である。適用に際し、しばしばそれらは、若いころからもっとも習慣的かつ容易だったやり方で結び付けられる。 ［E30］

何かをまだ信じていることと、再び信じることのあいだには大きな違いがある。月は植物に力を及ぼすとまだ信じているということは愚かさと迷信を露呈する。しかし再び信じることは、哲学と熟慮

の存在を証する。 ［E52］

哲学の密かな深さと密かでない深さ。彼はこの学問の深いところと、その深くないところのすべてを知っていた。 ［E102］

我々のメタファーを罵ることとなかれ。一つの言語の強い特徴が薄れ始めるとき、メタファーはそれを再び鮮やかにし、全体に生命と体温を与える唯一の手段である。我々の最良の言葉たちがどれだけ多くのものを失ってしまったか、信じられないほどだ。「分別のある［理性的］」という言葉は、その特色をほとんどすべて失ってしまった。意味を知ってはいるが、その意味をもはや感じることはない。この称号を携えてきた一群の「分別ある」人間のせいである。「分別のない［非理性的］」という語は、その独自のあり方において、もっと強い。分別のある子どもは、だらけた敬虔な密告屋の役立たずだ。分別のない若者はずっとましである。「自由《リヴァティ》」という響き。 ［E274］

多読しすぎることの有害な結果のひとつは、言葉の意味が損耗することである。そうなると思想は漠然としか表現されない。表現は思想に対してだぶついている。これは本当か？ ［E276］

そこには、promesse［約束、フランス語］とVersprechung［同上、ドイツ語］のような違いがある。後者は守られるが、前者は守られない。ドイツ語におけるフランス語の語彙の有用性について。これに気づいた人間がいないのは不思議なことだ。フランス語の語彙はドイツ語の観念を、幾分か誇張したり、宮廷風の意味を帯びさせて表現する。promesseはVersprechenと同等だろうか。Erfindung［発明・発見、ドイッ語］は新しいものだが、Decouverte［同上、フランス語］では古いものに新しい名前がつけられている。コロンブスはアメリカを発見（entdeckt）し、アメリゴ・ヴェスプッチは発見（decouvert）した（それどころか、gou と Geschmack［「趣味」を意味するフランス語とドイツ語］はほとんど対義語である。gou を持った人物が豊かな Geschmack を備えているのはまれだ）。以前はドイツ人も発明（erfinden）をしていた。書き物を業績の尺度とし——これは正当なことだ——『批判叢書』や暦、籤の帳簿や見本カードまで本に含まれるようになった今日では、ドイツ人はもっと発見（das Decouverieren）に重きを置いている。

かつてフランスでは、「ドイツ人はエスプリを持つことができるか《スィ・アナルマン・ブ・タヴォアール・ド・レスプリ》」と公の場で議論された。「いやいや《ノン・ムッシュー》」、と私だったら答えただろう。「みなさまが esprit という言葉を私たちと同じように理解されているのなら、みなさまの疑問は正当なものです。ですが、私たちやイギリス人が Witz や wit といった言葉で理解しているもののことだと理解されているのなら、何をばかな、黒い軽騎兵にでも連れていかれろ★1、と申し上げたいですな。みなさまはご婦人方のために、本来ふさわしいだけの内容を本に含ませないでいらっしゃる、我々は、殿方のために、知っている以上のものを入れる、さてどちらが機知に富んでおりましょうか」。ご婦人方の気に入るには「血」と言わず「命のブルゴーニュワイン」と言えばいい★2し、数学を数学の本から追放することだ。妊婦のためには、ギリシア語をラテン文字で印刷し、妊婦のためには、代数《アルゲブラ》をA…で表現することだ。［E335］

★1……まず「プロイセン王にでも連れていかれろ」と書き、こう訂正されている。

★2……ある対象をその名で直接呼ばず、迂回的表現を多用する「プレシオジテ」が念頭に置かれている。これはフランスの上流階級における言語慣習として十七世紀より定着していた。

分割と抽象も度を越してはいけない。偉大な精製家《ラフィヌール》は、思うにもっとも発見することが少なかった。

人間という機械の有用な点は、まさに総計を出すことにある。［E410］

きわめて緻密な人物が偉大な人物であることはまれであり、その研究もたいていは精細ではあるが無益である。彼らはどんどん実践的生活から離れていく――そこに近づいていくべきなのに。ダンスの教師やフェンシングの教師が脚や手の解剖学から始めないように、健全で有益な哲学はそういった拘泥よりはるかに高いところから始められる。脚の位置はこう置かれねばならない、なぜならそうしないと倒れるから。同様に、これこれこういったことが信じられねばならない、なぜならそれを信じないのはばかげたことだから――これは土台たるに十分な論法である。さらに先に進もうとする人々は、そうするがいい。しかし偉大なことをやっていると考えてはいけない。すべてがうまくいった暁に彼らが見出すのは、分別ある人間がとうに知っていたことにすぎないからだ。ユークリッドの十二番目の原理★1をあらためて証明してみせた人間は、せいぜいのところ聡明な人物と呼ばれるには値しようが、学問の限界を押し広げることには何も貢献していない。そもそもその発見なしでは、何ひとつできるはずもなかったのだ。しかし懐疑家に反論することになるのではないか、だって？　本当の話、こんな連中に反論などするものではない。というのも、そもそも一度不条理なことを信じることのできたような人間を、どんな議論が納得させることができるだろうか。それに、反論されねばならない人間が皆、そうされるに値するだろうか。どんな大拳闘家も、挑戦してくる人間全員と闘うわけではない。ビーティ★2の哲学が尊敬に値するのはこの理由からである。それはまったく新しい哲学というわけではないが、普通より高いところから始めるのだ。それは教授の哲学でなく、人間の哲学である。［E418］

★1……第九公理「二本の線分は面積を囲まない」を指す。『ライプツィヒ純粋および応用数学雑誌』*Leipziger Magazin für reine und angewandte Mathematik:*（1786）に収録されたランベルト（Heinrich Lambert）の「平行線の理論」„Theorie der Parallellinien"というテクストにも「二本の線分は面積を囲まない、という十二番目の原理」（S.145）という記述がある。

★2……James Beattie（1735-1803）スコットランドの哲学者、詩人。リヒテンベルクは『真理の本性および不変性について詭弁と懐疑主義に抗して』*An Essay on the Nature and Immutability of Truth in Opposition to Sophistry and Scepticism*（1770）などを読み、エッセイ等で引用している。

私の知っていた熱狂者たちはみな恐るべき欠点を持っていた。ひとたび火花が降りかかると、それがどんなに小さなものでも、とっくに準備されていた花火のように発火するのである。いつも同じ形で、いつも同じ音を立てて。なぜなら、感情や感覚が印象と釣り合っているのは理性的人間の場合だからである。軽率な人間は第一印象にしたがって冷たく推論を続けていく。それに対し理性的人間は繰り返し振り返って、本能がそれに対して何と言うかを見る。[E427]

我々は最良の思想を、すべて一種の熱の陶酔のなかで得る。コーヒーに刺激された熱である。[E438]

諸観念のクラスター。諸観念の房。グループ。グレープ。[E475]

私の小品によく出てくる「悪魔」という語は庶民が使うような意味で使用されておらず、近年の哲学者があらゆる宗派との和平を保つため使うような意味であり、むしろ代数学者の〝x、y、z〟と比較されるものであり、未知量である。[E485]

人々が数学のある定理を普通の証明によるのとは別の側面から理解することを学んで、「ああ、わかるぞ。こうでなければいけないんだ」と口にするのを何度も見てきた。これが、自分の体系《システム》★に基づいて自分に説明していることの徴である。［E496］

★……本章、［B262］の注参照。ここでも、その人間にとって独自の思考のまとまりであることを表現するため「自分の」と添えられている。

二十四日。★［思考の］体系《システム》には、いろいろな事象について、ある図式に基づき秩序だって思考するというメリットがあるだけではない。そもそもそうした事象について概括的に思考すること自体が体系《システム》のおかげなのだ。後者のメリットは前者よりも大きいことは間違いない。例えば、連想である。［E497］

★……ノートのこの前後の記述には日付が記入されている。さらに曜日を示す記号を伴うものも後出する（［F170］［F202］など）。

もし一国の民が外国語を学ばないと、どのような影響を否応なく被るであろうか。おそらく、あらゆる人の集まりから遠ざかることが一人の人間に及ぼす影響と似たものだろう。［E510］

神の実在の形而上学的証明において「無限」という語を完全に避けるのは、あるいは少なくとも事柄が明らかになるまで使わないでおくのは、ひょっとするといいことかもしれない。［E518］

良識《ボン・サンス》、人間知性、常識《コモン・センス》が完全なセンスとみなされることが多すぎる。実際のところ、それは有益な一般命題の真理についての、つねに警戒的な直観的認識に他ならない。

[E56]

判明な概念を明晰な概念★へやわらげること。

[E77]

★……ヴォルフ学派は、ライプニッツの『認識、真理、観念についての省察』*Meditationes de Cognitione, de Veritate et Ideis*（一六八四）を継承し、概念および認識を分類した。ある概念の表象する対象を同定することができるとき、その概念は明晰（klar）と呼ばれ、できないとき、不明（dunkel）——本書では「明晰ならざる」と訳することが多い——と呼ばれる。明晰な概念のうち、そこで表象された対象を他の対象から区別するためのメルクマールを列挙することができるとき、その概念は判明（deutlich）と呼ばれる。この断片で問題となっている、明晰ではあるが判明ではない概念とは、渾然とした（verworren）ないしは判明ならざる（undeutlich）概念であり、バウムガルテン（Alexander Gottlieb Baumgarten, 1714-1762）によれば美はここに位置づけられることになる。

古くからある言葉を使うとき、その多くはＡＢＣ読本★が掘った水路のなかを、その意味にしたがって流れていく。メタファーは新たな水路を掘る。一気に突き通ることもしばしばだ。〈メタファーの有用性〉。

[E116]

★……当時の初等教育読本。啓蒙期には識字教育改革が進められたが、その際大きな役割を演じた。後期啓蒙期に多様な活動で大きな足跡を残したカール・フィリップ・モーリッツ（Karl Philip Moritz 1753-1793）もＡＢＣ読本を刊行している。モーリッツについては本章［H141］参照。

すでに一度別のところで述べたが、世界におけるすべてはすべての中に消えていき、すべてがすべてのうちにある。★ つまり我々が気づき、一つの言葉で表現するものは、我々がそれに気づく度合いに達する以前からそこに存在していたのである。どの雲も同じ一つの雲であり、ただ度合いによってしか違ったものでありえないという天気の例ほど簡単に、この思想へ導いていくものはない。ひょっとするといつも北極光は存在するが、ただ我々の感覚に飛びこんでくる高い度合いのものだけをそう呼んでいるのかもしれない。北極光はほとんどいつも北の地方に存在するということを知らない人物が、すでにそのように推論していた可能性もある。　［F147］

★……本章［F369］および第七章［L915］参照。

♀［金曜日］。三十日。なぜ人間は読むものをこんなにわずかしか覚えておけないのか。それはそんなにわずかしか自分で考えないからである。他人が言ったことをうまく繰り返せる人がいたら、その頭が単なる万歩計でなければ、たいていそのことを自分でもじっくり考えてきたのだ。記憶力ゆえにセンセーションを巻き起こす頭脳の多くはそうした万歩計である。　［F170］

語りを感覚的にする手段は、メンデルスゾーン★1によれば、多くの徴表を一度に記憶に呼び戻し、その結果、記号表示されたものを記号よりも生き生きと感じさせるような表現を選ぶことである。★2　［F183］

★1……Moses Mendelssohn（1729-1786）　ドイツ啓蒙期を代表するユダヤ人哲学者・宗教思想家・美学者。家庭でユダヤ的な教育を施された後、商業に携わりながらほぼ独学で非ユダヤ思想圏の哲学等も学び、レッシングとの交友を通して啓蒙期の言論活動に積極的に関与することとなる。カントとも、主として文通による交流があったが、

『純粋理性批判』以降の立場には批判的であった。リヒテンベルクはメンデルスゾーンを高く評価し、ラーヴァターがキリスト教への改宗を勧めた件（第三章［C39］）に関してもラーヴァターと対比しつつその人格を称揚していたが、晩年には一転して「メンデルスゾーンはあまりにも持ち上げられすぎた」と記す（同［L593］）

★2 啓蒙期の記号論的美学の核心的命題の一つ。ここではメンデルスゾーンの『諸芸術の主要諸原則について』„*Über die Hauptgrundsätze der schönen Künste und Wissenschaften*"（『哲学著作集』*Philosophische Schriften 2. Teil* Berlin 1761収録）から直接引用している。

♄［土曜日］。二十一日。入り組んだ推論の最後には、常識《センスス・コムーニス》［共通感覚］に尋ねることもできる。数学者が作図や、あるいはもっと荒っぽい見積もり方で、計算違いをしていないか確かめるのと似たようなものだ。見積もりが計算と矛盾したら、どちらが間違っているか見るために、彼は計算をやり直す。［F202］

肝心なのは経験であって読むことや聴くことではない。［とはいえ］一つの観念が目を通じて魂に入ってくるのか、耳を通じて入ってくるのかは同じことではない。［F288］

人間の諸力に対する、あらゆる点での、本物の、わざとらしくない不信が、精神の強さのもっとも確かな徴である。［F326］

メタファーはその作り手よりずっと賢い。これは多くの事物にも言える。すべては自らの深みを持つ。見る眼がある人間なら、すべてのうちにすべてを見る。★［F369］

★……リヒテンベルクはモットーのようにこの表現を用いることがある。本章［F147］、および第七章［L915］でも似た表現が用いられている。

聾唖者★が読むことと話すことを学ぶように、我々も、その輪郭を知らない事柄をなし、我々の知らない意図を実現することができる。彼は、彼自身が持っていない感覚に向けて語るのだ。［F373］

★……リヒテンベルクは聾唖者をモデルとすることを好み、ル・サージュの理論に関しても同様の比喩を用いている（第七章［J1416］）。ディドロの『聾唖者書簡』*Lettre sur les sourds et muets*（1751）の直接的な影響によるものかは実証できないが、両者の思考の間にきわめて興味深い親縁性があることは確かである。

我々の思考は、ときに、ある大発見を本当にぎりぎりのところで掠めているのではないか。［F423］

疑いは用心深くあること以上のものであってはならない。さもないと危険なものになりかねない。［F447］

かつての自然研究者は我々より知るところは少なく、それでいて目標にきわめて近くにいると信じていた。その後、我々は大きく進歩し、いまや、それでもなお目標からははなはだ遠いということを見出している。どんなに理性的な哲学者においても、自らの無知についての確信は、知識の増大とともに増していく。［F462］

言語にはあらゆる学問の痕跡が見出される。逆に、学問に役立ちうる多くのものが言語には見出さ

れる。 [F474]

すべては自らと等しい。どの部分も全体を表出している。私は時折、一時間のうちにわが全生涯を見た。 [F478]

まるで私たちの言語が混乱してしまっているようだ。我々が一つの思想を持とうとすると、言語は我々に一語をくれる。一語を求めているときはダーシを、ダーシを期待しているときには、そこにあるのは猥談なのだ。 [F503]

大物たちが間違っていた事柄において正しくあるのははなはだ危険だ、とヴォルテール★は言った。 [F509]

★……Voltaire（1694-1778）本名François-Marie Arouet　ここでの発言は『ルイ十四世の世紀』*Siècle de Louis XIV*よりの引用。

子供のバブバブから言語が生まれたのは、イチジクの葉からフランスの舞踏会用ドレスが生まれたのと同様である。 [F520]

真理の精製を阻むのは、嘘ではなくきわめて精妙な誤った発言である。 [F552]

同化★1がさまざまな音節と語を生み出すように、固有名詞における音節は想像力によるイメージに色彩を、性格に特徴を与えることができる。一度も会ったことがない人物について形作るイメージや、一度も見たことがない通りや町の形状が何に由来するのかは探求に値する。私が思い描いているリー《Lee》将軍★2の顔には、私の耳に届いている悪行のすべてよりも、二つのeのほうが大きくかかわっている。

［F683］

★1……「言語学上の用語。ある音素Aが、それと直接（ないし間接）に連なるほかの音素Bの影響により、Bのもつ特徴を共有する別の音または音素に変化すること」（『ブリタニカ国際大百科事典　小項目電子辞書版』ブリタニカ・ジャパン　二〇一一）

★2……Henry Lee（1756-1818）アメリカ独立戦争においては大陸軍の騎兵隊を指揮し、後にヴァージニア州知事、合衆国議会下院議員を務めた。南北戦争において南部連合軍司令官として著名なリー将軍（Robert Edward Lee, 1807-1870）の父親である。

現実に存在しようとする衝迫で張りつめた可能性。★火薬としての世界における火花。

［F724］

★……ライプニッツ哲学を連想させる表現。「無ではなくてむしろ何か或るものが現実存在している」のであるから、「可能的事物の内に、ないし可能性あるいは本質そのものの内に、何か或る現実存在の要求（exigentia existentiae）、あるいは（言うなら）現実存在することへの主張（praetensio ad existendum）があること」が承認される必要があるとライプニッツは言う（『事物の根本的起源について』*De rerum originatione radicali* 米山優訳、『ライプニッツ著作集第八巻・前期哲学』工作舎　一九九〇年　九四ページ）。

ポリュビオス★は戦争の原因（cause）と口実（pretence）と開始（beginning）を区別する。一般に後者の二

つのみが知られる。ほかの事物においても同様である。[F747]

★……ギリシアの歴史家（紀元前二〇〇年頃―紀元前一二〇年頃）。

我々は、各人が別の虹を見るのみならず、別の対象、そして別の命題を見る。[F760]

プラトンから取ってくるより自分の中から取ってくるほうがはるかにいい。プラトンは間違って理解する可能性があるからだ。我々はつねに、すべての困難を軽減し、すべて暗冥な部分を照らし出すに十分なだけ、自分自身に近い。★ [F761]

★……一方でこう書きながら、彼は〈自分自身の遠さ〉に注目する観察も多く残している。

誰かが永劫を見上げ、私には見えないものを天に読んでみせると、私は沈黙を守る。私が自分流に予言を読み取ってみせたら、彼のほうが私を信じるしかないからだ。ただし我々がまなざしをこの世に向ければ、意見が違ったときは、一方だけが正しいか、いずれも間違っているかである。我々みな、三段論法の四つの型★1に忠誠を誓い、論理学の至上権の誓い★2を立てたのだ。[F790]

★1……全称肯定判断、全称否定判断、特称肯定判断、特称否定判断の四つを言う。
★2……教皇ではなく英国王を教会の主と認める宣誓。ヘンリー八世によって導入され、一七九一年に廃止された。

人は事物を物体の世界から超越させることができるだけではない。事物を、霊たちの世界から脱超越化★して、物体の世界に戻すこともできる。［F791］

★……原語はretroszendent。「超越するtranszendieren」から派生した「超越的transzendent」という哲学用語の対義語は「内在的immanent」だが、ここでは「戻す」という契機が強調された形に造語されている。

高等数学から、それほど崇高ではない学問のために脱超越化することのできる諸概念のなかで、微分の概念は最も生産的なものの一つである。そこではどんどん小さくなっていく二つの量の比を求めることを学ぶ。それぞれの量は、それ自身として見れば、何物でもない。比の関係に入ると、一方の無は、他方の無によって果てしなく凌駕されることができる。

おぶい紐で結わえられたころのニュートンとキンダーマン★1は、いずれも、少なくとも我々にとっては無であった。母胎のなかの小さな心臓が初めて収縮あるいは拡張したとき、その一方が、成人して惑星の重さを測り、もう一方がドレスデンから太平洋上の船を見る、あるいは世界をぐるりと見る（目の前に見ているものを、私は地球を一周して見ている——直線を加算して円全体をつくるとすれば望遠鏡を発明するであろうと誰が見て取ることができたか。

二人の悪い文筆家、理性的人間なら三行も読めないほど酷い文筆家も、互いに相手を無限に凌駕していくことができる。すなわち、一方は〈ゼロ〉へ向かう大きな軌道上に立ち、もう一方は最後には悪名高い〈愚かさ〉へ向かう軌道上にあるのだ。批評家は作品についてこのように判定すべきである。偉大な小作家が存在する、と私は言いたい。また、とても小さな大作家、もである。神が作家を計量したら、思うに、そのように計量するだろう。実例を挙げるのは不愉快なことだ。ただ、思うにクロプシュトック★2は、より小さな軌道で大きく進み、ミルトンはより大きな軌道上で何段階か低いところにいる。両者が無限に進んだとすると、クロプシュトックはミルトンに比されることで消えてしまったであろう。このアイディアによれば、より酷い詩人が大詩人を凌駕することも可能である。 [F793]

★1……Eberhard Christian Kindermann（1715-??）はアマチュア天文学者・神学者。自分の発明した「ミラクルスコープ」"Miracloscopium"について『完全なる天文学…』*Vollständige Astronomie, ode...*（1744）で報告している。

★2……Friedrich Gottlieb Klopstock（1724-1803）ドイツの詩人。一七四八年、長編叙事詩『メシアス』の最初の三歌を発表。近代ドイツ詩の歴史に一時代を画した。その他、多くの抒情詩やオーデを発表し、若い世代に熱狂的に迎えられた。リヒテンベルクは一七七三年、ハンブルクでクロプシュトックの面識を得たが、若い人々の彼に対する崇拝と、その文学に対しては一貫して批判的であった。

人々は籤《くじ》で一番の札を進んで取ろうとしない。「取るんだ」、と理性は大声で叫ぶ。「それは他の番号と同じだけ千二百ターラーを得る可能性があるぞ」「何があっても取るな」、と何カワカラナイモノ《ジュ・ヌ・セ・クォア》が耳元で囁く。「そんな小さな数が大きな獲物の前に並んだ例はこれまでないぞ」そして結局、取られることはない。 [F829]

この世界という組み立てられた機械で、我々はいつも、思うに、我々のささやかな協力にもかかわらず、主要な事柄については、いつも籤を引かされている。 [F846]

どんなに笑うべき流行も、他の方法では見出されなかったであろうものへの橋渡しになりうる。先入観はときとして理性的な推定規則たりうる、とフェーダー★は言う。 [F871]

★……Johann Georg Heinrich Feder（1740-1821） ドイツの哲学者。一七八八年から一七九一年までマイナースとともに雑誌『哲学叢書』*Philosophische Bibliothek*を発行。ガルヴェと共に『純粋理性批判』の最初の批評を匿名で発表した（一七八二）。

まずは理由なくすべてを信じる時期がある。つづいてほんのしばし、分け隔てある信じ方をし、それから何も信じなくなり、またすべてを信じるようになるが、今度はなぜそうするか理由も述べるようになる。ベルヌーイは「予言する壜」★1の現象をもはや否定しようとはしなかった、とドリュック氏★2は語っている。［F1042］

★1……プロミースはドリュックとの対話でこの話題が出た可能性があると述べている。この現象そのものについては不詳。

★2……Jean André Deluc（1727-1817） スイスの気象学者、地質学者。ル・サージュのもとで数学・自然学を学ぶ。湿度計をはじめとするさまざまな測定機器の発明及び改良でも知られる。イギリス滞在中にリヒテンベルクと知り合い、親交を深めた。リヒテンベルクの死の前年（一七九八年）にもゲッティンゲンを訪問している。

音のように言葉を生み出すことができたら、オイラーの説教機械★は素晴らしい思い付きだ。［F1090］

★……『自然学のさまざまな対象についての書簡』第二巻においてオイラーは「我々のすべての単語を明瞭に発音できる機械が発明されたら、もっとも重要な発明の一つとなるでしょう」（独訳 二三六ページ）と述べている。

正確に考えるとわからないはずのことでも、その多くを信じてしまわない人間はほとんどいない。多くの人々の言葉にのみ依拠してそうしているか、あるいは助けになる知識が自分たちには欠けているだけで、それを手に入れればあらゆる疑いは取り除かれるはずだと考えているのだ。こうして、その真理性をまだ誰も検証したことのない命題が、ひろく一般に信じられてしまうこともありうる。［F1127］

アイザック・ニュートン卿を例に取ろう。あらゆる発見は、程度の差はあれ偶然のおかげである。そうでなければ、理性的な人々は、やおら座って、手紙を書くように発見することができるはずだ。機知が、程度の差はあれ、ある類似性を摑み、悟性がこれを検証し、それを正しいと見出す、これが発見である。ニュートン卿もそうだった。彼以前にも以後にも、イギリスの内外で、能力において彼を凌駕する頭脳が存在したし、これからも存在するであろうことを疑うべき理由はまったくない。同様に、説教師に感嘆する農夫が、勉強し、コツをつかんだなら、もっとうまく説教するだろうことも疑いを得ない。機会ときっかけが発見の母であり、功名心は改良の父、自らの諸力への信頼は力である——結婚生活においても、学問の世界においても。［F1195］

いまだ十分発展していない国民の言語が持つ力強さに驚嘆させられることもしばしばだ。我々の言語も負けてはいない。もっとも卑俗な表現はしばしばきわめて詩的である。しかしある表現が持っている詩的なものは、それがありきたりなものになると失われてしまう。音は概念を生み出し、かつては伝達手段であったイメージは消えてしまい、それとともにあらゆる付随的観念も消えてしまう。［F1223］

我々の思考法と信念の骨格全体は、自分たちの英雄《ヒーロー》たちをもとに形成され、型紙の選択は、我々の経験と熟慮がはなはだ乏しい時期になされる。その結果は、我々の熟考にまで影響を及ぼす――経験の結果にまで、とは言わないが。［G25］

この世のどんな事物にも一瞥《ク・ドゥイユ》が見せる姿がある。すなわち、どんな理性的人間も、何かを聞いたり見たりすると、それについて本能的に判断する。例えば本のタイトルや厚みから内容の価値について推論したりする。もちろん、こうしたことが本来的な判断を左右するというのではない。ただ、ある事象の最初の見かけは、このわずかな情報と比例した判断と結び付けられるが、しばしばそれは明確に意識されないということだ。続く数秒間の経験によって、この判断がまた廃棄されることもしばしばである。こうしたことはすべて学問の種子であり、ランベルトのような人物であればそこから何かを引き出してくることができただろう。ただ、すべての種から木や香味野菜が育ちはしないように、ここでも同様である。そうは言っても、こういった諸々の手がかりは決してないがしろにされてはならない。それは感受された多くの印象が、もっともわかりやすい総計という形に構成された結果なのである。［G39］

思うに、理性を教えることと理性的であることのあいだには大きな違いがある。そもそも健全な悟性を所有するどころではないくせに、それが従わねばならない諸規則について卓越した熟考をみせる人々も存在しうるのだ。生理学者が身体の仕組みを知りながら、自分ははなはだ不健康でありうるようなものだ。人間の頭脳の偉大な分析者は、つねに実践的‐理性的人間というわけではなかった。ここで言っているのは道徳のことではなく、論理学のことである。［G43］

民衆が自分たちの記す文書で実際より理性的な姿をみせることもありうる。というのも、民衆の父祖の精神が失われ始めても、まだまだ父祖の言語を使うことができるからだ。我々の言語におけるメタファーはすべて機知を通して生まれた。そして今では、どんなに機知に乏しい者ですらそれらを用いている。東洋人たちは、その多くの比喩において我々より多くを考えているわけではない。人々はしばしばそれと知らずに、きちんとした人々の行状の外面をこのように解釈するものだが。どんな比喩に富んだ言語も時と共に比喩的なものを失い、冷却して、ただの記号にならざるをえない。そしてこれは恣意的なものに近づいていく。こうしてみれば、言語の知識はとても有益になりうる。 [G127]

ドイツ語では金《ゲルト》は世界《ヴェルト》と韻を踏む。これ以上に合理的な韻はほとんどありえない。あらゆる言語に挑戦する！ [G227]

学問におけるどんな違反も、母語での文法的な間違いのように感じる――そこまで学問を内化していない人間は、まだ多くを学ばねばならない。 [G230]

「何かを信じる」ことと、「その反対を信じることができない」ことのあいだには大きな違いがある。私は、非常に頻繁に、たとえ証明することができずとも何かを信じることができる。反駁することができなくても信じないでいるのと同様である。私がどちら側をとるかは、厳密な証明ではなく、どちらが優勢かによって決まるのだ。 [H12]

哲学と自然学の歴史を考察しようとする者は、最大の発見は他人が確実と称してきたものをただ蓋然的とのみみなす人々によってなされてきたことを見出すだろう。すなわち、ストア派の厳格な確実性と、懐疑主義者の不確実性および無関心性の中間を保った、中期アカデメイア派★の賛同者たちによって。我々は自分たちの知性がもっとも脆弱な時代に、我らの意見を集約するのだから、こうした哲学はなおさら推奨されねばならない。この最後の点は、宗教という観点においても考慮に入れられる必要がある。 [H15]

★紀元前三八七年頃、プラトンがアテネ郊外に開設した学校に基づく学派。中期はアルケシラオス（Arcesilaus, 316-241BC）から始められるとみなされることが多い。

新たに見、新たに聞き、新たに感じることができるように、すべての習慣をなくせたらと思う。習慣は我々の哲学をだめにする。 [H21]

もっとも危険な非真理は、ほどよく歪められた真理である。 [H24]

すべてはある原因を持つ、と我々は信じずにはいられない。ちょうどクモが巣をかけてハエをつかまえるように。クモはこの世にハエなるものがいることを知る前からそうやっているのだ。 [H25]

嘘だとみなされても当然というくらい着飾って闊歩しているものの、純粋な真理であることにおいては他に引けを取らない真理がある。 [H27]

「近視である」ことと「遠くが見える」ことは、メタファー的な意味で、精神的才能について間違った使われ方をしている。近視の者はそこでは盲人を意味する。しかし明らかに、近視の人間は他の人間が見ていない事物を見てもいるのだ。

[H59]

私の好感や嫌悪感が理性に先んじているとき、それらがどのように理性と関連しているかを探究することほど心地よいものはない。別の言い方をすれば、自分がこの世で、今あるような自分であるということ、あるいはなぜそうであるかということを意識化することだ。——我々がすでに機械的にそうであるところのものを判明に意識化すること、そこに我々の全哲学があると私は考える。天が我々にかくも多くの活動の余地を与えてくれているのは不思議なことだ。おそらく、我々が冗談でこれほど頻繁に間違うことができるのは、自由意志で、真面目に間違おうなんて気を起こしたりしないようにするためである。

[H140]

人が多くの発見をするのを見ると、それには大きな飛躍が必要だったわけだが、それが自分ではなかったことに苦痛を感じる。他人が表現しているのを目にすると驚嘆の念を惹き起こす無数の小さな感情や思考——人間の哲学を真に支えるもの——を、自分が言葉で表現しなかったゆえの苦痛は、それとは比べものにならないほど大きい。学識ある頭脳は、万人が書けるようなことだけ書くことが多すぎる。自分が書けるし、それで永遠に名を残すであろうことは引っ込めてしまうのだ。ハルトクノップ★がつるべ井戸の傍らでするような経験を、人生で何度も繰り返してきたものだ。

[H141]

★……カール・フィリップ・モーリッツ（Karl Philip Moritz 1753-1793）の小説『アンドレアス・ハルトクノップ』Andreas

Hartknopf. Eine Allegorie（1786）の第二章「生地にてハルトクノップ初めて目覚める」では、ハルトクノップの幼いときの思い出について語られる。つるべ井戸を見たとき、ハルトクノップは「かつてのなんらかの存在と自身の現在の存在を隔てる、通り抜けられない幕の向こうを見た」ような気持になる。なぜかと考え、幼いころ、家の近くの泉が「自分の存在の源泉」だと母に教えられたことを想い出す。人生には、ある種の事物を介するこれと似た瞬間がいくつもあって、魂に光が差し込んだと思うと、すぐに消えてしまうのだが、それはつねに穏やかな微光を残していく、とハルトクノップは語る。

リヒテンベルクとモーリッツには、ある独特の存在の感覚において似たところがあり、本章のさまざまな断片を『アンドレアス・ハルトクノップ』や自伝的小説『アントン・ライザー』*Anton Reiser*（1789-1790）——大沢峯雄氏による翻訳（同学社二〇〇〇年）がある——と並べて読むことは興味深い結果をもたらすだろう。また「私が考える（ich denke）」ではなく「〈それ〉が考える／思考が生起する（es denkt）」という表現が、考えるという行為の実態に即した表現である——本章［I 806］——という発想も二人に共通する。

人間の精神に対しても、動物の体に対してと同じような神慮が働いている。後者で衝動ないし技術衝動と呼ばれているものは、前者における健全な人間悟性である。両者は抑制することができるが、そこには違いがある。動物にとって、この抑制はあくまで外から強いられるものだが、人間にとっては内発的なものでもありうる。動物は自身にとってつねに主体であり、人間は自分に対して客体でもある。［H142］

「私は」と「私を」。私は私を感じる——ここには二つの対象がある。我々の間違った哲学は言語全体に肉化されている。いわば、我々は間違って推論することなしに推論することはできないのだ。語ることは、何についてかは顧慮せずとも、それだけで一つの哲学であるということを、人は考えてみようともしない。ドイツ語を話す者はだれでも民衆哲学者であって、我々の大学哲学はそれに制限をかけることを旨とする。我々の哲学は全体として言語使用の是正であり、したがって哲学の、それももっとも一般的な哲学の是正である。しかしこの公共の哲学には、格変化と人称変化を有するという利点がある。こうしてつねに、真の哲学は、我々によって誤った哲学の言語を用いて教えられる。語を説明することは役に立たない。なぜなら語の説明だけでは代名詞とその格変化を変えることはできないからだ。 [H146]

我々が、我々の外に事物を表象するやり方をどのようなものと考えようと、そのやり方はつねに主体それ自体に由来する何かを含むであろうし、そうせざるをえない。我々の魂をただ受動するものとだけみなすのは、思うにきわめて哲学的ならざる考えである。そうではなく、魂は対象に［何かを］与えてもいるのだ。かくして、世界をあるがままに認識する存在などこの世にはないであろう。このことを私は精神界と物質界の親和性と呼びたい。世界の秩序が一つの音楽であるような存在、天が音楽を奏でるのに合わせて踊ることができる存在すら、想像することができる。 [H147]

神の存在、魂の不死性などはただ思考可能であって認識可能ではない事柄だということは、どれだけ心していても十分ではない。それは、客観的なものがそれに呼応する必要のない思考の結合、思考の戯れである。矛盾律を認識可能なものまで拡大したことはヴォルフ哲学★の大きな誤りだった。なぜならそれはそもそも思考可能なものに関わるからである。 [H149]

★……クリスティアン・ヴォルフ（Christian Wolff, 1679-1754）の哲学。イエナ大学で数学と哲学を学び、ハレ大学の数学教授となる。一七二一年の「中国人の実践哲学について」という講演がもとで一七二三年にハレ大学を追われ、マールブルク大学に移るが、のちにハレ大学に戻り、学長も務めた。ライプニッツ哲学を基にした演繹的体系はいわゆるドイツ講壇哲学の主流となり、長く大きな影響力を持った。

観念論[★1]について人生のさまざまな段階で熟考するとすれば、概して次のようになるだろう。まず子供のときはその愚かさに微笑する。もう少し大きくなると、この考えは上品で機知に富んでいて許せると思うようになる。そして年齢や地位からしてまだ第一段階にいる人々とそれについて議論することを好む。成熟の年齢にあっては、たしかに自分や他人をからかうには含蓄に富んでいるが、全体としては反論に値せず自然にも反していると考える。もう十分頻繁にそれについて考えたので、さらにそれについて考える値打ちはないとみなす。しかしさらに真剣に熟考し、人事について少なからず知ると、それはまったく抵抗できない強さを獲得する。なぜなら我々の外部に対象があったとしても、我々はその客観的な事象性について端的に何も知ることはできないということ、ひとえにこのことが考慮されねばならないのだから。すべてがどうであれ、我々は結局、観念論者であり、そうあり続ける。いや、端的にそれ以外ではありえない。というのもすべてはただ我々の表象を通してのみ我々に与えられるからだ。こうした表象と感覚[★2]が外的な対象によって引き起こされたと信じることは、これもまた表象である。観念論はまったく反駁できない。なぜなら、たとえ我々の外に対象があるとしても、我々はいつも観念論者であろうから。なぜなら我々はそれらの対象については何も知ることはできないからである。事物が我々の関与なしに我々の外部で生じると我々が信じるのと同様に、それについての我々の表象も我々の関与なしに我々の内部で生じる。そう、我々は我々の関与なしに、現在あるところのものになったのだ。

なぜこれほど多くの人間がこのことを感じないのか、それは彼らが「表象」という語にきわめて不完全な概念を結びつけているからである。すなわち「夢」や「想像」といった概念である。これらはもちろん表象の一種であるが、そのすべてではない。誤解の理由は間違いなくここにある。まず「表象」という言葉で何を理解しているかについて一致しなければならない。それには確かにさまざまな種があるが、それが外から来るという判明な徴を持っているものは一つもない。そうだ、〈外〉とは何か。「我々ノ他ノ《プラエテル・ノース》」対象とは何か。「他ノ《プラエテル》」という前置詞は何を言おうとするのか。それは単に人間の発明である。我々が「我々ノ他でない」と名付ける別の事物との区別を表現するための名だ。すべては感情である。 [H150]

★1……以下、彼が他の箇所でカント哲学との関連において論じた事柄が取り上げられているところから見ると、ここで「観念論」として念頭に置かれているのはまずカント哲学であるようだ。

★2……原語は„Empfindung"。文脈によって「感情および感覚」と訳す場合も多いが、カント哲学との関連で用いられている場合には「感覚」と訳す。

外部の対象を認識する、というのは矛盾である。自分の外へ出ることは人間にはできない。対象を見ていると思っているとき、ただ我々自身を見ているだけだ。我々はこの世界で、我々自身と、我々の内部で起こっている変化以外の何も認識できない。同様に、我々が言うのがつねであるように、他人に代わって感じることも不可能である。我々はただ自身で感じるだけだ。この命題は厳しく響く。しかし正しく理解されればそうではない。人が愛するのは父ではなく、母でも、妻でも子でもなく、彼らが私たちに生み出す心地よい感情と感覚である。それはつねに我々の誇りと自己愛を擽る。他のあり方は不可能であり、この命題を否定するものはこれを理解していないに違いない。しかしこの点において、我々の言語は哲学的であることは許されない。それは宇宙に関して我々の言語がコペルニクス的であることが許されないのと同様である。だが、人間のより高い精神が輝き出てくるのは、自然がいわば人間に仕掛けようとする欺瞞すら明らかにするすべを知っている、というまさにこのことからである、と私は思う。ただ次の問題が残る。誰が正しいのか。自分は欺かれると考える者か、それともそう考えない者か。まちがいなく、自分は欺かれないと考える者が正しい。しかしこの二つの党派のどちらも、自分たちが欺かれると考えてはいないのだ。私が欺瞞を欺瞞だと知ったとたんに、それはもはや欺瞞ではなくなるからである。言語の発明は哲学に先行した。このことが哲学を困難にしている。哲学を、自分でそれほど考えない人間に対しても理解できるものにしようとするときにはなおさらである。哲学は、語るときは、つねに非哲学の言語を語るよう強いられる。 [H151]

私とは何か。私は何をすべきか。私は何を信じ、希望できるか。★ 哲学のすべてはここに還元される。もっと多くの事物をこのように単純化できればと思う。ある文書で論じようと思うことはすべて、冒頭でただちにこのように輪郭を描き出せないか、少なくとも試してみるべきだろう。 [H172]

★……カントの『純粋理性批判』B833では、「私の理性のすべての関心」をまとめる三つの問いとして「私は何を知ることができるか／私は何を為すべきか／私は何を望んでよいか」が挙げられている。また、カントの没後、一八〇〇年に弟子によって刊行された『論理学』においては、上述の三つの問いのそれぞれに答えるのは形而上学、道徳、宗教であるとして、それらがすべて関連する四番目の問い「人間とは何か」を挙げ、これに答えるのは人間学であるとしている。リヒテンベルクの場合、「人間とは何か」ではなく「私とは何か」であることは興味深い。人間についての問いはリヒテンベルクにとっても大きな重要性を持っていた——第三章参照——が、「私とは何か」はその問いに還元できない独自のものとしてあり続けたからである。

私の考えでは、そもそも物体界の諸現象を説明する際にあらゆる困難が生じるのは、我々が乳母の指導の外に出て、もっとはっきりと見はじめてからである。幼児のときからただちにはっきりと見ていたら、物体のどのようなありふれた特性も、もっと複雑な特性とおなじく説明しがたいものに思えただろう。そういった複雑な特性を前にするとき、我々はもはや子供ではない。なぜなら慣性や不可入性といったまったく不可解なものの知識を得るまでは、我々がそれを評価するすべを知ることはないからだ。

しかし、幼児のころからすべてをはっきりと見ることはありえない。我々はまず何かを単純に信じ、感じねばならない。これは我々に癒着し、我々自身が何ものであるかを知るようになる前に、この見解は我々の身体の一部となる。天はここでも、心臓の鼓動と同じように、一群の事物を我々の勝手に任せておくことはなかった。しかし、最後には我々にまた次のような力も与えてくれたのだ。意識とともに学んだものから出発して逆戻りし、我々が野生状態のままでいたら訂正されないままでありえたものを、あとから訂正する力である。 [H181]

時計なしで、ただある種の感情にしたがって秒を数えたら、これらの秒はある時も、別の時もみな同じだろうか。これは大きな問題だ。 [金紙ノート34]

彼の知識をすべてかき混ぜて、再び沈殿させる必要がある。どのようにすべてが落ち着くか見るために。我々の教育ではすべてが寄木細工のように取り付けられ、出荷用に荷造りされる。むしろ、すべてをその比重にしたがって沈殿させるべきだったのだ。このイメージを取り去り、論理的推論の形に分解すれば、良いものになるだろう。 [金紙ノート78]

十四歳で堅信を施されることになっているが、二十五歳で施すようにするか、少なくともゲッティンゲンの家屋の壁のように新たに塗り直されるべきだ。——自分の哲学は十年ごとに塗りなおされねばならない。

[J75]

かつて世界は、今と違っていたとあなたは信じているのか。リンボクの茂みがオレンジを実らせていた、と。そんなことはない？　よろしい。では神の息子だった人間たちがいたと信じるのか。そうか！　おお、義なる神よ。あなたの贈り物である理性は、どこまで劣化しうるのか。理性はなんと弱い道具であるか。

[J99]

★1 ヤコービ、スピノザの教説について★2

★1……この断片の段落分けはリヒテンベルクによる。

★2……ヤコービ（Friedrich Heinrich Jacobi, 1743-1819）の著作『スピノザの学説について。モーゼス・メンデルスゾーン氏宛ての書簡』*Über die Lehre des Spinoza, in Briefen an den Herrn Moses Mendelssohn* の増補改訂版は一七八九年に出版されている。本断片はその読書メモである。十八世紀後半のドイツ語圏に同書は大きな衝撃を与え、「スピノザ論争」ないし「汎神論論争」と呼ばれる論争を引き起こした。「レッシングはスピノザ主義者であったか」を出発点として、議論は「スピノザをいかに理解するか」へ展開され、以後のスピノザ理解に決定的な影響を及ぼした。

その背景は以下の通りである。ヤコービは一七八〇年七月五日から十一日まで、ヴォルフェンビュッテルにレッシングを訪ね、八月十日から十五日まではヤコービの旅行にレッシングが同行し、その紹介で哲学者ライマールス——この人物の遺稿を刊行することでレッシングとハンブルクの首席牧師ゲッツェとの間で論争となり、『賢者ナータン』はそこから生まれた——の娘エリーゼの面識を得た。一七八一年にレッシングは死去。一七八三年ヤコービはエリーゼに宛て、「レッシングがスピノザ主義者だったことをメンデルスゾーンは知っているのか」と書き送る。その後、ショックを受けたメンデルスゾーンの書簡への返書として、ヤコービはエリーゼを介してレッシングとの対話の詳細な報告を送り、メンデルスゾーンはそれに対し簡単な返書を送った。一七八五年メンデルスゾーンは『朝の時間、ないしは神の存在についての講義』*Morgenstunden oder Vorlesungen über das Daseyn Gottes*を刊行。スピノザ主義と汎神論、そしてレッシングの世界観について論じ、同年ヤコービは『スピノザの学説について』を刊行。論争が公のものとなった。一七八六年十二月三十一日、メンデルスゾーンはヤコービへの反論『レッシングの友らへ』*An die Freuden Lessings*の原稿を出版社に届け、帰宅後、病の床につき、一七八七年一月四日死去した。

序文XⅦ　レッシングは言う——スピノザの哲学以外に哲学はない。

同。首尾一貫した決定論者は運命論者から区別できない。ヤコービ。

XXⅠ　ヤコービ氏の観念論と実在論についての著作★およびメンデルスゾーン宛書簡は、次のような結論に至る——あらゆる存在のなかの存在［=神］については、我々は何も概念的に捉えることはなく、その本性は、我々がそれを探究しようとしたら、我々の表象様式にしたがえば、ありえないものと思わざるをえない。この二つのことは、しかし同時に、この捉えがたい存在への信仰を教える、等々（だとすると、単に捉えがたいものなのか？　信仰はここではまったく哀れむべきものだ。信じるとは何か。もちろん我々は信じざるをえない）。

ヤコービは、「無からは何も生まれない《ア・ニヒロー・ニヒル・フィト》」をスピノザ主義の精神全体を総括するものとみなしている。（「現象においてすべてが原因を持つ」ということから、「全体は自己の外に一つの原因を持つ」ということをどうやって証明しようとするのか、それも私にはわからない。それには、あらかじめ、「ひとはかの第一原因に接近していく」ということを証明しておかねばならない——例えば、無理数を表現するものに関して、そうであるように——が、しかしこれは証明不可能である。π μ《ワタシニヨル》）　[J144]

★……ヤコービの『デヴィッド・ヒューム。信について、あるいは観念論と実在論について。対話。』*David Hume über den Glauben oder Idealismus und Realismus. Ein Gespräch* (1787)。

壮麗に「陽光に浮かびあがる塵」と呼ばれているものは、そもそも「汚れた塵」である。　[J164]

ドイツ人は心理的な事象を描写するのに「落ちる《ファレン》」から多くを借りてくる。何かを思いつく《アイン・ファレン》、忘れてしまった《エント・ファレン》、目に留まった《アウフ・ゲファレン》。偶然《ツーファル》。出来事《カースス》が起こる《アキディット》。喝采《バイファル》。　[J180]

すべての表象は、それと区別される客観に関係する何ものかで構成されていなければならない。これをラインホルト★氏は表象の素材と呼ぶ。表象されたもの（対象）はこれを通して表象に帰属する。また、同じようにすべての表象は、意識において表象とは異なる主観（表象するもの）に関係する何ものかで構成されてもいなければならない。表象はこれを通して心性《ゲミュート》に帰属する。それまでは単に表象の素材にすぎなかったものが、それを通して現実の表象となる。すなわちそれは表象の形式以外ではありえない。素材はこの形式を、心性《ゲミュート》のうちで、そして表象能力を通してのみ獲得しうる。この形式が実質的に何であるかが明らかにされない限り、あるときは表象において心性《ゲミュート》に帰属しているものが、対象に帰せられ、あるときは対象に帰属しているものが心性《ゲミュート》に帰せられざるをえない。これまでの哲

学における原罪である！ ［J234］

★……Karl Leonhard Reinhold（1757-1823）『カント哲学についての書簡』*Briefe über die Kantische Philosophie*（1786-87『ドイツ・メルクーア』掲載）が広く読まれ、イエナ大学の教授となる。その後、「意識において、表象は主観によって客観および主観から区別され、そして両者に関係づけられる」という「意識律」を基にした〈根本哲学〉――本断片はこの哲学のリヒテンベルクによる要約である――によってカント哲学に確固たる基盤を与えようと試みるが、それはシュルツェによる批判を受けた。匿名で出版されたこの批判についてリヒテンベルクも言及している（本章［J1006］参照）。こうした議論の中からフィヒテの〈自我〉の哲学が生まれてくることとなる。リヒテンベルクのフィヒテ批判は本章［L982］参照。

カント氏が自然の作品のように研究せねばならない書き方をしたことは、読者に対して親切なふるまいだったとは言えない。自然の作品を探究するとき、その精励と熱意は、「全体は探究に値するし、何かが見つかったら、それはこうした精励恪勤《かっきん》にふさわしいものだ」という確信に支えられている。しかし人間の作品においては、これは期待できない。というのも、著者が間違っていたとか、結局はすべてがヤーコプ・ベーメ流の書き方であったと明らかになることもありうるからである。カント氏は、もちろん世の中ですでに多くの信用を得ている。とはいえ、彼の本★もまた、それ自体としては世の中にとってもっとも関心を引くとは言えない対象にかかわるものであり、それでいてたとえば表象といったさまざまな概念は、あくまでこの本を何度も読むことで知っていくことが求められた。カント氏の本が扱う諸対象はもちろんきわめて興味深いものだが、誰もがそれを直ちに知ることはできなかった。 ［J270］

★『純粋理性批判』が念頭に置かれている。

神の前には規則しかない、それもただ一つの規則で例外はない。我々は最高位の規則を知らないので、一般的規則を作るが、これは最高位のものではない。いや、我々が規則と呼ぶものが、有限なる存在にとってすら例外だということもありうる。　［J279］

思うに、スピノザ主義者と理神論者の違いは、色彩論におけるニュートン派とオイラー派の違い★程度のものだ。　［J280］

★光の本質について、発光体から粒子が放射されるという粒子説を唱えるニュートンと、媒質中を波動として伝播するという波動説を唱えるホイヘンス（Christiaan Huygens, 1629-1695）らのあいだで論争となった。オイラー（Leonhard Euler, 1707-1783）は、その『自然学のさまざまな対象についての書簡』――本章［K45］で引用されている――の書簡一八「放射説の難点について」ではニュートン説を批判し、書簡三一「様々な色をした光線の屈折について」のなかで「個々の色彩の本質はその振動数にある」（一七七三年刊行の独訳版・第一巻一〇七ページ）と書いているようにホイヘンス側であった。リヒテンベルクは、この二つの立場について本書第七章に収録した断片では、このような「縺れきった争いにおいては、問題はもはや端的に「何が真実か」ではありえず、「どの説明がもっとも単純か」である」［K361］と述べている。

神の存在への信仰は、本能である。二足歩行と同様、人間にとって自然なものだ。もちろん多くの人間において変容し、多くの人間において窒息させられてすらいるけれども。統制的★にそれは存在し、

認識能力の健やかな発育に（内的な美しい形態に）不可欠である。[J281]

★……カント哲学の用語。何かを直接実現させるのではなく、全体を方向づける働きを持つことを意味する。例えば理性の統制的使用は構成的使用と対比して用いられる。

どちらの体系《システム》も、理解力のある精神を確実に一つところへ導いていく。それゆえ、スピノザ主義のなかにいて、自分が正しいかどうか確認するために、理神論の体系《システム》を利用することができる。ちょうど、厳密極まりない測定を検証するのに目測を利用するように。[J282]

そもそも完全に捉えるには匂う必要があるものを、目を通して人々にわからせようとすれば、こうなるのだ。[J284]

分岐点を超えることとさえできたら。ああ、全体と無の母胎のうちで、時間が私にとって時間であることをやめる瞬間への渇望に、どれほど駆り立てられることか。かつて私はこの母胎のうちで眠っていたのだ。堆積によってハインベルク★が形成されたとき、エピクロス、シーザー、ルクレティウスが生き、かつ書いていたとき、そしてスピノザが、かつて一人の人間の頭脳に到来した思想のなかでもっとも偉大な思想を考えていたときに。[J292]

★……ゲッティンゲンの森の西に位置する高地（標高三一四メートル）。

今日フランス人たちによって頻繁に用いられている「組織《オーガニザシオン》」という言葉は、学識に関してならまったく正当なものだろう。知識を組織化《オルガニズィーレン》するには仮説と理論を持たねばならない。でなければただの屑の山であり、そんな学者はごまんといる。 [J342]

偉大な演説はたやすく暗記でき、偉大な詩はいっそうそれが容易である。同じ分量の無意味に結合された言葉や外国語の演説を暗記することはどれほど困難か。このように意味と知性は記憶を手助けしてくれる。意味とは秩序であり、秩序とはつまるところ我らの本性との一致である。我々が理性的に語るとき、ただ自らの本質と本性を語っている。記憶に何かを定着しようとするとき、かくして我々はつねに一つの意味ないしは別種の秩序を持ち込もうとする。植物や動物における類や種、さらに韻にまで至る類似性はこうして生まれる。我々の諸々の仮説もまさにこうしたものだ。これらなしでは、我々は事物を記憶しておくことができないが故に、我々はこれらを持たざるをえない。これはとっくの昔に言われたことだが、どこからでもここに戻ってくる。こうして我々は物体界に意味を持ちこもうとする。問題は、すべてが我々に読解可能かということだ。多くの試行や熟考によって、我々に向けられてはいないもの、あるいはまったく読解不能なものにひとつの意味を持ちこむことは確かに可能だ。砂の中に顔を見たり、ある風景を見たり等々といったことがあるが、そうした配置がこのような意図を持っていないのは間違いない。シンメトリーもこれに属する。インクの染みのなかの影絵《シルエット》等々。被造物の連鎖における階梯★も同様である。こういったものはすべて、事物のうちにではなく我々の内部に存在している。自然や、我々の秩序を観察するときはなおさら、我々が観察しているのは自分自身でしかないということは、いくら考慮してもしすぎることはない。 [J392]

★……いわゆる〈存在の連鎖〉は古代ギリシア以来の歴史を持つ思想であり、十八世紀にも繰り返し論じられた。代表的なものとしてポープの『人間論』*An Essay on Man* の書簡一第八節を挙げる。「見るがよい。この空、この海、この大地を埋めて、／あらゆるものが生々躍動し、誕生している。／上には生命がなんと高くまで進出し、／周囲はなんと廣く、下はなんと深く延びてゐることか。／存在の巨大な鎖！　それは神に始まり、／天のもの、地のもの、天使、人間、／けだもの、鳥、魚、蟲、／眼に見えぬもの、望遠鏡のとどかぬもの、／無限から汝へ、汝から無へ——／上なる力に我らがつづくとすれば、／下なる力は我らにつづいている」（上田勤訳　岩波文庫　一九五〇年　三〇—三一ページ）。この観念については『存在の大いなる連鎖』（アーサー・O・ラヴジョイ　内藤健二訳　ちくま学芸文庫　二〇一三年）が必読の文献である。

たとえばル・サージュ★の重力、引力、親和性を機械論的に説明しようとする試みも、同様にこれに属する（前項を参照）。こういったことは、いつも一つの機械を発明したのと同じくらいの値打ちがある。諸天体の運動を、自然におけるのと同じく正確に表現する時計を作ることができたら、世界は歯車で動いていなくとも、大きな貢献をしたことにならないだろうか。発明者自身、自分がこの中に入れたとは思えない多くのことを、この機械を通して発見するだろう。そして計算とはこうした機械仕掛けに似たものでないとしたら何か。それは計算機となる。注意セヨ《NB》

[J393]

★……Georges-Louis Le Sage（1724-1803）はジュネーブ出身の自然学者《フィジカー》。自宅で電信の実験をしたこと（一七七四年）でも知られる。空間中の微粒子（corpuscules ultramondains）の運動と遮蔽によって上記の諸力を説明しようとした。著書に『ニュートン的ルクレティウス』*Lucrèce Newtonien*（1784）がある。

真理 - 感。

[J439]

みずから思考することが多くなると、言語の中に多くの知恵が盛り込まれていることに気づく。そのすべてを自分で盛り込んだというのは、ありそうもない話だ。実際に言語の中には、諺の場合と同じく、多くの知恵が宿っている。

[I443]

思うに、カント氏の賛同者がつねに敵を、「連中は彼を理解していない」と非難するのと同様に、多くの人間は「カント氏は正しい、なぜなら自分たちは彼を理解しているから」と考えている。彼の表象の仕方★は新しく、通常のものとかけ離れているので、いったんそれへの洞察を獲得したら、これを真だと思いたくなる。かくも多くの熱心な賛同者がいるからなおさらである。しかしつねに考慮しておかねばならないが、こうした理解は、それ自体を真理とみなす根拠にはならない。たいていの人間は、こんなにも抽象的で晦渋に書かれた体系《システム》を理解した喜びのあまり、それが証明されたと信じてしまったのだ。

[I472]

★……ここでは思考法ぐらいの意味で用いられている。

哲学の真の体系《システム》も、宇宙の真の体系《システム》も、ともにプロシアから★1やってきたのだとすると不思議なことだ。さまざまな食［＝暗闇］の計算には両者ともに貢献する。しかし確かにカントの体系《システム》のほうが周転円★2はより少ない。

[I473]

★1……カントとコペルニクスが念頭にある。カント宛の書簡（一七九一年十月三十日付）でも両者が並べられている。

★2……天動説において、円軌道上にあると推定された惑星の運動を説明するためにアポロニウスによって提唱されたもの。惑星は地球を中心とした大きな円（従円）上に中心を持つ小さな円（周転円）の上を運動するとされた。

ひとつの事柄について、ある大人物が抱いていた見解を理解したとたん、それが真理であると確信してしまうことほどありふれたことはない。しかしこの二つはまったく別の事柄である。私自身についてもしばしばそうであった。難解なティコの体系《システム》★を苦労して通り抜け、そのすべての周転円を通り抜けた多くの者は、こう考えたであろう――ありがたや、これでようやくすべてが片付いた、と。

[475]

★……ティコ・ブラーエ（Tycho Brahe, 1546-1601）はデンマークの天文学者。デンマーク王の援助で大天文台を建造し、観測にあたった。後にデンマークを去り、プラハにルドルフ二世の援助で建造した天文台で観測を続けた。ティコの宇宙体系は、地球は静止し、太陽が公転しているとしながらも、他の惑星は太陽の周囲を公転していると考える複雑なものであった。

彼は形而上学の上でいくつかの小劇を演じることを学んだ。

[507]

学者の世界がどうなっているかということをこの上もなくはっきりと示しているのは、スピノザがこれほど長きにわたり悪しき下劣な人間とされ、その見解が危険なものとみなされてきたということである。多くの他の人々の名声に関しても同じようなものだ。

[523]

スピノザの『エチカ』★は、各章の表題から主たる主張を知ることができる。

一、神について
二、精神の本性と起源について
三、感情の起源と本性について
四、人間の屈従あるいは感情の力について
五、知性の力あるいは人間の自由について

[J525]

★同書のタイトルは、この断片ではドイツ語で記され——ドイツ語版は一七四四年に刊行されている——各章のタイトルはラテン語のまま記されている。

はっきりしない書き文字では、単語を知ることで文字がわかる。同じように、〔文の〕意味《ジン》が文のなかの単語の意味《ベドイトゥング》を明らかにし、最終的には章の意味が個々の文の意味を明らかにする。

[J540]

誰もが単純とみなす思考を、彼はプリズムが太陽光をそうするように七つの他の思考に分解することができた。それらはいずれ劣らぬものであった。それからとつぜん別の一群の思考を取り集め、他人の目には色とりどりの混乱以外の何物でもないものから、太陽の白色光を創り出すことができた。

[J597]

ずいぶん前から、哲学はいずれ自分をも貪り食うことになるだろうと思ってきた。——形而上学はすでに自分の一部を貪り食っている。

[J620]

比喩を先に作っておくのも、時には役に立つ。許されざる美文家の手段だが、それでも使われている。試してみること。

[J626]

「限りなく」という語がいかに誤用されているかは驚くほどである。「すべては限りなく、より美しく、より良く」等々。この概念は何か心地よいものを持っているに違いない。でなければ、この誤用がこんなにも一般的であることはなかろうから。古代の人々はこれについてどう考えていたか。

[J661]

我々の外にある事物は、我々が見ているもの以外の何物でもない。少なくとも我々にとっては、そうである。というのも、観察主体がつねにあいだに入ってくるので、我々はただ関係にしか気づくことはできないからである。神自身も、事物の中に自己のみを見る。

[J681]

非常に多くの、ひょっとするとたいていの人間は、何かを見出すために、まずそれがそこにあることを知らねばならない。

[J688]

とても役に立ちそうな翻訳術について書けるだろう。庶民の言葉と、その語り方を我々の生活における本来の言語に翻訳する術である。庶民はしばしばぞっとするようなやり方で、哄笑と共に、ある事物について口にするが、それが我々の言葉に翻訳されると、彼らはまったく別のことを語っているように見えるか、あるいは実際に語っていることになるだろう。人生のさまざまな出来事について、我々は違った語り方をするが、考え方はそれほど異なっているわけではない。

[J692]

地理学者《コスモグラーフ》はもちろん、北西方向の踏破路★は見出さないであろうが、毛皮商人たちは違う。哲学的な事柄であっても、香辛料や毛皮の商いが促進されるようなやり方で調査をしたら大いに進展を見るだろう。［J700］

★……ゲオルク・フォルスター（Georg Forster, 1754-1794）の『アメリカ北西海岸とその他の毛皮交易』*Die Nordwest-küste von Amerika und der dortige Pelzhandel*（1791）（『ゲオルク・フォルスターコレクション――自然・歴史・文化』森貴史／船越克己／大久保進 共訳　関西大学出版部　二〇〇八年　所収〔船越克己訳〕）では、アメリカ北西部および東北部の地理的発見の多くが毛皮業者によってなされたと報告されている。

ひょっとすると、カント哲学を土台に一種の妖精物語ができるかもしれない。光が音楽となるような直観の別の形式。ああ、これはなんだ。これが時間か？　こんなものはもちろんナンセンスだろう。しかしハミルトン伯★のメルヘンのように、現在の世界に対する道徳的寓話と諷刺を入れることもできる。［J711］

★……Antoine Hamilton（1646-1720）　アイルランドの作家。スコットランド貴族の出自であるが著作はフランス語で行った。独訳版の『妖精物語』*Feen-Märchen* は一七九〇年に刊行されている。

「顕微鏡的に論じられた哲学」と言っていけないわけがあろうか。カント哲学がそれなのだ。まず裸眼を用い、次に小型の望遠鏡を、それから強力なやつを用いる。星々の歩みを観察するのにハーシェルの望遠鏡は必要ない。［J724］

まず悪意と妬みが命題を非難し、それからようやく折衷的な諸原則をゆるく機知的に結び付けて非難の根拠が探される。私にとって哲学者とはこんなものだ。神よ憐れみたまえ。 [J741]

チェスの、そしてタルムードや古いスコラ哲学の形式すらも優れたものだ。しかし素材はあまり役に立たない。さまざまな力が修練されはしたが、そこで学ばれるものには価値はない。 [J749]

新しい鉱泉の治癒力は強い。 [J751]

九一年七月九日。庭で。ある思考に至る者もいれば、突き当たる者も、落ちつく者も、想到する者もいる（ここには「砕ける」は欠けている）。それに、陥る者もいる。「私はその思想へと赴いた」と言う人間はいない。もし言うとすれば、これが「王道《ウィア・レギア》」であろう。 [J756]

充足理由律は、単に論理学的命題としては思考の必然的法則であり、その限りで反論の余地はないが、それが客観的な、実在的な、形而上学的な根本命題であるかどうかは、また別の問題である。 [J757]

我々の意志が自由であることを、我々は、生起することにはすべて原因がなければならないということよりはるかに判明に認識している。議論を逆にして、こう言ってみることはできないか。原因と結果についての我々が抱く概念は極めて不適切なものに違いない。なぜならもしその考えが正しいと

したら、我々の意志は自由ではありえないはずだから、というように。［J790］

我々がしばしば繰り返す過ちにもいいところはある。すべてはいま考えているのと違ったものでありうると考える習慣がつく点だ。こうした経験も、原因を探すことと同じく一般化できる。するとついには矛盾律の必然性すら否定する哲学に到達せざるをえない。［J942］

存在と非存在という概念は、我々の精神のあり方ではとにかく突き詰めきれないものだ。そもそも、「存在」が何であるかすら我々は知らない。定義に深入りすると、どこにも存在しないものが現に存在しうると認めざるをえなくなる。カントもどこかでそんなことを述べている。［J943］

知性が熟すると、あるいは自らが統治しうるものを持つこともなしに自らの統治力を感じると、もちろん奇妙な事態が生じる。小領主たちの誤りに割って入って、支配者たちの前で自分を笑いものにする。多くを読み、しかし統治術はわずかしか自分のものにしていなければ、賢者の前で自分を笑いものにする。結局のところ笑いものになる定めならば、賢者の前よりは支配者の前でそうなりたい。思索する人間の前でよりは、多くを読む人間の前でそうなりたい。思索する人間は、私が自分の能力を使ってきたそのやり方で、いつも私を判断するから。［J945］

啓蒙の印としては、よく知られた火の印（△）がいいのではないかと思う。火は光と熱を与え、生きるものすべての成長と進展に欠かすことができない。ただし——不注意に扱われると、火傷を起こすし破壊もする。［J971］

『エネシデムス、あるいはラインホルトの哲学について★』は良書であるとのことだ。[J1006]

★……Gottlob Ernst Schulze（1761-1833）によって匿名で一七九二年に出版された書物。この書物に対する批判的書評（一七九四）においてフィヒテ（Johann Gottlieb Fichte, 1762-1814）が自我の自己定立という構想を打ち出すこととなる。

ベーコンが素晴らしいことを言っている（『ノヴム・オルガヌム』第一巻・アフォリズム四五番）——ほんのわずかの秩序を見た人間は、ただちにあまりに多くの秩序を推定する。[J1068]

哲学することを、当の哲学が許さないという状況は、それほどまれなことだろうか。[J1234]

ベーコンのオルガノンはそもそも発見術的な梃子であるべきだ。[J1242]

いわば、すべては善い。砂粒をふりまかれた表面が、あらゆる可能な図形を含んでいるようなものだ。そのなかでもっともふさわしい図形だけが際立たせられるのだろう。とはいうものの、最善のものが存在するのは確かなので、人間は［選択のための］人工的な動機を創り出さねばならない。宗教、この哲学者は自分で最良の動機を作り、別の人々は彼に従わねばならない。普通の人間は、ボートに若干の携行食料を積み込んで、陸地の見えない洋上にいる。櫂《かい》と力はあるが、長くはそこにとどまれない。そこで宗教が導きの星として必要になる。しかしどんな宗教が？　私はどの宗教も、さまざまな動機［＝運動の根拠］からなる人工的な体系《システム》とみなす。権威を通してそこに威厳が与えられてきた。他のやり方では、主観的な原因から、そして客観的な原因から、この体系《システム》は威厳を持たないものとなってしまうだろう。

衝突されなければ事物が動かないのであれば、少なくとも規則に従って衝突される必要がある。大砲の前方が後方や側面と同じように塞がれると、それは何もしないか、砲術下士官を爆殺してしまう。——ここから、このイメージから、分析によって一群の普遍的命題が導き出せる。最終的には、こうしたいくつもの側面から出発することで、何かが生まれる。こうして機知は分析による発見に大いに役立つ。それが最後に手渡してくれるものは、総合によって隠され、機知の発見物とは決してみなされなかったであろうものなのだ。

［I351］

神、この大いなる隠レタ性質《クワーリタース・オクルタ》★。

［I485］

★……アリストテレス主義において、「顕われた性質の作用で、容易にまたは明白に説明できない物理特性（……）を〈隠れた性質〉と称した。結果は明らかでも、原因が隠されていたからである。（……）もともとは、とりあえず原因がわからない性質の分類に使われた表現である隠れた性質が、本有的な、還元できない性質のゴミの山になったのである」（『現代科学史大百科事典』より「共感と隠れた性質」（二一〇ページ）太田次郎［総監訳］朝倉書店　二〇一四年）。

並外れた人間だけが発見をして、発見されてみると、それはとても簡単で単純に見える、というのは不思議なことだ。事物のもっとも単純な、しかし真の関係に気づくにはとても深い知識が必要だという、これが証拠である。

［I529］

我々の外。我々がいかにしてこの概念に至ったかを言うのは難しい。なぜならそもそも我々はただ我々の内で感覚するからだ。「何かを自分の外で感覚する」というのは矛盾である。我々は自分たちの内でのみ感覚する。我々が感覚するものは我々自身が変様したものにすぎず、したがって我々の内にある。これらの変化は我々に依存しないので、我々はこれらを我々の外にある事物に帰して、事物が存在する、と言う。我々は「我々ノ他ニ《プラエテル・ノース》」と言うべきなのだ。「他ニ」を我々は前置詞「外ニ《エクストラ》」で置き換える。これはまったく別物である。すなわち、我々は事物を我々の外の空間において考える。これは明らかに感覚ではない。そうではなく、感性的認識能力の本性に分かちがたく織り込まれている何かであるように思われる。それは、あの「我々ノ他ニ」の表象が我々に与えられている形式である。感性の形式。 [J537]

自分たちが自由に行為すると信じていることは、我々が機械であるとすると、これもまた知性［悟性］の形式ではあるまいか。最初の発生を知覚することは、そもそも我々にはできない。我々が知覚するのはそもそも〈何が起こったか〉であって、〈いかに起こるか〉ではない。したがって、我々が「今、あることをしている」と信じるとき、それはすでになされた後なのだ。 [J538]

音響においては色彩における黒に対応するようなものがない。死のような沈黙を黒と呼ぶことができるかもしれない。休止は黒い。 [J543]

人生のあらゆる出来事を、自己と自己の学問に役立てる才能、そこに天才の大きな部分はある。マデラ酒の瓶のなかのハエを相手にするフランクリン★。 [J1547]

★……フランクリン（Benjamin Franklin, 1706-1790）は、アメリカの出版業者、発明家、科学者、政治家、文人。まずは電気の研究者としてリヒテンベルクに大きな影響を与えた。雷雲に凧を飛ばし、電気を地上まで誘導することで雷が電気現象であることを証明し、避雷針を発明した。アースを備えた本格的な避雷針をドイツに導入したのはリヒテンベルクである（一七八〇年）。ここで言及されているのは、アメリカでマデラ酒の瓶にハエを沈め、ヨーロッパで蘇生させたという実験のことであり、一七八〇年版『ゲッティンゲン懐中暦』でリヒテンベルクもこの実験について報告している。

空想が獲物を求めて無計画に歩き回り、無計画に踏査していくことで、獣が狩り出されてくることもまれではない。この獣を、計画的な哲学は、自らのよく秩序立てられた家政に使うことができる。

［J550］

人間は原因を探す存在である。さまざまな精神からなる体系の中で、人間は〈原因探究者〉と名付けられうるだろう。人間ならざる精神は、事物を別の、我々には捉えがたい関係において考えるかもしれない。

［J551］

「黒を見る」ことは、「何も見ない」こととは違う。目を持たない者は周囲のすべてを黒く見るのではなく、そもそも何も見ない。我々は耳では、事物を黒く見るのではなく、まったく見ない。要するに、黒はいわば見られ感覚されるものであり、光によって活動させられる感覚にとっての静けさの感情である。

［J651］

発話－音響機械：外国語で何かを吹き込むと、別の穴からドイツ語の翻訳が響いてくる。　［J659］

事物の名前を定義に変えようとすれば、世の中にはどれだけのお喋りが発生するだろうか！　［J806］

人間は、「アリクイ」風に「原因クイ」と名付けることができよう。すこし強烈過ぎるか。「原因－動物」のほうがいいか。　［J826］

（私は、間違いなく内容豊かな自分の混乱を自己評価するすべを学ぶためにも、どうしても書く必要がある）　［J842］

我々は自然の至るところである種の確実さを求めるが、それはすべて我々自身の確実さという明晰ならざる感情による指令以上の何ものでもない。我々が自然に見出すすべての数学的法則は、その美しさにかかわらず、私にはいつも疑わしい。それは私を喜ばせない。それは補助手段でしかない。近くで見ればすべては真実ではない。　［J843］

コロンブス、コロンブス！　と至るところで。　［J849］

世界を創造した存在について人間が抱くありふれた見解には、明らかに、大量の敬虔で哲学的ならざるナンセンスが混入している。「これらすべてを創り出したのは、どんな存在でなければならないだろう！」という叫びは、「月が発見された鉱山は、どんな鉱山だろう！」以上のものではない。というのも、第一に尋ねられるべきは、世界は創られたのか、ということであり、第二に、世界を創り出した存在は、錫から懐中時計を作ることができただろうか、ということだからである。つまり、錫を溶かし、鋳造して板金を作り、歯車を切り出して鑢《やすり》をかけることができたか、ということだ。私にはできるとは思えない。そんなことができるのは、人間だけであって、より完全な人間が存在したとしたら、さらにいろいろなコツを思いつくことだろう。しかし我々の世界が創られたとすれば、それを創った存在は人間の尺度では測れない。クジラがヒバリの仲間ではないのと同じだ。著名な人々が、「ハエの翅にはどんな精巧な時計よりも多くの知恵が宿っている」などと言うと、したがってほとほと呆れてしまう。時計が作られるやり方で、ハの翅を創ることはできないし、ハの翅が創られるやり方で懐中時計を作ることもできない――この命題が言っているのはただそれだけのことでしかないのだ。人は賢明でなければならず、そんな無用の、敬神めいた暗示とは縁を切らねばならない。これを口にする必要はない。しかしこういったことを考える力は持っていなければならない。この力は必要だからだ。

[J856]

我々が自然のうちに見ているのは言葉ではなく、いつも言葉の最初の数文字でしかない。いよいよ読もうとすると、明らかになるのは、新たないわゆる「言葉」も別の言葉の最初の数文字でしかないということだ。

[J2154]

あるとき、より高次な存在が私たちに、世界がどのように発生したか述べたとして、我々がそれを理解できるかどうか、知りたいものだ。できるとは思わない。「発生」について何かが語られることもおそらくないだろう。それは単なる擬人論だからである。我々の精神の外では、「発生」という我々の概念に照応するものは、まったく何も存在しないということは大いにありうることだ——この概念が事物の事物に対する関係にではなく、事物それ自体に適応されるならば。
[K18]

オイラーは『自然学のさまざまな対象についての書簡』★（第二巻、二二八頁）で、稲妻がそこに落ちることのできるような人間がいなくても、同じように雷は鳴り稲妻は光るだろうと述べている。これはまったく普通の表現だが、これを完全に理解するのは私には容易なことではなかったと告白せねばならない。

「存在する」という観念は、我々の思考から借りられてきたものであると、私にはいつも思える。感じ思考する生物がもはや存在しないとなれば、もはや何も存在しない。これがどれほど素朴に響こうと、またこんなことを公言しようものならどれだけ嘲笑されることになろうと、こんなことを推測できるということは、人間精神の最大の長所の一つであり、そのもっとも奇妙な機構の一つであると思える。このことはまた、私の「魂の移動」とも関連している。

この点について、とても多くのことを考える。もっと正確に言えば、感じる。私はそれらを表現することができない。なぜなら、それは通常の意味で人間的ではなく、したがって我々の言語はそれを表現できるようにつくられてはいないから。どうか、このことがいつか私を狂わせたりしないように！

これについて書こうとすれば、世の人々は私を愚者とみなすであろうことは、よくわかっている。だから私は沈黙する。それは語ることもできない。私の机の上のインクの染みを読み取って、ヴァイオリンで演奏することができないのと同じだ。
[K45]

★……*Lettres à une princesse d'Allemagne sur divers sujets de physique et de philosophie* 第一部と第二部は一七六八年、第

三部は一七七二年にペテルブルクで刊行。第一部と第二部の独訳が一七七三年に刊行されている。

わが哲学は、何か新しいものを発見するには十分ではないにしても、とっくに信じられているものを自明のものとみなさないだけの心は十分に持っている。［K49］

自分は生まれる前に死んだことがあり、死によってまたあの状態に戻るのだという考え★を払いのけることができない。この観念を判明なものにすることができないのは、多くの点から見て幸運なことだ。人間が自然のこの秘密を察知できるとしても、もしそれを証明できたとしたら、それは人間の利益に大いに反することとなるだろう。死んで、そして以前の現実存在の記憶とともに再び生を得ること、これを我々は「気絶していた」と呼んでいる。これからあらためて形成されねばならない、［かつてとは］別の諸器官とともに目覚めること、これは「生まれる」と呼ばれている。［K54］

★……これも「魂の移動」に関わるのだろうが、ここでは伝統的な輪廻転生に近いものが考えられているようだ。

「思うに」——自分の熟考が生み出すのであって、計算の対象ではないものを語るときは、いつもこの言葉で始めるべきだろう。思うに、多くの頭脳は現にやっている以上のことが本来できるはずだ。この程度なのは、自分に能力が欠けていると、ある時あきらめてしまったせいである。多くの新しいものを目にした他の人間は、より多くの能力を持ってはいなかったかもしれないが、もっと勤勉だったのだ。したがって、どの哲学者にも、次の金言はどれだけ勧めても足りないくらいだ——「勇気を出し、目覚めてあれ！」［K62］

我々の機構が与える指示は、まったく説明のしようがない予感から、知性のこの上なく判明な洞察まで、どれほどさまざまな段階を有するか、これは驚くほどである。この諸段階を分析するのは私のもっとも好む仕事の一つだ。ほとんどすべての熟考に先行して、ある規定するような感情が存在する。これは、心性がうまく働いているときにはまれにしか誤らず、知性はいわば後からこれを批准するに過ぎない。動物はただそうした予感にのみ導かれているのかもしれない。［K63］

事態は次のように考えられるかもしれない――我々はさまざまな印象を受け取る能力を持っている。これが感性である。これによって我々は我々の中で起こっている変化を意識する。こうした変化の原因を我々は対象と呼ぶ。我々はこうした対象であるだけではない。自分たちの中に気づくある種の変化や印象については、我々はその根拠を我々自身の中に求めるが、それはそれらが我々に依存し、ないしは我々の内にあることを意識しているからである。こうして我々は、魂のその都度の状態を意識している。この能力は内官である。つまり「これは私のなかで起こる」と言うとき、このことを私は内官を通して経験している。注意の感情、自発性の感情。ここでは我々は対象であり観察者、客観にして主観である。

★さて、我々は単に受容する主観ではあるが、客観ではまったくないと、反駁不能な確信をもって感じる印象もある。このときの対象は、我々の他にあるもの、我々とは異なったものだというだけで十分かもしれない。――それが我々の感じうる唯一のことだ、と考えるべきだろう。しかしこの「我々の他に」が「我々の外に」に変化するということ、それを空間における我々からの距離に結びつけ、結びつけざるをえないということ、これは我々の本性の必然的要求であるようだ。この表象は必然性を伴っているのだから、これが経験に由来することはありえない。というのも、いかなる経験命題も必然性を含意しないから。いや、それどころか我々は空間を無限なものと思考せざるをえない。だとすればどうやってそんな無限なものを経験できるというのか。それは不可能である。したがって、思うに、何らかの命題があらゆる経験から独立しているとしたら、それは物体の延長についての命題である。

ここで次のような問いが生じる（これに答えた人間がいるかどうか、私には言うことができない）。物体に客観的実在性が与えられ、諸特性が帰属するのであれば、無数の事例の中には、次のようなものもありうるのではないか。すなわち、我々が自分たちの本性に従ってそこに帰属させざるをえない特性を物体が持つのは、それらの物体がその特性を持っているためではなく、直観が持ちうる無数の形式の中では、こうした［物体と特性の］一致も可能だからという理由による、という場合である。これは予定調和ということにもなるだろう。ここでまた問題となるのは、こうした問いを立てることが許されているか、ということだ。ある客観が、それとは異なるあるもの［主観］にとってそうであると思われるようなあり方を実際にしている、ということがありうるか。こうした問い全体が、またしても擬人論である。というのも、いかにして感覚し思考する存在がその外の客観に触発されうるか、我々は知らないし、知ることもできないからだ。こうした状況にあっては、なしうるもっとも賢明なことは、我々のもとにとどまり、我々の変化するさまを観察し、事物それ自体の性状は気にしないことだろう。

内官の対象にとっての時間についても、いわゆる外的対象にとっての空間と同様だろう。我々自身のなかでの変化を、我々は持続、継起、同時性等々といった形式において直観する。　[K64]

★……本断片の段落分けはすべてリヒテンベルクによる。

深い哲学の研究がこれほど困難なのは、日常生活で一群の事物を自然で容易だと思うあまり、それが別様であることはありえない思うことによる。しかし知っておかねばならないが、本来そう呼ばれるべき「難しいもの」を説明するためには、そういった一見して些細なことの限りない重大性がまずは認識されねばならない。「この石は硬い」と私が言うとき、まずは多くの事物に帰属しうる「石」という概念をこの個体に付与し、続いて硬さについて語り、こうして「硬いこと」を「石」と結びつけるわけだが、これは驚嘆すべき操作であって、多くの本を書き上げるにあたりこれほどのことがなされているかと問うこともできるくらいである。「しかしそれは些事ではないか？　それを知る必要はあるのか？」――第一の質問に答えれば、これは些事ではない。というのも、まさにこうした単純な事例を手掛かりに我々は知性の作用を知らねばならないからだ。まず複合的な事例でこれをしようとすると、すべては無駄に終わる。こうした容易な事物を困難だと見ること――これは哲学における少なからぬ進歩の証である。――第二の問いについては、こう答えよう。「いや！　知る必要はない。そもそも哲学者である必要もないのだ」［K65］

本当にわずかな人間しか非存在の価値を正しく熟考してこなかったのだろう。死後の非存在として私が考える状態は、生まれる前にそうであったような状態である。これはそもそもアパシー★ではない。というのも、アパシーはまだ感じられることが可能だから。そうではなく、まったく何でもないのだ。私がこの状態に陥ったら――ここでは「私」や「状態」といった語はまったく不適切なのだが――思うにそれは、永遠の生に完全に釣り合うようなものだ。――感覚を持つものが話題になっているときには、対置されるのは存在と非存在ではなく、非存在と最高の至福である。思うに、どちらの状態にあっても、同じように快適であろう。存在し、待ち受けること、みずからの理性に従って行為するこ

と、これが我々の義務である。我々は全体を見通すことはできないのだから。　［K66］

★……情動などに乱されない心の状態としての〈アパティア〉が念頭に置かれている。

我々の世界は、ある下位の存在の作品であるかもしれないと、もう何年も前に考えたが、いまだにこの考えから戻ってくることができない。いかなる病気も、苦痛も、死も存在しない世界などありえない、と信じるのは愚かしいことだ。天国はそのようなものとして考えられているではないか。「試練の時」や「漸次的完成」について語ることは、神についてきわめて人間的に考えることであり、ただのお喋りである。神に至る霊たちの諸階梯があって、我々の世界はその一段階の、まだ肝心なことをよくわかっていなかった霊による作品、試作品であってはなぜいけないか。念頭に置いているのは、太陽系であり、あるいは天の川で終わる我々の星雲である。ハーシェルが見た星雲は、[1]ひょっとすると納入された試供品、あるいはまだ手を入れられるものに他ならないのではないか。戦争、飢え、貧困、疫病などを見れば、これらすべてが最高に知恵ある存在の作品であると信じることはできない。あるいは、そうした存在は自分から独立した素材を見出し、それによっていくらか制限されたのに違いない。その結果、これが、相対的に最善の世界ということになるのだろう。これはすでに何度も教えられてきた[2]ことだが。　［K69］

★1……ウィリアム・ハーシェル（William Herschel, 1738-1822）は大口径反射望遠鏡を用いて、妹のキャロラインと共同して銀河系や星雲を研究した。ここで念頭に置かれているのは“On nebulous stars, properly so called”という *Philosophical Transactions*（Vol.81, 1791）に掲載された論文である。

★2……ライプニッツの『弁神論』*Théodicée*（1710）以降、ドイツ講壇哲学で論じられてきた最善世界説が念頭に置かれている。

我々も、我々の外の諸対象と同じように何ものかである、という確かに本当の観察は、カント哲学の最大の土台の一つである。すなわち、何かが我々に作用するとき、その結果は作用する事物だけでなく、働きかけられている当のもの［すなわち我々］にも依存する。両者は、衝突の場合のように、同時に能動的であり受動的である。というのも、ある存在が他の存在の作用を受けうるとき、当の存在の作用が混じって現れないということは不可能であるから。この意味でただのタブラ・ラサ★はありえないと考えるべきであろう。というのも、どのような作用によっても、作用する事物は変容し、作用する側で失われるものは作用される側で増大し、逆も真だからである。［K74］

★生得観念を批判した経験論において、経験以前の〈白紙状態〉にある魂を指す概念。ロックの『人間知性論』*An Essay concerning Human Understanding*（一六九〇）によって広く知られるようになった。リヒテンベルクはライプニッツの『人間知性新論』*Nouveaux Essais sur l'entendement humain*（一七六五年刊行）を通じてロック哲学に親しむようになっていた。

我々は、我々に依存していないある種の表象を意識する。他の表象は我々に依存していると、少なくとも我々は考えている。どこに境界があるのか。我々が知っているのは、ただ我々の感覚の、表象の、そして思考の現実存在だけである。「閃く［稲妻が光る］」（Es blitzt）と言うように、「思考する」（Es denkt）と言うべきだろう。コギトと言うことは、それを「私は思考する」（Ich denke）と翻訳するとしたら、すでにやりすぎである。「自我」を仮定し、要請するのは、実践上の必要からである。［K76］

カントの精神をもって考えるとはどういうことか。思うに、我々の存在——それがどのようなものであれ——と、「我々の外にある」と我々が呼ぶ事物との関係を明らかにすることだ。すなわち、主観的なものの客観的なものに対する関係を規定することである。これはもちろん、つねに、徹底的な自然探究者の目標であった。しかし問題は、彼らがかつてカント氏ほどに真に哲学的に始めたかということだ。これまでは、すでに主観的であり、そうあらざるをえないものが、客観的とみなされてきたのである。 [K77]

私はいつも理論化を許す。これは魂の衝動の一つで、いつか十分な経験を積めば、ただちに役立てることができるものだ。それゆえ、今の我々の理論的な愚行の数々が、将来になって適用の場を見出す衝動の現れである可能性もある。 [K78]

理性のうちに人間は在り、情熱のうちに神は在る。思うに、ポープはすでにそんなことを言っていた。★ [K79]

★……ポープ（Alexander Pope, 1688-1744）の『人間論』*An Essay on Man*（1633-34）には「本能の導きは神で、理性の導きは人間なのだ」（上田勤訳　岩波文庫　二〇〇一年　六五ページ）（三―九七）とある。ポープにおいて「本能」instinctであったものが、リヒテンベルクでは「情熱」die Leidenschaftenとなっている。

信仰は理性より強力になりうるということは不思議ではないか。そして、いずれも、支配し始めたところでは行為を同じように強く導くのだから、我々の行為の制御に対する権利をより多く有しているのはどちらなのかというのは、一つの問題ではなかろうか。 [K80]

擬人論はどこまで拡がりうるか——この語をもっとも大きな範囲で捉えれば——、それは見通すことができない。人々は死者に復讐する。骨は掘り出され辱められる。生命なきものに同情を抱く。家の時計が寒いなかに置いておかれると、そのことを嘆いた人間もいた。我々の感情や感覚の他のものへのこうした転移は、至るところで、きわめて多様な形で支配的であるため、区別することはいつも簡単というわけではない。ひょっとすると「他人」という言葉も、こうした起源を有しているのかもしれない。 [K83]

我々全員のなかで、年に一度も馬鹿になることのない人間、すなわち一人でいるときに現実世界とは別の世界、別の幸福な状況を考えたりしない人間がいるだろうか。理性は、その場面が過ぎたら直ちに自己を再び見出し、劇場を出て帰宅するところにのみある。 [K119]

〈不確かなもの〉がその巧みな手で我々の教育体制に介入してこなかったら、我々の世界はどのようなものになっていただろうか。 [K139]

啓蒙の利点と害悪について世に語られていることは、火についての寓話としてうまく表現できるだろう。火は非有機的自然の魂であり、適切に利用すれば生活を快適にしてくれる。冬を暖めてくれるし、夜を照らしてくれもする。しかし、あくまで灯りや松明でなければならない。炎上した家屋で通りを照らすというのは、照明としてははなはだ好ましくない。もう一つ、子供に火遊びをさせてはならない。 [K257]

一人の愚者が多くの愚者を作るが、一人の賢者はごくわずかの賢者しか作らないような世界に、我々は生きている。　［K268］

知恵の第一歩：すべてを告発する。
知恵の最後の一歩：すべてと折り合いをつける。　［L2］

例えば魂の器官についてのゼメリンクの傑出した著作★を読んでいると、土星の輪の作られた目的についての著作よりもなじみの主題が扱われているとは思えない。しかし我々にとってこれほど――ここで場所について語ることが可能かつ許されるとして――身近な主題はないのだ。これは奇妙なことではないか。そもそも身近だからといって有利なわけではない。近づくことのできる事物が、そうしようと思う事物だというわけではないのだから。沈んでいく太陽を見ながらそちらに一歩踏み出すと、ほんのわずかではあれ太陽に近づいたことになる。魂の器官についてはそうはいかない。いやむしろ、たとえば顕微鏡を用いるなどして近づきすぎると、そもそも近づくことのできるはずのものからわざわざ遠ざかってしまうことすらありえないことではない。例えば遠くの山に目をやると奇妙な塊が見えるとする。近づいていくとそれが城であることがわかる。さらに近づいていくと窓等々が見える。これで十分なのだ。全体の目的を知らぬまま探求を続けていくと、一個一個の石の分析をする羽目に陥ってしまい、ますます本筋から逸れることになる。［……］　［L10］

★……ゼメリンク（Samuel Thomas Sömmerring, 1755-1830）は解剖学者・医師、ゲオルク・フォルスターの友人でもあった。『魂の器官について』*Über das Organ der Seele*（1796）はカントに捧げられ、カントの小論が付されている。神経刺激が脳室内の液体に伝達され、その振動によって液体が〈生動化〉されると推定し、ここに心身を結合する媒体としての〈魂の器官〉を見出そうとする説は、当時からハートレー――リヒテンベルクに与えた影響については第三章参照――の説との親縁性が指摘されていた。

分離をこととする哲学等々（S.M.C.S.13. リオン）★は、例えば物体論において慣性を抵抗と区別し、人間学においては、単に動物である人間を単に理性的存在である人間から区別する。しかし現実に存在しているのは両者の合一したものだけだ。　［L59］

★……「リオン」はリヒテンベルクの自称として『雑記帳』でしばしば用いられる（本書にも何度か登場する）。アルファベットは『雑記帳』のいずれかの記述を指すと考えられるが、同定は不可能とプロミースは述べている。

我々は今のところ道徳の四つの原理を持っている。一、哲学的原理――善きことを、それ自体のためになせ。これは法への尊敬に基づく。二、宗教的原理――神の意志であるがゆえにそれをなせ。これは神への愛に基づく。三、人間的原理――それが汝の幸福を促進するがゆえにそれをなせ。これは自己愛に基づく。四、政治的原理――汝がその一部である社会の福祉をそれが促進するがゆえに、それをなせ。これは汝を顧慮した、社会への愛に基づく（すべてπ μ《ワタシニヨル》モノではない。『帝国報知《ライヒス・アンツァイガー》』一三三号一七九七年（デュヴェル執筆）★）。

これらすべては同じ原理で、それぞれ別の側から見られているだけではないか。この原理の一つの表現が、あるクラスの人間に、この原理をよりよく表象するということもありうる。ある人間のクラスに、この原理を別のイメージによって理解させてはいけないその理由が私にはわからない。知識が増大していく中で、より良いイメージや、あるいは自分の上昇に適合したイメージが見つかった場合は、ということだが。

いや、それどころか、人間の精神が、すべては無であるということを見出し、直視しても心穏やかでいられるということだって考えられる。ただしそれは、人間精神が、最高に努力しつつ、さまざまな段階を経てついにこの認識に到達した場合に限られる。熟考に適さない弱い人間たちは、人の言ったことを鵜呑みにしてこの知識を先取りしてしまうと、破滅してしまうだろう。この世の多くの災いがここから生まれるのだ。

[L195]

★……„Über Principien der Moral" (*Allgemeinen Reichsanzeiger* 一七九七年六月十三日号)

我々が人間として、実在していると認識せざるをえないものは、すべて実際に人間にとって実在している。なぜなら、上記の自然的強制をもとに現実性を結論することが許されなくなれば、確固たる原理などもはやまったく考えられなくなるからだ。何から何までまったく不確実になってしまう。自然を出発点としての至高存在の証明（宇宙論的証明）に強制力を感じている人間は、そのままでいるがいい。理論的あるいは道徳的証明に納得させられる人間も同様である。新しい証明の数々に悪戦苦闘した者たちでさえ、自分で完全に解きほぐして見せることのできないある強制によって、そうするよう誘われたのかもしれない。ただ宗教局★や政府に対する恐怖からそうしたのでなかったのなら、新しい証明を提示するよりも、それを求めるよう自分たちに強いた発条《ばね》を解きほぐして見せるべきだったのだ。

[L253]

★……プロテスタント領邦国家においては、教会を統治するため設置された官庁を指す。無神論の嫌疑を受けイエナ大学辞職に至った、フィヒテのいわゆる「無神論論争」でも大きな役割を演じた。

個人においても、集団でも、まず肝心なのは誰に呼びかけるかである。それを聞くのは近くにいる者たちだけだ。だが喝采に変わると遠くの者も叫び始める。——これと同じことが熟考の際にしばしば起こる。ある情動が喝采をあげさえすればいい。すると残りの情動も叫び、ついには理性もその一群に加わる。 [L267]

我々の外部の対象が客観的実在性を持っているか否かという問いにはいかなる理性的意味もないと私は本気で信じている。我々は本性にしたがって、感覚のある種の対象について、それは自分たちの外部に存在していると言うことを強いられている。我々には別様にはできない。下でカントが言っていることを見よ。L.P.XIV[★1] こうした問いは、青色が本当に青いのかという問いと同じくらいばかげている。こうした問いの外に出ることは不可能なのだ。ある事物について、そう見なさざるをえないという理由から、「それは私の外部にある」というとき、その事物はこの〈私の外にあること〉に関してある特性を持っているのかもしれない。それがどのようなものであろうと、それについて我々は判定できない。これについては『テアイテトス』[★2]を読むこと。 [L277]

★1……ここで指示されているとプロミースが推定する［L740］は次のようなものである。「カントが本来述べているのは以下の通り：すべての現象には物自体が基礎にあると我々は前提する。しかしこの前提に事象性が帰属するかどうか、前提されたものとそれが実際に照応しているかどうか、それはわからない（修正はπμ《ワタシニヨル》にあらず）。

★2……念頭に置かれているのはDietrich Tiedemann（1748-1803）の『テアイテトスあるいは人間の知について。理性－

批判への寄与』*Theätet oder über das menschliche Wissen, ein Beitrag zur Vernunft-Kritik*（1794）である。ティーデマンは大著『思弁哲学の精神　タレスからバークリーまで』*Geist der spekulativen Philosophie von Thales bis Berkeley*（1791-97）で後のノヴァーリスにも——資料的な側面から——大きな影響を与えた。反観念論という立場からカントを批判している。

人間は賢くなるにつれて、自然の作品の中にますます多くを見出すようになる。多くの我々の思考の中にも、我々がときに気づくよりはるかに多くのものが含まれているということがあってどうしていけないか。それもまた人間における自然の産物なのだ。どの思考も、正しいものも誤ったものも、それ自体で何かである。誤った思考とは、我が家での使い道がない雑草である。であるなら、私がホガース★1になすりつけた多くのものも免罪されるだろう。彼は知らずにすべてを本能的に放り込んだのかもしれないではないか。『当世風結婚』★2の図版5におけるコルセットと木の棒、『モル・フランダース』と千里眼《セカンド・サイト》★3。　[L309]

★1……ウィリアム・ホガース（William Hogarth, 1697-1764）はイギリスの画家、版画家。著作『美の分析』*The Analysis of Beauty*（1745）でも著名。彼の手になるいくつもの銅版画連作に対する詳細な注釈をリヒテンベルクは一七九四年より刊行し始めるが、没後の九九年に刊行されたものも含めると五冊を数えるこの著作は、仏訳も出版されるなど好評を博し、生前には著述家としてのリヒテンベルクの代表作と見なされていた。

★2……『当世風結婚』*Marriage a-la-mode*は一七四三年に発表された連作。これに対する注釈は一七九八年に刊行されている。

★3……図版第5に対する注釈に登場するもののうち「ホガースになすりつけた」と自任するようなものが列挙されている。『モル・フランダース』*Moll Franders*はダニエル・デフォー（Daniel Defoe, 1660-1731）の小説（一七二二年刊)。

ある事柄についてきわめて正しく、そして賢明に判断できるのに、その根拠を示すように言われるとフェンシングのどんな初心者でも打ち返せるようなことしか言えない、ということは大いに確かである。もっとも賢明で最高の人物が、このフェンシングはほとんどお手上げということもよくある。ちょうど手で摑んだりピアノを弾いたりするときの筋肉についてほとんど知らないのと同様である。これはまったく本当のことで、さらに展開される値打ちがある。 [L328]

真の自由と、自由の真の利用をもっとも明確に性格付けるのは、その誤用である。 [L402]

理性はいまや、アルプスの頂が雲を見下ろすように、明晰ではないが温かい感情の領域を睥睨《へいげい》している。太陽ははるかに純粋に、判明に見えるが、そこは冷たく不毛である。理性は自らの高さを鼻にかけている。 [L406]

「十五分ほど」は「十五分」より長いのはまったく周知のことである。 [L417]

啓蒙について多くが語られ、もっと光をと望まれる。ああ、しかし光が何になろう、人々が目を持っていなかったり、持っていてもわざと閉じているなら。 [L472]

多くの事柄で習慣をめぐる良からぬ事情がある。それのせいで不正なものが正しいと、誤謬が真理

と見なされてしまうのだ。 [L572]

ささやくことのできる機械、本来の音声なしにささやきながら話すことのできる機械があったら、それだけで非常に価値があるだろう。これは——そう考えるべきだろうが——音声を伴って話すものよりもより容易であるに違いない。 [L729]

ぶつかった机を叩く子供が持っている考えは、おそらくこの場合にもっとも正しい考えである。それは理性的判断に先行しているが、これこそ、我々が知りたいと思っているものなのだ。白内障の開眼手術★1を受けた者には、すべての物が眼に張り付いているように見える、これは正しい。感覚は眼の中にあり、この眼が自分自身からどれだけ離れているか——ここですでに触覚と推論が混じりあっている——を、彼は触覚を通じて知ったのだった。物質的観念論者★2が世にこんなに少なく、形式的観念論者がこれほど多いのはまことに驚くべきことである。 [L798]

★1……ロックは『人間知性論』第二版（一六九四）で、弁護士ウィリアム・モリヌークスによって提起された問題として、触覚で立方体と球を識別できるようになった先天性の盲人が視力を獲得したとき、視覚だけで両者を識別できるかという、いわゆるモリヌークス問題を紹介した（第二巻第九章第八節）。先天性白内障患者が開眼手術を受けた後の視覚をめぐるこの問題は、ライプニッツ（『人間知性新論』）、バークリー（『視覚新論』）、ディドロ（『盲人書簡』）ヘルダー（『彫塑』）らによって論じられた。

★2……現象世界を考察するにあたり、我々の感覚器官の具体的なありようを消去することができないという事実を強調するため〈物質的〉としているのかもしれない。

我々の思考を超えて客観へ向かういかなる橋も存在しない。とても正しく、うまく表現されている。（π μ《ワタシニヨル》モノではない）　[L805]

ある種の規則にしたがって発見するやり方を学べたとしたら――例えばいわゆる思考のトポス《ロキィ・トピキィ》のようなものがある――、あるいは理性が自分自身を起動することができたら、これはまさに動物を大きくしたり、低木をオークまで大きくするやり方を発見したのと同じようなものだろう。すべての発見は一種の偶然に基づくように思われる。それは努力によって成し遂げられたと思われるものについても同様である。すでに発見されたものを最高の秩序にもたらしつつも、主要な――発見の――飛躍は、心臓の鼓動と同じくらい、恣意の産物ではないものである。――まさにそれゆえ、推論的理性によって国家に対しなしうる改良は、ただ軽微な変化に過ぎないものであるように思われる。我々は新たな種は創るが、類は創造することはできず、偶然に委ねねばならない。それゆえ自然学にはまさに実験がなされねばならず、大いなる出来事においては時が待たれねばならない。自分の言っていることはわかる。

「私[★1]は考える」と言うことはできず、「稲光が光る[★2]（es blitzt）」と同じように「思考が生じる（es denkt）」と言うべきである、と別のところで述べたことも、これと関連している。　[L806]

★1……この段落分けはリヒテンベルクによる。
★2……本章［K76］参照。

我々は、何かが自分の中で起こっているという確信とまさに同じ強さで、何かが自分の外で起こっていると信じている。「中で」と「外で」という言葉を我々はよく理解している。この区別を感じない人間はこの世には存在しないであろうし、これから生まれることもおよそありそうにない。そして哲学にとってはそれで十分だ。哲学はここを超えるべきではあるまい。すべては無駄な努力、時間の浪費である。というのも、事物が何であろうと、我々の表象のなかにあるもの以外には、それについて何一つ知ることがないというのは決まっているからだ。この観点——私が思うに、正しい観点——からすれば、事物が本当に我々の外にあるのか、そして我々が見る通りにあるのか、といった問いはまったく意味がない。人間は、何かを一つ持っていれば十分であるはずだし、またそうであらざるをえない、なぜなら我々の表象から原因への橋は存在しないから。であるのに、何かを絶対的に二重に持とうとするのは奇妙ではないか。何かが原因なしでありうるとは、我々には考えられない。しかしこの不可避性はどこに根差しているのか。答え——またしても我々のなかに。ここで、我々の外に出ることは完全に不可能である。これを観念論と呼ぶかどうかは本当にどうでもいい。名称が問題ではないのだ。これは少なくとも、観念論を通じて、我々の外に事物があること、すべてのものには原因があることを承認する観念論である。これ以上何を望むというのか。人間にとって、少なくとも哲学的人間にとってこれ以外の現実はない。普通の生活ではもっと低い段階に落ち着いているが、それは正当なことだ。しかし、こういった対象とは完全に無縁なまま、まったく哲学しないか、それともこのように哲学するか、どちらかしかない——そう私は確信している。こう考えてみると、カントが空間と時間を直観の単なる形式と見なしたのが、いかに正当であるかわかる。他のやり方は不可能なので [181]
ある。

幾何学がある特定の事例で始まる、すなわち平面上での線の位置から始まるのは奇妙ではないか。これは容易であるかもしれないが、学問的であるかどうかは別の問題だ。まさしく平面というものが可能であることが証明されねばならないはずだ。心配なのは、数学の哲学をあまりに駆り立て、健全な人間知性からかけ離れたところまで推し進めると、全体が失われるのではないかということである。

[L834]

こんなにも多く死後の存続については語られるのに、誕生以前の前‐存続について語られることがこんなにもわずかのは奇妙なことだ。未来のことに関する我々のはなはだ憐れむべき／不確実な状態――これについてはすべてのことから確信できる――からすれば、とにかく前者の存続のほうに心煩わせるほうが自然なのだと考えるべきなのだろう。かつて我々の地殻がどのようなものであったか、それはまだ理性的に夢想できるではないか。そこから何が生まれるか、それについては何一つわからないのだ。我々は自分の精神、自我を地球よりよく知っているのだ、などと反駁しないほうがいい（これ自体が大きな問題だ）。しかしそれを認めたとしても、次のことは明らかである。我々がどうなるかという推論へ、我々が何であったか――すなわち誕生以前ということだが――が持ち込まれなさすぎなのだ。恐れることなく、かの時をはっきり考慮に入れることは、確かに大きな影響を及ぼすだろうし、死後の我々の状態についても、現在のようにソフィスト的に言葉をかき混ぜることよりも多くの示唆を与えてくれるだろう。「死後に」でなく、「生きる前と生きた後に」と言ったほうがいいだろう――両者はおそらく同じことなのだ――これについては後ほどもっと。火を灯される前と、火が消えた後のランプ。

[L865]

理性が、あるいは悟性と言ったほうがいいかもしれないが、究極原因に到達するとしたら、心の絶対命令に到達するよりもいいことだろうか。我々は周囲の世界と何によってもっとも強く結びつけられているのか、心の側か、それとも理性か、というのはいまだ大きな問題である。［L878］

カント氏が教えていること、とりわけ道徳法則に関しては、その多くが情熱と欲求が力を失い、理性のみが残る老齢の産物なのではあるまいか。——人類が、その力の盛りで、およそ四十歳くらいで死んでしまうとしたら、世界にどのような帰結をもたらすだろう。老齢の穏やかな知恵との結びつきから多くの特別なものが生まれてくる。あらゆる人間が四十五歳で殺される国家がいつか存在するということはないだろうか。［L910］

カント氏が、我々の心性の生理学において、大掃除というわずかならぬ貢献をしたことは確かである。しかし筋肉や神経をよりよく知ることで、これまでより優れたピアニストやダンサーが生まれるということにはならないだろう。彼の『純粋理性批判』が受けた喝采のせいで、彼はその後、やりすぎてしまったのでは、と思うこともある。［L911］

我々はキビの穀粒を途方もなく拡大することができる。しかし一秒という時間を我々は一分にも十五分にもすることはできない。それができれば素晴らしいのだが！　しかし、むしろ試みられるのは、時間を縮小することのほうである。ここでは「短縮する」の代わりにこう呼ばれるべきだろう。［L925］

我々の理性が、超感性的なものについて何一つ知りえないというのは、本当に確定したことだろうか。人間は神についての観念を目的に合わせて織ることができるのではあるまいか、ちょうどクモがハエを捕えるために巣をかけるように。別の言い方をすれば、我々がクモやカイコに感嘆するように、神と不死性の観念のせいで我々に感嘆する存在がいるのではないか。 [L952]

神についての我々の概念は、人格化された不可解性以上の何かなのだろうか。 [L953]

思うに、学問的なポリツァイ★よりも学問のポリツァイを構想すべきだったのだろう。天文学はやられすぎであり、抑えられる必要があろう。気象学は天文学と結びつけられる必要があろう――地理学と航海術のように。 [L954]

★現在では〈警察〉の意味で用いられるが、当時はもっと広い意味で用いられていた。十七世紀以降ドイツ語圏の各領邦において、君主は秩序を維持し公共の福祉を促進するのみならず国力の増強を図ることも目指したが、そのため経済活動に一層積極的に介入し、流通をコントロールし、臣民の精神的生活と健康に配慮することがポリツァイの名のもとに求められた。十八世紀、ハレ大学をはじめとするドイツ各地の大学において、このプログラムは「ポリツァイ学」という学問として体系化された。特にドイツ語圏の啓蒙主義を考える際、この概念は非常に大きな意味を持つ。

凹レンズなしには遠くを見ることができない人間、補聴器なしには聞くことができず、松葉杖なしには歩くことができない人間がいることをフィヒテ★氏は考慮していないように思える。彼はまた、生肉を食べることをも教えるべきだろう。なぜなら野の獣には煮炊きするところなどないのだから。 [L982]

★Johann Gottlieb Fichte（1762-1814）は、一七九三年よりイエナ大学教授。一七九四年『知識学の概念について』*Über den Begriff der Wissenschaftslehre oder der sogenannten Philosophie* 以降、カント哲学を独自に徹底させる試みとして、純粋活動性としての自我の自己関係的性格を知の基盤とする〈知識学〉を展開する。本章［J1006］で言及されている『エネシデムス』に対して、フィヒテは同年に論評を発表している。ここでは人間を「本来の」活動性に還元し、そうした「純粋な」活動から複雑なやり方で現実の活動を再構成しようとするフィヒテのやり方が皮肉交じりに論評されているようだ。

思考の指針

私はまさにその反対を信じる。［KA271］

一般的なものの代わりに特殊なものを。「一般的なことがらを独特の仕方で語る《プロプリエー・コンムーニア・ディーケレ》」★「窃盗」の代わりに「ガチョウ泥棒」。これが表現の本領である。［KA275］

★ホラーティウス『詩論』*Ars Poetica* 一二八行（岡道男訳）の部分的引用。原文では「……ことは難しい」とある。

巧妙な考察の前に、まず自然な考察をする。いつも、何をおいても、とにかく簡単で自然な説明ができないかまず試してみること。［KA276］

人々がたいてい忘れているもの、目を向けないところ、そしてまったく周知のこととされ、もはや

まったく調べる価値はないとみなされているものを、しばしば調べてみるべきである。 [KA291]

どんな些細なことでも、自分に納得いくように説明できるか、自問するがいい。自分のために正しい体系《システム》を形成し、自らの諸能力を調査し、読書を有益なものにするにはこれが唯一のやり方である。 [KA296]

いつも――どうすればこれはもっとうまくやれるか。 [D53]

この特性は、別の類似した、親縁性のある事物において、いかに、そしてどのような形態で発現するか。 [D97]

いつも指尺★ひとつだけ先へ。良いなら、もっと良く。新しいなら、もっと新しく。いつも、何か付け加えるものは？　と考えること。 [D102]

★……約二〇センチ。

すべてをもっとも極端なものまで追求し、明晰ならざる観念がほんの少しでも残らないようにする。実験によってその欠陥を発見し、それを改良する。あるいはそもそもこの目的のため、より完全なことを述べる。――これが、我々の努力の最終目標であるべき、いわゆる健全な人間知性★1を自らに与える唯一の方法である。この知性なしに真の徳はない。これだけが偉大な文筆家を作り、「分別をもつことは詩を正しくつくる第一歩であり、源である」scribendi recte sapere est et principium et fons.[★2] ただ意欲すればいい、というのはエルヴェシウスの原理だ。[★3]　[D133]

★1……一七五〇年代から八〇年代までの、いわゆるドイツ盛期啓蒙主義における〈通俗哲学〉Popularphilosophie——その代表者はモーゼス・メンデルスゾーン（Moses Mendelssohn, 1729-1786）である——の核心をなす概念。〈普通の人間知性〉とも呼ばれる。カントは『判断力批判』*Kritik der Urteilskraft*（一七九〇）において、〈普通の人間悟性〉——カントにおいてはVerstandは〈悟性〉と訳されることが一般的である——の格率として「一　自分で考えること。二　他のあらゆる人の立場に立って考えること。三　つねに自分自身と一致して考えること。」を挙げている（『カント全集　第八巻』一八一ページ　牧野英二訳　岩波書店）。

★2……ホラーティウス『詩論』三〇九行（岡道男訳）

★3……Claude Adrien Helvétius（1715-1771）フランスの哲学者。『精神論』*De l'esprit*（一七五八）『人間論』*De l'homme, de ses facultés intellectuelles et de son éducation*（一七七三）などで感覚論から出発した唯物論を展開した。

その効果はどこまで拡がるのか。　[D188]

ただちに、何をおいても、区別すべし。　[D239]

一つの命題を主張したら、ただちに［こう考えよ］：まだもっと実例があるのはどこか？　[D295]

我々に定められた事物の限界に到達したと想像してみる。あるいは、そこに到達するよりずっと前からでも、我々は無限なるものへまなざしを注ぐことができる——地球の表面に立って測り知れない

空間を見上げるように。 [D312]

つねに自分にとって最善のものを眼前に浮かべずに何かをすることが可能か、調べてみなければ。 [D350]

この命題は自分には難しすぎる、これは大学者たちにこそふさわしい、自分は別のこちらに携わろう――などと決して考えてはいけない。これは弱さであって、完全な活動停止へたやすく堕しかねない。自分を何物でもないと過小評価してはならない。 [D434]

二つの事物が親縁関係をなすような点を探し出し、この共通する特性を弱めたり強めたりすると両者の関係がどうなるかを探ること。 [D446]

いつも始まりであるように読み研究すること、そう助言することはできる。といっても、この助言の有効性が私で実証されていると世にみなされることはないが。経験を繰り返し、この助言が役に立つと判断したから、こう助言するのではない。それに従うべきだったと今になってはっきりわかったからだ。そもそも指示というものは、この観点から見られるべきだ。 [D459]

24 [木曜日]。十一日。自分に関わるある事柄について他人がどう考えているか知りたいと思う者は、同じような状況だったら自分たちが他人についてどう考えるか考えてみればいい。その際、誰のことも自分より道徳的に優れているとか、自分よりも単純だとか考えてはならない。技を使ってうまく隠したと思っている物事は、想像以上に頻繁にばれているものだ。以上の発言の半分以上は正しいが、三十歳の人間が定めた格率としては――私がそうだった――ともかく上出来である。

［F14］

我々は周囲のすべてを拡大する。我々は多くの事物がぞっとするように拡大されているのを目にする。この命題は、ふさわしく用いられれば、我々を多くのことへと導いていく。光を分解することは、それを拡大することである。土は、トルマリンの縮小されたものだ。

［F470］

人間の賢明さは、未来のこと、あるいは結果を考えるときの入念さで測られる。結果［目的］ヲ考エヨ《レスピケ・フィーネム》。

［F973］

今日、何かを学んだ、と言えないまま横になって寝てしまってはならないだろう。学んだといっても、それまで知らなかった単語を一つ、などではない。そんなものはなにほどのこともない。そうしようという人間がいても反対はしないが、明かりを吹き消すちょっと前にやってほしい。そうではなくて、「学ぶ」というのは、我々の学問的なあるいはそれ以外の有用な認識の限界を押し広げるということだ。長く陥っていた誤りを改めること、長く不確実であったことを確実にすること、我々にとって判明でなかったことについて判明な概念を得ること、とても広く展開されるような真理を認識すること、等々である。こうした努力を甲斐あるものにするには、次のことが肝心である。こうしたことは、ロウソクの明かりを吹き消す前にさっと片付けられるようなものではなく、一日のさまざまな活動全体がそれを目指さねばならないのだ。意志することと自体が、こうした決心においては重要である。つまり、決まりを十分守ろうと常に努力することである。

［K297］

そのために天の恵みを乞いたくならないようなことは、決して企てるな！ [K298]

常にこう自問すること——ここには欺瞞が生じてはいないか。そして、人間が知らずに陥ってしまうか、あるいはもっとも簡単に案出できる、もっとも自然な欺瞞はどのようなものか。 [K300]

大きな事物に際しては、「小さいものではどうであるか」と問い、小さい事物に際しては「大きなものではどうであるか」と問うべし。そうしたものは、大きなものでは、あるいは小さなものではどこに現れるか。——すべてを可能な限り一般的にし、つねに、その何ものかが一つの項をなしている系列全体を上へ下へと走査するのもいい。どんな事物もそうした系列に属している。一つの系列の両端の項は、もはや同じ系列に共に属しているとは見えない。 [K301]

少なくとも一度はすべてを疑え——たとえそれが「2かける2は4」という命題でも。 [K303]

我々は自然の探求において、あまりに深い軌道にはまり込んでしまったので、つねに他人の後追いばかりしている。外へ出ることを試みねばならない。 [K306]

私の頭の中にはどれだけのアイディアが散り散りに漂っていることか。それらの多くは、もし出会ってペアになれば、どんな大きな発見をも成し遂げることができるだろう。しかしそれはゴスラー[★1]の硫黄と東インドの硝石とアイヒスフェルト[★2]の炭鉱の炭塵のように、互いにかけ離れたところにある。それらが結びつけば火薬になるのだが。火薬が生まれるどれほど前から、その成分は存在していたことだろう。天然の王水★3は存在しない。熟考するとき、悟性の諸形式と理性の自然な接合に任せていると、概念が他の概念に貼りつきすぎて、本来それにふさわしい概念と一つになることができないことがよくある。化学で溶解にあたるようなものがあればいいのだが。すなわち、個々の部分は懸濁液のなかに漂い、したがってどのような牽引にも従うことのできるような状態である。しかしそうはいかないので、事物は意図的に取りまとめられねばならない。観念で実験がなされねばならない。

★4思考で実験する簡便な手段は、個々の事物について問いを立てることである。例えば、ガラスコップについての問い、その改善、他の事物への利用などについての問い、等々。どんな些細なことについても。 [K308]

★1……ハルツ地方の中心的都市。ランメルスベルク鉱山の麓に位置する。
★2……テューリンゲン、ニーダーザクセン、ヘッセンにまたがる地域。
★3……濃塩酸三に濃硝酸一を混ぜたもの。金や白金などの貴金属を溶かす。
★4……この段落分けはリヒテンベルクによる。

否定せず、信じもせず。 [L18]

あることに際し、この世の誰もなしたり考えたりしなかったことを、なし考えること。 [L20]

主要規則――可知的原因★をできるだけ遠くまで後退させねばならない。 [L814]

★……原文はフランス語で書かれている。因果系列を遡行する、という意味。

これでどうやって利益を出すか。一つの表現を、思想を、満足を、収入を——名前はどうでもいい。もちろん、すべて真面目に、誠実に。[L815]

ここではどれだけの数の場合が可能か。どのようにその言葉は受け止められうるか。どれだけの意味で。注意《N》セヨ《B》[L829]

新たな誤謬を発明すること。[L886]

そう、初めから始めないこと。注意《N》セヨ《B》注意《N》セヨ《B》[MH40]

どんな事物にも別の名前を与えること。[MH42]

千回も言われてきたこのことを、どうやってまた新しく言うことができるか。[MH43]

機知と思考実験

光線を貫くこともできないほど繊細な器官を持った生物が存在しうることは疑いない。それは我々が石を貫くことができないのと同様である。そんなことをしようとすれば、手のほうが破壊されてし

まうだろう。 [A121]

そこにいるのは誰だ。私だけだ。ああ、それなら十分すぎるほどだ。 [B240]

天使が我々に自分の哲学の一端を語ってくれたら、その多くの命題が、「2かける2は13」のように聞こえるに違いない。 [B242]

さて、いまや瓶ではなく頭の中にあるワインとともに、彼らは通りへ出た。 [B245]

彼は秒針の群れのなかを、長針のようにゆっくりと動いていく。 [B258]

このわずかな才能でもって「偉大なるL〔＝L大王〕」と呼ばれたい、ただそれだけの理由で王になってみたいと思う。 [B326]

M：どうしたことだ。まるで哲学みたいではないか。こいつは馬鹿になるには間抜けすぎだとおもっていたが。
S：馬鹿になるには間抜けすぎ、とは、分別持つには賢すぎ、みたいな口のききようですな。
M：まあ、賢さも馬鹿もおいといて、ちょっと聞いてくれ。 [B335]

神さまは本当に我々を愛していらっしゃるに違いない。いつも、あんな悪天候のもと我らのところ

へいらっしゃるとは。 [B359]

あるとき、ちょっと熱があったのだが、ある図形を三角形に変えるのと同じ方法で、一壜の水を一壜のワインに変えることができるのだとはっきりとわかったような気がした。 [B360]

アポロンはペストを抑えるため、デロスの住民に幾何学の問題を一つ解くことを求めた。問題は：立方体の体積を二倍にするには、辺を何倍にすればいいか求めよ。★今日、ドイツの多くの都市にそうした問題が出されるとしたら、知力すぐれた市参事会はどのような結論を出すだろう。おそらく、その件は天に任せて、ペストを荒れ狂わせておくだろう。 [B362]

★……立方体倍積問題、いわゆる「デロス島の問題」であり、円積問題（本章［D41］参照）、角の三等分問題と共に、古代ギリシアの三大作図問題と呼ばれる。

イヴからあの娘《こ》までのすべてのリンゴ娘。 [B372]

一人のシスターはヴェールをつかみ、別のシスターはズボンの股開きをつかむ。π μ《ワタシニヨル》。 [C5]

確かに繊細でプラトニックであるが、すでに去勢者のそれの域を超えている感情と感覚。 [C15]

三グロッシェン★硬貨は、いつだって一粒の涙よりましである。 [C22]

★……………一グロッシェン＝十二ペニヒ＝十六分の一グルデン＝二十四分の一ライヒスターラー。

知性はこれ以上の威厳を持って立ち尽くしたことはなかった。　［C25］

砂時計は時が素早く逃れ去ってゆくことを思い出させるだけではない。同時に、いつかは我々がそうなる塵を連想させもする。　［C27］

一時間、左側を下にして寝たあとで、右側を下にしているときのような気持。　［C81］

パンチボウルを地球に喩えること。　［C86］

これは、この人間にとって、思考することとぐらい、あるいは雪玉を投げることとぐらい自然なことだ。　［C157］

月の住人が我々のように望遠鏡を持っていたら、トロイアやローマ、ロンドン★1が燃えているのを見たに違いない。いやそれどころか、月のマイアー★2と言うべき人物が、この地ではロンドンと呼ばれている斑点が年を追って顕著に拡大していることに気づいただろう。彼らはカラオの洪水★3も、一七五三年にブレスラウからブラウンシュバイクにわたる一帯を、火の玉がまるで昼のように明るく照らした★4のも見ることができたに違いない。とりわけ、彼らが我々の夜を、我々が彼らの夜をそういった繊細な観察には明るすぎるものとしないような、四分の一と四分の三に欠けた状態のときに。　［C203］

★1……ギリシア神話におけるトロイア戦争でのトロイア炎上、西暦六四年のローマ大火、一六六六年九月二日のロンドン大火を指す。

★2……Johann Tobias Mayer（1723-1762）はゲッティンゲン大学教授、天文学者・地理学者。詳細な月面図を作成した。リヒテンベルクはマイアーの遺稿集の編集出版にあたった。

★3……一七四六年十月二十八日、ペルーの港湾都市カラオは地震による洪水で壊滅した。

★4……プロミースは一七五三年にはこうした火球は記録されておらず、年号をリヒテンベルクが間違ったのだろうと推定し、一七六四年に刊行されたある書物が、一七六二年に出現した火球について論じていると報告している。

悪行深き者の処刑前の回心は一種の肥育に喩えられる。霊的に太らせ、そのあとでまた痩せないように喉を掻き切るのだ。［C206］

これを我々の先祖がこう定めたのには十分な理由があった。いま、我々がそれを取りやめるにも十分な理由がある。［C234］

友よ、君はどちらがましか尋ねるのか。良心の呵責に苛まれるのと、心穏やかに絞首台にぶら下がるのと。［C247］

正義と皮剝ぎの間に区別はないのか。［C249］

この世にカブやジャガイモしかなかったら、「植物がさかさまに植わっているのは残念だ」と言う奴がでてくるだろう。［C272］

それをよく理解できるが把握できない。あるいはその逆。 [C277]

囚われて車で運ばれる人々の間での、正直さをめぐる争い。 [C283]

髭のある者にはもちろんこれは別様に映るだろう。 [C321]

無駄口ばかり叩く男の大胆きわまる飛行。 [C334]

精神の強さではなく風の強さが彼を男にした。 [C358]

世界中で一度、皆がどうしても必要なことだけをし始めたら、何百万人もが餓死することになるだろう。 [C370]

それは悪徳に対する憎悪ではなく首枷に対する恐怖である。あるいは、こうか。いかなる場合にも、徳を首枷に対する恐怖から区別できる人間が誰かいるだろうか。 [D14]

弱点は、我々がそれを知ったとたん、害するものではなくなる。 [D29]

頭に貴族が宿っていなければ、我々の身体の多くの部位はこんなに不潔で行儀知らずとは思われな

いだろう。 [D45]

私がこの本を書かなかったら、千年後の今日、夕方の六時から七時の間に、例えばドイツの多くの街では、これから千年後に本当に話されているであろうこととはまったく別のことが話題になっているだろう。ヴァードー★で私がサクランボの種を海に投げ込んでいたら、「船長」が喜望峰で鼻から拭う水滴は、まさにその場所には存在しなかっただろう。 [D55]

★……ノルウェーのもっとも北東にある港湾都市。

毎時十五分に、所有者たちに「君……」と呼びかけ、三十分に「君は……」、四十五分に「君は一人の……」、そして時刻を打つときには「君は一人の人間だ」と言う時計。 [D59]

私はどこかで、彼のひじの一番敏感なところにぶつかったに違いない。 [D94]

能動的な訪問と、受動的な訪問。 [D98]

人間が前に進んでいるのを見たカニが間違いなく感じるような馬鹿馬鹿しさ。 [D125]

運命の嵐に対する最高の砦は、いつだって墓だ。 [D143]

熟考が病気ではない健康な学者。［D240］

我々の地球はひょっとすると雌かもしれない。［D244］

これは、思うに、忍耐自身が髪を掻き毟《むし》るような仕事だ。［D245］

ある種の著述家が、自分の主題にまずひどい一撃を当てておいて、勝手に二つに割れた、と言うように。［D272］

農夫の娘は裸足で歩く。貴族の娘は胸をはだけて。［D303］

彼らは、まだ持っていたちっぽけな頭脳を、それらの道具で壊してしまう。［D309］

理解するのに多くの機知が求められる書き方は、特に多くの機知なしでもできる。［D332］

木時計の歯車に巣くった虫。［D361］

何かをする動機は風の三十二方位のように秩序づけることができる。名称も同じように作ることができる。パン－パン－名誉、あるいは名誉－名誉－パン、おそれ、色欲。★［D370］

★……原文はLuftとあるが、Lustの誤記と解する。

まだ処女である理性において。[D375]

こうなれば、親類の天使も猿も我々を笑い飛ばすだろう。[D436]

二人の女性は満面の笑みをたたえ抱き合い、交尾する二匹のマムシのように絡み合っていた。[D462]

多くの事例で人々が罰されないでいる、というより、そう見えるのは、その身で罰金を支払っているからだ。報酬として支払われるものは、本当は自分の一部分から別の一部分へ支払われるものであることもしばしばである。ある者は機智ある作家として名声が上がるかもしれない。しかし正直者として得ていた信用は下落するのだ。[D467]

明敏さ★が拡大鏡だとすると、機知は縮小鏡である。諸君は、ただ拡大鏡だけで発見がなされうるなどと信じているのか？　縮小鏡を用いて、あるいは少なくとも知性界におけるそれとよく似た道具によって、おそらくはより多くの発見がなされてきたと私は信じている。月は、望遠鏡を逆にして覗いてみると、金星のように見え、裸眼では、性能のいい望遠鏡を正しい向きで覗いたときの金星のように見える。ありふれたオペラグラスを通してみると、プレアデスは星雲のような姿となって現れる。草木が美しく生い茂ったこの世界を、我々よりも高度な存在は、まさにそれゆえにカビの生えたものと見なすかもしれない。どんなに美しい星空も、ひっくり返した望遠鏡を通しては虚空に見える。[D469]

★……〈明敏さ〉と〈機知〉という能力の組については、本章冒頭［A1］の注参照。

一分間が百万回、それが二ダースあると、四十五年かそれ以上の生涯に当たる。　［D564］

「ナンセンス」という語は、それにふさわしい鼻音と声で発されると、「カオス」や「永遠」といった言葉にほとんどかまったく引けを取らない何かを持っている。ある震撼を感じるのだが、私の感覚が誤っていなければ、それは人間知性の真空忌避《フガ・ヴァクイー》に由来するものだ。　［D636］

肉体と魂、馬を去勢牛の横に繋いだようなもの。　［D656］

誓いの言葉と罵り言葉の対話。　［D662］

もっとも重要なことは管を通してなされるということ。その証明としては、まずは生殖器、それからペン、そして銃。そう、そもそも人間は絡まった管の束でなくて何だ。　［E35］

機知豊かに書くには、あらゆる身分の専門表現を知っておかねばならない。それぞれの身分の代表作を一冊ざっと読むだけで十分である。というのも、真摯に浅薄であるものは、機知的に深遠でありうるからだ。　［E54］

涙で溺死する動物。　［E61］

彼の時計はもう何時間も気絶していた。 [E97]

我々は自分たちの頭脳を温室で育てている。 [E100]

一連隊が一斉にくしゃみをしたような奇妙な音。 [E136]

理性を、ほんの一杯。 [E202]

思想にしっくりと合っている、ほとんどレッシング的な表現。 [E204]

もしすべての人間が午後三時に石化してしまうとしたら。 [E207]

我々の人生は冬の一日に喩えられる。夜の十二時と一時のあいだに生まれ、夜が明けるのは八時過ぎで、午後四時前にはまた暗くなり、十二時には死ぬ。 [E212]

人々が突然有徳になったら、何千人も餓死せざるをえないだろう。 [E213]

それは彼らの頭脳を通っていく。磁気物質★が金のなかを、少しも方角を指し示させることなく通り抜けるように。 [E322]

★……当時、熱・電気・磁気等は重さを持たないが特殊な性質を有する不可量物によって引き起こされるものであり、磁気は磁性流体から発する力と考えられた。第七章の〈概説〉および［1748］注参照。

いい表現はいい考えと同じ値打ちがある。表現された内容を見栄えよく見せることなしに、自分をうまく表現することなどできないのだから。［E324］

天に向けての懸賞問題。［E350］

「はかどっているか？」盲人が歩けない人間に尋ねた。「ご覧のとおりさ」というのが答えだった。［E385］

口にはA、心には非A。［E514］

☉［日曜日］。五日。これは確信なのだが、哲学の修士や教授が思い描く人間を神が創造したら、その日のうちに精神病院に入れられるだろう。ここから洒落た寓話を作ることもできる——ある教授が、自分を自らの心理学の像に従った人間にしてくれるよう神意に乞う。神意はそれを叶え、この人間は精神病院に運ばれる。［F33］

♂［火曜日］。二十三日。ひどく雨が降った。すべての豚がきれいに、すべての人間が泥まみれになるほどだった。［F100］

自然の軽やかな秩序から、磨き立てた愚物の無理強いされた規則性まで。［F151］

アイザック・ニュートン卿の知識を減少させて、彼から農夫を作ったら、その系列全体のどこにもK★…やフォントネルがいないことは確かだ。おしゃべり屋は、もっと考える一族に属した多くの人間を超えるほど学識を蓄えることは可能だが、理性的になることは決してあるまい。たとえ天使まで上昇したとしても。［F154］

★……おそらくケストナー（Kästner）を指す。

虫が虫を集め、チョウがチョウについてお喋りをする我らの時代にあって［……］［F156］

♂［火曜日］。二十七日。我々が多少は自慢に思う人々が、我々のことを恥ずかしく思うような人々であることもしばしばだ。あることを自慢することと、恥ずかしく思うこととは、±√のような関係にある。ちょうど「反対のことをする」と「模倣する」の関係と同じだ。［F164］

♃［木曜日］。二十九日。ちょうど聖人の頭の上に0を描くように。［F167］

♂。三日。すべてに反対でも、賛成でも、機知に富んだことは言える。こうした主張に対しても、機知ある男は、私にそれを後悔させかねないことが言えるだろう。［E174］

♀［金曜日］。八日。有角の家畜類の伝染病がなくならないことの説明。アポロンは雄牛たちに一つの問題を出したが、★牛たちにはそれが解けないのだった。［F253］

★……本章［B362］では、ペストに苦しむデロスの住民に対して、神アポロンが幾何学の問題を出したという神話に言及していたが、それを牛に移したもの。

♂。二十六日。野蛮な正確さ。哀願するような謙遜。［F273］

♄［土曜日］。三十日。思うに、夫の命がブラバント産のボビンの頭に掛かっていたとしたら、彼女はその頭を切り落としただろう。（とかなんとか）［F277］

♃。五日。彼らは八つ折り判の小さな本をゲッティンゲンに送ったら、身も心も四つ折り判になって戻ってきた。［F280］

♂。十七日。それは見ものだった——水が火のなかで金に染まるようだった。［F290］

一度、ロンドンで、鐘が十二打つあいだ十戒がないものとされたら、どんなことになるか。［F301］

♃。二十六日。地球の高密度化についての私の考えは、さらに徹底される価値がある。すべては密度を増す。すべては崩壊する、家も、山も、橋も。そして大地とは一本の橋以外の何ものだろうか。土星はおそらく崩壊してしまっている。木星はいつか崩壊するだろう。密度を増すほど、変化は稀なものとなる。屋根瓦が地上にあるのを見ると、それはかつて高いところにあったのだと私は推論する。すべては崩壊するし、崩壊に巻き込まれている。 [F309]

四方に黒いカーテンがかけられ、天井も黒い布で覆われ、黒い絨毯が敷かれ、黒い椅子と黒いソファーがある大きな部屋で、黒い服を着て、何本かのロウソクを灯して座っていなければならないとしたら、そして従者たちも黒い服を着ているとしたら、それは私にどんな影響を及ぼすだろうか。 [F325]

それは、時代がまだ髭を生やしていなかった頃だった。 [F342]

別の世代が我々の感傷的文章から人間というものを復元するとしたら、心が睾丸と一緒にあったと考えるだろう。陰嚢と共にある心。 [F345]

⊙。二十六日。思うに、どうせ何かを空中に建てるつもりなら、トランプの家より城のほうがいい。 [F357]

☿「水曜日」。二十九日。先に記した思想はこうも言える。翼を持った頭脳（鷲の眼）は、結局いつも、睾丸を持つ心よりましだ。 [F358]

それはすなわち、真理の炎で照らすべきだが、髭は焦がさずに、ということだ。［F404］

誰かが「職に服す」と言うが、本当は「職に服される」のだ。［F426］

君が耕作を心得ていると我々に信じさせたいのなら、イラクサを蒔いてはならない。人の背丈まで育ったとしても、隣人はみな君に悪態をつくだろう。［F545］

少なくとも何か賢いことを一つやるまでは誰も死ぬことはない、というどこかで読んだことが本当なら、M…は不死身の男を産んだことになる。［F553］

自分たちの心を結びつけるべき絆で、彼らは自分たちの平和を絞殺した。［F561］

我々はみな、一本の木に茂った葉だ。どれも互いに似ておらず、あるものは対称形で、別のものはそうではなく、しかし全体にとってはみな同じように重要である。このアレゴリーは完全に展開することができるだろう。［F630］

〈一種の超越的腹話術というものがある。それによって地上で言われたものが天から降ってきたように信じさせることができる〉［F665］

どんな事柄にも平日の面と休日の面がある。［F677］

幼い童を攻撃してはならない。攻撃しなければならないのは年取った童である。前者の一人を打ち殺すことは世界から一人の人間を奪い、後者の一人を殲滅する者は雑草を一本引き抜くことになる。

[F708]

機会は泥棒を作るだけではない★。それは人好きのする人間や、人間の友や、英雄を作りもする。機知に富んだ人間の思い付きの半分以上は、標的とされる愚か者のおかげである。(詳しく展開すること)
[F728]

★……「チャンスがあれば、きちんとした人間でも泥棒しかねない」という意の諺。

歳の市が立つと、あるいは洗濯物を干そうとするといつも雨が降る。探し物はいつも、あれこれ探った挙句、最後のポケットにある。

[F732]

諸国民の喉のアルコール標本があったとしても、各国語の辞書の百分の一の値打ちもないだろう。

[F843]

これを考えることは頭に混乱をきたす——まるでポーランドが西にあると考えようとしているみたいに。

[F856]

古い穴を通しての新たなまなざし。 [F879]

墓で初めて同じ床に就く、それは悲恋だ。 [F945]

ジャネット・マクレオドというのは何年も何一つ食べなかった少女の名前である。兵士をこの病気にかからせるという提案。十年のあいだに雑誌のパンくずを少々食べ、それ以外いかなる精神の糧も口にしていない人間は、教授たちのなかでも決して珍しい存在ではない。 [F968]

これは、幸運の硬貨のように生産的な真理だ。健全な頭脳に宿っていれば、毎朝新しい真理が加って2個になっている。 [F970]

ある日、ある人物の口がいちばん秘密にしていることを話し始め、それを止めることができず、しかし完全に正気を保っていなければならないとしたら、どんな変なことになるだろう。とても笑うべき状況だ。 [F980]

我々の日時計のぜんまいを巻く神。 [F1022]

確かに我々はもはや魔女を火あぶりにしない。そのかわり、無遠慮な真実が書かれた手紙をすべてそうしている。 [F1143]

死刑宣告を受けた者に一時間恵まれたら、それは一生分の値打ちがある。　[F1163]

本題に入ったら、論敵が「機知による思いつき」と呼びかねないものは用心深く控えてきた。そうした思いつきに恵まれた人間には、それが悪い結果を招かないよう用心することはその気になれば簡単なことだからだ。それに対し、そういったものを非難する人間は概して、癒しがたい無能力に強いられてでなければ、機知を控えたりはしなかっただろう。　[F1206]

猫の毛皮で、目があったところに二つの穴が開いていることが彼には不思議だった。　[G71]

機知的な思考が驚きを惹き起こすようなものでなければならないとすると、類似性は単に納得のいくものであるだけではだめだ。それは必要不可欠であるにせよ、まだ最低条件に過ぎない。類似性は、他人によって見出されていなかったものでなければならず、それでいて、この類似性に関するすべてのことが誰にとっても自明であり、これまで自分がそれを発見していなかったのが不思議に思えるという具合でなければならない。これが肝心な点だ。本来の内容も、それが喩えられるものも、すでにぼんやりと気づかれてはいるが、まだはっきりとは思考されていなかった場合に、満足感は最高となる。人々は、毎日、規則化できる事象を数多く眼にしている、しかしこの規則化が実際になされることはない。人々はそれを本に書き留めることもしないが、ここそが機知の真の宝庫なのだ。　[G137]

この世でまず第一に禁止されるに値する本は、禁書目録だろう。　[G150]

恋する人々の眼が夜に輝くような国では、晩にランタンは必要ないだろう。 [G155]

道化が自殺しようと思う。どの自殺法にも反対すべきところが見つかって、結局自分をくすぐり殺そうと決める。 [G157]

多くの人々がある種の事物について哲学的な不偏不党性を主張するのは、それらについて何一つ理解していないからである。 [G165]

奇妙きわまりないさまざまな観念が、彼の頭脳へハチのように群がってきた。まるで女王バチがここにいるかのように。そしてそれは当たりだったのだ。 [G179]

昨日の午後三時四十五分に私の懐中時計がまったく穏やかに亡くなった。もう三か月、病に臥せっていたのだった。 [G180]

コロンブスを最初に発見したアメリカ人は、いやな発見をしたものだ。 [G183]

そこにジャガイモがあって、復活を目指して今は眠りこけている。 [G191]

新しい鉱泉療養地を推奨する記事の中に、美しく広大な墓地も完備、とあった。 [G192]

ロバは、馬と似ているせいでますます笑いものになるが、馬はロバのせいで笑うべきものとはならない。 [G240]

一瞬で歯痛が確実に消えるような薬が発明されたら、惑星を一つ発見したのと同じくらいか、それ以上の値打ちがあるだろう。 [G241]

自分に恋している人間には、少なくともこの恋において多くの恋敵を持つことはなかろうという利点がある。 [H31]

ある人間が思考を産み、二番目の人間が洗礼台から取り上げ、三番目がそれで子供たちをつくり、四番目が死の床を訪れ、五番目の人間が埋葬する。 [H107]

彼はとても熱く、いくぶん焦げついた感謝を受けた。 [H112]

ロバは、オランダ語に翻訳された馬のように思える。 [H166]

これは確かに、いつも、無知の覆いではないが、無内容の覆いではある。 [J86]

これは、手を口に当て、指の間から少々お喋りするということだ。 [J119]

ご婦人方の白い羽根布団は降伏の徴に広げられた白旗である。［J162］

あの男は旋風を巻き起こした。B：とんでもない、風だったとしても、むしろ吹きすぎる真空といったところだ。［J181］

ゲッティンゲンではドアと窓のついた薪束の上に我々は住んでいる。［J183］

一七八九年十二月二十八日、夕刻、宮廷顧問官リヒター氏拙宅訪問の折、なじみの思想が次のような表現として口をついた。人間はそもそも本人が社交の場へ赴くのではない。代わりに服を着せた人形を送りだして、みんなでそれを好きなように脱がせるのだ。リヒター氏は微笑んだ。［J196］

抒情詩でよく詩形を

——((—————(((—　などと表現する。

そのなかに含まれる思考を—で、ナンセンスを0で表現するなら、ときには

000|000|00　などといったものになるだろう。［J294］

彼の身体のある部分は、両側に時計が置かれていたにもかかわらず、まったく時間を守るということを知らなかった。［J310］

さまざまな思いつきからなる天の川の全体。［J344］

叩き潰されたくないハエは、ハエ叩きそのものにとまるのが一番安全だ。 [J415]

今何時か、匂いでわかる——特別な時計。 [J468]

空中で溺死した魚。 [J469]

伝染性の健康。 [J496]

自分自身との三十年戦争ののち、ようやく和議となった。しかし時はすでに失われていた。 [J535]

才能ある人間に死なれるのはいつも辛い。天よりも世界のほうがこうした人物を必要としているのだから。 [J539]

人間が老人として生まれ、どんどん若がえり、子供になって、ぶよぶよしてきて、とうとう瓶に閉じ込められ、それから九か月後には十人のアレクサンドロスもバター塗りパンの上に全員載せて呑み込んでしまえるぐらい小さくなって、命を失ってしまうような世界。五十歳から六十歳の少女は、小さくなった老人を瓶に載せてひっぱることに特別な満足を覚える。 [J547]

季節の歩みは時計であり、春になるとカッコウが鳴く。 [J582]

まるで自分の頭に這いこもうとしているような歩き方。 [J595]

その人物の知人について何か悪いことを読んでみたいという人々の欲望に、その名声のすべてを負っている男。 [J628]

〈思考のどの男の子もかわいい奥さんを見つけた。あるいは、彼の頭の中の観念は男の子か女の子ばかりだったに違いない。というのも、新しい子が一度も生まれなかったから。暦★一七九五〉 [J740]

★……リヒテンベルクが編集していた『ゲッティンゲン懐中暦』*Göttinger Taschen-Calender* を指す。一七七六年創刊。一七七八年号より、リヒテンベルクは物故したエルクスレーベンに代わり没年（一七九九年）まで同誌編集人を務めた。この雑誌については坪井靖子「近代黎明期の日常的世界を映す万華鏡：G・Chr・リヒテンベルクが編集した啓蒙的情報誌としての『ゲッティンゲン懐中暦』」（『研究年報』慶応義塾大学独文学研究室　第三〇号　二〇一三年　二四四―二七五ページ　慶応大学情報リポジトリでダウンロード可能）が有益な情報に富む。

占い術《ヴァールザーゲン》によっていい暮らしをすることはできるが、真実を語ること《ヴァールハイト・ザーゲン》では無理だ。 [J787]

一月は、友人たちのためにいろいろな願い事をする月であり、それ以外の月は、その願い事がかなわない月である。 [J799]

屋根瓦は、煙突が知らない多くのことを知っているかもしれない。 [J941]

機知なしでは、そもそも人間はまったく何ものでもないだろう。ひとえに諸状況における類似性こそが我々を学問的認識へ導くのであり、我々はただ類似性にしたがってのみ秩序付け、記憶できるのだから。類似性は事物のうちには存在しない。神の前にはいかなる類似性もない。もちろんここから、知性が完全であればあるほど、機知は乏しいものとなることが推論される。あるいは、かなりの秤がそうであるように、（機知として）精密な計測にも大雑把な計測にも使用できるよう調整可能な魂の装置が存在するのでなければならない。 [959]

描かれた窓《モック・ウィンドー》は、学問上の事象について、卓越した比喩としてさまざまに役立てることができる。 [1077]

それらは、わが若き日の罪を安置する家族墓所に入ってしまった。悪書の家族墓所、等々。 [1157]

大理石の岩から一件の家を切り出すことはなくとも、大した労力もかけず、そこには宮殿が建っていたと後世が信じずにはいられないような廃墟を切り出すことはできるだろう。 [1170]

A：ずいぶんお年を召されましたね。B：はい、長く生きておりますと、たいていこうなりますな。 [1215]

未来の卵巣。 [1219]

秩序はすべての徳へ通じる！　しかし何が秩序へ導くのか？

［J1230］

日時計では影が静止していて時計が回転している。

［J1572］

我々が死後どのようになるかを正確に知っている被造物が存在するのではあるまいか？　例えば、私が打ち殺した犬の死骸が腐敗することを私が知っているのと同じようにである。

［J1668］

機知に富むが揮発性の頭脳は、徹底的に学ぶことはほとんどないものの、ごくわずかなものを最高に利用する。それほど機知に富んではいないがもっと徹底的な学者は、自分の頭脳をそんなにうまく使えない。

［J1872］

名誉は名誉職より無限に価値がある。

［金紙ノート5］

目のための眼鏡と同じように、魂の諸力のための眼鏡もある、と確信している。そうしたものが可能でないとしたら、変だろう。機知は年齢とともに弱くなるが、索引を読むことはしばしば、これなしでは不可能だったであろう比喩を生み出す。

［K96］

説教者と鍵屋の比較。前者は言う——汝は盗もうと意志してはならない。後者は言う——汝は盗むことが可能であってはならない。

［K219］

今はいたるところで知恵が広められようとしている。数百年たつと、かつての無知を再び生み出すための大学が存在していないかどうかわかったものではない。 [K236]

先鋭化されたソクラテス的方法——拷問のことだ。 [K242]

流行《はやり》で歳を数えれば十二流行になるかならないかの娘。 [K251]

人間が百歳になったあとで、砂時計のようにひっくり返され、またどんどん若返っていくとしたら、それもいつ死ぬか分からないという危険に晒されたままでそうなるとしたら、世界はどのような光景を呈するだろうか？ [K277]

昨日は一日雨が降り、今日は一日陽が差した。今日雨が降って、昨日陽が差していたとしたら、私の人生でどれだけの出来事が違う方向をとっていただろう。一七九四年から九五年にかけての冬は恐ろしく厳しく、一七九五年から九六年にかけてはとても穏やかだった。この順序が逆だったら、世界のどれだけの出来事が違う方向をとっただろう。フランス人がオランダを征服★しなかったことは確かだ。こうした考察はとても遠くまで伸ばしていくことができる。 [K289]

★……一七九五年、フランス革命軍の侵入によってネーデルランド連邦共和国は崩壊してバタヴィア共和国が成立した。

あるとき我々の化学者が、一種の酵素によって空気を一挙に分解する手段を発明することもありえよう。そうなると世界は滅びかねない。［K334］

月に住民がいるかに関する自分の知識について、天文学者は、父親が誰か知っている程度の自信なら持てるが、母親が誰か知っているほどではない。［L31］

今日では正直な人間よりも正直学修士のほうが多い。［L46］

絞首台と楽園。［L66］

教会では説教がされるから、避雷針が不要というわけではない。［L67］

もし後世が（後世よりも別種の知的生命体のほうがいいか）、脱いで広げられた婦人服一式を見つけることがあって、それに包まれていたご婦人の肢体を推定しようとしたら、どんな肢体が出てくることだろう。［L74］

死者の頭。地球儀。［L126］

耳が自分で韻律に気づかなかったら、—（（—という具合に眼に見えるように描いて何になるだろう。これは、計算例が最後に船の形になっている航路計算や、剪定されたイチイの木の形をしたスタ

ンザ★のようなものだ。　［L139］

★……「スタンザ」は一定数の詩行が集まって詩の一単位を形成する「聯」のこと。バロック時代には、詩行の配列によって詠っている対象そのものの形を取った詩作品が多く書かれた。

少々生意気な哲学者が、私が思うにデンマーク王子ハムレットだが、かつてこう言った。天と地には我々の提要に載っていないようなことがたくさんある。★周知のように彼は慰めを得られず、この言葉で我々の自然学提要に嫌味を言ったわけだが、この単純な人間には安んじてこう答えることができる――そうだ。その代わり、我々の提要には天にも地にも現れないような事物がたくさん載っているぞ。　［L155］

★……「天と地の間にはな、ホレイショー、学問などでは思いもつかぬことがあるのだ」『ハムレット』第一幕第五場。『シェイクスピアV』（木下順二訳　講談社　一九八八年　五四ページ）

このたびは召使を通して、私は在宅しておりませんと申し上げげました。そのためお残しいただいたメッセージを読みますに、この次ありがたくもお越しいただきました折には、「私はおります」と階段で申し上げる栄誉に属させていただきたく存じます。等々　［L164］

十五歳ではじめて見ることを、そして例えば二十歳ではじめて聞くことを学び、それからようやく話すことを学ぶとしたら、学問はどんな具合になるだろうか。そういったことは、哲学と人間知を用

いて徹底的に思考してみる価値があろう。　[L198]

日々の暮らしの中では、癲癇はよく悪魔の仕業と呼ばれる。善魔の仕業というものがあるとしたら、どんなものだろう。愛の絶頂の発作における癲癇のような痙攣にこの名を与えることができるだろうと考える者もいる。　[L274]

思想のなさが真空のような結果をもたらさないのは幸いである。そうでなければ、理解できない著作にあえて取り組む少なからぬ頭脳がくしゃりと潰れてしまうだろう。　[L327]

神はすべてを聞きそして見る、と人は言うが、それなら目と耳を持った存在として描いていけないことがあろうか。絵筆を用いても想像力を用いても同じことだ。しかし二つの目しか持たない存在として描くのが正しいか――ほとんどそうは思えない。背後で起こっていることが見えなくなってしまうからだ。そうなると問題は、神を人間のように描く者と、全身を目だらけに描く者と、どちらが理性的か、ということだ。　[L348]

我々が行うささやかな実験や、我々の個人的な苦労は、それがしばしばまったく意味のないものであっても、無限（？）の海へ流れ込む大きな流れを作るのに力を貸している――名のあるこの流れが、こうした小さな小川のすべてを飲み込んでしまうのだが。いくつもの小川がライン河から自分たちの貢献分を取り戻すとしたら、ライン河はどうなってしまうだろう。　[L365]

彼はささやかな闇を商っていた。 [L386]

各人は自分の弾力ある気圏ごと永遠の大海に飛び込んでいく。この気圏が弾性に富んでいるほど、長い間ばちばちと爆ぜる。しかしついに、もはや爆ぜなくなると、我々はみな、みな忘れ去られてしまう！ [L392]

これはいわゆる「翼をつけられた」言い回し★の一つだが、残念なことにあたりを飛び回る代わりに雲を超えて昇って行ってしまった。飛ぶものというのは、こうしたものだ。それを繋ぎとめておく方法を心得ておくか、学ぶべきであろう。 [L400]

★……よく知られた成句・成語、よく引用される名言のこと。

万能薬、万能哲学。 [L410]

霧のような忍び足。 [L414]

すべての人々ができるだけ早く来ようとすれば、その大部分は必然的に遅刻せざるをえなくなる。 [L432]

福音書の次の言葉ほど、当今守られてきたものはない。すなわち、「子どものようにならなければ」★。

★……マタイ福音書一八・三「アーメン、あなた方に言う、たちもどって、子どものようにならなければ、天の国に入ることはできない」（『新約聖書　訳と註　第一巻』田川建三　訳著　作品社　二〇〇八　九二ページ）

[L435]

これは「もう何も思いつかないところへ思いをはせる」ということだ――ボーリングのピンを黄昏の中で立てていた少年の言葉のように。投げそこなった人物に冗談で「何本倒した」と尋ねられて、少年はとても素朴にこう答えた。「ピンのないところに投げましたよ」

[L444]

人間性の線と都会性の線は重ならない。

[L461]

ささやかな諍いという薬味なしの婚姻は、Rの出てこない詩★のようなものだ（もっとうまく）。

[L473]

★……詩人ブロッケス（Barthold Heinrich Brockes, 1680-1747）がそのような詩（『嵐の後の静けさ』*Die auf ein starckes Ungewitter erfolgte Stille*）を書いた故事にちなむ。rが頻出する嵐の描写との対比がきわだっている。

この世で話し方がどれだけ大事かということは、つぎのことからだけでもわかる。ワイングラスから飲むコーヒーはひどい味がするし、食卓で肉を鋏で切ったとしても同様だ。それどころか、いちど見たのだが、きれいにはしてあったが、古いバリカンの刃でパンにバターを塗ったりしたらどうなる

か。 [L504]

某市の警察は桜の木に据え付けられた風車型の鳴子に喩えられる。鳴子が一番必要なときにはじっとしていて、風が強くスズメ一羽飛んでこない時に限って恐ろしい音を立てる。 [L505]

もし必要が発明の母ならば、必要を生み出す戦争はおそらく発明の祖父だろう。諺による証明をホボ《プレスク》幾何学的と呼ぶこともできよう。 [L524]

避雷針つきの絞首台。 [L550]

徳が乱雑に生い茂るところで。 [L649]

問い——何が簡単で何が難しいのか。答え——そのように問うのは簡単だ。それに答えるのは難しい。πμ《ワタシニヨル》 [L833]

第二章　書くこと・読むこと

〈概説〉

若いころからリヒテンベルクは書くことに取り憑かれていた。一方で、それが当初からきわめて自省的な営みであったことが一連の断片から読み取れる。そこに一貫しているのは〈これまで表現されなかったもの〉を書く、〈人間性〉を目指して書くという二つの基本姿勢である。彼の思考のいたるところに見出される〈特異性〉と〈普遍性〉の緊張関係がここにも認められる。流行に反して書くという態度や、通念的な型や流行に対する批判もここに由来する。

書く営みの最も持続的な場となったこのノートのなかで、何度か『雑記帳』waste bookという言葉が用いられ、やがてこのノートそのものがそう呼ばれるようになったのだが（ちなみにリヒテンベルク自身はたいてい「ノート」とか「本」「小冊子」などと呼んでいる）、この方法が経済の分野——商人の仕事ぶり——から採ってこられたのは興味深い。彼は思考の「家政」や「エコノミー」といった言葉を繰り返すが、限られた資源の適切な配分を目指すという一般的な意味だけではなく、思考をその生産・交換・消費・蓄積において捉え、描き出そうとする志向が見て取れる。

　思考の媒体としての本というメディアについては、その物質的側面に注目している点が目を惹く。版型・挿絵・タイポグラフィーなどへの言及が多くみられるが、出版者のディーテリヒと生涯を通じて深い結びつきがあったことも関係しているかもしれない。彼にとって印刷や出版という営みそのものが身近なものだった。一七七六年以降、印刷所や書店も兼ねたディーテリヒの大きな屋敷の一フロアーを住居として提供されていたのである。書物は身近なものであり、愛憎の対象だった。なくてはならないものでありつつ、すでに多すぎるものとしての本。フェティッシュな魅力を放ちながら、「読みすぎること」へ誘惑するものとしての本は、ある意味で危険な存在でもあった。

「読みすぎること」への批判は、〈読書中毒批判〉という時代の風潮と関連している。啓蒙期は識字率が高まり、読書人口が飛躍的に増加した時代である。数多くの雑誌が創刊され、いわゆるジャーナリズムが誕生した。リヒテンベルク自身、ディーテリヒが刊行していた『ゲッティンゲン懐中暦』を一七七八年から没年まで編集し、記事のほとんどを執筆する——これが家賃の代わりだった——など当時の出版文化のもっとも活動的な部分に属していたが、それだけにメディアの威力と危険性について感じるところも多かったのだろう。

　ポーズとして、流行として書物が振り回されることを執拗に批判するなかで、ある断片では教養主義的な古代崇拝に対する批判を織り込みつつ「自然は諸君全員に開かれている——そのために諸君が二十五年も言葉を用いてきた一冊の本よりも。諸君自身が本なのだ」［F734］と語られる。これは〈自然〉と〈自己〉を読むことへの要請である。しかし自然を読むという行為の位置づけも確定したものではない。外界のさまざまな事物を秩序付け、意味を与える行為は、あくまで人間によってなされるものであり、そこに見出される秩序は結局のところ人為的な秩序であるのか。それとも自然の中に秩序が存在し、人間はおのれの限界内においてそれを認識することが可能なのか――いずれの立場の断片も存在する。少なくとも、読む対象と主体、そして読むという行為の関係は決して自明のものではなく、状況の中で個別具体的に考察されている。

読むことを批判しながらも、彼自身は大読書家であった。評価されるのは、タキトゥスやホラーティウスといった古典作家、フィールディング、スターンなどイギリスの作家、そしてドイツの同時代ではヴィーラント、レッシング、ハラーといった詩人・文人になる。時代の好みということで言えば、まさに盛期啓蒙期のドイツ知識人の一典型ということになるだろう。特にイギリス趣味については、同時代の共通の好みであったと同時に、彼自身のイギリス体験も大きい。またヤーコプ・ベーメについての評価も興味深い。最後に関心を寄せたのが、ドイツ・ロマン派やヴァイマル古典主義の傍らで独自の位置にあるジャン・パウルであった。

批判の対象となったのは、なによりも〈シュトゥルム・ウント・ドランク〉や〈ゲッティンゲンの杜の同盟〉といった若い世代による文芸運動である。大げさな言葉の身振りと〈天才〉気取り、そして〈感傷〉癖がやり玉に挙げられていく。ゲーテもそれを免れることはできず、『若きヴェルターの悩み』に対する嘲弄めいた言葉がいくつも書かれる。後にリヒテンベルクは『色彩論』をめぐってゲーテと手紙のやり取りをすることになるが、それについては第七章を見られたい。

学者も批判を免れない。〈自分で考える〉という根本的な要請を回避ないしは拒否した存在と見なされたとき、批判の舌鋒は研ぎ澄まされる。いろいろな国の、いろいろなタイプの学者と交流するなかで観察眼を養っていたリヒテンベルクにとって、やがて〈ドイツの学者〉は独自の対象となっていく。そこから後のニーチェの「教養俗物」批判を先取りするような一連の断片が生まれたが、これは次章のドイツ人論とも結びついている。

誰もが創作しようとする風潮を繰り返し嘲笑しつつ、彼自身も強い創作意欲を持っていた。『雑記帳』には創作メモという側面もある。グロテスク趣味とブラックユーモアに彩られた記述の中には、独立して読めるものもいくつかあるが、ほとんどは流産した計画の断片である。かなりの数の詩が著作集に収められてはいるものの、いくつかの強烈な戯れ歌を除いては、当時の知識人のたしなみの域を出ない。小説を書こうともしていたが、ある虚構世界を持続させ、人間たちを活動させながらその世界の内実を充実させていく能力には恵まれていなかったようだ。

『雑記帳』にはある独特のリズムが読み取れる。屈曲をはらみながらも一気呵成な集中――本書ではあえて段落を分けたが、ほとんどのテクストは段落分けもなく一息で書かれたかのように見える――と、唐突な印象を与えることもまれではない中断、そして主題を目まぐるしく変えながら開始されつづける書くという営みが、そのリズムを作り出している。本章冒頭に図示される「二重のジグザグ」の中断と開始が生み出すリズム。虚構を維持し発展させていくことへの無能力と、このリズムが本質的に結びついていたのか、改めて問う価値があるかもしれない。

> 丸くまとまったことを言おうとするときに限って本を出すというのは人間の高慢さである。円以外にも、美しい図形はたくさんあるではないか。蛇行は本にいちばん役立つ図形だと思うし、自分でもこの曲線のように書いたこともあった。それはホガースがこの曲線について書いていた[★1]ということを知る前のことだった。あるいはトリストラム・シャンディが、「ジグザグ」あるいは「二重のジグザ

グ」として自分のやり方を紹介する前のことだ。[2] そう、こういう具合である。　[B131]

★1……ホガースについては前章［L309］の注参照。ここで念頭に置かれているのは『美の分析』である。
★2……ロレンス・スターン（Laurence Sterne, 1713-1768）の小説『紳士トリストラム・シャンディの生涯と意見』*The Life and Opinions of Tristram Shandy, Gentleman*（1759-1767）、第六巻第四十章で語り手のトリストラムがこれまでの各巻の物語の進行を五本の線で表現する箇所を指す。

本を書こうという衝動は、まさに同様の強さを持つもう一つの衝動と同じく、たいてい髭が生え始めたころ目覚めるものだが、私については少々早かった。最初にむずむずときたのは、『メシアス』[1]の最初の行から数えれば、ドイツ語のヘクサメーター[2]が六歳になったときで、私の誕生から数えればおよそ十四歳になる。[3] これはいくぶん過敏で扱いにくい期間であり、両親や教師は子供たちによくよく注意を払っておかねばならない。だから、そのとき自分の中に何を感じたのか書いてみよう。これを感じる人間がどんな様子になるか、簡単にわかるはずだ。私は、家で使われる言葉が平板すぎると感じた。あちらこちらに形容詞が欠けていると思い、それが見つかると自分が満たされたような気がした。自分で作った言葉ならなおさらだった云々。　[B132]

★1……全二十歌からなるクロプシュトック（Friedrich Gottlieb Kopstock, 1724-1803）の長編叙事詩（一七四八—七三）。
★2……ギリシア叙事詩の韻律。長短短格、または長長格を五回繰り返し、最後に長短格ないし長長格を付けた六脚で一行となる。ドイツ語では音節の長短をアクセントの強弱に置き換えて用いられた。
★3……『メシアス』は一七四八年に最初の三歌が発表され、四・五歌の発表は五一年、同年にハレで第一巻が刊行されている。ちなみに一七八三年五月一日づけのF・ヴォルフ宛の手紙にも「十四歳のときにはもう詩を作っていました。まだ『詩神年鑑』も出ていなかった頃です」とある。

あらゆる時代とあらゆる世界年代[★1]に妥当する抽象化された人間の好意を必ず得られるように書く才能は、誰にも与えられているものではない。今日の世界のありようでは、ともかくはまず成長するためだけにでも多くの力が必要であり、すべてが揺らいでいるとき自分も一緒に揺らがずにいるためには、とても多くのバラストが必要である。このように自然に書くことは間違いなく最大の技を要する。今日、我々はたいてい人工的な人間なのだから。自然に書こうとすれば、いわば自然人という衣装をまず研究しなければならない。[★2]哲学、自己自身の正確な観察、単独での、そしてあらゆる結合における心と魂一般の自然学、——すべての時代に向けて書こうとする者はこれを研究せねばならない。これが、人々がいつかそこで必ずや相まみえる固定点であり、何が起ころうと、そのような趣味が支配的な趣味であれば、人類の値は、数学の心得のある方々向けの表現になるが、最大値であって、いかなる神もそれ以上高めることはできない。

ただ数年のために、一回の書籍見本市[★3]のために、あるいはほんの一週間のために書く者は、もっとわずかなもので済む。最近の著作家のものを読み、当代の社交界を訪れさえすればいい。そうしたやりくりのなかで使える人間であれば、残りはおのずとあつらえられる。こうして、ひどく書くことはとてつもなく簡単だという考えがときに私の関心を引くようになった。悪いと思われる悪いものを書くのが簡単だと言っているのではない。そうではなく、人にはとても素晴らしいと思われるひどいものを書くのが簡単なのだ。ここには侮辱的なものがある。私は直線を引く。世間は曲がっているという。私がもう一本引く。確かに直線なのだが、「ああ、さっきのより曲がっている」と言うだろう。どうすればいい。最善なのは、もはや直線を引かず、他人の言う「直線」を観察すること、あるいは自分で熟考［＝追思考］することだ。［B270］

★1……キリスト教的世界史（普遍史）において、天地創造を始点とし最後の審判を終点とする時間全体を測るために「創世紀元（Anno Mundi）」と並んで用いられたもの。
★2……「自然人」と「人工的人間」については、本章［B321］でも似たような議論がなされている。
★3……書籍見本市は十七世紀末まではフランクフルトが、十八世紀にはライプツィヒが中心となって定期的に開催された。そこで書籍商は、「自分のところで印刷した書籍を分量や全紙数に応じて、他の書籍商のそれと交換したのである。印刷された紙は——製本しないまま樽に詰められ——初めのうちは内容にかかわらず、同じく印刷された紙と、まるで農工業の産物のように交換された」（『啓蒙の都市周遊』エンゲルハルト・ヴァイグル　三島憲一・宮田敦子訳　岩波書店　一九九七年　一六ページ）。

私ひとりに関わることは、私は考えるだけだ。良き友人たちに関わることは、彼らに話し、わずかな読者諸氏の気にかかるかもしれないことだけを私は書く。そして世の人々が知るべきことは印刷される。私に関わる思考を記した本は、手元に一冊あればよく、友人のためのもの、ささやかな読者諸氏のためのものもそれぞれの人数分だけ、もっともふさわしく、もっとも簡便な形で印刷されたものがあればいい。世の人々はいくらか部数を必要とする。だから印刷に回すのだ。前言撤回がまだできるような別の形で世の人々と話すことが可能ならば、間違いなく印刷よりもそちらを選ぶだろう。

［B272］

多く読みすぎず、最善のものだけゆっくり読むがいい。そして一歩進むたびに、つねにこう自問するがいい。なぜこれを信じているのか？　これは私のこれまでの思考の体系《システム》★から帰結するものなのか、それとも探求を怠っているせいで、先入観や、含意された信仰《フィデース・インプリキタ》や、それに類するものによってこの体系《システム》に張り付けられたものなのか。一度そういうガラクタが付け足され、それに基づいて構築することを始めると、すべてが崩壊してしまうこともよくある。そうなると多くの良いものがしばらく使い物にならなくなり、それが効果を発揮するよう本来の体系《システム》にきちんと組み込む手間は二倍になってしまう。

[B285]

★……前章［B262］の注参照。

私は一群のささやかな思考と構想をまとめた。それが待っているのは最後の一筆というより、それを発芽させてくれるいくらかの日の光である。

[B295]

一度始めた反語《イロニー》を維持するには、始めるや否や全体に一つの中心的趣向を与えるのがいい。全体は、それ自体としては悪い物事の弁護でも、悪人への賛辞でもかまわない。この趣向は一瞬たりとも見失われてはならず、ひとたび定めたら、すべてはこの目標へ向けて、どんなに迂遠でも、ある関係を持たねばならない。新たな笑うべき側面について述べる機会を得るだけのために、一般に認められている周知の物事を詳しく証明してみせたり、あるいは逆に、一般に反対されている物事を周知のものと仮定してみせたりすれば、嘲弄は維持される。全体に真摯さが装われていなければならず、どうということもないどんな些事にも、まるでこの件全体の価値が、そして幸福と至福がこれにかかっているとでもいうような重要さの見かけが与えられねばならない。

[B311]

我々は、さまざまな時期にさまざまな手つきで書いているとしばしば考えるが、第三者にはいつも同じものと映っている。

[C48]

小さな著作を読むとき、私はいつもこう思う。これは探索用の小冊子でしかない。これで著者は、もっと大きな本のための投錨地を探るのだ。

［C320］

まず相手の論拠を相手ができる以上に力強く提示し（場合によっては詭弁も許される）、それからすべてを適切な論拠によって一掃してしまうというのは、論争においてとても辛辣でうまいやり方である。これは諷刺にも使える。

［C327］

これまで数多くの人間が選んできた仕事をどれか一つ私も選ばねばならないとすると、提要★の執筆でないことは確かだ。

［C346］

★……さまざまな学説を集成したハンドブック。「本から本を作る」作業をリヒテンベルクは繰り返し批判するが、提要執筆はその最たるものとしてリヒテンベルクのもっとも忌避するところだった。しかし晩年には『自然学提要』を計画することになる。

五千ターラーの報酬で二年カンヅメにされて、桜の花柄について二つ折り判★を一冊書こうとも思わないような博物学者はザコだろう。どの学問にも、学問のどの章にも、どのパラグラフにも、桜の花柄にあたるものがある。

［C359］

★……一枚の紙（全紙）を二つに折り、四ページにするところから生まれた呼び名。大判になる。

そうだ、私は自分の靴を作れない。しかし諸君、私は自分の哲学を他人に書いてもらうわけにはいかないのだ。靴はいつでも作らせる。自分で作ることはできないから。 [D68]

人が考えていることと言っていることを比較すること。内心で考えていることを公の場で話したら、住民の半分は鞭打ちの刑に処されるだろう、ということは鞭を恐れずとも言える。それでも、人間とは考えているところのものであって、言っているところのものではない。互いにお世辞を言いあっている二人の人物が、自分について相手の考えていることを知ったら、摑み合いになるだろう。 [D89]

この思想にとってこの表現は遊びがありすぎる。針の頭で指し示すべきときに、杖の頭を使ってしまった。 [D96]

彼はちいさな紙切れを携えていて、習慣的にそこに書き記すものを、特別に神から示された恵みとみなしていた。他にはまったく説明がつかないのだった。我を忘れた祈りのなかで、時に彼はこう言った。ああ神さま、紙片に何かを！　こういった表現、限りなく感じやすい魂の発露は、神と魂の間の、いわば二人だけの秘密なのである。 [D101]

新聞寄稿者たちは木の小さなチャペルを建て、それを「名声の寺院」と名付け、そこに一日中何枚も肖像画を打ち付けては剝がす金槌の音を立てている。そこでは自分の言葉も聞こえない。 [D108]

！？……といった記号は、薬局の記号と同じくらい増やすことができる。 [D114]

いまどきは、三つのオチと一つのウソがあれば物書きになれる。［D139］

彼にとっては、偉大な哲学的饒舌家と同じく、真実より自らの散文が発する鐘の音が肝心なのだ。［D153］

ヤーコプ・ベーメ★が熱狂的な愚物だったということは、誰が主張しても喜んで認めよう。その代わりに、彼をもっと大きな人物とみなすことを許してくれるなら。［D158］

★……Jakob Böhme（1575-1624）ドイツの神秘主義者。正規の中等教育も受けず、靴職人の修養を終えたのち、靴職人として生計を立てる。神秘体験の後、一六一二年に『アウローラ』*Aurora*を執筆。その著作は次第に知られるようになるが、ルター派正統派の教義に反するものとしてグレゴール・リヒターに批判された。この点は［D172］の記述の通りである。後にドイツ・ロマン主義をはじめ、シェリング、ヘーゲル、ショーペンハウアー、ニーチェ、ハイデガーなどに大きな影響を与えた。

理解できないナンセンスな事物に理性的解釈を施そうとすると、しばしば良い考えに逢着する。こうしたやり方でなら、ヤーコプ・ベーメの本は多くの人々にとって、自然という本と同じく有益でありうる。［D159］

我々がヤーコプ・ベーメを笑う？　彼が語ろうとした超自然的なことが、自然なものに聞こえることがありうると言わんばかりではないか。水星や太陽の住人が、我々のものと違った感覚でなした観察を、ドイツ語で語ったら、その話はもっと合理的に聞こえるだろうか。「一かける三は一」はすでに我々の宗教にある。[★1]ではなぜ、ミルクのような温かい音楽や、〈第一のもの〉になろうとするかのように〈中心〉からやってくる苦い質[★2]が存在しうる、ということでは、だめなのか。ひょっとするとヤーコプ・ベーメの本は——それについて天使が下す判定は、我々が下すものと同じかもしれないが——時にナンセンスであり、時に崇高ですらありはしないか。私はヤーコプ・ベーメが詐欺師だとは思わない。なぜなら、一、彼はすでに徒弟時代から主人に説教をし、主人が彼を送り出したのは、誰も家に預言者を——皆が彼をそう呼んでいた——置いておきたくなかったからだった。また、二、彼は自分の文書を印刷させることを望まなかった。貴族の某[★3]がベーメの手稿を借り、何人もの筆耕者に分けて、短時間で筆写させ、それが印刷に回された。これはゲーリッツの主席牧師グレゴール・リヒターの誹謗により世に知られた。 [D172]

★1……〈三位一体〉を指す。
★2……ヤーコプ・ベーメの『アウローラ』に頻出する用語。
★3……カール・フォン・エンデルン（Karl von Endern）。

ヤーコプ・ベーメを弁護して、多くの有益なことを言うことができよう。すでに誰かそんなことをやったかどうか、私は知らない。この企て自体が重要なわけではないので、わざわざ知ろうとしたこともない。今日の文書の量では、こんな企ては、何かを言うための時間と、そうしようとする気持ちのどちらもが、それで尽きてしまいかねないものだ。この男の文書を読みたまえ。その内的意味を否定するなら、その後でやりたまえ。 [D173]

彼は八巻の書物を書いた。八本の木を植えるか、八人の子供を生ませるかしたほうが、間違いなくいいことだったのに。　［D175］

天よ、私に本についての本を書かせないでください。　［D205］

善き作家とは、多く長く読まれ、百年後もさまざまな判型で出版され、まさにそれによって人間一般にとって喜びとなる存在である。人類全体は善きもののみを称賛し、個体はしばしば悪しきものを賞賛する。　［D219］

髭をあたらせているときはスウィフトが、髪を整えさせているときはスターンが、朝食のときはニュートンが、コーヒーのときはヒュームがそばにいてくれればよかったのだが。　［D249］

ものを書く人間が、うまく書くか下手に書くかは、すぐに明らかになる。何年も書かずに座っている人間が、理性あるがゆえに静かに座っているのか、それとも無知ゆえになのか、それは死すべき人間には決して明かしえない。　［D285］

何か新しいことを言わねばならない、という動機が一番大事だ。おそらくそれに続くのは、ある人間をものが書きづらくしてやろうとか、怖気づかせようと思うことである。こういった場合、私は書評家を非難はしない。　［D317］

アイディアの欠如が我々の詩文をこんなにも軽蔑すべきものとしている。読まれようと望むのなら、発明せよ。新しいものを読みたがらない人間がいるか？ [D363]

この本を手に取ると、ある種のいわく言い難い感じに襲われるだろう。それは落ち着きであり、熱が引いた後の官能的な気分のようなものだ。チェスを一勝負やった後ですごろく遊びを始めたとき感じるものと似たところのある感覚である。まだ知らないのであれば、もちろんどうしようもないが。 [D381]

本と頭がぶつかってうつろな音を立てたとして、いつも本のせいだろうか。 [D399]

我々がもっと自分で考えていれば、はるかに多くの悪い本と、はるかに多くの良い本を手にしているだろう。 [D425]

「小さな絵について何冊も本を書く」と言って、技芸の研究を笑いものにしようとする連中もいる。しかし我々の対話と文書とは、我々の網膜上の小さな絵の、あるいは脳内の偽の絵の描写でなくて何だというのか。 [D448]

私の男性読者の大部分がギムナジウム最高学年経験者で、本を評しようという衝動がその時期どれほど激しいか、そして年長者に死後の名声の殿堂への入場スタンプを押すことが、罪深い魂をどれだけ擽《くすぐ》るか、経験から知っていてくれたらいいのだが。 [D498]

読書の際には、それが理性的なものであるべきならば、二つの目的をつねに意識しておかねばならない。第一に、事象をしっかりと記憶し、それを自分の体系《システム》と一つにすること、第二には、特にその人々がその事象をどのように見たか、そのやり方を自分のものにすることである。愚か者の本を読んではならない、自分の見解をまじえた本は特にそうであると、誰にでも警告せねばならないのはそのためだ。事象はそんな連中の書いた提要からでも学ぶことができる。しかし、哲学者にとって、より重要とは言えないが同じように重要なもの、すなわち自分の思考法に良い形を与えること、これは学ぶことができない。　[D506]

精神に恵まれたすべての人々において、短く自己を表現しよう、言うべきことを早く言おうとする傾向が見られるだろう。したがって国民の性格について言語が与える徴は決して弱いものではない。タキトゥスを翻訳することがドイツ人にはどれだけ難しいか。イギリス人は、つまりイギリス人の良い作家は、私たちより簡潔である。彼らには、私たちより大いに有利な点がある。彼らが一つの種を表す特別の言葉を持っているのに対し、我々はしばしば限定詞を付けた類概念を用い、冗長に陥るのである。それぞれの文で語を数え、毎回最小のもので表現しようと試みても害はないだろう。　[E39]

商人はWaste book（「雑記帳」、「殴り書き帳」とドイツ語では言うだろう）を携えていて、毎日毎日売ったものと買ったものすべてを書き込む。すべてをまぜこぜに、整理せずに。そこから日誌に転記され、すべてはよりシステマティックになり、ついにはイタリア流複式簿記の総勘定元帳に至る。ここでは各人に関して、まずは借り手、つづいて貸し手として別個の決算がなされる。これは学者が模倣する価値がある。まず一冊の本。そこに私はすべてを書き記す。見たままに、私の思考が生じるままに。それから別の本に書き写され、主題が分類整理される。総勘定元帳は、事象の結合とそこから生まれる解釈を、通常の表現の形で持つことができる。P. XXVI（[E150]）参照。 [E46]

ズボンを二本持っている者は、一方を金に換えこの本を買え。 [E79]

それには一般に良書が持つ効能がそなわっていた。単純な人間を一層単純にし、賢い者を一層賢く、そして残りの何千人は、そのままだった。 [E129]

そもそも週刊新聞の一記事を埋めるだけの材料で本を書くな。二語をもとに長く複雑な文を作るな。この大ばか者が一冊の本で言うことは、三語で言われれば我慢できたろう。 [E130]

彼らは祖国愛から、我々の愛すべき祖国が笑いとばされてしまうようなものを書く。 [E140]

私がイギリスへ行ったのは、そもそもドイツ語の書き方を学ぶためだった。 [E144]

P. VI（[E46]）へ補足。雑記帳には思いつきすべてを、事柄がまだ目新しいとき陥りがちな長々しさで書き込んで構わない。もっとなじみになってくると、不要なものが目につき、もっと短く書くようになる。『ティモールス』★を書いたときがそうだった。雑記帳ではまとまった文章だったもので、一つの表現に陰影をつけることもしばしばだった。 [E150]

★……*Timorus* はラーヴァターがメンデルスゾーンにキリスト教への改宗を勧めた件——これについては第三章［C39］参照——をきっかけにした最初の大きな論争文で、一七七三年に執筆、変名で刊行された。

印刷されたものを根拠に敵を説得しうるなど、一七六四年以降、信じていない。そのために筆を執ることも決してなかった。そうしたのは、ひとえに連中を怒らせるか、我々の側の人間に勇気と力を与えるか、連中が私たちを納得させなかったとわからせるためだった。［E171］

自分の感情や感覚を描写する人間ほど、思い込みに囚われた人間はいない。散文に少し号令をかけねばならないようなときは、特にそうである。［E190］

真理は、損なわれることなく紙に到達し、そこからまた頭脳に達するまで千もの障害を克服せねばならない。嘘つきは、そのなかでもっとも弱い敵である。真面目な人間だったらほろ酔いのときしかやらないような具合に、すべてについて語り、すべての事物を見る熱狂的著述家。まるで天使が一つのモナド★のなかに見るように、一人の人間の行動の一つ一つに、その生のすべてが反映されているのを見る、また見ようとする、超絶的に繊細でわざとらしい人間通。十五歳までに学んだことはなんでも尊敬の念から信じこみ、何一つ精査せず、わずかに精査したものを、そうしていない土台の上に建てる、善良で敬虔な人物——こういった人間たちが真理の敵なのだ。［E196］

★……モナドとはライプニッツ哲学の用語で「複合的なものに含まれている単純実体」（『モナドロジー』*La Monadologie* 西谷裕作訳『ライプニッツ著作集第九巻』工作舎　二〇〇六ページ　一九八九年）であり、「宇宙を自分の視点に従って表現するそれぞれの生きた鏡」（『理性に基づく自然と恩寵の原理』*Principes de la nature et de la grâce fondés en raison* 米山優訳　同書　二五三ページ）であるとされる。

本は鏡である。猿が覗き込んだら、もちろん使徒が覗き返すことはありえない。我々は、知恵について愚か者と話すための言葉を持っていない。賢い者の言うことを理解する者はすでに賢い。　[E215]

ナイトガウンを羽織って、ラ・ロシュフコー★の言葉のどれかに膝を叩くような、ひきこもりがちの人間が思うほど、人間とは知り難い存在ではない。それどころか、たいていの人間は自覚する以上に人間通で、日々の営みにその知識を活用しているのだと言いたい。ただ、ものを書くとなると、大騒ぎになり、すべては休日のようによそ行きで、誰にも見分けがつかなくなってしまう。普段はまったく自然だったのに、今や、肖像画を描いてもらうオールドミスのような顔つきになるのだ。　[E218]

★……ラ・ロシュフコー（François duc de La Rochefoucauld, 1613-1680）はフランスのモラリスト。大貴族の家に生まれ、フロンドの乱に参加したのち、隠遁生活を送った。『箴言集』*Réflexions ou sentences et maximes morales*（一六六五）では「美徳はほとんど常に偽装する悪徳である」という認識を基調に人間心理が解剖されていく。

タキトゥスのように言うべきことがあるときには、何かを短く言うことは技などではない。ただ、なにも言うべきことを持たず、それでも本を書き、「無からは何も生じない《エクス・ニヒロー・ニヒル・フィト》」と語る真理の女神を嘘つき女とするときには、それを私は手柄と呼ぶ。　[E222]

今ペンを執り、体が満ちるのを感じる。自分が対象にふさわしいものになっていて、わが本が萌芽ながらくっきりと眼前に浮かんでいる。ただ一言でその内容を言ってみたくなるほどだ。　[E224]

大原則：おまえのちっぽけなものそれ自体が特別でなければ、少なくとも言い方をいくぶん特別にすること。［E243］

ドイツに、人は疑いなく今世紀の第一級の発見の一つを負っている。それは、あらゆるドイツの発見がそうであるように、後世においても――後世が頭だけになろうが、心だけになろうが――聖なる記憶でありつづけるだろう。すなわち、これまで社会の屑として排除されてきたような、頭の狂った者、荒れ狂う者たちをいかに利用しうるか、それを私たちが初めて教えたのである。

彼らは周知のごとく、すでにドイツの多くの場所で、健全な人間知性を、生半可なもの、不可解なもの――それが好まれるのも当然のことだが――へ翻訳するために用いられている。というのもドイツではついに人々はこう考えるに至ったからだ。時にこうした状態に陥るのでなければ、すなわち独創的な頭脳を持っていなければ、そもそも頭脳を持っているとは言えないのだ、と。妻子を養わねばならず、平板な人間知性の厳格な規律に服さねばならない多くの男性は、机に向かうことも独創的な頭脳になることもできない。そこで、ここにご報告できるのだが、この家の何人かの不幸な人々が、自分たちが彼らに代わって、その労を取ろうと申し出たのである。

しかしながら彼らはそのささやかな成果を、まったく卑近な散文にすることを好む。例えば「2かける4は8であり、そこから3をひくと5である」。あるいはこうだ「時には、鼻や唇、額や目から、それらの持ち主の魂を推し量ることができる。特にこの人間が、最近その言動が収集され始めた民の中で生きているならなおさらである」。あるいは「善行をなすのは心地よい。それについて読むことは満足をもたらし、良き人々は時に喜びの涙を流す」。こういったことをすべて、我らが頭脳は、筆舌に尽くしがたいものへ翻訳するだろう。時には、周知の古くからの優れた発言から、そこに含まれる人間知性のいくばくかを奪い、そうして生まれた隙間を自分たちの知性で埋め、その背後にはこの三倍が潜んでいるのだと信じさせようとするだろう。これは素晴らしい発明であり、我々は名誉なことに、こうお知らせすることができる。ここで名を挙げることははばかられる何人かの声望ある人士、ドイツ一級の哲学者たちは、我々の家にある彼らの本にいわば墨塗りを施し、大センセーションを巻き起こしたのだった。［……］ [E259]

まだ受動的な読みと能動的な読みすら区別できない男。 [E266]

そもそもただ読むだけのために本は書かれるのか？　家事の支えにもなるのではないか。通読された一冊に対し、何千冊もがぱらぱらとめくられ、別の千冊は積まれたまま、別の千冊はネズミ穴の上に押し付けられたりネズミに投げつけられたりする。また他のものは、その上に立たれたり、座られたり、太鼓のように叩かれたり、ペッパーケーキの台になったりする。それを手にパイプに火をつけたり、窓辺に立ったりする者もいる。 [E311]

白い全紙で胡椒袋を作ろうとする者はいないが、その上に何か印刷されたとたん、みんな進んでそれに手を伸ばす。 [E312]

「熟考する」は「本に当たる」ことと別物なのか。「発明する」とは「変形する」以上のことか。 [E317]

何かを見るときは、それが与える印象をありのまま言葉にするよう試みよ。人間がどれだけ学があるか、ほとんど信じられないほどだ。 [E384]

真の歴史家の性格について、私は雑記帳のすべてに覚書を書きためておいた。それをまとめてみる必要がある。なにゆえ、真に良き歴史家、どの机にも置かれているような国民の本当のお気に入りが我々にはかくも乏しいのか。正確な人間ならいる。それは必要ではあるが、必要なもののすべてでないことは確かだ。試験に立派に合格するとか、社交の場で無知に見えないようにとか、なんらかの証明を支えるのに使おうといった下心から生じたものでなければ、そういったものが人間の関心を引くことはない。我々は、あらゆる学問同様、歴史も拡大しすぎるのだ。我々の歴史家はたいてい歴史を教える人間であるわけだが、彼らは、しばしば我慢ならない冗長さを除けば、事典類にふさわしい存在である。彼らはディテールというものを間違って捉えているのだ。大事件は詳細にわたり叙述される必要があるが、一つの戦争全体をそうする必要はない。先の戦争★1であれば、私だったらロスバッハの戦いからリッサの戦いの後まで★2の時点を描き出すだろう。すなわち、大王にとってあれほど重要であった冬を、である。 [E389]

★1……七年戦争（一七五六―一七六三）のこと。イギリスらと結んだプロシアと、ドイツ諸邦・ロシア・フランスらと結んだオーストリアの間で戦われた。同時期に北アメリカ、インドでイギリスとフランスの戦争も行われた。プロシアは包囲され危機に瀕したが、ピョートル三世が即位したロシアはプロシアと講和を結び、オーストリアは一七六三年フベルトゥスブルクの和約をプロシアと締結することで戦争は終結した。

★2……ここで話題とされているのは一七五七年の冬である。フリードリヒ大王の指揮するプロシア軍は一七五七年十一月五日、ロスバッハの会戦でオーストリア・ザクセン・フランス連合軍に勝利した。〈リッサの戦い〉とは同年十二月五日にオーストリア軍を破った〈ロイテンの戦い〉のこと。この一か月の軍事行動は軍事史上も注目されてきた。

自分をとにかくきちんと観察すればいい。白い全紙はどんな美しい反古よりも尊敬の念を起させる。そこに魂を吹き込みたいという欲望がこみあげるのだ。 [E406]

一つの作品を、ふさわしいときに出版する技術は、主として我が祖国特有のものである。早すぎと遅すぎのあいだに見事に滑り込んで、もはや一日の狂いも生じないほどの手際だ。この日より早く出版できないのは、いまある形にはまだできあがっていないからであり、もっと遅く出版できないのは、概して出版前に、もう何が書かれているか皆知っているからである。 [E413]

そもそも、すべておどけて語られる事柄が冗談だなどと唱えるのは、たいてい老神学者か老法学教授に限られる。彼らは真剣な顔あるいは真剣な文体で言われることはすべて真剣だと考える。しかし百の冗談のうち九十は真剣に述べられるということは明らかではないか。賢い頭脳による陽気な文書からは、非常に頻繁に、とても多くの真剣な文書からよりも多くを学ぶことができる。こうした頭脳の持ち主は、真剣に考えてはいるが、真剣な顔つきをまとわせるにはまだ十分に調べられていない多くのことを、笑い顔で述べる。他の人々はこれをまじめに、とてもうまく用いることもできるのだ。 [E435]

思い上がった書評家を殺してみせることほど、アポロの意にかなうことはない。［E492］

重要そうだが、時間を取って調べるのは分別ある人間にとって簡単ではないような事柄について書くことほど、確実に名を成す方法はない。［E513］

読むことは借りること。それをもとに発明することは、返済することである。［F7］

寛大さの発露は今日、むしろ読書の産物である。あるいは、こう言ったほうがいい。寛大であるのは、心の善良さというより読書の跡を示すためだ。本性から寛大である人々は、寛大であることがひとかどのことだなど、ほとんど気づきもしない。［F20］

我々の散文はかくも誇らしげに、韻文はかくも卑屈に行き来している。これはそんなにひどいことなのか。散文はもう十分歩いてきた（散文体《ペデストリス・オーラーティオー》★）。思うに、今はともあれ、散文を馬に乗せるため、韻文が馬から降りる時だ。［F22］

★……ラテン語の表現。pedesterは「徒歩の」も意味する。

☽［月曜日］。十二日。書くのに、製本するだけの時間を要する本はほとんどない。それに関するすべて、紙、植字、印刷、製本は勤勉さと入念さを必要とする。書き上げることだけがそうではない。［F135］

何週間か前、ゲッティンゲンで一人の男が私のところにやってきた。二組の古い絹のストッキングから一組の新品を作ることができて、そのサービスを提供しようというのだった。我々はと言えば、二、三冊の古本から一冊の新本を作るすべを心得ている。［F136］

我々の学術新聞やたいていの雑誌とはどのようなものか。もちろん単なる見本市カタログとは区別される。しかしそれを見本市カタログから区別するものは、それらをもはやほとんど誰にも読まれなくしている当のものなのだ。［F155］

自分の著作に最後の手を入れるということは、それを燃やすということだ。［F173］

私はもうどこかで、本の表題についての考えを開陳したことがある。古い事象を新しい名目で、また少し新しいものを混ぜて人々に提供することも時には必要である。下剤で、大黄や塩、マンナ、そして何よりもカラッパの根★が、胃や腸に対して以外はその存在を隠されているような飲み物がなんと多いことか。繊細な感情がたやすく見分けることができるような、まさにこうしたタイプの許されるべき欺瞞というものもある。丸薬は糖衣で包まれるのだ。［F201］

★……すべて下剤に用いられる。

⊙［日曜日］。二十二日。読むことと研究すること［の違い］を説明するには、食べること、消化することに勝るものはない。哲学的な、本当の意味での読者は、飽食家が胃に詰め込むように、ただ記憶にため込みはしない。それに対し、記憶するだけの脳が手に入れるのは、強い健康な身体ではなくパンパンになった胃である。前者においては、読むもの、使えると思うものはすべて彼の体系《システム》とその内的な身体に、これはこちら、あれはあちらへと——こう言ってよければ——補給され、そして全体が強さを獲得する。　［F203］

♀［金曜日］。十一日。森はどんどん小さくなる。木材は減っていく。どうしよう。そうだ、森が消えるときには、我々は本を燃やして暮らしていける——森がふたたび茂るまで。　［F234］

かの紳士諸兄は、「感傷的に書く」とは、いつも優しさ、友情、人間愛について語ることだと考えている。愚か者ども、そんなことは木の一枝でしかないぞ、と危うく口にしそうになる。諸君はそもそも人間というものを見せてくれなければならない。優しい男、優しい軽薄才子、馬鹿、悪党、農民、兵士、御者、皆ありのままに——これが私の言う「感傷的に書く」ということだ。私たちがうんざりするのは、諸君が書いている内容よりも、むしろ諸君が永久に一本の弦でヴァイオリンを弾き続けるということなのだ。人間は睾丸だけでなく、それ以上のものでできているのだから。　［F338］

まちがいなく、ドイツには、世界の四大陸がその幸福のために必要とするより多くの物書きがいる。　［F412］

一人の作家の見解の展開について、多くの人々が生涯苦心して厳格に研究するが、不毛なことだ。その人間の体系《システム》を展開させ、インチキ臭い改良家たちがつけた汚物を洗い流すのに一生かかったことは認めよう。すべて本当だ。しかしこうした歴史全体に三グロッシェンの値打ちもないことを見て取るには、健全な理性が十五分間目覚めているだけで足りる。［E436］

研究において、他人の誤謬を真理と区別するだけのために、自分で考えることが勧められるのもしばしばだ。それは一つの効用である。しかしそれがすべてだろうか。それによって、不要な読書がどれほど節約されることか。そもそも読むことは研究することなのか。書籍の印刷は学識を広めはしたが、その内実は減らした、と主張した者がいたが★、それは大いに正しかった。多読は思考にとって有害である。私の会った最大の思索者は皆、私の知っている学者の中でもっとも読書してこなかった者だった。そもそも感覚の満足は何ものでもないというのか。［E439］

★……プロミースは『学問芸術論』*Discours sur les sciences et les arts*（1750）におけるルソーの主張が念頭に置かれているのではないかと推定している。

I. 49（［E439］）に追加。人々にいかに思考すべきかを教え、何を思考すべきかを決して教えなければ、誤解も避けられる。これは人間性という秘儀への一種の参入である。自身の思考において、ある風変わりな命題に逢着した人間は、それが誤りであれば、またそこから離れていくだろう。声望ある人間によって教えられた風変わりな命題は、自ら探求することのない何千人を誤りへ導きかねない。生と幸福を目的とするような自身の見解を表明するに際しては、どれだけ慎重でも慎重すぎることはない。その一方で、人間知性と懐疑の重要性を肝に銘じさせることには、どれだけ熱心でも熱心すぎることはない。今、目の前に開かれたページに載っている金言もこれを語っている「どの人間の知性も、その人間にとって神託である（every man's reason is every man's oracle.）」★　［F441］

★……初代ボリングブルック子爵ヘンリー・シンジョン（Henry St.John Bolingbroke, 1678-1751）のエッセイ“Of the true use of retirement and study”よりの引用。

白紙が綴じられた書物が持つ独特の魅力について。まだ己の処女性を喪っておらず、いまだ無垢の色彩に光り輝く紙は、すでに使用された紙よりもつねに優れている。　［F513］

出版者は彼を人形にして、著作の前にぶらさげさせた。★　［F517］

★……「ぶらさげる」には「絞首刑にする」という意味もある。

本のための墓石。　［F543］

ホメーロスとオシアンの研究は、あるいは、昨今ではその一巻を翻訳できるとなると偉そうにこう表現されることもあるが、「わがホメーロス」や「わがオシアン」を研究することは、本当にたいしたことではない。まずは諸君自身を研究したまえ、と私は言いたい。すなわち、君たちの感情を展開させ、その瞬間的な合図を固定し、その帳簿をつけることを学びたまえ。神が与えたものである自我を盗まれるままにするな。あらかじめ何かを考えたり、意見を持ったりせず、まずは諸君自身をきちんと探求し、新しい物好きゆえの反論はするな。ギリシア語、ラテン語、英語の知識がなくとも、その機会は至る所にある。自然は諸君全員に開かれている——そのために諸君が二十五年も言葉を用いてきた一冊の本よりも。諸君自身が本なのだ。

あまりに繰り返されたせいで、こういったことは一度も言われなかったと同じになっている。これほど重要な規則が民衆のあいだで決まり文句《ロクス・コムーニス》や祈りの言葉のような哀れなものになってしまうとしたら、本当に不幸なことだ。人は、そういったものを実行していないときに実行していると思う。一人になって、そういったものに背いていると思うとき、あるいはそれを意識していないときには、しばしばそれを実行しているものだ。

こうすることはホメーロスやオシアンよりも諸君を成長させるであろうし、ホメーロスやオシアンを理解するすべを教えてくれるだろう。もちろんこうした準備なしに読むこともできるが、そのときには、彼らがなぜ我々の時代の浅薄な有象無象をはるかに飛びぬけているのか決してわからないだろう。 [F734]

人々はいつもこう言う——「この男はなんと独創的に書くことか！」私にとっては、このスタイルにはめずらしいところなど何もない。これは、知っている以上のことを言おうとするすべての人々の書き方であり、これが大衆の気に入るのは、まさにそれが、自分たちが一語たりとも知らない事物を理解していると信じさせるからである。 [F754]

真理にはいつの時代も釈義者が現れる。追従は概してせいぜい一年以内である。だからいつも、勇気をもって、胸襟を開いて書くことだ。 [F785]

用心深さと注意を教えるのが私の意図だった。したがって、危険な箇所についていくぶん太すぎる線を引いたこと、そして本当は分けて論じねばならない多くのことを、安全性という側面からまとめて主張したことも、誠実な人間なら許してくれるだろう。精神を陶冶するのではなく、あるいかがわしい人間を旗印に自分の混乱した観念を行進させる機会を、どんな弱い頭脳にも与えるような読書、あらゆる種類のそうした読書が、我々の読書界ではあまりにも多くの喝采を受けている。本来であれば最小の自由しか持つべきでない人々が、ここでは最大の自由を持っているのだ。［F813］

知識に富んでいるということではなく、そなわった力が自身の趣味と幸福な関係を結んでいるということが、往々にして多作家を生む。そのおかげで、前者が生み出したものを後者が是認するのである。［F996］

有名な人物の著作に、私は残されているものよりも抹消されたもののほうを読んでみたい。［F998］

彼のインク壺は真のヤヌスの神殿だった。そこに蓋がされると世界全体が平和になった。［F1000］

序文に「避雷針」というタイトルをつけてもいいだろう。［F1013］

多読は学識ある野蛮という病をもたらした。［F1085］

殴り書き帳方式がもっとも推奨される。いかなる言い回しも、表現も書き留められないままにしておかない。小銭のような真理を貯めることでも金持ちになる。［F1219］

著者の意図とその本の主要思想をわずかな言葉に要約し自分のものにするというのは、読書の規則の一つである。そのような読み方をする者は活動的に読み、何かを得る。精神が何一つ獲得せずむしろ喪失するような読み方もある。それは自分の手持ち［の思想］と比較したり、自分の諸見解が形成する体系《システム》に同化させたりすることのない読書である。［F1222］

我々を称賛する読者諸氏のことは有能な判定者とみなすくせに、我々を非難したとたん、精神の作品を判定する能力に欠けていると宣言するというのは妙ではないか。［G33］

文筆家たちの学問的内臓を見ることができないのは残念だ。何を食べたか調べたかったのに。［G34］

ある者は間違った正書法で書き、別の者は正しい誤書法で書く。［G37］

どんな人間にもすべての人間が持つ何かがある。この命題をもうずいぶん長いこと信じている。その完全な証明は、もちろん自分自身を率直に描写することで初めて期待できる。すなわち、この自己描写を多くの人々が試みるときに。すべての人間が持っているこのものを、それにふさわしい正確さで抽出することは、もっとも偉大な作家たちが共通して心得ていた技である。各人に由来するものはそんなに多くある必要はない。ほんのささやかなもので化学の実験をやって、多くの金を費やさねば

ならない人より正しいものを生み出せる器用な人間もいるのだ。［G76］

　本当に多くの人間が、ただ考えないですますために読む。［G82］

　熱狂的な改悛の情に駆られた罪人というタイプの人間がいる。おのれの悪行を語りながら、改悛の言葉を挿入しはじめ、自らを告発することに一種の平安を見出すのだ。ルソーもこのタイプだったかもしれない。あらゆる弁護は早すぎる。判定は全体を見て下されねばならないが、人々は、長く受け入れてきた理論に矛盾するという理由から、経験のほうを信じまいとしているかのようだ。見たところ、ルソーが描いたような生に対しては、道徳的なレッテルに従って、あるいはルソーのもののようにではなく描かれたさまざまな生をもとに、判定を下そうとしてはならない。我々が自分の生涯を、神の前で現れるように描くことがない限り、それに裁きを下すことはできない。有名な人々について見てきたことから、それについては強い確信を持っている。ある偉人の生涯を、私の考えるように描くなら、それはレッテル人間には、まるで月の世界から来たように見えるだろう。

　我々が知っているのは自分だけだ。むしろこう言うべきか――我々は、そうしようと望めば、自分を知ることができる。しかし他人のことを知るのは、ただ類比《アナロジー》によってであり、それは月の住民と同様なのだ。互いに親しげに会い、妻と子を伴って訪問しあっている二人の人間を見たまえ。仲たがいすると、どれほどの非難を、逸話等々を吐き出すことか。これらはすべて、以前は爆弾の中の火薬のように眠っていた。彼らがお辞儀をしていたとき、それも一緒にお辞儀をしていたのだ。我々が自分たちの生涯をそのように描かない限り、虚栄心からもっとも卑しい悪習まで、自らの弱点をすべて書き記さない限り、我々は互いを愛することも学びはしないだろう。この点については完全な平等を望む。抵抗を感じれば感じるほど、なおさら、ありのままの自分に忠実でなければならない。これは我々の時代に取っておかれた課題であるようだ。こうしたあり方がひろく一般に広まることはないだろう。しかしそれでも、かなりの人々を慰め、もっと賢くするだろう。それだけでもじゅうぶんな利益である。哲学者もこう考えるべきだろう。「国のために死ぬことは快い《ドゥルケ・エスト・プロ・パトリアー・モリィ》」★1が、人生で得てきた信用を哲学のために犠牲にすることも快いのだ、と。こうしたことで、神の前では、今以上に悪くなることなど何一つない——

人は誰もが、自分をもとに他人のことを推論しているが、それが誤っていることもしばしばだろう。我々が自然において正しく知ることのできる唯一の対象を、つまり精神的自己《モラーリッシュ》を、「民衆に害を及ぼさぬように」といった単純な哲学ポリツァイ★2の決まり文句にしたがって描くのは、流行に踊らされた理解しがたい茶番である。我々が生きているこの世界の幼年期にあっては、休息ではなく、活動がつねに優先されるべきだろう。我々の風土は広範なシニシズムの時代となり、哲学と宗教は存在するというには程遠い。別の民族か別の時代が、学問のこの分枝を横取りするとしたら、残念なことだ。［G83］

★1……ホラーティウス『歌章』*Carmina*三・二、一三。正確には"Dulce et decorum est pro patria mori"

★2……ポリツァイについては前章［L954］の注参照。

多読によって、我々は真でないものを真とみなす習慣がつく。それだけでなく、我々の証明は、しばしば事の本性というより、我々の人目につかない流行好みがもたらした形式をとる。我々の土地の実例によって同じように力強く支持できるものでも、我々は古代人を典拠に証明する。何も証明していない金言や、新しいものを何も学べない命題が引用される。流行という媒体を通したり、あるいは流行の体系《システム》を顧慮したりせずに、ある事柄を新しく見ることはとても難しい。理由が必要とされるべきところでいつも名声が用いられ、教えるべきところで恐れさせられ、人間で十分なところで神々が加勢させられる。 [G110]

我々の作家が描くことができるものは、せいぜいのところ、いくぶんかの愛だけである。そしてこれすら、人間の生の少し離れたメカニズムにまで追っていくすべを心得てはいない。きわめて長い経験と深遠な考察に基づいた発言を小説に持ち込むことを、そうした発言の在庫がある人間は物怖じするべきではない。それらは間違いなくそれと見出されるだろう。機知が作り出すものは、それらによって自然の作品に近づいてゆく。一本の樹は旅人に木蔭を提供するだけでなく、その葉は顕微鏡による観察にも耐える。哲学者の気に入るような本が、それゆえ庶民の気に入るものであることも可能だ。後者はすべてを見る必要はない。しかし鋭い視力を持つ人間がそこを訪れるのを望むなら、それは存在していなければならない。 [G113]

日々の経験が教えるところだが、理解するには特別な努力が要ることを言うのにほとんど努力は要らない。それに対し、理性的な人間に向かって何か新しいこと、重要なことをさらっと述べ、相手の側に、それを知ったのはうれしいが、それを言ったのが自分でなかったのは恥ずかしいと思わせるには、並々ならぬ才能が要る。後者は偉大な作家を性格づける徴であり、そうした発言がほんの少しあるだけで、日常茶飯に満ちた本全体を高貴なものとすることができる。 [G125]

流行になる可能性のある書き方をする人間のほうが、流行の書き方をする人間より好感が持てる。

[G134]

彼はいつも抜き書きをしていた。読んだものはすべて、一冊の本から、頭の傍らを過ぎて、別の本へ入っていった。

[G181]

自身の思考と、感情および感覚に厳密な注意を払い、きわめて個性的にそれを表現しようとし、入念に言葉を選び、それをただちに書き記すことで、短期間で発言の在庫を手にすることができる。その使い道はさまざまである。自分自身を知り、自分たちの思考体系《システム》に確固さと連関を与える。社交の場での語りは、顔のようなある種の独自性を帯びる。これは通には大いに受け、これが欠けると悪効果を招く。手を入れれば使える宝を獲得し、同時に自分のスタイルをつくり、内的感覚とすべてに対する注意力を強める。すべての金持ちが幸運によってそうなったわけではない。多くは倹約してそうなったのだ。こうして注意力と思考の配分《エコノミー》と練習は、天才の欠如を補ってくれる。

[G207]

とても多くのことについて考えるのは簡単ではないが、とても多くのことについて読むことはできる。多くの対象について考えるほど、すなわち、それらを私の経験および思考体系《システム》と結びつけようとするほど、私は多くの力を獲得する。読むことにおいては逆だ。自己を強めるどころか、自己を拡散させてしまう。自分の思考のなかで、自力で埋めることのできない欠落なり克服できない困難に出合えば、本にあたったり読んだりしないわけにはいかない。これは有用な人間になる手段である、でなければ、いかなる手段もない。

[G208]

ああ、そこから不滅の作品がしばしば育ってきた、あの本や書き抜き帳を見ることができれば――（少なからぬセンセーションを起こした何人かの親しい作家たちが、私に打ち明けてくれたことなら覚えているが）――何千もの人々にこの上もない慰めとなるだろう。これはたやすく起こることではないので、自分を通して他人を見通すすべを学ばねばならない。誰のこともあまりにも偉大だと思ってはならず、不滅の作品はすべて勤勉さと厳格この上ない注意深さの果実であったと、確信をもって考えねばならない。［G209］

少ない言葉で多く言うとは、まずまとまった文章を書いて、それから複雑な文を切り詰めることではない。むしろ事象をまずじっくり考え、考えたものの中から最良のものを、理性ある人間なら何が取り除かれたかはっきりとわかるようなやり方で言うことだ。そもそもそれは、多く思考したということをわずかな言葉で認識させることである。［G215］

人生におけるもっともうまくいった思い付きを、みなきっちりと集めたら、いい作品ができるだろう。誰でも少なくとも年に一度は天才である。いわゆる本来の天才は、良い思い付きをもっときっちりと自分のものにしているだけだ。すべてを書き留めておくことがどれだけ大事か、ここからわかる。［G228］

どの人間の中にも正しい発言が群れをなしている。しかしそれをふさわしく言う技は習得されねばならない。これはとても難しい。少なくとも、多くの人間が思うよりもずっと難しい。出来の悪い物書きに共通しているのは、自分の中にあるもので、誰でも口にすることしか実際に言わず、つまり口

にされるため当人の中に貯えられておく必要すらないことしか言わないということだ。[H3]

他人によって何百回も読まれた本を、あらためてまた読んでみるというのは、とてもいいことだ。というのも客体は同じでも、主体は別物だから。[H54]

ツィンマーマン★の本は、あるいは哲学の形式しか持っていない多くの人々もまた、描かれた窓のある建物に似ている。いったいどれほどの光が射すだろう、と思われるが、窓は暗いままだ。あるいは、少しだけ光が射す窓一個に対し、いつも十個が描かれたものである。[H57]

★……ツィンマーマン（Johann Georg Zimmermann, 1728-1795）医師。アルブレヒト・フォン・ハラーのもとで医学を学び、ハノーファーで宮廷医師を務め、宮中顧問官となる。フリードリヒ二世も診るなど、王家と太いつながりを持った。文人としても著名で、ラーヴァターの友人として観相学の普及――特に上流階級での――に大いに努めた。リヒテンベルクとは激しい論戦と誹謗の応酬があり、最大の批判対象となった。

書くことで裕福になることを一度でも考えたことのない学者はほとんどいない。しかしその幸運が分かち与えられている者もほとんどいない。書かれる本のうち、生き残って、成功を収めるものはごくわずかだ。そしてたいていの本は死産である。[H58]

まず一つの意図を選んで、一つの最終目標を確定し、それからすべてを、この世のどんな些細なことも、この意図に従属させる――これが理性的で偉大な人間の、そして偉大な作家の性格である。ある著作においては、あらゆる意味深い発言が、すべての冗談と同じくこの主要意図を確保することに奉仕せねばならない。読者は満足させられねばならないとしても、それによって主要意図が達成できるような具合に満足させよ。 [H68]

賢明な人間の手紙は、つねに相手の性格を含んでいる。このことは、書簡体小説においてとても上手に示すことができる。 [H79]

予言において解釈者はしばしば予言者より重要人物である。 [H89]

人間の本性が責を負うべき首尾一貫性のなさで、最大のものは、間違いなく、理性が自ら進んで書物のくびきに甘んじたということだろう。これ以上におぞましいことは考えられない。そしてこの例だけで、具体物《イン・コンクレート》としての――すなわち土と水と塩からなる二本足のフラスコに閉じ込められた存在としての――人間がいかに救いがたい存在であるかが明らかだ。理性が専制的な玉座を作ることが可能だったら、コペルニクスの体系を、一冊の書物の権威によって本気で否定しようとした人間は処刑されねばならなかったはずだ。一冊の書物に、これは神に由来する、と書いてあるとしても、この書物が神に由来することの証明にはなっていない。しかし、神という言葉をどのようなものと解そうとも、我々の理性が神に由来することは確かだ。――理性は、支配するところでは、ただ犯行の自然的帰結によって、あるいは教訓を与えることによって罰する。教えることを罰すると呼ぶことができればのことだが。 [H148]

豚が牧場に出ていると、カラスがその上にとまり、注意深く様子をうかがい、豚がミミズなどを掘り出すと、飛び降りてそれをついばみ、また元の場所に戻るという様子を何度も見たことがある。せっせと掘り返す提要編纂者★と、その結果を大した苦労もなく使いこなす小ずるい文筆家についての素晴らしい比喩だ。

［J3］

★……提要については本章［C346］の注参照。

どの人間の中にも眠っている体系《システム》★を目覚めさせるには、書くことがとにかく役に立つ。これまでに書いた経験のある者は、書くことが、自分の中に潜んでいたがそれまではっきりと認識しなかったものを目覚めさせることに気づいたはずだ。

［J19］

★……〈各人独自の思考の体系〉については第一章［B262］の注参照。

すべての人間が子供のころから、大判のノートに書き込む癖をつけるべきだ。練習のすべてを、硬い豚革で装丁されたノートに書き込むのだ。法律で強制はできないので、両親にお願いするしかないが、少なくとも大学で学ぶよう定められた子供についてはそうしてほしい。ニュートンの書き込み帳が手に入ったら！　私に息子がいたら、綴じられた紙以外は与えないようにする。破ったり、殴り書きでいっぱいにしたら、父としてこう書きこむ。「この紙片は……年……月、我が息子によっていっぱいに書き込まれた」

身体と魂、すなわち機械における跳躍点《プンクトゥム・サリエンス》★は、ただ成長するにまかされ、話題にもされず、忘れられてしまう。［身体の］美は通りを逍遥している。なぜ精神の進展の、発育の産物が、あるいはむしろその署名が、家庭の文書庫に保管され、同じように目に見える形で取っておかれることができてはいけないのか。余白を折って、いつもその片面に、さまざまな状況や事情についてできるだけひいき目なしに書き込む必要があるだろう。今、私の書き込み帳のすべてが手元にあって、すべてを通覧することができたらどんなに満足か。独自の自然史である！　今は、人が現にどうであるかはつねに目にしているが、どうであったかは見えにくくなっている。コレクションの本来の対象である人間に、集めたものをそんなにしょっちゅう見せる必要はなかろう。ずいぶん後になってでもいいかもしれない。取ってあると聞かせておけばいい。子供の帽子は取っておかれるものだ。私も再会の場面に何度も立ち会った。大きくなって、報酬も名誉も得ている頭に、子供の帽子が被せられるのだ。なぜ、精神の作品でもまったく同じようにやってはいけないのか。

両親は、こういったノートのコレクションを、子供とまったく同じように取っておくことができる。なぜならそれはまさに子供の鏡だから。彼らが子供の身体をどのように形成せねばならないかは、目が教えてくれる。精神はどうか――これらのノートが教えてくれる。思うに、四歳から始めることができるだろう。どの巻もなくならないに違いない。紙代がかかるし、保存は難しくないからだ。すべての惑星の運動を知ることと、何人かの優れた人間のこうした年報を知ることと、どちらがより楽しく有益かわからない。世界はこれによって多くを得るであろう。　[J26]

★……卵黄上で鼓動が確認される胚のアリストテレスによる描写（『動物誌』第六巻第三章）に由来する。

私は読んだものを、食べたもの同様、ほとんど忘れてしまう。しかし私は多くのことを知っている。どちらも、わが精神と身体の維持にそれほど役立っていないどころではないのだ（もっと上手く）。

[J133]
前半生で学んだものを後半生でまた忘れるよう強いられる、我々の悲惨な教育のもとでは、単純に書くには努力がいる。こうして、努力がいることはなんでも単純で優れているとしまいには考えるようになる。

[J163]
この本はまず脱穀されねばならない。

[J185]
盲人が指で読み取れるようなやり方で、できる限り早く手紙を書写するにはどうすればいいか。

[J219]
ある思想を書き下ろすや、ただちに最良の形式を探り当てた人間がいたというが、私にはほとんど信じられない。思想をもっとひねり回せば、表現はもっと良くなったのではないか。もっと短い言い回しが見つかったのではないか。初めは必要と思えたが、実は、少なくとも物のわかった読者には不要な解説であるような、多くの語を省けたのではないか。——こういったことが常に問題となるのだ。初めからたとえばタキトゥスのように書くことは、人間の本性からして不可能である。一つの思想をまじりけなく叙述するには、不純物のない物質を手に入れるときと同じく、大いに洗浄すること、純化すること、が必要である。これについて確信するには、ラ・ロシュフコーの『箴言集』の初版を後の版（パリのブロティエ師による版。一七八九年第八版★）と比べてみるがよい。そうすれば私が言ったとおりだとわかるだろう。何度も繰り返し、そしていつも新たな満足とともに読まれるように書く

ことは、少なくとも初稿ではほとんど不可能だろう。［……］ ［J283］

★……ブロティエ師（Abbé Charles Brotier, 1751-1798）は『箴言集』*Réflexions ou sentences et maxims morales avec des observations*を収録した『ラ・ロシュフコー著作集』*Œuvre morales de la Rochefoucauld*を刊行した。

有名だが中ぐらいの頭脳の文筆家の著作には、せいぜい彼らが示そうと思ったものしか見出せない。それに対し、その精神ですべてを包括する体系的な思索者の著作では、つねに全体を、そしてそれぞれがどのように関連しているかを目の当たりにする。前者は探している針をマッチの明かりのもとで見つける。この明かりはその場をわずかに照らすだけだ。それに対し後者が火をつけると、それはすべての上に広がっていく。 ［J515］

本当に感じたことを真に表現する、それが大作家をつくる。すなわち自分で感じることによる、ささやかな信頼の印を押された表現をすることだ。凡庸な作家がいつも使う言い回しは、古着市の衣服である。 ［J555］

「子供と愚者は真理を語る」と言われる。諷刺への技癢《ぎよう》を感じている優れた頭脳の持ち主には皆、御一考いただきたいのだが、最良の諷刺家はつねにこの両者を含んでいるものだ。 ［J746］

ドイツには多くの雑誌がある。しかし思うに、まだ哲学における贅沢と流行を扱う雑誌が欠けている。 ［J769］

書評とは新たに生まれた本が多かれ少なかれ罹る小児病のようなものだと思う。もっとも健康な者がそれで死に、もっとも虚弱な者がそれを乗り越える実例はいくらもある。まったくそれに罹らない者もかなりいる。序文や献辞といった飾りでこれを予防したり、自身の判定という予防接種をしたりといろいろ試みられてきたが、いつもうまくいくわけではない。 [J854]

広げられた二つ折り判のように見える椅子型便器がある。何人かの作家は逆の方法が気に入って、椅子型便器の姿をした本を書いていると見える。 [J886]

人間観察者風に、自尊心をくすぐるような優越感に浸りながらたくさん書き留め、さらに洗練された言葉に定着させたが、結局のところ、こういった感情なしに、まったく市民風に書き留めたものが一番良いことに気づくのもしばしばだった。（本当に本当に正しい） [J910]

自分の省察を記すときは、たいていの人間のように、彼もきちんと長袖のナイトガウンを着ていた。さまざまな民族の習俗について旅行記から抜き書きするときは、パン屋や肉屋の徒弟のように、袖なしのベストに肘上までまくり上げたシャツを着ていた。靴屋が仕事をする時のようでもあった。とても似合っていた。 [J929]

音調はしばしば主張の調子を定める——主張が音調を決めるべきなのだが。すぐれた文筆家ですら、美しく語ろうと思うと、自分が行くつもりのなかったところに来てしまったと気づくことがある。

［J1005］

毎日何かの描写をすること。風景や性格、人間の形姿、部屋や都市、家政の具合等々。

［J1057］

本当にきちんとはじめようとして、白い本を何冊も製本させ、結局はほとんど何も書き込まないか、あるいはまったく書き込まない。多作家のジョンソン★ですらそうだった。

［J1073］

★……イギリスの詩人・批評家・辞書編纂者のサミュエル・ジョンソン（Samuel Johnson, 1709-1784）を指す。

多く考え、読み、経験し、そうしたことのすべてを、企てているどのような事柄においても、ということは書いているどの本においても、最良の目的のためにまとめて利用するすべを心得ている人物、すべてを目に見えるように叙述し、本人が見たものを誰でも見ずにはいられないようにするすべを心得ている人物、それを私は偉大と呼ぶ。

［J1559］

私はダヴィデの詩篇を読むのが大好きだ。これほどの人間の心が、時には私のものと同じようであったことがそこから見て取れる。そして、大いなる苦しみの後、再び救いに感謝するのを見るとき、おまえもまた救いに感謝できる時がひょっとして来るかもしれない、と考える。より高い境遇にあった偉人が、普通の人間より良い心持だったわけではないこと、しかし何千年後も、この人物について語られ、慰めの糧とされていること——それを見るのは、確かに慰めだ。

［K27］

およそ十巻の二つ折り判からなっていて、それほど大きくない章に分けられ、各章が新しいもの、とりわけ思弁的な種類のものを含んでいるような著作。各章が考えるべき何かを与え、つねに新たな解明と拡大を与えてくれるような著作。そんなものがあれば、それを求めて平身低頭のままハンブルクに行くことだってできるだろう――そうした後でもそれをゆっくり読めるだけの健康と生命が残されていると確信できるならば。
[K56]

歴史を論じるやり方で気に入らないのは、あらゆる行為に意図を見て、あらゆる出来事を意図から導き出そうとするものである。これは本当に完全な間違いだ。最大の出来事はあらゆる意図なしに起こる。偶然が過ちの埋め合わせをし、どんなに賢明に立てられた計画も押し広げる。この世の大きな出来事は、なされるのではなく生じるのだ。

[K170]

この世に書物以上に奇妙な商品もそう簡単には見つかるまい。理解することのない人々によって印刷され、理解することのない人々によって売られる。理解することのない人々によって製本され、書評され、読まれる。そしてなんと、理解することのない人々によって書かれるのだ。

[K172]

何かを探求しようとするとき、多くの場合、まず酔った状態で書き留めながらいちど最後まで考えるのも悪くない。ただしあとですべてを素面で、ゆっくりと熟考し仕上げること。ワインによるちょっとした高揚は、発見の飛躍と表現に役立つ。しかし秩序と計画にそったあり方にかなうのは、ただ穏やかな理性だけだ。

[K181]

研究は庭仕事そのもののようだと思う。助けとなるのは植える者でもしかるべきものを注ぐ者でもなく、繁茂をもたらす神である。どういうことか説明しよう。我々には、知りつつ行っていると信じていながら、実のところ知らずに行っている多くのことがある。我々の心の中も日の照り具合や天気と同じで、我々次第ではないところがある。私が何かについて書くときには、最良のものはいつも、どこからと言えないところからやってくる。それと知らずに人はどれだけのことをやるかについての注目すべき考察が、モンテーニュ第三巻一〇五ページ★以下にある。［K183］

★……リヒテンベルクは、モンテーニュ（Michel de Mondaigne, 1533-1529）『エセー』のボーデ（Johann Joachim Christoph Bodes）による独訳（*Michael Montaigne's Gedanken und Meinungen über allerley Gegenstände*, 1793-1795. 1799）の全七巻中六巻までを所有していた。ここで念頭に置かれているのは第二巻第六章「実習について」（岩波文庫　原二郎訳の表題）である。

真にすぐれた文書のただ一つの欠陥は、それがたいてい、多くの悪しき、あるいは凡庸な文書の原因であるということだ。［K184］

書物に対する追悼説教は、人間に対するものとは大いに異なっている。人間はその行いについて称賛されるのが常であるが、書物は罵倒される。［K191］

ある対象について激烈に書くには、それについてよく理解していないことがほぼ必須である。対象があまり知られていないのも都合がいい。クズリがほとんど知られていなかったころのほうが、よく知られている今よりも、はるかに多くそれについて語られていた。［K197］

書く技術が発明されてから、請願はその力の多くを失い、逆に命令は力を獲得した。これはまずい決算になる。書かれた請願は口頭のものよりはねつけるのが容易になり、書かれた命令は出すのが容易になった。口頭のものには心が必要となるが、口が言葉を発すべき時、それが足りないこともよくあるからだ。 [K275]

ヒューム[★1]は『英国史』を印刷に回す前に三回清書した。彼はこのことをある有名な、まだ存命の著名な侯爵[★2]（おそらくランズダウン在住）に打ち明けたが、それはこの著作を支配する文体の正確さへの賛辞を受けてのことだった。みな、ぜひこのようにするがいい。この用心深さを持たずに、少なくとも表現の面で不死の名声へ至るものが期待できるだろうか。ビュフォン[★3]もそうした。この逸話は、上に引用したものと同じく『ヨーロッパ・マガジン』一七九六年八月号八二ページにある。 [L77]

★1……David Hume（1711-1776）　スコットランドの哲学者・歴史家・外交家。エディンバラ大学に学び、フランスに滞在し、『人性論』*A Treatise of Human Nature*（1739-40）をまとめた。『英国史』*The History of England* は一七五四年に第一巻が出版され、一七六二年に完結した。

★2……初代ランズダウン侯爵ウィリアム・ペティ（William Petty, 1737-1805）。ホイッグ党の政治家として一七八二年から八三年まで首相を務める。

★3……Georges-Louis Leclerc Buffon, 1707-1788　フランスの博物学者。膨大な『博物誌』*L'Histoire naturelle, générale et particulière avec la description du Cabinet du Roi*（1749-1804）は、自然科学史においても影響力の大きな著作に挙げられるが、その文体ゆえに広い読者層に迎えられた点からも注目に値する。アカデミー・フランセーズ入会の際の講演『文体論』*Discours sur le style*（1753）の「文体は人間そのものである」（Le style est l'homme même.）という一句は日本でもしばしば、本来の文脈から切り離して引用される。

以前は鐘に洗礼を施した。いまなら印刷機にそうすべきである。［L179］

イギリス人が銅版に刻み込んだタイトルの文字を飾る曲線は誰でも知っている。簡素なディドー体★で印刷されたシンプルなタイトルと、上記のようなもの——ここに、最高の古代人の様式と、もっとも人気のある近代人の様式の真の象徴を見るがいい。［L197］

★……フランス人ディドー（Firmin Didot, 1764-1836）によってデザインされたシンプルな書体。

つねに個体を重視して。つねに「新聞」ではなく『ハンブルク報知』と、「喜び」のかわりに「喜びの聖弧」などなど……無限につづく。注意セヨ《NB》［L338］

多くの本の序文がしばしば奇妙な書かれ方をされているのは、それらがたいてい、まだ学者としての産褥熱の状態で書かれたからではないか。［L468］

生き生きとした語り口が何より肝心なら、言おうとすることすべてを準備して、まず、かみ砕いて説明できることはひたすら説明する、すなわちただ説明するために書くのがよい。それから、すべてをもう一度、今度は取り除くことに専念して書き直す。最初の作業は脱穀すること、二番目の作業は篩にかけることである。さて、さらに第三の作業が待っている。すなわち吹き分けることである。何度か篩にかけるのも悪くない。［L679］

文学と美術について

ロバがいま世の中で生きている悲しむべき状況は、ひょっとすると一人のたちの悪い男の思いつき★のせいかもしれない。ロバがもっとも軽蔑すべき動物になってしまい、これからもそうあり続けるであろうことはこの男に罪がある。というのも、多くのロバ飼いたちが自分の徒弟をあんなにもひどく扱うのは、それがロバだからであり、怠惰でのろまな動物だからではないのだ。［A26］

★……プロミースは、『ドン・キホーテ』でサンチョ・パンサのロバ相手になされるさまざまなふざけがこの断片のアイディアの元になったのではないかと推定し、その根拠としてリヒテンベルクが『ドン・キホーテ』を初めて読んだのがこの断片の成立時期（一七六五）と重なるという事実を挙げている。

詩芸術における非常に多くの奇妙な発明を、我々は世の男たちに負っているが、それらすべての基礎になっているのは生殖衝動である。あらゆる理想の乙女像や、それに類したものだ。情熱的な乙女が美しい若者のことを書くのが許されないのは残念だ。許されれば、立派にできるだろうに。つまり男の美は、情熱の炎をもってそれを描くことのできる唯一の手によって描かれたためしがないということだ。二つの目が、自らを魔法にかけた身体に見出す精神的なものは、若者が乙女の身体に見出すものと、乙女が男性の身体に見出すものとではまったく異なっているというのはありそうなことである。［A139］

誰もが自分の個性的な感情に従うとしたら、どんなに一般的な物事でも、それぞれ別のやり方で表現するようになるだろう。ある程度成熟した年齢に達する前にこういったことが起こることはまれである。その歳になると、人はみな、ニュートンも、村の牧師も、あるいは役人も、我々の祖先の全員も、一人の人間だということに気づくのだ。シェイクスピアがその見本である。

［KA292］

近頃の批評家は、様式において高貴でわざとらしくない単純さ★1を推奨するが、自分たちの実例でこの高貴な単純さに導くことはない。彼が言うすべを知っているのは、我々に古代人を参照するよう指示することだけだ。実際のところ、これはまさに危険としか言いようがないやり方である。高貴かつ単純に書くべき人間のすべてが古代人の作品を読めるわけではない。これは過大な要求というものだ。そのような要求をする者にもっと多くを要求するのは正当なことである。彼は自己を説明せねばならない。

その文体が十分単純ではないと非難された人間の大部分は、書く時いつもある種の緊張を感じてきた。良くないもののひとつも寄せ付けない注意深さである。さて、彼らがまったく高貴かつ単刀直入に書こうとして、この緊張を緩める。するとあらゆる卑しいものが殺到してくるのだ。単純に、そして高貴に単純に書くことはひょっとすると諸力の最大の緊張を要求するのかもしれない。なぜなら、人の気に入られようと我々の魂の諸力が一丸となって努力するとき、わざとらしいもの以上にたやすく入り込んでくるものはないからである。さらに、世の中の事物を観察するまったく独自のやり方が要求される。それは、古典古代の研究の成果というより、むしろそれほど多読ではない美しい精神の成果である。少なくとも、思うに、単純さをまず他人の文書を通して知ろうなどと決して思うべきではないのだ。

ホラーティウス★2をすらすら読めるほどラテン語ができる人物なら、そしていくつかの金言だけでなく、まとまったものを本当に気に入って、しばしば驚かせるその美しさにもかかわらず、自らの感情がいつもホラーティウスのそれと歩みを並べる、ということを感じ取れる人間なら、ホラーティウスを自己教育のために読むこともできる。彼は、ホラーティウスのうちにある美しいものをさらに展開するであろう。しかし、ホラーティウスは美しいと耳にし、読んではみるものの、それが自分の感情や感覚と本当に調和しているとは感じられない人物が、いくつかの詩句に目を留めそれを模倣するとなると、きわめて精妙な偽装者となるか、どのみち不幸な結果となるだろう。そのような作家は、一行書くたびにホラーティウスを超えたと考えるだろう。なぜならホラーティウスの美を完全にそれ自体で存在するものとみなし、これが彼の知らない人間本性と関係していることに思い至らないからだ。すなわち、そこより下に美が、そこより上に単純さが生まれないような一点がどこにあるかを知ることもないのだ。　[B20]

★1……ヴィンケルマン（Johann Joachim Winckelmann, 1717-1768）の『ギリシア芸術模倣論』*Gedanken über die Nachahmung der griechischen Werke in der Malerey und Bildhauerkunst*（1755）において「高貴な単純さと静かな偉大さ」„die edle Einfalt und stille Größe"は、造形芸術のみならず「最良の時代におけるギリシアの文書の特徴」でもあると論じられた。リヒテンベルクはヴィンケルマン本人と、彼に始まるギリシア崇拝の風潮に対し批判的な覚書を数多く残している。

★2……Quintus Horatius Flaccus（BC65-BC8）ローマの詩人。解放奴隷の子供として生まれ、ローマとアテネで学んだ。カエサル暗殺後、ブルートゥス軍に加わったがフィリピの野戦で敗れ、恩赦を受ける。韻文ではウェルギリウスとともにラテン文学の黄金時代を代表する詩人となり、アウグストゥス帝の宮廷詩人として紀元前一七年の「世紀の祭典」にあたっては奉納歌の作者にえらばれた。『歌章』*Carmina*（BC23, 13）『詩論』*Ars Poetica* は啓蒙期の詩論などでも繰り返し引用される。

動物的な情動そのものは眠り、官能に関わる残りの道具は、過ぎ去った満足と、これから好きに実現できる満足への思いで満たされた魂に向き合っている――そんなとき、官能的な愛に何らかの関連を持つものはすべて美しい。それまで目にも留まらなかった多くのものが見えるのだ。もはやギリシア人たちのように、哀れな少年たちを好むことはない。現代において美しい彫刻作品が生まれるとしたら、それは乙女の像であるに違いない。キリスト教徒の芸術家はそうした美を見出さず、もし見出し、表現したとしても、鑑賞者のほうがそれをそれとして認めないであろう。

一七六九年五月二日　[B141]

ヴィーラント★は偉大な作家だ。魂というもの――それが自分のものでも、他人のものでも――に不敵なまなざしを注ぎ、おのれの感情と感覚を享受しながら言葉へ手を伸ばし、まるで衝動に駆られているように、何千もの表現のなかから、思考を瞬時のうちに再び感覚や感情に変えてしまうようなものをしばしば選び出す。この点で彼はシェイクスピアと共通している。しかし模倣していると言うつもりはない。ひょっとするとスターンのことは模倣したかもしれない。つまり、ヴィーラントよりはるかに劣った精神でも倣うことができるような事柄については、スターンに倣ったのだ。しかし彼がそういったことについてスターン流の発言をするとき、彼がスターンを模倣したとはできれば言いたくない。そうするには、両者の魂が、第一の基本的諸力において、あるいは望みとあれば、両者がどれだけ違ったように変化しても、何らかのかたちで一致していなければならないからだ。しかし官能的恍惚の描写において、ヴィーラントは私の知る限り並外れた存在である。恍惚は美しい想像力が作り出す身体から抜け出し、限りない喜びという精神的快楽に沈潜する。すべての感覚を通って流れ込む恍惚は、この喜びのなかで一粒のしずくのように消え去るのだ。こうした描写によって、この達人は王や君侯を後方に引き離し、好意を寄せる世界に向けて誇らしげに決定打を放ち、何千年もその名声を響かせる行為に匹敵する存在となる。彼の描くバラ色と銀色、光の源、天球の響きは、同時代の物言わぬ通人にとって貴重である。それと同じように、彼が描くずらされたネッカチーフや、亜麻織りの霧、そしてきわどい影は、別の時代の別の読者にとっても貴重なのだ。 [B322]

★……Christoph Martin Wieland（1733-1813） リヒテンベルクがもっとも高く評価する同時代の文人。牧師の息子として生まれ、敬虔主義的教育を受け、エルフルト大学・テュービンゲン大学で学んだのちスイスの批評家ボドマーの指導を受けるが一七六〇年に帰郷、役人となる。一七六九年エルフルト大学教授となり、そこで出版した啓蒙主義的政治論『黄金の鏡』*Der goldne Spiegel*（1772）がもとでヴァイマル公国に王子の教育係として招かれる。教育係の仕事を終えて後もヴァイマルの宮廷に仕え、ヘルダー、ゲーテ、シラーとともにヴァイマルが十八世紀後半から十九世紀前半にかけてドイツの文芸の一つの中心となることに貢献した。彼の手になるシェイクスピアのドイツ語散文訳はドイツにおけるシェイクスピアへの熱狂を生み出した。またギリシア文学ではルキアノス、アリストパネース、クセノフォン、エウリピデスを、ラテン文学ではホラーティウスとキケロを翻訳し、いずれもゲーテをはじめ同時代人に賞賛され、大きな成功を収めた。さらに長編小説というジャンルを刷新し（『アガトン物語』*Geschichte des Agathon* 1766-1767）、ドイツ語による初めてのオペラ台本を書く（『アルケステ』*Alcheste*, 1773）など、さまざまな形式の実験にも意欲的に取り組んだ。一七七〇年にはフランスの雑誌『メルキュール・ド・フランス』を範とした雑誌『ドイツ・メルクーア』*Der Teutsche Merkur* を刊行し、文化発信におけるヴァイマルの重要性を著しく高めた。この「ドイツ最初の総合文化雑誌」は、文芸のみならず文化全般から時事問題までを対象とし、知的エリートではなく、広範な読者公衆をターゲットにしていた。ヴィーラントは自らも作品を発表するだけでなく、編集者として誌面に頻繁に顔をだし、掲載された論文にコメントを加え、読者の投稿を呼びかけ、時にはみずから読者に扮して編集部に対する挑発的な手紙を書くなど、議論を活性化させることに努めた。そうした「対話への志向」は、創作のスタイルとも一致するものだった。旧弊たる思考慣習を相対化し、開かれた言論空間を目指して多方面の活動を繰り広げるヴィーラントは、まさに「啓蒙」を体現する存在だったのであり、その「編集者」としてのありようにおいてリヒテンベルクとも共通するところがある。

シェイクスピアの限りなく聖なる詩行のなかで、ワインのグラスによる幸福なひと時のおかげであるものが一度赤く浮き上がってくればいいのに、と思う。　[B342]

諸君は自分たちの乙女の魂についてなんとも感傷的に語れるわけだが、この喜びは諸君に恵んでやろう。ただ、自分たちが何か高尚なことを行ったり言ったりしていると思ってはいけない。自分たちが、身体に執着する下層民よりも高級だなどと考えてもいけない。彼らに道理がないわけではないのだ。書評の愛読者である若者は、そうした微妙な感覚《ゼンティメント》について何たる観念を持っていることか。農奴は下着の隙間を物欲しそうに見つめ、そこに天国を探す。諸君はそれを目の中に探す。どちらが正しいのか。こう問いながら、どんな理由づけも秤にかけるつもりはないし、どちらかに決するなどめっそうもないことだ。しかしすべての感傷的な博士候補生への衷心からの忠告だが、こうした農民と席を共にしたまえ。さもないと、不愉快な、度を越したさまになりかねない。　[C23]

喜劇はじかに人を改良することはない。ひょっとすると諷刺文も同様かもしれない。つまり、笑いものにされたからと言って、悪徳を捨てなどしないのだ。だができることもある。喜劇や諷刺文は、我々の視野を拡大し、参照すべき定点の数を増やす。そうすることで、我々は人生のあらゆる出来事において、より迅速な方向付けができるようになるのだ。　[D81]

この世でシェイクスピア風になしえたことは、たいていシェイクスピアがやっている。　[D243]

［一七七五年］二月二十五日、よく晴れた日、イルビィ氏★1とケンジントンの庭園★2を散歩していた。途中で

彼はかなり遠くの小さなチャペルを指さして、あそこはスターンが埋葬されている墓地だ[3]、と言った。我々は連れ立ってそこへ行った。一人の老女が彼の墓を教えてくれた。貧弱な石が据えられていた。フリーメーソンのW氏とS氏によるものだった。その上に詩の銘文があれば、もっとよかっただろう。ひょっとすると、このみじめな石がいつか、ふさわしい記念碑の立てられるべきこの場所を感じやすい金持ちに教える役に立つかもしれない。ちなみにこの墓は罪人が処刑される場所（タイバーン）の近くにある。

[RT13]

★1……William Henry Irby (1750-1830)　ジョージ三世の友人兼助言者であった初代ボストン伯ウィリアム・イルビィ（一七〇七―一七七五）の次男。一七六八年から一七七〇年までゲッティンゲンで学び、リヒテンベルクが世話役兼家庭教師を務めていた。一七七〇年イギリスへ帰国するに際しリヒテンベルクが同行、それが最初のイギリス旅行となった。二度目のイギリス滞在にあたってもしばしばリヒテンベルクと行動を共にした。

★2……ケンジントン・ガーデンズのこと。ケンジントンは当時ロンドン・ハイドパークの西方に位置する村で、王家の夏の居城があった。

★3……ロンドン・セントジョージ教会墓地。

バーク[★]が持っている議論の形式は、その演説にかぎっても、ゲーテが持っているシェイクスピアの形式よりもはるかに完成されたものだ。そしてバークは大演説家と呼ばれ、後者はシェイクスピアと呼ばれるようになった。まるで、誰もわざわざ足の数を数えようとしないので、ワラジムシ（シラミ）が百足《むかで》という名を得たように。

[E70]

★……Edmund Burke (1729-1797)　アイルランド出身のイギリスの美学者・政治家・政治哲学者。ダブリンからロンドンへ出て弁護士を目指すが『崇高と美の観念の起源』*A Philosophical Enquiry into the Origin of Our Ideas of the Sublime and Beautiful*（1757）を発表。一七六五年ホイッグ党の下院議員となる。アメリカ独立運動においては植民地側を支持したが、フランス革命には反対した。『フランス革命に関する省察』*Reflections on the Revolution in France*（1790）は近代保守主義の古典とされる。絶対王政を批判し、議会政治を擁護した。本文にあるように演説家としても著名であった。

一人の若者が、独創的になりたいという衝動にかられ、我々にロマンツェとかバラッドとかを書いてよこし、理性ある人はみな、この不幸な若い天才を気の毒に思ってその目に涙を浮かべるとする。だからといって、法王が双子を生んだとでもいうように大騒ぎして肘でつつきあったり、ささやきあったり、くすくす笑ったり、露骨に秘密ありげな様子をして見せたりする謂れがあろうか。だれかがひどく書くなら、そう書かせておけばいいではないか。自ら雄牛に姿を変えることはまだまだ自殺ではない。

[E128]

いにしえの彫刻家に何も文句をつけないというのは、正直な現代の人間――我々は皆そうありたいものだ――各人の義務である。ヴィンケルマンは何か善き霊のインスピレーションを受けていたか、悪魔がその発言をもたらしたか、小鬼が口移しに書き取らせたのだ、と時に思いたくなるのを禁じえない。繊細な神経を持ち、官能の喜びを享受できるほど健康で、良心が安らいでいれば、火が付くのは簡単である。自分の思想が思いもかけず実証されたのを目の当たりにすると、この思想はさらに広がり★1、我々を陶酔させ興奮させる。たとえば、人生の午後になおもカトリックになれたシャフツベリーにおいて、古い大理石に対する尊敬が生まれ、それが崇拝と別種のものではないということだってありえたのだ。

　ローマや古典的な土地は、官能的で胸を締め付けるような思いなしには考えることができない。かつて我々の賞賛と我々の鼓動が向かっていた、記念碑が建つ聖なる地に近づくと、大地は震えるように思われる。――我々の同僚の誰一人としてそれを見たものはないのだが。精神は震撼し、戦慄し、予感し、崇拝する。――本当は判断すべきなのだが。ヴァチカンのアポロン[★2]の長い脚に、精神は神性を見、うまく描かれた一般的な顔つきは神のごとき落ち着きとなる。表情に運動があれば、いろいろと推測することができるのだが[★3]、静止しているため、それは禁じられているのだ。

　私はイギリスで美術室を見学したとき、この規則を厳格に順守した。なかでも思い出されるのが、かつてはホランド卿[★4]の別荘であり、今はその弟の悪名高いチャールズ・フォックス[★5]のものとなっているところでデモクリトスの像を見たときのことである。本当はそこにあった高価な古代の作品のすべてよりもこれが気に入ったのだが、しかしそう言ったらどうなったことか。私は何分間かカリギュラとトラヤヌスの前に立ち、頭上で手を打ち合わせた。誰が従者に笑いとばされたいと思うだろう。P.

[E165]

LXXI（[E247]）参照。

★1……第三代シャフツベリー伯において改宗の事実は確認されていない。

★2……『ベルヴェデーレのアポロ』を指す。ヴィンケルマンの『古代美術史』*Geschichte der Kunst des Alterthums*（1764）におけるアポロ像の称揚は有名であり、[E191] でも言及されている。

★3……観相学に対抗してリヒテンベルクが提唱する動態観情学《パトグノミー》の基本的考え。動態観情学については第三章参照。

★4……初代ホランド男爵ヘンリー・フォックス（Henry Fox, 1705-1774）。ホイッグ党の庶民院議員として政界入りし何度も閣僚入りしたのち貴族に叙され貴族院に転じた。

★5……Charles James Fox（1749-1806）　ヘンリー・フォックスの弟ではなく次男。一七七〇年ノース卿内閣に入閣するが、一七七二年辞職。再入閣するが一七七四年にはジョージ三世に罷免され、その後ノース内閣に反対の姿勢を明確にする。イギリス政府のアメリカ政策を批判しアメリカ植民地を支持した。

異教徒タキトゥス、ユダヤ人的敏感さであらゆる行為の奥底の悪魔まで見る。

[E181]

たとえばヴァチカンのアポロ像の足元に身を投げ出すため裸足でローマへ駆けていくことのできるような人間★が何を言おうと、相手にしない。こうした連中は、別の事物について語っていると信じながら、ただ自分について語っている。真理が、これ以上に悪い手に落ちることも簡単ではあるまい。

[E191]

★……ヴィンケルマンをあてこすっている。

何も証明するものがないところに存在する証明者。表現の新しさ、予期せぬメタファーによって充溢の見かけを与える空疎な饒舌の一種がある。クロプシュトックとラーヴァターはその巨匠である。冗談なら構わない。真剣なら許されない。

[E195]

思うに、ホメーロスを美しいと思う五十人のうち、理解しているのは一人いるかいないかだ。この読書を楽しめるのは、ホメーロスが非難されているのを聞いたことがないためである。しかしそもそもホメーロスを理解するには多くのものが必要なのだ。全体が見通せて、二十歳の時に完全に理解した本は、三十歳になると、もうそう簡単には気に入らない。若者の手になる先人の模倣が悲惨なのは、ここに由来する。彼らは例えば、彼らが見たホラーティウスやシェイクスピアを、確かに正確に模倣する。それは間違いない。しかしそれは、さらに経験を積み、より賢明で知恵ある人物が見出すようなホラーティウスやシェイクスピアではないのだ。ある者は、自分が至りえない表現と技巧にひたすらへばりつき、別の者は、よりにもよって原典からできれば取り除きたいと思うものに似た技巧で、事柄を提示する。また別の者は、表現は完全だが、世の中で何も見たり聞いたりしたことがなく、我々がすでに暗記していることを話して聞かせるだけだ、等々。

歳をとるほどますます気に入るというのが、良書を見分ける確実な徴である。自分が感じたことを言おうと思い、そうすることが許され、とりわけそうできる十八歳の人間は、タキトゥスについて次のような判断を下すだろう。「タキトゥスは難しい作家である。いくつもの優れた肖像画を描き、時には素晴らしく描写する。しかし晦渋さを気取り、出来事を語りながらしばしば注釈を挟むが、それはあまり解説になっていない。彼をよく理解するにはラテン語をよく知っていなければならない」。二十五歳では、読書よりも他のことを多くなしてきたという前提でだが、ひょっとしたらこう言うかもしれない。「タキトゥスは私がかつて思っていたように晦渋な作家ではない。しかし彼を理解するために知っておかねばならないのはラテン語だけではない。自分でも多くを持ち込まなければならない」。四十歳で、世の中を知った後では、場合によってはこう言うだろう。「タキトゥスはこれまでの作家で第一級の一人だ」。 [E197]

ヴォルテールを軽蔑することが哲学的才能の基準となり、ヴィーラントを哀れな罪びととみなすことが芸術的才能の基準となっているような、我らの晴れ晴れとした日々にあって、 [E230]

ゲーテ的なものを崇拝し、ヴィーラント的なものに唾を吐きかけるようなギムナジウム最上級生を、

［E231］

★……右の二つの断片はいずれも文としては不完全である。表現のストックとして記されたと思われる。

ある旅の途中、胸像や立像の陳列室に案内された。古い貴重な頭部もたくさんあったが、そのどれよりもデモクリトスの胸像が気に入った。その像の年齢は五、六十歳といったところだった。とはいうものの、陳列室を案内してくれる女性にせせら笑われたくなかったので、私の賞賛は古いカリギュラ像に向けられた。その耳の後ろには、甦りのしるしであるローマの庭の土がまだついているのだった。私はなみなみならぬ趣味人に違いない、とその女性は言った。

［E247］

我々の詩人と、私の知っている古代の詩人たち、そして何人かのイギリス人たちの間の、すぐに目につく相違は、彼らはオーデ[★1]ですら、後に哲学者が使えることを語ったということである。例えばビーティ[★2]はミルトンを引用した。ミルトンはといえば、自然に依拠していた。それにひきかえ、我々にあっては、若者たちや年配の何人かの高貴なる方々のもとで大いなる声望を得ている詩人たちですら、この点ではなはだ劣っている。

古代の詩人たちの言語は、人間のそれへ翻訳された自然の言語であった。近年の我らが詩人たちは、感情や感覚とは無縁の詩人の言語、すなわち狂った言語を語る。彼らが語ることに脈絡があるのは見かけの上でのことであり、それが正しいのもしばしば偶然のおかげである。その原因は、彼らが観察

ではなく読書によって自己形成するからである。読書と言っても、自分が概念を持っていないものは理解できないのが道理だ。彼らは、称賛される古代人たちはまさに自分たちが見ている通りの存在だったと考え、そんな彼らを模倣する。ホラーティウスは確かに、市立学校を出て大学へ進む人間に向けて書くことはなかったし、そういった連中の教師たちに向けて書くことすらなかった。世界第一の宮廷で過ごした後で、そういった連中に向けて書くことはできなかった。誰でも、自分が属している階層の人間に向けて書くのが一番容易である。といって、公的に帰属させられる階層のことではない。彼が最高学年のときに書いたものが残っていたら、それはひょっとすると最高学年生には、少なくともローマの最高学年生にはまったく理解できるものであったかもしれない。詩人はただ、世間を知っている人間だけが理解できる美のみを所持すべきだ、などと言うつもりはない。いや、美はここでも自然に従うべきであって、それは武装しない目や、それどころか盲人にすら感じ取れる美しさを持っている自然、さまよい人を照らし、マイアー[★3]がその歩みを定め、胸に抱いた子供がその手を伸ばして摑み取ろうとするために、銀の月を空に掛ける自然である。

　これを読む多くの人は、近年の何人もの詩人たちほど古代の詩人たちは賞味することができない、と幾度もひとりごちたことだろう。私も同様だったと告白せねばならない。気に入るよりも前に感嘆し、そのくせ理解するより前に多くのものが気に入った。そして確信しているのだが、これらの作品に注釈をつけた多くの人にとっても同様だろう。ホラーティウスはと言えば、気に入るずっと前に感嘆した。ウィーンで「聖体」と呼ばれるものがやってきたら跪《ひざまず》かねばならないのと同様、そうしないわけにはいかなかったからだ。ミルトンとウェルギリウスは、理解するより前に気に入った。世の中をもっと知るようになり、自分でも人間について考察し始め、といってもそれを書き記すわけではなく、ただ注意深くなり始めると、ということだが、ある作家のものを読みながら自分の考察を思い出すといったことが起こり始めると、かの詩人の作品の中で私が使い道のない石屑として投げ捨てていたものこそが貴重な鉱石であったことに気づいた。さて、私の考察とまだ符合しなかった箇所についても、私はどうなるか試してみた。こうしたことは、日常生活においても私を注意深くし、この時以来（それが遠い昔でなかったことは認めるにやぶさかではない）、かの詩人たちに対する感嘆の念は日々強まり、彼らが現に獲得している不死性に値する存在であると心の底から確信できる自分は幸せだと思う。

　古代人の作品を読むこうしたやり方を少しでも練習した者は、近年の詩人たちの作品へ入ってみるがいい。そこに自分が関わるべきものを見出さないだけでなく、こうした人々がどれほどの賞賛を得ているかを目にするとき、ひそかな怒りを覚えている自分に気づくだろう。そしてこれを率直に口にしようとするなら、それは無理解とみなされるであろうということに。しかし、私はこう思う。連中には好きにさせればいい。時が我々の作品を〈永遠〉へ振り分ける、あの細かな篩《ふるい》の目をすり抜けることはかなわないのだ。分別があり経験を積んだ世人の吟味に耐えられないどのような書物も、後世へ伝わることはない。笑劇、茶番ですら、こうした人物を楽しませるところを持っていなければならない。その作品が永遠へ向かっていく定めにあるならば、そうすることができるのだ。それに値しないものが長続きするということが時に起こるが、これはむしろ装丁に使う真鍮の釘のおかげと言うべきだろう。ギムナジウム最高学年生や新聞寄稿者の喝采は、その非難と同様、作品の名声に関しては大海の一滴のごときものだ。彼らの非難が正当であれば、みじめな出来のものすべての上を転がり回ろうと待ち構えている忘却という岩が、それを当の作品ともども覆い隠してしまうだろう。非難が不当であれば、押し寄せる大波をトランプ札で煽いで押し戻すことなどできないように、永遠へ向かう作品の歩みをその非難が邪魔することはできない。もちろん、彼らは作者を傷つけることはできるし、身体を殺すことだってできる。しかし魂はそうはいかない。『千夜一夜物語』には、アラビア語を学ぶ多くの人々が考えるよりも多くの健全な知性がある。彼らがそう考えていなければ、おそらくすでに残りの巻の翻訳も出ていたはずだ。　［E257］

★1……古典古代の詩形に倣った詩形式。英語では「オード」と呼ばれる。
★2……James Beattie（1735-1803）　前章［E418］の注参照。ビーティーは『真理の本性および不変性についての試論。詭弁と懐疑主義に抗して』*An Essay on the Nature and Immutability of Truth in Opposition to Sophistry and Scepticism*（1770）でミルトンを引用している。
★3……トビアス・マイアーを指す。前章［C203］の注参照。

連中は座り込み、両手を組んで、目を開くこともなく、天がシェイクスピアの霊を送ってくれるのを待つつもりだ。かつてシェイクスピアが生まれたという事実をあてにするな。悪魔はそんな風に雄牛［＝愚か者］を慰めるものだ。シェイクスピアはいかなる啓示も受けなかった。彼が諸君に語ることはすべて、学んだか見聞したことであり、したがってシェイクスピアのように書くためには学び見聞せねばならない。そうでなければ何一つ生まれない。諸君が自分たちの作品を、卵同士のようにシェイクスピアの作品と似ていると思っていても、である。ランプに照らされながら諸君が誂えたものをシェイクスピアの陽光の下で楽しもうとすれば、諸君より程度の高い人間ならただちに違いを見て取るだろう。

シェイクスピアが劇場の入口で客の馬番をして金を稼いだのはよく知られている。★ 彼はその金で何をしたか？　どこかへ出かけていき、古代の文人を研究し、指をなめての辞書のめくりすぎで唇がかさかさになり、抜き書きをしたか？　家庭教師になり、黄色い顔色をして、教授になり、自分も古典作家を推奨し、机上の格言に磨きをかけたり等々したか？　いいや。彼はイギリスのコーヒー・ハウスで金を使い、安食堂で食事をし、公共の場所に行った。それも、自分の嗜好を隠さないことに誇りを持っている国民のところで。そこで彼は古代人の言葉を理解することを学び、それから彼らの作品を翻訳で読んだが、たやすく改訳できた。これらすべての基礎にあるのは、世の中の観察および世の中についての知識であり、他人の観察を自分のもののように使えるには、自分自身が豊富な観察の経験を持っていなければならない。でなければそれを読むだけになり、それは血に混じることなく記憶に蓄えられてしまう。

いま言ったようなやり方でなければ、古代の作家の作品を読むことはすべて無駄である。この地の若者たちを見ればそれは明らかだ。彼らにとって古典研究は真の合言葉であって、それが永遠に推奨されるが、ものを書けば、できてくるのはあいもかわらず博士候補者の散文なのだ。［E265］

★……これは〝伝説〟であり、まったく根拠がないという（『シェイクスピアの正体』河合祥一郎著　新潮社　二〇一六年　二六ページ）。

彼らはウッド[★1]やアイスキネス[★2]のようにトロイアへ駆けていき、かのホメーロスをかの地で読む。諸君も一度我々の屋根裏部屋へ来て、我々の作品が書かれた場所でそれを読んでみればいい。判定はまったく別物になるだろう。ときに質の悪い石タバコ[★3]が煙り、冬には自身の体臭がこもるほかは何の香りも漂わない小部屋だ。［E281］

★1……Robert Wood（1717-1771）イギリスの著名な古典研究家、政治家。ホメーロスに関する著作（*An Essay on the original Genius of Homer*, 1769）は広く読まれた。

★2……Aeschines（BC 389-BC314）アテナイの弁論家、政治家。

★3……プロミースは「この表現はタバコの歴史において確認されない」とした上で、トルコの山腹や黒海沿岸の石の多い土壌で育つ「山タバコ」か、石で擂り潰した嗅ぎタバコであろうと推測している。

ゲーテのものではなく、ゴートのもの（ゴシック）を読め。［E326］

古代人の発言を、例えばタキトゥスを見下ろせるほど大きく育つことは、おそろしく難しい。近代人ならシェイクスピアである。経験を積むほど、彼らに多くを見出すようになる。それに引き替え、小都市住まいの我らがシェイクスピアが見せるあまりに線の細いあり方は、もっと大きい世界にいたことがある人間には、まったくのんきで単純なものと映る。時には彼らの最良の発言ですら、誰かに顔を覗き込んだりされずとも、こちらが著者に代わって恥ずかしくなってしまう。弱い頭脳の集まりでは、急に質問されたとき、脇をじっと見つめる様子をしてみせることで、思慮深い頭脳のふりをすることができる。また、放心を気取ることも同じ効き目がある。その判断をこちらで好きなように変えることができる、まさにそれゆえに彼らは弱い頭脳と言われるのだ。もっとましな頭脳に対しては、これは通用しない。社交の場での放心は、気取りでないとしたらたいていは精神の愚昧か、やがては狂気に至る想像力の放埒さの徴であるということを、彼らは経験から知っている。ニュートンやライプニッツが社交の席で放心していたという話を私は信じない。膨大な提要集の著者たちが、放心を気取って強靭な頭脳の持ち主のふりをしようという気になったのは、ひょっとすると自分たちの無能力に対する密かな意識ゆえかもしれない。しかし本来の強靭な思索者には（少なくとも私の知っている人々はすべて）そんなところはまったくなく、語られている事柄に思考のすべてを投入するのがつねである。一般にこういった人物は、判断における用心深さと懐疑によって他人とは区別され、その発言の最良の部分は多読ではなく知性のおかげであることがその話しぶりから聞き取れる。彼らはいつも身ぎれいで、最新流行の装いをしていることはまれである。

今日、私はこのように考えている。まったくちっぽけというわけではない私の思想が、別様に考えることを許さない。別の人々がこの点で私よりも優れているであろうことは疑いないし、はるかに多くの人々が、自分のほうが私より優れていると考えるであろうことは疑いない。しかし私の観察を語ることができるのは私だけである。議会において自己の確信にしたがって投じられた一票である。有名な学者と偉大な学者を入念に区別するよう、今一度お願いせねばならない。私は実例を挙げないが、それは、例えば念頭に置いている大物学者たちを恐れているためではない。私がまったく真剣だからである。そして、我々の観察ははなはだあてにならないことを考えると、求められたわけでもないのに誰かについて真剣に自分の考えを公にするには、私の寿命よりも長い熟慮の時間が必要となるからだ。諷刺文でなら、良心の呵責ははるかに少ないだろう。諷刺文とはそれと認めることのない賞賛文であり、肯定的な賞賛文とおなじく信用されないのが常なのだから。［E370］

第八四篇でレッシングはディドロをきっかけにこう言っている。「賢明な人物はまず笑いながら言っておいて、あとでまじめな顔つきでくり返すことが珍しくない」★［E401］

★……レッシング（Gotthold Ephraim Lessing, 1729-1781）はドイツの劇作家、批評家。啓蒙期を代表する知性として後世にも大きな影響を与えた。ドイツにおけるシェイクスピア受容に関して、翻訳におけるヴィーラントと並んで演劇論的側面から決定的に寄与した。また、ヤコービとの対話は、没後のいわゆる〈スピノザ論争〉のきっかけ――これについては前章［J144］の注参照――となった。本断片では『ハンブルク演劇論』*Hamburgische Dramaturgie*（1767-68）の第八四篇から引用されている（南大路振一訳　鳥影社　二〇〇三年　四〇四ページ）。

二十六日。知りあいになったたいていの若者たちの場合、「天才」という観念と言葉に本来の意味とは別の観念が結びついている。この観念は、賭けてもいいが、脳の中では耳のすぐ近くに宿っているに違いない。どういう観念かといえば、唸りを上げて風を切る、鷲の翼に乗った太陽への高翔である。彼らが「天才」という言葉を口にするとき、ほとんどいつも爪先立ちになるか、座っているときには上方を見上げるのは、そのせいである。私が大いに間違っていなければ、これは次のような結果を生んでいる。天才に恵まれた人間が、すでに人の通った路上で何か良いものを目にするなどありえないことで、何かを見出すには藪を突き抜け、いくつもの原を踏み越え、埃を立て、迸り破壊しなければならないと思われているのだ。

こうした次第で、彼らを安心させるのは破調のスタイルと文章、半端な思想と半端な新語だけということになる。天才詩人についてのそうしたイメージを否定するつもりはないが、哲学者は決してそのような天才のイメージを持とうとしてはならない。次のことだけは確かである。この六年から八年のあいだ、いかなる国民も、ドイツ人ほど「天才」という語を口にしてはこなかったし、この間ほど天才が稀だったこともなかったのだ。どこを開いてもこの言葉が出てくるが、事柄そのものにはその必然性がまったくないようなドイツ語の本で図書館ができるほどだ。天才を炎の流れに喩える——その波は留めるすべもなく轟き流れ、その輝きと響きによってミソサザイの一族に盲と聾を広めていく——連中もいるが、ものには限度がある。一人の正直者が、ある新聞記事から自分は天才だと知って、いくつかのささやかな発言をしたとしよう。彼はライプニッツやロックやハートレーのように貧弱な言い方をすべきだろうか。それは無理だ。彼ははじけ、泡立ち、注ぎ込み、意味《センス》の粒と無意味《ナンセンス》の岩を家のように押し流しながら、膨れ上がり、吹き荒れ、轟音を放ち、シュトラースブルクからケーニヒスベルクまで流れていくだろう。この件に関し、何か言わねばならないとしたら、今後は天才を流れに喩えることを禁止したい。せめて、穏やかでゆっくりとした、深い流れだ。違反すれば絞首刑である。…そしてどよめき、響きをあげ、その反響は耳をつんざき舌はこわばる――『パラクレートル』ではこういう具合に書くこともできる。★1

私たちは良い比喩にそれほど重きを置かない。思うに、良き比喩とは、むしろポリツァイが目を光らせておくべきものなのだ。★2我々は、天才に関してまことに豊作だが、――ドイツはワインと穀物が不作であったこの数年、この恵にあずかっており、天才がもっと稀な存在であるイギリスや古代ギリシアであれば、これは教会の祈りをもって感謝されたことだろう――それは天才についての我々の素晴らしい比喩のおかげだということは誰も否定しないだろう。というのも、「陽の光をたえずまき散らす、沸き立つような炎の流れ」という比喩を彼らが導入してからというもの……云々。★3かつて、利己心がそれほど根を張っていなかった頃、善行が、「乏しさに（功徳に）はりつくイガ」に喩えられたなら、お偉方は学者たちにドゥカーテン金貨を贈っただろう。彼らがそれを受け取ろうとしなかったなら、その口に無理にでも詰め込んだはずだ。太鼓の効力は誰でも知っている。それは我々の存在全体を高揚させる。それに帰営ラッパの傍らを走るのはちょっとやそっとの楽しみではない。最良のオーデは、湖のそばか森のそばの街で書かれていることに気づいた。天才詩人を、ゆっくりとした、静かで深い（tief）流れに喩えてみるがいい。人間はたぶん、ゆっくり、あるいは静かに、身をかがませて（tief）歩くようになるだろう。もうこれで十分だ。 [E501]

★1……『パラクレートル』はリヒテンベルクが構想していた作品。多くの覚書が書かれたが作品には結実しなかった。
★2……前章［L954］の注参照。
★3……さらに展開する余地を残し文は中絶している。

まったく逆のことをするのも、一つの模倣である。模倣の定義は、法律上、このいずれも含んでおかねばならないはずだ。ドイツにおける我らが偉大な、模倣する独創的天才は、これを心しておくべきだろう。

[F4]

私は『千夜一夜物語』『ロビンソン・クルーソー』『ジル・ブラース』★1『拾い子』★2を『メシアス』★3よりも千倍好む。『ロビンソン・クルーソー』のごく一部のためだったら、『メシアス』全体を二つ分投げ出してもいい。『ロビンソン・クルーソー』のような作品を書くために、我々のたいていの詩人には、天才が足りないのではなく――そんなことを言うつもりはない――知性が足りないのだ。

[F69]

★1……『ジル・ブラース物語』*Histoire de Gil Blas de Santillane*（1715-1735）。フランスの小説家ルサージュ（Alain-René Lesage, 1668-1747）の小説。ピカレスク・ロマンの伝統に立ち、スペインを舞台にしつつアンシャン・レジーム期のフランス社会と風俗を諷刺的に描き出した。

★2……イギリスの小説家フィールディング（Henry Fielding, 1707-1754）の小説『トム・ジョーンズ』*The History of Tom Jones, a Foundling*（1749）を指す。大地主に「拾われた」捨て子のトム・ジョーンズと隣家の娘ソフィアとの恋愛を中心に、トムの遍歴を通して社会の諸相を描く。

★3……本章［B132］の注参照。

心に向けられた詩を三篇書いたら、頭に向けられた詩を一篇だけでも書く、そんな習慣を我らの若き詩人が持ってくれたら、我々が歳を取ったころ、心と頭を備えた男という、はなはだ珍しい現象を目にする希望が持てるだろうに。たいていの男の頭に、そこが空っぽであることを見て取るのに必要な以上の光が差していることはめったにない。

[F104]

自分は健全な知性にとって多すぎるくらい読んでしまったというクロッツ氏★1に対するレッシングの告白（『古代学書簡』★2第二部）は、彼の知性がどれだけ健全であるかを証明している。 [F114]

★1……Christian Adolf Klotz（1738-1771）　ドイツの文献学者。ゲッティンゲン大学教授を経て一七六五年よりハレ大学教授。

★2……『古代学書簡』*Briefe, antiquarischen Inhalts* は第一部が一七六八年、第二部が翌六九年にベルリンで刊行された。この発言は第五四書簡にある。

自分の才能を他人を教えることや改善することに用いない人間は、悪人であるか、はなはだ狭く限定された頭脳の持ち主である。『若きヴェルターの悩み』の作者はこのどちらかであるに違いない。 [F353]

恋におけるある種のヴェルター的な熱狂を、真の感情の徴、まことに善良な自然の抗しがたい命令とみなすことは、今日の真面目な諸学の堕落に少なからず貢献している。 [F390]

つねに天才を賛美し、天才につねに叱られる人々。 [F405]

♄［土曜日］。八日。レッシング氏来訪。 [F406]

ある記事で、初児を犠牲に供することを、まだ命じることもできよう——詩行に関して。 [F418]

歳相応に知恵を蓄えることのない人間がいる。彼らは自分たちのささやかな才能の賞賛者の集いに行き、まずはさらりと塗りつけられた自分たちの意見をしっかりと焼き付けていくことでその後の年月を送る（例えばクロプシュトック πμ《ワタシニヨル》）。ミルトンは、きわめて重要なもろもろの活動に費やされた生涯の最後に詩を書いた。したがって、その力強さのすべてを享受するには多くが求められる。分別ある人物の冗談は分別ある人々にとって教えるところ多い娯楽であり、その性格においてなしたすべてのことが、したがって彼の虚構、彼の詩作も（その性格において　注意セヨ《NB》）そうなのだ。ミルトンはそのように書いた。あらゆるところに、この偉大な人物が反映されている。かくも豊かな経験と頻繁な観察の後の盲目は、その創作力を強めたのだった。本ページの4（［E496］）参照。　［E493］

（54ページ。6［E493］に補足）我々の流行の詩人たちにおいては、いかに言葉が思想を作ったか簡単に見て取れる。ミルトンやシェイクスピアにおいてはつねに、思想が言葉を生む。　［E496］

ヴェルターが彼のホメーロス（愚かしい流行の所有冠詞だ）を本当に理解していたなら、ゲーテが造形したような愚か者だったということは間違いなくありえない。愚か者というのはあの本のきっかけとなったという不幸な人物★のことではない。この人物は現に存在したし、ということは存在しえたわけだ。そうではなく、ひとえにあの臆病者と哲学者のごたまぜのことである。死において分裂が生じる。臆病者は自らに弾丸を撃ち込み、哲学者は正当にも生き続けるさだめであるわけだ。主として攻撃が加えられ、できれば嘲弄が向けられねばならないのは、こうした小僧たちが荒れ狂う心の中に探している誉に対してである。彼らは同情を待ち望んでいる。しかしこう言ってよければ、彼らが待ち望んでいるのは、へつらうような誇りをもった、うらやんだ、中身が空っぽの連中なのだ。そして自分たちが印刷に回しているようなこと——そんなことができるのも愚かさと経験のなさゆえだ——を感じているのは自分たちだけだと考えているという事実に対してである。

賢者は、そもそも話す以上のことを考えているものだが、表現でき、またそうしようとする以上のことを享受している。どんな感情も顕微鏡で見れば本一冊分に拡大できる。これは必要なことだろうか？　あるいは良いことだろうか？　あの明晰ならざる感情が我々を善きものへと力づければ十分である。後の展開は暇人に任せればいい。眠っていて、この手が絹のカーテンの襞に触れる。この感覚は一つの夢へ成長し、花開くことができる。それを描写しようとすると一冊の本が必要になるだろう。

[E500]

★……ゲーテの知人で自殺したイェルザレム（Karl Wilhelm Jerusalem, 1747-1772）を指す。

『ヴェルター』でいちばん素晴らしいのは、彼が臆病者を射殺する［=自殺する］場面だ。

[E516]

シェイクスピアにおける観相学★は調べてみる価値があるだろう。明晰な事物について判明に語ることに関して、これまで知る限りでは最大の才能を有していたからである。ひょっとして彼は、自分の観相学的な考察を、理解されるにはあまりにも精妙であるとして公にしないでいたのではないか、などと恐れることも無用である。シェイクスピアは自分を基に、人間について、人間のために書いた。それがまさに「この人間」であるのか、「人間というもの」だったか、などお構いなしに、である。実際、シェイクスピアを読んでいると、複雑な文の傍らで様々な言葉が女中奉公をしているのを見出す。そ

れらは公開討論の杖を持つにふさわしい存在なのである。（上出来）　[F563]

★……ラーヴァターの観相学に対抗するものとしてリヒテンベルクが提示するものが、身振りや表情とそれが身体に残す痕跡に注目する〈動態観情学《パトグノミー》〉と、文体に注目する〈スタイルの観相学〉である。ここではいずれもが念頭に置かれているようだ。第三章参照。

いかなる種類の人間も、思索者について判断する思索者ほど公正に他人について判断することはなく、文士について判断する文士ほど不公正に判断することはない。前者はすべてをもっとも真なる光のうちに見て、認識して、許容するが、後者は己の勤勉さを尺度に他者の勤勉さを測る。学術における最高のものが、その最終目的なのではなく、したがって彼らを突き動かすものは機嫌であり、彼らは三時には四時とは別様に書く、等々。　[F707]

ひとつのフレーズを引き寄せてきて、四週間の準備の成果をとつぜんの稲光《インプロンプトゥ》とともに差し出すという技を彼は心得ている。これはスターンの技の一つだ。　[F750]

この男★が、華麗に誤っているものだけを美しいと思う「虚飾の著作家」の種に属しているのは周知の事実だ。ドイツではまだ、この種のもので時には名を成すことができる。イギリスではこの種の散文は不誠実である。日の出直前、まどろんだ理性の頭脳にあっては——多くの十六歳や、二十五歳でも、四十歳でも、五十歳でもそんな人間もいるが——こういった書き方が一番心地よいということは否みがたい。かくして上記の、この手紙の書き手は、ヴェルサイユは、サン＝スーシと比べれば、巨人の家に対する小人の家のように思われた、と言う。ここでは一語たりとも正しくはない。本当にそう思ったのではなく、そう思って当然、と思ったのだ。あるいは、そう思えればいいのに、と思ったのだ。あるいは結局のところ、こう思ったのだ——自分にはこう思われた、と言うだけで素晴らしいことだ、と。やはりここに真実はないと言わざるをえない。もし本当にそう考えているとしたら、この考えそのものが間違いだからだ。ある絵画室で、この著者は、驚きの余り卒倒した。その後ただちに、彼は石と化す。これらはすべて無のごときものだ。

[F985]

★……ツィンマーマン（Johann Georg Zimmermann, 1728-1795）のこと。本章［H57］注参照。

（スターンとフィールディング）スターンはとても高い段階にあるわけではなく、もっとも高貴な道にあるのでもない。フィールディングはそれほど高いところにいるわけではないが、はるかに高貴な道にある。それは、いつか世界最高の作家になるであろう人物が歩む道であり、彼の『拾い子《ソフィア》』はこれまで書かれたもののなかでもっとも優れたもののひとつである。もう少し、自分の知恵が好印象を与えるようにするすべを知っていたら、そして独演会になる箇所をもう少し切り詰めていたら、これを超えるものはなかっただろう。

[F1074]

男性の美が、それを描きうる唯一の手である女性の手によって十分描かれてこなかったことは疑いない。新たな女性詩人について耳にするたび、いい気持がする。彼女たちが男たちの詩をお手本にさえしなかったら、どんな新たな発見があることか。

[F1086]

我々の近年の文体と英国式庭園（オベリスクの陰にトイレあり）の皮肉を込めた比較。例えばこんな具合に——英国式庭園はもっとも優れた庭園であること、これは各人が、感じないまでも知っておかねばならないことだ。だから、私は確信しているが、シャフハウゼンの滝★1をパルミラの廃墟★2の真向かいに据えなかったこと、モンブランをリュネブルクの原野★3に据えなかったことを自然はこれまで幾度となく後悔しただろう。そうしておけば、その地域全体だけでなく、とりわけハンブルク港のバウムハウス★4からの見晴らしが壮麗なものとなったはずだ。さて、英国式庭園をご覧いただきたい。そこには四分の一マイルの心地よい道が四阿《あずまや》へ延びているが、四阿そのものはごく近くにある。我々の作家が我々を、取り上げる対象へ連れて行くときとまったく同じやり方なのだ。庭では、両側に素晴らしい月桂樹が立ち、房を垂らしたキングサリ、魅力的なユリノキと美しいアカシアがドイツ産のオークの木の下に立っている。同様に昨今の文体では、柔和きわまりない文の配合によって、ヴェルサイユの磨き立てられた小姓が話しているのか、それともヘルマン★5の副官の一人なのかもはっきりしないまま、心地よい状態に心と耳は連れて行かれてしまう。イオニアの言葉が古代英語にならび、レムゴー★6とローマが抱擁しあう。英国式庭園では、キイチゴと当地で肥育された外国産の雑草の背後に雲をつくオベリスクがそびえている。それはちょうど、昨今の文体で、ホッテントット★7流に心地よく混乱した推論の中で、アジア風の複雑な文★8が、あらずもがなの結論部に聳え立つのと同様である。英国式庭園では、限りなく美しい、金箔をはられた木の壺、限りなく美しいジュピターたちとヴィーナスたちが、悪ふざけをするファウヌス★9たちのそばにおかれ、喜びの女神《デア・ラエティティア》の寺院が墓碑の傍らに建っている。それと同じく、昨今の文体では限りなく魅力的な、申し分のない道徳が、限りなく心地よい猥談に抱擁されている、等々。 [F1123]

★1……スイス北部、シャフハウゼン近郊のライン河上流にあるヨーロッパ最大の滝。

★2……シリア中央部にあるローマ帝国支配時の遺跡。十七世紀末に最初の学術的報告が出版されて以来、多くの報告や図像を通じてヨーロッパで広く知られる遺跡となった。
★3……プロミースによれば、当時この地域は風光明媚さを完全に欠いた土地とみなされてきた。
★4……ハンブルク港の入口に一六六二年に建てられ、税関・取引所・コンサートホール・旅館などとして用いられた木造建築。一八五七年に取り壊されるまで二百年近くハンブルクの名所だった。
★5……帝政ローマ期のゲルマン系ケルスキ族の族長アルミニウスのドイツ名。トイトブルクの森の戦いでローマを破った。
★6……ドイツ中西部に十二世紀終わりに建設された都市。中世後期はハンザ同盟に属していた。
★7……南アフリカからナミビアにかけ居住するコイコイ人に対して、十七世紀中ごろ入植したオランダ人によって付けられた蔑称。現在は用いられない。
★8……キケロは弁論術論（『ブルートゥス』*Brutus*）で、装飾的で多弁な文体を「アジア的」と呼んでいる（九五章三二五）。
★9……ギリシア神話のパーンにあたる、森や畑を守る古代イタリアの神格。

一本の芝居の中でうまい状況を一つ思いついたら、残りの仕事は楽だ。一つの事柄を多くの思い付きで美化しようとする者には地獄の仕事が待っている。注意セヨ《NB》　[F1173]

まじめで正直できちんとした人間について、なにか感傷的なことを語るときには、言葉少なく語ることを心がけねばならない。その人物が、他人の前でそうした感傷的なところを抑えたであろうように、話の中でも抑えねばならない。とにかくこの世では（かつてどうであったかは、今はどうでもいい）、内なる感情を身振りや表情といった外見――それは費用が掛からず、それゆえしばしば模倣される——で証しだてることは、礼儀に叶っているとみなされることは稀だし、つねに男らしくないこととされる。さて、我らが劇作家や小説家はその正反対の状況まで堕している。連中が口にするのはもっぱら感情や感覚を証しだてすることだけだ。だから、その主人公たちと席を共にするのは、学童たち同様、願い下げである。

[F1182]

大学時代、そしてその後、ハラー★1とクロプシュトックの熱狂的な賛嘆者たちと知り合いになった。ハラーの賛嘆者は——ここでは詩人としてのハラーについてだけ語っているが——総じて精神と熟考の人で、正業とする学問を決しておろそかにすることがなかった。それに対してクロプシュトックの熱狂的な賛嘆者★2はまったく逆だった。たいていはろくでもない下種《げす》野郎で、本来習得すべき学問を前に吐き気を覚えるのだ。彼らが読むのはもっぱら『詩神年鑑★3』だった。法律家であれば、何も学ばず、神学者であれば、早々と説教者になり、そこでもっとも成功した。熱狂的にクロプシュトックに入れ込んだ医学者には会ったことがない。ハラーと彼の詩の賛嘆者であると宣言した人物や、その詩を特別な満足をもって読んだ人間が、そのあとで人目を引くほど単細胞なことを書いたという記憶はない。それに引き替え、クロプシュトックのもっとも熱心な賛嘆者のなかには、この国でもっとも浅薄な頭脳の持ち主が何人かいるというのは周知のことである。この事実は本当だ、自分でもどうしてか説明できないのだが。

[G131]

★1……Albrecht von Haller（1708-1777）スイスの解剖学者、生理学者、詩人。三八年にゲッティンゲン大学に招かれ、その精力的で多岐にわたる学術的活動によって、この新設大学の名をヨーロッパに広めるのに大いに貢献した。五三年にはスイスに帰国し、行政職についた。刺激を受けた筋肉の反射運動に関する〈感受性（神経に具わる）・刺激反応性（筋肉に具わる）〉という概念は生理学上重要であるだけでなく、シェリングなどの自然哲学にも大きな影響を与えた。三二年には詩集『スイス詩の試み』*Versuch Schweizerischer Gedichte*を匿名で刊行し、スイスとドイツ諸国で成功を収めると、三四年の増補改訂第二版からは著者名が付された。この詩集はその後も増補・改訂が繰り返され、最後の第十一版は七七年（没年）に出版された。

★2……当時、「ゲッティンゲンの森の同盟（Göttinger Hainbund）」と自称していたゲッティンゲン大学の学生を中心とする一群の若い詩人たちは、クロプシュトックを崇拝し、『ゲッティンゲン詩神年鑑』を活動の舞台としていた。彼らに対する侮蔑に近い批判は本書に繰り返し登場する。

★3……『ゲッティンゲン詩神年鑑』*Göttinger Musenalmanach*は一七七〇年、ゲッティンゲンの出版者ディーテリヒ（Johann Christian Dieterich, 1722-1800）――リヒテンベルクが編集した『ゲッティンゲン懐中暦』も彼の出版である――により刊行が開始された。『詩神年鑑』は、ゲッティンゲン以外にもライプツィヒ、ハンブルク、ウィーンなどで刊行され、もっとも有名なのはシラーによって一七九六年から一八〇〇年まで刊行されたものである。

我々はそもそも小説や喜劇の取り木★を持っているだけだ。種から育ってくるものはごくわずかだ。 [J731]

★……茎の途中から根を出させ、新しい株を得るという人工的方法。

桜は緑から次第に赤へ熟してゆく。これは調弦によく似ている。このように芸術家は、不協和音から和音へ次第に熟成させていく。 [J737]

文学というプランタージュにおける黒人奴隷の一人。 [J871]

多くの人間にとって詩作は人間精神の発達上の病だ。 [K15]

あの気持ちのいいお喋り屋のモンテーニュが残したすべての章の中で、死についての章が――多くの卓抜した思想がそこには見出されはするが――ずっと一番気に入らなかった。第一巻、第十九章である。全体を通して我々が眼にするのは、この実直な哲学者が大いに死を恐れながら思考をひねり出し、言葉遊びにまで捻じ曲げるときのひどい小心翼々さで、はなはだ悪しき実例を提供するさまである。死を本当に恐れていない者は、ここでモンテーニュがしているように、慰めとなる多くのちっぽけな理由をあげて死に抗して弁じたりすることはほとんどあるまい。 [K179]

ジャン・パウル・フリードリヒ・リヒター[★1]（……）。その書いたものはとても多い。『ドイツ・マガジン』（アルトナ）一七九八年二月号冒頭にその著作リストが載っている。シュッツェのこの記事には、この並外れた頭脳についてその他いくつかの報告が含まれている。ここにタイトルだけ挙げておく。

一、『グリーンランドの訴訟あるいは諷刺的スケッチ』ベルリン　一七八三
二、『悪魔の文書からの抜粋』　一七八九　刊行地記載なし
三、『見えないロッジ　ジャン・パウルによる伝記』
四、『五級教師フィクスラインの生活』ジャン・パウル著（七と同じもの）
五、『ジャン・パウルの伝記の楽しみ』
六、『カンパンの谷』ヴィーラントに激賞されたもの
七、『祝祭長老牧師』付録

今年［一七九八年］で三十歳になったばかりだそうだ。[★2] たいていフォークトランドの旅館に住んでいる。

『ドイッチュラント』一七九七年号に、何号だったかは忘れたが[★3]、ある旅行者の手紙が載っていて、そこにはこの男について多く記されている。 [L514]

★1……筆名ジャン・パウル（Jean Paul）、本名ヨハン・パウル・フリードリヒ・リヒター（Johann Paul Friedrich Richter, 1763-1825）。貧困のなかに育ち、独学で抜き書きを続けながら膨大な知識を得た。ライプツィヒ大学神学部に入学するが一年で放棄、以後は家庭教師で生計を立てながら小説を書き始める。長編小説『見えないロッジ』*Die unsichtbare Loge*（1793）と『ヘスペルス』*Hesperus*（1795）で評価を確立する。ロレンス・スターン、ヘンリー・フィールディングなどイギリスの作家に大きな影響を受けたが、これらの作家をきわめて高く評価するリヒテンベルクが最晩年にジャン・パウルに強い関心を抱いた事実は、ドイツ文学におけるイギリス文学の影響という観点からも興味深い。

★2……実際には三十五歳である。

★3……『ドイッチュラント』第三巻第二号に無記名の筆者による手紙„Die Briefe auf einer Reise durch Franken im Julius und August 1796 geschrieben"が掲載されている。

若者がある年齢で詩の病気にかかるのは良い。しかし何があろうと、その予防接種をさせてはならない。 [L542]

心の石《プシュコリト》　魂の石化。ギリシア人の大理石の作品。 [L590]

ジャン・パウルは時として耐え難い。そろそろ休息せずにはいられないところまで到達しないと、もっと耐え難くなるだろう。彼はすべてにカイエンペッパーをまぶす。私がかつてシュプレンゲル氏[★]に予言したことが彼に起こるだろう。冷めた焼き肉をうまくするため、付け合わせにどろどろの粥や熾《おこ》

った炭を一緒に食べなければならなくなるということだ。一からやりなおせば、大物になるだろう。 [L592]

★……Matthias Christian Sprengel (1746-1803) 歴史家。一七七八年以来ゲッティンゲン大学員外教授。

学者というもの

人々はしばしば、多くの兵隊がそうであるように、ほかの身分には役に立たないというそれだけの理由で学者になる。彼の右手が日々の糧を生み出さねばならない。彼らは、こう言ってもよかろうが、冬の熊のように横になり、大きな前足を啜って飢えを凌いでいる。 [B223]

他の言葉はさておき、「ゆきすぎて賢明な《ズーバークルーク》」という言葉は私が作ったのだと主張してみたかった。この合成語が合成者の名誉となることは疑いない。あらゆることについて省察する癖のついた人々がいる。自然に思いつくのではなく、人工的な思いつきで、哲学にとってはまったく役立たない。自然な思いつきとは、いわば観念の世界における奇跡であって、あらかじめ当て込んでおくことはできないのだ。こういった人々は、いつも原因を述べ立てる。それが義務か良いことだと考えてのことだが、それでたいていの場合、自然なものを取り逃がしてしまう。仰々しいもの、こじつけられたものは、自然なものよりも彼らの自尊心をくすぐるが、彼らがそんなことをするのも自尊心の故なのだ。大発見がなされてみると、いともたやすくできそうに思える理由もおそらくここにある。

それに対し、活発な機知をそんなに多くは持たず、少なくとも機知をただちに信じることのない、本当の意味で知性に恵まれた人間が、かくかくしかじかと推論するのは、そうするだけの高度な理由があるのだ。私には、類似性を通じては何千人も近親者がいるが、近い血縁関係を通じては、ほんの何人かしかいない。私の言うことがおわかりだろうか。女性たちの判断がかくも理性的なのは、この故であり、*我らの先祖たちもこのことを見て取っており、大事なことについては女性たちに助言を仰いだ。ガリア人たちは、女性たちには神的なものが宿っているとすら信じていた。真に美しいものに対する女たちの感情は、こうしたものに関連している。同じように、ゆきすぎて賢明なものは、奇妙なものに対する満足と結びついている。修士のティーレ★1氏はゆきすぎて賢明である。教授のマイスター★2氏は賢明である。賢明な人間は決してゆきすぎて賢明にはならない。逆に、ゆきすぎて賢明な人間は発明を商売にするのを止め、理性的なものをたくさん読み、あまりに思い上がったりしなければ、最後には賢明になることができる。

＊　女たちがいつかもっとよく教育されることになれば、それだけで劣化するだろう。

[D445]

★1……Johann Georg Philipp Thiele（1748-1824）　きわめて多作な著作家であった。

★2……Albrecht Ludwig Friedrich Meister（1724-1788）　一七六四年よりゲッティンゲン大学教授（数学・応用数学）。

学者共和国★においては各人が支配しようとする。そこには市参事会員は存在せず――これはよろしくない――いわば将軍一人一人が立案し、歩哨に立ち、番兵詰所を掃除し、水を汲んでこなければならない。誰かの手助けをする者などいない。

[D483]

★……“Res publica literaria” ないしは “res publica literarum” は、国境を越えた学者の共同体という意味で用いられていたが、ドイツではクロプシュトックが一七七四年に『ドイツ学者共和国』*Die deutsche Gelehrtenrepublik*を発表、ドイツ文化興隆のため文化エリートを第一の指導者とするあらたな共同体が構想された。

多くの本は本から書かれる。我々の詩人はたいてい他の詩人を読むことで詩人になる。感情や感覚を、そして観察を本にすることに学者はもっと心を砕くべきなのだが。 [D541]

イギリスでは今日、いわゆる混凝紙★を用いた装飾が流行で、ついにはウェストミンスター寺院の記念碑すらそれで造られることになりそうである。多くの学者が、自分が造りだした反古を踏み固めて、それで自分の胸像を造らせようとしたら、それは悪い考えではない。 [D578]

★……張り子の材料。

彼はルルスの技★を本当に自分のものにしていた。ある題材について、その一語も理解することなく何時間も議論できたのだから。 [E56]

★……ライムンドゥス・ルルス（Raimundus Lullus, 1232頃-1315頃）マヨルカ王国出身でフランシスコ会に属した神学者・哲学者・神秘家・百科全書家。機械的に文字列を生成することによって真理を獲得する〈ルルスの術〉を考案し、ライプニッツの普遍記号法・結合法に大きな影響を与えた。前章［A3］の注に挙げた二書と共にパオロ・ロッシ『普遍の鍵』（清瀬卓訳　国書刊行会　新装版二〇一二）が必携の文献である。

彼はそれについて、法学教授が諷刺文について下すように判定を下す。 [E233]

自然はこの人間たちを胸部で結びつけた★。教授たちは頭で結びつけたかっただろう。［E239］

★結合双生児にリヒテンベルクは大きな関心を抱き続け、『雑記帳』でも繰り返し言及している。彼らを主人公にした小説『二重の王子』の構想を抱いたこともあった（本章［J1138］以下参照）。

彼らは自然の中に真理を見出すと、また本に投げ込んでしまう。真理はそこで、もとよりひどい状態で保存されていくことになる。決まり文句。［E307］

ある学問のもっとも熱狂的な弁護者、この学問がちょっと横目で見られることすら我慢できないような人物は、一般にその分野でそれほどのことをなしとげたわけではなく、またこの欠点をひそかに自覚しているような人物である。［E50］

学者の中で知性に欠ける人々は、概して必要以上に学び、理性的な人々は、どれだけ学んでも学びきれない。［E233］

ビュッツォウで刊行されている『批判的論集』★1では、ヒュームの歴史書★2が、ヘーベリン★3のものよりもはっきりと軽視されているが、そこではあきらかに次の問題が忘れられている。ヒュームの歴史書を評価するものは、だからといってヘーベリンのものを非難するわけではない。両者はまったく比較できないのだ。

一つの年号を訂正するために二つ折り本をゆっくりとめくり、春を丸々こもりきりで過ごすような本来的な歴史詮索家は、そもそも不平家で、他人をみな軽蔑し、軽やかな筆致で書かれたように見える作品★4のほうが評価されると激高しかねない。こういった無味乾燥な年代記作者にあってはすべてがはるかに正確である。ただ、極端な正確さは人間にはほとんど可能ではないし、ほぼ不要でもあるということに彼らは思い至らないのだ。ファルネーゼのヘラクレス★5における筋肉の表現に感嘆している人間に、生理学者は、軽蔑的にではなく、こう呼び掛けずにはいられない——アルビヌス★6とカウパー★7には、もっと正確に描かれていますよ。それぞれを、その種に従って、が批評家をいたるところで導くべき規則である。 [F460]

★1……ビュツォウはメクレンブルク・フォアポメルン州の都市。近郊のロシュトック大学に宗教上の理由から対抗するため、一七六〇年から八九年まで大学が設置された。『最新の学術史についての批判的論集』*Die Kritischen Sammlungen zur neuesten Geschichte der Gelehrsamkeit* は一七七四年から一七八四年まで刊行された。

★2……デヴィッド・ヒュームの『英国史』を指す。本章［L77］の注参照。

★3……Franz Dominikus Häberlin（1720-1787）　ヘルムシュテット大学の歴史学教授。『普遍世界史抜粋』*Auszug aus der allgemeinen Welthistorie*（1767-73　全十二巻）など。

★4……ヒュームの歴史書が念頭に置かれている。

★5……一五四六年にカラカラ浴場跡から出土し、ローマのファルネーゼ家コレクションの目玉となっていた。現在はナポリ国立考古学博物館に展示されている。

★6……ライデン大学の解剖学教授であったアルビヌス（Bernhard Siegfried Albinus, 1697-1770）による解剖図譜 *Tabulae sceleti et musculorum corporis humani*（1747）が念頭に置かれている。

★7……イギリスの外科医・解剖学者カウパー（William Cowper, 1666-1709）の *Myotomia Reformata, or a New Administration of the Muscles*（1694）を指す。

もはやラテン語やギリシア語は学ばれない、それゆえすべてが浅薄になる、これがたいていの学術雑誌の嘆きである。実はそうした雑誌こそが、図らずも真の学識のもっとも密かな、重要な敵であり、彼らが正そうとする悪を引き起こす張本人であるかもしれないのに。結果の一部が原因とみなされているのだ。

［F797］

ここにいるドイツ一級の学者たちの中には、少なくともそれ以上はっきりと宣言はしないまでも、私に反対して書いたものが自分の書いた最高のものだ、と言い張る人々がいる。この発言は、本当に教えたがりである私をがっかりさせはしない。それどころか、『暦』★に書き散らしたものがそんな成果を生んだことを、誇らしく思う。

［F1050］

★……『ゲッティンゲン懐中暦』のこと。前章［J740］注参照。

学者（Gelehrter）という語には、多くを教えられてきた（gelehrt）という概念が含まれてはいるが、何かを学んだ（gelernt）という概念は含まれていない。それゆえフランス人は、彼らに由来するすべてのものがそうであるように、極めて意義深く、「教えられた者」（les enseignés）ではなく「知っている者」（les savants）といい、イギリス人は「教えられた者」（the taught ones）ではなく「学んだ者」（learned）という。

［F1212］

ドイツの学者は本を長い間開いたままにしすぎであり、イギリスの学者は早々に閉じすぎである。ただし、どちらのやり方も、世の中にはそれなりの効用がある。

［G205］

大学というガレー船に鎖でつながれ。 [H119]

どの大学も他の大学に大使館を設けるべきだ――目的にかなった友好関係と敵対関係を維持するために。 [H122]

万人を評価できると考える学者は、同胞一人一人の真の価値を評価するすべを学んでこなかった人間である。学問の進歩にとって重要なのは、まったくのところ、誰かが、普通に偉大だと言われるようなことにおいて何かやったか、ということではない。各人が自分のできることをやりさえすればいい、知識の中でマスターしている部分、その部分だったら他の千人より鋭く見るという部分を加工しさえすればいいのだ。そもそも肝心なのはこれだけである。 [J22]

ある教授の、空いたベンチへの語りかけ。 [J81]

ゆきすぎた賢明さは、賢くなさの中でもっとも軽蔑に値するものの一つだ。 [J248]

成功をあまりに早く味わおうと望むことほど学問の進展を阻むものはない。これは元気のいい性格につきものである。こういった性格の持ち主が、多くの仕事をすることはめったにない。というのも、自分たちが前へ進んでいないと気づいた途端、彼らは元気をなくし打ちのめされてしまうからだ。わずかな力を長きにわたって用いていれば、前へ進んだであろうに。 [K178]

自分の専門の主題について、その場で理性的に判断することができず、まず抜書き帳や書斎を引っかき回さないといけないような人物はまちがいなくまがい物である。今日では、有名になる技を持っている人間がいる。そんな技は古代人には知られていなかった。古代人は天才によって有名になった。今日の有名な学者のほとんどは模造品であって宝石ではない。しかし彼らの名声もそれほど長続きしないだろう。彼らの作品は、キケロの詩作品のように忘れられるだろう。永遠へ向かって進み続ける彼の散文すら、それらを守ることはかなわなかったのだ。

[L69]

著作プラン・創作ノート

決行直前に草された自殺者の弁舌

友よ！　いま私は幕の前に立ち、それを巻き上げようとしている。その背後がここよりも穏やかであるかどうか確かめるために。これはばかげた絶望の発作ではない。これまで生きてきた、ごくわずかな環からなる日々の生という鎖を、もう十分すぎるくらい知り尽くしたのだ。これ以上歩むのは疲れた。いまここで死んでしまうか、あるいはせいぜい夜の間だけでもここにいるかだ。さあ、私の素材を受け取れ、自然よ。これをもろもろの存在からなる塊に再び混ぜ込んで、藪や、雲や、なんでも好きなものを作るがいい。あるいはまた人間を、ただし、もう私を作るのはやめてくれ。哲学のおかげで、こう考えを進めても敬虔な戯言に邪魔されることもない。もう十分だと思う。何も怖くない。さあ、幕よ消えろ！

[B209]

序文[★1]

この著書――私自身が著者なのだが――はささやかな観察の寄せ集めからなっている。その大部分はこれまでめったになかったような場所でなされたものである。私は存命中の誰にたいする妬みもなしに書いた。ところどころで誰かを非難することになるが、その対象は私自身なので読者におかれては了とされたい。また、とっくに私は自分自身と折り合いがついているということもお伝えしておく。誰かを模倣したという記憶が私にはない。ケストナー[★2]も、ヴィーラントも、スターンも、シェイクスピアも、誰も。彼らこそ、この私の気性が暗転したら妬み、才能が好転したら模倣するであろう作家たちである。

I.

流行と、習慣と、あらゆる偏見の揺動から守られて、「人間という」複雑極まりない体系《システム》の独自の運動を観察することができるようなささやかな場所を見つけたいと思うことが何度もあった。一度だけ、ミカエル祭[★3]から復活祭までの期間、私は人間についての試論を思い切って書いて見ようとした。だが遺憾ながら、人間観察者は船酔いに襲われるものだ。十分安定した土台が欠けているという彼らの嘆きには、海上の天文学者や星の観測者[★4]全員の嘆きを合わせたよりも遥かに正当性がある。我々が今どこにいるのか、良き守護精霊は知っているが、我々は知らない。まちがいなく、我々に何か変化が起こったのではないか。それを、例えば我々文筆家ははっきりと見ているのだ。すなわち、良く書くことはきわめて難しく、拙劣に書くことは度を越して簡単だということである。そう、自然に書くことが一つの技であるということ――みずからこの世界に暮らしているのでなければ、このことを信じる者もほとんどいないであろう。この世界では、すべてこういったことやそれ以上のことが日々起こっているのだ。

現代の哲学者は、自然人[★5]のための本を書こうとすれば、自然人という衣装を研究する必要がある。まるで自然人が、大円上で自分たちから一八〇度向こう側[★6]に位置しているようだ。我々の内部で、人工的人間は――ちなみに彼らは、人間心理の解剖学者が想像するよりはるかに、古くからの悪習と仲がいいのではあるまいか――自然人についてそのような勝手な振る舞いに及んだ。そのせいで、ついには、まさにそういった人工的人間の耳に届く言語が存在しなくなるのではないかと心配でならない。修辞的比喩ではだめだ。大声で私が叫び、それが最後の審判のラッパのような響きを立てたとしよう。「聞け、君は人間だ、ニュートンや役人や教区監督がそうであるように。君の感情や感覚は、忠実に、そしてできる限りうまく言葉にされれば、誤謬と真理に関する人間たちの評議会[★7]でも通用する。思考する勇気を持て[★8]、今いる場から取れるものを取れ！」そう叫んだら、何千もの耳がそれを聞くだろう。けれどこの言葉の意味を受け止め、それが内部に入り込み、心のあの一点、そう、人間の中で一度力を及ぼし始めると、思索者と呼ばれるような人物を、さらには活動性や外的状況と結びつけば、偉人、それどころか幸福な人間と呼ばれうるような人物を作り出す、あの一点を豊かにし生動させるに至るのはせいぜい一組の耳だろう。

　さらに書き進める前に、私は自らに一つの問いを発しないわけにはいかない。今書いているこうした思想をどこで手に入れたのか。私は自由な人間である。私の国の人々は正直で、私は思うままに口にし、自分に対しても率直で他人の口真似をすることもない（すなわち、まだ解明されていない感覚を知性によって精留[★9]し、それに光を当てるのだ）。したがって私はどこでも自分を曝すことができるし、間違った判断は私にとって欠陥であり違反とはみなされない。おまえが語ることに真理があるのか、それともおまえの書きぶりが、古代ローマの清めの儀式を思わせる厳粛な調子を帯びているのか。自分の魂を深く覗いてみる。すると、こうした思想は私の体系《システム》の産物であり、外から持ち込まれたのでは

[★10]ないことがわかる。とはいうものの、こうした思想がしばしば別の土壌でも育つことも疑いない。

私は思考する自由を自らに与えねばならない。したがって自ら主人でなければならない。さもなければ私は何者でもなくなってしまう。私は見、聞き、比較せねばならない、しかし、私のなかの裁判官はただ一人でなければならず、二人いてはならない。「全き人間は一体となって動かねばならぬ」（the whole man must move together.）[★11]しかし、百人中九十人のどこに、こうした「ただ一つのもの」があるだろう。百人中九十人は世界でいかなる持ち場につくこともなく、隙間を満たす種族であって、置かれたどんな場所も塞いでしまうが、少しも不快がらない。彼らを圧迫したり摩擦を生じたりするものはなく、感情と感覚の体系《システム》が特定のものを与えないときには、信念や、追従に由来する迷信や、軽率さに由来する迷信でそれを補い、つねに一つの体系《システム》を完備していて、どんな形式にでも従う。世にそんな人々が存在する必要があるかどうか、私は知らない。理性の真理[★12]の収集者、哲学者や本来的な意味での批評家にとって彼らは無に等しい。もう一度念を押しておかねばならないが、そう響きかねないとしても、私はいかなる絶対命令も下しはしない。私の思考は一人の人間の思考であり、その限りにおいて私はそれを考察に供する。人間というものがいかなるものかを知っている哲学者は、学識あるスヴェーデンボリが、一七五七年一月九日に最後の審判がなされた、すなわちもう終わってしまっているのだと書いている[★13]のを見ても、おそらく肩をすくめるだけで、嘲笑したりはしないであろう。

[B321]

★1……一時期構想していた小説『クリストフ・ゼンク』——大部分の虚構作品と同じくこれも結局いくつかの断片を残すにとどまった——の序文である可能性にプロミースは言及しているが、断定はしていない。

★2……Abraham Gotthelf Kästner（1719-1800）　ゲッティンゲン大学で自然学および幾何学の教授であり、トビアス・マイアー（前章［C203］の注参照）の後任として天文台長も兼ねた。リヒテンベルクの師にあたる。エピグラム（寸鉄詩）の作者としても著名であった。

★3……九月二十九日。

★4……航海中は海上での位置を知るため星を観察する（天文測量）必要があった。自らも後にハノーファー、オスナブリュックおよびシュターデの正確な位置を天文学的に測量する仕事に携わる（一七七二―一七七三）。リヒテンベルクは、測量の問題に大きな関心を持ち、経度測定に必要なクロノメーターなどについてもメモを残している（第七章［RA143］）。

★5……本章［B279］にも同じような記述がある。

★6……舞台の上にいるように、という意味か

★7……リヒテンベルクが大いに好んだ表現。本書には前章［A136］がある。

★8……カント（Immanuel Kant, 1724-1804）の『啓蒙とは何か』„Beantwortung der Frage: Was ist Aufklärung?"（1784）冒頭でのホラーティウスの引用「あえて賢くあれ sapere aude」（『書簡詩』一・二、四〇）を連想させるが、この断片は七〇年代初頭に書かれている。リヒテンベルク自身、別の個所でホラーティウスのこの詩句を引用している。

★9……化学用語が用いられている。

★10……この長い断片でリヒテンベルク自身によって段落分けがなされているのはここのみである。

★11……アディソン（Joseph Addison, 1672-1719）とスティール（Richard Steele, 1672-1729）編集による日刊紙『スペクテイター』（*The Spectator* 1711-1712）の一七一一年三月七日号のスティールによる論考に "the whole man is to move together." とあり、リヒテンベルクは［B31］（第三章収録）でも本断片と同じ形で書き留めている。後にはオーストリアの詩人・劇作家・作家・批評家のホーフマンスタール（Hugo von Hofmannsthal, 1874-1929）が、このモットーをリヒテンベルクの形で繰り返し引用している。

★12……思考の真理（vérités de raison）――本文ではVernunftを生かして「理性の真理」と訳した――と事実の真理（vérités de fait）の区別はライプニッツに由来する。「思考の真理は必然的でその反対は不可能であり、事実の真理は偶然的でその反対も可能である」（『モナドロジー』第三三節　西谷裕作訳『ライプニッツ著作集第九巻』工作舎　二一九ページ　一九八九年）。――この断片で、〈事実の真理〉との厳密な対置においてこの語が用いられているか

どうかは明確ではないが、少なくとも自らの立脚点を思考の真理に限定していると考えることはできない。自らの思考が事実の観察に基づいていることを冒頭で明言しているからである。

★13……エマーヌエル・スヴェーデンボリ（Emanuel von Swedenborg, 1688-1772）はスウェーデンの科学者・神学者・神秘家。自然科学者としても著名で、神秘主義的な著作を発表し始めてからも王家の庇護を受け、国会議員も務めた。最後の審判を目撃したとされる一七五七年は六十九歳にあたる。カントは一七六六年に『視霊者の夢——形而上学の夢によって解明された』*Träume eines Geistersehers, erläutert durch Träume der Metaphysik*を匿名で出版している。同書では、最後の審判の目撃については言及されていない。

ある娘が耳を貸してくれず、絶望して去勢[★1]しようとする男の語り

まだ私は岸のこちら側にいる、こちら側でなら、十四歳の時から持たされてきた希望を自然がかなえることもできる。できる？　しかし自然はそれを望まないのだ。話せ！（魂のこんな非行に対し、人間の神経が十分な弁明をなしうるか、私には疑わしいのだが）話せ、自然よ。できるなら。[★2]なぜ目前にある幸福の喜ばしい予感で、知らぬ間に注意深く外へ目を向けるよう私を誘ったのか。私は渇望に駆られていた。おまえが永久に取り除いてくれなければ、それは私を食い尽くしてしまっただろう。そしてついに、この渇望を消しうる対象が遠くに現れたのだ。自ら欺いておきながら、我々すべての母よ、おまえは子供たちに徳を求めようというのか。この娘が、おまえにひと時の幸福を恵むだろう、そう私に呼びかけたのは誰の声だったのか。その声はまだ深く私の全存在の中に響いている。これはおまえの声だと考えたのだ、自然よ。そうではないのか。ぞっとする。自分という存在が、霊たちの憑いた広間になってしまったようだ。私自身の衝動が恥知らずにも嘘をつくとき、私は誰に従えばいいのか。（彼はナイフを抜く）追従ばかりの嘘つきめ。こうだ、震えるがいい。ただの一太刀でおまえを永久に黙らせ、その狡猾な舌を静かにさせてやる——墓場の夜のように。 [B349]

★1……この断片が記された数年後、若いゲーテの友人であり、ラーヴァターの知人でもあったレンツ（Jakob Michael Reinhold Lenz, 1751-1792）は喜劇『家庭教師』*Der Hofmeister*（1774）を書く。そこでは主人公ロイファーがみずから去勢する。

★2……シェイクスピア『ハムレット』第一幕第一場のホレイショーの亡霊への呼びかけ「待て、幻影！　物音か声が出せるならおれに語りかけろ」『シェイクスピアV』（木下順二訳　講談社　一九八八年　一六ページ）を連想させる。

クンケルの生涯★は逆から書き始められねばならない。 [B418]

★……ゲッティンゲンの古物商・古書店主のクンケル（Jonas Kunkel, ?-1768）とリヒテンベルクは生前親交があり、その特異な性格ゆえ生前から『雑記帳』では人物スケッチのような記述が試みられていた。死後、その生涯と人物像をまとまったかたちで描き出そうという構想が浮かび、数多くの断片が「ノートB」に書かれることとなる。「クンケル追悼演説」*Rede dem Andenken des sel. Kunkels gewidmet* は生前未発表ながら成立し、没後の『著作集』第三巻（一八四四年）で刊行されたが、『クンケルの生涯』と題された小説は、結局まとまった形で書かれることなく終わった。

ツェッツ島★[1]かどこかに父祖たちによって造られた一種の人形がいて、ヴォーカンソンのカモもフルート吹き人形★[2]も、これに比べればニュルンベルクのガラクタ★[3]にすぎない。古人が知っていたことを歴史的に正確に知ることに専念し、古人の精神そのものを獲得することに特に苦心しなくなってからというもの、この人形をその手で作る技術を住民は自分のものとしてはいない。私はしばしば、それらが通りを歩むのを見た。いつも、すぐに人形だとは分からなかったし、分かった後でもまるで本物の人間だと思うこともよくあった。こうした人形への尊敬の念は昂じて、称号を与えるに至った。「王様万歳」とはっきり読めるように書けた人形は、枢密院秘書官の称号を得た。埋葬式にあっては夜警を務めた。湿度計、気圧計、温度計の数値を一本調子で読み上げ、小さな起電機のクランクを回す別の人形は、自然学《フィジーク》教授と学術アカデミー会員の称号を得た。　[D116]

★1……架空の島ツェツ（Zezu）を舞台にした諷刺的小説の構想の一部。スウィフト『ガリヴァー旅行記』のラピュタ島の影響も認められよう。

★2……フランスの機械職人ヴォーカンソン（Jacques de Vaucanson, 1709-1782）が製作したのは〈アヒル〉である。一七三八年に〈フルート吹き人形〉を科学アカデミーで披露（製作は前年）し、同年アヒルも製作された。

★3……リングを使った玩具の一種で、リヒテンベルクは『ゲッティンゲン懐中暦』一七八一年号にこの玩具についての記事を書いている（六五—七〇ページ）。

知性の健康のための養生法を書くこともできるだろう。　[D251]

アルコール瓶のなかの黒人の胎児について

そこにまだ、人生と陽光を待ち望んでいた姿勢のままでいる。人生と陽光、この哀れな存在に決して恵まれなかったもの。子供よ、おまえはなんと幸運だったことか。こんなに早くに、もう目標にたどり着いた。何千という兄弟は、血を流すみみずばれと数えきれない苦しみの上にようやくたどり着くというのに。

哀れな子供よ、おまえはなんと幸運であるか。おまえが今享受している平安を、下劣な者たちの人質となった何千という不幸な兄弟は、血で贖わねばならない。何も、何もおまえはこの世界で失わなかった。おまえの権利が売られ、おまえの主人は下劣な者だったであろうこの世界で。おまえの鎖をもう手にしていたこの男にとってもこの方が良かった。この者もおまえと同じく陽光を見ないほうがよかったのだ。

［D322］

ジャーナリストの饗宴

出来の悪いジャーナリストたちが、とある村に集まる。そこここには良質な者もいる。私もそこへ行く。彼らの到着を順々に。私は口のきけないふりをして、出たり入ったり――あるいはその他もろもろ――する許可をうる。これまで作家の業績を決定していた連中を見るのは楽しい。ひとりは黄疸だ。すこしきこしめしてから、皆が自分の技を披露する。

［D323］

パラクレートル、すなわち、今のところ独創的頭脳を住まいにできていない哀れなすべての魂のための訓戒と慰め。

［D603］

私が諸君にこのささやかな本を鏡として差し出すのは、その中に諸君自身を観るための鏡としてであり、それを通して別の誰かを観るための柄付き眼鏡としてではない。

［D617］

オペラグラスを覗いているサトゥルヌスの笑い顔。『パラクレートル』のしゃれた扉絵。望遠鏡そのものは、ある対象に向けられているように見えても、対物レンズは読者に向けられていなければならない。イロニーの象徴。

［E106］

確言するが、この主題に至ったのは一朝一夕のことではない。神学の博士候補生として、またできる限り人にかかわりのない事柄に携わるべしという道理にかなった流行にしたがって、私はつねに国家運営に注目してきた。観察を重ねた結果、ついにわかったのだが、賦役およびドイツの小君主によるいわゆる農民虐待は、結局のところ形而上学的な些事拘泥に帰着するのである。それゆえ私は、もう何度望んだかもわからないのだが、しだいに流行遅れになってきており、いずれにせよ実践的にももはやそれほど役に立たないキリスト教の訓令に代わって、農夫たちには「自由」という、さらに「自由意志（Voluntas）」、「制約された意志（Vellitas）」、「願望（Volitio）★」という正しい形而上学的な概念を解説してやりたい。そうして、自分が血と汗と涙と呼ぶものは、たいていこの四つの概念による推論に由来するということを認識すべく学んでくれればと思う。あの哀れな連中がいま陥っている誤りを非難はできない。一度も日時計や高価な時計を見たことのない人間が、どうして自分の時計がちゃんと動いていると知りえようか。私が尋ねたすべての農夫にあって、彼らの苦情を支えているのは、自分たちが君主に払ったものは、自分の所有物から払ったのだという詭弁である。ところが周知のごとく、支配者たちを除けば、人間は、自らの表皮の外には、ごくごく小さな点ほどのものも所有してはいないのである。そもそも農民が、今持っているものを持っていないとしたらどうなるか。銘記すべきである《クオド・プロベー・ノタンドゥム》が、彼らが差し出すものは、君主が与える前には君主のものだった。農民は返済するにすぎない。彼らが

所有物と呼んでいるものは、まことにありがたくも頂戴したものであり、ドイツでは多くの土地で、許しがたいことに五〇%にまで達しているのだ。［E131］

★……これらの形而上学的概念をリヒテンベルクがどこから採って来たかについてプロミースは確認できないとしているが、Vellitasについては「制約され不完全で、行為に至らず実行に及ばない意志」という定義をある辞書（Ludwig Schütz: *Thomas-Lexikon*, Paderborn 1895）より引用している。

静かに、静かに、天使が諸君を笑いとばさないように。この対象はひどいものだ。しかし諸君はまだそれを完全には知らない。だから用心深くふるまうのだ。磁石ははじめ、いかさまの役にしかたたなかったことを知っているだろう？［E133］

ある時ふと思いついたのだが、惑星というより壊れた天球モデル★1のように見える土星は、太陽系のモデルだったのではなかろうか。ひょっとして、もう役に立たなくなったので捨てられたのではないか。土星は五つの衛星を持ち、土星そのものを勘定に入れなければ太陽系の主な惑星も同数であること★2に気づき、この推測はほとんど証明されたと思った。土星の輪は、天体運動の計算機における水平線に似た仕組みに他ならず、おそらくは諸問題を解くためのものである。いや、それどころかショート★3はその上にいくつもの円周すら描かれているのを見たのだ。天文学者のためのこうした太古の文書によって、ティコ説に与《くみ》する者たち★4を今や実視観測によって反駁することができるようになり、また望遠鏡が発達して輪に書かれた文字が読めるようになれば、これは天文学にとってこれ以上ないほど有益であろう。

この発見は、なみなみならぬ喜びを私にもたらした。このアイディアを公にするよう、友人たちにも励まされた。しかし私は、大発見にふさわしい文体や天才にふさわしい文体を真剣に練習したことが一度もなかったので、彼らは、論文は簡潔なものにすること、冊子には必要なもの以外持ち込まず、余計なもの以外取り去らないこと、そうやって仕上げたら、有名な精神病院に送って、わずかな報酬で色づけしてもらうことを勧めてくれた。私は言うとおりにして、告白せねばならないが、戻ってきたとき、それが自分の著作とはわからなかった。肥育から戻ってきた自分の豚がわからないようなものだ。以前は恥ずかしくも骨格が浮き出ていたところに脂肪のやわらかなドームがあり、かつてサイコロのような手触りだったところは、珠のような心地よい手触りとなっている。全体として、偉大な予言的な声調が支配的であり、思想は大胆に述べられ、別の思想は大胆にも黙ったままとされ、取り除かれたものもあるが、現に書かれているものよりも優れたものが省略されていると思わせるようになっている。そのため、何度も読んでいると、自分が深淵の上を漂っていて、プラトンを一言で語りきることができ、思考の眩暈の中で、永遠に、吐き気もなく、神の目的にしたがって、一挙に、存在するもののすべてよりも己を享受することができるようだった。その一部を抜き書きしてみる。★5

「かしこに架かるは、何と巨大な！　光の直射到達距離を超え、まるで投げ捨てられたかのようだ。創造者にとってはモデル、ガラクタ部屋であり、おまえ、人間にとっては、計り知れぬ博物館だ。世界のモデル――世界そのもの――ひょっとして、モデルらしく住民もいて――ボール紙でなく、スズでなく、神のモデル！――（ここ、砂粒に溶接されて）★6土星――なんというヒエログリフだ！★7　Coelus, Coelus★8、ギリシア名ではUranus, Uranie, Urarie, Orrery★9、よくわかった。合図どころか指さしているではないか。魂における言葉の反響、創造者から延び、人間によってカテドラルの夜に包み込まれる光。皆が哲学はできる。見ることは誰にもできない。

Primus ab aethereo venit Saturnus Olympo

「そこへまず、天高きオリュンプスよりサトゥルヌスがやって来た」　ウェルギリウス★10

「第一の《プリームス》」惑星《プラネタ》であり、「最後の《ウルティムス》」ではない。第一のモデル、見本であり、神々におけるユッピテルを表している。そして誰と結婚したのか？　もしかすると論理学？　あるいは代数学？　いや、豊穣の女神オプス、つまりは光学《オプティク》、天文学、万能なものの認識とだ。オプスがサトゥルヌス（土星）と結婚したのだから、天は諸君に開かれている。砂粒に溶接されたものよ★11、君が何か持っているのなら言ってくれ。何だ？　考えよ。見よ。驚きに見開かれた眼で見つめよ。土星よ！　そのもとでは黄金時代があり、東洋の哲学があった。一語のなかにいくつもの本が含まれていた。死は生であり、時が存在する以前は黄金時代があった。嘆きの谷はなく、人頭税はなく、歯痛もなかった。黄金時代、無時間、何と調和的、それでいて何と真実、何と単純、それでいて何と強力。処女のような、辱められていない理性が健全な表現と婚姻し、まだ賤民とアカデミーに使い損じられていない。かしこには最後の惑星、モデル、ミクロシステム、［こちらには］最後の被造物、人間、神の似姿、ミクロコスモス。両者のあいだにアナロジーがないとしたら、どこにあるというのか。　［E368］

★1……原語はOrrery。これはのちの〈ウラーノス〉との言葉遊びに関わる。

★2……天王星は一七八一年、ウィリアム・ハーシェルによって発見され、海王星は一八四六年、冥王星は一九三〇年に発見されている。

★3……James Short（1710-1768）イギリスの数学者・天文学者。王立協会会員であり、その観測記録は王立協会の『フィロソフィカル・トランザクションズ』*The Philosophical Transactions of the Royal Society* に掲載された。

★4……ティコ・ブラーエ（Tycho Brahe, 1546-1601）の宇宙論の信奉者。

★5……以下の抜粋を――この段落分けはリヒテンベルクによる――ライツマン（Leitzmann）はラーヴァターの文体模写とみなした。またヘルダーの『人類最古の文書』*Älteste Urkunde des Menschengeschlechts*（1774）の〈予言者風〉文体が模倣の対象であったとする解釈もある。

★6……砂粒は地球を指し、地表を離れることのできない人間の視点が導入されているのかもしれない

★7……古代エジプト文字の一つで聖刻文字とも呼ばれる。おもに碑銘に用いられていたためこう呼ばれた。

★8……caelusはラテン語で〈天〉を表す。Caeliusはローマの七つの丘の一つ（caelius mons）。古代ローマの氏族名でもある。

★9……Uranusはギリシア神話における原初の天空神ウーラノス、Uranieはやはりギリシア神話の天文と占星術を司る女神。Urarieについて、プロミースはインド伝来の植物毒（Urari）か、〈原初のアリア〉（Ur-Aria）という複数の解釈可能性を提示している。ここの勘所はUranus（天の神）が変形を施していくとOrrery（天球モデル）になるという点にある。

★10……『アエネーイス』第八歌三一九行。引用は『アエネーイス』（岡道男・高橋宏幸訳　京都大学学術出版会　二〇〇一年　三六六ページ）による。

★11……注の6参照。地表から離れられない人間への呼びかけ。

♂［火曜日］。三十日。繊毛虫類の自然学からのいくつかの断片が、一般向けの天文学解説書に挿入されるのも悪くないだろう。光がその一目盛を通過するのに百年もかかる物差しで測られるような計り知れぬ空間について語った後で、それはまったく思いがけない形で持ち出されねばならない。［F28］

♀［金曜日］。二十三日。ドイツ文学の現状。書物のタイトルの知識と学問との混同、文学青年気取りと哲学の、昆虫の収集と自然界の知識との混同。こうした現状は大声で助けを求めている。ユニウスの手紙★が一番であろう。第一の手紙を模倣してもいいかもしれない。まずは詳しく説明し、つづいて

力強く総括がなされる。そうした段取りが必須で、なければ結末はうまく行かない。引用してもいいかもしれない。書きぶりはとにかく力強く、すべてが熟慮されていなければならない。章分けするか、図示しなくても構想を図表化しておくこと。［F153］

★……ジョージ三世治下のイギリスに対する批判を含んだ匿名の手紙群。一七六九年から一七七二年にかけ『パブリック・アドヴァタイザー』に掲載され、一七七二年に選集として刊行された。

先延ばしにすることについての哲学的考察。［F276］

24［木曜日］。九日。衣装で性別がわからず、いちいち推測せねばならないとしたら、愛の新世界が生まれるだろう。小説で、賢明さと世間知をもって取り上げるに値する。［F320］

夜警についての習作　皆様方、私自身、夜警です。本職ではありませんが、下手の横好きというやつですな。夜、眠れないものですから。素人の常で、自慢するわけじゃありませんが、たいていの本職よりもずっと立派にやってのけたわけです。［F354］

♂。十一日。一群の語と知識を決めて、それら以外のものを用いることなくさまざまな事物を描写する練習ができよう。タヒチの人たちが、氷や雪やロンドンを見たとしたら、それについて語るであろうようなやり方である。ふさわしい語の欠如から多くのことが生じてくる。ブロッケスはｒという字母のない詩★を書いた。［F383］

★……前章［L473］注参照。

対話劇『母胎にて』からの一場面
A：きのう産婆さんが言ったこと、聞いたかい？
B：いや、眠っていた。何と言ったの？
A：もう一週間もすれば、坊やが生まれますよって。
B：ほら、また音楽が聞こえる。母さんが踊らないといいのに。この前の舞踏会で腰をひねっちゃった。ほんとに痛いんだ。
A：僕は鼻を膝にぶつけた。おかげでどこにあるかわからなくなった。母さんは何を飲んだんだろう。ねえ、兄弟、僕はべろんべろんだった。信じらんないだろうけど、すごく変だったんだ。鼻の両脇の二つの珠は耳でもあって、言葉が聞こえた。でもその言葉を口にすることはできないんだ。だってそれを口にしようとしても、聞けるのは両脇の耳でだけなんだもの。
B：ああ、そんなことだったらよくある。このあいだも前のほうにある耳の一つにぶつかったら言葉がひとつ聞こえた。「シュピッツ」みたいな音だったよ。 ［F1017］

小、説、執、筆、に、あ、た、っ、て。至るところに母を。何一つ簡単には終わらせない。いつも、事情が許す最大の困難が立ちふさがるようにすること。 ［F1102］

靴、と、ス、リ、ッ、パ、

留め金のついた靴が隣にいたスリッパに話しかけた。「ねえ、どうして君も留め金をつけないの？

すごいよ」「実を言うと、留め金が何のためかも知らないんだ」、とスリッパが答えた。「留め金だよ！　何のためかって？　知らない？　ああ、そんなことじゃ最初のぬかるみで立ち往生しちゃうよ」「でもね」、とスリッパは答えた。「僕はぬかるみになんて行かないから」

A：あなたはどうしてもクラーマー[★1]の『彼、そして彼について』を手に入れなきゃいけません。なくてはならない本なんです。
B：どうしてなくてはならないんでしょうか。
A：どうしてですって!?　それがないと、クロプシュトゥックのオーデ[★2]は一行も理解できませんよ。
B：ああ、そんなことですか。わたしはクロプシュトゥックのオーデは読みません。　[G145]

★1……Carl Friedrich Cramer（1752-1807）〈ゲッティンゲンの森の同盟〉のメンバー。『クロプシュトック――彼、そして彼について』*Klopstock: Er und über ihn* 1.Teil（1780）（全五巻）リヒテンベルクはこの第一部のみを所有していた。
★2……〈オーデ〉は古典古代の詩形に倣った詩形式。クロプシュトックは一七七一年に匿名で『オーデ集』を刊行していた。

自分に向けての新年の祝いを、すべての身分を一巡させて並べることで、いいものが書けるかもしれない。眠れないときに一度試してみること。　[J7]

妖精物語で、私の売り立て目録[★1]を使えるだろう。翻訳機械[★2]も同様。二重人も――その頭には一種のカッコウが留まっていて、口が話している間、考えていることを話す。[★3]どんなに小さい声で話しても、

望んだ相手にその声を届かせるメガフォン。 ［J714］

★1……『ゲッティンゲン懐中暦』一七九八年号に「H・S卿邸のコレクション目録：来週オークションの予定」というリヒテンベルクの戯文が掲載されている。ブルトンの『黒いユーモア選集』にも引用された、有名な「柄のとれた、刃のないナイフ」はこのリストの冒頭を飾っている。

★2……前章［J1659］にも同じ機械が出てくる。

★3……プロミースは、この人物は明らかに出版者ディーテリヒを念頭に置いているとしている。

妖精譚——魂と身体を、一方が他方をどのように導いていくか、どちらも目に見えるように描き出すこと。そうすれば、少なくとも面白いものにはなるだろう。 ［J727］

互いに愛し合ってはいないが、自分にほれ込ませたい、それも死んでしまうとか自殺するぐらいそうさせたいと思っている二人が手紙を出し合う。これはおもしろくなるかもしれない。［……］ ［J834］

二重の王子。★ 右手と頭が最初に出てきた。最後に明らかになったのは、右手は最初に出てきた頭の持ち主のものではなく、別の人間のものだったということだ。右手と頭の比較。さまざまな派閥。廷臣たちは子供たちを一体のまま回復させようとする。その過程で大勢が死ぬ。一人は舞踏会を愛し、もう一人は天文学を愛する。すべてはサイコロか平手打ちで決められる。 ［J1138］

★……本章［E239］の注に書いたように、結合双生児はリヒテンベルクの大きな関心の対象であり続けた。彼らを主人公にする小説の構想は例によって結実することはなかったが、いくつもの覚書が残されている。特に人間の二重性についてのさまざまな観察と考察を投入するつもりであったらしい。

二重の王子。一人の学者が立ち上がり、人間が二重だとどのような利点があるかを解き明かす。［1142］

二重の王子。ヤヌスとヤヌス神殿。二重の鷲。二倍のドゥカーテンとルイドール。★1 二重の王が一人の王よりも価値があるということにはならない。あらゆる二重のものが探し出されてこなければならない。人間はそもそも二重の王子であるという、肉体と魂★2にかこつけての弁護（だとすると、陛下のような二重の王子は四重の存在になってしまうということは、考えに入れられなかった）。聖なる三位一体は、おそらく導入されてはならないだろう。複式簿記、そう、あらゆる二重のものを探し出すこと。二重性。★3［1144］

★1……二ドゥカーテン金貨や二ルイドール金貨は一ドゥカーテン金貨や一ルイドール金貨のほぼ二倍の重さになる。

★2……肉体と魂の二重存在としての人間は、啓蒙期の人間学において決定的な重要性を持った主題であった。

★3……〈二重性（Duplizität）〉は同時代のゲーテにとっても重要な概念であった。シェリング（Friedrich Wilhelm Joseph von Schelling, 1775-1824）も『超越論的観念論の体系』*System des transzendentalen Idealismus*（1800）で〈二重性における根源的同一性〉、あるいは〈同一性における根源的二重性〉をキー概念とし、自然哲学では〈自然の根源的二重性〉について論じている。

年末に新聞についての裁判を開く——これはやってみる価値があるだろう。書き手はもっと用心深くなるかもしれない。書き手本人が騙されているわけだから、不当なことをしないよう審理に当たっては用心深く事を運ばねばならない。二つの、あるいはいくつかの対抗し合っている新聞を比較し、そして両紙を事態の推移と比較する必要があろう。そうすると、最後にはそもそも政治的新聞というものの価値について何かはっきりしたことが言えるだろう。それらの新聞の肖像画、あるいはドイツのいろいろな政治的新聞が人物となって登場する詩形式の前芝居は、良い諷刺になるかもしれない。『ポリティッシェ・ジュルナール』[★1]、シュレーツァーの『国家評論』[★2]、『リストレット』[★3]、『コレスポンデント』[★4]、『モニター』[★5]。自分たちが何を商っているか陳述できるかも。商人として、密輸商人として逮捕されてもいいかもしれない。

[J154]

★1……*Politisches Journal, nebst Anzeige von gelehrten und andern Sachen* はハンブルクで一七八一年から一八四〇年まで刊行された。

★2……シュレーツァー（August Ludwig von Schlözer, 1735-1809）は歴史家・国法学者・統計学者。ロシア滞在の後、ゲッティンゲン大学教授。『国家評論』*Staatsanzeiger*（一七八三―一七九三）は広く読まれた。

★3……フランクフルトの新聞 *Frankfurter Staats-Ristretto*（1772-1818）。

★4……ハンブルクの新聞 *Staats-und gelehrte Zeitung des Hamburgischen unpartheyischen Correspondenten*（1731-1868）。きわめて高く評価され、ハンブルクにとどまらずヨーロッパで広く読まれた。

★5……フランスの新聞 *Le Moniteur Universel*（1789-1868）。革命期の情勢を知るため、フランス外でも広く読まれた。

石化した脳髄を発見したと主張するフランス人の言葉の匠L氏と私との対話

匠：さあ、これです、教授、ハインベルク[★]で石化した人間の脳を発見しました。まったく珍しいものですよ。

私：そうですな。そもそも腐敗しやすいものの化石は珍しいですからな。しかしそういったものを見つけたとおっしゃる方はまったく珍しいどころではありません。バターの化石を見つけたと主張された方を存じ上げております。

匠：この貴重品をお買い上げいただけませんか。一ドゥカー《ヴ・ロレ・プー・ラン・ドゥカ》でけっこうですよ。

私：ああ、Lさん、私の忠告を聞いて、そんな石ころは投げ捨てておしまいなさい。どこにでもある、水中で丸くなった奴ですよ。

匠：ああ、あなたはこれまでもたびたび私をお助けくださった。一エキュ《ヴ・ロレ・プー・ラン・ネキュ》でいいです。一スーも《ジュ・》手持ちがない《ネ・パ・ザン・スー》んです。

私：さあ、半グルデンです。差し上げましょう。どうかその石はお持ち帰りください。

匠　宮廷顧問官のHさんをご存じですね。お取り次ぎいただけませんか。この貴重品を珍品コレクション用に買い上げていただけるかもしれません。

（ここで堪忍袋の緒が切れる）

私：（激しく）いいですか、ほっといてください。もし、いまお持ちのものがあなたご自身の脳みそだとおっしゃるのであれば、何かして差し上げられることはないか考えてみてもよろしい。そのほうがずっとありそうなことですからな。（ドアを開ける）

[K205]

★……ゲッティンゲンの森の西に位置する高地（標高三一四メートル）。

多くの規則、例えば火事に関する規則は、わずかに変形させるだけで、例えば子供たちの教育といった別の対象に適用できないだろうか。必要な点に変更を加えて《ムーターティース・ムータンディース》である。水、放水、ホース、放水師といった語がうまく翻訳されるだけでいい。放水師の服務規程であり、同時に学校教師のそれを兼ねたものを書く試みは、きわめて示唆に富むものとなりうる。

[L214]

一つの人生を、二重に、あるいは三重に描き出すのはやりがいのあることだろう。一度はあまりにも好意的な友人が、もう一度は敵が、そして最後に真実自体が書いたかのように。　[L219]

二個の一ルイドール金貨と一個の二ルイドール金貨の対話は、うまく書きあげられるかもしれない。　[L323]

迷信について間違いなくとてもいいものが書けるだろう。すなわち迷信擁護論である。誰もが迷信的だと示すこともできる。私の場合は灯りに関してだ[★1]。真剣にそれを信じたりはしないが、それがいやな首尾を見せなければ、私は良い気持ちになる。ポイケルの『特別な種類の予言について』[★2]、ケプラー『調和』第四巻のLibriV[★3]を確認すること。　[L356]

★1……例えば［Hi］では、火を灯されたばかりのロウソクが消えるという事実とイタリア旅行の計画——結局実現しないままに終わった——の行く末を重ねるという〈迷信〉について語られている。

★2……Kasper Peucer（1525-1602）は医師、歴史家、詩人。*Commentarius de praecipuis generibus divinationum*（1553）

★3……ケプラー（Johannes Kepler, 1571-1630）の『宇宙の調和』*Harmonices Mundi*（1619）。

枕の襞の理論。　[L476]

ドイツの多くの地方で、何かにうんざりしたら「ブロックスベルクへ行け！」[★1]と口にする。ヴェストファーレンでもそうだと言うし（『国家評論』最新刊、第四巻第二号、一四二頁）、この号で自分の生涯について語っているフランチェスコ会修道士グイド・シュルツも、フランチェスコ会の修道服に対し、そこへ行けと悪態をついている。これは有用な作品のきっかけになるかもしれない。ある一日、たとえば十二月三十一日から一月一日未明にかけて、旧年中にこの呪いをかけられたすべての事物がブロックスベルクに姿を現すと仮定して★2みる必要があるだろう。

［L548］

★1……ハルツ地方のブロッケン山の別称。年に一度、ヴァルプルギスの夜に魔女の饗宴が行われるとの伝承があり、ゲーテの『ファウスト』第一部にも描かれる。

★2……リヒテンベルクは、『ゲッティンゲン懐中暦』一七九九年号に「ブロックスベルクにいればいいのに。多くの夢と同じ、一つの夢。」„Daß du auf dem Blocksberg wärst. Ein Traum wie viele Träume"と題された記事を書き、注でこの罵り言葉について説明している。

みな双子兄弟《メネヒメン》★がいる　観客が見間違うような双子である。どんな人間も双子兄弟からできており、ひょっとするとそう扱われうるかもしれない。これはまた『二重の王子』に結びつく。

［L588］

★……プラウトゥス（Titus Maccius Plautus, BC254-BC184）の喜劇『メナエクムス兄弟』*Menaechmi*を指す。シェイクスピアの『間違いの喜劇』の元になったもの。

第三章　人間とは

〈概説〉

「人間とは何か」は啓蒙期の一大テーマであった。リヒテンベルクにおいても人間はさまざまな観点から考察される。それはまず中間的・分裂的存在である。比喩やイメージを駆使して人間における分裂の相が描き出される一方で、統合された人間像が理想として掲げられ、「全き人間は一体となって活動せねばならぬ」という要請が繰り返される。この「全き人間」という理念も啓蒙期人間学の核心をなしていた。

さらに人間という類の多様性が、個人のレベルと共同体のレベルの両者において繰り返し描き出される。十八世紀は第二の大航海時代とも呼ばれ、非ヨーロッパ世界についての数多くの報告や旅行記が出版された。リヒテンベルクもその多くを読み、『雑記帳』に抜き書きし――ここに収録したものはごく一部でしかない――『ゲッティンゲン懐中暦』などでも紹介の記事を数多く書いている。「人間というもの」をめぐる断片［F191］はそのエッセンスと言えるだろう。

〈人間〉の本質を規定しようとするとき、自由意志と完成可能性という二つの概念が問題となる。自由意志に関しては、一種の便宜的な概念として〈自由〉を捉える姿勢が顕著である。地球という巨大な球体の表面にしか生存できない人間は、その知識の範囲も知性そのものも限られたものだから、世界の因果連鎖を見通すことができない。そこに現れる空白を人間は〈自由〉の領域と錯覚する。しかしその錯覚は人間の活動を促すものであり、ここでは積極的に承認されている。〈完成可能性〉において重要なのは、それが〈つねに変化する〉能力でもあるということだ。正確に言えば、現行の状態を絶えず突破しつつ、過去の状態を凝縮し蓄積することで、ある種の連続性を維持し、単なる逆行を防止する人間の能力のことである。ある完成状態を未来に想定し、その状態との対比で現在を評価するといったものではない。これは〈教育〉をめぐる考察へ展開されていく。

類としての人間の進歩に関して、〈野蛮〉との関係が繰り返し問題とされる。共通の人間性を土台として、非ヨーロッパ世界の人間にあってはヨーロッパ人において弱化したもの、抑圧されているものが生き生きと現存しているとみなし、それらの富を得ることでヨーロッパの人間は豊かになると考える――オリエンタリズムそのものともいえるこの姿勢をどう評価するかが問われねばならない。

〈自由〉と同じように〈思考の便宜〉上、使えるものは使おうという姿勢が強く打ち出されるのが〈魂〉という概念である。一方で、彼は強烈な個人的体験に基づいた〈魂の移動〉という謎めいた観念を抱いていた。この現象をいかに説明するか、という問いが彼の魂論を貫いている。彼の思考は、やがて〈繊細な唯物論〉という概念に収斂することになるだろう。その人間観・自然観も含め、多くの点で彼の思考にはディドロとの親縁性が見出されるようだ。これは改めて検討される価値のある問題である。

一時期のリヒテンベルクにおいてハートレーの連合心理学のインパクトは絶大であった。知覚が集まって観念（ないし概念）を形成し、観念が互いに結びつくことによりさまざまな知的活動が生まれるとする、その〈連合〉理論とリヒテンベルク自身の〈機知〉論——第一章の〈概説〉を参照されたい——にもともと親近性があったことも大きな理由だろう。リヒテンベルクの独自性はハートレーの理論に基づき思考実験を展開するときのイマジネーションの飛躍に現れる。諸観念の発生と連合を論じる際に、ハートレーは神経組織の振動や共振を想定する。それを受け、リヒテンベルクは振動を海の波動に置き換えてみる。そこから、海全体を一つの頭脳とする生物の想定へ一気に飛躍するのだが、アナロジーとしては首尾一貫している。さらに、〈神経組織を一つの殻に収めた生物〉という人間像も含め、一群の特異な生物像や人間モデルは特異な魅力を持つ。

〈ミクロな観念〉に関しても同じことが言える。ここで念頭に置かれているのはライプニッツに由来する〈微小表象〉であり、これは十八世紀の心理学において枢要をなす概念だった。それがここでは微生物のイメージと結びつき、独自の展開を見せている。そうした観念は、独自の関心と方法で自己を観察するとき始めて出現するのであり、日常の意識には現れない。そうした、いわば〈無意識的なもの〉にリヒテンベルクは大きな興味を抱いていた。

〈無意識的なもの〉との関連で、習慣化——「我々がすでに機械的にそうであるところのものを判明に意識化すること、そこに我々の全哲学があると私は考える」とリヒテンベルクは語る〔第一章〔H140〕〕——や失策行為（読み間違いなど）、事後性（あることを口にした後で、それとは逆のことを既にやってしまっていることに気づく）に関心が向けられる。それは多くの点でフロイトの観察を先取りするものでもあるが、さらにフロイトと重なるものとして夢への注目がある。『雑記帳』は「夢日記」的側面も持つ。独自の世界であり存在であるとみなされる夢そのものの内容も興味深いが、夢をモデルや出発点とした思考の展開も大きな射程を持つ。それは〈主体〉の位置づけという問いへ導いていくことになる。

本章冒頭の断片で言及される「こぶ」が象徴的だが、リヒテンベルクが身体について思考するとき、その出発点かつ収斂点となっているのは、自己の特異で病んだ身体である。『雑記帳』全体が病気ノートという側面も持つ。もう一つの核として、啓蒙期人間学の中心問題とも言うべき心身関係がある。さまざまな比喩やイメージが駆使されて、その関係の諸相を言語化することが試みられる。

身体の問題、読むことの問題、普遍性と特異性の緊張関係、それらが集約的に表れるのが、顔からその人間の本質を読み取ろうとする「観相学」をめぐって書かれた一連の断片である。ラーヴァターの『観相学断片』が引き起こした大きなブームをリヒテンベルクは徹底的に批判する。『雑記帳』冒頭から「魂を特性表示するもの」としての「顔」に言及していたリヒテンベルクが、である。その批判を貫くのは、〈局限された存在としての自己を知り、つねに用心深くあれ〉という彼の根本的な態度である。もはや変化しない身体の諸部位と心のありようの間に対応関係を見出そうとする観相学に対し、リヒテンベルクは〈動態観情学《パトグノミー》〉という構想を対置する。身振りや表情とそれが身体に残していく痕跡のうちに、変化と持続の絡み合いにおけるさまざまな情動を読み取ろうとするのである。

人間の多様性についての関心が具体的に表れている断片群が最後にまとめられている。ゲッティンゲンを中心にドイツの小都市での観察が、モラリストの系譜に位置づけられるような筆致でつづられた〈人さまざま〉に対し、〈さまざまな文明〉では読書や実体験に基づいた、他文明との出会いの記録が中心となる。現代の観点からは差別的に思われる表現も散見されるが、当時のヨーロッパ知識人が異文化に向けた旺盛な関心の一端を伺わせるドキュメントとなっている。イギリス滞在記もここに収めた。この旅行がリヒテンベルクにとって決定的なものだったことは疑いない。ジェームズ・クックの第二回航海に同行した人々との出会い、タヒチからやって来たオマイとの出会いもここに描かれる。

特別な位置を占めるのがユダヤ人についての断片である。当時、ハノーファー政府がゲッティンゲン在住ユダヤ人家族の滞在許可を取り消すという出来事があった。その処置をめぐって書かれた断片を中心に、これらの記述は大きな問題を突きつけてくる。偏見から自由で、〈人間〉の多様性に開かれた関心をもって接し続けたリヒテンベルク、というイメージを揺るがす記述が並ぶ。これらの断片を収録することにためらいがなかったわけではない。［L593］の注で述べたように、研究書『リヒテンベルクとユダヤ人』の著者シェーファーと同じく、筆者もリヒテンベルクはユダヤ人に対して差別的な見方をしていたと考えざるをえない。その事実を認めた上で、同時代の思潮やゲッティンゲンの知的環境を考慮しつつこの差別性を分析することは、困難ではあるが欠かすことのできない作業となるだろう。

動物のすべての肢体は大いなる創造者のはなはだ知恵ある意図を示すのだから、不思議なのはなぜ人間にしばしばこぶが、意図の見出されない肢体が与えられるかということだ。 ［A25］

我々が地理学とローマ史を生理学や解剖学よりも学ぶということ、それどころか、人間にとってほとんど欠かすことのできない、宗教の次になされるべきこれらの学問よりも、異教徒の神話を学ぶというのは、我々の啓蒙された時代にはなはだふさわしくない盲目的な先入観の産物である。思うに、我々人間よりも高度な被造物にとって、人類のかなりの部分が数千年も逆行するのを見るのは、そして目標も定めず、世界のために規則を探究するという口実のもと自分にも世界にも役立たず死んでいくのを見るのは、実に興味をそそることであるに違いない。こうした人間たちは、もっとも重要な部分である自分たちの身体を知らなかったのだ。それへのまなざしは、彼らとその子供たちを、隣人たちを、子孫を幸福にできたであろうに。　[A66]

人類を一つのヒドラ★1と考えることができる。そうするとすでに私の「魂の移動★2」の体系《システム》に至ることになる。　[A91]

★1……淡水ポリプとも言う（以下、本文では「ヒドラ」と訳す）。スイスの博物学者トランブレー（Abraham Trembley、1710-1784）『淡水ポリプの一属の博物誌のための報告』*Mémoires pour servir à l'histoire d'un genre de polypes d'eau douce*（1744）を著し、一種のセンセーションを巻き起こした。「十八世紀ヨーロッパの思想家にとって、最もセンセーショナルな生命の「再生」のイメージを担ったのは、淡水性ヒドラ・ポリプの再生能力である。ここでも「再生」の意味は複数ある。ひとつには、ヒドラ・ポリプが無性生殖によって自らを増殖させていく不死性の意味での再生、二つには、切断されたヒドラ・ポリプの断片が、自らの単体を完全に再構成するという意味での再生、三つにはヒドラ・ポリプが群体を形成し、この群体のなかで各ポリプ部分が捕獲、消化、生殖器官などに機能分化しつつ、有性生殖によって次の世代を生むという意味での「再生《レゲネラチオーン》」、四つには、「再生《レゲネラチオーン》」によって生まれるたったひとつのポリプが、さらに群体を構成し「再生《レゲネラチオーン》」を行う意味での「再生」である」（坂本貴志「シラーの美的「群体」とトランブレーの「ヒドラ・ポリプ」『〈新しい人間〉の設計図——ドイツ文学・哲学から読む』香田芳樹編著　青灯社　二〇一五年　九五ページ）この断片では「人類」が話題になっていることから、群体としてのヒドラがイメージされているようだ。個々のヒドラの切断・再生実験については第七章［D683］の詳細な報告参照。

★2……Seelenwanderungは輪廻と転生という意味で通常用いられるが、第四章［F1217］に見られるように、ここでは死後の話ではなく、生きたまま魂が他者のもとに——あるいは他者から——移動するという、極度の共感といった事態が考えられているようだ。

一群の無秩序な線からは簡単に風景が浮かび上がってくるが、無秩序な音から音楽は浮かび上がっては来ない。　　［A141］

『スペクテイター』[★1]には“The whole man must move together”（人間全体が一体となって動かねばならない）とある。[★2]人間において、すべてはただ一つの最終目的を持たねばならない。　　［B31］

★1……『スペクテイター』（*The Spectator* 1711-1712）はアディソン（Joseph Addison, 1672-1719）とスティール（Richard Steele, 1672-1729）編集による日刊紙。
★2……一七一一年三月七日号のスティールによる論考に“the whole man is to move together.”とある。前章［B32］の注参照。

人生を長くする二通りのやり方がある。第一は、生まれた時点と死ぬ時点を可能な限り引き離し、その間の道程を長くするというもの。このために多くの機械と事物が発明されてきたが、それらだけを見ると、このただ一つの目的のためのものとは信じられないほどだ。この分野では何人かの医者がとびぬけた仕事をした。もう一つのやり方は、歩みをのろくして、両端は神の御心に任せるというものであり、これは哲学者にふさわしい。哲学者たちの見出したところでは、人間は植物採集しながら歩むのが最善なのだ。ジグザグに、ここで溝を跳び越えてみたかと思えば、またこちらへ戻り、汚れて

おらず誰も見ていないところではトンボ返りに挑戦する、といった具合に。［B129］

人間はひょっとすると半ば精神、半ば物質である。ヒドラが半ば植物、半ば動物であるように。境界線上にはいつも奇妙な生物がいる。［D161］

耳鳴りがするとき、おそらく誰もが聴覚器官内部の運動でこれを説明するだろう。聴覚器官内の空気の運動によるものとよく似た運動である。太陽を見つめ、それから目を閉じてもその像が浮かんでいるが、網膜上にはなおも太陽の像が燐光を発しているのが認められるのではないか。暗いところで目を圧迫するといろいろなものが見える。光が生じさせるのと同じ運動が、圧迫によって網膜に引き起こされるのか、それともたいていは光にのみ刺激される感覚器官におけるあらゆる運動を、我々は光の効果とみなすのだろうか。世界からすべての光がなくなったら、目を圧迫して見えるこうしたあらゆる奇妙な図形もなくなるのか、それともこうした像を自分の外にあるものとみなすだろうか。

盲目で生まれてきた人間が、目を圧迫したとき、こういった感覚を持つかどうか知りたいものだ。ひょっとすると、我々が感覚の二つの異なった対象とみなしている像と苦痛を、彼らは区別できないのではあるまいか。動物を暗闇で育て、後になって光の下へ引き出してみた人間がいただろうか。

今は宗教によって抑えられている実験を、将来は人間に行うようになるのではないか。確かに人間には、そんなことをやってしまうところがある。世界の人口がもっと増えれば、いつかはそうした実験が行われるようになるだろう。そうした時代は我々をはるかに超えて進んでいくだろう。結局のところ、そもそも子供を暗闇で育ててその結果を見ようとすることは、子供を去勢してオペラで不自然なトリルを歌わせることよりも残酷なことだろうか。福音と歴史と哲学の陽光から、そして教育学と批判とプラトン的愛のランプの光から遠く離れて生きてきた民の歴史から、すでに人は重大なさまざまな結論を引き出してきたではないか（ランベルト氏★1が定めた、照射された像《イマーゴ・ピクタエ》と感覚された像《センシビリス》の区別★2に注意せよ）。　［D170］

★1……Johann Heinrich Lambert（1728-1777）　ドイツの数学者・天文学者・物理学者・哲学者。その名を付した地図投影法でも知られる。カントには文通を通して大きな影響を与え、『純粋理性批判』も当初はランベルトに捧げようと計画されていた。主著は『新オルガノン』*Neues Organon*（1764）。

★2……ランベルトの『フォトメトリア』*Photometria, sive de mensura et gradibus luminis, colorum et umbrae*（1760）の一一七節では"imaginem depictam"および"imaginem sensibilem"と呼ばれている。

私が何かを身体とみなし、つづいて精神とみなすと、恐るべき視差が生まれる。彼は前者を事物の身体中心的分枝、後者を精神中心的分枝と呼ぶのが常だった。肉中心的。　［D202］

人間がもっとも高貴な生物だということは、いまだどの生物も反論してこないことからもわかる。　［D331］

我々がある至高存在の作品であって、ある、はなはだ不完全な存在が、時間つぶしに寄せ集めて作ったものではないこと、それが証明できるとはほとんど考えられない。　［D412］

［……］人間は、大気を勘定から除けば、住んでいる球の表面にいるのであって、内部にではない。それと同じように、事物において人間の関与しうるのは、哲学する潜水夫が生きていけるわずかな深み

を除けば、その表面であって内部ではない。諸君が「根底から研究する」と呼んでいるのは、ただ広がっていくことでしかない。「根底的」は人間にとっては存在しない。衝撃を加算するだけのこの機械[＝身体]に接続されている限り、人間は表面にとどまらざるをえない。先へ進もうとして、命を失うなら、まだ幸運である。悟性を失う恐れすらあるのだ。[……]　[D433]

どんな人間も独自のものを持っている。臆病な人間や柔軟性のある人間というのは、それを相手に合わせて変形するすべを知っているだけだ。荷馬車の扱い人は、自分の骨格と思考の体系《システム》が生み出すような歩き方、考え方、話し方をする。彼をあざ笑う人間がいたら、相手が窮地に至った時にあざ笑い返し、その機会が来るか疑わしいと思えば、横っ面を張り飛ばす。　[D491]

人間には、「汝を完成せよ《ペルフィケ・テー》」という衝動とは独立に、他人の幸福への衝動もある、こう言うと、まるで哲学教授が人間を造ったように聞こえる。真実というより、人を惹きつける言い方だ。　[D493]

人間の悲惨さから始めてもいい。――子供はこの世に誕生したとたん泣きだすが、それを悪くは取れない。あるいは生まれるより前に泣きだすこともあるらしい、それについてはワンレイ氏が『世界の不思議』★1で一章を費やして実例を報告している。その大部分はドイツのものだ。遺憾ながら、当時から現在と状況は同じだったようだ。このちっちゃな虫たちは間違ってはいなかったのである。死亡直後、死者の魂が笑うのを聞いたと主張する人もいるが、それを信じない気にはなれない。入場のさいに泣くことと、これ以上に平仄★2のあっているものを知らないからだ。それに対し、生まれて一時間もたないうちにゾロアスターを笑わしめたものが何であったかは、今のところ分からない。　[D607]

★1……宗教家・著述家のワンレイ（Nathaniel Wanley, 1643-1680）の『小さな世界の不思議：あるいは人間の一般史』*The Wonders of the little world: or a general history of man* (1678)。

★2……プリニウス（Gaius Plinius Secundus 23-79）の『博物誌』*Naturalis historia* 第七巻第一六章。

人間は肉体と魂からできており、後者は前者に無数のやり方で忍びこみ隠れることができ、それに引き替え前者は後者に潜り込もうとしても無駄である。それを考えると、カール五世★1がアウクスブルク仮信条協定★2を肝に銘じさせようとしたやり方は、意見を広めるもっともうまいやり方でありつづけていると思う。ひとつかみの兵隊が出陣すれば、ひとつかみの本によるよりも多くの真理を広めることができるのだ。あの赤い宗教★3は、心の事柄について他のどの宗教よりも明晰に考察しているように思われた。炎と剣と血に対して、バルバラ・ケラレント★4が何だ？　そして人間は半ば猿、半ば天使であり、そして天使が行こうとするところへはいつも猿も付いて行き、逆も同様であるのだから、そのどちらがきっかけを与えられたかはどうでもいいことだ。衛星と主星。ひとつかみの兵隊はつねに、口いっぱいの意見より優れている。　[E96]

★1……カール五世（一五五〇—一五五八）は神聖ローマ皇帝（在位一五一九—一五五六）兼スペイン国王（カルロス一世として、在位一五一六—一五五六）。オスマン帝国が勢力を伸ばすなか、宗教改革への対応に追われた。

★2……シュマルカルデン戦争（一五四六—一五四七）でプロテスタント諸侯同盟を壊滅したカール五世により、アウクスブルク帝国議会において帝国法として発布された（一五四八）もの。聖職者の結婚と二種聖餐のみが暫定的にプロテスタントに認められ、信仰内容および礼拝形式は従来通りとされた。

★3……プロミースは、[D522]（本書には未収録）でも用いられているこの表現に関して、書簡（一七八四年三月八日付フリードリヒ・アウグスト・リヒテンベルク宛）や『ホガース注解』で用いられている「赤いスカーフのサクラメント」との関連を指摘している。この表現は、プロイセンで幼少から軍に入ることを定められた子供について用いられており、だとするとここでの「赤い宗教」は「軍隊」を指すことになる。

★4……三段論法の一九式を暗記するためスコラ哲学期に用いられた暗記用のラテン語詩の第一行“Barbara celarent darii ferioque prioris.”の冒頭の二語。

世界における良きものと合目的なものの存続。例えばキリスト教がいつかは没落することが人間本性に定められているなら、それに対して抵抗しようがしまいが、そうなるだろう。短い期間だけ押し戻したり押しとどめたりしても、線のなかの無限に小さな弧のようなものでしかない。ただ、別の世代ではなく、まさに我々がその観客であらねばならないのは残念なことだ。それゆえ、自分たちの時代を自分たちの頭脳に従って形成しようと我々が力のかぎり努力するとき、我々に恨みを抱ける人間など誰もいない。この球体の上で、我々はある一つの目的のために働いているのであり、人類全体が共謀してもその達成を阻止することはできないと、私はつねに考えている。

良書は、まったく同じように、後世に伝わっていく。あらゆる批評家が一致してこれを疑わしいものとしようとしても、それも諷刺とかではなく、無垢な子羊の表情で、真理愛にアクセントを置いてそうやっても、いやそれどころか、まったく黙殺したとしても、そうなのだ。一ダースの新たな真理が、力強く、うまく言われていれば、そして作品の残りの部分に人間通の存在を見出すことができれば、機知ある『叢書』★執筆陣が束になっても、この作品が永遠への道を歩むのを押しとどめることはほとんど不可能である。それは、私が嵐や押し寄せる津波をトランプのカードで煽ぎ返そうとするようなものだ。

一人の人間は、妬みや無理解や愚かさから良書を悪書だと弾劾することができる。しかし人間一般にはそれはできない。その著者を乞食の境遇に落とすことはできるけれども。一人の人間は、悪いものを誉めたり、良いものを弾劾したりすることはできる。しかし人間一般にはそれはできない。[E387]

★……『ドイツ一般叢書』*Allgemeine deutsche Bibliothek* を指す。ニコライ（Christoph Friedrich Nicolai, 1733-1811）によって編集刊行された季刊の書評誌（一七六五―一八〇六）。

人間についてあまりに人工的な観念を持つな。人間については自然に判断し、善良すぎるとも悪すぎるとも考えるな。[E412]

子供の教育に手をかけすぎることは有害ではないか、調べてみる値打ちがある。こう言ってよければ、偶然をお役御免にできるほど、我々は人間のことを十分に知ってはいない。我々の教育学者がその意図をかなえたら、すなわち、子供たちを完全に自分たちの影響下に置くことに成功したら、本当の大物はただの一人も現れなくなるだろう。人生においてもっとも役に立つことは、一般に誰も教えてはくれないのだ。とはいうものの公立の学校では、多くの子供が一緒に学ぶだけでなく、いたずらもやらかすので、おとなしいのろまに育つ子はそれほど多くはない。完全にだめになってしまう者もかなりいるが、たいていの者は並み以上の出来を見せる。全自然を教師とする人間が蝋の塊になって、教授が自分の高邁な像をそこに押し付けようとしたりすることがないよう、神のご加護を。[F38]

幸福は、多くの国で多数側の声に従って決められる。善人より悪人のほうが多いとは万人の認めるところなのだが。[F52]

世界のしっぽである我々は、頭が何を企てているか知らない。 ［E54］

人間というもの。——あらゆる量はそれ自身に等しい、と言いつつ、太陽と全惑星の重さを測るに至る。はるか遠くの惑星で食が起きる時間は知っているくせに、自分の身体を構成している世界の滅亡についてはなにも知らない。自分は神の像になぞらえて造られた、と言いながら、かしこでは不死のラマ僧の尿をすする。ミツバチの巣房を感嘆して眺め、自分ではピエトロ教会を建てることができる。キビの粒を投げて針の頭を通し、★あるいは針を石で擦って［磁石にして］、海上で道を見出す。神を「もっとも活動的な存在」と名付けるかと思えば、「不動のもの」とも呼び、天使に太陽光の衣装を着せるかと思えば、クズリの毛皮を着せる（カムチャツカで）。ネズミや虫けらを崇拝し、その存在にとっては千年も昨日の一日のごとくある神の存在を信じるかと思えば、いかなる神の存在も信じない。自らを殺し、自らを神格化し、自らを去勢し、自らを火炙りにし、死に足るまで断食し、貞節の誓いを立て、……《［原文ママ］》のせいでトロイアを焼き払う。同胞を喰らい、おのれの糞を喰らう（もっと咀嚼して、整理した形で）。 ［F191］

★……アレクサンドロス大王の前でこの芸をやって見せた男がいたという。「どんな技芸であれ賞賛に値する」ことの例として、ゲーテ対話録に引用されている。

☽［月曜日］。二十三日。日常生活で我々はたいてい平均的な判断を用いる。天文学的意味における「平均」である。時差★によって真の人間を見出すことができ、そのための表を作成することもできる。

★……平均太陽時と真太陽時の差。［F205］

24［木曜日］。二十六日。我々のなかで最高の作家は、天文学の表現を使えば「平均」的な人間を取り扱う。しかし所与のケースにそれぞれ適切な時差を付け加えうるほど観察の精神には恵まれておらず、加日★の計算がしばしば彼を欺く。［F208］

★……太陽暦一年と太陰暦十二か月の日数差。

24。三十日。たいていの人間の悲惨の原因は鈍感さと脆弱さにあると思う。もっとも弾力ある国民が、つねにもっとも自由で幸福であった。鈍感さは何にも復讐せず、最大の侮辱と最大の抑圧に甘んじる。［F365］

新たな野蛮状態という、人を鍛える冬眠を経過することなしに、我々がかつてのギリシア人の人間知に到達することはおよそ不可能であるようだ。［F388］

人間は好きなところで能力を獲得し、動物になれる。神が動物を作り、人間は自分自身を作る。47ページ、10、11（［F424★］）参照。［F433］

★……本章〈魂・神経・無意識〉に収録。

ひょっとするとただ一つの定式から発明術のまったく機械的な規則に従って導出することさえできそうな、他人のばかな見解を知ることが学問と呼ばれるようになり、そして至るところで、人間が流行、習慣、名声および利害に導かれるようになってこのかた、人生はあまりにも短くなってしまった。

[F434]

どんな頭脳からもすべてを創り出す方法、おそらくそうすぐにではなく、我々の汎愛学院★で最後に発明されるであろうこの方法の次に、もっとも優れているのは、偶然によってうまい教育をほどこされた頭脳を選りすぐることだろう。各人がふさわしい場所にたどりつけば、世界はどれほど幸福であることか！

[F448]

★……ドイツの教育学者バゼドウ（Johann Bernhard Basedow, 1723-1790）が、一七七四年デッサウに設立した教育施設。詰め込み教育ではなく身体訓練や遊戯による学習に力を入れた。その試みは注目を集め、カントらの強い支持を受けたが批判も強かった。内紛による多くの教師の退職と生徒数の減少により、一七九三年に閉校。

これは私の確信だが、人は他人のなかの自分を愛するだけではなく、憎みもする。

[F450]

賢い子供も、馬鹿な子供と一緒に教育されると馬鹿になりかねない。人間は完成可能かつ堕落可能な存在で、知性から馬鹿が生まれかねないほどだ。

[F536]

問い：本来的に正気を失ってはいないが、持っている概念の結び付け方があまりに奇妙なため社会で使い物にならない、という具合に人間を教育することは可能だろうか。人工的な痴愚。
［F549］

人間が四足で歩く状態が自然な状態だとは思わない。しかし、我々が現在の信仰についても生き方についてもきわめて不自然な状態にあるとは思う。これらの衝動から、それがチェスのコマであるかのように、より良い生を組み立てることができる。

［F583］

我々がここかしこでいくつか発見をしたからといって、いつまでもこれが続くと思ってはいけない。軽業師は農夫より高く跳び、ある軽業師は他の軽業師よりも高く跳ぶ。しかし、人間である軽業師の跳躍力の限界は、たかが知れている。掘ってみれば、水が出る。それと同じように、人間は遅かれ早かれ、至るところに概念では捉えがたいものを見出す。いくつかの観相学的規則はあっというまに確立された。そしてじきに、それを超えたと思われるようになった。しかし面倒は永遠に流れ込んでくる。人間はあらゆる学問について、その一本の繊維根を摑むことはできる。しかしそれが苔の一部か、ヒマラヤスギの一部かを知ることはない。天文学者のキンダーマンは、地球を一周するまで先を観ることのできる望遠鏡を発明したと思い、それを銅版画に彫らせさえした。★
［F645］

★……第一章［F793］注参照。

人間が何であるべきかについては、最良の人々も確かなことはさほど知らない。人間が何であるかは、どの人間からも何かを学ぶことはできる。

［F720］

きちんと教育すれば犬もりっぱなものになる。ただし、理性的人間とでなく子供たちと付き合わせねばならない。そうすれば犬は人間的になる。これは、子供はその子自身よりほんの少しだけ賢い人間のそばにおいておかねばならないという私の命題を証明するものだ。　[F981]

「まったくない」は、人間にとってつねに「とても少ない」でしかない。「まったくない」はそもそも天使にのみふさわしい。「とても少ない」はむしろ人間にふさわしい。　[F983]

人間がどれほど完成しうる存在★であり、教育がどれほど必要か、それを知るには次のことを見れば足りる。現在の人間が六十年で獲得する文化は、人類が五千年の時を費やしたものなのだ。十八歳の若者がすべての時代の知恵を取り込むこともできる。「摩擦された琥珀が帯びる引力は、雲のなかで轟きを発する力と同じものだ」という命題を学ぶのはとても容易なことだが、そこで学ばれているものは数千年の時をかけて創出されたのである。　[F1039]

★……リヒテンベルクにおける「完成可能性」については本章の〈概説〉参照。

この世において人間という種の存続を促進し、自己を維持すること以上に重要な義務はほとんどない。この二つの義務ほど魅力的な手段によって守られる義務はないのだから。　[F1181]

「すぐれた人間知」と呼ばれるものは、たいてい反省／反映《レフレクシオーン》に他ならない。すなわち自己の弱点が他

人に反射しているのだ。 [G17]

自分自身を正しく知っている人間は、非常にたやすく他のすべての人間を知ることができる。すべては反射である。 [G18]

相手の表情が読めない人間は、読める人間よりもつねに残酷もしくは鈍感である。小動物に対して、むしろ残酷になることができるのはそのためだ。 [G20]

我々の新しいものがすべて流行にのみ属すると考えるのは間違いだ。そのなかには確固としたものがある。人類の進歩は見誤られてはならない。 [G41]

ベドラム★にいる人間の狂気から、人間とは何か、これまでより多くを推論できるに違いない。 [G50]

★……ロンドンにある世界最古の精神病院の一つ。正式名称は王立ベスレム病院。十八世紀にはこの病院を見物に訪れることは人々の娯楽の一つであった。リヒテンベルク自身も一七九五年に訪れている。病院の内部はホガースの版画連作『道楽息子一代記』の最後を飾る八点目に詳しく描かれており、リヒテンベルク自身も『ホガース注釈』で詳細に解説している。

寝室で、そしてもっとも秘められた思考において、どんな様子か見せることへの身の毛もよだつ嫌悪感は何に由来するのだろう。物体界ではすべてが相互的である。すべては互いにとってそうでありえるところのものであり、また同時にきわめて率直である。我々の概念に従えば、事物は互いに、そ

れがありうる可能なものすべてなのだが、人間はそうではない。人間はそれ以上に、そうであるべきではないものであるように思われる。自分を隠す技、あるいは精神的ないしは道徳的に裸の姿を見られることへの抵抗は驚くべきものだ。 [G56]

どんな人間の性格にも、決して崩せないもの——いわば性格の骨格がある。これを変えようとすることは、獲物を持ってこいと羊を調教するようなものだ。 [G60]

人間の性格ほど軽率に判定されるものはない——ここでこそもっとも用心深くあるべきなのだが。これほど、全体を捉えるのを待たず判断が下されるものは他にない。しかしそもそも性格を創り出しているのはこの全体なのだ。いわゆる「良くない」人々が、知り合うほどに高得点を得、「良い」人々が点を失うのをこれまでたびたび見てきた。 [G67]

髭をあたってもらうとき、たいていの人は目を閉じる。目と同じように、耳や他の感覚器官も閉じることができれば幸せなのに。 [G221]

我々が目を瞑るのはこんなに簡単で、耳ではとても難しく、手で塞ぐ以外にはやりようがないことを思えば、天が魂の満足より道具の保存のほうに心を配ったことは反論の余地なく明らかである。耳は我々が眠っているとき最高の番人ではないか。目と同じくらい簡単に耳を開いたり閉じたりできたら、どんなにありがたいことだろう！ [G226]

些細なことを重要とみなすという人間の傾向は、多くの偉大なことを生み出した。 [G234]

この上なく磨かれた時代の中に、この上なく粗雑な民の習俗の痕跡を探す――それももちろん、同様に洗練されてはいるが――ことほど心地よい観察はない（ある民がある種の知識に関して長く進歩しながら、別種の知識に関しては進歩しない、などということはありえない――火炙り用の薪の山があれば話は別だが）。こうして、ある繊細なシャーマニズム（精神的な手品）を我々の説教壇にすら見出すことは、鋭い観察者には難しいことではないだろう。こういったことを見出すには、ただシャーマニズムがその中に含まれている系列を探しさえすればいい。すべては洗練することができ、すべては粗雑にすることができる――優れた発見法である。 [H13]

人間をさらに進歩させるもっとも確実なやり方は、洗練された人間の磨かれた知性を通して、蛮人（未開人と洗練された人間の中間段階）に具わった盲目的な自然の技巧を哲学で洗練させることである。この世に未開人も蛮人もいなくなってしまったら、我々はおしまいだ。 [H16]

我々の学問と技芸のどんなに洗練された分枝も、どこかで未開性ないしは野蛮（未開性と洗練の中間段階）に根差した幹につながっている。この幹を探し出すにはどれほどの哲学が必要か。しかしそれはどれだけ効能があることか！ [H17]

人間という種において、支配者たちが、教師たちよりはるかに高い地位に置かれているのは奇妙ではないか。人間がいかに隷属的な動物であるか、これからもわかる。 [H132]

人間精神の最大のたくらみの一つは、まちがいなく、人間たちのさまざまな希望がある一時点に集約されたことだ。そこについては（少なくとも幾何学的な確実性では）賛成にしても反対にしても、決定的な形で決めることはできないであろう。ある判明ならざる感情——それを展開するのは難しい——が、あまりにもはっきりと、すべては無だ、と示しているのだが。 [H145]

「年齢（歳の数）によって賢くなる」、これは正しい。しかしこれは「経験によって賢くなる」以上のことは意味しない。これに対し、「賢さによって老ける」（すなわち、後悔や名誉欲や怒りは頬をこけさせ、髪を白くし抜けさせる）もこれに劣らず真である。尻へのでなく、もっと危うい場所への懲罰で肝に銘じさせられたこうした日々の教えは、真の贈り物★1である。（要熟考★2） [J48]

★1……Giftには「毒」の意味もある。
★2……原文では“med.”“meditandum”の略。

なぜ神はこんなに多くの心地よいものを「二重のもの」のうちに置いたのか。男と女。「二」は注目に値する。肉体と魂も同様か？ [J153]

彼はこう命じた——静かに心を配り、忍耐をもって待て。これは偉大な規則である。はっきり変えようとしたりせず、気づかないうちに見たり聞いたりする機会を作ってやれば、人間はおのずから変わる。多くの企ては、ひとえにその果実を味わいたがったせいで失敗した。 [J218]

二足歩行が人間にとって自然でないとしても、それは栄えある発見であることは間違いない。[J226]

いわゆる自由な行為のすべてにおいて人間がどれだけ機械的であるか、機知に富んだ人間をはじめ多くの者がぼんやりと感じてきたが、こうした行為はいまだ解明されていない。霊感——ソクラテスの、ケプラーの、そして他の人びとの守護精《ゲニウス》によるもの。ミューズの呼びかけ。身体に関して我々は明らかに奴隷である。病気の時には医者が加わり、考える時には書物が加わる。自由に行為していると信じる根拠が、時計★はいま正確に動いているという感情にしかないとしたらどうだろう。[J275]

★……人間の行為における「機械仕掛け」を指すか。

時には誤った仮説のほうが真なる仮説より優先されるべきだということは、人間の自由についての教説から見て取ることができる。人間は確かに自由ではない。しかしこう考えても過ちに導かれないようになるには、哲学の深い研究が必要になる。この研究のための精神を持った人間は、暇も忍耐もない人間の千人に一人、それがある人間の百人に一人もいるかいないかである。したがって、自由とは事象を自分なりに考えるときのもっとも都合のいい形式であって、一般に行われる形式であり続けるだろう。それは大いに説得力があるからだ。[J278]

我々が本当に、人が信じさせようとしているような自由な存在であるのなら、我々の思考ももっと作用し返すことができなければいけないはずだ。我々はまじめに意志することで雷雲を押しとどめることもできるはずだ。だというのに我々のいわゆる精神は、周囲の状況に決定され、作用し返すことはできず、身体を決定するときのやり方も受動的である、等々。［J322］

数世紀後の月食を分単位まで私に予言できる天文学者は、その前日になっても、我々が実際それを目撃できるかどうかを予言することはできない。いや、もっと奇妙なことに、大いなる暗黒の時間である死のことを、我々は何一つ知らないのだ。土台が欠けている。我々の解剖学と生理学にもかかわらず、それについて基本となる観察をすることはまったくできないのだ。［J449］

存命者と故人を称える最良のやり方は、その弱点を許し、その際あらゆる可能な人間知を適用することである。ただ、決してその人物が持っていなかった徳をでっち上げてはならない。これはすべてを台無しにし、本当のことも疑わしくする。過ちを許すことは賞賛する者の評価を高める。［J487］

いま自分が精神病院にいないかどうか、本当にわかりはしない。［J520］

どんな完全な猿も猿をスケッチできない。それができるのは人間だけだ。また、この能力を一つの優越とみなすのも人間だけである。［J613］

最初の人間たちについては多くの詩が作られた。最後の二人についてもいつか誰かが試みるべきだろう。［J697］

自分のことを考えるのに時間を費やしすぎると人間はダメになる。いつも自分を、標本のような観察対象ではなく、現にある総体として考える、という前提でだが。あまりに多くの悲しむべきことに気づいて、その光景を前に、秩序付けまとめようという気が失せてしまうのだ。 [J704]

一つの体系《システム》：あらゆる人間は、魂の転生★によって、生前特に羨んだり望んでいたりした状態に到達する。こうしてすべては一つの円環を描き、どの場所も空きでいることはない。 [J705]

★……ここでは伝統的な〈転生〉モデルが適用されている。「魂の移動」という独自の概念については本章［A91］注参照。

九一年六月十四日。殺人者を車裂きの刑に処すとき、我々は躓いた椅子を殴りつける子供とまったく同じ過ちに陥っているのではないか、というのは一つの問題だ。 [J706]

花には未熟な果実が続く。花はそれ自体で完全である。人間でも同じだ。若者は三十歳や四十歳の人間よりも完全だとみなされる。それからようやく、再び完成された状態が訪れる——成熟である。 [J738]

「お前より不幸な人間はたくさんいる」、このささやかな文を、その下に住むための屋根にはできない。しかしどしゃ降りから逃げ込むには、これで十分だ。 [J739]

あらゆる願望は単なる神経の戯れであり、神経を取り囲む媒体が、私の意志にかかわらずそれを伝播させていく。私の怖れと激しい願望は、雷雲のほんのわずかな靄すら押しとどめることはできない。雷雲は、みずからに定められた歩みをする。人間は地球に組織として組み込まれてはおらず、ただ自分の身体に組み込まれているだけだ。

[J775]

人間は発狂することができる、であればなぜ宇宙もそうなれないのか、その理由がわからない。これはドロミューの仮説★によく符合する。

[J876]

★……ドロミュー（Déodat Guy Sylvain Tancrède Gratet de Dolomieu, 1750-1801）は地質学者。リヒテンベルクは「地上における自然的革命についての考察」„Betrachtungen über die physischen Revolutionen auf der Erde"という論文でドロミューに言及している。

人間にできるもっとも奇妙な想像の一つは、自分が狂っていると信じて、精神病院に入っているが、その振る舞いはまったく理性的である、というものだ。誰かがこの確信に至ったら、どうやってそうではないと説得すればいいか、私には本当にわからない。

[J878]

人類の形成を、地層《グロビィ・テッラクエイ》の誕生と比較することは確かに説得力を持ちうる。ミクロコスモス、少なくとも発見的手段としての。巨大な花崗岩のブロックの上に斑岩、片麻岩、粘板岩、単純石灰岩が積み重なるが、まだ化石はない。そのあとで石に挟まれた状態の植物と動物が来て、ようやく動物そのものが登場するが、もはや石に挟まれはしない。政治的改革。フランス革命。（ここで、愛ヲモッテ《コン・アモーレ》あの庭のことを考えた。九二年二月二十九日）!!

[J889]

人間を自らの運命に対し不満にさせる技術は今日大いに行使されている。ああ、太祖の時代を再び持てたら。山羊が腹を空かせたライオンの傍らで草を食み、カインは弟アベルをやさしく何度も抱きしめながら、その生涯《サエクラ》を生きた（ここはもっとこのようないい話を集めておくこと。男色と長子権をめぐる欺瞞[★1]について）。あるいは幸せなタヒチ[★2]――ハノーファーやベルリンでは金のカギ煙草入れや時計に相当するものが、一本の鉄の釘と引き換えに手に入り、また人間の完全な同等性において、敵を喰い、敵に喰われる権利を有しているところだ。［J896］

★1……旧約聖書、創世記のソドムの物語（十九章）とヤコブとエサウの物語（二十五章）が念頭に置かれている。理想化された黄金時代への憧憬に対する皮肉が読み取れる。

★2……ブーガンヴィル（Louis Antoine de Bougainville, 1729-1811）の『世界周航記』*Voyage autour du monde*（1771）には、到着当時彼の目に映ったタヒチが、自然の美しさ・人々の健康・生活の平等といった〈幸福〉のイメージとともに描き出された。それが幻想であることも書き込まれていたのだが、この書はヨーロッパ人の抱くタヒチのイメージに大きな影響を与えた。ディドロ（Denis Diderot, 1713-1784）による架空の対話小説『ブーガンヴィル航海記補遺』*Supplément au voyage de Bougainville*（1772）では、タヒチ人の視点からのヨーロッパ文明に対する批評が展開された。リヒテンベルク自身は、ジェームズ・クック（James Cook, 1728-1779）第二回航海の際タヒチから連れてこられたオマイとイギリスで出会っている。この出会いについては本章［RT25］参照。

自分の馬に食べるという習慣をやめさせようとしたあの人間の試みは笑われても仕方がない。その馬は、残念なことだが、この技を仕込めるという希望が最高潮に達したその日に死んだのだった。賢

くなることについても、あのシュヴァーベン人だけでなく、たいていの人間が同様である。［J1043］

人間知の精妙な応用ぶりを自慢する権利があると思ったとたん、人間は他人についての間違った意見を喜んで捨てたりしなくなる。そして他人の心を見通すことは、ただ選ばれた者だけができることだと思うようになる。――それゆえ、人間の知識のさまざまな分野の中で、中途半端な知識がこれほど有害な分野もめったにない。［J1160］

人間たちを精神の能力という観点から並べるのも悪いことではない。ちょうど鉱物を、その硬さによって、あるいは本来的には、他の鉱物を切ったり傷つけたりするその能力に応じて並べるようにである。［J1162］

自殺に反対する文書では、危機的な時にあって理性を動かそうとさまざまな理由が挙げられる。こうした理由を自分で見つけたのでないかぎり、これはすべて無駄だ。すなわち、それが我々の認識全体と我々の獲得された本性の果実ないし帰結でないならば、である。こうしてすべてが我々に呼びかける。日々、真理を求めて勤しめ。世の中を知れ。正直な人々との交際に励め。そうすればいつでも、お前はもっとも自分のためになるように振る舞うだろう。そして、自殺は自分のためになると考える時がきたら、すなわち、自身で挙げる理由のすべてがお前を引き留めるのに十分でなかったら、それはお前にとっても――許されているのだ。［J1186］

人間は造化の傑作である。あらゆる決定論にも拘らず、自由な存在として行為していると信じてい

ることだけからしてもそうだ。 ［J1491］

人間は長い間仮死状態にあることができる。そこで問題は、やがてこうした感覚麻痺状態を人工的に引き起こし、維持するすべを学ぶのではないかということだ。 ［J1574］

誰かに答えさせたい‥君が人生でなした、君の判断における最悪の行為と最善の行為は何か。国家機密を尋ねるようなものだ。 ［J1661］

打ち殺した犬の肉体が腐敗すると私が知っているのと同じように正確に、死後我々がどうなるかを知っている被造物もおそらく存在しているのではあるまいか。 ［J1668］

手で目を圧迫すると、太陽や電気的図形★や非常に美しいドリル織の模様が見える。手を離して瞼をあけると、樹や屋根瓦が見える。それでは、さっきの私の手にあたることを今やっているのは何なのか。 ［J1817］

★……いわゆる「リヒテンベルク図形」——「放電がはったあとの絶縁物表面に粉をかけるか、写真感材表面に直接放電したあと現像するかによって得られる図形」（『世界大百科事典』第二版・デジタル版　平凡社）——を指す。一七七七年、実験の準備中に偶然発見されたこの図形について、リヒテンベルクは翌年「電気物質の本性と運動を探求するための新たな方法について」という論文で報告し、大きな反響を呼んだ。『雑記帳』においてこの図形について言及されるのは、この項目と、次の［J1818］に限られる。リヒテンベルク図形についてまず参照されるべき文献として Haru Hamanaka: *Erkenntnis und Bild. Wissenschaftsgeschichte der Lichtenbergischen Figuren um 1800.*

Göttingen (Wallstein) 2015.

人間のあらゆる表象が一種の狂乱であり、精神病院にいる状態であると仮定すると、これを意図した存在を想定せざるをえなくなる。狂人たちとは、［この世という］紡績場にあって巻枠についてこれず千切れた糸なのだ。人は彼らに神の業を見出す。彼らは多くの民族においても聖なる存在である。狂乱する者は我々に、他の仕方では与えられないような、全体のやりくりへの見通しを与える。彼らは圧迫された目であり、電気的図形や太陽やドリル織の模様を生み出すのだ。（前項を見よ）［J1818］

思想を告知するため、精神病院の壁に患者たちによって何が書かれていたか――これは心に留めておくに値する。［金紙ノート40］

自然を女教師、哀れな人間たちを聴衆とみなすと、人類についてのある奇妙千万な観念に居場所を与えたくなる。――我々はみな一つの講堂に座っていて、理解し把握するために必要な諸原理を持っているくせに、いつも女教師の話より同級生のお喋りに耳を傾けているのだ。あるいは、傍らの一人がノートを取ると、それをカンニングして、当人もはっきり聞き取れていなかったかもしれないものをこっそり書き写し、そこに我々自身の書き間違いと間違った意見を付け加える。［K70］

歳をとると何も学べなくなるということは、歳をとると命令されたくなくなるということと、きわめて正確に関連している。［K82］

本当に模倣できる人間は簡単には模倣しない。　［K92］

人間は幸福になるために必要な知識をすべて持っている、そう私は確信している。この人間的幸福それ自体が、全体の好調に貢献することはほとんどないというのも、しかし大いにありそうなことだ。人間が全体の好調のためになすことが、その人間の恣意に服するとは考えにくい。そもそも人間がそれについてどんな展望を持っているというのか。恣意を行使しても有益であるなら、この恣意そのものが一つの機械仕掛けである。ここで争われているのは言葉なのだ。恣意的に振る舞って全体の利になるよう作用するには、全体を展望していなければならないが、人間にはそれは不可能だ。したがってここでは全体という観点から自由の存在を考えることはできない。無制限の自由はここでは矛盾である。人間が、ある限られた視野にとっての自由を獲得していたとしても、これまた機械仕掛けであり、起重機の踏み車を踏む人間の自由である。思うに、大きな連鎖に自らを繋げると、人間は自由ではない。自分が作用しているということすら、おそらくわからなくなるのだ。　［K99］

暗がりでも恥ずかしくて赤面するものだろうか。暗がりで恐れから蒼白になるとは思うが、赤面に関してはそうは思わない。蒼白になるのは自分一人にかかわってのことだが、赤くなるのは自分と他人にかかわってのことだからだ。――ご婦人が暗がりで赤くなるかは難しい問題だ。少なくとも明いところでは確答できない問題である。　［K115］

人生全体を通して明らかになったことだが、ある人間の性格を認識するには、すべての材料が欠けているところでは、その人物がどんな冗談を悪くとるかということ以上に確かなものはない。　［K118］

やろうと思えばどれだけのことが人間にできるか本当に知りたいと思う者は、脱獄したか、しようと思った人間のことを考えてみるがいい。一本の釘で破城槌と同じことをやってのけたのだ。［K124］

天才の先回りは大胆で大きく、しばしば深いところまで届くが、そのための力は早く死んでしまう。一貫した理性はそんなに向こう見ずに先回りをするわけではないが、もっと長持ちする。六十歳を過ぎても衝動的に先回りする人間であることは稀だが、あいかわらず規則的で発見的な思索者であることはできる。それぐらいの歳で子供を持つのは稀だが、生まれた子を教育するのはその分巧みになる。そして教育とは別種の出産なのだ。［K128］

人間が爪を切らなかったら、間違いなく長く伸びて、人間がいま誉としているさまざまなことに不向きになってしまうだろう。この切断は、したがって疑いもなくはなはだ有益である。こうして私はつねに、爪を噛む癖を、一人前に自己形成しようとする本能の表れとみなしてきた。厄介な問いや、そもそも難しい問題にぶつかったときに爪を噛むのはこうしたわけなのだ。これですぐに多くが成し遂げられるわけではなくても、完成への衝動は消費される。集められた力は、一方で自分をあまりに弱く感じると、もう一方の側に集中する。［K270］

一人の人間の精神および才能の内容、比重は、その人間の絶対値であり、それに中程度の蓋然性を持った寿命、あるいは通常進歩が止まる時点から経過した年月が掛けられる――非常にわかりやすい、少なくとも私には。［K271］

イギリスでは泥棒を去勢するという提案がなされた。この提案は悪いものではない。——この罰はきわめて厳しいもので、罰を受けた人間は軽蔑される存在になるが、まだ仕事はできる。それに窃盗が遺伝性なら、これで遺伝することはなくなる。気性も落ち着いて、性衝動が泥棒へ誘うことも多いのだとすると、この誘因もなくなる。こうすれば女房たちは亭主たちをもっと熱心に引き留めるようになる、というのは軽率な発言だろう。現行の状態では、亭主たちをまるまる失う危険を冒しているではないか。 [K272]

動物学の体系《システム》では人間の次に猿が来る——計り知れぬ溝を隔てて。しかしリンネのような人物が、動物をその幸福さや状態の快適さ等々によって分類しようとしたら、明らかに多くの人間は粉屋のロバや猟犬よりも下になるだろう。その目覚ましい実例を、メルケルの『ラトヴィア人の歴史』★(ライプツィヒ、グレーフ書店、一七九七年)から集めることができる。 [L17]

★……作家・ジャーナリストのメルケル (Garlieb Merkel, 1769-1850) の本のタイトルは、正確には『ラトヴィア人、特に哲学の世紀の終わりにおけるリーフラント[リヴォリア]地方における』*Die Letten vorzüglich in Liefland am Ende des philosophischen Jahrhunderts* である。農奴制と封建制に対する抗議の書として書かれているという。

自分が何歳であるか意識せず、寿命のやりくりについて帳簿をつけたりしない、人生における幸福な時代。 [L79]

暗黒の時代にはしばしば非常に偉大な人間が見られた。その時代には、自然が特に偉人というスタンプを押した人間しか偉大になることはできなかった。教育がはなはだ容易になった今日では、犬に獲物を咥えてくることを仕込むように、人間は偉大になるべく訓練される。こうして新種の天才が発見された。すなわち大いなる訓練能力である。そして我々の仕事を台無しにするのは主としてこうした連中なのだ。ある種の知識はひろく知られるようになる、しかし連中はしばしば本来の天才の光を遮りかねない。あるいは少なくとも、それがふさわしく登場するのを妨げる。　[L100]

大学者や落ち着いた重鎮たちを見て、飛び立て！　とコガネムシに歌いかけた時期が彼らにもあったのだと考えると、いつも何とも言えない気持ちになる。　[L165]

自然の産物としての人間――種の（集団の）産物としての。自己自身の産物としての人間――それは陶冶され、礼儀を心得、知るという活動をする人間である。　[L296]

真の友情を、それ以上に婚姻の幸福な絆をかくも魅力的にするのは自己の自我の拡大であり、それも個々人ではいかなる技によっても実現しえない領域への拡大である。合一した二つの魂は、とはいえ伝達をかくも心地よいものとする二人のあいだの相違が消えてしまうような形で、一つになるのではない。自分に向かって苦しみを嘆いても、確実に無駄に終わる。妻にそれを嘆く者は、自己に向かって嘆くことになるが、この自己は助けてくれるし、同情を通して既に助けてくれてもいる。自分の成し遂げたことが称賛されるのを聞きたい人間も、同じく妻の内に、笑いものになる危険を冒すことなく自画自賛できる相手としての聴衆を見出す。　[L310]

我々のあまりに入念な教育が、矮小な果実をもたらさないか心配だ。

(より良くなるには、一粒の塩をもって《クム・グラノー・サーリス・アド》★) [L349]

★……「若干の留保をつけて、懐疑的になって」の意。

人は老齢になっても若者の感受性を持っていると自慢するが、実は一度も持ち合わせてなどいなかったのだ。こうして年齢は若さゆえの罪を赦しさえもし、後付けでその時代を良いものに変える。最近一人の老人(ケニウス)★1が私にこう語った。夏の五時かもっと早くに、穀物畑を馬車や徒歩や馬で渡っていく喜びは格別だ。若いころはそうやって、創造者を讃嘆しつつ敬虔な気持ちになったものだ——間違いなく、ここには本当のことは一語もない。馬車や馬で穀物畑を通りながら喜んでいたのは本当だろう。しかしその喜びは敬虔なものではなく、間違いなく舞踏会の腹案を練ったりして楽しんでいたのだ。今、彼はその頃の時間に修正を加え、今の神経と骨と筋肉のシステムに応じて、今だったら感じるであろうこと、少なくとも感じるべきことを、そのころ感じていたと考えている。——おかしなことではないか。まさにこういったことがホラーティウスの「過ぎ去った(若かりし)日を称える者《ラウダートア・テンポリス・アクティ》★2」に含まれている。ただそこでは微妙なニュアンスを帯びてはいるが。彼は前向きに修正しさえするのだ。 [L390]

★1……「天才《ゲニウス》」の訛った表記であり、ディーテリヒを指すのかもしれないとプロミースは推測している。

★2……ホラーティウス『詩論』一七三。岩波文庫の岡道男訳による(三〇一ページ)。

少女たちの遊びにこんなものがある。速くぐるぐる回ってスカートを大きく拡げ、それから急いでしゃがむのだ。大騒ぎの挙句にスカートの下に空気をいくらか摑まえるが、それもすぐになくなってしまう。翼を大きく拡げながら結局何も摑まえないというのは、彼女たちが大人になってからもよくやることだ。おまけに、摑まえるのにまったく同じ道具を使っている。（もっとうまく）　[L409]

若いときには自分が生きているということをほとんど自覚しない。健康という感情を獲得するのは、ただ病気を通じてである。飛び上がり、落下して衝撃を受ける、こうして地球が我々を引き付けることを知る。老化が始まると、病気の状態が一種の健康となり、自分が病気だとは気づかなくなる。過ぎ去ったものの記憶が残らなければ、変化にもほとんど気づかないだろう。したがって思うのだが、動物が老化するというのも、我々の見方に過ぎない。死の当日にカキのような生を送るリスは、カキよりも不幸というわけではない。しかし、過去・現在・未来という三箇所に生きる人間は、そのどれか一つが役に立たなくなると不幸になりうる。宗教はさらに四番目を付け加えさえした――永遠である。　[L483]

青年期の記憶がなければ、年齢を感じることもないだろう。かつてできたことがもはやできないということが、病気の内実をなしている。老人も、若者同様、自分なりのあり方で、完全な生物なのだから。　[L535]

我々もひとつの宇宙ではないか。天空と同じ宇宙、上空のものよりよく知っているべきで、それが可能だ、と思えるような宇宙ではないか。　[L804]

人類が、その完成および道徳に関する退役状態へ接近していくのは、ひょっとすると地表が静的な状態へ接近していくことと比例的であるかもしれない。地表がいい状態になっていけば、我々もよくなっていくであろうし、地表が単純になっていけば、我々も単純になっていくだろう。赤道直下の帯状の土地、あるいは赤道からあちらとこちらに広がる二筋の帯状の土地、その幅は一度あるかないかで、残りは完全に水面となった状態。二人の人間と一個の楽園のような島、歌の終わり。 [L825]

幾何学において人間はそもそもハチなのだ。人間には技術衝動★があるが、それを現実化することは他の能力に妨げられている。 [L955]

★……第一章［B34］注参照。

思うに人間とは結局のところ自由な存在なので、自分がそうであると思うものである権利に対して異議を唱えることはできないのだ。 [L972]

人間においてすべてをある単純な諸原理に還元しようとすることは、結局のところ、思うに、そういう原理が存在するに違いないと前提することだ。で、どうやってそれを証明するのか。 [L981]

魂・神経・無意識

かつての満たされていた状態を思い出すとき、我々は現在の感覚的身体を去り、自己を完全に抽象化し、負債も心配事も苦しんでいる親戚もないアルカディア★的な善きものとなって、当時へ戻る。というのも、さまざまな印象が合一して生み出す作用を、ただ一つの印象の作用と同じくらいありありと思い浮かべる能力を我々は持っていないからだ。 [B33]

★ギリシア・ペロポネソス半島の地域名で、牧歌的な楽園・理想郷を代表する名として古くから歌われてきた。

人間にはまったく何もやる気がしない時があると主張するのは愚かしいことだ。思うに、主たる衝動、すなわち作用と活動への衝動を抑えるに十分なだけの強さを自分が持っていると感じている時とは、ひょっとするともっとも奇妙でもっとも偉大な物事を企てるのにふさわしい時なのかもしれない。これは一種の放心状態であって、そこで魂は並外れて小さなものを見る――感激状態で並外れて大きなものを見るように。後者の状態が天文学者たちの大胆な展望に喩えられるなら、前者はレーウェンフク★のような人物の努力に比較できるものだ。 [B106]

★Antonie van Leeuwenhoek (1632-1723) オランダの博物学者。自作の顕微鏡で多くの微生物や赤血球、精虫などを観察、王立協会《ロイヤル・ソサエティ》に報告した。

それを満足させる道は完全に断たれているのに、なぜ時に抵抗しがたい欲望が自分のなかに生まれるのか、彼には理解できなかった。この疑問を懸賞付きの問題としてしばしば天に送り、満足させてくれる答えがあれば、自分を完全に否み、落ち着いて服従することでそれに報いると約束したものだ。

[B243]

我々の虚栄心が、物乞い相手にもうまい商いをするのは驚くほどである。貧乏人はもう使えなくなったものをどこでもいいから投げ捨ててしまう。乞食以上の存在であると自ら任じている我々は、着古しをとにかく出会った乞食に与えることがある。もとの値段よりはるかに重要なもの、すなわち感謝の念および恩着せと引き換えにそうしているのだ。

[B252]

考えることと考えないこと、どちらがより難しいかは一つの問題だ。人間というものは衝動に駆られて考える。そして衝動を抑えることがいかに難しいか、知らぬものがあろうか。ちっぽけな精神の持ち主たちは、したがって本当に、あらゆる土地でそうされ始めているような軽蔑に値する存在ではないのだ。

[B308]

過ぎ去った苦痛は記憶の中では心地よい。過ぎ去った満足も同様である。将来の満足も、現にある満足もそうだ。だとすると、我々を苦しめるのは将来の苦痛と現にある苦痛だけになる。世界における〈満足〉側のはっきりした優勢は、次の事実によっても増大する。我々は常に満足を生み出そうと努力するが、それを手に入れることを多くの場合に大いなる確実性を持って予期することができる。それに対し、まだ未来のものである苦痛を予言できるのははるかに稀なことなのだ。

[C31]

我が善き決意に力を与えたまえ、というのは主の祈りに含まれていてもおかしくない願いだ。［C101］

自身の身体を見渡すことのできない動物もありうる。我々の魂が、自分が存在していることは知っていても、自分をはっきりと把握できないのと同じだ。魂の実在を証明しようとする諸根拠を、唯物論者は弱すぎるとみるし、観念論者は別の［魂の実在を否定する］諸根拠を同様に薄弱とみなす。［D470］

我々は「魂」という語を、代数学者が〝x、y、z〟という記号を用いるように、また「引力」といった語と同じように使う。それはひょっとしたら「意見」や「状態」と同じような単なる語なのかもしれない。ニュートンが「引力」の代わりに〝X〟や〝＊〟を用いていたとしたら。［E472］

ハートレー[★1]の理論によれば、「魂の移動」についての私の奇妙な見解[★2]が何に由来することになりうるか、調べてみること。［E474］

★1……David Hartley（1705-1757）　イギリスの医師・心理学者・哲学者。『人間と、その機構、その義務、その希望についての考察』*Observations on Man, his Frame, his Duty, and his Expectations*（1749）で、神経の振動と観念の連合に基づいて心の活動を説明する哲学を展開、連合心理学の創設者となった。イギリスから帰国後の一時期、リヒテンベルクは繰り返しハートレーに言及し、ハートレー論を書く意欲も持っていた。

★2……本章［A91］および第四章［F1217］の注参照。

自然学をあちらこちら周遊した経験のある心理学者は、心理学から出発した者よりもつねに説得力のある推論をしてきた。ハートレーの理論と自身の経験を比較するにつれ、この理論の正しさが明らかになる。我々の残りの経験と大いに符合するのだ。
ヘレヴート[★1]で豆粒が一個、海に投げ込まれたとして、もしこの海が私の頭脳だったら、おそらく中国の海岸でその作用を感知するだろう。[★2]しかしこの作用は、他の諸対象が海に与える印象や、海上に吹き付ける風や、海を行く魚や船や、海底で陥没する地下空洞によって強く変形されるだろう。ある陸地の表面の形や、山や谷などは自然の記号で書かれたこれまでの全変化の歴史であり、砂の一粒一粒が一つの文字である。しかしこの言葉は我々には大部分が理解できない。

　この地球の表面には、一本の太い根と、そこから生えた何本かの細い根、そしてもっと細い何本もの根を持った一群の丸い物体[★3]がある。それはエーテル[★4]の中で、水中のヒドラ[★5]のように生きており（脳、神経、脊髄）、ヒドラがその腕を広げるようにその根を広げている。それは、覆いの役目をし、動かすことのできる一個の特別な容器に入っており、自身の繊細な根を別の物体のうえに伸ばす必要がないような仕組みになっている。この容器を通して物質は濾過、純化され、老廃物も排出される。こうした物体も他のすべての物体と同じように変化し、他のすべての物体と同じく、自身がかつて経験したあらゆる変化について自然の記号で書かれた歴史である。ちょうど、瑕や穴や押し跡が、臨席したすべての食事について物語っている錫の皿のようなものだ。

　それを形成している物質は独自の性質を持っていて、初めはとても柔らかく、ほとんど流体で、しかし水のようにすべての印象を受け入れることはできず、むしろ保持するほうに向いている。さらに、〈同時的なもの〉《シムルターネア》だけでなく、〈継起的なもの〉《スクセッシーウァ》も物語られねばならないので、この物質は瞬間ごとにその一部が硬化する。その物体はどんどん粘度を増し、最後にはただ発言するだけでなにも書き留めなくなる。これを書いている私は、幸いにもそうした物体なのである。そうなのだ。我々の魂が単純な存在[★6]なら、なぜそれは自らの脳の変化と同じように大地の変化も読まないのか。脳は海以上に変化を書き留めることに向いているということは決してない（動物は光によってめざましく変化する。ひょっとすると別の物体以上に。ひょっとすると電気物質によって。おそらく、水は光の継起を書き留めはしないだろう）。その脳が海であり、北風が青、南風が赤を意味するような動物[★7]もありうるだろう。同時的なものと継起的なものを書き留める物体が、ただ同時的なもののみを書き留めるか、あるいはある種の物体のみを透過するような物体に包まれたなら、これはある種の変化のみを総計することになる。ここにもある意図を見て取ってくれることが大いに望まれるのだが。その不安定性を感覚的にイメージするには、そこに何かが映っているか、そこを通って光が屈折する一粒の水滴のことを考えればいい。どんな些細な形状の変化も、像の完全な破壊を伴う。　［F34］

★1……ヘレヴートスライス。オランダの港湾都市。

★2……のちにラーヴァターに反対する論考（『反‐観相学』）を執筆する際、この文章が再利用されることとなった。そこでは「地中海」に投げこむことにされている。

★3……神経系を中心にした人間のイメージ。すでに［B35］で似たようなイメージが提出されている

★4……全宇宙を満たし光の媒体となる、極めて希薄な物質として想定されたもの。

★5……本章［A91］注参照。

★6……魂の単純性は、ドイツの文脈で言えば、ライプニッツ―ヴォルフの系譜において魂論の主たる主張の一つである。カントは『純粋理性批判』の「超越論的弁証論」のなかで、合理的心理学が魂をその①実体性、②単純性、③単一性、④外的対象との関係の観念性において理解しているとして、それを“Subjekt”（主語・基体・主観）という概念の多義性による「誤謬推理」だと批判した（第二篇第一章第一章「純粋理性の誤謬推理について」）。

★7……神経の振動が観念を生むというハートレーの基本思想を、海における波に移し、アナロジー的に思考実験したもの。

♂［火曜日］。七日。連想★については次のことも述べておきたい。我々の脳は継起的なものを書き留めるので、ある対象の脳への作用は、脳がこの作用の前にあった状態によって大きく変形されるし、されざるをえないということである。［F36］

★……観念連合のこと。

☿［水曜日］。二十四日。人間の良心は身体と同じだ。一様に敏感というわけではない。のみならず、ある人間の良心が敏感なところで、別の人間のそれは豚皮のような厚みをしている。良心が敏感すぎて、太陽が留まっていることも信じようとせず、なにがあろうと一かけのパンも踏んだりしないくせに、未亡人や孤児の財産となると自分のもののように扱う――そんな人物には何人も会ってきた。（一つの役にもなりそうである）（……）［F101］

♀。二十一日。ある不快な考えは、朝、目覚めたときには生々しく人を苦しめるが、しばらくしてみな目覚めているとわかるころや、起床後、あるいは日中、あるいは夜、床に就くころにはそうでもない。その原因はどこにあるのだろう。これについてはさまざまな経験を積んできた。晩に、あることを考えながらすっかり心穏やかに床に就く。朝の四時ごろ、そのことでまたひどく心を煩わせ、そのせいで何時間か輾転反側することもよくあった。九時かもっと前には、無関心か希望が戻ってきていた。［F152］

☽［月曜日］。十三日。物体の世界のありふれた現象を説明できるようになるずっと前、説明のため霊が利用されはじめた。この世界の関連がはるかに知られるようになった今では、あることは別のことから説明され、我々のもとに残った霊と言えば、ついに「神」と「魂」のみとなった。かくして魂は、今でも、身体という壊れやすい殻の内部に宿った幽霊のごときものだ。

しかし、既知の事物によっては生じえないと我々に思われるものは、既知のものとは別の事物によって生じているに違いないという考えそれ自体は、我々の限りある理性にのみふさわしいものなのだろうか。それは誤っているのみならず味気ない推論である。我々に理解できるものについても、実は何一つ知らないということを私は確信している。さらに、我々の脳線維が像を作り出すことができないものがどれだけ残っていることか。

哲学には、とりわけ心理学[★1]には謙虚さと用心深さがふさわしい。心理学者が考える物質とは一体何か。そんなものは自然には存在しないかもしれない。心理学者は物質を殺してから、それは死んでいると言うのだ。[★2]　［F324］

★1……クリスティアン・ヴォルフ（Christian Wolff, 1679-1745）の『経験的心理学』*Psychologia Empirica*（1732）と『合理的心理学』*Psychologia Rationalis*（1734）が念頭に置かれている。心についての「経験を通しての認識」である経験的心理学に対し、その認識が心の本性に由来するものであることを「ア・プリオリに演繹」する合理的心理学は形而上学の一部門として位置づけられた。

★2……本断章においてリヒテンベルクは〈魂〉を既知のものではない〈物質〉に帰する可能性について考察している。これは［F425］で言う「繊細な唯物論」に結び付く。

☽。二十日。彼らが「心」と呼ぶものは、ベストの四番目のボタンよりずっと下のところにある。　［F337］

ライプニッツはキリスト教を弁護した。★ 神学者たちのように、そこから彼がよきキリスト教徒であったとまっすぐ推論すると、世知にまったく疎いことを露呈することになる。専門家よりうまいことを言うことに伴う虚栄心は、ライプニッツのように確たるところのほとんどなかった人間にあって、宗教よりもはるかにありそうな動機である。自分の胸底を探れば探るほど、他人について主張できることがどれだけ少ないかわかるだろう。人はときおり、自分はなにかを信じていると信じるが、しかし本当は信じていないのだということさえ証明してみせよう。我々の行動の動機のシステムほど究明しがたいものはない。

[F348]

★……『弁神論』*Essai de théodicée sur la bonté de Dieu, la liberté de l'homme et l'origine du mal*（1710）が念頭に置かれているのだろう。

魂の病は死を伴いうるし、これは自殺にもなりうる。

[F352]

我々はあらゆる瞬間に自分で知らないことをしている。能力はどんどん向上し、ついに人間はすべてを自覚なく行い、本来的な意味での思考する動物になるだろう。知性は動物性に近づいていく。

[F424]

我々の心理学は最終的にはある繊細な唯物論に帰着するだろう、一方の側（物質）からはますます多くを学び、他方の側［＝心］からはすべてを包括してしまうことによって。

[F425]

それは行為の種子的な理由（σπερματιχοι λογοι rationes seminales）★というものだ。小さくはあるが、多くのことにとって重要である。〔F446〕

★……スペルマティコイ　ロゴイはストア派、rationes seminalesはアウグスティヌスによる概念で、いずれも「種子的理性」と訳される。

手持ちの徹底的に究明された知識では十分でなくなるところでは、人間はソフィストに、ゆきすぎて機知的になる。魂の不死や死後の生が問題になるところでは、したがって皆そうならざるをえない。その問題に関しては我々全員が徹底的ではない。唯物論が心理学の漸近線的帰結である。〔F489〕

私は人々の表面しか自分の側に惹きつけることができない。彼らの心を獲るのはただ感覚的満足によってのみである。自分が生きているということと同じくらい、このことを確信している。〔F537〕

思索家たちの非公式発言集があれば、なにより読んでみたいのは、魂という主題についてのものだ。声高な公式発言はいらない。そんなものはとっくに知っている。そういった発言を集めても、心理学というより規約集のようなものになるだろう。

この種族は、消滅する前になおどのような変化を遂げるだろうか。世界全体が、なお百万年、これまでどおりの運行を続けることは容易に考えられる。その場合、五千年は、五十歳の人間がすごす四分の一年、われわれが大学で過ごした時間のほぼ十二分の一に相当するはずだ。この四分の一年、私は何をしてきたか。食べ、呑み、通電し、『暦』を作り、一匹の子猫を見て笑い、女の子たちと戯れ、こうして例えば私という小世界の五千年は過ぎ去っていったのだ。云々。［F541］

思い描くことも、また一つの生であり、一つの世界である。［F542］

いまだに「魂」などと口にしているが、刻印されたターラー貨幣★がとっくに流通するのをやめているのに、「ターラー」と口にしているのと同じだ。［F575］

★……十六世紀から数百年間使用された大型銀貨。神聖ローマ帝国では各領邦の通貨の比較基準として用いられた。

魂がまだ不死だったころ。［F576］

微弱な感情や感覚に対する注意力を強めることを学んだら、それらは強い感情や感覚の役割を果たすことができる。［F675］

次の命題を詳説すること――どんな下劣な、悪しき行いにすら精神と才能が要求されるように、どんな偉大な行いにもある種の鈍感さは必要である。それは別の機会には愚かさと呼ばれもするのだ。［F687］

神経に注目したまえ。私の指先から、何千という感覚が、人目につかない細い流れのように小川に流れ込む。それは、別の水の流れるもっと大きないくつもの川と合流しながら、ついには本流となって脳という海に注ぎ込む。その海の状態と能力を、君は石のドームの形状から判定しようというのだ。★その下では、君の気づかぬうちに、この海が沸き立ち、干上がり、石化することだってありうるというのに。

［F814］

★……頭蓋骨のこと。ツィンマーマンが念頭に置かれている。第二章［F985］注参照。本章［F830］も参照。

以下に記すことは頻繁に認められることである。出来事がさまざまだと、日々はあっというまに過ぎ去るが、その過ぎ去った時間を振り返って総計してみると長く感じられる。一方、活動が単調であればあるほど日々は長く感じられ、しかしその過ぎ去った時間ないし総計は短くなる。これを説明するのはそれほど難しいことではない。

［F1021］

さまざまな惑星に知的生命が存在していることを、証明はできない。にもかかわらず、私はそう信じる。同じように、魂が肉体と共に死ぬことを、厳密には証明できないにもかかわらず、信じうる人間もいるだろう。

［F1045］

いつの日か、我々の表象や思考に対応して我々の頭脳の状態がどうなっているか整理できたら、言語が頭脳にどう影響するかを明らかにする仕事は、苦労のしがいのあるものになるだろう。神経線維の有限なシステムにとって、一つの概念がそこで二つの記号を、ということはまさに二つの場所ないしは屈曲を占有するか、それとも一つを占有するかは、同じことではないからだ。観相学的ディテュ

ランボス。★ [F1183]

★……古代ギリシアの酒神讃歌。熱狂的、感激的性格を持つとされた。近代においてはロンサール、ドライデンなどによって試みられ、ドイツではクロプシュトックが先鞭をつけた。ここでは仮定の大胆さに対して「ディテュランボス」という名が与えられたのかもしれないが、ここで語られている対応関係はいわゆる〈観相学〉が対象とするものとは大いに異なっている。

「そんなこと、信じられるものか」。そうひとりごちながら、すでにまた信じてしまっているのに気づいた。 [G21]

誰かが自分の部屋で、心を決めかねたまま長い間行ったり来たりしている。と、以前に銅版画が巻き付けられていた木の棒が目に留まった。この棒が彼の精神を強め、彼は決心する。ひょっとすると、はっきりそう考えずとも、これを元帥杖《げんすいじょう》とみなしたのかもしれない。 [G49]

心がそれでいっぱいになっていないもの、それが口からあふれ出る、ということを、逆の場合よりも頻繁に目にしてきた。 [G51]

彼はいつも「仮定して《アンゲノンメン》」を「アガメムノン」と読んだ。それほどホメーロスを読みこんだのだった。 [G187]

ニワトリは何かを消化したいとき石を呑みこむ。魂は、ある思考を消化するとき、似たような何か

を見つける必要があるらしい。周知のように、松果腺★にはつねに石が存在しているのだから。［H86］

★……大脳半球の間に存在する小さな器官。デカルト（René Descartes, 1596-1650）は心身の交流が行われる場であると考えた。

思うに、人間における本能は、一貫した理性的推論の先回りをする。それゆえ一貫した理性的推論が今日に至るまで到達も追跡もできない多くのことが、教養は低くとも正確に感受する人間によって明らかにされているのかもしれない。動物の体温は生じ、生み出されていくだろうが、それが何に由来するのかまだ正確に説明することはできない。魂の不死についての教説もその一つだと思う。我々の生の終わった後は、それが始まる前のような状態だろう。あらゆる理性的推論に衝動や本能が先回りして、そう思える。まだ証明はできないが、この考えは、他のもろもろの事柄や無力感や麻痺と一つになり、私にとって抗しがたい力を持っている。それと告白したがらない多くの人々にとってもおそらく同様だろう。いかなる理性的推論★も、これと反対のことを私に確信させるには至らなかった。私の意見は自然であり、理性的推論によるものは人為である。すべてが、なしうる限りの強さでその結論に反対するのだ。［J78］

★……当時のヴォルフ学派の哲学における、理性的推論にもとづく「合理的心理学」が念頭におかれている。

愛におけるメランコリー的なもの、詩的なもの等々は、享受を直観する際の独自の形式である。人間の内的感覚には一つならざる形式がある。［J179］

「魂が私の中にある、魂が体の中にある」という言い方をするが、それはいつだって奇妙な言い方である。本当は「私が魂である」と言うべきだからだ。「球の中に丸さがある」などとは言わないではないか。我々はただ類似性によって誤導されているのだ。同等性は客観的なものだが、類似性は主観的である。要熟考《Med》。

[J404]

我々の耳はときおり鐘の音を反復する。すなわち反復の耳になる。鳴っている間は意識を向けていなかったとしても、それが一回だったか二回だったか、あるいはせいぜい三回までなら、何回鳴ったかをずいぶん後になっても言うことができる。動物が三まで数えることができるようなものだ。洞《うろ》のフクロウ。私のナイチンゲール。★

[J462]

★『ゲッティンゲン懐中暦』一七九二年号にリヒテンベルクは「多くの鳥はいくつまで数えることができるか」„Wie weit manche Vögel zählen können"という記事を書き、自分が飼っているナイチンゲールと、洞に住むフクロウを登場させている。

魂について我々が抱く考えは、地中の磁石についてのそれと多くの類似性を持っている。それはイメージにすぎない。すべてをこの形式において考えることは、人間生得の発明法である。

[J568]

リンネ★が動物界で行ったように、観念界においても「カオス」と呼べるような分類項目を作れるかもしれない。ここに分類されるのは、太陽のちりばめられた空間という計り知れない全体をともなった、万有引力や銀河についての大いなる思考というより、むしろ小さな微生物的観念群であるだろう。

それは繊毛や鞭毛であらゆるものに付着し、そしてしばしばもっとも大いなる諸観念の精液の中に生息している。どんな人間も、静かに座していると、そういった百万もの観念が脳の中を通り過ぎていくのを目の当たりにするはずだ。 [J850]

★……Carl von Linné（1707-1778）　スウェーデンの博物学者。『自然の体系』*Systema Naturae*（1735）で生物の分類を体系化した。

平手打ち（Ohrfeige）を食らって以来、彼はいつも、Oを含んだ単語——例えば「お上（Obrigkeit）」などを見ると、これが「平手打ち（Ohrfeige）」だったら、と考えた。 [J925]

魂についての教説はフロギストン★についての教説のようなものだ。 [J1306]

★……第七章の〈概説〉参照。

音と色彩は我々の神経と記憶に非常に強く刻印されるので、多くの人間が何年たってもそれらを正確に思い出す。例えば私の場合はダルムシュタットの大鐘楼の音である。それに対して熱と冷たさは、感じている瞬間は微かな違いでも気づくが、記憶に刻印されることがまったくない。むしろ夏に涼しいと感じた地下室を、同じ温度でも、冬には温かいと感じる。 [J1487]

私のいわゆる「魂の移動」を一度カント哲学に着せてみること。 [J2043]

魂の栄養摂取活動については見るも憂鬱なことになっている。栄養を取り入れる開口部は十分あるのだが、良いものを分離吸収するための血管が欠けている。なにより、不要ながらくたを書物の世界全体に戻し、再度循環させるための「第一の道《プリーマエ・ウィアエ》★」がない。［K75］

★……消化器系のこと。

どうして人間は眠るという習慣を廃することができないのか。生命のもっとも重要な諸活動は絶えず進行しており、それを引き起こす道具——心臓や内臓やリンパ管といった——は決して休んだり眠ったりしないので、そもそも眠る必要もないはずだ。要するに、魂それ自体が活動のためにもっとも必要とするその道具が、活動を停止することになるのだ。眠りがこうした観点から考察されたことがあるかどうか、知りたいものだ。なぜ人間は眠るのか。眠りはむしろ思考の道具の休息であるように思える。人間は身体をまったく酷使せず、できるかぎり安楽に活動していても、最後には眠くなってしまうだろう。少なくともこれは、目覚めているときには取り入れられるよりも多くが支出されていることの明らかな徴である。そしてこの過剰支出は、あらゆる経験の教えるところでは、目覚めているときに埋め合わされることはない。どういうことだろうか。眠っているときの人間とは何か。単なる植物である。つまり、昼の数時間、造化の傑作たる自己を示すために、この造化の傑作も時には植物にならねばならないのだ。眠りを、植物と我々を結ぶ状態とみなした人間はこれまでいただろうか。歴史はただ目覚めた人間の物語しか含まない。眠っている人間の物語はそれほど重要ではないのか。もちろん眠っている人間はほとんど行為しない。しかしまさにそこでこそ、目覚めた心理学者にはもっともなすべきことがあるだろう。
★神経は末端に向かって尖っていき、感覚器と呼ぶものを形成する。それは外へ開かれた末端であり、世界の印象を受け取る。これはおそらく我々が知ることなく活動し、つねに目覚めている。したがって人間には、神経線維の末端から内部に向かうところに一つの層があって、それはつねに活動しており、おそらく、魂に観念を導きいれる活動をしている間は、失われたものを補って自分を維持する活動はできないのだ。したがってこの部分は、補充の時間中は休む。我々が感じるのは活動している時に限られ、活動のために蓄積しているとき感じてはいないように思われる。そんなとき我々が感覚するのは、ひょっとすると快適さの感情のみであるのかもしれない、それは思考になることはなく、せいぜい強さの感情であるか、あるいは少なくとも快適さの感情である。
我々の歴史全体は、目覚めた人間の歴史でしかない。眠っている人間の歴史は誰も考えたことがない。思考の道具は、もっとも疲れやすいものであるようだ。それはもっとも繊細な先端である。それゆえ、人間は健康な眠りの中ではまったく思考しない。もう一度繰り返そう。もっとも繊細な末端では使用と補充が作用し合っているように思える。神経が誂えられるあいだ、感覚は生じない。もっと内側の部分は、ただ保持するためにあり、受容したり反応したりするためではない。こうして眠りの必然性はア・プリオリに証明されるだろう。神経の繊細な部分は、より粗雑な部分を通して補充されねばならず、この復元のプロセスにある間は自らの務めをなすことはできないのだ。［K86］

★……この断片の段落分けはリヒテンベルクによる。

不安をしまいこむ棚、もっとも内なる魂の家政における聖域、その扉は夜にだけ開かれる。各人が自分の棚を持っている。プロイセン王フリードリヒ二世［大王］は祈った（私の本のどれかに載っていた。本をもっと整理せねばならない）。すべての家政にあって、どの身分にあっても出会う家具である。こういったことは、巧みに教えるところ多く叙述できるだろう。［L38］

人間において、ミツバチ的なもの、もしかするとクモ的・スズメバチ的でもあるようなものが、どれだけ広範囲にわたっているかをあらゆる場面で観察すること（人間が、それと知らずに行なっていること）。［L956］

夢について

人間の夢からは、正確に語られれば、ひょっとすると性格について多くのことが推論できるかもしれない。しかしそのためにはただ一つではなく、かなりの数の夢が必要だろう。［A33］

夢はしばしば、起きているときにはたやすく巻き込まれることのない状況や出来事へ我らを導いていく。あるいは、縁遠いこととして軽視し、まさにそれゆえ時がたつと巻き込まれていたかもしれない不快な事態をまざまざと実感させてくれる。こうして、一つの夢がしばしば我々の決意を変えさせ、迂回路を経て心に到達するあらゆる教えよりも、我らの道徳的素地をしっかりしたものにしてくれる。［A125］

覚醒と夢の狭間で、あるいはバッコス★が近づいてくるときも、とっくに過ぎ去った官能の思い出が

しばしば魂のなかを天まで駆け上っていく。　[B329]

★……ローマの酒神。ギリシア神話のディオニュソスにあたる。ここでは酩酊状態を指す。

夢のなかでの罰も、ともかく一つの罰である。夢の効用について。　[C216]

我々が起きているとき持っている思考や想像は夢とどこが違うのか。起きていて、死んだ友人たちを思い出しているとき、彼らが死んでいるという考えは一度も湧かないまま、出来事は続いていく。夢と同じである。大きな籤を当てた、と想像してみる。その瞬間には、現に手にしているのだ。当たりはしなかった、という後からやってくる考えは、反対を証明する文書として遅れて届けられる。ある財産を本当に所有していることが、時としてそれを所有していると単に想像しているときより強い満足を与えないことがある。我々は夢をもっと穏やかなものにすることはできる。晩に肉を食べなければいい。しかし、別のものは？……　[D134]

[一七七五年] 七月四日。（レストにて★）目覚めたが、まだ覚めきってはいなかった。母の夢を見ていたのだった。レストの庭に私といて、いっしょに浮き橋で運河を渡る約束だった。その前に母に一つ頼まれて、そのせいで面倒にまきこまれ、母にも会えずそれきりとなった。夢はここで終わっている。あなたはもう生きていないのですね、まどろみながら私はひとりごちた。あなたの上では『いまこそ亡骸を葬らん』が歌われたのです、と、そのとき、私はそのメロディーで（ただしすべては頭の中で）別の歌からの一節を『汝、計り知れぬ善なるもの……』から、「花嫁よ、いずこに」）歌い始めた。こ

れには口で言えないほど心動かされた。憂鬱ではあったが、どんな激しい満足よりもこちらのほうを取る。［RA94］

★……ベッドフォードシャー州のレスト・パークは、当時所有者であったジェマイマ・キャンベル侯爵夫人が著名な造園家ランスロット・〝ケイパビリティ〟・ブラウン（Lancelot "Capability" Brown1716-1783）に改修を依頼し、代表的な英国式庭園の一つとなっていた。

人々が自分の夢を正直に語ったら、顔からよりも性格について多くを推察できるだろう。［E494］

彼に対し自分が敵意を持っていたとは言えない。しかしまた好意を持っていたとも言えない。彼の夢を見たことは一度もない。［F522］

ある故人と、まさに故人としての当人についての話をするという夢をこんなにも頻繁にみる（少なくとも私は）ということは、互いに似通った脳の二つの半球に由来するのかもしれない。一つの目を圧迫すると物が二重に見えるようなものだ。夢では我々は錫杖《しゃくじょう》を持たない道化［馬鹿者］である。調理された人肉を食べる夢を何度も見た。夢から見た魂の本性というのは、最大の心理学者にふさわしい主題だろう。イエナの故ファーバー氏★1はかつてここのドイツ語協会★2でこれについて講演した。［F607］

★1……Johann Ernst Faber（1745-1774）はキール、イエナで東洋語の教授を務めた。プロミースは間接的にこの主題に触れたファーバーの著作を挙げた上で、この講演そのものは公刊されなかったであろうと推定している。

★2……十七世紀から十八世紀にかけドイツ各地に誕生した言語協会——ドイツ語の改良を使命としつつ、身分を超えた多様な文化的活動を営むエリート的集団——の一つで、一七三八年に設立され、一七九一年まで活動した。

哲学的な「夢の本」を書くこともできるだろう。概して、人は夢判断を相手に大人びた賢さを熱心に見せつけてきたが、本来それはひとえに諸々の夢の本に向けられるべきだったのだ。夢が自己認識へ導いてくれるということは、否定しがたい経験から知っている。理性によって解釈されない感覚や感情は、解釈されるものよりも強い。これを証明する例として――眠っているときは唸りを上げる耳鳴りは、目覚めているときにはごくわずか感じ取られるに過ぎない。毎晩、母の夢を見るということ、そしてすべてのうちに母を見出すということは、かの脳内の折り目がいかに強力なものであるかの徴である。なにしろ、[理性という]支配者が杖を置いたとたん、この折り目は元の状態にもどるのだから。人はときどき故郷の街の通りを夢に見るが、不思議なものである。特別な家を目にして驚くが、すぐに記憶がよみがえり、昔は確かにその通りだったと思うのだ（これは間違いなのだが）。［F684］

いま一度夢を推奨する。我々は目覚めているときと同様に夢においても生き、感じているのであり、夢見ているのと目覚めているのは同じようなものなのだ。人間は夢を見ながら、夢見ているということを知っている。それは人間の長所の一つである。この事態を正しく利用することは、これまでほとんどなされなかった。夢は一つの生であり、残りの生と一つになることで、我々が人間の生と呼んでいるものとなる。夢は次第に目覚めと混じりあい、消えていく。ある人間の目覚めがどこから始まるのか、それを言うことはできない。［F743］

夢を見ずに眠ることができるように、眠らずに夢を見ることもできる。［F749］

光なしで見ること★に関して注目されるべきは、暗闇で目を閉じたとき見えるものは、夢の始まりになりうるということである。目覚めた理性においては、眠っているときとまったく別の成り行きをたどる。動物は、目覚めているときよりも夢見ているときのほうが愚かなのか、知りたいものだ。もしそうなら、動物にも理性の度合いがあることになる。 [F752]

★……手で眼球を圧迫するときに見える「電気的図形」に関しては、本章［J1817, 1818］と注参照。

人がそんな変な夢を見ること自体に驚きはしない。ただ、そんなことをしたり考えたりしているのが自分だと信じていることは驚きである。 [F784]

私は目覚めているときより夢のなかでのほうがずっと同情心に富む。 [F878]

多くの人々が自賛する強い感受性とは、知力が堕落した結果でしかないことが多すぎる。私は決して無情な人間ではないが、夢の中でしばしば感じる同情は、目覚めた頭脳でいるときのものとは比べものにならない。前者は、苦痛に境を接した満足である。 [F923]

夢に関してさらに注目すべきことだが、何かを教えられている夢というのは、頭にある諸概念の記憶と合成以外の何ものでもなく、それ以外ではありえない。そこに一つの人格が付け加えられているのだ。 [F1229]

夢は、我々の全存在の容赦ない帰結を、しばしば見せかけのものである熟考の強制を受けることな

く提示するのに役立つ。この思想は深く肝に銘じるに値する。[J72]

　夢で誰かと議論していて、反論されたり教示されたりするとき、その相手とは私自身で、自分で自分を教示しているのであり、つまりは熟考しているのだ。ということは、こうした熟考が対話という形で直観されているわけだ。であれば、いにしえの民族が、蛇をめぐって考えたことを（イヴのように）蛇が私にこう言ったという形で表現していることを不思議に思ったりできるだろうか。主が私に語った。我が精神が私に語った。そもそも我々は、自分たちがどこで思考しているのか正確に知ってはいない。それゆえ、我々は思考を、どこでも望みの場所に移し替えることができる。ある第三者から思考はやって来ると考えられているとも言えるし、思考を、我々に向かって語られるものであるかのように考えることもできる――ソクラテスのダイモーンなど。夢を通じてどれほど多くの論をまだ展開することができるか、驚くほどである。[J171]

　一七九二年、復活祭当日から翌日（四月八日から九日）にかけ、夢を見た。生きながら焼かれることになっていた。とても落ち着いていて、目が覚めるとそれが嬉しくなかった。麻痺とはこんなものかもしれない。必要時間を落ち着いて考量していた。その前はまだ焼けておらず、その後は焼けている。私が考えたのは、それもただ考えたのは、ほとんどそれだけだった。この時間はきわめて狭い境界に挟まれている。私にあってはすべてが思考となり、感情は消えてしまうのかとほとんど恐ろしくなる。[J931]

　これまで外的な誘因なしに匂いの夢を体験した者がいるだろうか。たとえばバラやバラ水が鼻に近づきようもなかったとき、バラの香りの夢を体験するといったことである。音楽については確実にある。光についても同様。しかし夢における痛みの感覚はたいてい外的誘因が存在する。匂いについては確信がない。

[J1465]

一七七九年、十月十四日から十五日にかけ、あるいは十五日から十六日にかけて、夢でプレアデス星団の下を火のような雲が飛んでくるのが見えた。同時にダルムシュタットの鐘が鳴り、私は跪いて「聖なるかな、聖なるかな」等々と口にした。私の感じとったものは言いようもなく大きく、もう耐えきれないと思った。

[G3]

誰かと夢の中でまた別の人間について話していて、目が覚めてみると、この別の人間は話をしていた当人だったと気づくことがよくあるが、この不思議なことは何に基づいているのだろう。ひょっとして、ただ目覚めの一形式にすぎないのか。あるいはどこに根拠はあるのか。

[K84]

夢では自責がきわめて頻繁に他者によ・る・非・難とみなされる。例えば、夢で誰かと議論しているようなときである。そのため、こういった事態が覚醒時にそれほどしばしば生じないことが不思議でならない。覚醒状態の主たる特性は、したがって「我・々・の・中で」と「我・々・の・外で」をはっきりと、慣習にしたがう形で区別する点にある。

[K85]

また夢の本。それは『暦』用のいい記事になるだろう。そもそも夢については、啓発的でいて一般受けもすることがまだ言える。その際、心理学者にはすでに知られていることを、さらりと、あちらこちらに振りまいておけばなおさらだろう。

[L44]

一七九八年九月末、夢で誰かに、若く美しいハルデンベルク伯爵夫人の話をしていたときのことだ。私も、そして誰でも、心動かされる話だった。夫人は一七九七年のうちに、臨月で、そもそも成就しなかった出産で亡くなった。解剖され、子供は棺の夫人の傍らに置かれた。そしてその夜、驚くほど大勢の松明を持った民衆に同道されて近くの伯爵家の墓地に運ばれた。ゲッティンゲンの霊柩車だったが、これは話にならない車両で、遺体はあちらこちらと投げ飛ばされる始末だった。墓穴に入れる前、まだ何人かが最後の対面を望んだ。棺を開けると、夫人はうつ伏せになり、子供とひとかたまりになっているのが見えた。美しい婦人、二十歳になるかならぬかで、夫人たちの鑑であり、多くの舞踏会ではもっとも美しい女性たちの妬みをも買った夫人が、こんな状態になるとは！　このイメージを、当時繰り返し心に甦らせていた。ご主人が私の熱心な聴講者の一人であり、私もよく知っていたのでなおさらだった。さて、この悲しい話を、私は誰かに話していたのだが、そこにはもう一人の人物がいた。その人物もこの話を知っていた。ところが私は（まったく不思議なことに）肝心の子供の話をするのを忘れてしまっていた。多くのエネルギーを費やし、どうやら聞き手を感激させて話を終えたとき、この人物がこう言った。「そう、子供も傍らにいたんですね。ひとかたまりになって」。ええ、と私はいわば飛び上がらんばかりになって続けた、子供も棺の中にいたのです。これが夢だった。

この夢が注目に値するのは次の点である。夢の中で子供のことを思い出させたのは誰だったのか。そのことが頭に浮かんだ私自身だったのか。ではなぜ私はそのことを直接夢の中に記憶として持ち込まなかったのか。なぜ私の想像力は第三の人物をつくりだし、その人物が私を驚かせ、いわば恥ずかしい目にまであわせねばならなかったのか。目覚めた状態でこの話をしていれば、この心動かす事実を飛ばすことなどなかったはずだ。ここで私は、自分を驚かすためにそれを飛ばす必要があったのだ。ここからはいろいろなことが推論できる。一つだけ挙げておこう。それもわざと、一番私に不利になるような、しかし同時にこの不思議な夢の話をしている私の率直さの証明になるようなものを。――何かを印刷に回すとき、ぎりぎり最後、もうどこも変えられないときになって、すべてをもっとうまく言うことができたと、それどころか肝心のことを忘れていたと気づくことがよくあった。何度もこれで腹立たしい思いをしてきた。思うに、これで説明できるのではないか。ここでは私にとって珍しくはない出来事がドラマ化されていたのだ。そもそも夢の中で第三の人物に何かを教えられるのは私には珍しいことではない。しかしこれはドラマ化された熟考以外の何ものでもないのだ。賢者ニハコレデ十分デアル《サピエンティ・サト》。

[L587]

九九年二月九日未明、夢を見た。[★1] 旅行の途中、宿屋で食事をしていた。本当のことを言えば、通りの屋台で、サイコロ賭博をしている者もいた。向かいには若くて身なりのいい、少し軽薄な風体の男が座っていて、周りに座っている者や立っている者に注意も払わずスープを啜っていた。が、二口目か三口目はスプーンいっぱいのスープを宙に放り、落ち着いてスプーンで受け止めると口に持っていくのだった。この夢が特に注目に値するのは、次の点である。このとき私は、こういった事物は創作されたものではありえない、これは目にしなければならない（すなわち、いかなる小説家もこんなものは思いつかないだろう）という、普通の考察をしていたのだが、それでも実際にはまさにその瞬間に創作していたのである。サイコロ賭博の傍らに長身のやせた夫人が座っていて刺繍をしていた。勝ったら何がもらえるのか、と尋ねてみた。「何も」と答えた。何か失うこともありうるのか、と尋ねると、「何も！」と答えた。これはとても重要な賭博[★2]だと私は思った。

[L707]

★1……リヒテンベルクは同年二月二十四日死去する。これが最後の夢の記録になる。

★2……賭博と確率はリヒテンベルクにとっても大きな問題であり、それについて『雑記帳』でも繰り返し書いている。一七七〇年、ゲッティンゲン大学の員外教授に就任するときの就任講義のタイトルは『賭けの確率計算におけるある種の困難を除去するためのいくつかの方法についての考察』*Betrachtungen über einige Methoden, eine gewisse Schwierigkeit in der Berechnung der Wahrscheinlichkeit beym Spiel zu heben*であった。

身体について

本来の人間は、何千本もの根の生えたタマネギのような様子をしている★。その神経は人間の内部でのみ感受し、他のものは、この根を維持することと、もっと簡単に移動させることに役立っている。つまり我々が目にしているのは、その中に人間が（神経が）植えられた壺でしかないのだ。［B35］

★……［F34］にも似たようなイメージが描かれている。

脳において対称形であるべき部分がそうなっていないとき、これが知性に役立つことも実際ありうる。我々は一つの目で十分やっていける。同様に脳も一方の側で十分やっていける。もう一方は、偶然的な状況によって硬化やその他の変化を受けることもありうる。こうした変化は、脳の全体的配置が観念にもたらす帰結を変える。背骨の曲がった人間はしばしば洞察力に富んでいるという。ゆがんだ側は硬化が進み、ひょっとすると脳における同じような一面的な変化がそれに続くのかもしれない。これは天才にとって――天才とは病的な状態だと誰かがすでに宣告していたが――有害というよりむしろ有益である。

その表情が対称性に欠けている人々が、しばしばきわめて優れた頭脳の持ち主であるということを見てきた。以前に見たヴォルテールの像を信用できるなら、そしてこれにはマンハイムで本人の顔から取った型を用いたということだが、その顔の半分はずっと短く、鼻も、それほど目立たないながら、ゆがんでいた。K...r［ケストナー］の顔は、一方の側から見ると、反対側から見るよりははるかに若く見える。この二つの注目すべき顔に、まさにそうした不快ならざる不規則性は一種の躍動を与え、彼らの書き物をかくも特色あるものとしている塩味と苦味のすべてがここに現れているのだ。一方の目が望遠鏡、他方が顕微鏡になっているような人間がいたら、普通の人々の中で特別な役割を演じることだろう。 [B54]

最古のことわざはおそらく「過ぎたるは健やかならず」。 [B248]

首から下の要求に頭は耳を貸すべしと自然が望まなかったのなら、頭を首から下につなげる必要がどこにあったろうか。首から下は、そもそも罪と呼ばれるようなことをせずとも、いっぱい食べ、同衾できただろう。頭は首から下なしでもさまざまな体系《システム》を練り上げ、抽象し、ワインや愛がなくともプラトン的陶酔とプラトン的魅惑について語り、歌い、お喋りできただろう。キスを有毒にすることによって、戦争で敵の矢に毒を塗ることよりも、自然ははるかにひどい結果をもたらす。 [B323]

私の知っているある友人は、身体を三階に分けるのがつねだった。頭、胸、下半身である。一番上の住人と一番下の住人がもっとうまく折り合っていければ、とよく願っていた。 [B344]

独創的であるためには対称性の欠如が不可欠であるという理論が提起された後では、こう言うことができるのだが、新生児に拳で頭に優しい一撃を与え、怪我をさせずに脳の対称性を少し崩すことを、賢明な処置であるとみなしたい。額や、もう少し上や、後頭部の真ん中への一撃とか、側頭部への一撃は勧めない。最初の三つの場合は脳の両側が均等に打撃を受け、最後の場合は反対側の反響がそちらからの打撃の代わりを務めることになるであろうからだ。したがって、両目の外側の端のどちらかの上部を一撃することを強く勧めたい。というのも、そうするとまったく別の構造と位置にある諸部分に反響が生じて、ついにもっとも素晴らしい脳の非対称性が得られるであろうから。後ろから頭を叩くのはお勧めしない。なぜなら小脳あるいは魂の裏屋がそこにはあって、そこでは周知のように機知の産物は処理されず、魂は外向きの用件とは関わらないからである。

それゆえ頭への一撃やびんたが学校ですたれ、大人の社会――そこでは頭はたいていすっかり木化しているので、導入されても無駄なのだが――でのみ流行しているということを苦々しい思いで見てきた。頭から転倒し、あるいは頭に棍棒の一撃を食らった人間が、時に予言を始め、世の物事について他人とは別様に考え始める（文法は除いて）という例がある。これはもちろん善人にしてみればあまりにもやりすぎということになるだろうし、説明をつけるとすれば、まだ脳の対称的な振動を用いることになる。しかし次のことを否定できる人間はいないだろう。この世のもっとも羨むべき頭脳は、一方の半球がなければ神のごとく崇められ、もう一方がなかったらベドラムに閉じ込められねばならないようなものであろうということだ。こうした偉大な魂は同時に猿であり天使である。もちろん、時には前者が抱く馬鹿げた観念が後者の超越的複合文の響きで表現され、あるいは後者の抱く太陽のごとく明るい観念が前者の無頼でわけのわからない記号で表現されるわけだが。さらに言えば、知っているべきことを知らなかったとき、なぜ人間は頭を叩くのか。これは人間にとって自然な習慣である。頭を振るとき、何人かはまず右へ、何人かはまず左へ振る。 [E147]

人間の行動や家のありようは、一般に脳髄等々の内的ありようの延長である。ちょうど磁石が鉄粉に形と秩序を与えるように。 [E476]

二人の成人からなっていて、それぞれ同じ側の半身で、それが逆向きになっているような奇形が発見されていないのはなぜだろう。胸と胸、背と背がくっついているのではなく、側面同士がくっついて、いわば二本の右手か左手と、二個の右目か左目を持っているようなもの、この図に描いたようなものだ［左図］。彼らが実際に一個の心臓と一個の胃を持っているということだってありうるだろう。 [RA174]

☽［月曜日］。五日。脳に安らっている観念と脳の襞により多くのしなやかさを与え、古い襞を甦らせるために、時には飲まねばならない。 [F105]

帽子を脱ぐことは身体を縮めること、小さくすることである。 [F859]

不具者はしばしば、五体普通の人間には不可能と言わないまでも、それを習得するだけの覚悟をなかなか持てないような能力を持っている。［F901］

身体のどんな欠陥も、それで苦しんでいる人に、それに押しつぶされてはいないと示そうとする努力を呼び覚ます。聾啞者はよく聴こうとし、足の不自由な人間はでこぼこ道を徒歩で行こうとし、虚弱な男は自分の強さを見せようとする、等々。多くの物事がこんな具合なのだ。これは作家にとって、人を揺さぶる真理と大衆の魂に語りかける手段との尽きることない泉である。［G77］

もっとも健康で、もっとも美しく、均整の取れた体格の人々は、何でも甘んじて受け入れる人間である。何か欠陥を持つと、自分の意見を持つようになる。［G86］

身体の小さな人々で、内臓がすべて強力かつ良質だと、ふつうは他の人々よりも生き生きとしている。なぜなら、同量の血液生産で、より少ない量［の身体］に供給することになるからだ。小人と巨人はともに同等に愚かである。前者においては、力が欠け、後者ではあまりにも多くの力を費やさねばならないからである。ひょっとすると、精神の果実の実りが良くなるように、樹と同じく人間を剪定するところまでいくかもしれない。歌のための去勢はすでにこうしたものだ。問題は、画家や詩人も同じように切り取れないかということだ。［J41］

身体に関しては、実際に病んでいる人々よりも、多くはなくとも同じくらいの想像上の病人がいる。知性に関しては、実際に健康である人間よりとても多いというわけではないが、同じくらいの想像上

の健康人がいる。 [J193]

例えば、彼は下半身の痙攣で床に就いていた。最高の医者たちによれば、病気はこれだけだった。しかし、彼が持っていると信じている病気ははなはだ多かった。一、老化による衰弱（Marasmus senilis）、まだ四十六歳なのに。二、水腫の初期症状。三、痙攣性の喘息。四、潜行性の熱。五、黄疸。六、胸水腫。七、卒中発作をおそれていた。八、右半身に麻痺。九、大動脈と大静脈が硬化し、十、心臓にポリープが、十一、肝臓に潰瘍があり、十二、脳に水が溜まっていると思っていた。これを読む者は、ほとんどみなこう考えるだろう――この十二番目だけが、根拠ある恐れなのだと。十三、糖尿病。[J223]

我々がかくも多くの危険な病をまったく感じないというのは、我々の自然のきわめて賢明な仕組みである。卒中の発作を、その端緒から感じることができたら、これも慢性病に数え入れられることになっただろう。 [J601]

死に至りかねない大病がある。さらに、それで死に至ることはないが、特別な検査をしなくても気づかれ感じられる病がある。そして最後に、顕微鏡なしにはほとんど認識されず、しかしそれを通すとまさにぞっとするような態を見せる病がある。この顕微鏡が心気症なのだ。人々が本気でこうした顕微鏡レベルでの病気を研究しようと志すならば、日々病んでいるという満足を得ることになるだろう。 [J693]

私の身体は、世界のうちで私の思考が変えることができる部分である。想像上の病気でも現実の病気になりうる。残りの世界において、私の仮説が事物の秩序を損なうことはありえない。

[J1208]

一七八九年十二月十八日、神経の病★の最中に指を耳で塞いだらずいぶん調子が良くなった。聴覚を通した神経系への刺激が減少したからだけでなく、病気による耳鳴りを自分で創り出したものとみなし、この点で自分を健康とみなし、それゆえ別のいくつかの感情にも以前ほど注意を向けなくなったからである。この良い効果は否定しがたかった。

[J1334]

★……この年の十月五日朝五時にリヒテンベルクは大きな発作に襲われた。十二月二十六日には甥のフリードリヒに宛てて「明後日でちょうど十二週間、神経の病で臥せっていることになる。これは痙攣的な喘息とともに始まり、窒息死の危険にさらされた」と書いた。生涯続く大病の始まりだった。

他者の身体において我々の空想、産出能力と類比的なものは見出されないだろうか。思考が脳の組織に引き起こす変化に我々が気づくことができるとしたら、我々の脳はどのように見えるだろうか。

[J1854]

大征服者はつねに賛嘆され、普遍史★は彼らによって時代を区切っていくだろう。これは悲しいことだが、人間本性に根差している。それが馬鹿者のものであれ、大きく強い身体に対すると、小さい身体は、それがどんな偉大な精神を宿していても、軽蔑すべきものに思われる。そうなると偉大な精神そのものも同様になる。少なくとも世の大多数の人間にとってはそうであり、人間が人間である限りこのことは変わらない。小さな身体における大きな精神のほうを選ぶのは熟慮というものであって、そこまで自分を高めうるのはきわめてわずかな人間に限られる。牛市場ではつねにもっとも大きくもっとも肥えた牛に目が行くものだ。

★……人類創生から同時代までの人類の歴史を総体として書こうとする歴史類型。キリスト教世界では天地創造から最後の審判までの救済史を基盤とする。 [L37]

片肘と片手で頭を支えるにはそもそも［六十二］[★1]通りのやり方がある。一、瞑想的なもの。例えば右手の親指を右のこめかみにあて、人差し指は額を避けるようにおいて、残り三本の指で一種の傘を作り目を覆うようにする。二、残り三本の指を丸めると、もう少しはにかんだ感じになる。四[★2]、握り拳を作って、それぞれの指の第二関節と付け根のあいだ（手の甲にいちばん近いところ）で頭を支え、手首は外側に曲げる。五、握り拳を作り、手首は内側に曲げる。もっとも安定した支え方の一つ。これに準ずるものとして、拳を頬に押し付け、頭を重くするというものがある。こうすると口が押し上げられ、目がほとんどふさがる。六、平らにした掌に頭を置く、湿布を当てるような姿勢。歯が痛いとき広く行われている。この主要な種類のあいだに、もちろんその一つから別のものへのさまざまな移行段階があるが、ここに挙げることはできない。さて、両手でされるようになると、単に対称的なものがさらに六つあり、それぞれの種類が他のものと結びつきうるから、まだいくつか生まれることになるが、それらは次のように総計できる。その前に七番目のものが考えられねばならない。下あごが親指と人差し指で挟まれるという、高慢な印象を与えるものである。総計に戻ろう。右手で七通り、左手で七通り（計十四通り）。対称形のものが六つ。なぜなら七つめはそれ自体が対称的だから（計二十通り）。しかしこの七つのそれぞれが、シンメトリーを作らない反対側の六つと結びつきうるから、右手のそれぞれについて計二十一個の非対称的なもの。左手も同様、これで四十二個。これに上記の二

十個を加えて、上記の七つの種類から計六十二個の頭を支えるやり方の出来上がりである。[L142]

★1……この数字はプローミスによって補われたものである。
★2……リヒテンベルクの表記のまま。

禁止されているものをまたすべて食べてしまったが、ああ、前とまったく同じくらい調子が悪い。（悪化はしなかったということ）[L474]

彼の咳はとても空ろで、どの一音にも胸と棺という二重の共鳴版の響きが聞こえるように思われた。[L599]

人間の精神は身体的なものを超えて高まるほど同型的になっていく。また身体に近づいていくと、ますます偏倚が頻繁になる。惑星について述べた★のとまさに同じだ。[L618]

★……エルクスレーベン（Johann Christian Polycarp Erxleben, 1744-1777）の『自然学基礎』*Anfangsgründe der Naturlehre.* 改定第六版（1794）における惑星軌道に関する記述（六二二節）のことであるとプロミースは推定している。

薪を放り込もうと手を暖炉に入れ、ひどい熱のせいでまたひっこめずにはいられないとき、手が外に出ると、二つ目の痛みを感じる。それは最初の痛みより強いとは言わないが、同じくらいのもので、いわばこだま、あるいは跳ね返りである。——これは何か。[L715]

顔について・観相学批判

人間の顔はしばしば吐き気を催させるほど醜悪だ。なぜだろう。おそらく、こうしたあり方なしでは、必要なだけの心性の多様性が獲得されえなかったのだろう。顔は魂を特性表示するものとみなしうるのであり、この特性表示を読み解くべく、我々はいっそう勉励せねばならないのではないか。★この困難で広範な学問をいくらかでも基礎づけるには、さまざまな国民において、もっとも偉大な人物たちと、牢獄と、精神病院が通覧される必要があるだろう。こうした分野がいわば三原色であって、他の色はその混合によって生まれるからである。 [A4]

★……のちにリヒテンベルク自身繰り返し述べることだが、「顔を読むこと」はリヒテンベルクにとって若いころからの問題であり、のちにラーヴァター（Johann Kaspar Lavater, 1741–1800）の『観相学断片』*Physiognomische Fragmente, zur Beförderung der Menschenkenntniß und Menschenliebe*（1775-1778）が観相学ブームを巻き起こした時も、自分のほうが先鞭をつけていたという自負の念をいだいていた。ヨーロッパ文化史の中に観相学を位置づける研究として：浜本隆志・柏木治・森貴史編著『ヨーロッパ人相学――顔が語る西洋文化史』（白水社　二〇〇八年）。

魂が表情に宿っていないなら、我々は魂をまったく見ることはできない。大人数の集会における顔の数々を、人間の魂の、一種の中国文字で書かれた博物誌と呼ぶこともできるだろう。磁石がやすり屑をひきつけ、ある模様を描かせるように、魂は顔をひきつける。顔の諸部分の位置の違いは、魂がそれらに与えてきたものの違いによって決まる。顔をじっと観察すればするほど、いわゆるどうということのない顔の中に、それを個性的にしているものがあることに気づくだろう。 [B69]

メンデルスゾーン氏の書簡に対するラーヴァターの返答★1の冒頭で言いようのない不快を感じた。不用意な人間が、誠実な人々にとってはこれ以上ないほど不快な帰結に至りかねなかった過ちを、あるいたずら心から、そしていわば文筆家の気まぐれからしでかしておいて、今度は自己満足げな表現で後悔しているさまを見ることほど不愉快なことはない。度し難きお喋りめ、とっとと失せろ、そう言いたくなる、そしておまえ自身の平安と戯れるがいい。しかしおまえより優れた他の人々はそっとしておけ。メンデルスゾーンの優れた考え方の表れた文章を読んで、彼がキリスト教徒であればよかったのに、などという望みが口をつくとは、ヨーハン・カスパー・ラーヴァターという人間の出来はどうなっているのか。なぜ彼は、どうせだったらこの機会に、氏に対し完全なプロシア的節度も望まないのか。ジュース［・オッペンハイマー］★2のような人間にだったら、私もキリスト教徒であってくれたら、とかメンデルスゾーンのようなユダヤ教徒であってくれたら、と望んだだろう。しかしメンデルスゾーンにはキリスト教徒であってくれたらなど決して思わないし、チューリヒ人★3であってほしくもない。

［C39］

★1……ラーヴァターは一七六九年、フランスの博物学者ボネ（Charles Bonnet, 1720-1793）の著作を独訳した（*Herrn Carl Bonnets* ［…］ *philosophische Untersuchungen der Beweis für das Christentum* ［…］）際、モーゼス・メンデルスゾーン（Moses Mendelssohn, 1729-1786）に同書を捧げる公開書簡において、これを「公的に反駁する」か、そうでなければ「賢明さ、真理愛、誠実さがあなたにさせるであろうこと、ソクラテスが本書を読んだらしたであろうこと」をする――すなわちキリスト教への改宗である――よう促した。メンデルスゾーンが公開書簡でそれを拒絶したことに対し、ラーヴァターが返答した手紙 *Antwort an Moses Mendelssohn*（一七七〇年二月十四日付）を指す。この手紙は同年、メンデルスゾーンの後書きを付してベルリンでも出版された（*Antwort an den Herrn*

Moses Mendelssohn zu Berlin von Johann Casper Lavater. Nebst einer Nacherinnerung von Moses Mendelssohn)。

★2……Joseph Süß Oppenheimer（1698頃-1738） もとはフランクフルト・アム・マインで銀行業を営んでいたが、ヴュルテンベルク公カール・アレクサンダー（Karl Alexander, 1684-1737）の財務顧問となり、宮廷ユダヤ人として重用された。カールの死後逮捕され、財産はすべて没収され、絞首刑となった。一九二五年、ユダヤ系の作家フォイヒトヴァンガー（Lion Feuchtwanger, 1884-1958）によって小説『ユダヤ人ジュース』*Jud Süß*が出版され、ベストセラーとなった。

★3……ラーヴァターはチューリヒ出身である。

真摯そうな作り顔は、ついに表情筋の道徳的な麻痺に終わる。 ［D210］

声をもとに描いた夜警［左図上］。
おそらくはこのような外見をしていた［左図下］。 ［RA53］

ロンドンで見た顔を素描するいくつかの試み。鼻は根のところでも平べったくはないが、頬骨が高く張り出している。別の言い方をすれば、すでにa）のところから鼻が始まっている［左図］。どの地域だったかは忘れてしまった。 ［RA181］

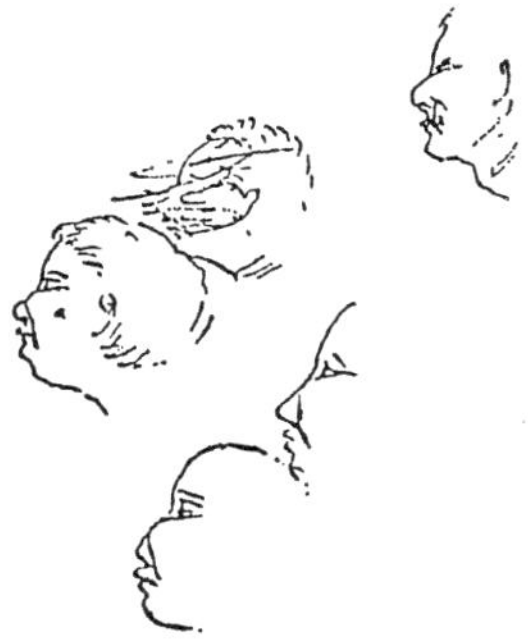

ムーア人の顔は、概して間違った描かれ方をしている。ラーヴァターにおいても、二〇八頁での顔は厚い唇をしているだけである。ムーア人は骨格が張り出していて、そのため愚かし気な表情になっている。［左図］ ［RA182］

ひどく太った顔で、どんな偉大な観相学の魔術師にも気づかれることなく脂肪の下で笑える人間がいる。それに対し、風のごとく薄っぺらな生物である我々は、魂が表皮のすぐ下にあって、何一つ嘘がつけないような言語を話す。 ［E172］

彼は肉体と魂に加えてほとんど一ツォル★の厚みのある脂肪の仮面を被っていた。他の人間では身体が思考を覆い隠すが、この場合は脂肪が表情筋の動きを覆い隠していた。周囲の人間にまったく気取られずに、彼はこの覆いの下で笑ったり顔を顰めたりできた。

あるいは、こうだ。一冊の本には、まさにそこに必要なもの以外は含まれているべきではない。思想も言葉もだめだというのか？ そんな馬鹿な。人間だって、ただ身体と魂からできているだろうか。人間は脂肪も持っていないだろうか、これはそのどちらにも含まれないのだ。 [E173]

★……〈インチ〉にあたる。一般には二・五四㎝。

真面目な顔でされることはみな理にかなっていると考える人々もいる。 [E286]

声をもとに夜警をスケッチしようとすること。自分の間違いを見たら、笑わずにはいられないような間違いをすることがよくある。観相学とはそれと別物だろうか。夜に郵便馬車に乗り合わせた人々。 [E377]

♄［土曜日］。六日。我々は人間の顔について判明な表象を持っていない。このことが観相学を教えるのをはなはだ困難にする。その規則に含まれているのは、いつも性格に対する個々の部分の関係のみである。たとえば私を騙した人間の顔を私は正確に知っており、今もはっきりと眼前に浮かぶ。それによく似た別人の顔は、どんな小さな相違点もただちに、まるでまったく別物のように気づく。と言ってもその違いがどこなのかを言葉で表現することはできないし、それを描くことはなおさら難しい。それでいて私は、いろんな人間とその人間の間にある大小さまざまな類似点から、その人間たちの性格を推論するだろう。なぜなら欺瞞という表象がその顔の知覚と結びついたから。顔の一つの特徴が規則による指定と結びつくことは、行為と結びつくのと同じくらいたやすいことではない。将来の観相学に多くを期待する人々は、いつも凡庸な世間知を持った人々であることがわかった。大きな世間知を持った人々は最良の観相学者であり、観相学の規則にもっとも期待しない人々である。その原因を述べることは簡単だ。［F9］

未来を見ることはいずれにせよ観相学である。［F23］

☿［水曜日］。二十九日。我々の観相学的判断には別の連想が混じる。長い鼻は、例えば性格における堅固さに反する。肉の堅固さと性格のそれとに何の関係がある？ 要熟考《med》。［F75］

♀［金曜日］。三十一日。観相学者が挙げる記号は、他の諸記号と共にあってのみ意味を持つ。ある観相学的な経験命題が我々の中に根を下ろしているなら、それはつねにさまざまな観察――微笑、欠けた歯、口の隅の唾等々――の総計に基礎を持っている。この男の静止した顔は、かの経験命題について語り、この鼻は、全体としての男について語る。しかしだからといってこの鼻が魂の特性の記号であるわけではない。口が同じでなければ、鼻は同じものには見えない。一つの顔の全体像は、［個々の要素を枚挙できるという］判明性を通して失われる。［F79］

♀。二十一日。我々にとって、地上でもっとも楽しませてくれる表面は人間の顔である。［F88］

シルエット★は抽象体である。それを描写してもただのシルエットだ。［F172］

★……横顔のシルエットは十八世紀にはポートレートとして好まれていた。ラーヴァターはシルエットを正確に描くための機械を自作し、『観相学断片』でも利用していた。

観相学の基礎は観念連合である。行為が、我々にある人物の顔をもたらし、その顔は行為を呼び起こす。誰もが観念連合を持っている。それは自覚されねばならない。このことが有害な影響に対する守りとなる。というのも、顔の明晰な観念全体は、［他の］観念と共にまた現れると、この比較があらゆる描写を凌駕してしまうからである。ある人物が、自分の有する明晰な諸観念を分析という篩にかけて、さまざまな規則による指示を書いたとしても、私がそれを読んだとたん、間違った推論が始まる。私を欺いた人間の顔を眼前にありありと思い描くとき、それが意味しているのは、少なくとも一人の詐欺師はそういう外観をしていたということなのだ。観相学は、本による学識が有害な結果をもたらしかねない学問である。職人のコツは教えることはできない。 [F216]

愚かさ（これはしばしば、死んだような凝視と結びついた、持続的で消せない微笑を伴う）は、狂気よりも強い徴を持っている。コロム★は、ただあの愚かさの皺によってのみヴォルテールと区別される。 [F220]

★……Isaac de Colom du Clos（1708-1795）　ゲッティンゲン大学のフランス語フランス文学教授。

言語にどのような観相学の規則が移し入れられているか、辞書で調べてみるのは苦労する甲斐がある。特にギリシア語である。我々は［ドイツ語は］「尖り頭」、「どっしり頭」［強情もの］といった語を持っている（ことわざにはおそらく、同じように多くが見出されるだろう）「尖り頭」はルートヴィッヒの辞書★では「鋭く推論する人（one that reasons acutely）」と翻訳されている。これはまた改革派［カルヴァン派］の異名でもあった。これを観相学的というのは難しいだろう。一般的な表現も欠けてはいない（盗人の顔、など）。赤い頭［赤毛の人］。 [F222]

★……Christian Ludwig（1660-1728）による独英辞典 *Teutsch-englische Lexicon*（1716, 1745, 1765）。

観相学がラーヴァターの期待しているようなものになれば、絞首台に値する犯罪を犯す前の子供が、そこに吊るされることになるだろう。すなわち、新種の堅信礼が毎年執り行われることになろう。観相学的火炙り。★ [F521]

★……“Auto da fé” ポルトガル語で「信仰の行い」は、スペイン・ポルトガル・メキシコの異端審問所では火刑や焚書を意味した。

福音書の穢れない教えがあれほど歪曲され、そもそもの良い意図にもかかわらずそこから害悪が生じてきた。であれば、穢れないどころではない観相学が、状況次第でしでかしえないことがあろうか。 [F608]

顔と魂は韻律と思想のようなものだ。 [F612]

ラーヴァター

彼が誠実な人間であるなら、それをここで疑うつもりはないが、少なくともとても危険で誠実な人間である。己を知ることの欠如、そして他人が言おうとしないことは、そもそも言うことができないのだという信念が、その主たる欠点である。自分に見えているものが見えるほど表面的ではない人々を、彼は自分より弱いとみなす。一方でこうした人々も、彼を前にすると、本当はより大きな知性のあらわれであるものを、自身の能力の欠如とみなすという欠点を持っている。 [F622]

我々の無知が与えてくれる利益の弁護と徹底的な解明。思うに、もっとも完全な観相学は結局のところ、アナロジーによる推論がすでに我々を導いているところへ通じているだろう——「すべては良い」という結論に。しかし、人間の観相学がすぐにそこまで到達することはあるまい。

世界における悪の起源を説明するのに、あちらこちらで応報の実例を集めても役に立たない。我々の地平においてこの問題に決着をつけることはできない。我々が注意深くなり、もっと鋭く見るようになっても、その分だけそれに反対する証明を見出すことになるだろう。それらの例は、思考できない庶民にあっては、より深い推論を表現するのにいいものである。しかし我々が、ちょうど懐中時計のように全体を眼の前にすることがもしも可能であれば、この洞見はまさにこうした結論へ導いていくだろう。

「不完全性」とは、「類」や「種」のような言葉である。不完全性は、色のように、物体のうちにではなく我々のうちにある。思うに、我々が創造主の作品のうちに完全性を見ているうちは、我々はいまだはるかに劣った状態にある。

我々の隣人の魂にかぶさっている覆いは、我々の運命に関してのものと同じように、引き揚げよう

と思ってはならない。また、そんな努力はすべて無駄に終わるだろう。[F637]

瞬間ではどの顔も判定できない。それに続くものがなければならない。[F651]

自由に活動する存在がその奥に住まっている顔というものについて、土くれである人間は、カボチャについて語るのと同じような語り方をしてはいけないし、偶然的ナ未来《フトゥーリス・コンティンゲンティブス》について日食のように語ってはいけない。すべてにおけるすべての読解可能性に依拠しつつ「人間の性格はその顔に宿る」と語るときの断定ぶりは、充足理由律に依拠しながら、人間は機械のように行為するのだと主張するときのそれに匹敵するものである。(……)[F694]

観相学を扱うもっとも理性的なやり方はもちろん、蓋然的なものの計算[★1]を介したものであろう。「このような外見をした六人のうちで五人が悪人であった」、というようにただの一度でも言うことができれば、の話である。しかしそうなることはほとんどあるまい。日常生活において、成文法のもと、人間である裁判官を前に性格を決定するのがどれほど簡単であろうと、人間がいくつかの行為によって判断されるのではなく、一つの素質全体について結論が出されねばならない時、悪人とはどのような存在であるかを言うのははなはだ難しいし、ほとんど不可能であるからだ。

そして、「世間が悪人であるとみなす人物のような外見をした人間は、悪人である」と言うことは、はなはだ難しいだけではなく、弱く混乱した頭脳の不遜さの表れでもある。なぜなら(このことはどれだけ心しても十分ではないが)ある状況の下で免罪される可能性をまったく持たなかった悪行や、別の機会には偉大で報われる行為の理由ともなりえたであろう情動に基づかない悪行はほとんどないからである。

　悪がなされた後での免罪とはたしかに愚かしく思われるであろうが、似たような素質を持っていると推定される人々において、このことは大いに考慮する価値がある。前者においては免罪の理由としても弱かったことが、ここでは本当に妥当しうるからである。ある父殺し――私は彼が車裂きの刑に処されるのを見た――によく似た外見をした人間が、たいへん有用な人間になることだってありうる。それどころか、この殺人者自身が、後にそうなることもありうるのだ。よく似たこの人物が、その素質を持っていると仮定しても、百万に一の確率でしか、同じ状況に出合うことはない。そしてある種の状況では危険になりうる人々を避けようと思えば、我々は百人中九十九人を避けねばならない。自分の良い能力も悪い能力もすべて知っている人間など誰もいない。機会は泥棒を作るだけではなく、人間の友も英雄も賢者も作る。★2しかし私の知る限り、鼻は作らない。これは小説や芝居書きの領域である。

　もっとも危険な人間（誠実な犯罪者《オネット・クリミネル》）は、私にとってはいつも臆病でこそこそした弱虫である。それはすべての役に立つし、何の役にも立たない人間だ。ある種の役立たずの犬のように、誰の投げたものも取ってくるし、誰の杖も飛び越え、信じられないほど忠実な振る舞いをして、誰かが必要とすれば、いつでも飛び出していく。そんな人間は、彼の頭上に金袋か鞭を（闇の連鎖）振り回す人間が要求することは何でもする。彼らの顔は――わたしはそんな人間を何人か知っており、その記憶が今も生々しいのがやりきれない――愛想のいい微笑の中で引き攣《つ》っているか、あるいは頭の前部にゼリーのように垂れ下がっていて、そこに表情を探すとしてもコップの水の中に有機組織を探すように無駄に終わるのだった。

[F730]

★1……蓋然性・確率の計算に関しては本章［L707］注参照。
★2……第一章［F728］注参照。

ギリシアの顔の造形の美が持つ絶対的なものをいつも疑わしくさせるのは、それを認識するのが一種の学識だということである。（要熟考《med》）［F766］

魂の内容を顔で評価しようとする人々は、共通して、思想を、それが包まれる散文の響きで判断しようとする人々であるということを見ても、驚くにはあたらない。［F773］

一つの顔をわずかな筆使いで素早く捉える画家は、疑いなくその顔のなかに私より多くを見ているに違いない。それを私に説明しようとすると、すでに商標の押された言葉しか使えないので、私でも言える以上のことは言えないとしても。［F776］

（序文用に[★1]）読者にとりわけ、いやほとんど唯一お願いしたいこと、どこを読むときでも決して見失ってはいけないこと、それは次のことである。私の唯一の最終目標は、用心深くあれと勧めることにある。アメリカの戦争は不幸な結末を迎えるか[★2]、ハンコックはそれにふさわしい絞首台に上るか[★3]、両ハウ氏はイギリスへ戻る船に乗り込むか[★4]、あるいは来年は湿った年になるか、といったことではない。事はもっと身近なのだ。

まったく私に背き、悪徳は身を歪めることもありうる、と考えるに至る者が現れても、もし君が不快な相貌をした歪んだ人間を見たら、徹底的かつ正確な探求もせずにこの人物を不品行な存在とみなすようなことは、どうかやめてほしい。君をそのように美しく作った神が、この人物をそのように創ったということもありえるのだ。後生だから、あえてこう言うが、後生だから、彼にも人間性と寛容の施しをしてやってほしい。信頼という、本来なされるべき貢物は拒絶するとしても、である。

地上で語られたことを天から降ってきたと君に思わせる、あの熱狂者[★5]の超越的腹話術を恐れよ。この人物の動脈のすべてにガスナー[★6]のような存在が宿り、脈打っていて、彼を騙しているのだと常に考えよ。しかしながら、一つの明確な観相学的原則を君に教えよう。それはスタイルの観相学[★7]である。誰かがメンデルスゾーン[★8]やフェーダー[★9]、マイナース[★10]やガルヴェ[★11]の男らしい散文で君に語っているとしよう。疑わしく思える命題に出会ったら、さらに探求を進めるまで、君はいつもそれを信じておいてかまわない。それと反対に、誰かが君に、予見者の恍惚とした調子で語ったり、口にできないものを口にしようと痙攣しながらディテュランボスを剽窃し、つっかえながら口にしたりするときは、厳密な探求を済ませていないところでは、その男のことを一言も信じてはいけない。もはや神の使者など存在しない。その男が君の世俗的な論理学に忠誠を誓っていないなら、もっと詳しく調べるまで家から追い出しておけ。　［F802］

★1……『ゲッティンゲン懐中暦』一七七八年号（一七七七年刊）に掲載され大きな反響を呼んだ「観相学について。最後に本号掲載の銅版画の解説を付す」„Über Physiognomik, und am Ende etwas zur Erklärung der Kupferstiche des Almanachs“を単行本化する際の序文として構想されたもの。単行本は『観相学について——観相学者に抗して。人間愛と人間知の促進のために』*Über Physiognomik; wider die Physiognomen. Zu Beförderung der Menschenliebe und Menschenkenntnis.* と題され一七七八年に刊行された。

★2……アメリカ独立戦争（一七七五—一七八三）を指す。

★3……John Hancock（1737-1793）　ボストンの富裕な商人で第二次大陸会議（一七七五）の第三代議長にえらばれ、ジョージ・ワシントンを大陸軍最高司令官に任命、一七七六年七月四日に独立宣言に署名した。一七八〇年からマサチューセッツ州知事を務めた。

★4……兄リチャード（Richard Howe, 1726-1799）はイギリス海軍提督。一七七六年より一七七八年まで北アメリカ艦隊司令官。弟ウィリアム（William Howe, 1729-1814）はアメリカ独立戦争当初（一七七五―一七七八）のイギリス軍最高司令官。結局二人はイギリスに帰国することになる。

★5……〈熱狂者〉については第一章［D364］注参照。〈超越的腹話術〉は第一章［F665］にも同じ表現が見られる。

★6……Johann Joseph Gaßner（1727-1779）はカトリック司祭で祓魔師《エクソシスト》。一七七五年、異端の疑いをかけられ、バイエルン選帝侯の要請でメスマー（Franz Anton Mesmer, 1734-1815）が審査に加わり、ガスナーは無自覚に〈動物磁気〉による治療を行っていたのだと報告。ガスナーは左遷されることとなった。

★7……「動態観情学」と「スタイルの観相学」が、リヒテンベルクがラーヴァターの観相学に対抗して提示するオプションになる

★8……第一章［F183］および本章［C39］の注参照。

★9……第一章［F871］の注参照

★10……Christoph Meiners（1747-1810）はゲッティンゲンの哲学（Weltweisheit）教授。一七八八年から一七九一年までフェーダー（Johann Georg Heinrich Feder, 1740-1821）とともに雑誌『哲学叢書』*Philosophische Bibliothek* を発行。『人類史概説』*Grundriß der Geschichte der Menschheit*（1785）で、現在の人類は主としてコーカサス出身とモンゴル出身の二つの種族からなり、後者は前者に比して心身共に劣るという説を提唱した。

★11……Christian Garve（1742-1798）哲学者。道徳哲学や経済学を論じ、キケロやアダム・スミスの著作を翻訳し、フェーダーと共に『純粋理性批判』の最初の批評を匿名で発表（一七八二）した。

（序文）

観相学が今日置かれている状態では、そしてそれはひょっとするとずっとこのままであるかもしれ

ないが、この件に関して多少なりとも信用されたいと思う人間はみずから証拠を提出せねばならない。こうした理由から、私事にわたることも読者にはお許しいただけるであろう。

　とても若かった頃、私は顔や作法から推測をするのを好んだ。この論文にそのいくつかのサンプルが出てくるであろう。一七六五年と一七六六年には当地の歴史学講座で三つの講演を行ったが、それは公表しなかった。[★1] 顔における性格について、主としてサルスティウス[★2]の性格についてのもので、そこには多くの観相学的なものが登場していた。それゆえ、当地の第一等のある学者は、『ハノーファー・マガジン』に掲載された最初のラーヴァターの論文[★3]の著者を私だと考えた。そうではないと説明したにもかかわらず、彼はしばらくそう信じていた。この論文を、私は魅力的に書かれた小説だと思った。そのため、そして尊敬措くあたわざる編集長[★4]が付け加えた注釈のため、このゲッティンゲンの学者の推測は私の自尊心をくすぐった。その後もしばしば、最近ではイギリスで、以前にもまして観相学的な観察を、いや実験をも行った。それは、嵐の電気に対する実験と同じように危険なものだった。こうして、もう少しで観相学的な金持ち《リッチマン》になるところだった。

　しかし名誉と良心にかけてわが読者に断言できるのだが、私の経験から言って、こういったことはすべて、無に等しい。私は我が規則を年ごとに、いや週ごとに変更しておきながら（自分の脂肪で窒息させ）、まさしく厳格に自問しないときには、自分はまだ同じ規則を信じていると思いがちであった。これは自己欺瞞と虚栄であり、観相学的な秘教に参入したと誤解されたため社交界で獲得した、一種の産婆としての信用だった。こう言ってよければ疑惑含みの信頼を勝ち得ることで、友情と愛情がつながれるのである。聞くところによると、未婚の無垢な少女も産婆たちには好意を寄せるという。このことは観相学者たちを、その企てにおいて少なからず力づける（ここでもう一つ言っておかねばならないのは、私は社交の場でしばしば観相学を弁護し、その理由も語ってきたのである）。世の人々の、より強くより理性的な部分が学問においてこれほども自信を持たないでいることは、より弱い部分にそれだけ勇気を与えるのだ。［F804］

★1……この講演のうち「歴史における諸々の性格について」„*Von den Charakteren in der Geschichte*"だけが残されている。

★2……Gaius Sallustius Crispus（BC86-BC34）はローマの政治家・歴史家。ローマ内戦ではカエサル側で戦い、カエサルの暗殺後は政界から退いた。引退後は歴史書を執筆し、『カティリーナの陰謀について』*De coniuratione Catilinae*などが残されている。

★3……一七七二年に「観相学について」„Über Physiognomik"が掲載されている。

★4……ツィンマーマン（Johann Georg Zimmermann）を指す。ツィンマーマンについては第二章［H57］注参照。

おまえは、体のある部分から、別の部分がどのような外観をしているか言い当てることもできないのに、身体から精神へ推論しようとしている。［F806］

我々自身という、この捉えがたいもの、ふだんよりもっと近づくことができれば、もっと捉えがたくなってしまうであろうものを、顔つきから読み取ろうなどと考えるものではない。［F816］

脳を収める骨のドームの形から人間の観相学的データを取ってくることなど、笑止千万と思ってきた。いわんやそれを、Z［ツィンマーマン］のように可動的部分の形より優先するなど馬鹿げたことである。「可動的な」動態観情学《パトグノミー》★的部分が嘘をつくとしたら、「固定した」観相学的部分は、どれだけ多く嘘をつくことか。いちど形が成ってしまうと、名誉心や妬み、所有欲や情欲、他人の不幸を喜ぶ気持ちなどが沸き立ち、魂の中で推移していくときも、それに伴って観相学的部分が変化することは決してない。

それに対し、動態観情学《パトグノミー》的部分はつねに蠟状のものであり、一生を通じてさまざまな印象を受け入れることができる。観相学的部分は、そうしたものを幼少期にしか受け入れることはないのだ。頭骨から見て取ることができるのは、若き日の性格に過ぎず、もし万一、例えば鼻骨といった多くの部分が、もっと後の刻印を許すとしても、それは目の隅や口の隅や、唇の形や、しっかり結ばれたその形や、大きく開かれたその形といったものが、いつもはるかに多く持っているものと比べれば、ごくわずかなものでしかない。［F830］

★観相学に対抗するものとして、〈スタイルの観相学〉と並んでリヒテンベルクによって提示されるオプション。観相学が骨格や顔の諸器官といったすでに形の定まったものに注目するのに対し、ここでは身振りや表情、そしてそれが身体に残していく痕跡が第一の対象となる。さらにそこから読み取られるべきものは、変化と持続の絡み合いにおけるさまざまな情動である。観相学と動態観情学《パトグノミー》を十八世紀の身体文化・視覚文化の文脈に位置づけるにはバーバラ・M・スタフォード『ボディ・クリティシズム』（高山宏訳　国書刊行会二〇〇六年）——そこでは「パソグノミックス」とされている——が参照されねばならない。一方、遠藤知巳『情念・感情・顔——「コミュニケーション」のメタヒストリー』（以文社　二〇一六年）はパソグノミー（同書では「表情学」「感情学」と訳されている）を「情念／感情を形象《フィギュール》化するという、18世紀における強い傾向」（五八八ページ）と、当時主導的となったコミュニケーション形態である「社交」のなかに位置づけ、「18世紀においては表情（expression）への関心が圧倒的に優先する」（五八四ページ）と指摘したうえで、ラーヴァターの『観相学断片』は顔の固定的形状に注目することによって、「18世紀的観相学を集大成していると同時に、そこから決定的な一歩を踏み出した」（五九三ページ）と評価している。注目すべきこの解釈を踏まえれば、リヒテンベルクの反観相学において、いわば十八世紀の主潮への回帰という側面を見落としてはならないことになる。

「魂は自分に合わせて身体を作る」という命題が、「幸福は人それぞれである［各人が自らの幸福を作る］」

というよくある命題と同じくらい真実であるのなら、前者が観相学で持っている意味は、観相学の双子の姉妹である予言術において後者が持っている意味と同じ程度のものでしかない。この世界［身体］を作った小さな神［魂］を、我々は啓示なしに認識することはないだろう。［F862］

多くの賢い人間が頭から転倒して痴呆化した。『パリ・メモワール』★（何巻だったかは思い出せない）には、愚かだったが、頭から転倒して賢くなった注目すべき実例が載っている。動態観情学的特徴《パトグノミー》が嘘をつくとしたら、観相学的特徴の嘘はそれをどれだけ上回ることだろうか。衝撃とその作用を――それは瞬間的でありうるが――骨が長きにわたって感じることも可能であり、それを消そうとするあらゆる作用に抗って、その効果が時間とともに増大することもありうる。一方、動態観情学的特徴《パトグノミー》は改善することがありえ、そこでは一種の合算が起こる。私はここでは外的原因について語っている。しかし一つの効果はまったくよく似たさまざまな作用を生み出すことがありうる。私の脳内で二つの観念の系列を結びつけている橋は、さまざまな理由で落ちうるのだ。［F866］

★……フランス科学アカデミーによって一六六六年より刊行されている *Mémoires de l'Académie des Sciences* のことを指すが、具体的な記事の内容と掲載号についてはプロミースも不詳としている。

私の観相学論に反対するすべての人々は、ラーヴァター氏も例外ではないが、私をあらゆる観相学的なものの敵とみなし、私がラーヴァター氏の命題の一つ[★1]を否定すると、そのすべてを否定するのだと結論した。自分の論文の内容を銅版画で反駁するほど私が無思慮であったはずがない、ということに気づいたものは誰もいなかった。このことだけでも考慮していれば、私の意図を察してくれたであろうに。

動態観情学的特徴《バトグノミー》とは、その土地その土地の美しさと多かれ少なかれ混合され、それによって物語画家が私たちに語りかける言葉である。私たちが美の感情を持たず、それらの特徴を理解しなかったら、ラファエロの一作品は商人の見本帳以上の印象を与えることはないだろう。敬虔な顔、激昂した顔などといったものがどのようなものか誰でも知っている。すなわち、画家がそのような特徴を用いると、それは画家がそこに与えようとした意味で受けとられる。しかしこの特徴の自然さにもかかわらず、これはつねに、少なくとも偽りのなさに関しては、約束事でもある。ラファエロが描く敬虔な男について、この男は敬虔なのではない、そのふりをしているだけだ、なぜなら我々に見えない誰かが彼に注意を向けているからだ、とか、ウェストの『オレストとピラデス』★2に描かれた、脅すような顔つきで神殿に押し入ろうとする群衆を押し戻そうとしている兵士は、そもそも脅しているのではなくただ顔を顰《しか》めているのだ、などと言うのはまったく馬鹿げたことであろう。連関もまた、描かれた特徴の意味を規定し、我々は即座に画家の意図を察知する。

誰かが、その顔について我々が確かなことは知らない古代の有名な英雄をひしゃげ鼻としょぼ目で描こうとしたら、馬鹿げているか、ふさわしくないことではなかろうか。それはひしゃげ鼻としょぼ目が英雄の顔に収まることがありえないからではなく――テュレンヌ★3は後者の持ち主だった――たいていの国ではそれは美しくなく、さらになぜ私がこの男を醜く描かねばならないかという特別な理由がないからである。そもそも醜い人間よりは美しい人間のほうが多くいるし、かつてはもっと多かった。その上、美しさは満足を呼び起こす。いにしえの英雄の頬にシュマレン［パンケーキの一種］を描いたり、額に窪みを描いたりはしないものだ――現代人よりもしばしばそういったものを持っていたであろうが。こういったことはあまりにも明らかで、象でも犬でもわかるほどである。

こういう観点から私はホドヴィエツキの銅版画を解釈してみた[★4]し、またこれからもまだ彼の銅版画の何枚かを解釈するだろう[★5]。そして同時にこう主張し続けるだろう——観相学は、予言術に次いで、逸脱する頭脳がこれまで企んできたあらゆる馬鹿げた人間の技術のなかでもっとも欺瞞的なものである。私はすでにそれらの頭部の解釈において間違っていたのかもしれない。すなわち、他人とは別のことを考えていたのかもしれない。なぜならそれらの頭部はただ個々の語であって、一人の作家が一つの語に籠めた正確な意味は一つの文からのみ認識しうるということがよくあるからだ。しかし、ああ、だからといって私は推論を逆転できるだろうか。画家は赤い頬で健康を表現する。しかしだからといって、赤い頬をしたものは誰でも健康だろうか。一群の病と、密かな欠陥が、花咲く頭を載せた身体に住まうこともありうるのだ。絵画には一瞬で、それ以上探求せずとも認められる聖なる顔つきがある、なぜなら、それは画家たちの約束によって偽りのなさと単純な意味が与えられた自然的記号[★6]だからである。この同じ聖なる顔つきが、人生においてはあらゆる悪徳を隠す隠れ蓑となる。さらに、聖人たちがしばしば持っている顔つきの背後に、本当に聖なる魂が宿っているかどうかは、観相学の分野に属さない他の諸事情が決定せねばならない。そしてこれを見極めることはしばしば困難であり、この聖なる顔つきと美が組みになるとなおさらである。馬鹿な顔つきにおいても同様である。一般に「馬鹿な顔つき」と呼ばれるのを耳にしてきたし、自分でもしばしばそう呼ぶものには、何らかの快適な（快活さ）や、あるいははなはだ不快な動態観情学《パトグノミー》的表現が欠けており、いくぶん醜さと結びついている。しかし美と醜さが表現そのものでなく、ただの演技であり見かけであるように、あのつまらない穏やかさも美の仲間になることができる。醜さと美をふさわしく混ぜ合わせた動態観情学《パトグノミー》が画家の言葉を作るのである。　[F898]

★1……一七七七年、『ゲッティンゲン懐中暦』一七七八年号に掲載された「観相学について。最後に本号掲載の銅版画の解説を付す」„Über Physiognomik, und am Ende etwas zur Erklärung der Kupferstiche des Almanachs“をさす。『懐中暦』にはホドヴィエツキの銅版画が掲載されていた。同年、季刊『ドイツ・メルクーア』*Der Teutsche Merkur* 一七七七年度第四号に『ゲッティンゲン年鑑』一七七八年号に掲載された、観相学についての読者への講話に対する追悼の辞」„Nachruf zu der im Göttingischen Almanach Jahres 1778 an das Publikum gehaltenen Rede über Physiognomik“が掲載された。リヒテンベルクはこれをツィンマーマンによるものと考えたが、実際はレンツ（Jakob Michael Reinhold Lenz, 1751-1792）によるものだった。そこには「というのも（……）日々交際する人々の性格を探求するために銅版画を用いる氏の試みは、まったく失敗しているように思われるからである。それは、フランス劇で登場人物の姿を取っている自慢、吝嗇、愚昧といった抽象概念を基に、その国民性を探求しようとするようなものだ」（一〇九ページ）と書かれている。

★2……イギリスの画家ウェスト（Benjamin West, 1738-1820）の『オレストとピラデス』——正しくは『犠牲としてイフィゲーニアの前に引き出されたピラデスとオレスト』*Pylades and Orestes Brought as Victims before Iphigenia*（1766）——における兵士の顔はラーヴァターの『観相学断片』第一巻でも取り上げられている。

★3……テュレンヌ子爵。第7章［J1521］注意照。

★4……ホドヴィエツキ（Daniel Chodowiecki, 1726-1801）はドイツの画家、銅版画家。「ドイツのホガース」とも呼ばれた。ベルリン・アカデミーの教授となり、総長も務めた。ここに述べられているものは「観相学について」の最後に付された説明文を指す。

★5……この年から八三年まで『懐中暦』にはホドヴィエツキの銅版画と、その説明文が掲載された。さらに一七九二年には、夜明けを描いた『啓蒙』というドイツ啓蒙の解説書に繰り返し掲載される銅版画にもリヒテンベルクは説明を添えている。

★6……人為的記号と自然的記号の区別に基づいて芸術を分類しようという記号論的芸術論は啓蒙期の芸術論の一つの大きな特色を為す。代表的なものにメンデルスゾーン『諸芸術の主要諸原則について』（一七六一）がある。第一章［F183］注参照。

観相学（子供の）。醜い顔だと、不機嫌は、美しい顔でよりも不品行な感じになる。醜い顔でなされたことの多くが、悪行と呼ばれる。（注意セヨ《NB》　これを完成すること）　［F1020］

引っ込み思案で感じやすく、喜んでいるときに他人が泣くときと同じ様子を見せる人間が本当にいる。これを見たことがなく、知らない人間は、観相学について一言述べようなどとあつかましくも考えてはならない。　［F1185］

皮を剥がれた身体にはもはや美は存在しない。だが、より高次の目にとっては確かに、まだそこに美が存在するであろう。神が徳を悪徳の印章で徴づけることはありえない——これこそまさに我々が問題にしていることである。悪徳の徴とは、動態観情学《パトグノミー》的なもの以外には存在しない。これが多かれ少なかれ醜さに伴われると、いっそう目立つようになる。醜さは悪徳をいっそう目立たせる。愚かさの徴は、規則通りの健康な顔（美しい顔）に置かれると、もちろんそれほどはっきりとは認識されない。白い板に白い線が引かれるようなものだ。醜い顔ではそれはより目立つ。そして顔は醜さと愚かさからできているわけではないが、大衆はある顔をまったく醜いとみなし、ラーヴァター氏はそれをまったく愚かとみなす。そこで本来愚かなのは、だらけた様子や、怠惰さや、口をあんぐりさせるといった動態観情学《パトグノミー》的な特徴であり、残りはその国民独自の醜さであることもしばしばだ。だからフエゴ島★の住民の顔も弁護されうる。愚かさの動態観情学《パトグノミー》的特徴は、抽象的に捉えられれば同じものであるかもしれないが、愚かなフランス人は愚かなイギリス人のようには見えない。

「苦しんでいる徳はたやすくそれとわかる」、もちろんそうだ。天然痘による瘢痕、裂いたような細目、曲がった脊椎、しかし公正な神よ、いかなる死すべきものがここに限界を定めようなどと思うだろう

（マティエ家の庭のそばに住む少女の話をここに。唇は引っ張られ、幅広く光って青色で、無垢な微笑や頰のえくぼはもはや跡形もない。私は確信するが、その瘢痕や裂いたような細目を取り除いても、この子が美しい娘だったと信じる者などいないだろう）。ひょっとして愛らしい言葉も心の、あるいは喉の完全性の徴なのか？　もっとも美しい目が、もっともよく見える目というわけではなく（メンデルスゾーンに反して）、逆も同様である。そう、一言で言えば、もっとも美しい人間がもっとも健康な人間というわけではないのだ。身体の内的不完全性ですら、つねに外的な歪みによって示されるわけではない。だとすると、身体そのもの、その本性、その維持に関する不完全性はどうか。魂を触発し、それ自体は顕微鏡レベルでありうる身体の不完全性が、歪みによって表に現れるなどと、諸君はどうすれば信じることができるのか。各人、ここで自分の知人全員のことをよく考えて、証人として前に歩み出るがよい——誰の言っていることが正しいか。ああ、私が知っている人々ときたら！　一見すると笑いたくなるほど（もっと良い表現を）醜くて、それでいてもっとも優れた人々である。彼らをよく知るにつれ、もちろんすべてが明らかになっていった。そして最初に見逃されていた魅力が、じっくり考えることでよく感じられるようになったのである。　［F1204］

★……南アメリカ南端部の諸島。ティエラ・デル・フエゴはスペイン語で「火の陸地」を意味する。先住民族ヤーガン族の焚き火を見たマゼランによって名付けられた。

注意深さを装った顔つきを知っている。これはもっとも低級な注意散漫である。　［G63］

私が観相学について書いたすべてのものの中で、二つの発言は後世に伝わってほしいとひとえに願う。まったく単純な考えで、誰も私をそんなに妬んだりはしないだろう。一つは、観相学と予言術の類似性を認識したことであり、もう一つは、観相学は自分の脂肪で窒息死するだろうと確信したことだ。［G95］

本物の人相書のような顔。［L610］

人さまざま

いま海である広範な地域に人が住むようになったら、我々は間違いなく特別な心のありようをした人間たちと知り合いになるだろう。ひょっとしたら、何千年かのちには、現在の陸地は海に、海は陸地になっているかもしれず、そうなれば、今だったら奇異な念を抱いて当然の、まったく新しい風習が生まれるだろう。［A39］

精妙な変装術を完全にマスターしておらず、そのくせせっせと他人の裏をかきたがる人々は、一般に、初対面でその思考法全体に通底するものを曝けだす。したがって、他人の性向に媚びようとする者、それに自分を合わせるすべを学ぼうとする者は、初対面の際に注意深くあらねばならない。そこでは、一般に、思考法全体を規定するさまざまな点が一つになっているのが見出される。［A51］

どうでもいいような幸福を実感するには、それが一度失われて、今この瞬間に再び手に入ったといつも考えねばならない。こうした試みをうまくやるには、いろいろな苦しみで経験を積んでおく必要

がある。 [A72]

知性を用いねばならなくなると、彼はいつも、普段は右手を使ってきたのに左手で何かをやらないといけなくなった人間になった気がした。 [B1]

この女は一枚の舌しかなくても十分噂の女神だった。千枚も持っていたら、何をしでかしたことだろう。 [B24]

どんな人間にも道徳上の尻《バックサイド》というものがある。やむにやまれぬとき以外は晒したりせず、行儀良い振る舞いというズボンで可能な限り隠しておく。 [B78]

彼はいくつかの定義をつかえもせず唱えた。言い忘れた言葉があると、ただちに言い足すことができた。知性よりも舌が、どこかおかしいと教えてくれるのだった。すべてを丸暗記していたからである。 [B98]

喜劇を観ていて、笑えそうなところになると、彼はいつも自分と一緒に笑ってくれそうな人はいないかと横目で窺った。それに気づいても、私は決して彼を手助けしてやったりせずに、ずっとそっぽを向いていた。 [B99]

頭脳と足は、身体的な観点では離れて存在しているが、精神的《モラーリッシュ》かつ心理的な観点では大いに近接している。鼻は魂から三ツォル★1も離れていないくせに、喜びや悲しみが足に現れるほどすぐに鼻に現れることはほとんどないのだ。毎日、窓辺でこれを確認することができる。学生たちの足取りで、講義が終わったところなのか、そこへ行こうとしているところなのか、はっきりとわかるのだ。後者の場合、靴底全体を地面に下ろすような歩きぶりから、彼を支配する魂が飢えていることがわかる。前者は踵から指先へゆっくり地面に触れる、味わっているような足取りをするが、これはたったいま満腹になった徴である。こういったことを見て取れない学生は、ほとんどの場合に後から確かめられたのだが、講義を済ませて別の講義へ行くところなのである。

ラテン語の文筆家たちによれば、カティリーナ★2は目立ってそういうタイプだったため、キケロがあの有名な陰謀をその頭の中に見出すずっと前から、それが足取りに見て取れたと主張する人間も何人かいたということだ。通りを普通に歩いていたと思えば、ゆっくりした歩みとなり、ハンカチを忘れたとでもいうような様子で向きを変え、立ち止まり、とつぜん走りだし、また新たな計画が彼の前に割り込んできて彼を立ち止まらせるのだった。我らの青ざめた友人にはそんなところは見当たらなかった。彼はひどく足を引きずっていて★3、ほとんどいつも、一つの講義へ行くと同時に、別の講義を済ませてくるように見えた。彼の性格を探る別の方法も試してみた。云々。　［B125］

★1……ツォルはインチにあたる。ここでは七・五㎝程度という数字が挙げられていることを考えると、魂を脳に局在させて考えていることがわかる。〈魂〉という語そのものがあくまで思考の便宜上用いられるものであることについては第三章の〈魂・神経・無意識〉の項を参照。

★2……Lucius Sergius Catilina（BC108-BC62）古代ローマの政治家。執政官に選ばれないため武装蜂起による権力奪取を計画するがキケロに弾劾され亡命。後に追討軍との戦闘で戦死した。

★3……「足を引きずる」という描写はクンケルに関する覚書にも登場する。

女性にあっては「名誉の感情《ポワン・ドヌール》」が宿っている場所は重心と重なる。男性においてはいくぶん高く、胸の横隔膜あたりである。男性が壮麗な行為を企てる時にはこのあたりが弾力を持ちながら膨らみ、つまらないことを企てるときには張りを失って萎んでしまうのはそのせいだ。 [B139]

さまざまな種類の本と絶えずつきあうなかで、読んだ本や人が話していたり自分が尋ねたりした本のタイトルがクンケル[★1]の頭脳のなかで一種の百科事典を作り出した。それが印刷されたものを見ることができたら、ひょっとしたら意見というものの最大の収集家にとってもふさわしくないものでなかったかもしれない。彼とはしばしば数学の本について話したので、この方面では彼のことを幾分か詳しく知っていた。彼の考えは、およそ次のように形づくられた。彼はケストナーの名声と報酬を目の当たりにする。第一の推論：ということは、数学によって名声と報酬にありつけるのだ。彼は数学の本のなかに、他のあらゆるキリスト教徒や異教徒の言語と違う言語を見出す。第二の推論：数学は恐ろしく難しい。何冊かの本はずっと売れ続けるが、別の本は売れず、ほとんど永久に売れ残ったままだ。第三の推論：数学のいくつかの部門はパンを稼いでくれるが、それでも数学はそんなに栄えてはいない。彼は日食が予言されるのを見た、さらに、彼の言い方では、暦の作者は「主の祈りを何回か唱える時間だけ」誤ることとさえめったになかった。第四の推論：数学とは途方もないものである。これらをまとめると、彼の定義ではおよそ次のようになるだろう。数学とは、正直者が、その五感すべてを必要とする職業であり、名誉とパンをもたらすが、それほど栄えてはいない。そのいくつかの部門はほとんどパンデクテン法学[★2]のように役立つものであるに違いない。それは未来の出来事を、許されるやり方で予言することを教える。おそらく我々の誰かが死ぬのはいつであるか、数学者は知っている。しかし彼らはそれを我々には教えないでくれているのだ。彼らがそれを漏らしたりすることを政府が許さないよう、神よ守り給え。私が耳にし、推論できた限りでは、人間の知識は彼にとって次の表★3のように分類されている。

学問が——

パンも名誉ももたらす：法学・医学・神学・無限解析
パンも名誉ももたらさない：形而上学・論理学・批判《クリティカ》
名誉はもたらすがパンはもたらさない：詩学・文芸・哲学・マテシス★4
パンはもたらすが名誉はもたらさない：弁護術《アドウォカティア》・経済学《エコノミア》・解剖学・計算と筆記術　［B145］

★1……ゲッティンゲンの古物商・古書店主クンケルについては第二章［B418］注参照。
★2……ローマ法に基づくドイツ法学。パンデクテンとは『ローマ法大全』の『学説彙纂』の別名。
★3……『百科全書』など、諸学を分類して図表化するさまざまな試みがなされたが、ここではそれがパロディ化されている。
★4……代数学を中心とした数学の諸分野を包含する名称。

彼★はドイツ語の少なくとも一万語を知っていて、変化するものはすべて格変化させ人称変化させることができた。しかしそのうち少なくとも八千語は、その脳内でそれが表示すべき本来の概念からずれてしまっていて、しばしばまったく別のところを占めていたり、上か下に半分以上ずれていた。彼が日々手にしている本が扱っている諸学について彼が抱いている奇妙な観念はここに由来する。多くの語は彼にとってぞっとするような広がりを持ち、それは二つか三つの類を持つのみならず、個々の種や個体を特に表示したので、belles letteres［文芸、字義的には〈美しい文字〉］という言葉が彼にあっては特別な意味を持っていることを我々は見出すであろう。「職業」という言葉は彼にとっては「好み」「傾向」「情熱」を表現していた。要するに、さまざまな言葉がそれぞれきちんとした場所を占めていない頭脳にあっては、ある独自の思考法、別の自然法《ユース・ナートゥーラエ》、別の文芸《ベル・レットル》があり、家政の全体が変化せずにはおらず、自分の故国で、そしてこの世で異邦人になってしまうのだ。したがって、私はすべての若者にこう忠告したい——すべての新語をきちんと整理して、鉱物のように分類し、尋ねられたり自分で使おうとするときはきちんと見つけることができるようにしておくことだ。これは言葉のやりくり《エコノミー》と呼ばれ、これが知性にとって利をもたらすのは、お金のやりくり《エコノミー》が財布に利をもたらすのと同じである。

[B146]

★……これもクンケルを指す。

飲むこと、それは三十五歳より前に始められなければ、読者の多くが考えるほど非難されるべきことではない。およそこのころ、人間は生の迷路から平地に出て、これから歩むべき道が延々と延びているのを目の当りにする。それが正しい道でないことに、そのとき初めて気づくとなると、これは憂鬱な事態である。たいていの場合、別の道を探すには、よほどの健脚の持ち主でなければ、もう遅すぎる。この発見は、ある動揺と結びついているのだが、一方、経験から、ワインが時に奇跡を起こしてくれることもすでに知っているのだ。グラスに五、六杯、あるいはホラーティウスの言う「豊かな望み」（“Spes dives”）★まで飲めば、失われた調子が蘇ってくる。各人の基本的な考え方が作っている体系《システム》は、外界のあらゆるものがおのれの最も快適な状態と調和しているのを見出す。見通しがきかないところでは、魂が一掃作業を行い、至るところに限りなく美しい展望を作り出し、どこまでも澄んだバラ色の光か、限りなくみずみずしい緑に輝いている。目に力を与え、魂を心地よく満たすにはこれ以

上のものはない。　[B159]

★……ホラーティウス『書簡詩』一・一五、一九行「それ［質の良い熟れたワイン］で憂いを一掃し、／私の胸や血管に／豊かな望みを抱かせて、／饒舌になり、私は／若返ったように、ルカニアの／婦人の前で振る舞います」『ホラティウス全集』鈴木一郎訳　玉川大学出版部　二〇〇一年　五九五ページ。

決闘。真の大胆さには程遠いくせに、その代わりとなりそうな簡単なことをせずにはいられない心持ち、名誉と功についての誤った考え、確たる知識を欠いた軽率さ、剣での争いを好む大学生が持っているのは、おそらくこういった特性だろう。ゲッティンゲン流の決闘はボール一杯のパンチを飲み干すだけの大胆さを必要とする。後者のやり方ではすでに五十人が死んだが、前者で死んだのは一人だけだ。失われたと思い込んだ名誉を回復しようと、かくも多くの人間がこの手段に訴えるのも不思議ではない。クランツ[★1]が『グリーンランド誌』[★2]第一部二三一頁で言及したグリーンランド流の笑劇風決闘[★3]を導入することは、自分の名誉が失われたと早急に思いこまないようにするいい方法かもしれない。　[B174]

★1……クランツ（David Cranz, 1723-1777）はツィンツェンドルフ（Nikolaus Ludwig Graf von Zinzendorf, 1700-1760）の「兄弟団」に入り、書記を務め、伝道旅行に随行した。

★2……『グリーンランド誌。土地と住民等の描写とともに、かの地における新ヘルンフート兄弟団の伝道の歴史を記す』*Historie von Grönland enthaltend die Beschreibung des Landes und der Einwohner etc. insbesondere die Geschichte der dortigen Mission der Evangelischen Brüder zu Neu-Herrenhut und Lichtenfels* (1765)。

★3……侮辱されたと思った人間は公衆を前に歌と踊りでそれを非難し、訴えられた側も同様のやり方でそれに応え、その応酬に勝ち残った側が勝訴したとみなされるという風習について、同書第一巻で報告されている。

彼は自分の小さいステッキをさまざまなものを測るのに用いた。物体としてのものも、精神的《モラーリッシュ》なものも。というのも、「これっぽっちも心配なんかしていませんよ」と言っては、どのぐらい心配しているか、親指の爪でステッキにあたりを付けてみせることがよくあったのだ。 [B215]

彼女の下着は赤と青の幅広い縞模様で、舞台の幕でできているようだった。一等の席にだったら私も多くを支払っただろうが、上演されることはなかった。 [B216]

前の長靴下がもう何度も繕われていて、それでもしばしば穴が開いては人々の注意を惹きつけていた。それを新品の靴下に替えて外出するときの満足と快適な安心感については誰もが知っている。 [B233]

悪人である大物が考えに耽りながら歩いているのを見ると、今、彼は自分自身の処刑人になっていて、他人には許されず、またできもしないような刑を自分に加えているところなのかもしれない、といつも考えてしまう。 [B246]

よくわからないが、あの人物は本当に、「精神の目を自分の内側へ向ける」と言えるような顔つきをしていた。これはいつも天才の徴である。 [B267]

私は彼と二年間、同じ尿瓶に用を足してきたので、彼がどんな具合かよくわかっている。 [B273]

自分を検査し自分に教えることを学ぶのは、自分で髭を剃るのと同じく快適であり、それほど危険でもない。誰もがある年齢になればそれを学ぶべきであろう――下手に使われた剃刀の犠牲になるのが怖いなら。

［B279］

ドイツの社交界はひとつの博物室とみなすことができよう。そこではしばしば、哲学的な最年長者が、若いサルたちを、自分たちが偉大なる精神であるという確信に浸して保存している。標本を軽いアルコール溶液に浸けておくのと同じだ。連中のなかに、学者と筆耕者をつなぐ鎖の環を見つけるためである。

［B306］

飲むこと（πινειν）を、ここでは一般に、開いた心で良い時間に一杯ひっかける、という意味だとしよう。この一杯は我々のもっとも内奥に魔力でもって襲い掛かり、魂の諸力のすべてを取りまとめて喜びの宴を生み出すが、そこではどれほど厳格な理性も仕事を切り上げてしまう。この一杯は壜からのものであっても（これが本来の意味だ）、月の光を浴び、花の香に満ちた空気からのものであってもいい。そのときは、ダナエに仕える前のアガトン★1のようにただ一人でいてもいいし、その後すぐに機会を得たように仲間と一緒でもいい。こうして私が「酔い」と呼ぶのは、外的印象の一つ一つに呼応して、新たないわく言い難い思考が生まれてくるような、穏やかな感情と感覚の状態である。あるいは、会得された哲学よりは、むしろ幸運な偶然の一杯がもたらす、官能的な安らぎの状態である。

★2毎年千人もの人間が、ただ断酒できないという理由から死んでいる。そのくせ、ほんの一滴すら、こうしたやり方で飲んだことがないのだ。それは、十人の子持ちのくせに、一度も愛を味わったことのない律義者と同じである。
［B347］

★1……アガトンは古代ギリシアを舞台としたヴィーラント（Christoph Martin Wieland, 1733-1813）——彼については第二章［B322］注参照——の長編小説『アガトン物語』*Geschichte des Agathon*（一七六六／六七年に刊行。一七七三年と一七九四年にそれぞれ改訂版が出された）の主人公。ダナエは遊女で、奴隷の身分に落ちたアガトンを誘惑する。

★2……リヒテンベルク自身による改行。

もっとも小さい下士官がもっとも誇り高い。　［C186］

シュターデ★で一度、いつもは嫌がる水飲み場に豚をうまく連れてくることができた男の顔に密かな笑みと穏やかさが浮かんでいるのを見たことがある。そんな顔はその後二度と見たことがない。　［C300］

★……現ニーダーザクセン州にある都市。一七七二年、リヒテンベルクはハノーファー、オスナブリュックおよびシュターデの正確な位置を天文学的に測量する仕事をジョージ三世より委託され、一七七三年にシュターデを訪れ、数か月滞在した。当時、野外観測施設を設置したと推定される場所に、現在はリヒテンベルクの像が立っている。

彼の顔の上にまさに霧が流れているのが見えた。自分が他人より優れていると思うときの深い満足感とともに立ち昇るのがつねの霧である。　［C339］

週の各曜日を特別の姿で想像する人間を知っていた。そのうちの水曜日をテーブルに描いてくれたことがある。こんな具合だった。［下図］　［D24］

まだ無垢そのものである子供が、結婚を次のように思い描いた――男と女が一本の木の上に座り、バランスをとって、子供たちがやるように一方が上がれば他方は下がる、という具合にするのだ等々。新郎新婦がそうしているのを一度も見たことはなかったが、そんなイメージを抱いたのだった。［D25］

この男はあまりに知性に恵まれていたので、ほとんどまったく使い道がなかった。［D451］

多くの経験から確信しているのだが、社会に最大の利益をもたらし、社会を生かし存続させているもっとも重要かつ困難な仕事は、三百から八百ないし千ターラー★までの収入がある人々によってなされている。二十、三十、五十、百ターラー、あるいは二千、三千、四千、五千ターラーの収入と結びついているたいていのポストは、半年間授業を受ければそのへんをうろついている連中でもきちんと務めることができる。やってみてうまくいかないとしたら、それは知識が足りないせいではなく、知識の欠如をかしこまった顔つきで隠せない不器用さのせいと考えるべきである。［D573］

★……十六世紀以来ヨーロッパで用いられてきた大型の銀貨。

彼は日曜には祝福を分かち与え、月曜にはよく、もう鞭をくれている。［E3］

天使がとりまとめてくれたら、彼のさまざまな観念から何かが創り出されたかもしれなかった。［E9］

こう言うべきだろう――この男は正しい。ただし世の人々が一致して自分に課している法にしたがって、ではない。 ［E33］

我々のところ［ドイツ］では、見本市カタログ★1にはこんなに多くの独創的頭脳が見られるのに、絞首台にはほとんど見られない（恐れを知らぬ大胆さのトーマス・リーヴス。Old Bailey Trials★2第一巻一四七頁がオリジナルである）。ウィルキンソン、そしてとりわけあの軽薄なジェームズ・カリック★3、彼は絞首台の下に連れてこられるまで冗談を飛ばし、観衆を沸かせていた。他の者たちが祈っているあいだも、いや、それどころか、冗談じみた具合に、首に縄が掛けられるまで。 ［E36］

★1……書籍見本市のカタログ。書籍見本市については第二章［B270］注参照。

★2……ロンドン中央刑事裁判所の裁判記録。

★3……ここに挙げられているThomas Reeves, Robert Wilkinson, James alias Valentine Carricについては、一七三五年に刊行された『著名なる犯罪人の生涯』*Lives of the most remarkable criminals, who have been condemned and executed for murder, highway robberies, housebreaking, street robberies, coining, or other offences; from the year 1720 to the year 1735. Collected from original papers and authentic memoirs* に収録されている。

一つの顔が、別の顔といつも韻を踏んでいるような小さな町★にて。 ［E289］

★……ゲッティンゲンを指す。ノートEは第二回イギリス滞在中に始められ、ゲッティンゲンに戻っておよそ四か月間書かれている。ロンドンという大都会から小さな大学都市に戻ってのさまざまな感慨が表現されているのかもしれない。

♄［土曜日］。三十日。未来のことは、すでに十分の九以上過去に入っている人間に一番明瞭に現れる。すなわち老女たちに。［E512］

本当とは違った人物像を賢い人々に信じさせることは、そう見られたい人物に実際なることよりも、たいてい難しい。［E51］

♄。十日。一人のコケットが、毛を逆立て、棒立ちになり、あちらこちらと向きを変えながら、老女を娘から隔てる一線をなんとか越えまいとするさまを見るのは何と面白いことか。バウミン夫人（木綿のマリー）★がまさにそうだった。一線を越えさせようとする老齢に対して、マッサージや洗顔、付けぼくろやこぎれいさで――最後のものが一番効果的である――さんざん抵抗した挙句、それでも一線を越えてしまったと人々が思い始めたと悟ると、彼女らは本当にあきらめ、一線を越えてしまう。［F126］

★……プロミースはゲッティンゲンの教会記録から、Maria Elisabeth Baumという人物を指す可能性があるとしている。

知的な人々との交際が何人にも大いに推奨されるのは、そうすれば愚か者も模倣によって賢明に振る舞うことを学べるからである。どんな愚か者でも模倣はできるのだ。猿でも、プードルでも象でもできる。［F50］

☿［水曜日］。二十八日。詳しく調べてみると、歴史上のささやかな物語の多くが真実を秘めており、しかもそれは一般に想像されているのと違っていることがわかる。例えば魔女である。かつてはあれほど火責め水責めの対象であったが、実際には一般に想像されているような存在ではなかったし、火炙りをやめるのも少々早すぎたといえる。

収集した百五十の事例をもとに証明することができるのだが、いにしえの世界の魔女とは今日のいわゆる「(茶飲み話に熱中する) おしゃべり屋」だったのである。ここでいう「おしゃべり屋」というのは、若いころの熱心な勉強のおかげで旧約聖書のいくつかの固有名詞以外はすらすら読み、文字で表記された数字もみな発音することができ、聖書の物語のほかには、もっぱら自分の街のあらゆる家族のプライベートなことがらに熱中し、妊娠や婚約、結婚式や女性用のボンネットのことを記憶にとどめておいて、若い娘が病気になるといつも庶子を孕んだのだと思い、相手は誰か、きっかけはどの舞踏会かと詮索し、独身同士を想定上結婚させ、またそのおしゃべりによって現実の離婚を招くことも少なからぬ者たち、要するに、分別を欠いた、早口の、訪問好きの老女たちすべてのことだ。彼女たちは良き社交界にとってのペスト、それを台無しにする者たちであり、きれい好きの、道理のわかった中年婦人やきちんとした母親たちを社交界の飾りと呼べるのとは逆なのだ。「魔女は水に浮いた」

というのは、単に比喩的な表現であり、彼女たちのもっとも生き生きと活動する場が紅茶とコーヒーだという意味でしかない。そして、近頃の魔女はコーヒーに溺れることもないと、私は本心から思う。その一人が十四杯のコーヒーを飲むのをこの目で見たからである。どんなに活きのいいヴェストファーレンの牛飼い女でも四杯で死んでしまうのに。

彼女たちが五月一日に箒に乗って旅をするというのが、事の初めから私にとって一番の厄介ごとだった。これまでの人生で白樺の箒とおしゃべり屋が一緒にいるのを見たことは何度もあるが、いつも白樺のほうがおしゃべり屋に乗っていた★1からだ。それから、中世ラテン語では藪や箒をboessonusと言ったから、誰かが悪魔を意味する„den Bösen"を——もちろんこれは魔女のみならずおしゃべり屋にも大いに関連のある言葉だが——箒と取り違えるということも容易に起こりえたのかもしれない。しかしどれほど信憑性がありそうでも、ものを考える人間ならここにもさきほど白樺の箒について述べたのと同様の難点があることがわかるだろう。この説明によれば、魔女が悪魔に乗ることになるはずだが、だとするとそれは我々のおしゃべり屋ではないことになる。なぜなら逆に悪魔のほうが連中に乗っているからだ。★2 さらに別の可能性もある。周知のようにオオヒゲツバメは、飲むことを好む習性から「山羊の乳搾り」と呼ばれるが、このHirundo Caprimulgaは多くの国で魔女と呼ばれている。だとすると、コーヒーポットの乳搾りが同じように呼ばれること以上に自然なことがあっただろうか。

［F165］

★1……箒の柄で打ち据える場面のこと。

★2……「悪魔が乗る」とは「分別をすっかり失っている」の意の慣用句。

♃［木曜日］。五日。完全に対立することもよくあるさまざまな流行が賞賛されるのを、それも高く尊敬する人々によってそうされるのを日々耳にする商人は、ごちゃ混ぜになった趣味の持ち主になり、ついにはすべてが気に入るようになる。彼が、これは美しい、これは美しくない、と言う代わりに、これはこの人やあの人が選んだ、などと言うのももっともなことだ。

［F177］

☿［水曜日］。二日。彼は偉人たちの特性を一身に集めていた。アレクサンドロス大王のように頭をいつも傾げ、シーザーのように、髪のなかにいつも何かを住みつかせていた。ライプニッツのようにコーヒーを飲み、いちど安楽椅子にどっしり座ってしまったら、ニュートンのように食べることも飲むことも忘れてしまうので、同じように起こしてやらねばならなかった。ジョンソン博士のように鬘《かつら》をかぶり、セルバンテスのように、いつもズボンの前ボタンはあけっぱなしだった。（……）　［F214］

神経の弱さが昂じて、自分を改善するために何かを始める決心もつかなくなると、その人間は終わりだ。　［F254］

彼は双子の頭脳の持ち主だった。すなわち、奇形というわけではなく、二人分の知力を持っていた。一つの頭の中に、もう一つの頭を持っていたのだ。　［F268］

二つの人格を持つ女。　［F283］

♀［金曜日］。十七日。子供たちには、晴れ着やバラ色や銀が似合う。子供たちは、精神の出来具合を明かさずにそれで飾り立てられるからである。お仕着せや制服は、自分で選んで身に着けると★、とたんに喜ばしいものになりうる。こうしてみると、服はもはや覆いではなくヒエログリフなのだ。　［F334］

★……第二章［E368］注参照。

♀［金曜日］。二十四日。自分を大きく見せたがる人間より小さく見せたがる人間のほうがはるかに我慢ならない。まず、そちらのやり方を心得ている人間はごくわずかしかいない。それは一つの技だからだ。それに対し大きく見せるのは自然なことである。さらに、大きく見せたがる人間は各人に独自の価値を認めているが、小さく見せたがる人間は、自分がそうしてみせる相手を明らかに軽蔑している。私の知り合った何人かは、自分のやったほんのわずかの働きについてひどく敬虔主義的な弱々しさで話すすべを心得ていて、自分が完全に光を浴びた姿を見せると人々が溶けてしまいはしないかと恐れているかのようだった。そんな人間を笑う習慣がつくと、こんどは彼らに会ったり話を聞いたりするのが楽しみになった。［F350］

喪服を着た若い未亡人はなぜあんなに美しいのか。（要探究）［F399］

♂［火曜日］。十一日。アルミ箔を鋏で切る感覚は気持ちいいと言わない人間には会ったことがない。［F408］

天国への一種の郷愁。彼は恥ずべき行いを次から次へとやらかす、まるで地獄への郷愁に駆られているように。［F435］

無害な心性をしてはいるが、虚栄心に富み、いつも自分の誠実さについて語り、そのことをまるで専門のようにして、派手なつつましやかさで自分の功績についてめそめそ泣いて見せるような人間がいる。常に督促するこの債権者には堪忍袋の緒も切れてしまう。［F550］

彼は善良で正直だ。それはそれでいい。しかし少なくとも、下手な詩人の手になる芝居の正直者役

のようだ。紋切型。 [F556]

我々の勤勉さは、まるごとどこか児戯めいたタッチを帯びるようになった。 [F588]

能力のない熱狂者というものがいる。これは本当に危険な連中だ。 [F598]

細身が好まれるのは、床を共にする時の結びつき具合がいいのと、運動の多様性のためである。 [F603]

この世でこれ以上に重要な人生の規則はない——君より冴えてはいるが、理解できないほど異なってはいない人々に、できるかぎりくっついていたまえ。君の功名心にとって上昇は本能的に容易だろう、もっとも偉大なるお方が冷静な決意に基づいてへりくだることよりも。 [F614]

この娘《こ》はとてもいい。ただ周りに別の額縁を造らせないといけない。 [F621]

「水を飲むのが罪でないとは残念だ」、と一人のイタリア人が叫んだ。「そうだったらどんなにうまいだろう」 [F674]

愛人からは男について多くを推測することができる。愛人のうちに、男の弱点と夢が見て取れる。男づきあい《エクス・ツキオー》からは、女づきあい《エクス・ツキアー》からの半分もわからない。 [F702]

これまでほとんど見誤らせることのなかった知性の徴をもう一つ挙げれば、見かけよりずっと歳のいった人間が知性に恵まれていることはほとんどなかった。逆に、老けて見える若者は、老人の知性に近づいている。こう言えばわかってもらえるだろうし、「若く見える」というのが健康であるとか顔色がいいという意味だとか、「老けている」というのが皺や顔色の悪さのことを言っていると思われることもあるまい。 [F723]

気取りが真摯な本性となり始めるところ。 [F774]

結婚の利点の一つは、我慢ならない客は妻に相手をさせることができるということだ。 [F781]

もっとも成功率が高く、それゆえもっとも危険な誘惑者とは、自分も騙されている詐欺師（deluded deluder）である。 [F920]

ああ、へりくだった誇りで、あるいは盲目的な熱意で、いつも真理の一マイル上か下に巣くっている連中だったら知りすぎるほどよく知っている。 [F932]

いいい洗練された世知ある人々が「神のみぞ知る、でしょうかな？」と尋ねるとき、それは神さまの他にもう一人、それについて知っている偉大な人物を知っていることの確実な徴である。 [F940]

彼が温かく愛した人間はそもそも二人しかいなかった。一人はつねに彼の最大の追従者であり、もう一人はつねに彼自身だった。 [F991]

聖職者たちは、ガスナーが悪魔を人間から追い出した★ことを信じなかった。それと同時に、彼らはうまいことガスナーを聖書から追い出した。 [F1035]

★……祓魔師《エクソシスト》ガスナーについては本章［F802］注参照。

誰かが盲目であるとわかると、人は後ろから覗いてもいいと考える。 [F1043]

彼らは頭で感じ、心で考える（π μ《ワタシニヨル》）。 [F1047]

ほらを吹くには二つのやり方がある。積極的に体を膨らませるやり方と、消極的に身体をすぼませるやり方で、どちらも信用できない最終目的のためだ。それでも正直者がときどき後者に欺かれるのは、とりわけ道徳的な事柄に関する計算がまだ学ばれていないためである。 [F1158]

大犯罪者の伝記を読むときは、断罪する前に、正直そうな顔をした君をそんな一連の状況の始まりに置かなかった良き天にともかく感謝することだ。 [F1205]

娘たちには魂のある種の処女性があり、精神的《モラーリッシュ》な処女喪失がある。これは多くの場合かなり早く起

郵便はがき

料金受取人払郵便

麹町支店承認

9781

差出有効期間
2022年10月
14日まで

切手を貼らずに
お出しください

102-8790

102

［受取人］
東京都千代田区
飯田橋2－7－4

株式会社 作品社
営業部読者係　行

【書籍ご購入お申し込み欄】

お問い合わせ　作品社営業部
TEL03(3262)9753／FAX03(3262)97

小社へ直接ご注文の場合は、このはがきでお申し込み下さい。宅急便でご自宅までお届けいたしま
送料は冊数に関係なく500円（ただしご購入の金額が2500円以上の場合は無料）、手数料は一律30
です。お申し込みから一週間前後で宅配いたします。書籍代金（税込）、送料、手数料は、お届け
お支払い下さい。

書名	定価　　円	
書名	定価　　円	
書名	定価　　円	
お名前	TEL　（　　）	
ご住所 〒		

フリガナ
お名前

男・女　　　歳

ご住所
〒

Eメール
アドレス

ご職業

ご購入図書名

●本書をお求めになった書店名

●ご購読の新聞・雑誌名

●本書を何でお知りになりましたか。

イ　店頭で

ロ　友人・知人の推薦

ハ　広告をみて（　　　　　　　　　）

ニ　書評・紹介記事をみて（　　　　　）

ホ　その他（　　　　　　　　　　　）

●本書についてのご感想をお聞かせください。

購入ありがとうございました。このカードによる皆様のご意見は、今後の出版の貴重な資
として生かしていきたいと存じます。また、ご記入いただいたご住所、Eメールアドレス
小社の出版物のご案内をさしあげることがあります。上記以外の目的で、お客様の個人
報を使用することはありません。

こる。 [G55]

確言するとき手を胸に当てる人間を信用してはならない。 [G74]

本当だ、すべての人間が先延ばしをし、それを後悔する。しかし思うに、どんなに活動的な人間も、どんな怠け者にも負けないくらい後悔のタネを見出す。というのも、多くをなす人間は、なされえたであろうことを、より多く、よりはっきりと見るからだ。 [G78]

自分の望むすべてを信じることのできる人間がいる。幸福な生き物だ！ [G79]

男友達に身も心も曝け出して見せる娘は、女という性全体の秘密を曝け出している。どの娘も、女という秘儀をつかさどる者だ。百姓娘が女王のように見える箇所がいくつもある。身にも心にも当てはまることだ。 [G80]

彼は憎まれるだけの如才なさは持っていたが、気に入られるほどの如才なさは持っていなかった。 [G81]

古くからの規則にいわく。恥知らずは、やろうと思えば謙虚なふりをすることができるが、謙虚な人間は恥知らずのふりをすることはできない。 [G91]

彼はいつも自分の義務をないがしろにしていたので、隣人の誰が義務をないがしろにしているかを見て、お上に上申する時間があった。 [G156]

正直者でも、悪人でも、問題なのは「私のもの」と「君のもの」の単なる取り違え以外の何ものでもない。前者は「私のもの」を「君のもの」とみなし、後者は「君のもの」を「私のもの」とみなす。 [G162]

父：娘よ、ソロモンが言っているだろう。悪い男が誘ってきたら、付いて行ってはならんと。
娘：でもお父様、いい男が誘ってきたら、どうしたらいいの？ [G172]

彼女はまだ結婚こそしていないが、学位は取った。 [G200]

頭を振って「はい」を、頷いて「いいえ」を表現することはとても難しい。しかしできるようになると独自の意味を持つ。 [G217]

金をもっとも愛し、もっとも節約する人ほど、金について縮小形★で話すのは不思議なことだ。「ちょっと六百ターラーほど稼ぎましょう」「ちょっとした額になりますな」——こんな言い方をする者はちょっと半ターラーほども簡単には贈らない。 [H37]

★……ドイツ語では名詞に-chenをつけ、小ささを表現することができる。

多くの人間は、賢くなる前からすでに、自分を馬鹿に見せる才能を示す。娘たちは実にしばしばこの才能を持っている。　[H38]

男性に見られているとき、女中は子供たちにキスして激しく揺らす。女性が見ているときは落ち着いて子供たちを見せる。　[H39]

美しい妻は、今では夫の才能に数え入れられる。　[H82]

彼は多くの知恵を飲み込んだ。しかしすべては間違った喉へ入っていったようだった。　[H93]

彼はかの地の大学に、まるで美しいシャンデリアのように、まだぶら下がっている。しかしこの二十年、そこには明かりが灯されたことはない。　[H113]

いちど十万ターラー盗んだ奴は、その後は正直に世を渡っていける。　[H114]

彼の二つの目からは、それが動かずにいるときでも精神と機知の働きをはっきりと認めることができる。ちょうど静かにしているグレイハウンドに走る能力を見て取ることができるように。　[H116]

外国人の女性が我々の言葉を話し、その美しい唇で間違いを犯すのを耳にするのはとても心をそそる。殿方の場合はそうはならない。　[H127]

あらゆる人間の中でもっとも脆弱なのは、肉体を求める好色漢と聖霊を求める好色漢である。女郎買いと教会通い、女遊びや宗教遊びに耽るやつのことだ。神よ、そんな遊びに耽る王や大臣たちからあらゆる人間を守りたまえ。そして神よ、そんな王や大臣を理性的な家臣から保護されんことを。

［J59］

「ああ」、事故にあって彼は叫んだ、「今朝、気持ちよくて悪いことをしておけばよかった。そうすればなんでこんなひどい目にあっているのか納得できたのに！」

［J150］

この人物の言ったことには、みな独自の重みがあった。彼はいつも、凡人の理解力まで自らを引き下げるすべを知っていたわけではなかったし、修練を積んだ人間にも、しばしばその箴言ははじめのうち把握するのが難しかった。しかし把握した後では、忘れるのも同じくらい難しかった。

［J173］

ディーテリヒ★は封をしていない手紙だ。

［J200］

★……『ゲッティンゲン懐中暦』をはじめ、リヒテンベルクの多くの著作の出版者。家主でもあった。

後頭部にはニセの辮髪《べんぱつ》を下げ、前では敬虔な顔つきをしていたが、辮髪よりずっと本物というわけでもなく、激しい運動をすると同様にぽとりと落ちることもあった。

［J326］

吝嗇と浪費家は次のように分類できる。大きな財産があるのにポケットに最後の六グロッシェンしか残っていないように生きる人々がいる。また、新たに十ターラー手に入れる望みもなく、最後の十ターラーしか持っていないように生きることもできる、等々。浪費家はいつも現実に持っている以上に持っているように生きる人間である。これを数学的に扱うこともできる。　[461]

二十年前、ある広場の向かいに住んでいた。それは二つの平行する通りの間にあって、脇だけが舗装されていた。そこで起こったのは、ある人物が――、いや、ここではまず図を描いておいたほうがいいだろう。スペースの都合上、頭の中だけで。まず一個の四角形を思い描いてほしい。四つの角をA、B、C、Dと名付ける。AとBは上の二角、CとDは下の二角をなす。AとD、BとCが隣り合わない頂点をなす。誰かがDからAへ、あるいはCからBへ、あるいはその逆へ行こうとするとき、これは毎日ゆうに五百回は起こっていることだが、次のような事態となった。天気が良ければ、できるかぎり対角線上を行く。天気が悪ければ、あるいは舗装されていないところがぬかるんでいれば、対角線ではなく二辺が選ばれる。その場合共通して、旅を始める前、まず向こうの角のほうを見てから歩みがいくぶんか速められた。舗装されていないところがもっと乾いてくると、より向こう見ずな人々や、靴をそれほど大事にしない人々が出現する。そしてもはや完全に角を回るのではなく、対角線と並行した線上で広場を横切るようになり、この線はどんどん対角線に近づいていく。たいていがそうだった。時には元気そうな旅人が、郊外ですでに悪路を乗り越えてきたのであろうが、全行程をいくぶんか短縮する。あるいはこれ以上だめになりようもない靴や靴下を履いた人々や、それらすら履いていない人々もだ。もっとも注目すべきは、夜、雪が降り積もった朝の出来事である。日が昇ると、多かれ少なかれ点々と跡があった。対角線上にありそうなものだったが、そうではなく、そもそもまっすぐどこかに向かうということがなかった。つないでみると一本の曲線になることの方が多かった。それについては二対一の賭け率で、「この平行四辺形の二辺を合わせたものより八分の一も短くはなっていない」と言えたが、「千分の一も行きやすさが増してはいない」と言うとすれば、賭け率は世界対一グロッシェンになっただろう（誤り）。八時になると、これらの点はすでにつながっていた。十一時の鐘が鳴る前にはもう、平行四辺形の一つの角から対角へは対角線が最短の経路だと知っている落ち着いた賢明な男たちが、確実かつ真剣な足取りで、一本の曲線上を通って行く。寝ぼけた夜警なら対角線と見間違うような曲線である。まだ狭い道だが、いまや多くの人々がすれ違い、彼らは道を譲りあうので、道はどんどん広くなっていく。当時、もう軌道について書くことを考えていた。 [J528]

日の下にあって、年齢のせいでまめに教会通いをする必要に迫られた尻軽女ほど、陰険で悪意ある者はない。 [J544]

床屋や鬘職人は、街のささやかなニュースを大きな館へ運んでくる。鳥たちが木の種子を教会の塔に運んでくるように。両方とも芽を出すとしばしば害を及ぼすが、植えつけ方が異なっている。前者は話し、後者は……する。★ 主婦たちも同じだ。 [J593]

★……原文でも空所のまま。

パリ近郊のアーリントンにおける墓碑銘★
ここに眠るは

二人の孫娘に恵まれし二人の祖母
二人の妻に恵まれし二人の夫
二人の娘に恵まれし二人の父
二人の息子に恵まれし二人の母
二人の母に恵まれし二人の乙女
二人の兄弟に恵まれし二人の姉妹
されどここに眠るは六つの亡骸のみ
すべて正しき出生《うまれ》にて、近親の交わりにあらず

この謎を私に見せた人物は、答えを知らなかった。私はこう解いた――それぞれ成人した息子と未婚の孫娘を持つ二人の老人がいた。この老人たちは、姉妹である若い娘たちと結婚した。婚礼の後、老人たちは病の床に伏し、二人とも本当の夫婦となることなく死んだ。その後、二人の息子は義理の母親とそれぞれ再婚した。こうして、最初の二人の老人以外の六人がここに眠っている。「二人の兄弟に恵まれし二人の姉妹」とあるが、姉妹のどちらも、相手の夫を［義理の］兄もしくは弟と呼ぶからである。 ［599］

★……一八一四年『ニュー・マンスリー・マガジン』*New Monthly Magazine* 第二号（ロンドン）にも「フランスを旅行中、奇妙な墓碑銘に出会った」としてこの墓碑銘が紹介されている（五一四ページ）。

比喩的に――彼はいつも拍車を履いているが、一度も馬に乗ったことはない。 ［647］

ひどい馬車に乗っていて、この馬車全体が立派に見えるような顔つきをすることが本当にできる。馬についても同じだ。 [J675]

誰でも、損をして賢くなることにやぶさかではあるまい――教えとなる最初の損害が取り返せるならば、だが。 [J676]

彼の庭はひどいありさまだった。彼は植物の魂を信じていたので、この魂を慈しむことにかかりきりになって、肉体は蔑《ないがし》ろにしたということもありそうだった。みな痩せて、黄色くなっていた。 [J701]

攻撃的な誇りと防御的な誇り。 [J786]

控え目は享受を前提とするが、節制はそうではない。したがって、節制する人間のほうが、控え目な人間よりも多い（もっとうまく）。 [J802]

この人間には多くの素質があって、収穫も見込めそうだった。ただ彼には「栓」と呼べるようなものが完全に欠けていた。そのせいで、概して何かをまとめ上げる前に、苦労する値打ちもあったはずのものを、軽薄な口舌に気化させてしまうのだった。 [J973]

街の郊外の汚物の堆積から、この小都市のどこの調子が悪いかを見て取れる。医者が大便や尿でそうできるように。 [J990]

食後の果物で変なことをやる癖のある男を知っていた。リンゴを切って規則的な立体幾何学の図形を作り、切り屑をそのつど食べてしまうのだった。たいていの場合、問題の解決は、リンゴ全体を食べてしまうことだった。 [J1016]

自分が後見する必要のまったくない事柄におけるほど、彼が規則的であることは他になかった。例えば彼は、いかなる規則にも従うことなく、三週間ごとに一ポンドの嗅ぎタバコを規則的に消費した。きちんとしようと真剣に企てでもしたら、すべてはでたらめに運んだことだろう。 [J1022]

耳を切り取られるまで耳を貸そうとしない多くの人間がいる。 [J1107]

緑の封蠟で手紙に封をする人々は、みな独特なタイプである。たいてい優れた頭脳の持ち主であり、自分でも時には化学の研究に携わり、緑の封蠟を作るのが難しいことを知っている（このような特徴についてもっと）。 [J1156]

この街ではいつも、精神のある種の幸福な鈍さが風土病のようなものだった。 [J1198]

粉屋の使用人で、ロバを連れているとき以外は決して私の前で帽子を取らない男がいた。長くそのわけを説明できないでいた。ようやくわかったのだが、彼はこの連れを屈辱的なものと思っていて、慈悲を乞うていた。帽子を脱ぐことで、自分が自分の連れとほんの少しでも比較されることを避けるつもりだったのだ。 [K95]

人間は集いを愛する。たとえ相手が、一本の小さな薫香用のロウソクであっても。 [K107]

もっとも我慢のならない状況のひとつが、事故を防ごうと心を砕くあまり、そもそも用心さえしなければまったく安全だったはずなのに事故を引き寄せるようなことを企ててしまうというやつだ。この件そのものが不快であるうえ、さらに我慢がならないのは、自分を責め、他人の笑いの種となってしまうことである。いつか落ちはしないかと心配になり、少なくとも半年は無事だったところから動かそうとして、高価な壺を割ってしまった男を見たことがある。 [K131]

庭で旅人が通り過ぎるのを見ているとしばしば微笑まずにはいられなかった。朝の五時に通り過ぎるのは、本当は三時に行くつもりだった人たちで、六時には四時に馬を呼んでおいた人々が通り、ようやく七時か八時に、まだ涼しいうちに快適な旅をしようという人々がやってくるのだった。 [K133]

一七九六年十月八日、落雷が元でハルツ山地のアンドレアスベルクという町の大半が焼失したとき、雷が落ちた家の住人は泊まる場所を与えられなかった。神はその怒りをまずこの人物に向かって放たれたのであるから、この男は悪人であるに違いないという理由からだった。 [I3]

彼はヘクサメーター★のようにゆっくり、誇らしげに昇って行き、妻はペンタメーターのようにその後ろをちょこちょこと付いて行った。［L73］

★……ヘクサメーター、ペンタメーターはいずれも古典古代に由来する詩の韻律。ヘクサメーターについては第二章［B132］注参照。ペンタメーターは五脚で一行になる。ヘクサメーターとペンタメーターを並べた二行を単位とすると、エレギー（古代ギリシアではエレゲイア）という詩形になる。

若くして知り合った二人が歳取って再会したら、無数の感情がいやでも湧き起こってくる。そのなかでもっとも不快なものの一つは、希望というゲームで確実だと踏んでいた多くのことについて、自分たちが騙されていたと知ることだろう（自分の言いたいことはわかる）。［L247］

小説に使える特別な状況、これは本当のことである。名前は挙げる必要はあるまい、事柄がとても興味深いものなのでけっして忘れはしないであろうから。ある男Aは義理の娘Bを憎んでいた。結婚のきっかけを与えたのが彼自身だったので、見かけは多くの敬意をもって彼女に接しており、彼女にしてやることはみな正しいことだったが、彼女がもっと我慢できる存在だったら、もっとしてやっていただろう。Bは気のいい婦人だったが、Aが望んだような働き者ではなかった。彼女も次第にAに対して含み始めたが、同じく外見上はAに対する敬意を微塵も欠くことはなかった。両者はCにすべて打ち明けた。Cはとても正直な婦人で、この打ち明け話をするにふさわしい存在だった。なぜならどちらの側にも立たずに、ただ和平をもたらそうとするのだったから。こうして二人は、Cのところでは率直に話をした。AはBについて、BはAについて。さてここで奇妙なことになった。二人ともこれを［相手に］言うようCに頼んだ。これはある意味でその通りになり、またそうならざるをえなかった。というのもこれなしには和平は求められなかったからだ。さて、今やAとBは毎日大いに敬意をもって話をし、それでいて互いに相手が自分のことをどう思っているかを知っているのみならず――そんなことはたいしたことではなかった――互いに第三者を通して自分の気持ちを知らせているということも知っていた。Cが言ったことのすべては指図を受けてのことで、どちらの側も彼女が指図を受けて言っているということを知っていたからである。まこと、この仮面劇はこれ以上演じられようもない。AとBはそもそも自分たち同士で話し合っているのではなかった。相手に話そうとするときには、自分の立場を代表し、自分とはまったく異なった一組の人形を互いに送り合うのだった。[L279]

彼女たちの身体的魅力は、自分たちの引力を斥力と取り替え始める、まさにあの特別な時点に宿っていた。[L302]

彼が哲学するときは、たいてい対象の上に心地よい月光を投げかける。それで全体は好ましくなるが、ただの一つの対象も明確に示すことはない。[L320]

どんなにお淑やかで控えめで善良な娘でも、鏡に向かい、きれいだと思えば思うほど、ますますお淑やかで控えめで善良になる。[L326]

自分の境遇にはまり込んで生きること、そこになじんでいること、それはよりいっそうの考察に値する。哀れなアイヒスフェルト人[★1]たち。今日、ベデカー[★2]家の庭戸のわきに立っていたあの老人はおそらく私より幸せだった。[L443]

★1……アイヒスフェルトはテューリンゲン、ニーダーザクセン、ヘッセンにまたがる地域。カトリックの住民が多く、リヒテンベルクはカトリックの牙城とみなしていた。カトリックに対するリヒテンベルクの態度については第六章［J137］、［J236］参照。

★2……原文では„Böttcher"であるが、当時ゲッティンゲンに在住のベデカー（Johann Julius Bödeker）を指すであろうというプロミースの推定に従う。

第三者が見ると平手打ちをくらわせているような仕方で、誰かの頰をなでることもできる。［L503］

人生のあらゆる出来事において慎重で落ち着いた振る舞いがどれだけ有益かということを、次の例から説明してみよう。およそ考えられる偶然の中で、誰かが不注意に私の子供の一人を射殺してしまうということほど恐ろしいものはない。それでも、それほど苦労もなく赦せるであろう何人かの人物に心当たりはある。別の何人かはこの目で見るのが我慢できなくなるだろう。そして別の何人かは、手元に銃があればその場で射殺することもできるし、実際するだろう。［L506］

彼はいつも自分を研ぎ、鋭くなる前に鈍《なま》ってしまった。［L559］

何かを主張する度胸もなくて、どれだけ自分が感じていても、他人がそう言うのを聞いてからでなくては「風が冷たいですね」、と言えない連中がいる。［L582］

彼は毎晩、妻に対して威張ってみせるという義務を果たしていた。自分が街一番の、いやそれどころかおそらくは国一番の人間であるとわからせようとした。正直な夫婦の間以上に打ち解けた無遠慮さのはなはだしいところはない。正直な者同士の間で、婚姻関係というただ一つの関係において恥じらいを犠牲にすることで、この打ち解けた無遠慮さは成り立っている。これは姦通の犯罪性をいっそう強める(もっとうまく)。婚姻上の義務はいくつもあるが、そのなかで妻にとってのものとして、夫の価値の証明はひとえに夫に委ねること、というものがある。夫を暗黙の裡に信じ、せいぜい健全な人間知性に基づいてところどころで抑制するにとどめること。夫の義務は、自分がこの世で一番忠実な存在であるという、妻の言葉をただちに信じることである。そう、彼は心裡留保★の存在さえ信じてはならない。とはいえ、やはりここでも健全な知性は、そんなものが生じれば改良し抑制するすべを知っているだろう。妻は夫に対し、毎晩彼の威張りに耳傾けるという義務を果たさねばならない。

[L627]

★……「表意者が、自分の本当の意思でないことを知りながらする意思表示」(『デジタル大辞泉』小学館)

その人物は大きな光というわけではなかったが、大きな(便利な)蜀台であった。彼は他人の意見を商っている。

[L686]

ドイツ人について

彼らは行いをなし、我々はそれについての物語をドイツ語に翻訳する。

[C343]

ドイツ人は、他の国民も独創的だという理由から絶対的に独創的であろうとするとき以上に模倣家であることはない。他国の独創的著作家たちは、独創的であろうと望むなど思いつきもしない。団体の精神《エスプリ・デュ・コール》が思想を生み出す。ある書評家同業組合では、多くの頭脳が、孤立させられたら決して持ちえなかったような思いつきに恵まれた。［D367］

今日、ある種の人々は、たいていは若い詩人であるが、「ドイツ」という語を口にするときほとんどいつも鼻の穴を膨らませる。これは、愛国主義すらも彼らにあっては模倣だという間違いのない徴だ。いったい誰がドイツ的なるものをそんなに自慢するだろう。「私はドイツの娘です★」、これは、もしかしてイギリスの、ロシアの、それともタヒチの娘であることよりも上等のことだろうか。諸君はこうして、ドイツ人たちは精神と才能を持っていると言いたいのか。ああ、これを否定するのは無知な人間か、馬鹿だけだろう。そうした人物の主張には、私が身をもって反論する。それが皇太子であろうと、公爵、主教、貴族《ロード》、市参事会員《アルダーマン》、学監《ドン》だろうと、誰でもいい。これを否定するのは馬鹿か無知な人間である。ひとえに私はこれを認めよう。同胞諸兄よ、お願いだから、こんな何の役にも立たない自慢はやめてくれ。我々を笑いものにする国民は、そして我々を羨む国民も、くすぐったい思いをせずにはいられないのだ。それが自分たちに向けて言われていたと気づいたらなおさらである。［D444］

★……クロプシュトックの詩『祖国の歌』*Vaterlandslied*（1770）冒頭からの引用。

思うにドイツ人が強みを発揮するのは、ある特別な頭脳によってすでに準備がなされていた独創的な作品においてである。別の言い方をすれば、ドイツ人は模倣において独創的となる技術を最高度に完成させた形で自分のものとしている。瞬間的にさまざまな形式を摑む感受性を有し、外国の独創的な頭脳が与えるあらゆる音でムルキ★を奏でることができる。　［E69］

★……南ドイツの農夫の踊りに由来する曲の形式で、十八世紀前半にはよく作曲された。

ドイツ人の性格：『一般叢書★』に百回も載ったこんな嘆き節には堪忍袋の緒が切れそうだ。ただちに反問しよう。ドイツ的性格とは何か。喫煙や正直さだって？　ああ、単純な頭脳よ！　どうか聞いてくれ。お願いだから教えてほしい。アメリカはどんな天気だ？　諸君に代わって答えようか。よろしい。雷が鳴り、雹が降り、薄汚れていて、蒸し暑く、我慢ならず、雪が降り、凍え、風が吹き、そして太陽が照る。　［E154］

★……『ドイツ一般叢書』*Allgemeine deutsche Bibliothek*については本章［E387］注参照。

鼻のかみ方より先に鼻での笑い方を習うような国がドイツ以外にあるか？　［E316］

二語でドイツ人の特性を：「私たちは祖国を逃げ出すのだ（patriam fugimus）★」ウェルギリウス。　［E354］

★……ウェルギリウス『牧歌』*Bucoliva* 1.4より。原詩では三語（"nos patriam fugimus"）『牧歌／農耕詩』小川正廣訳　京都大学学術出版会　二〇〇四年　四ページ。

我々の本来的な学生的性格をうまくしっかりと描写すること。そこにはある種の従軍商人的精神が忍びこんでいる。 [E504]

ドイツ人には確かに、まだボワロー★のような人物が欠けている。 [E510]

★……Nicolas Boileau-Despréaux（1636-1711）『詩法』*L'Art poétique*（一六七四）で古典主義文学の詩学的基礎を据えた。

ドイツ人は、本を書く。しかし外国人は、ドイツ人が本を書けるようにする。 [J524]

我々の祖先の健康な食欲は、今やそれほど健康とは言えない読書欲に変わってしまったように見える。かつてドイツ人が食事をする様子を見ようとスペイン人が押し寄せたように、今や外国人は我々が研究する様子を見にやってくる。 [J690]

ドイツ人にあって理性が押し隠すものは、イギリス人においてはそもそも起こりようもないことであることが多いように思う。例えばドイツ人が多くの機会に笑わないのは、それがふさわしくないと知っているからだ。そんな折、イギリス人は笑うことなどそもそも思いつきもしない。 [J712]

ドイツ的勤勉――思考することに向いていない頭脳は、ひからびて精神を麻痺させるような自分たちの苦労を、この称号で覆い隠しがちである。昼夜も分かたず読み、収集することには、真の精神の強さに欠けているに違いない収集家をくすぐるところがある。そうでなければ、黒人奴隷の仕事のようなところをぬぐい難い、こんな仕事にとりかかったはずもないからだ。それにはまた、あらゆる意味で、これは収入という意味も含むが、報いがないわけでもない。しかしこういった人物が、どんなささやかな発見者と比べても、無限に下位にあることは肝に銘じておかねばならない。イギリスでは文献に通じただけの学者はほとんど尊敬されない。ドイツでは、どの事象についてでも既に書かれていることを知っている人物は、それだけでひとかどの人物とみなされる。それどころか、ある事柄について、彼の判断を訊ね、答えの代わりに文献の歴史が返ってきても、好意的に受け止めてもらえるのだ。 [J195]

いくつかの経験をただちに一つの体系《システム》にまとめるのはまちがいなくドイツ人に特徴的なことだ。イギリス人はそうはしない。すでにベーコン[★1]や他の大勢が述べているように、これ以上に学問の進展をさまたげるものはない。[★2] [J178]

★1……フランシス・ベーコンについては第一章［C278］注参照。
★2……リヒテンベルクにおける〈体系〉の意味については第一章［B262］の注参照。

さまざまな文化

マリアナ諸島の住民はまったく無知で、マゼランが上陸したとき、火について何一つ知らず、初め

て見た炎を、貪り食う獣と思った。それでいて、歌で自己をきわめて繊細に表現するすべは心得ていた。　［KA3］

アメリカ原住民はスペイン人を遠くから鼻で察知することができた。　［KA4］

クラシェニンニコフ★は、カムチャツカについての叙述（独訳一一二ページ）で、ある草を紹介している。ツガーテという名で、キンポウゲの一種だそうだ。カムチャツカ人はこの草の毒を矢に塗る。その毒性はいちじるしく、どんな大きなクジラもこれを射られると海岸に来て信じられない泣き声をあげながら死ぬという。唯一の対抗手段は、急いで吸い出すことである。　［KA97］

★……Stepan Petrovich Krasheninnikov（1711-1755）はロシアの自然研究者《ナチュラリスト》・地理学者。一七三四年から一七四一年にかけての北部探検に参加し、カムチャツカ半島を初めて学術的に調査した。その結果は一七五五年に刊行され、一七六六年『カムチャツカ記』*Beschreibung des Landes Kamtschatka* として独訳された。

〈同書一二〇ページ。カムチャツカ人はクズリの毛皮をとても重用しているので、天使も天国でこれを身につけていると信じている。★〉　［KA98］

★……本章［F191］にもクズリの毛皮を着た天使が登場する。

ウクライナの人々は、彼らの司祭の祝福を、あるときは毛皮の帽子に入れて取っておいた。　［KA136］

メキシコ人は、彼らの百年暦が最後まで来ると世界は滅ぶと信じていた。 [KA137]

『アメリカ人についての研究』[★]第二巻一六二ページには、私の間違いでなければ、こう書かれている：あるとき、伝道師たちによって改宗者の一人とされた原住民が、キリストとはどんな人物であったのかと尋ねられたが、それに対する答えは次のようなものだった。フランス生まれの手品師で、ロンドンで処刑され、ポンティウス・ピーラートゥスは近衛の少尉だった云々。 [KA235]

★……ド・パウ（Cornelius de Pauw, 1739-1799）の『アメリカ人についての哲学的研究』*Recherches philosophiques sur les Américains*（1768-69）を指す。

カール十二世[★1]は、従者数人のみを味方にベンデリーで数千人のヤニチャール[★2]相手に防戦した。ベル・フォン・アンターモニー[★3]によれば、ある中国人は三十歳で奴隷として身売りするため自ら去勢した。あるイギリス人水夫は、一七七一年、卓上ナイフで腕の関節回りの肉を切り取り、膝の上で骨を二つに断つと、離れた手を水中に投じた。彼の言うには、この手に腹が立ったという、ただそれだけの理由からだった。あなただったら、この三人がやったことのうち、どれを一番よろこんでやっただろうか。 [B412]

★1……スウェーデン王（1682-1718, 在位1697-1718）。ベンデリーはベッサラビア（モルダビア領内の一地方）の都市。カール十二世は対ロシア北方戦争においてポルタバの戦い（一七〇九）で大敗後、一七一四年までオスマン帝国領に亡命した。

★2……サルタン親衛兵。キリスト教徒の捕虜およびその子孫からなっていた。

★3……John Bell of Antermony（1691-1780）スコットランドの医師、旅行家。『ロシア・ペテルスブルクを出発しアジア諸国を経て北京への旅』*Voyages depuis St. Petersbourg en russie dans diverses contrées de l'Asie à Pékin* [...]（全三巻 1776）では一七一八年から一七三〇年までの旅行について語っている。このエピソードは第二巻一一一－一一二ページに収録。

日本のメアコ［都］からイェド［江戸］へ行く者は、三千もの神社が建てられた山を目にする。メアコそのものには、教会の長の宮殿――ここは大人数を擁する――を勘定に入れなければ、五万二千百六十九人の坊主しかいない。[★] ［C117］

★……この数字等は『ハノーファー・マガジン』一七七三年のツィンマーマンの記事（「孤独について」„Von der Einsamkeit" から採られたもの（二段組で列番号三〇一三二）だが、この記事もケンペル（Engelbert Kaempfer, 1651-1716）の『日本誌』ドイツ語版 *Geschichte und Beschreibung von Japan*（1777-1779）を基にしている。

トルコ人たちは、我々の地で最低の人間たちがユダヤ人に対するように、キリスト教徒に対した。トルコ人はキリスト教徒をDsjaurと呼ぶ。これは「不信心者」という意味だが、また腹を立てたときには自分の家畜をこう呼ぶ。コンスタンチノープルの住民は、時に、通りすがりのキリスト教徒に、自分の家の前の通りを掃除するように、さもなければそれを免除されるために金を払うようにと命じた。ニーブール氏[★1]がこれを語っている。『アラビア記』[★2]四四ページ。馬に乗ったトルコ人がやってくると、キリスト教徒はロバから降りなければならない。バタヴィアの貴族は、インド人やヨーロッパ人たちに対してすら、これ以上の扱いはしないということだ。この点、アラビア人はもっと善良である。彼らの歓待ぶりにはまったくめざましいものがある。［C187］

★1……Carsten Niebuhr（1733-1815）　ドイツの数学者・地図製作者・探検家。一七六〇年、デンマーク国王フレデリク五世後援によるエジプト・アラビア・シリアの学術的探検に参加。一七六一年に六人でコペンハーゲンを出発するが、途中五人が次々と病死し、一七六七年ただ一人の生存者としてコペンハーゲンに戻った。

★2……*Beschreibung von Arabien* は一七七二年コペンハーゲンで出版された。

オピウム、ハシッシュ（麻の葉の一種で、アラビア人は陶然となるためにこれを用いる）、そしてワイン。 [C189]

インド人は、自分たちがのらくらすることを好むゆえに、至高存在をパナナドあるいは「不動のもの」と呼ぶ。 [C273]

自身の悪しき欲望と並んで、いつもユダヤ人たちが私をもっとも悩ませてきた。 [D62]

タヒチの住民は皆一人で食事をする。集まって食事をすること、とりわけ女性と食事を共にすることが、どうして可能なのか彼らはよく理解できない。バンクス★は驚いて、なぜ一人で食事をするのか尋ねてみた。彼らが言うには、それが正しいからそうするのであり、なぜそれが正しいかは言うつもりもないし言うこともできない、とのことだった。 [D130]

★……Joseph Banks（1743-1820）　イギリスの博物学者・植物学者。エンデバー号によるジェームズ・クックの第一回航海（一七六八―一七七一）に同行した。一七七八年王立協会会長に選出された。

あるイギリス人がオハイオ河のほとりに、まったく知られていなかったユダヤ人コロニーを発見した。自分たちはナフタリの血統[★1]で、第一神殿時代初期[★2]からここに住んでいるのだと彼らは言った。信仰を共にする他の人々についても、神殿が破壊されたことについても、彼らは何一つ知らなかった。

[D234]

★1……ナフタリ族は古代イスラエル十二氏族の一つ。

★2……ソロモン王によるソロモン神殿の建設は紀元前十世紀中ごろである。

ホッテントットは思考を「生の人質」と読んだ。我々の中にどれほどのホッテントットが《ク・デ・オタント・パルミ・ヌ》！　とエルヴェシウスは叫んだ。[★]素晴らしいモットーである。

[D403]

★……エルヴェシウスについては第一章［D133］注参照。リヒテンベルクはくりかえしこの言葉を引用するが、エルヴェシウスの出典は不明である。

攻略できない人間などだれもいない。ここでは二分の一ルイドール金貨[★]で、かしこでは田舎の地所で、ハイチでは釘一本で、そしてここ［ヨーロッパ］では小さなケース一つ、着物一着、家一軒で。

[D458]

★……ルイドールはフランスの金貨。ルイ十三世によって一六四〇年に最初に製造され、一七八九年に製造停止となった二分の一ルイドール金貨は、一ルイドール金貨のおよそ半分の金を含有する。

我々は今日すでに旅行記から多くの人間観察を得ているので、それらをいわば合成することで、今後さらなる旅行記で明かされるであろうものをあらかじめいろいろ導き出せるほどだ。[D479]

一七七四年八月二十九日月曜、朝十一時にゲッティンゲンを出発。九月二十五日午後三時にエセックスに上陸。二十四時間の船旅だった。九月二十七日にロンドンに到着し、オックスフォード・ストリートで馬車を降りた。[★] [RTr]

★……一七七五年、二度目のイギリス旅行にあたり書かれた『旅日記』の最初の記事。

十二月二日、ついに最大の望みの一つがかなった。この日、ギャリック[★1]がハムレット役を演じ、それをこの目で見たのだ。彼と幽霊が出会う場面はすべて筆舌に尽くしがたく、普通の芝居とは、生と死ほどの違いがあった。幽霊の現れ方は見事で、鎧の色は舞台の色とほとんど見分けがつかず、ハムレットに目を向けていた私が――おそらく観客みながそうであったろうが――気づいたときにはもうすっかり落ち着いた様子でそこに佇んでいた。ギャリックが幽霊を見ると、スミス[★2]が以前やり、そのせいでムシュー・ハムレットと呼ばれたようなお辞儀もせず、膝を折りながら両腕を広げて、よろめきながら急に後ずさり、ついにこの姿勢のまま大きく一歩さがってから固まった。ホレイショとマーセラスに支えられ、彼は口を開く。幽霊を目にし、それが良いことか悪いことかも決められない人間のみが襲われる、恐怖の限りなく冷たい戦慄をともなった表情は、おどろくべき効果を及ぼした。満場の静まりかえった様子が、それらすべての効果をいっそう引き立てた。彼が語りかけ始める前に、何度か凍える戦慄が身体を走り抜けたことを否定できない。聞いた話だが、何年か前、桟敷席でこれを本物の幽霊だと思った男がいたそうだ。あれは役者で、この幽霊も芝居の一部だと隣の客が言うと、「だとしたら、どうしてあの黒服の男（ギャリック）も怖がっているんだ？」と答えたそうだ。「話せ《スピーク》」と口にする様子、身動きしない相手に「話せ《スピーク》」と言い、それが合図をすると、ついに友人たちから身を振りほどき、「邪魔だてするとみな亡霊にしてやるぞ[★3]」と恫喝するときの様子、そしてついに、決然と幽霊を追いかけるが、勇ましい男が罪ある大悪党を決闘の場へ追いかけるようにではなく、あいかわらず一人の人間が、それに対してはどんな力も技も役に立たない幽霊を追いかけるといった感じで、ここではレグルス[★4]にふさわしいような一種の恐れをもってそうする様子、——これらすべての効果で、この場面が進行しているあいだ、誰一人として、我に返ったり、ドルリー・レーン劇場[★5]やギャリックのことを意識にのぼらせることもなかった。この場面が終わり、満場の喝采となってはじめてそうなったのであり、そうなると、すべてをこのように誂えた大いなる天才［シェイクスピア］のところまで精神は高揚し、また、この天才をこのように理解したこの男［ギャリック］に驚嘆せずにはいられなかった。ギャリックとシェイクスピアは第三のもの、すなわち人間のなかで、互いを認め合ったのだった。シェイクスピアが望んだのはこういったものであり、詩人の世界を読むことと結びついた、ギャリックの見事な人間観察のみがこれを可能にしたのだった。『サウル、サウル、何故私を弾圧するのか[★6]』という画題の作品のモデルとなるには、幽霊を見たときギャリックがとる姿勢に欠けているのは、もたげられた頭だけだった。ここで戦慄は天からでなく、ハムレットより高くない場所からやって来るのであり、それは天使でも神でもなく、幽霊なのだ。ドイツの何人かの現役俳優は、商人の従者やロンドン帰りの男爵の多くが、旅の経験ある人物がいない社交の場で主張するほど、ギャリックからかけ離れているわけではないが、それでもたいてい独白で失敗する。特に、観客を見ることがほとんど罪を犯したのと同じこととなるような思索的独白ではとりわけそうである。まさにここにギャリックの強みがある。彼の優美な身体は、いわばその全身に魂が行き渡っていて、それを見事に活かしている。何が美しいかを彼は知っていて、どの筋肉も自由にできるようで、いつでも勘所を射抜くことができる。帽子の被り方は、あるときは目が隠れるほど目深に、あるときは額がむき出しになるまで後ろに押されて、それもみな右手でのように軽やかな身のこなしでやってのけるので、見ていても気持ちがいい。そのうえ、彼は自分が相手にしている観客のことを知り抜いているので、何か新しいことを試してみて、大喝采か死んだような沈黙が得られなくとも、筋が終わる前には、間違いなく成功へもっていくだろう。長い男――中背の体格のいい人物に比してすべての次元において大きいこの人物とは異なり、ただ長いだけの男を私はそう呼ぶが――には、それはできないことだ。

[★7]独白でギャリックは「このままにあっていいのか、あってはいけないのか、［……］海のごとき苦難に敢然と立ち向かって［……］(To be or not to be, or to take arms against a sea of troubles)」と語った。「海のごとく押し寄せる苦難（assailing troubles）」[★8]ではなかった。

劇場で頑固な老人をうまく演じるには、本人が頑固な老人であってはならない。理想の型を受け入れるには、つねに力と柔軟さがなければならない。

その身体の隅々にまでこれほど神経を行き渡らせている人物は、これまでの人生で一人しか知らなかった。ドイツ人である。その名をあげることはしない。その功績により勝ち取った官職のゆえ、彼の単なる天性の才を、それもこの場で称賛するのはいかがなものかと思うからだ。

これを書くまでに十四本のイギリスの芝居を観た。ギャリックが四回。バリー夫人が二回。アビントン夫人が三回。ヤング嬢が一回。チャトレイ嬢は三回。等々。それも、思うに感情と注意をもってである。その上で確信するのだが、両アッカーマン嬢[★9]、エックホーフ[★10]、ボルヒェルス[★11]、シュレーダー氏[★12]、そしてブロックマン氏[★13]は、ドルリー・レーン劇場で、何とか我慢できるといった具合に共演できるどころか、脚光を浴びるはずだ。ライプツィヒの劇場を私は知らない。ヴァイマルの劇場も同様だ。エックホーフ氏は、まだアッカーマン氏のところにいたとき、ゲッティンゲンで観た。バリー夫人とギャリックは、俳優たるもの、その両手の使い方のお手本とすべき存在である。[RT8]

★1……David Garrick（1717-1779）イギリスの俳優。シェイクスピアの悲劇の登場人物を演じると当代一と言われた。一七四六年から七六年までドルリー・レーン劇場の支配人を務める。一七七六年リヒテンベルクは雑誌『ドイッチェス・ムゼーウム』*Deutsches Museum* に「イギリスからの手紙」„Briefe aus England"と題された書簡体の観劇記・演技論・俳優論を発表、ドイツの演劇界に名優ギャリックの存在を強烈に印象付けた。この手紙がもたらしたと思われるドイツ演劇史上重要な一つの出来事については本断片の注12参照。

★2……William Smith（1730-1819）は著名な俳優。一七五三年から一七七四年までコヴェント・ガーデン劇場で、その後はドルリー・レーン劇場で演じた。

★3……『ハムレット』第一幕第四場。木下順二訳による。『シェイクスピア　V』一九八八年　講談社　四四ページ。

★4……Marcus Atilius Regulus（BC307?-BC250）は古代ローマの政治家・将軍。第一次ポエニ戦争でチュニスの戦いに敗れ捕虜となるが、和平交渉の際に仮釈放されローマへ戻される。ローマでは徹底抗戦を元老院に訴えたのち、あえてカルタゴに戻った。拷問を受け殺されたといわれる。

★5……ロンドンの劇場。一六六三年に開場し、一八四三年まで勅許劇場の地位を有していた。

★6……『使徒行伝』二二章七節。「私は地面に倒れたのですが、サウル、サウル、何故私を弾圧するのかと声が私に言うのが聞こえました」『新約聖書　訳と註　第二巻下』田川建三訳著　作品社　二〇一一年　六六ページ。

★7……以下、この断片の段落わけはすべてリヒテンベルクによる。

★8……『ハムレット』第三幕第一場。木下順二訳による。前掲。九八ページ。

★9……Dorothea Ackermann（1752-1821）とCharlotte Ackermann（1757-1775）の姉妹。リヒテンベルクは一七七三年ハンブルクで、シャルロッテが主役を演じる『エミーリア・ガロッティ』（レッシング作）とドロテアがジュリエットを演じる『ロミオとジュリエット』も観ている。ドロテアはハンブルクにおける『ハムレット』初演（一七七六年）でオフィーリアを演じた。

★10……Konrad Ekhof（1720-1778）は「ドイツのギャリック」とも呼ばれた名優。ハンブルク国民劇場ではレッシングと共に活動し、晩年には演技論や演出論を講じた。

★11……David Borchers（1744-1796）アッカーマン一座のメンバー。

★12……Friedrich Ludwig Schröder（1744-1816）十五歳でアッカーマン一座に入り、ハンブルク国民劇場でレッシングと共同したのち、新たな文学潮流であるシュトゥルム・ウント・ドラングの劇作家たちと親しく交わり、ゲーテの『クラヴィーゴ』『ゲッツ・フォン・ベルリヒンゲン』なども上演した。つづいてシェイクスピアに向かい、一七七六年九月ハンブルクで『ハムレット』を上演する。「イギリスでシェークスピア役者ギャリックに心酔し、その興奮を故国に書き送った一大啓蒙家リヒテンベルクの書簡が、雑誌に発表され、ギャリック旋風をハンブルクに巻き起こしたことも、一つのきっかけとなっただろう。彼もギャリックの崇拝者になったからである」（永野藤夫『啓蒙時代のドイツ演劇――レッシングとその時代』東洋出版　一九七八年　一一五ページ）。シュレーダー自身は亡霊を演じた。

★13……Johann Franz Hieronymus Brockmann（1745-1812）上記の『ハムレット』初演でハムレットを演じた。

［三月］二十四日、ミュージアム[★1]でソランダー[★2]氏に紹介される。彼はウリエテア島[★3]出身のオマイ[★4]という男性を連れていた。この人物と少し話をした。彼は手を差し出し、イギリス風の握手をした。いい体格で、その顔つきには黒人の不快で突き出たところがなかった。肌の色は黄がかった茶色だった。故国よりもイギリスが気に入ったかと尋ねると、はいと答えた。「はい《イエス》」とは言えず、「ヴィス」のように響いた。英語のthの発音をさせてみると、本当にうまくやってのけた。イギリスの冬はどうだったかと聞くと、「寒い《コールド》、寒い」といってかぶりを振った。故国ではシャツなど着ないか、着ても薄いものしかないと言いたかったようで、それを示すのにワイシャツの襞飾りを摑んでベストを引っ張って見

せた。――彼の英語はひどく聞き取りにくく、プランタ氏[★5]の助けなしにはこれだけのこともわからなかっただろう。その表情にはとても魅力的で控えめなところがあった。それはよく似合っていて、アフリカ人の顔にはできないことだろう。両手には青色の斑点がいくつも付けられていた。右手の何本かの指はリング状に取り巻かれていた。それらを指して「妻たち《ワイヴズ》」と言い、左手のときは「友人たち《フレンズ》」と言った。その日、彼と話すことができたのはそれだけだった。集まりはとてもにぎわっていて、我々は二人とも人見知りするたちだったのだ。自分の右手が、まさに世界の反対側からやって来た右手に握られているのを見るのは、悪い気はしなかった。　[RT25]

★1……大英博物館を指す。

★2……Daniel Solander（1733-1782）　スウェーデンの植物学者。ウプサラ大学でリンネのもとで学び、一七六三年より大英博物館に勤務。一七六八年、バンクスに雇われ、共にクックの第一回航海（一七六八―一七七一）に参加。この記述の当時は大英博物館自然史部門の責任者であった。

★3……これは旧名で現在はライアテア（Raiatea）と呼ばれている。

★4……Omai（1751年頃-1780）　ウリエテア島に生まれる。一七七三年タヒチ島の北西にあるフアヒネ島から、クックの第二回航海（一七七二―一七七五）の途上にあるアドヴェンチャー号――クック自身が指揮を執ったのはレゾリューション号――に乗船し、一七七四年にイギリスに到着、王立協会のメンバーやジョージ三世にも紹介された。「高貴なる野蛮人」という啓蒙期に広く共有されたイメージを体現する存在としても歓迎され、肖像画も数多く描かれた。クックの第三回航海（一七七六―一七八〇）に同行するかたちで一七七六年にフアヒネ島に戻った。

★5……Joseph Planta（1744-1827）　大英博物館図書館の司書でロマンス語の研究者。

［三月］二十五日、ソランダー氏、そしてオマイとバンクス氏[★1]の部屋で朝食をとった。バンクス氏は狩りに出ていた。オマイは私の隣に座った。とても元気だった。我々皆にあいさつすると、ティーテー

ブルの前に腰を下ろし、はなはだ上品な物腰で紅茶を淹れた。彼の島の名を発音してもらったが、「ウリターイェ」のような響きだった。〝S〟を少なくとも語頭では発音できず、ソランダーを「トランドー」と発音した。父母は存命かと尋ねると、両目を上へ向け、それから閉じて、頭を一方に傾げて見せた。二人とも亡くなったという意味だった。兄弟姉妹はと聞くと、まず二本の指を立て「ご婦人《レディーズ》」と言い、次に三本立てて「男たち《メン》」と言った。姉妹が二人で兄弟が三人と言いたいのだった。好奇心には富んでいないようだった。時計を持っていたが、その動き具合をほとんど気にも留めていなかった。私たちがポモナ島や他の島の美しいスケッチを眺めているあいだ、暖炉のそばに座り、すっかり眠り込んでしまいさえした。この旅行を企てたのは、威光を身に着けるためだったそうだが、故国にとってピョートル大帝のような存在になるかどうかは疑わしかった。サドラーズ・ウェルズ劇場★2はとても気に入って、翌日にはまた行かずにいられないほどだったが、その後ではもう関心をなくしてしまった。彼はチェスをやる。朝食ではクッキーやビスケットは食べず、ほんの少し塩をしたほとんど生の鮭を食べる。私も一緒に食べてみたが、気分が悪くなった。六時間たったが、まだ完全には回復していない。

★3ソランダーの話では、オマイが到着したとき、フルノー船長★4と自分が使っていたコーヒー・ハウス★5へやって来たそうだ。ソランダーが部屋に入る前に、オマイのほうが声で相手がわかり、「トランドーがいる！」と叫んで、こちらへやって来た。おそらくこちらの身なりと見かけが変わっていたせいだろう、顔を見てもどこにいるかわからず、何度か「トランドー、話せ《スピーク》！　話せ《スピーク》！」と叫び、ソランダーが口をきくと、ただちに走って来たそうだ。バンクス氏のことはすぐにわかったが、バンクス氏も、ソランダーも、島で彼に会ったことは覚えていなかったという。その歯はとてもきれいな白で、きちんとして、歯並びもよかった。　[RT26]

★1……本章［D130］注参照。

★2……一六八三年にミュージックハウスとして建てられたロンドンの劇場。

★3……この段落わけはリヒテンベルクによる

★4……Tobias Furneaux（1735-1781）クックの第二回航海に随行したアドヴェンチャー号の船長。

★5……十七世紀半ばからイギリスで流行した喫茶店。新聞や雑誌が置かれ、階級や社会的な垣根を越えて自由な談論を交わす場として啓蒙期における公共圏の形成に寄与した。

［四月初め］ギャリックは一七一六年二月に生まれ、この年の三月に受洗証明書が発行された。父は船長で、母は旅の途中、ヘレフォードで彼を産んだ。★　［RT27］

★……『旅日記』最後の記事。

［一七七五年］四月十五日、★1 復活祭前の土曜、夕刻にお茶をした後、おそらく六時四十五分ごろ、ハイドパークを散歩していた。月は出たばかりで、満ちており、ウェストミンスター寺院の上にかかっていた。そんな日の前日の厳粛さのせいで、官能的な憂愁に浸り、お気に入りの想いに耽っていた。それからピカデリーとホイマルクト★2をホワイトホールへぶらぶら歩いて行った。明るんだ西の空を背景にチャールズ一世の像をもう一度見るためでもあり、月明かりのもと、バンケティング・ハウスで想いに身を任せるためでもあった。窓を抜けてチャールズ一世が断頭台へ歩を進めた★3、その場所である。ちょうどいい具合に、一人の街頭オルガン弾きと出くわした。オルガン職人からオルガンを借りて――それは四十から五十ポンドすることもある――昼も夜も路上をうろつきながら演奏する。そうするう

ちに誰かに呼び止められ、六ペンスで曲をまるまる奏でるのだ。オルガンはいい音で、少し高くなった歩道を私はゆっくりとついていった。オルガン弾きのほうは通りの真ん中を歩いていた。と、突然すばらしいコラール『わがすべての行いで』[★4]を奏で始めた。憂愁に満ち、その時の私の気分にまったくかなうものだったので、えも言えない敬虔な戦慄に襲われた。そのとき、月明かりの下、屋外で遠い友たちのことを想った。わが苦悩は和らぎ、すっかり消えてしまった。私たちは有名なバンケティング・ハウスまで二百歩のところにいた。その男を呼び止めて、もう少し近くまでつれていくと、あの素晴らしい歌を演奏させた。それに合わせて小言で歌詞を歌わずにはいられなかった。「あなたが定めたのなら、私はたゆまずわが定めに従おう」私の前には堂々たる建物が満月に照らされていた。復活祭前夜だった（仲保者の死）。ここの、この窓からチャールズは出て、儚い冠を失われることなき冠と取り替えたのだ。ああ、現世の偉大さとは何か。思うに、この先、この思想をさらに展開するためにはこれでもう十分だろう。 [RA1]

★1……『旅日記』と並行して書かれたノート『旅行注記』冒頭の記事。以下、このノートの記事が続く。
★2……ヘイマーケット通りのこと。
★3……ピューリタン革命のなか、一六四九年チャールズ一世はバンケティング・ハウス前で公開処刑された。
★4……フレミング（Paul Fleming, 1609-1640）によるコラール。

通りで庶民の顔を見ることは、いつだって最高の楽しみの一つだった。どんな幻灯もこの見世物にはおよばない。 [RA7]

五月十九日、金曜（この日、ハノーファーで大切な我が友シュトローマイアー長官[★1]が亡くなった）、プランタ氏に、[★2]パーラメントストリートのブレイク船長のところへ連れていかれた。この人物の兄弟[★3]は自然研究のため中国へ渡った。そこでおよそ五年暮らし、二十五歳で亡くなった。描画や乾燥した草本のコレクション、それに種子のコレクションがブレイク船長のもとにあった。線描や彩色は言葉にできないほど完璧な出来だった。雌蕊《めしべ》と雄蕊《おしべ》の全体図と断面図は完全に仕上げられていて、拡大鏡の使用にも耐えたし、それを使って描かれたのに違いなかった。白い花は白色をつかって描かれているが、その色は我々の知らないもので、塗りつぶさず輝き、多くの個所では目もくらむほどだった。そこで見たものはわずかしか覚えていない。私がスケッチパッドを取り出し、いくつかをノートしようとすると、ブレイク氏はきわめて慇懃ではあったが船長らしい断固とした態度でそれを禁じたからである。ナンキンハゼ、イチゴノキ属とレイシ属でまったく知らない種類のものがいくつか、モグサ、すばらしいインディゴの葉をした宿根草がいくつか。ナンキンハゼの葉は黒の顔料になり、木材は良質の鍛冶用の炭、そして種子からは脂質が取れる。このナンキンハゼをブレイク氏は西インド諸島に移植した。我々に見せてくれた魚の図は植物よりももっとうまく描かれていると言っていいくらいだった。その大部分は中国人の手になるが、ブレイク氏の兄弟の監督のもとで描かれた。中国人は間違いなくより完全な[★4]
[RA18]

★1……Ernst August Stromeyer（?-1775）　ハノーファー政府の糧食管理官。天文学の愛好者であったという。
★2……本章［RT25］注参照。
★3……John Bradby Blake（1745-1773）　イギリスの植物学者。東インド会社の積み荷監督として中国に渡り、広東に滞在。イギリス本国やイギリス植民地で繁殖させるため中国産の種子を広く収集した。
★4……文はここで中絶している。

これが中国のペンである［左図上］。Aは管で長さは半フス[★1]と少々。Bが先端部で、ワン氏の言うには山猫の毛でできているそうだ（ただし氏はキツネのことも山猫として語った）。これは先端がとても尖っている。このペン先に大理石の皿から墨汁を少し吸わせ、その際に先をそろえると、紙の上で垂直に支え、手と腕の作る角度をできるだけ小さくして、筆を紙に圧し付け、非常に素早く書く。ここに張り付けた紙[★2]に、彼は私の面前で文字を書いた。私も同じ道具で自分の名前を書いたが、見てわかるように道具の扱いはひどいものだった。［RA153］

A

B

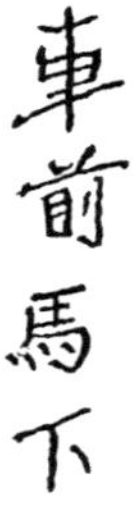

★1……フィート（三〇・四八㎝）のドイツ名。

★2……この紙は残っていないが、『旅行注記』の原稿には次のような漢字を書いた紙片が挟まっていた（*Kommetar*.S.949の図、右図下）。プロミースは兄Ludwig Christian Lichtenbergの手になるものと推定している。

中国人の歴史は、徹底的に究明されたなら、我々の歴史をもちろん大きく揺るがすだろう。それに中国人は国家運営において確かに我々よりも優れているのだから（ドリュック氏が信じるところでは、これは両親の大きな威信に由来するのだが）、彼らを非難して、そのまま打ち捨ててしまうこともできない。それゆえ、彼らにはもっと正確に注意を払う価値がある。彼らは月食や日食を歴史に記していたのではなかったか。この事実は、彼らのそれ以外の主張を一挙にはなはだ信憑性あるものとすることに役立つだろう（パウ[★]を読むこと）。［RA168］

★……ド・パウ（Corneille de Pauw）の『エジプト人および中国人についての哲学的研究』*Recherches philosophiques sur* les Egyptiens et les Chinois（1773）を指す。ド・パウについては本章［KA235］注参照。

十一月二十五日、モリソン大佐と一緒に画家のホッジス氏宅★1を二度目の訪問。そこで自分たちが父から譲り受けたもの《パトリモーニウム》を一本の帯で吊っているマリコロやタンナの住民を何人か見た。それはこの世でもっとも愉快な眺めだった。長い管に収まっていて、管の端から伸びた紐が、腰を取り巻くベルトに結び付けられていた。何人かは髪をとても薄い多くの小さな辮髪に束ねている。住民のいるサンゴ島。いくつもの氷山。イースター島の巨像、あるいは建造物は、傍らを通過する者たちにここには巨人が住んでいると信じさせるためにつくられたようだ。（[illegible]）それが動機だと私は思う。ティエラ・デル・フエゴ★2の哀れな住民たちは鳥の羽根を頭につけて、雪除けにしている。タヒチでは老人は尊敬され、ニュージーランドでは食べられはしないかとつねに恐れている。［RA199］

★1……William Hodges（1744-1797）クックの第二回航海に画家として参加、クックの航海記の挿絵も彼の手になる。
★2……この南アメリカ南端部の諸島については本章［F204］注参照。

十一月十三日。V・アダムズ氏と一緒にデプトフォード★1に旅行し、七十四門の大砲を備えた二隻の船を見た。一艘はアレクサンダー号。もう一艘はクローデン号といった。さらにレゾリューション号、これはクック船長がフォルスター氏と共に世界旅行をした船だ。長く、細く、乗り心地の悪そうな船である。船材の一片を切り取ってもらった。［RA204］★2

★1……テムズ川に面し、一五一三年から海軍工廠がある。

★2……本章におけるイギリス滞在時の記録はここまで。第六章に、政治関係の記述が収録されている。

セント・ジェームス・ストリートに、私の滞在中、一人の果物売りの女が住んでいた。間違いなくこの分野の先人の誰よりも出世した女性だ。どんな陰謀も耳に入っていて、国家に関わるニュースはいつも第一報を持っていた。誰でも彼女の店に入っていいわけではなかった。セント・ジェームス・ストリートで内閣に入るのを許されるくらい少数の者たちだけだった。地位と流行を手にしている人だけにこの店は開かれていた。例えば、今で言えばマーチ卿★1、デヴォンシャーの公爵★2、チャールズ・フォックス★3である。彼らは入ってきて、バナナを一房もぎ取り、他にも高価な品をいくつか食べながら、彼女と言葉を交わし、その場では支払いをせずに立ち去る。一年後にはこうした紳士方が五百ポンドの請求書を受け取ることもよくあった。私の友人の一人（F・C卿）は昨日、七月二十二日にチャールズ・フォックスが彼女と店の前で話しているのを見た。彼女は支払いを求め、いま百ポンドだけでもいただければよろしいんですがね、と言った。セント・ジェームス・ストリートでは、果物売りがこんな督促をする。 [E73]

★1……第三代マーチ伯爵ウィリアム・ダグラス（William Douglas, 1724-1810）。

★2……第五代デヴォンシャー公爵ウィリアム・キャヴェンディッシュ（William Cavendish, 1748-1811）。

★3……Charles James Fox（1749-1806）ホイッグ党の政治家。ロッキンガム侯爵内閣では外務大臣を務める（一七八二）。アメリカ独立を支持し、王と政府の対アメリカ政策を批判した。

イギリス人は他の人間たちより自分たちの感情に従う。したがって新しい感覚を受け入れる傾向がある。真理感《センス・オブ・トゥルース》、道徳的美《オブ・モラル・ビューティ》の感覚、等々。 [E456]

♂［火曜日］。二十四日。この地獄（ロンドン）に近づくにつれ、道はどんどん広く、美しくなっていく。［F206］

昨晩マイスター教授★1と商館★2で蠟人形を見た。みせかけの静けさにぎょっとさせられた。この表現はハートレー論★3でも利用できるだろう。［F210］

★1……Albrecht Ludwig Friedrich Meister（1724-1788）　ドイツの数学者・物理学者。一七六四年よりゲッティンゲン大学教授。
★2……ゲッティンゲンの〈カウフギルデンハウス〉。いろんな催事も行われた。
★3……デヴィッド・ハートレーを指す。本章［F34］注参照。

ある国の名を、そこでまず耳にした言葉によってつけるとしたら、イギリスは「畜生《damn it》」と呼ばれるに違いない。［F319］

ペルシア人は、最大限の敬意を表現したいとき、手を胃の上に置く。［F376］

ペルシアでは女性は文芸から締め出されている。雌鶏が啼こうとしたら、その喉を掻き切らねばならない、と彼らは言う。［F379］

人間を売買するムーア人★について大いに冗談が言われている。しかしどちらがより残酷だろう、売るほうだろうか、買うほうだろうか。

[F589]

★……アフリカ北西部のイスラム教徒に対してヨーロッパ人が与えた名称。

アプロニウス★によれば、ヴォルムスのユダヤ人は次のように主張している。自分たちはキリスト誕生以前からこの地に大きなシナゴーグを有していた。そう、自分たちがナザレのイエスの迫害について聞いたとき、イェルサレムに使者を送り、かの人を苦しめないよう陳情したのだ、と。ユダヤ人の狡猾さが政治に応用されるとどうなるか、それがこの見本である。

[F616]

★……アウルス・アプロニウス（Aulus Apronius）は法学者アダム・エーバート（Adam Ebert, 1653-1735）の筆名。ここで言及されているのは一七二三年の『旅行記』*Reisebeschreibung,* […] *durch Teutschland, Holland u. Braband, England, Franckreich* [...] *ganz Italien* [...] である。

私は手加減は求めないし、不当に私を攻撃する者に対してはそれが誰であれ手加減なしに応じるだろう。★1 考えることの自由、真理のために、そして罰されることなく書く自由、これはジョージ★2が支配し、ミュンヒハウゼン伝説を支える、この地の長所★3である。「馬鹿は馬鹿だ。その人物が鎖につながれていようと、崇拝されていようと」——ここでは大声でそう言うことが許されている。

[F716]

★1……これは観相学をめぐる論戦を念頭に書かれたとプロミースは推定している。
★2……イギリス国王ジョージ三世はゲッティンゲン大学の学長でもあった。
★3……ゲッティンゲン大学を指す。大学設立にあたり、当時のイギリス国王およびハノーファー選帝侯ジョージ二世は大学に完全な「教授の自由」（Lehrfreiheit）を保証した。

ミュンヒハウゼン男爵の物語は、まず一七八一年にベルリンで出版された。それをもとにラスペ（Rudolf Erich Raspe, 1736-1794）が英語版を刊行、それがビュルガー（Gottfried August Bürger, 1747-1794）によってドイツ語訳のうえ加筆され、ドイツ語圏に広まった。ビュルガーは当時ゲッティンゲン大学の私講師だった。ちなみにゲッティンゲン大学設立の立役者であり大学監督官でもあったミュンヒハウゼン男爵は、あのミュンヒハウゼン男爵と血縁関係にあった。

カンパー氏★が語るところでは、グリーンランド人の集落で、宣教師が地獄の炎をまさに恐るべきものとして描き出し、その熱について語ったら、みな地獄にあこがれ始めたということだ。 [G11]

★……Petrus Camper（1722-1789）オランダの医学者・博物学者。一七七九年十月にゲッティンゲンを訪れ、リヒテンベルクと会っている。

『千夜一夜物語』にすらインド人の怠惰さを認めることができる。すべてを調達してくれるアラジンのランプや、栓のおかげでどこでも好きなところへ連れて行ってくれる馬★は、彼らの性格の反論の余地なき徴である。もっと活動的な国民は物語の中でももっと活動するのではなかろうか。 [H121]

★……「黒檀の馬」の話（第四一四夜―第四三二夜）

カナダから来た原住民が、パリのあらゆる名所を見せられ、最後に何が一番気に入ったかと尋ねられた。肉屋、と答えた。 [J139]

雀とユダヤ人：自分の子供たちへの愛情すら一種の激しさをもって表現されるので、子供たちは商品であり、彼らへの愛情は投機だと思えるほどだ。――ソロモンの神殿を神の取引所と呼ぶこともできるだろう。そこで彼らは神様との商取引契約を結ぶ。ユダヤ人の礼拝全体は、取引所の商いのほうに似ているように見える。 [J742]

『雀の市民的改善について』★ [金紙ノート43]

★……ドーム（Christian Wilhelm Dohm, 1751-1820）の『ユダヤ人の市民的改善について』*Über die bürgerliche Verbesserung der Juden.*（1781, 1783）のパロディである。啓蒙期知識人のサークル〈水曜会〉で交流のあったM・メンデルスゾーンの依頼を受けて執筆されたドームの同書は、ユダヤ人にキリスト教徒と同等の市民的権利を付与し、職業の自由を認め、学問や技芸への道を開くなど、当時としては革新的な提案を含むものだった。リヒテンベルクにおいて雀とユダヤ人がきわめて否定的な含意をもって結び付けられていた（［J742］参照）ことを考えると、ここでドームの書に好意的に言及していると考えるのは難しくなる。後の［L593］では、商業活動の自由が法的に保障されても、ユダヤ人の改善には至らないだろうという見解を述べているが、ドームの提案が念頭に置かれている可能性がある。この断片は本来であれば本章のもう少し前に置かれるべきものだが、単独では理解しがたいものであるためここに配置した。

トルコ人は水分を用いずに陶然となる。すなわちアヘンによって。 [J907]

神父「あなたがたは人喰いだ。ニュージーランドのお方」

ニュージーランド人　「あなたがたは神喰いだ。神父様」　[J926]

ラップランド人とアイスランド人が黒人でなく、アフリカ人が白人でないのは残念だ。そうだとしたら、自然神学は目的因★との間にすばらしいゲームをすることができたであろうに。　[J1514]

★……目的因とはアリストテレスの四原因論において「何のために……」「で」あるのか」という原因を指す。この場合であれば、「何のために肌が黒い／白いのか」が問題となる。

デカルトはバルザック★宛の手紙（『ヨーロッパ・マガジン』一七九五年二月号八五頁）で、孤独は大都会に求められねばならないと述べ、この手紙の発信地であるアムステルダムを讃えている。なぜ証券取引所のざわめきがオークの森のざわめきと同じくらい心地よいものであってはならないのか、私にも本当にわからない。それも、商売を営まず、商人の間をオークの木の間のようにすり抜け逍遥していく哲学者にとってである。商人のほうは商人のほうで、忙しく商売している際に、のんびり逍遥する人間のことなどほとんど気に留めもしない。オークの木が詩人のことなど気に留めないのと同じだ。　[K274]

★……Jean Louis Guez de Balzac（1597-1654）　フランスの文人。生前には書簡形式の『エセー』が広く回覧され、読まれた。

あらゆる民族の社会に入り込んできたユダヤ人たち。このことがすでに、ある毒虫めいたもの★を明

らかにしている。 [L358]

★……„Ungeziefer"とは「有害な小動物、とりわけ昆虫——特に噛んだり齧ったりして苦痛を与え、群れを成すようなもの——に対する軽蔑的な名称」(Adelung: *Grammatisch-Kritisches Wörterbuch der Hochdeutschen Mundart* (1793)。カフカの『変身』でグレゴール・ザムザが変身するのも、このUngezieferである。

ステッドマンは『物語』★第二部、一九〇ページで、人間の本来の肌の色はオリーブ色であり、黒色と白色は暑さと寒さによるものだと信じているが、正しくないとは言えない(?)。 [L428]

★……John Gabriel Stedman (1744–1797) はスコットランド系オランダ人。オランダのスコットランド旅団の兵士となり南米スリナムで反乱奴隷鎮圧にあたる。その『スリナムの反乱黒人と戦った五年間の物語』*Narrative of a five years' expedition against the revolted Negroes of Surinam on the wild coast of South America from the year 1772 to 1777*, [...] はウィリアム・ブレイクの挿絵を添えて一七九六年にロンドンで出版された。

ユダヤ人に対するハノーファー政府の処置★1——その何人かをゲッティンゲンから追放したわけだが——は、彼らを改善しようという真摯な意図と矛盾しないどころか、そうしようとしていることの証明である。愛する子供でも、行儀が悪ければ部屋から出るよう命じるではないか。街頭に放り出すわけではない。ただ、部屋の中に残っている者たちと同じように行儀よくなるまで外を歩けと命令しているのだ。フリートレンダー★2やヘルツ★3のような人間たちを抜き出し、一種の貴族階級を構成するとしたらどうだろうか。(八八ページ下 [L661] 参照) [L547]

★1……当時ユダヤ人には滞在許可が必要であった。一七七〇年の政府布告により、学生に不要な品々を提供することや手形と引き換えに金銭を貸与することなどが禁止されていたが、ユダヤ人によるそれに抵触する行為が度重なったため、政府は対応を迫られた。一七八九年ゲッティンゲン大学の全学協議会に対し態度表明が求められたが、何人かの教授はゲッティンゲン在住のユダヤ人の数を減少させることを提案した。一七九三年ハノーファー政府はゲッティンゲン在住ユダヤ人のうち、三家のみに保護状の期限延長を認めた。一七九六年、残りのユダヤ人の滞在許可が取り消され、ゲッティンゲンから追放された。（Frank Schäfer: *Lichtenberg und das Judentum*. Göttingen (Wallstein) 1998, S.62f.）

★2……David Friedländer（1750-1834）はケーニヒスベルクの富裕な銀行家イツィッヒの義理の息子となり、のちベルリンに定住。絹織物工場を設立し、ベルリンでもっとも成功したユダヤ人商人の一人となる。メンデルスゾーンの友人であり、ユダヤ人社会の指導者として教育・社会改革・解放に尽力した。フリードリヒ・ヴィルヘルム二世によって、ユダヤ人の権利に関する委員会に招聘されるなど、キリスト教社会の信望も篤かった。

★3……Markus Herz（1747-1803）ベルリンの貧しいユダヤ人家庭に生まれる。商人となるためケーニヒスベルクに行くが、大学で医学と哲学を学び、カントにその才能を見出され、メンデルスゾーンに紹介される。経済的理由で学業を中断しベルリンに戻るが、メンデルスゾーンを介しフリートレンダーの援助を受け、学業を継続し医師となる。医師としての活動を通じてユダヤ人社会のみならずキリスト教社会においても声望を高めた。妻ヘンリエッテ・ヘルツが開いたサロンはベルリンにおける活発な知的交流の一つの中心となった。

ユダヤ人は自分たち以外の何ものにもつながることができず、またそうすることは許されない。まさにそれゆえに、彼らにとってはいかなる物質的生活基盤も歓迎すべきものである。ボナパルトがエジプトに到着して、すべての糧秣の補給が断たれたとき、それを提供したのはユダヤ人たちだった。それによって得るものがある、という理由からである。あらゆることに役立つこのような民は、それ自体《エオー・イブツー》では何の役にも立たない。

[L570]

ユダヤ人。何組かの家族がゲッティンゲンから追放されたということは、彼らを改善するという大いなる計画への介入ではなく、彼らに対する副次的処置の一つでしかない。大いなる意図はなおも存続しうる。いや、これはその計画を促進しうるものだ。そもそも我々のもとでのユダヤ人の状態に対してそんなに敏感になるということが何を意味すればいいのか、合点がいかない。そんなに良心をもって抱えこまねばならないほど、この民は善良で、天才的で、我々にとって実り多いものだろうか。私にはわからない。なぜ、役に立ちようもない穀物を育てるために、我々の土地に手を加えようというのか。この風土では実らず、また進んでこの風土になじもうともしない穀物のために。

今、あの憐れむべき物乞いユダヤ人が自分の悲しい境遇をキリスト教徒の圧力によって説明している。彼らともっと連携し、あらゆる商業活動への法的な道を開いてやれば★1、そうした免罪はできなくなるが、すると自分たちがどんなに哀れな民であるかに気づくだろう。メンデルスゾーンはあまりにも持ち上げられすぎた★2。完全なユダヤ国家に生きていたら、彼は馬鹿げた儀式等々のありふれた宣伝者になっていただろう。――彼にいくつかの特典を与えたのはベルリン★3であり、ユダヤ王国やイェルサレムではなかった。そもそも被造物が、少なくとも人間の姿をしている被造物が、あちらこちらで真理に対する感受性を具えていないなんてことはまずありえない。彼は感受性を有していた。そして、彼を称えるにはそれで十分である。――なぜ多くを費やして、我々の風土に合わず、本当に我々に何ももたらさない植物を植え、育てねばならないのかわからない。それもただ、この小さな植物が絶えてしまわないようにというセンチメンタルな原理に基づいてである★4。 [L593]

★1……ドームの『ユダヤ人の市民的改善について』*Über die bürgerliche Verbesserung der Juden*（1781, 1783）における提案を思わせる――とはいえドームのそれに比して極めて限定的なものにとどまっている――が、完全に否定的な評価に帰結している。リヒテンベルクは官房学（Kameralwissenschaft）研究者としてのドームについては『雑記帳』で言及しているが、この書物については、上掲のパロディー的表題以外に言及はない。

★2……ラーヴァターがメンデルスゾーンに改宗を求めた件に関する断片（本章［C39］および注参照）でのメンデルスゾーン評価と比べると、この位置づけには驚かされる。ニコライ宛の書簡（一七八六年四月二十一日付）では『ドイツ一般叢書』にニコライが執筆したメンデルスゾーン追悼文について「あなたがモーゼス・メンデルスゾーンのために『叢書』に建てた記念碑は素晴らしいもので、涙が出るほど心打たれました。毎日読み返しております」と書いていた。

★3……プロイセン政府は他の領邦諸国と比較するとユダヤ人に対して寛容であり、［L547］で名の挙がっているフリートレンダーやヘルツもベルリンを活動の場としていた。

★4……きわめて差別的なこの文章全体は、他のいくつかの同種の断片と共に、諷刺的文書の下書きであり、これはリヒテンベルクとは別人格のユダヤ人差別者が書いたものとして構想されたという説もある。同様の構想は、本書でも、例えば第二章に、賦役について神学博士候補生が考察するという設定の［E131］がある。この説によれば、全体はユダヤ人差別を批判する意図で書かれていることになる。（Ulrich Joost: “erbitte” oder “verbitte”? Ein editorisches Problem und seine Weiterungen. In: *Photorin* 2, 1980, S.29-35.）

　それに対し、［L547］の注1に挙げた研究書『リヒテンベルクとユダヤ人』*Lichtenberg und das Judentum* で、著者のシェーファーは、①一七七七年、ゲッティンゲンの市民が――商売上の競合関係からであろうが――ユダヤ人の追放を当局に陳情したとき、リヒテンベルクは手紙で、即刻の追放には反対するが、在留ユダヤ人の数を減らすことそのものには賛成している。②ノートL以前から、ユダヤ人に対する否定的な言及は見出され、それらをも諷刺的な意図のものに書かれたと見なすことはできない。③［L547］、［L570］などの文体は、諷刺的なものとは思われない、などの理由から、この断片をリヒテンベルク自身の見解を述べたものと結論づけている（同書六四―七一ページ）。本書の編訳者としては、この結論に賛成せざるをえない。

私の著作が翻訳されるとして、はっきりとお断り★したいのはヘブライ語への翻訳である。　［L594］

★……L.Ch.Lichtenberg, Kriesによる最初の『著作集』では、ここはerbitteであり、まったく逆に「願う」の意味になる。ライツマン版と本書の依拠するプロミース版ではverbitteとなっているが、プロミースはKommentar（八二三ページ）において「手稿のこの箇所はerbitteと読むことも可能である」と述べている。手稿においてはどちらとも決定できないため、どちらの読みを取るかは解釈に関わってくる。この問題については上掲 *Lichtenberg und das Judentum* S.15ff.

（上記［……］ユダヤ人について、への補足）たとえ、彼らを将来改善しようという決意を抱いたとしても、実際改善されるまでは——それは望み薄だった——今のところ《プロ・ヌンク》排除される必要があった。そもそも、我々の思うところでも、彼ら自身の思うところでも、改善などありえないこの種族に対し、そんなことをここで企てることはできなかった。大学という畑は、イラクサから何が作り出せるかという実験をするための場ではない。そのためには別の場を選ぶがいい。なぜ我々が歩み寄るべきなのか？　彼らに歩み寄らせるがいい。彼らはそうするすべをもっともよく心得ているだろう。なぜなら豊かな頭脳を持っているとのことだから。ベルリンから来たユダヤ人（ベンダーフィット）★1は、私の家で、疑わしいとき《イン・ドゥビオー》には、ユダヤ人のほうがキリスト教徒より豊かな頭脳を持っていることにする、と礼儀正しく言ってのけた。私が思うに、彼らはそもそも人が頭脳と呼ぶものを持っていない。クリントヴォルト★2が盤面磨きをさせたとき。大きなグロッシェン貨幣を探し出してきて、支払いのさい、無知で無経験な人間相手に、これは二倍の価値あるグロッシェン貨幣だということ。これまでユダヤ人が何か発明をしたことがあったか？　唯一頭脳を持っていたユダヤ人はスピノザだった。そしてこの人物を、彼らは信仰を共にせざる者とみなし、殺害しようとしたのだ。

[L661]

★1……Lazarus Bendavid（1762-1832）　ベルリンに生まれ、ハレ大学で数学と哲学を学んだ後ゲッティンゲン大学に移る。リヒテンベルクの家をたびたび訪問していたことがリヒテンベルクの日記からわかる。ウィーン大学で私講師として哲学を教えたのち、ベルリンへ戻りジャーナリストとして活動、一八〇六年よりフリートレンダーが設立した授業料無償のユダヤ人学校の校長を務めた。

★2……Johann Andreas Klindworth（1742-1813）　リヒテンベルクの聴講生で、のちに助手を務めた。優れた科学器具職人でもあった。

カント氏は（レーマン氏★の話によると）、学問に対する諸国民の貢献について語るとき、こう言うのが常だった。——ドイツ人は根と幹の手入れをする。フランス人は花を、イギリス人は果実を、そしてイタリア人は葉を。　［L678］

★……Johann Heinrich Immanuel Lehmann（1769-1808）はケーニヒスベルクでカントのもとで学んだのち、ゲッティンゲンでリヒテンベルクの講義を受けた。

第四章　〈私〉について

〈概説〉

リヒテンベルク自身を直接的な観察の対象としたもの、自伝の試みの断片などを集めた。「夢」や「宗教」など、ある特定の主題に集中した記述は、それらの主題を扱った断片群のほうに入れてある。

自身を描くとき一人称が用いられるとは限らない。〈彼〉を主語としたものも多いのだが、これは厄介な問題を生じさせる。〈彼〉がリヒテンベルク自身なのか、第三者なのか、そもそも現実の人物なのか虚構なのか確定できない場合が多く見られるのだ。例えば、第二章で挙げた〈クンケルの生涯〉執筆ノートにおいて、「彼」が「クンケル」を指すのか、リヒテンベルク自身を指すのか確定できないことがある。

「ある知人の肖像」［B81］のように、簡潔な筆致でさまざまな側面に光を当て、限られた枚数のなかで人物像をくっきりと浮き上がらせる試みがなされる一方で、「一枚の不思議なベッドの帳《とばり》の描写」［C107］

では、ある限られた時間における特異な知覚が主題となる。

繰り返し描かれるのは、自己の分裂したありようである。天文学書を読みつつ魅力的なウェイトレスに見とれる自分を描きながら「限りなく精神的な眺望と、限りなく官能的な感覚の狭間で、一方から他方へとよろめき、ついに、二つの面を持った私の自我を休めるための短い戦いののち、いつのまにか私は完全に分裂してしまった」［B263］と筆は進む。分裂の相で捉えられた人間は、第三章に集められた多くの断片に登場するが、ここでは具体的な状況において、時間的な変化のなかで生々しくその姿を現す。

リヒテンベルクは幾度も「自伝」を試みた。「リオン」という名を与えられた人物の伝記、という形を構想したこともある。例によって数多くの断片が残されるにとどまり、まとまった形になることはなかったが、やがて、この『雑記帳』全体が一種の「自伝」であり（「長きにわたって、わが精神の歴史と悲惨な身体の歴史を書いてきた」［F811］）、「不死性へ至る未踏の道」（同）とみなされることになる。「不死性」は「書くこと」における大いなる目標とされていた（第二章）。〈普遍性を目指し、個体性・特異性を描く〉という〈書くこと〉への基本的な構えが、〈私〉を書くことにおいて実践されているとの表明と読める。

自己は描写の対象であると共に、呼びかける相手でもある。自らを鼓舞すること、自らに警告することが繰り返される。生活の秩序付け、時間の有効な使い方などに関する反省と新たな決意、「いま目の前にあるものから取り掛かるのだ。（……）一分たりとも先延ばしにしないこと」［F188］という表現などは、自己啓発本の一節のようだが、こうした表現の背後にある切迫感が読み落とされてはならないだろう。全体をあらかじめ思い描かないのは、そうすると「意気阻喪」してしまうからである。止まってしまうこと、気力を失ってしまうことへの恐れに追い立てられているようなところがある。その一方で、ある種の「放心状態」が持つ独自のポテンシャルについて語ってもいる（第三章［B106］）。一七八九年、リヒテンベルクは大きな病を経験する。講義も半期休み、ずっと床に就いたままだった。その後も体調は完全には回復せず、一進一退を繰り返しながら次第に衰えていくさまは、同年に書き始められた『日記』の簡潔な記述を辿ることで明らかになるが、『雑記帳』にもそうした記述は多い。病についての記述は第三章の〈身体について〉に収めたが、その後の自己の変化を観察したものは本章に収録してある。

ここで特筆されるべきは、「数学を除く人間の知すべてに対する、筆を執って狼藉におよびかねないほどの、並はずれた懐疑」［J938］である。やがて〈懐疑〉は、〈学〉そのものへ向けられることとなる。晩年、『自然学提要』あるいは『遺言』という形で自分の学的活動の総決算をしようとしたことについては第七章を見られたいが、そうした活動の背後にこの〈並外れた懐疑〉があったことは忘れられてはならないだろう。

病に拍車をかけたのが、老化への恐れだった。気力の衰え、自然発生的に湧き出ていたアイディアの枯渇。さらに記憶の衰えがアイデンティティを揺さぶる。こうしたアイデンティティの揺らぎが「書くこと」と結びついたとき、「書くことにおいて、この私とは何か」という問いがむき出しの形で現れる。「かつては私の頭（私の頭脳）が、私が聴いたり見たりしたものすべてを書き記していた。今では、私の頭はもはや書き留めることはなく、それを私に委ねている。この私とは誰なのか？　私と、この書き手とは同じものではないのか」［K38］この断片で「書き記す」「書き留める」という言葉は、記憶することの比喩として用いられている（これは伝統的な比喩だ）。正確に言えば、かつては手が「書き」ながら、頭脳が「記憶」していた。それがいまでは、頭脳はもはや記憶することはなく、手だけが書き続けている。「この私」とは、文字通り書いている「私」である。ここでリヒテンベルクは、あらためて「この私とは誰なのか」と問う。この問いが生まれるのは、「書いている私」が「私」と「この書き手」に分裂するからだ。まるで、書き手が私から離脱してしまったかのようだ。書くという営みが、私から切り離されてしまったようだ。「書き手」――der Schreiberとは、職業としての「書記」も意味する――と「私」が「同じものではないのか」という自問に答えは与えられない。「思考」と「書く営み」の狭間で、「私」に安定した足場が与えられることはないのである。この状態が「不死性」を担保する普遍性としてリヒテンベルク自身が思い描いていたものと重なるとは言えまいが、近代以降の文学の営みにおける一つの系譜――ドイツで言えばイエナ・ロマン派からニーチェを経てカフカや、現代ではトマス・ベルンハルトまでこの系譜を辿ることができるかもしれない――に連なるものであることは間違いない。

大学に行く前にはもう自殺論をあたためていた。世で一般に受け入れられている思想に真っ向から逆らうものだった。一度ラテン語で自殺擁護論を書き、その弁護を試みたことを覚えている。告白せねばならないが、ある事柄の正しさに対する内的確信は、（注意深い読者ならすでにお気づきのように）その最終的根拠をしばしばどこか暗いところに持っていて、そこに光を当てることはきわめて難しい、というか、少なくともそう思われる。なぜなら、明晰に表現された文と判明ならざる感情が矛盾しているときこそ、いまだ正しい文を見出していないと思うものだから。

一七六九年の八月から数か月間、それまでになく自殺のことを考えた。そのつど、自己を維持しようとする衝動が弱まり簡単に屈服させられるようになった人間は、罪なく自らを殺すこともできる、という結論に至った。もし誤りが犯されていたとしたら、それははるか昔のことだ。私の場合、自殺についてそんな考えを持つのは、死とその始まりを、そしてそれがいかにたやすいかを生々しく思い描きすぎるせいかもしれない。いくぶんか大人数の集まりでだけ私を知っていて、二人きりで付き合ったことのない人は、私がこんなことを口にできると知って驚くだろう。死を想うことが私のお気に入りの観想の一つであること、この思考は私をすっかり捉えてしまい、そのため考えるというより感じるといったほうがいい状態になって、半時間が数分のように過ぎてしまうということ、それを知っているのはユングベリ氏★だけだ。いやいやながらもねちっこく自分を十字架に架けているわけではない。それは精神的悦楽であって、享受するのを控えているのは我が意に反してのことだ。あの憂鬱な、ミミズクめいた瞑想癖がここから生まれはしないかと、ときどき心配になるせいなのだ。［A126］

★……Jens Matthias Ljungberg（1748-1812）　スウェーデン出身の数学者・政治家。一七六六年から一七七〇年までゲッティンゲン大学に学び、リヒテンベルクの親友となった。一七七〇年よりキール大学の数学教授。一七八〇年よりコペンハーゲンで法律顧問官、一八〇五年より枢密顧問官を務める。一七八四年にリヒテンベルクはユングベリとのイタリア旅行を計画していたが、これは実現しなかった。

彼は自分の魂の上位能力と下位能力★を上院・下院と呼んでいた。前者で可決された法案はしばしば後者で否決された。［B67］

★……クリスティアン・ヴォルフ（Christian Wolff, 1679-1745）の『経験的心理学』*Psychologia Empirica*（1732）において、認識能力と欲求能力がそれぞれ上位能力と下位能力に分けられた。認識においては下位能力が感覚、想像力（像を置換・変形する能力）、創作力（facultas fingendi　像を創出する能力）、記憶、上位能力が注意および反省、知性であり、欲求においては下位能力が快・不快の感情、感覚的欲求と嫌悪、さまざまな情念、上位能力が意志および拒絶、自由である。

以前住んでいた家には古い木の階段があった。その一段一段が立てる音色と調子を私は諳んじていて、友人が訪ねてくるときには各人どんな拍子を刻むのかも心得ていた。告白せねばならないが、なじみのない足音が上ってきたときにはいつも震え上がったものである。［B79］

ある知人の肖像

下手な素描家が暗闇の中で描いたほうがまだましといった身体つき。変えることができれば、多くの凸凹を減らしただろう。最高とは言えないまでも、健康にはとても満足してきた。健康でいる日を活用する才に、はなはだ恵まれているのだ。それに、忠実この上もない伴侶である想像力が、彼のもとを離れることはない。よく窓の後ろに立ち、両手で頭を支えている。家の前を通り過ぎる人物が目にするのはまさしく気鬱で首でも吊りそうな人間だが、「また、うっとりとさまよっていたな」、と内心密かにつぶやいていることもしばしばだ。友人はごく少数。そもそも心を開くのは、目の前にいる一人の友人か、何人かの不在の友人に対してだけだ。それでも愛想が良いので、多くの者が、彼を自分の友人だと思う。虚栄心や人間愛から彼らに奉仕することもあるが、本当の友人にそうするときのような、駆り立てられる気持からではない。愛したことは一度か二度。一度は不幸ではなく、もう一度は幸福だった。善き心の持ち主をわがものとしたのは、ひとえに快活さと軽率さによってであった。そのため、しばしば忘れることもあるが、人生でもっとも満足した時間を生み出してくれた魂の特性として、快活さと軽率さはこれからも大事にし続けるだろう。もう一つの生涯ともう一つの魂を選ぶことができて、自分の生涯と魂をもう一度手に入れることもできるとしたら、彼が別のものを選ぶかどうか、私にはわからない。宗教については子供のころからとても自由な考え方をしていたが、自由精神★1であることや、例外なくすべてを信じることに誉を求めようとはしなかった。熱情的に祈ることができ、詩篇第九〇番を読むと、崇高な言いようもない感情を抑えきれなかった。「山々が生まれ……」★2は彼にとって「歌え、不死なる魂よ……」★3よりも限りなくすぐれている。若い士官や若い牧師がなによりも嫌いで、そのどちらとも、共に長く暮らすことなどできない。彼の身体と衣装が社交的な集い向きのものであることはめったになく、その心ばえが十分……★4であることも稀だった。昼食に三品、夕食に二品とワインを少々、それ以上のものは、また毎日ジャガイモ、リンゴ、パンと少々のワイン以下のものは決して望まない。どちらの場合も、哀しい気持ちになるだろう。この限界を超えた生活を数日送ると、いつも病気になった。読むこと、書くことは、食べることや飲むことと同じくらい必要で、本が手元からなくならないようにと望んでいる。死のことをよく考えるが、嫌悪しつつであったことは一度もない。すべてをこのような落ち着きで考えることができればと望み、創造主がいつか穏やかにこの生の返却を求めてくださることを希望している。この生の、大いに倹約的だったとは言えないが、放埓な所有者では決してなかったのだ。 [B81]

★1……すでにルターに用例のある――グリムの辞典の„Freigeist"参照――言葉で、自由に思考する態度を表現するが、多くは宗教に関連して用いられる。

★2……詩篇九〇・二『旧約聖書IV』旧約聖書翻訳委員会訳　岩波書店　二〇〇五年　一九〇ページ。

★3……クロプシュトックの『メシアス』第一歌の冒頭。『メシアス』については第二章［B132］注参照。

★4……以下原文は空白になっている。形容詞を入れるつもりだったのだろう。

書き物机の前の自分のように、ドイツを絶対的に支配できる人間であることなど、決して望まない。

そんなことになれば、私はまちがいなくインク壺を引っくり返すだけだろうし、片付けようとして事態をさらに混乱させるだろう。[B85]

私は音楽のことがほとんどわからないし、楽器もまったく演奏しないが、口笛だけはうまい。多くの人間たちがフルートやクラヴサンのアリアから引き出す以上の効能を、私は口笛から得てきた。静かな晩に『わがすべての行いで』★1を本当にうまく吹きながら歌詞を思い出しているときの感じは、言葉で表そうとしても無駄だろう。一人で歌うのは好きではない。「あなたが定めたのなら」云々のところに来ると、しばしばどれほどの勇気を、新たに燃え上がる大いなる炎を、神へのどれほどの信頼を感じることか。海に飛び込んでみたくなるが、この信仰があれば溺れることはない。たった一つでも善行をなした覚えがあれば世界を恐れることはないのだ。なにか冗談めいたことがしたくなると、口笛を吹く。『たとえ我苦しみを歩むとも』か、『優しいあの子に出会ったら』★2等々。[B97]

★1……パウル・フレミングのコラール。バッハのカンタータＢＷＶ97に用いられている。
★2……プロミースはこの二曲について不詳としている。

そのころ、情熱のいくばくかが彼★のなかで高まり始めた。我々はたいてい、はじめて髭をあたらせるかあたらせないかといったころに、もうそれを感じている。それは、はじめのうちまったく方向を持たなかった。わかったのは、通常のさまざまな欲望が、和らげられるというより、少なくとも同じくらいの強さの何かによって、今までとは違ったところへ引っ張られていくことだけだった。不愉快なバランスで、なぜかはわからず、ただ立ち止まらずにいるためにだけ身震いし揺れ動くのだが、それでもまた別の何かがはびこってしまう。この奇妙な状態は、私たち男がどうしてもくぐり抜けねばならないものだが、あなた方女性たちはどうか、それはわからない。さっさとそこをくぐり抜けた者、いい教育のおかげで前もって明瞭な想像力を獲得していた者は幸いだ。甘美な騒乱はその魂に美しい希望のみを与え、それに導かれた者は魅入られた地を踏み越えて、ついには美しい被造物と出会う。こうして刺激的な不確かさが、魅惑的な確かさと入れ替わるのだ。 [B127]

★……この「彼」はクンケルを指す可能性があるとプロミースは指摘している。

私は時に一週間外出しなくても、とても満足して暮らしている。命令で同じだけ在宅していたら病気になるだろう。思考の自由があるところでは、自分の輪の中を軽やかに駆けているが、思考への強制があると、許可された者ですらびくびくした顔つきで出てくる。 [B143]

私の人生は一七六五年の八月と一七六六年の二月以上の高みにあったことは一度もない。一夏と一冬で私には十分だ。この時を、いつもわが生涯における満足の中心点とみなすだろう。 [B157]

ヴィーラント★1風に言えば、自らの感情と感覚を享受しつつ、四阿《あずまや》でただ一夜を過ごす——それが★2彼にとって最善最高のことだった。それを基準に、彼は人々の偉大さと幸福を計り、何千年も人の口にのぼり続ける行いをそれと釣り合わせた。 [B160]

★1……同時代ドイツ語圏の文人ではヴィーラントをもっとも高く評価していた。第二章［B322］参照。

★2……これもプロミースによればクンケルの可能性がある。

彼と召使★はまったく一体で、すっかり依存し合っていたので、彼らを一匹の四足動物と呼べるほどだった。既婚の四足人間。

［B165］

★……リヒテンベルクの召使、ブラウンホルトを指すと推定されている。

彼をこしらえるとき、父はとにかく失敗した。それで、後から銅版画上で彼を素材にもう一度運試しをしてみる版画家も現れなかった。

［B217］

親愛なる友人たちへ★1

我々の状態の変化に際し、ふつうは一群の事物が、あるときは大きすぎたり、あるときは狭すぎたりして、要するに使い物にならなくなる。ズボンが小さくなるように、環境も、書斎も、原則といったものも、時には使い古しになる前に、時には、そしてこれが最悪なのだが、新しいものを手に入れる前に、小さくて使えなくなってしまうのだ。私は自分の状態を変えるつもりだ。別の人生へのあこがれ*と、その能力があるという感情が、この重大な一歩を一七七〇年の復活祭の市より一週間も先延ばしにすることを許さない。私の両足は、この身体をもう学生らしく軽々と支えてはくれない。知らず知らず、より高級な営みに携わるときの、慎重で種まきをするような足取りをとっている。講義では席一つに入りきれなくなってしまうだろう。要するにこの快適な生活におさらばし、父祖にどんどん近づいてゆくだけ大人になったと感じている。

★2 目に見えない財産といくつかの衣装、そして何冊かの本の他は、みな残していくつもりだ。それからいくつかの処世訓——身を切って手に入れたが、それのおかげで何かをもらうことはない——も持っていこうとは思わない。しかし遺言なし《アブ・インテスタートー》で略奪される事態を避けるために、ここにわが最後の意志を告知することとする。

親愛なるL、★3 君が私の部屋に住んでくれたらとてもありがたいのだが。私はいつも部屋というものを普通の人間より大きく捉えてきた。我々の抱く観念の大きな部分は、それがどこに置かれているかに依存しており、部屋は第二の身体とみなすことができる。私はそれが穢されるのを見たくない。君がここに住んでくれれば、とても正直な大家と、私の気圧計と、壁紙に張り付けた六枚の地図と、納戸の温度計も君のものだ。その代わり、毎週土曜に窓辺に寄って来る哀れな貧しい男にそのつど四ペニヒを恵む義務を負うことになるだろう。その百四十四回分でようやく普通の圧力計代になる。私のはもっと高級品だ。

よく考えてもらわないといけないのだが、五十歩先の角を曲がったところに住んでいたら、私は百マイル南で受胎されていたときと同様に、別人になっていただろう。いまそこにある机が、以前は窓の前にあったなら、自分の行為を支配するある原則を、私はまだ見出していなかっただろう。我々が、儚い幸福と、永遠の至福を乗せて、この時のなかを駆り立てていかねばならないこの乗り物は、こんなに簡単にも向きを変えることができる。ほんのわずかな動きも舵取りに伝えられる。明日は日曜だ。窓から観察するのに一番具合のいい部屋がどこか知ることができたら、そこに住んでいる人間に場所代として百ターラー出そう。そんなことは起こりっこないので、私の窓から観察しながら、できるだけいい思考をするよう、少なくとも努力するつもりだ。 [B253]

＊　これは、肉体の成長における伸びようとする傾向と似たところがある。

★1……大学の課程を修了するにあたって書かれたもの。架空の人物の架空の手紙という形をとっているが、部屋の描写や住まいについての見解はリヒテンベルク自身のものと重なる。

★2……以下、段落わけはすべてリヒテンベルクによる。

★3……親友のユングベリを指す。実際にリヒテンベルクはこの人物に部屋を譲り、イギリス人の英語・英文学教授であるトンプソン（John Tompson）邸に転居する。ユングベリについては本章［A126］注参照。

今日、ド・ラカーユ[★1]の著作で、彗星の理論についての記述を読み直した。少し疲れたので、机に頬杖をついた。自分のことを考えるときはたいていこの姿勢になるので、私の思考は今回も自分に向かった。思考の中には一種の貿易風があって、あるときには吹き続け、どんなに舵を取り、風に向かってジグザグに進んでみても思考はどんどん吹き流されてしまう。今日のような十一月の日には、何か特別な流れに逸らされたりしなければ、私の思考はすべて、憂鬱と自己卑下の間を流れていく。友情とワインという二つの羅針盤が私を導き、困難の海に抗《アゲインスト・ア・シー・オブ・トラブルズ》う勇気を与えてくれないなら、しばしば自分を見失ってしまうだろう。

私の悟性は今日、偉大なニュートンの思考の後をついて宇宙の構造を通覧していた。誇りを擽《くすぐ》られることもないではなかった。私もまた、あの偉人と同じ素材でできている。その思想は不可解ではなく、私の脳には、かの思想と呼応する繊維が含まれているのだから。神がこの男を通じて後世へ向けて発した声は、何百万人の耳を掠め、私によって聞き届けられたのだ。こうして私は尊敬すべき哲学をたどっていた。一方、二人のウェイトレス（不可思議な星《ステラ・ミラビリス》と惑星）は、片隅にいながら地球を超えて飛翔しているつもりのこの知性を、もはや自分たちのありったけの機知を向ける値打ちのあるものとみなさず、わざわざ機知のスポットライトを当てたりはしなかったが、そのありきたりの光だけでもうっとりさせていた。私の想像力は、ヴィーラントの描写におけるどんな微細な屈曲も辿り、私独自の世界をつくりだす。そこを私は魔術師のように歩み、些細な軽薄さの種が精神的快楽の畑全体で開花するのを目にするのだ。この想像力は、彼女らの繊細な鼻のラインや、素早く振り回される捲り上げられた健康的な腕にしばしば激しく惹きつけられた。こうなると、先ほどの震撼は跡形もなかった。

こうして私は哲学とウェイトレスのたくらみの間の世界に宙づりになる。限りなく精神的な眺望と、限りなく官能的な感覚の狭間で、一方から他方へとよろめき、ついに、二つの面を持った私の自我を休めるための短い戦いののち、いつのまにか私は完全に分裂してしまった。こちらでは弛緩し、あちらでは純粋な生へ昇華していく。我々二人、私と私の身体は、これまで、今ほど完全に二人であったことはなかった。時に我々は相手の存在すら認めず、かと思えば互いに反対向きに走って行って、自分たちがどこにいるのかもわからない。[B263]

理性と想像力は彼においてはなはだ不幸な結婚生活を送ってきた。[B275]

彼は自分の振る舞いの根本原則として、「自分と付き合いすぎないこと」という反シャフツベリー律★を持っていた。でなければ、自分を軽蔑するという結果にならざるをえないとわかっていたからである。[B277]

★1……Nicolas Louis de Lacaille（1713-1762）フランスの天文学者。フランス科学アカデミーの命により喜望峰で南天観測を行い、その結果は没後に刊行されたカタログ *Coelum australe stelliferum*（1763）にまとめられた。彗星の理論は、*Lectiones elementares astronomicae, geometricae et physicae*（1757）に収録されているという。

★第三代シャフツベリー伯（Anthony Ashley Cooper, 3rd Earl of Shaftesbury, 1671-1713）。イギリスの哲学者、美学者。政治家初代シャフツベリー伯の孫として、若い日に哲学者ロックの教育を家庭で受ける。ギリシア・ローマの古典とルネサンスの文芸に通じ、フランス・イタリア旅行を通じてラテン文化に深く親しんだ。主著は『人間、習俗、意見、時代の諸特徴』*Characteristics of Men, Manners, Opinions, Times*（1711）。〈美〉をモデルとして、調和を本質とする〈徳〉を中心に据えた道徳哲学を唱えた。ここではシャフツベリー伯が人間の社交的性質を重視したことを受けているのだろうが、「自己情動」self affection が個人の善へ導くという考えも意識しているのかもしれない。

彼は帽子の方位角と傾角のあらゆる表現を理解していた。 [B294]

彼は自分に対しほとんど力を行使できず、杖を部屋の決まった隅に置くよう自分を鼓舞することすらかなわなかった。そうするつもりではあっても、家へ帰るたびその隅を通り過ぎてしまう。たいてい、杖を手から放してしまうのがたまらなく不快で、そのまま部屋の端まで行ってしまうのだった。 [B397]

私にあっては、心は他の人々よりも靴の長さの分だけ頭に近い。私の大いなる公正さはそのせいだ。［心が］決意すると、まだ温かいうちに［頭の］批准を受けることができるのだ。 [C20]

彼は一日、あたたかい想像のなかで日光浴をすることができる。 [C38]

私はおまえの陽を遮ろうとは思わない。小さな動物よ（それはクモだった）。陽の光は私のものであ

ると同じくおまえのものでもある。 [C57]

一枚の不思議なベッドの帳《とばり》の描写。一七六九年、全紙一枚にいろんな顔を描いてみようと思いたった。たいていはどこかおかしいところのある顔だった。その紙を見せて笑わずにいられない者はほとんどなかった。どんな本でも、こんなにすぐ効くことはあるまい。だが頭を四十個も描かないうちに疲れて、以後そこに付け足すことはほとんどなかった。翌年、ちょっとしたリューマチ熱のせいで臥せっていた。ベッドには傾斜した天蓋がついていて、それほど緻密ではない織り目を通して、おまけにその糸もひどくばらばらだったのだが、白い壁が透けて見えた。ここに数えきれないほどの、この上もなく奇妙でおどけた顔が現れたのである。四つ折り判ほどの大きさもなかったその表面に、百以上の顔を現れさせることができた。その一つ一が、それまで描かれたどの顔よりも多くの表情と個性を有していた――ただホガースの描くこの上ない頭部を除いてだが。そしてこれらの顔はそれにとてもよく似ていたのだった。一つの頭が浮かぶと、その口を目にしてみる。すると次の瞬間には新しい頭がそこにはあって、それはこちらに笑いかけたかと思えば、歯をむき出してみせ、三つ目の顔は私を笑い飛ばし、四つ目はその顔に対し嘲るようなまなざしを向ける。私の前に現れた、咳をしたりくしゃみをしたりあくびをしたりしている箇所をすべて描写することはできない。これらの顔が目と想像力の前に浮かび上がったときのように、力強く描くことができたら、この帳はまちがいなく不滅のものと化しただろう。レオナルド・ダ・ヴィンチはこの作業を若い画家たちに推奨しているそうだ。 [C107]

ハノーファーで宿泊していたときの部屋★は、二つの大通りを結ぶ小路に窓が面していた。ここに入り、もうあまり人目がないと考えた人々がその表情を変える様子を見るのは楽しかった。ある者は小便し、ある者は長靴下を結び、ひそかに笑う者もいれば、かぶりを振る者もいた。娘たちは昨晩のことを思い出して微笑み、次の大通りでの新たな征服に向けてリボンを整える。［C166］

★……一七七二年、ハノーファー、オスナブリュックおよびシュターデの正確な位置を天文学的に測量する仕事をジョージ三世より委託され、リヒテンベルクは三月から八月末までハノーファーに滞在していた。九月より、この断片が収録されている〈ノートC〉が書き始められている。

誰もが神妙な顔をするところで、彼はしばしば自由な口をきいた。その代わり、誰も徳を説いたりしないところで、あらためて徳を説いた。［C266］

彼は絞首台を背中のこぶにではなく目のなかに持っていた。［D27］

少しは才能を持っていると仕事が簡単になるに違いないと、人はあまりに考えがちである。とにかく全力を尽くせ、なにか大きなことをなそうと思うなら。［D47］

有益な決意にどうやって力を与えるか、教えてくれ。真摯に意志するにはどうしたらいいか、運命の嵐が、あるいはまくり上げた白い腕が三年かけた構築物を揺すぶるとき、毅然としているにはどうしたらいいか教えてくれ。人間の心に語りかけるすべを、そして基本的な考え方の体系《システム》という屈折させる媒体によって、私の表現が曲がった受け取られ方をしないようにするすべを教えてくれ。仕上げにホラーティウスの精神を与えてくれ。そうすれば、名声は幾千年も響きわたるだろう。［D54］

人が主の祈りを唱えてしまう前に、彼は十の事情を列挙することができる。思考は、小人が連れてくるように彼の下にやってくる。

［D120］

彼はとても注意深い詮索家だったので、いつも一軒の家より一粒の砂のほうを見た。

［D475］

シェイクスピアには馬鹿げたことを表現する特別の才能があった。寝入る直前や軽い熱があるときの感覚や思考を描き出し表現する才能があった。私はと言えば、しばしば一人の男が九九の表のように、そして永遠が本棚のように思えた。あるとき「それはとりわけ爽快にしてくれるに違いない」、と口にしたが、「それ」とは矛盾律のことだった。完全に食べ物として眼前に浮かんでいたのである。

［D528］

彼自身の姿が彼を笑い飛ばす。

［E93］

偶然のおかげで自分の力量を超えるようなポストを獲得して、本当の自分と違った見かけをせねばならないことのないよう心せよ。これほど危険で、内面の平静を乱すものはない。それどころか、あらゆる正直さにとってこれほど有害なものもない。そして一般にこれは完全なる信用の喪失で終わる。

［E175］

彼は何かが飛んでいるのを見ると、すぐにそれをロック鳥★だと思った。

［E220］

★……伝説の巨鳥。『千夜一夜物語』（シンドバットの物語）でヨーロッパでも広く知られていた。

はっきり覚えているのだが、子供でなくなりかけたころ、子牛を調教しようとしたことがある。必要な能力は自分でも目に見えて備わって来たのだが、我々は日に日に理解しえなくなり、ついにあきらめた。それ以来、二度と試みたことはない。　[E284]

私が何か投げ込んで窓を割るときは、いつも三グロッシェン硬貨を使う。　[E298]

一日でいいからプロイセン王となり、ベルリン人をぎゅうぎゅう言わしてやりたい。　[E306]

カが灯りに飛び込み、死と格闘しているのを見たとき、彼はこう言った。その苦い盃を下ろせ、哀れな虫よ。教授様がそれを見てお悲しみだ。　[E351]

羽根ペンを手に、砦にのりこみ、私は大きな成功をおさめた。多くの人間は剣と破門で武装しながらも撃退されたのだが。　[E422]

あの男はゆきすぎだ。だが私もそうではないか？　熱狂しているとき、彼は自分の声を聴くのが好きだ。機知をふるうとき、あるいはすべて感覚や感情に発してなされることを冷たく軽蔑するとき、私は自分の声を聴くのが好きではないか？　[E442]

人々は口をそろえてこう言う。自分たちが泣いたり、激昂したくなるものを前に、私は笑うのだと。［E471］

彼はどんな三語にも一つの思いつきを見出し、どんな三つの点にも一つの顔を見出した。［F98］

24［木曜日］。十二日。人生を伸ばすもう一つのやり方、完全に我々がコントロールできるやり方がある。早起きする。時間のうまい、目的にかなった使い方をする。最終目的のための最良の手段を選ぶ。いったん選んだら、大胆に実行する。こうすればとても長く生きることができるのだ——人生をもはや暦で測らなくなれば。さらに最高なのは、成し遂げたことで測られるこの人生によって、暦で測る人生も長くなるということだ。何かの仕事を眼前に据えたら、実行に当たっては全体を思い描かないほうがいい。少なくとも私はそれで意気消沈してしまう。そうではなく、いま目の前にあるところから取り掛かるのだ。そこが片付けば、さらに次のところへ取り掛かれ。宮廷顧問官ハイネ氏★は、考古学の厄介さに関して、似たことを述べたことがある。一つのことを、その場で始め、一分たりとも先延ばしにしないこと、いわんや一時間・一日延ばしなどしないこと、これも同様に時間を延ばす手段である。［F188］

★……ゲッティンゲン大学修辞学教授ハイネ（Christian Gottlob Heyne, 1729-1812）を指す。ゲッティンゲン大学に考古学を導入し、文献学・考古学・歴史学を結び付けた古代学（Altertumswissenschaft）の確立に寄与した。また大学図書館館長としても尽力し、ヨーロッパ有数の図書館とした。

ある一日、自分の目標から逸らされないとしたら、それも時間を長くする手段の一つである。きわ

めて確実ではあるが、実現困難な手段だ。［F200］

☽「月曜日」。十一日。すべてを熟考してやらねばならず、なにも習慣になっていないというのはまったくよろしくない。［F259］

何ごとも先延ばしにしないこと。毎日少しずつ。すべてのことで何ペニヒかずつ節約すること。いっぺんにあまりに多くを、ではなく、少しずつ頻繁に。私の性格ではこのほうが耐えやすい。こう定めなければ、私はなにもしない。［F327］

私の頭のなかには、とっくに消えてしまった原因による印象がまだ生きている。（お母さん!!!!）［F486］

自分の頬に墓が見える。一七七七年四月十六日。［F488］

人は多くの事柄の探求でゆき過ぎを起こしがちだ、そう思うといつも憂鬱になる。それは我々の幸福を損ねかねない。私がその証拠だ。人間の心を知ろうと苦心してきたが、もっとうまくいかなければよかったのに、と思う。人々の悪意を以前よりずっと赦せるようになった。それは本当だ。社交の場で誰かが私の悪口を言っても、それが皆を面白がらせるためだったらなおさら、その人に敵意を抱くことなど決してできない。それが元で何か——どんな意味でも——やったりはしない。ただその誹謗は、血をたぎらせ熱を帯びてなされたり、粗野な誹謗だったりしてはならない。そんなものを受けるいわれはないからだ。一方で、人々の賞賛はほんとうにどうでもよくて、私をまだ喜ばせるものがあるとしたら、せいぜい彼らの嫉妬くらいである。これはあるべき状態ではないだろう。つまりここでも、認識システム全体の調和的発展が必要なのだ。ある部分があまりに洗練されると、多かれ少なかれ、悪い結果を招く。［F511］

まごうかたなき事実に気づいた――ある意見を抱くのは、横になっているときが多く、立っているときには別の意見を持つ。ほとんど食事をしておらず、疲れているときにはなおさらそうだ。［F557］

長きにわたって、わが精神の歴史と悲惨な身体の歴史を書いてきた。それも、ある種の共に恥じる思いを多くの人々に起させかねない率直さで。ひょっとしてこれを読むかもしれない者に信じられる以上の率直さで語らねばならない。これが、不死性へ至る未踏の道である（過去にはレッツの枢機卿★のみがこの道を行った）。悪意あるこの世ゆえ、これは私の死後初めて世に出るだろう。［F811］

★……Jean-François Paul de Gondi（1613-1679）一七一七年に出版された『回想録』*Mémoires du cardinal de Retz* […] で文名を上げた。

後世に気に入られるには、現在の人々に憎まれる必要がある、と強い確信をもって考えることが多くなった。時に、すべてを攻撃したいという想いに駆られるほどだった。［F876］

彼は胡椒とジグザグを愛する。［F995］

人間通で世間知に富んだ人間たらんとする人々に判決を下され、内心大いに喜ぶことも時にはあった。連中はなんとひどい誤りを犯すことか。ある者は、私を実際よりはるかに優れているとみなし、ある者ははるかに劣っているとみなした。それがいつも、彼らが考えるところでは、極めて的確な根拠に基づいているのだった。　[F089]

知人が通りかかると、よく窓から離れる。お辞儀する労を取り除いてやるためというより、相手がお辞儀しなかった時のこちらの困惑をあらかじめ取り除いておくために。　[F179]

誰かが私に一般的な意味での同情を抱くとしよう、それは私にとってとても不愉快な感情である。それゆえ、人々は誰かに心底腹を立てると「あんな奴は同情ものだ」と言う。こういった類の同情は施しであり、施しはどんなにわずかでも、一方の過少と他方の余剰を前提している。英語のpityは、同様か、もっと悪い。形容詞のpitifulは、我々における「憐れむべき」である。しかしはるかに非利己的な同情もある。本当に相手を思いやり、即座に行為と救済へ向かい、感傷的な気塞ぎ（この表現を許していただきたい）を伴うことは稀だ。前者を「施しのような同情」、後者を「攻守共働の同情」と呼んでもいい。共に恥じる思い[★1]はとても純粋なもので、高く評価する人物が、よく知らない人物に対し自分を見せつけたくなり、笑止な振る舞いに出てしまうようなときに感じられるものだ。

まったく利害関心抜きで共に喜ぶということを、一七七八年、ガッテラー[★2]が回復した際経験した。この場合、どれほど綿密に自分の心を探っても、そこにあった関心とは、最大の正直さと日々稀なものとなっている学識を有したこの人物を、この世に、大学に、そして家庭にもう一度取り戻せたということに向けられたものでしかなかった。——さすがに死んだとまでは言わないまでも、回復不可能と医学的に証明された後でのことだったのだ。［F1214］

★1……Mitscham,「同情」の原語Mitleid（共に苦しむ）にかけられている。
★2……Johann Christoph Gatterer（1727-1799）はドイツの歴史家。ゲッティンゲン大学に歴史学講座を設置した。当講座でリヒテンベルクが講演を行ったことについては第三章［F804］と注参照。

（リオンは）[★1]およそ二歳サバを読んでいる。[★2]ガラス屋シュバルツの息子からの魂の移動[★3]は、少なくとも八歳には始まった。見つからずにあれこれの人間を殺す方法、ばれずに放火する方法を考えて楽しむことがよくある。そんなことをしようと確たる決意など持ったこともなく、やりたいとも少しも思わず、寝入る前にしょっちゅうそんな考えにふけった。十六歳から、キリストは神の子だと確信できないでいる。この不信になじみすぎ、一体化してしまって、確信などもはや考えられない。キリスト自身が書かなかったこと、アリマタヤのヨセフ[★4]の報告が残されていないことを残念に思うばかりである。こういった事柄について敬虔な熱狂者がやりかねないことなら、十分すぎるほどわかっている。祈りの力に対する彼の信仰。多くのこと、例えば跪くことや聖書に触れること、聖書にキスすることについての彼の迷信。聖なる母への敬虔な崇拝。周囲に漂っている霊たちへの敬慕。

　この話が真実であると誓いなどしない。保証など何ほどのこともない。拠り所とするのは、一致の内的な徴と率直さの指標であり、これは世の続く限り有効であり続け、そして真理を率直に求め観察の精神を有する者にのみ知られるだろう。信頼とは、部分的にはそれを寄せる者の心に根を持つから、それがまったく穢れなきものでなければ、欺きかねないのだ。［F1217］

★1……身体や性に関わることを記すとき、リヒテンベルクは日記で自分のことをしばしばこう呼ぶ。
★2……一七九九年二月二十四日にリヒテンベルクは死亡するが、それから約十か月後、兄のクリスティアンはゲオルクの生地オーバー＝ラムシュタットの牧師に正しい生年月日と時間を問い合わせ、その結果、それまで信じられていたよりも二歳年長であったことがわかった。
★3……第三章［A91］注参照。
★4……ピラトに願い出てイエスの亡骸を引き取り埋葬したユダヤ人として、すべての福音書に登場する人物。

（リオンが）十歳のとき、シュミットという少年（市立学校主席）に夢中になった。仕立て屋の息子で、彼の話題を聞くのが好きで、すべての子供たちを彼と話し合うよう仕向けた。一度も直接話したことはなかったが、この子が自分を話題にしていたと聞いたときはとても嬉しかった。学校が終わると壁に上り、彼が学校を出るのを眺めた。その顔つきははっきりと思い出せるが、美しいなんてものではなく、赤い頬に団子鼻だった。それでも主席だったのだ。こうした率直な告白で世の不信の念が増すとしたら、残念だ。しかし私は人間だったのであり、世の幸福とは、いつか叶うものならば、何かを隠すことによって得ようとされてはならない。決して。さもなければ確固たるものは何も生じえなくなる。持続する幸福は、ただ率直さの中にのみ見出される。ウェイランドの娘との恋は、正確に、感動的に描くこと。それからジュスティーヌとの恋、これほどの恋はそれまでなかった。人生最大の恋だった。それからザクセンのマリーとDのマリー。三週間つきあって（つきあっている時間を単純計算して）、ということは暦上だと三か月になることもあったが、その欠点を見極められないような人間はほとんどいなかった。それで、三週間つきあえばどのような変装も役に立たなくなるとの確信に至った。どんな築城術にも、見る人が見れば独自の占領法があるからだ。昼の十二時半ごろ、ウェイランドの娘を一度見かけた、あの小道（この裏だ）のことは決して忘れない。みなテーブルについていたので、まるで夜みたいだった。これはとても微妙だが、心からの真実だ。所有欲から正しくない振る舞いをしたことは一度もなかった、神に誓って。　［F120］

「山々が生まれ［／］地と大地が産み落とされる前に、［／］とこしえより　とこしえまで［／］あなたが神」★1という言葉を自分の部屋で口にするのと、ウェストミンスター寺院の内部で口にするのとでは、何という違いがあるか！　頭上には荘厳なヴォールトがあり陽の光はつねに聖なる黄昏となって喪に服し、足の下には崩壊した栄華の遺物、かつて王たちであった塵があり、周囲には死神の戦利品がある！

あちらこちらでこの言葉を口にしてきた。寝室では、その言葉のせいで敬虔な気持ちになることもしばしばだった。子供のころから、この言葉で祈って心を動かされないことはなかった。しかしここでは、いわく言い難い、しかし心地よい戦慄が走った。裁きの主の現前を感じた。朝焼けの翼に乗っても、その手から逃げ出すことはかなわないだろう。涙にくれたが、それは喜びの涙でも苦痛の涙でもなく、裁きの主に対するいわく言い難い信頼の涙だった。至るところで推測し、読むよりも推測する君たち、流行の憂鬱をもとにこれをでっちあげているなどと思わないでくれ。ヤング★2を読むのが流行だったとき、私は最後まで読むことができなかった。今は彼を非難するのが流行だが、やはり偉大な人物だったと思っている。　［G15］

★1……詩篇第九〇・二『旧約聖書』旧約聖書翻訳委員会訳　岩波書店　二〇〇五年　一九〇ページ。

★2……Edward Young（1683-1765）イギリスの詩人。『生、死、永生についての夜想』*Night Thoughts on Life, Death, and Immortality*（1742-1745）は広く読まれた。

愛する人がその場にいることも、いないことも、同じように耐えがたいという状態があるが、少なくとも私にはそんなに稀なことではない。少なくとも、その場にいるからといって、不在の耐えがたさが期待させるほどの満足は見出せないのだ。［G46］

彼が自分の家に積み上げた珍品のなかで、結局自分が最大だった。［G184］

彼はすべてを、猪と猟犬が塩泉と鉱泉を見つけるように発見した。［G185］

彼はそもそも性格というものを持たなかった。持とうと思ったときはいつも、まず何らかの性格を仮定する必要があった。［G188］

人生のあらゆる瞬間を、それが運命のどの手から我々に降ってこようと、好都合な瞬間も不都合な瞬間も、できる限り最良の瞬間にすること――ここに人生の技はあり、理性的な存在の特権がある。［G212］

ある娘、百五十冊の本、数人の友人と、直径およそ一ドイツ・マイル［七五三二メートル］の見晴らし、それが彼にとっての世界だった。［G214］

昼には悪いこと、どころか怪しからんと思えた思い付きに、夜になると笑わずにはいられないということがよくあった。［H8］

ああ、観察されることなく、ただこの世で学び続けることができたら！　若いころ、星座学はなんと天国のような満足を与えてくれたことか。まったく！　あれ以上に素晴らしい時期は知らない。人生でもっとも満たされた日々だった。あちらこちらで少し余計にものを知っている人間たちの妬みと嘲笑は耐え難い。あの頃は天国のようだった！　今では、わが一挙手一投足が観察されている。私の半分の値打ちもなく、私の根源的な努力にただ暗記した言葉を対抗させる多くの連中に笑い飛ばされるのだ。自分で考えたことと、ただ書き写したものを区別することが学ばれるべきだ。　[H10]

「何かを信じる」ことと「その反対を信じることができない」ことには大きな違いがある。私は、きわめて頻繁に、証明できないまま何かを信じることができる。それは反駁できないまま信じないでいるのと同様である。どちらを取るかは、厳密な証明によってではなく、優勢さによって決められる。　[H12]

経験した多くのことが人に話すのは恥ずかしいと感じられるが、それは間違った哲学に基づいていることがしばしばだ。英語やフランス語を学んでいて、間違った羞恥心から、真似できる発音の多くを真似しないようなものだ。若いころのことである。夜の十一時に床についていて、横になったばかりだったので頭はまったく冴えていた。突然、抑え難いほどの火事の不安に襲われた。火がすぐ近くにあるような、足元がどんどん熱くなってくるような気がした。そのとき、警鐘が鳴らされ始め、火が上がった。私の部屋からではなく、遠く離れた家だった。覚えている限り、この経験を人に話したことはない。話が馬鹿馬鹿しい印象を与えたり、その場の多くの人から哲学的に見下されたりしない

ように、わざわざ本当だと確言する手間を取りたくなかったからである。　[H155]

四十六歳になって、夏至の日と冬至の日をある種の関心で眺めはじめたが、この関心は間違いなくこの年齢の果実だった。私の外部にある事物の儚さを示すあらゆる徴が、わが生涯の里程標となった。そして、これらすべてに気づく、より高い知恵（近年そう呼ぶのを好んでいる）すら、疑わしくなった。　[H170]

人間を質に入れられるなら、私を質草にいくら借りられるか知りたいものだ。債務者拘置所とはそもそも質屋であり、そこでは家財道具ではなくその持ち主を抵当に金を貸している。　[J208]

九〇年一月二十四日から二十五日にかけて、スウェーデンの文人、書籍商のGjörwellの名を思い出そうとしてどうしても思い出せないでいるとき、以下の経験をした。はじめは、自力でその名をふたたび見出すのは絶望的だと思った。しばらくして、スウェーデン人の名を発音していくうち、その名に近づくとあるぼんやりとした感じを持ち、一番近づいたときもそれがわかったように思われた。しかしとつぜん途切れてしまって、また見つけるのはどうしても無理なようだった。ある失われた語の、まだ私が憶えている語に対する、そして私の頭脳に対するなんとも奇妙な関係。ちなみにずっと二音節語を優遇していた。またBjelke や Niökoping 等々が一番近く感じられたのは、結局のところöとjの故だった。一晩苦しんで、神経衰弱気味になってから、ようやく、まず最初の字母を思い出そうとしてみた。そして、アルファベット順でGに来たとき、引っ掛かり、ただちに„Gjörwell“と口をついた。しかししばらくすると、またこれは正しい名ではないと考えはじめたが、ついにベッドから起きてもっと明るい気分になった。

そこで私の迷信がどんな重要な役を演じていたか——この名を見出すと、これは健康になる兆しだとすぐに考えたほどだ——は、私のひそかな生活における数え切れぬ似た出来事と関連しているが、それを語る必要はあるまい。私はとても迷信深い。しかしまったく恥ずかしいとは思わない。地球が静止していると信じるのを恥じないのと同じだ。これは私の哲学の身体であり、これを訂正することのできる魂を私に与えてくれたことを神に感謝するのみである。 [249]

神経の病の最中に実にしばしば気づいたのだが、普段は道徳的感情を傷つけるようなことが、肉体に堪えるのだった。ディーテリヒがあるとき「神よ私を殺すがいい」と言った。とても気分が悪くなり、しばらく出入り禁止にしたほどだった。 [252]

思うに神経の病は、さまざまな親和性を発見するのに役立つ。私は自分を焼いたり、切ったり、刺したり等々できた。それはみな私にはどうということもなかったが、一方でほんの少しでも心を動かされると、我を忘れてしまった。例えば誰かが馬を落ち着かせられないでいるときのような、無駄な努力。音楽も私には不愉快だった。それでいて自分で発《た》てる音は、肉切り包丁を使って卓上で木を割る音なども平気で我慢できた。 [289]

最悪なのは、病にあっては、とりわけ自分のことを感じずに事物を感じたり考えたりすることがもはやできないことだ。苦しみのすべてで自分を意識し、すべては主観的となり、すべては自分の感じやすさと病気に結びつく。世界全体が、ありとあらゆる仕方で私におのれの病気と苦しみを感じさせるための機械のようだ。病的なエゴイスト。はなはだ悲しむべき状態。まだ私に力は残っているか、これを克服することができるか、見極めねばならない。できなければ、私は終わりだ。しかし、こうした類の病は、私にはいわば第二の自然となっている。いい薬が、衝突の第一微分を与えてくれればいいのだが！「小心翼々」が、私の病にぴったりの言葉だ。しかしどうやってこれを除去するか。これを克服することは顕彰碑に値するだろう。しかし自分を歳取った女から男に変えるような人間に、誰が顕彰碑を捧げるだろう。 [J337]

使え、力を使え。いま労を要することは、ついには機械的なものとなるだろう。 [J339]

空想は馬のように怖気づき、私を乗せ駆け去った。わが過敏状態のもっとも優れた表現。 [J343]

彼はベッドで妻と対蹠的に［頭と足を逆さまにして］寝るのを大いに好む。対蹠者風ニ《ア・ランティポッド》。 [J399]

彼にとって体罰を与えるのは性衝動と結びついていた。彼は妻にしか体罰を与えなかった。 [J448]

彼はそのつど、自らのさまざまな感情や感覚が集積された状態に応じて判断する。 [J482]

主人と散歩する犬のように、私は学問への道を歩んだ。同じ道を百回も行きつ戻りつし、着いた時にはへとへとだった。 [J489]

夜はなおさら、頭の中をさまざまな観念がまるで猫と鼠のように駆けずり回る。眠れるまで、まずそれに慣れる必要があった。これは何かの導入に使えるかもしれない。私はたしかにバスティーユで、ペリッソン★1のように豚を、ド・ラチュード★2のようにネズミを飼っているわけではない（『カイエ・ド・レクチュール』★3 XIとXX、一七九〇年、三八〇頁）。それでもときにはそうした観念を飼っていて、次第にそれを私に慣れさせ、ついには地上を覆うニスのごとき虚飾に関する論考が書けそうになる。木の煤を塗り重ねた層。そこに一滴の水が落ちた。高さはどれほどだったか？　この滴が一人の天文学者を引きさらってしまうのだった。　[527]

★1……Paul Pellisson（1624-1693）　ルイ十四世のもとで大蔵卿を務めたフーケ（Nicolas Fouquet, 1615-1680）の秘書を務めたが、一六六一年、フーケが逮捕されるとバスティーユに収監された。獄中でもフーケ弁護の書を書き、一六六六年に恩赦を受けた。

★2……Henry Masers de Latude（1725-1805）　三十五年以上バスティーユに収監され、一七八七年にアムステルダムを出版地と記された『ヴェールを剥がされた専制。三十五年間いくつもの牢獄にて記されたアンリ・マセール・ド・ラ・チュードの回想録』*Le Despotisme dévoilé, ou Mémoires de Henri Masers de la Tude, détenu pendant trente-cinq ans dans les diverses prisons d'État*が刊行された。

★3……*Cahiers de Lecture*, Heinrich August Ottkar Reichardによって編集され、一七八四年から一七九四年までゴータで刊行された。

一七九〇年の一月と二月、病の床でよくベッドの天蓋を見ていた。小さな花模様の更紗だった。どの花も、およそ六〇度で交わる二本の線の交点にあった。こうして一群の菱形が生まれ、面積一平方ツォル★か、四ないしは九平方ツォルなどの菱形を一個はっきりと視界にとらえると、私の目にはただちにその平面全体がそうした菱形で埋め尽くされ、そのすべての菱形は最初に仮定した大きさを取った。菱形の代わりに偏菱形を試してみても同様だった。ようするにこれは、客観的な構図と主観的な構図から同時に生まれた図案なのだ。新しい図案を試してみると、最初はなかなかうまくいかないが、やがて調子に乗ってくると、とつぜん全体が結晶化するようだった。この件は、もっと高次の事物にも適用できると思われる。同型的に分布された点の集団に、私はいろいろな図形を見ることができる。さまざまな図案が、平面の一方の端で一旦きちんと把握されると、すぐに残りの場所にも見出されるようになる。こうして、どんな無秩序の中にも秩序を見ることができる――雲の中や、色とりどりの石の中のように。［J532］

★……インチ（二・五四㎝）のドイツ名。

ああ、最上の部類の人々の気に入ると確信できる、どれほど多くの思想を私は持ってきたか。ただし、彼らがそれを読んだなら、という話だが。私はそれを表明するすべを知らず、特にそうしたいとも思わなかった。その代わり、多くの浅薄な文士や『提要』書き、ただ経験大事の向こう見ずや支離滅裂なエピグラム書きから見下されることを甘受せねばならなかった。とはいうものの、こう告白しないわけにもいかない――私の態度からすれば、人々はそんなに不当だったわけでもないのだ。怠惰さゆえ、私の雑記帳にすら明かさなかったことを、どうして彼らが知りえただろう。何も学ぶことのない手紙は私から一度ももらわなかった、とドリュックが書いてくれたが、これを読むと世間のあらゆる判断などどうでもよくなってしまう。しかしこれも私にとってだけの話である。［J559］

とにかく自分のやりたいことの反対をやれば、間違いなく最後はより良い結果を招く。例えば、食卓での我が絶対禁酒である。 [J616]

健康なうちは、昇る朝日にベッドの中の姿を決して見せないと決めていた。ただ実行するのみであり、別に無理をしているわけではなかった。自分に課すルールに関しては、それを破ることがほとんど不可能になってから、それをルールと定めるようにしてきたからである。 [J638]

数日前から（九一年四月二十二日）一つの仮説のもとに生きている（というのも私はいつも何らかの仮説のもとに生きているから）。食事中の飲酒は有害だというものである。そしてはなはだ調子がいい。間違いなく、これは本物だ。生き方を変えたり薬を試したりして、こんなに速やかではっきりした効き目を感じたことはなかったからだ。 [J639]

そもそも、とても多くのことを考えてきた。それはよくわかっている。読むよりもずっと多くのことを。そのせいで、世の人々が知っているきわめて多くのことを私は知らない。だから世の人々との交際でよく間違いを犯し、引っ込み思案になる。ひとまとめに考えてきたことを、それが私の中にあるまま、分けずに言えたら、その多くはからかっていると受け取られまいし、世の喝采を得ることも間違いない。 [J640]

私とわが人生をもう一度新たに出版することを、天が必要かつ有用だと思ってくれたら、新版用にいくつかの無用ならざるコメントを届けたい——主として肖像画と全体のプランに関して。 [J659]

彼は私を軽蔑する。なぜなら私を知らないから。私は彼の非難を軽蔑する、なぜなら自分を知っているから。［1664］

彼は生殖の分野において真の長老だった。それで、時に心から、あの感覚に対しても眼鏡を磨くことができれば、と願うのだった。［1671］

これを目にして、この光景が将来の人生のためにしっかりと確保されたとわかったとき、私は少し金持ちになったような感情と共にその場を去った。［1680］

あらゆる事象から何かの前兆を引き出し、一日に百の事物を神託とする奇妙な迷信が、私の目立った特性の一つであるのは間違いない。詳しく書くには及ばない。この点については、わかりすぎるくらいわかっているのだ。一匹の虫の歩みの一歩一歩が、私の運命に対する問いの答えになる。自然学《フィズィーク》教授としては奇妙なことではないか？　しかしそれは人間の本性に根差したもので、私の場合は異常に昂進し、自然で有益な混合状態を逸脱しているだけではなかろうか。［1715］

心気症の解釈学。［1770］

伝記。オーバー＝ラムシュタット[★1]の庭の階段。ガラス屋シュヴァルツの息子との魂の移動。[★2]若者への恋。Dの仕立て屋シュミットの息子。ただ、街の学校で首席だったゆえに。少女にそんな気持ちは

一度も感じたことがなかった。火が消えること、火を灯すことに対する迷信。［J853］

★1……ヘッセン州南部に位置する町。リヒテンベルクの生地であり、これは生家のことと考えられる。
★2……同じ出来事については本章［F1217］参照。

一七九一年の中ごろから、私の思考のやりくり全体のなかに、まだうまく表現できないものが蠢いている。ここではそのいくつかを挙げるにとどめ、今後いっそう注意を払うようにしよう。それは、数学を除く人間の知すべてに対する、筆を執って狼藉におよびかねないほどの、並はずれた懐疑である。自然学《フィズィーク》の研究になおも私を繋ぎ止めているのは、人類に有益なことを見出せるのではないかという希望である。我々が原因と説明を考えざるをえないのは、この努力なしに我々の活動を維持するいかなる手段も見当たらないからなのだ。もちろん誰かが一週間狩りに出て、一発も撃たないことだってありうる。しかし確かなのは、家に居ても撃たなかったであろうということだ。そして、確かにそうなのである。どれだけわずかではあれ、その［撃つことの］蓋然性が存在するのは、ただ戸外においてのみなのだから。

もちろん我々は何かをこの手に摑まねばならない。しかし、すべては我々が考えている通りなのだろうか。そこでまた自問してしまう――おまえが思い描いているあり方を、なぜそう「である」と呼ぶのか。それがそうであるというおまえの信念★は、たしかに何ものかではあろう。しかしその他に何一つ知りはしないのだ。

これはまた、（私が間違っていたら、神よ赦したまえ）貝が山中で成長したということもありうると信じ始めた時期でもあった。しかしそれは積極的な信念ではなく、ただ自然の秘密に分け入ることに

対する我々の、あるいは少なくとも私の無能力についてのぼんやりした感情であった。［J938］

★……すべての知は信（Glaube）――これは信念と信仰という二重の意味を持つ――に由来するとするヤコービの『スピノザの学説について』*Über die Lehre des Spinoza, in Briefen an den Herrn Moses Mendelssohn*（1785, 1789, 1819）『デイヴィッド・ヒューム、信について、あるいは観念論と実在論』*David Hume über den Glauben, oder Idealismus und Realismus*（1789）に通じるところが見られる。しかしヤコービにおいて信念は人格神への信仰に帰着する点がリヒテンベルクと決定的に異なる。

部分的には今のものの続き――我々がもっとも汚れない状態で自然の手から受け取り、同時に、我々にもっとも近いところに置かれるもの、それは我々自身である。だというのに、ここではなんとすべてが難しく絡み合っていることか。ほとんど、自分を観察の対象とせずにひたすら活動すべきだと思えるほどだ。自分を観察の対象とするや否や、ハインベルク★をもとに世界の起源を知ろうとしても、我々の活動を基に魂の本性を知ろうとしても、ほとんど同じことになってしまう。［J939］

★……第一章［J292］注参照。

強い感情が、我々をこの世界にだけ生きるよう定めるときほど幸福なことはない。私の不幸は、決してこの世界にではなく、さまざまな結合の、ありうる連鎖の一群の中に存在している★ということだ。私の想像力が、私の良心に支えられ、それらを作り出している。こうして、私の時間の一部は過ぎ去り、いかなる理性もそれに対し勝利を収めることはできない。このことはさらなる分析に値しよう。第一の生を正しく生きよ、第二の生を享受しうるために。人生にはつねに医者の仕事のようなところがある——最初の処置が決定的なのだ。しかしどこかがまずい、素質だろうか、それとも判断だろうか？

[948]

★……ライプニッツの可能世界論との関連を問うこともできるだろう。しかしまず注意しておきたいのは、これが彼のいわば〈存在〉感覚に根差したものであり、「不幸」と呼ばれていることである。本書の〈思考の指針〉〈自然科学の方法論について〉に繰り返し登場する「他の可能性はないか」「別の条件で試してみること」などといった[思考]実験が、意識の制御を離れていわば自走し、世界との安定的な関係を解体してしまう事態について語られているようだ。第一章に収録した[F724]：「現実に存在しようとする衝迫で張りつめた可能性。火薬としての世界における火花」といわば表裏一体をなしていると読める。

安逸に浸りながらも、つねに自分自身を知りつつ成長してきたが、自分をよくする力は持たずにいた。そう、自分の怠惰はすべて、それを自覚することで贖われていると考えることもしばしばだった。欠点を正確に知ることがもたらす満足は、欠点が引き起こす不機嫌より大きいこともよくあった。まさに、人間というよりはるかに教授なのだった。天は神をうやまう人を不思議にお導きなさる。★

[958]

★1……詩篇四・四「だが知れ、ヤハウェは取り分けたのだ、かれに忠実な者を。／ヤハウェはお聞きになる、かれに私が呼びかけるとき」（『旧約聖書Ⅳ』旧約聖書翻訳委員会訳　岩波書店　二〇〇五年　六ページ）の傍線部のルター訳„das der HERR seine Heilgen wünderlich füret“の„der Herr“（主）を„der Himmel“（天）に変えて引用している。

黄金律——人間はその意見でではなく、意見がこの人間をどうするかで測られねばならない。——私の感じでは、世の人々の意見に従えば、私はこの試験には合格できない。世の人々が私をもっと正確に知ってくれれば大丈夫だと、神に誓って確信しているのだが。つまりこの「どうするか」も正確

に観察されねばならないということである。　[J966]

この思想は彼の良心の中で、まるで死の時計のように動いていた。仕事と交際の喧騒の中では聞こえないが、夜の静けさの中では魂の全体がそれに耳を傾けた。（もっとうまく）　[J988]

病気のリストを覗いたが、「心配」や「哀しい考え」は挙がっていなかった。まったく不当である。　[J992]

一七九二年春、とても美しい晩、街からおよそ二千フース[★1]離れた庭に面した窓辺に横になって、かの有名なゲッティンゲンから何が私の耳までやってくるか、熱心に耳を傾けた。その結果は、

一、大きな水車の水音
二、乗合馬車か荷車が何台か通る
三、子供たちの明るくたえまない叫び声、おそらく土手でコガネムシを追いかけているのだろう
四、いろいろな距離からの、さまざまな種類と情動の、犬たちの鳴き声
五、街の近くか、あるいは街中にある庭の三羽か四羽のナイチンゲール
六、無数の蛙
七、倒されたボーリングのピンがカチャカチャいう音　そして
八、下手に吹かれた半月。[★2]これがいちばん不愉快だった。　[J1004]

★1……フィート（三〇・四八㎝）のドイツ名。

★2……ホルンに似た楽器。

顔を顰めたり、いろんな身振りをして笑いを取ろうとする物乞いの少年をしばしば見かけた。本当に不愉快だったので、おとなしくしているときの顔まで不快に感じ始め、少しも人の言うことを聞こうとしないので、この少年を文字通り憎み始めた。しかしある日、とても可愛らしくて感じのいい子供が、四歳の少女だったが、少年の様子を見て心から、そしてとても行儀よく笑ったので、私まで楽しくなってしまい、そのときからこの顔も我慢できるようになった。それもただ間接的にではなく——そう思われるであろうが——顔そのものが、である。私は微笑むようになった。そこで微笑んでいるのは、私というよりその少女だった。また別の機会に気づいたのだが、ある種の害のない躾のなさは、はじめは立腹せずにはいられないが、あとからは我慢できるようになるものだ。自分の言っていることがよくわかるので、これ以上説明はしない。　[J1008]

憂慮測定器、憂慮ノ秤《メンスラ・クーラールム》、私の顔はその一つだ。　[J1079]

しのびよる老化と、それへの恐れを正しく描き出すこと。次第に歯が抜け、白髪がちらほら混じる。それらを密かに調べる様子もすべて。そうした状態を一つまったく正確に観察したら、創作された状態でも、まさに特性を与える細部をもって描写できるようになる。こうして人間の心を描写するすべを学ぶのだ。老いる者は、自分より若く歯が抜けて白髪がある者もいる、と自らを慰める。そしていつも、最良の人々、一番恵まれた人々と肩を並べようとする。　[J1149]

以前は力の感情と共に怒った。今は受動的な不安と共に怒っている。［J1176］

愛した人の喪失を和らげてくれるものは、時間と、入念かつ理性的に選ばれた、心が自責の念を抱きようもない気晴らし以外にはない。［J1221］

読んだものすべてを、独自の応用あるいは補完すらできるほど判明に把握すること、これは少なくとも私にとって大いに研究を促進する。最後には、すべてを自分で発見できた、と信じたくなって勇気が湧いてくる。他方で、本の中の優越感ほどぞっとさせるものはない。［J1855］

大病の後一年してようやく、私の左半身も老化しはじめた。これがどういうことか、私にはよくわかっている。別のところで詳しく論じられるはずだ。［J2059］

彼はかつて、自分を行動させるため憲法を草したことすらあり、また専任大臣も選出した。それは「中庸」だったり、それどころか「貪欲」だったこともある。彼らはしかし、そのつど引きずり降ろされた。［K5］

彼は空想という鉱泉の水を飲み、空中楼閣に鉱泉を掘った。［K14］

私が心気症を研究したのは、その上にうまく自分を乗せるためだった。［K22］

そもそも私の心気症は、人生のどんな出来事からも、それはどんな名がついていてもいいのだが、独自の使い道のある最大量の毒を吸い出す能力である。［K23］

老化の訪れに気づいたのは記憶力の減退からである。あるときは修練が欠けているせいだと自己弁護し、あるときは老化の結果だと嘆いた。怖れと希望のこうした波を、私は人生を通じて感じてきた。［K24］

若いころの研究における大きな失敗は、建物の設計図の規模を大きくしすぎたことだ。結果として上の階を建てきることができなかった。それどころか屋根を完全にかけることさえかなわなかった。結局のところ、一組の小さな屋根裏部屋で満足する羽目になった。それはきちんと作ったが、天気が悪くなると雨漏りは避けられなかった。多くのことがこうしたものだ！［K25］

大学時代には自由を謳歌しすぎ、自己の能力について少々無謀な考えを抱き、その結果として先延ばしを繰り返すことになった。それが私のダメなところだった。一七六三年から六五年まで、私は本当であれば、手綱を締められ、一日少なくとも六時間はもっとも難しく真剣さを求められるもの（高等幾何学、力学、積分）をやらされるべきだった。そうであればもっとものになっただろう。作家を研究することもなく、ただお気に入りを漫然と読むだけで、無理してとか、あるいは少なくとも意図的にということもなく、記憶に刷り込まれたものを覚えておくのがせいぜいのところだった。とはいうものの自己観察の練習は多少積んできたので、残されたわずかな時間は、やってはいけないことを他人に向かって生き生きと、そして力を込めて語ることで、ひょっとすると役に立つ存在になれるか

もしれない。［K28］

ああ、まだよく覚えているのだが、日の出を見て何か感じるはずで、感じようとして、それでいて何も感じなかった。あるときは一方の側の肩に、あるときは反対側の肩に頭を押し付けて、目をしばたたかせ、時には感受性について多弁を弄しつつ、他人のみならず自分も欺いていたのだった。そうした感受性は後年になって働き始めた。それも一七九〇年以降、日の出をこれまでより頻繁に見るようになって特に強くなった。私の心が包む対象は、とりわけ死別した友人たち、とくに近年亡くなった人々であり、妻と子供たちだった。しばしば涙を流し、跪いた。私のさまざまな決意にもっと持続を与えることができたら！　しかしそれは確かに身体の弱さのせいで、軽率さのせいではない。病気であるものを世間はおそらく移り気という性格上の問題に帰すであろうと思うと、はなはだ心が痛みはするのだが。［K29］

この頭の中に運河を引いて、思考の在庫のあいだで内地交易を促進できたなら！　しかしここには何百という在庫が、互いに役立つこともなく積まれたままだ。［K30］

あらゆる騒音に対し並外れて敏感なのだが、それが理性的な目的と結びついたとたん、いやな印象は消えてしまう。［K32］

かつては頭の中で思考や思いつきを釣ろうとしたら、いつも何かは釣れた。もう寄ってくる魚はいない。魚たちは水底で石化しはじめているので、浚わないといけない。ときおり、ただバラバラに、モ

ンテ・ボルカ★の化石のように何個か拾ってくる。そしてそれを継ぎ合せ何かをでっち上げる。[K33]

★……イタリア、ヴェローナ近郊の山地。始新世の化石が多く発見される。

人はどんな痛みも大げさに言い立てるくせに、苦痛を感じないので喜ぶことはほとんどない。私はそんな最低クラスの人間ではない。まったく痛みを感じないでいると——ベッドにいると時にそうなるのだが——この至福を全身で感じ喜びの涙を流したほどだ。そしてわが好意ある創造者への静かな感謝の念は、私をいっそう穏やかにした。ああ、こんな風に死ねる人間がいたら！[K34]

読書諸氏には、今後一切何も約束しないと約束しよう（身体的、そしてひょっとすると精神的状態からしても、まったく真実だし正しくもある）。[K35]

誤りを犯した、と非難されてきたが、非難する当人はそれを犯す力も機知も持っていないような誤りも少なからずあった。[K37]

かつては私の頭（私の頭脳）が、私が聴いたり見たりしたものすべてを書き記していた。今では、私の頭はもはや書き留めることはなく、それを私に委ねている。この私とは誰なのか？　私と、この書き手とは同じものではないのか？[K38]

私はよく発言をけちってきた。つまり、いつも将来を見越して発言を節約し、喜んで発言を支払う

ことは一度もなかった。多くのことがこうして日の目を見ないままということもありうる。［K39］

Lの心は善良だった、ただ、そう見えるようういつも努力していたわけではなかった。わが最大の過ち。わが不愉快のすべての原因。［K40］

母とその徳の思い出は私にとっていわば強心剤となっている。何らかの悪に傾きかけたとき服用すると、つねに最高の効き目を見せるのだ。［K41］

一七八九年の病気以来、見たり聞いたりしたものすべてから、他人にではなく自分にとっての毒を吸い出すという、憐れむべき能力を獲得した。精神的本質《モラーリッシュ》とは、さまざまな腺からなるシステムのようなもので、うまく組織化された人間においては、すべてから落ち着きと利益と満足を引き出してくる。私の場合は、まるで逆の働きをしているようだ。ちょうど風車にとつぜん風が後ろから吹き付け、すべてを壊してしまうようなものだ。どうすればいいのか。すべてのうちに最善のものだけを見て、すべてから良いことを推測し、つねに希望し、稀にしか恐れない——もちろんのことだ——習慣と、恐れるより希望する理由があるようにいつも行為する習慣を、どうすれば獲得できるのか。［K43］

時に、昔のアイディア・ノートで自前の優れた思考を読むと、どうやってそれが私および私の体系《システム》にこれほど異質なものとなりえたか、いぶかしく思える。そしてこの思考がうれしくなる、まるで先祖の思考を読んでいるように。［K44］

一七九三年十月十日、色とりどりの秋の落ち葉で作った人工の花を、庭から愛する妻に贈った。今の状態の私を表現するつもりだったのだが、そのことは黙っておいた。 [K48]

人は老化するものだという、いつも眼前に浮かんでいる思考ほど、人を早く老けさせるものはない。この身にまざまざとそれを感じている。これも「毒を吸うこと」の一つだ。 [K55]

私はときどき、獣脂ロウソクのように芯をきれいにされる必要がある。そうしないと火がくすみ始めるのだ。 [K58]

よその夫婦では深刻なことを、私たち（私と妻）は冗談で真似る。冗談で喧嘩の真似ごとをするが、どちらもできる限りの機知を見せつけようとする。こうするのは結婚に、その権利を残しておくためである。どちらか万が一再婚でもして、腕がなまっていたら事だから、空砲で鍛えておくのだ。 [K59]

私の人生には、いわれのない名誉がたくさん与えられたので、いつかはいわれのない非難を甘受することだってできる。 [K60]

この世で最大の幸福を、日々天に乞い願っている――私に力と知識で勝っているのは、分別と徳のある人間だけでありますように。 [K61]

記憶力が持続する限り、一群の人間がひとつに集まって仕事をする。二十代の人間、三十代の人間、といった具合である。記憶力が欠けてくると、ただちに人間はバラバラになりはじめる。そしてそれぞれ「私」と名乗っていた世代全体が撤退して、寄る辺ない年寄りに微笑みを投げかけるのだ。一七九五年八月にとても強くそう感じた。［K162］

私は生涯の最後に近づいてようやく仕事を始めた。そして燃え残りのロウソク用スタンドに、わずかな機知を突き刺し始めた。［K163］

燃え残りのロウソク用スタンドに、命を突き刺すこと――一七九五年の今、私がそうするように。今やり、やろうとしており、できるなら喜んでやることは、以前だったらもっとうまくできたことは明らかだ。だが時間がなかった！［K164］

いま私は活動のすべてを、燃え残りのロウソク用スタンドに突き刺している。石炭はまだあるが、炎がない。［K165］

密かな罪について人々が公に書くのに対して、私は公での罪について密かに書こうと企てた。［K214］

私の神経障害は、私の孤独によって、生み出されているとは言わなくとも、はなはだしく促進されているとの確信が日々募っている。楽しみと言って、いまやほとんど、いつも活動中の頭脳によるものしかない。さて私の神経は決して最強ではなかったから、そこから疲労が生じずにはいない。人がいると気分が晴れることからも、それがはっきりとわかる。私は自分を忘れる。あるいはむしろ、私の頭脳は、生み出す代わりに受け取り、それによって休息する。それゆえ読書も私にとっては休養なのだ。しかしそれは社交の代わりにはなりえない。いつも本は脇において、また自分の頭を働かせるからである。　[L152]

衰えたときの震えから判断すると、意志の身体に対する作用は断続的に生じ、運動の安定性が震えに対して持つ関係は、円周ないしは曲線の多角形に対する関係（自分の言いたいことはわかる）のようなものだと考えるべきではあるまいか。思うに、人はどんな歳でも機知的であることができる。ただし若いころのように滾々《こんこん》と機知が湧いてくるわけではなく、そこでも震えてたどたどしくなる。発言を集めて、間を取り除けば、読者は力の衰えを見て取ることはないだろう。私が何をやろうと、間が入るのは避けられない。いたるところで震えている。震えは、安らぎと緊張が急激に交替する状態である。　[L192]

一七九七年七月二十四日、昼の二時半ごろ、第七子、男子が[★1]、とても健康な状態で生まれた。大いに心を動かされた。同じ日に兄[★2]から「ゴータ　七月二十日」付の手紙を受け取った。そこには指物師パウルの息子を——まだこの男は存命中なのだが——養子にしたとあった。この子はこれまで会った中でもっとも美しい子供の一人だ、そしてローマ人同様、他人の子供を育てるほうが、自分でわざわざ子供を作るよりいいのだ、と手紙にあった。——この言葉はそのまま受け取るつもりだ。彼には十分教育できるだけの子供たちを与えよう。彼が自分でこさえたのではなく、指物師パウルの子供より強い絆を感じるような子供たちを。弟である私の子供だ。その手紙には忘れがたい父の死の日の目覚ましい思い出がいくつか記されていたが、それは日付のせいだ。そもそもこの手紙は私の手紙への返信だったのだが、私の手紙は七月十七日付だった。父の命日である（一七五一年七月十七日に亡くなった）。愛する兄は間違いなく私の哀れな子供たちを受け入れてくれるだろう。その件がふさわしく持ち出され、彼が母のことを思い出したなら。　[L212]

★1……フリードリヒ・ハインリヒ・リヒテンベルク（Friedrich Heinrich Lichtenberg）。本当は第八子であり、一八三九年まで生きた。

★2……Ludwig Christian Lichtenberg（1737-1812）　ゲオルクの兄。ザクセン゠ゴータ゠アルテンブルクのエルンスト二世の秘書兼枢密副顧問官の地位にあり、自然科学の普及と助成に努めた。ゲオルクとは終生親密な交流があり、経済的にも援助していた。ゲオルクの死後、ゴータのギムナジウムの教授クリース（Friedrich Christian Kries, 1768-1849）と共に全九巻の『リヒテンベルク著作集』*Georg Christoph Lichtenberg's vermischte Schriften. Nach dessen Tode aus den hinterlassenen Papieren gesammelt und herausgegeben von Ludwig Christian Lichtenberg und Friedrich Kries*をこれまでの著作と同様ディーテリヒ書店から刊行した（1800-1806）。この最初の二巻が『雑記帳』からの選集（1800, 1801）であり、リヒテンベルクの文人としての名声を決定づけることとなった。

遺言はたいてい自分の魂を神に委ねることから始まる。私はわざとこれを省くが、こんな委ねは全人生の裏付けがなければほとんど実りはないと思うからだ。そんな委ねは、絞首台で改宗するようなものだ。同じように手ごろで、ききめはない。　[L227]

私は何時間もいろいろな空想にふけっていることがよくある。そんなとき、とても忙しそうに見えるらしい。時間の無駄という点でよろしくないことだと感じてきたが、こうした空想に浸かる湯治——たいていは、普通の湯治シーズンに熱心に行ってきた——なしでは、今の五十三歳と一か月半という

年齢まで生きながらえることはなかっただろう。 [L228]

何も失くさない、というのが大原則である。紙屑も、時間も。印章も。 [L316]

彼は左右のスリッパにそれぞれ名前を付けていた。 [L477]

難しいものがわかったときほど元気づけられることはない。というのに難しいものを理解するすべを学ぼうとすることがほとんどない。もっとそうするべきなのに。 [L672]

自己自伝《アウトグラフィア》★1：かつて、「北極光とはなにか」という問いを書いた紙片に「天使へ」と宛名を書き、グラウプナー★2の土地に置いて、翌朝まったく自信もないままそこへ戻ったことを忘れずに。ああ、この紙切れに答えを書いてくれるような悪戯者がいてくれたら！ [L683]

★1……カントは『判断力批判』序論（V）において判断力の〈自律〉性を強調するため、自律（Autonomie）の前に自己を表す"he"を付した"Heautonomie"という語を用いた。リヒテンベルクはこの用法を踏まえていると考えられる。

★2……Christoph Graupner（1683-1760）　作曲家。一七一一年ヘッセン＝ダルムシュタット方伯の宮廷楽長となる。一七二三年、ライプツィヒのトマス教会カントルにバッハが就任する前に、第一候補であったテレマンの次に名の挙がった人物としても知られる。作曲したカンタータのほとんどは、ゲオルクの父ヨハン・コンラート（Johann Conrad Lichtenberg, 1689-1751）——牧師であり教区監督だった——のテキストに基づいていた。

私の頭の中は、新しく設えた書斎そのままの様子をしている。秩序愛は早くから人間に植えつけられねばならない。そうでないとすべては無だ。 [I 691]

第五章　宗教について

〈概説〉

リヒテンベルクと宗教の関わりにおいて、父親がプロテスタントの牧師であったことは大きな意味を持つ。自然科学の素養を持ち、説教に自然科学の知識を交えることも多かったこの人物は、幼いゲオルクに自然研究への関心を植え付けた存在でもあった。その意味で、自然研究と宗教的心性の結びつきはリヒテンベルクにとって自然なことであり、いわば〈自然神学的〉宗教観と非常に親和的な環境にあったと言える。自然観察を通じて明らかにされる自然の秩序・合目的性・美のうちに、その自然の創造主の存在と叡智を感得しようとする自然神学は、ウィリアム・デラムの『自然神学、あるいは創造の御業にもとづく神の本性および属性の証明』*Physico-theology, or a Demonstration of the Being and Attributes of God from the Works of Creation*（一七一三）をはじめ、一七六〇年頃まで出版され続けた数多くの書物を通して大きな影響を及ぼした。しかしリヒテンベルクはそうした〈自然神学的〉護教論に対してはしばしば明確な距離を取っている（もっとも顕著な例としては第一章［J1856］がある）。

　それでは彼自身が宗教的心性とは無縁であったかといえば、まったくそんなことはない。第四章に収録した自伝的スケッチの一節にはこうあった：「祈りの力に対する彼の信仰。多くのこと、例えば跪くことや聖書に触れること、聖書にキスすることについての彼の迷信。聖なる母への敬虔な崇拝。周囲に漂っている霊たちへの敬慕」［F1217］。祈りの言葉、詩篇、聖歌は『雑記帳』に繰り返し引用され、書きながら唱えているような印象を与えることもある。そこで常に強調されるのは、それらの言葉が彼の内面に訴える力であり、跪くという動作や聖書にキスするという行為も、儀式として制度化されているというより、習慣と一種の演劇性が結びついた、あくまで個人的なものとみなされている。この演劇性が完全に外向けのものとなった人間は、「信心ぶった人間」と呼ばれ軽蔑の対象となる。

　さきほどのスケッチで「迷信」という言葉が用いられているのは興味深い。人間一般を、そしてとりわけ自分自身を分裂的存在とみなしていたリヒテンベルクだが、〈合理的・批判的精神〉と〈迷信への傾斜〉への分裂はその顕著な現れの一つだった（「あらゆる事象から何かの前兆を引き出し、一日に百の事物を神託とする奇妙な迷信が、私の目立った特性の一つであるのはまちがいない（……）自然学《フィズィーク》教授としては奇妙なことではないか？」第四章［J715］）。十八世紀とは一面で極めて迷信深い世紀であり、啓蒙主義が蔓延する迷信に対する闘争という側面を持っていたことは、啓蒙主義研究において繰り返し強調されてきた。リヒテンベルクがゲッティンゲンに避雷針を設置したことも、雷を神の怒りとみなす迷信に対し、それが人知によって予防可能な自然現象であることを示すという意味を持っていた。ならば宗教においても迷信批判は貫徹されるのか。興味深いことにここにも分裂——というより二つの側面の峻別——が見られる。民衆にとっての宗教には〈迷信〉的要素が欠かせないとされるのである。

それでは、いわば知識人にとっての宗教とはどのようなものか。聖書批判についての断片［J17］とゼムラーについての断片［G44］は、啓蒙期の宗教批判（特にキリスト教批判）を要約するものであり、リヒテンベルクがその潮流の中で思考していたことを示している。ここでの批判は「否定」を意味しない。「啓蒙主義のもっとも強力な思想的衝動とその固有な精神的活力は、それが信仰を拒否したことにではなく信仰の新しい理念を宣布したことに、つまりそれが宗教の新しい形式を具体化したことに存在する」というエルンスト・カッシーラーのテーゼ（『啓蒙主義の哲学』上　中野好之訳　ちくま学芸文庫二二三ページ）はリヒテンベルクと宗教の関係を考察する際にも決定的な重要性を持つ。これらの断片にみられる特徴は、一、宗教の多様性を許容すること、二、制度化された実定宗教と内実としての〈宗教〉を区別し、後者に宗教の本質を見ること、と要約できるだろう。これはレッシングの『賢者ナータン』を連想させるが、そうなるとますます第三章におけるユダヤ人評価との関連が問題となる。この問題を考察するためには、ユダヤ人とユダヤ教を単純に同一視せず、その関係がどうとらえられているかに注意する必要がある。

ユダヤ人を論じた断片の一つでは「唯一頭脳を持っていたユダヤ人はスピノザだった。そしてこの人物を、彼らは信仰を共にせざる者とみなし、殺害しようとしたのだ」［L661］と書かれていた。これまで繰り返しスピノザの名が挙げられてきたが、宗教においても「普遍宗教は純化されたスピノザ主義のようなものとなるだろう」［H143］という強い主張が打ち出される。これをリヒテンベルクにおける最終的な結論とみなすかどうかが問われねばならない。

リヒテンベルクの立場を要約すれば、次のようになるだろう。あるべき宗教は、〈漸近的には〉純化されたスピノザ主義であり、〈現実の宗教〉としてはイエスの教えに還元されたキリスト教を最善のものとする。宗教の目的は「世界における安寧と幸福をもっとも早く、力強く、確実に、あまねく促進する」［J295］ことである。そして宗教の本質は「自己を徳によって堅牢なものとする決意をともなった、切なる至福の感情――この至福がどこに存するにせよ。その中に私があり、そしてそれによって私があるような存在に対する感謝である」（［金紙ノート58］）と簡潔に定義されている。今引用した二つの断片のいずれにおいてもキリスト教とスピノザの思考――最初の断片においては直接名指しはされず「別の体系」と呼ばれているが――が並列されている。これを、キリスト教かスピノザ主義かという二者択一を出発点としたスピノザ論争に対するリヒテンベルクの密かな返答とみることもできよう。

上述のようなキリスト教への高い評価と対照的に、カトリックに対しては断固とした反対の態度が一貫される。この反対が由来するのは制度化と制度的硬直への批判であり、いわば実定宗教として硬直したキリスト教はすべてカトリックと呼ばれる。したがってルター派正統派が主導権を握るプロイセンも、それが硬直したものとみなされる限り――検閲令はその最たるものである――カトリック的なものとして批判されることになる。

宗教問題は検閲問題と不可分であった。そもそもレッシングの『賢者ナータン』（本章［J844］注参照）は、ライマールスの断片の出版をきっかけとしてゲッツェとなされた論争を公権力によって中断させられたことから生まれ、カントが検閲に引っかかったのは宗教的なテクストがもとであった。プロイセンの検閲令について極めて皮肉な口調でコメントしている（第六章［J51］、［J52］）リヒテンベルクがその事実に無関心であったとは考えにくい。彼自身が検閲に対し非常に敏感であったことを考えると、宗教に関する記述でも公的な発言と純粋に私的な発言を分けて考える必要があるだろう。

フランス革命にずっと関心を持っていたリヒテンベルクだが、革命フランスにおけるキリスト教の運命にも大きな関心を寄せていた。「教会財産国有化令」（一七八九）と「聖職者民事基本法」（一七九〇）

にはじまり、一七九二年の九月虐殺以降の啓示宗教に対する弾圧と「理性」礼拝（本章［K159］注参照）を踏まえ――それらを名指すことはないが――「フランスでキリスト教が放棄されてしまったのはそんなに忌まわしいこととは思わない」［K159］と記される。民衆が自発的にキリスト教に戻る可能性を見据えての発言である。あくまで「自発性」が肝要なのであり、そうすればキリスト教も「浄化」（同）されることになるだろう。しかしリヒテンベルクはこう付け加えることも忘れない――「なんと高くつく実験だろうか」（同）。

庶民の迷信は、幼少期の熱心すぎる宗教教育に由来する。さまざまな神秘や奇跡や悪魔の働きについて聞かされ、そういったことはどこでも、どんなかたちでも起きかねないと考えるようになる。それに対し、彼らにまず自然そのものが示されるならば、宗教における超自然的なものや神秘的なものに対して畏敬の念を抱くことが現在よりも容易になるだろう。今は、彼らにとってそういったものはありふれたものであり、今日、通りを六人の天使が通って行ったと聞いても、別に特別なこととは思わないほどだ。聖書の挿絵も子供たちにはよくない。［A29］

週に少なくとも一度は教会で養生法の説教をするべきだろう。我々の聖職者もこの学問を学べば、そこに聖職者の見方を織り込むことができようし、それが大いに役立つことは確かだ。というのも、聖職者の見方に自然学《フィズィーク》がすこし混ぜられると、それがいかに人々の注意を引き付け、しばしばまずく引き合いに出される神の怒りの実例よりも神をいっそう力強く描き出すことになるかは信じられないほ

どであるから。★ [A38]

★……ゲオルクの父親ヨハン・コンラート（Johann Conrad Lichtenberg, 1689-1751）は当時の牧師としては「きわめて優れた数学と自然学の知識を有しており」あるときは村での説教にわかりやすく天文学の話も交えたが、「聴衆がこんなに静かだったことはなかった、と［父は］後で話したということです。それどころか、農民たちの代表がやってきて、できるだけ早くまた星の話をしてほしいと頼んできたとのことです」（一七八七年一月一日付、F.W.Strieder宛て書簡）。

『さまざまな国民のばかげた信条についての歴史的考察』★にはこうある――イタリアでは至るところで聖人や聖遺物を目にする。教会の宝物庫はそれらで満杯である。こうした聖遺物でもっとも奇妙なものは、二本の瓶で、その一本には三王を導いた星の光が、もう一本にはイェルサレムの鐘の音が封じ込められている。 [KA113]

★……Sébastien Marie Mathurin Gazon-Dourxigné（1720-1784）の *Essai historique et philosophique sur les principaux ridicules des differentes nations*（1766）

神の思慮を出発点に多くを推論するのは、自分自身の知性を出発点としてそうするよりずっと優れているわけではない。 [C103]

我々プロテスタントは、宗教に関し極めて啓蒙された時代を生きていると考えている。今、新たなルターが立ちあがったらどうなるか。我々の時代はもう一度、暗黒時代と呼ばれることになるかもしれない。風の向きを変えたり止めたりすることができるようになっても、人間の基本的な考え方を固定させることはできまい。［C148］

神は自分の姿に似せて人間を創った。それはおそらく、人間は神を自分の姿に似せて創ったということだろう。三四ページ（［D274］）を見よ。［D201］

神は自らの姿にしたがって人間を創った、と聖書は言う。哲学者はこれを真逆にする。彼らは自分たちの姿にしたがって神を創るのだ。［D274］

我々の世界はまだまだ洗練されていき、一人の神を信じるなど、今日幽霊を信じるのと同じくらい笑止なことになるだろう。［D329］

古い法、古い慣習、そして古い宗教に対するしばしば熟慮を欠いた尊敬——この世の悪しきものは、すべてこれらのおかげである。［D369］

彼にカトリックの頭を載せることはできないと見て取った連中は、少なくともプロテスタントの頭は刎ねることにした。［D581］

ドイツにはキリスト教がまだ根付いていない土地や、少なくともふさわしい手入れをされておらず、いまにも枯れ果ててしまいそうな風情の土地がある。［D661］

☽［月曜日］。七日。ニーダーザクセンでは信心ぶった人間を、「聖書を抱えた人間」と呼ぶ。［F229］

神学者たちは啓示の裁き手の腕を、先のことではあるが理性が決定するであろう事物にまで伸ばすことにはどれだけ慎重であってもありすぎることはない。今日の我々の知識の状態では、理性が懐疑の言語を語ることは正当である。しかし理性はずっとそう語る理由を持つだろうか？ 理性は日々、過去のものを材料に征服を進めており、この征服に力づけられて現在のものを利用している。それを望むわけではないが、未来の出来事によってキリスト教が多くを失うこともありうるのだ。［F443］

支配者の宗教は、ある一般的なものに限られるべきだ。学校ではすべての宗教に、自らの信仰と迷信を教える許可が与えられねばならない。しかし君主はこう教えねばならない――公益を目指す法を守らない信徒は、その宗教的自由を失うことになる。［F533］

神は罰さねばならない――キリストがそれぞれの国語を話さねばならないように。神の正義がそれを要求するからではなく、我々の本性がそれを欲求するからである。熱狂★はただの力でしかない。［F599］

★……熱狂（Schwärmerei）については第一章［D364］注参照。

詩篇第四歌の数行に匹敵するものが書かれることはほぼないだろう。限りなく多くのものが次の言葉のなかにある――寝床で心と語れ。正義に犠牲をささげ、主を希望せよ。★ 一つの宗教の全体がここにある！

［F873］

★……「怒り震えよ、しかし罪を犯すな、／考えよ、心の中で、／床の上で、しかし黙せ。／義の供犠を献げ、／ヤハウェに拠り頼め」「詩篇」四・五―六『旧約聖書Ⅳ』（旧約聖書翻訳委員会訳　岩波書店　二〇〇五年　六―七ページ）。

アーメン顔。

［F939］

動物のさまざまな技術衝動★は一つの啓示であり、知識の円環の個々の断片である。高度な存在でなかったため、動物はこの円環を完全に知ることができなかったのだ。同様に、別の生物が、我々にとっての啓示を、我々を永遠の生へ導く一つの技術衝動とみなすこともありうる――いや、啓示だけでなく神々を創る衝動それ自体をも。

［F1081］

★……第一章［B34］注参照。

信心ぶった女と男が結婚しても、いつも信心深い夫婦ができるとは限らない。

［F1133］

さまざまな宗教があるということが、宗教の言語はさまざまだということである限りは、万事けっこうである。ただしその目的と意味は同じような善いものでなければならない。それによって善きことに導かれるのでありさえすれば、ある人間が木製のキリスト像の前にひれ伏すかどうかといったことがどれだけ重要だというのか。ただし、宗教そのものは、ゼムラー★の言い回しを用いれば、それぞれの方言でそれぞれが善きことをなしうるには、テストに合格せねばならない。多くの人々が他人の宗教上の慣習を笑いの種にするが、これは知性の欠如を露呈するものだ。その振る舞いによって、自分たちが聖書の意味をまったく捉えていないことを証しているのだ。民衆の中で疑いが生じたら、学識者がそれを取り除くすべを心得ていなければならない。ただし、学者が民衆の宗教に反対してものを書き、それでヒーローになろうと望んだりすれば、まったく言い難いほどの無分別を露呈することになる。ゼムラーは、必ずしもすべての人間が我々のキリスト教を持つ必要はないとまで言っている。*

＊　彼の『自伝』第二巻一一四ページ。　[G44]

★……Johann Salomo Semler（1725-1791）は啓蒙期の新たな神学であるネオロギー――本章［L975］の注参照――の代表者。ハレ大学でバウムガルテンに学び、一七五二年より神学部教授。主著『聖典の自由な研究について』*Abhandlung von freier Untersuchung des Canon*（1771-1775）で聖書の逐語霊感説を批判し、歴史批判的聖書研究への道を開いた。『自伝』*D. Joh. Salomo Semler's Lebensbeschreibung, von ihm selbst abgefasst*（1781-1782）の第二巻一一三ページでは「彼ら［クエーカー教徒］は独自の宗教言語を、あるいは自らにふさわしい方言を導入した」と述べられている。

古代の詩人たちの英雄は、例えばミルトンにおける英雄とは違っている。彼らは勇敢で賢いが、我々の慣習から見て愛すべき存在や慈悲深い存在であることは稀だ。ミルトンは自分の英雄たちを聖書から採ってきた。ひょっとすると我々のキリスト教的道徳は、その根拠をある種の弱さ、すなわちユダヤ的怯懦《きょうだ》のうちに持っているのではあるまいか。それに対し古代の道徳は強さに基礎を持っているのではないか？　全般的な和合とは、ひょっとして頭脳の編み出した美しい作りごとであって、決して達成で

きないのではないか。　[G59]

人間を宗教の望むように変えることは、ストア主義者の企てに似ている。それは別の度合いの不可能事でしかない。　[G65]

太陽に祈りを捧げることは確かに許されるべきである。誰もが思わず知らず明るい光点に目を向けるのだ。動物も同じことをする。そして猫や犬にとって不随意的な凝視であるものが、人間にとっては礼拝なのだ。　[G84]

我々が自分の子供たちに愛をもってすべて教え込もうとしたら、それはまことに間違ったことである。なぜなら人生も盛りになると、すなわち歳を取ると、我々に好都合に運ぶことなどほんのわずかしかなく、我々はつねに見通すこともできないある計画のもとに屈していなければならないからだ。それ故、かの来世になじむのは、早ければ早いほど良い！　[G99]

教会は美しく家々は朽ちている国は、教会が朽ち家々が城になる国と同様、終わっている。　[G105]

聖書という古い著作全体や、ギリシアおよびラテンの作家の著作には、一群の徳の教えと、魂を強める多くの金言がある。もっとも啓かれた頭脳の持ち主たちによって、経験から集められ、人生行路の全体と比較考量され、ついにこの宝の形を取ったものである。ソロモンの書には、いくつもの卓越した教えがあるが、それはおそらくソロモンによるものではないだろう――霊感。ひょっとして、彼に教師たちが口述したノートかもしれない。古代人のまさにこうした知性、自分自身を観察する者の心に語りかけるこうした才能が、聖書を読むことをこよなく心地よいものにする。世界知と人生の哲学の基礎であり、近代人のどんなに精妙な発言も、総じて古代人たちの発言をより個性的にしたものに他ならない。 [G108]

これは確かなことだが、キリスト教は、その真理を確信している人々によってよりも、それでパンを得ている人々によって擁護される。ここでは印刷された本に目を向けてはならない。これはいちばんどうでもいいことだ。何千人もがそれを手に取るが、読むためにではない。目を向けねばならないのは、日々キリスト教の護持と言いながら、それを切り刻んで無様なものにしてしまう連中、大学で、無料で供される食卓★に始まって、そのために教育され歪められる連中である。 [G238]

★……各宗派の教会の資金援助により、他国で学ぶ自宗派の学生のために提供された無償の食事。

社交の集まりでは、時に私は無神論者を演じた。ただ、練習ノタメニ《エクセルキティ・グラティアー》。 [H9]

諸民族が向上するように、その神々も向上する。この神々から、しかしただちに、粗雑だった時代が付与した人間的諸特性を取り去ることはできないので、理性的な世界はその多くをしばらくは概念把握できないものとみなすか、あるいは比喩形象として説明する。 [H18]

我々の宗教において本当の意味でキリスト教的であるものは、すべての宗教の魂であり、残りのものは身体である。もっとも美しいギリシア人から黒人に至るまで、すべてが人間という種である。

[H26]

どの人間も個人的な迷信を持っている。あるときは冗談で、あるときは真面目に、これに操られる。私はしばしば、笑われてもしかたがない具合に、この迷信にもてあそばれる。だが、むしろ私はそれと戯れているのだ。実定宗教★は人間のこうした傾向を巧妙に利用したものである。明確に思考しないときには、人間はみなこの傾向を幾分か持っている。そして提要に載っているような完全な理神論者はこれまで一度も存在しなかったし、これからもありえない。

[H42]

★……„positive Religion"の„positiv"は「確定した、特定の、確実な、肯定的な」といった意味を持つ。特定の諸形式を有し、現実に存在する宗教を指す。

遠くの島で、すべての家に実弾が籠められた銃が掛けられ、夜はつねに夜警が立つような民に遇ったら、旅行者はどう考えるだろう。島全体の住民が盗賊だということ以外にあるだろうか。ところで、ヨーロッパ諸国はこれと別物だろうか。自己の上に、他にいかなる法も認めないような人間に、そもそも宗教が与える影響はいかに微々たるものであるか、ここから読み取れる。あるいは少なくとも、我々が真の宗教からどれほどかけ離れているか、ということが。宗教自体が戦争を引き起こしたのは忌まわしい事実であり、「宗教の」諸体系《システム》の発明者は間違いなくこの償いをせねばならない。支配者たちと大臣たちが真の宗教を★、家臣たちが理性的な法と一つの「宗教の」体系《システム》を持てば、すべてはうまくいくだろう。

[H53]

★……「支配者の宗教は、ある一般的なものに限られるべきだ」という［F533］の論旨を踏まえている。

彼らは自分たちの宗教のために、彼らの偉大な師が行為と言葉によって説教したような抑制と寛容をもって語ることはない。そうではなく、その目的にそぐわぬ哲学的セクトの熱心さで、そしてまるで間違っているときのように熱く語るのだ。彼らはキリスト教徒ではなくキリスト主義者★である。［H131］

★……当時カント主義者（Kantianer）という言葉がよく用いられていたが、ここでの„Christianer"という言葉はそれを連想させる。

数えきれぬ年月にわたり世界がなお存続するなら、普遍宗教となるのは純化されたスピノザ主義だろう。自らに委ねられた理性は、他ならぬここに帰着する。他に帰着することはありえない。［H143］

宗教に基づく憎悪のうちには、間違いなく真なるものがひそんでいる。したがって、おそらくは有益なものが。これが見出せれば、と切に願う。我々の哲学者たちは、宗教に基づく憎悪を、議論によって取り除けるようなものとして語る。間違いなくそうではないのだ。［H144］

礼拝《ゴッテスディーンスト》［＝神への奉仕］という言葉は、使い方を変えて、教会に行くことではなく、良き行いについてのみ用いられるようにするべきではなかろうか。［H157］

宗教が民衆の口に合うようなものであるべきなら、それはどうしても迷信の臭味を含んでいなければならない。 [H159]

思うに、スペインやポルトガルで支配しているカトリックの宗教をキリスト教と呼んだら、キリストの名を汚すことになってしまう。 [金紙ノート31]

どれだけの時間と労力が聖書の説明に費やされてきたかを思うと身の毛がよだつ。『ドイツ一般叢書』★並みの厚さの八つ折り判が百万冊分ぐらいだろうか。何百年、何千年かけた、この苦労の代価は結局のところどのようなものだろう。間違いなく、他ならぬ以下のようなものだ――聖書とは、他のすべての本と同じく、人間によって書かれた本である。我々と幾分違った、なぜなら我々とは違った時代に生きた人間たちによって。彼らは多くの点で我々よりいくぶん単純で、その代わりはるかに無知な人間であった。かくして、聖書とは、多くの正しいことや間違ったこと、多くの良いことや悪いことを含んだ一冊の本である。説明によって聖書がまったく普通の本になればなるほど、その説明は優れている。我々の教育、我々の抑えがたい軽信、そして現今の諸状況が抵抗しなければ、こうしたことはすべてとっくに実現していたはずだ。 [J17]

★……ニコライ（Christoph Friedrich Nicolai, 1733-1811）によって編集刊行された季刊の書評誌（1765-1806）。

エピクロス、デモクリトス、ル・サージュ★1のように世界を創ってみせること、それはもちろん蛮勇である。まったく別の具合に事が運んだ可能性だってあるではないか――しかしこれは、遺憾ながらあまりにも卑しい〈相手の怠惰に訴える論法《アルグメントゥム・インドレンティアエ》〉である。我々はこの世界の一部であり、住民である。だから、我々のなかで生き、活動している思考も、その一部なのだ。我々は、愛する神の下院に何はともあれ座しており、神自らが我々に議席と投票権を委ねられた――だからといって、我々が自分の意見を言ってはならないことになるだろうか。我々が何かを言うべきではなく、言うことが許されないとしたら、我々はそれを言うことができないに違いない。思うに、人間精神が欲求を感じるもの（そして良き頭脳はこうした試み以上にどんな欲求を感じるというのか）、それを人間は精神の好きに任せるべきだ。それがなされないままでいることはなく、許されず、ありえない。

　理性的な宗教ポリツァイ★2がここで力を奮うのは、思うにまったく正当なことである。ただこれは、印刷された命令によって、細部まで規定されるような形でなされてはならない。これは忌まわしいことだ。というのも、命令はどれほどうまく書かれていても、細部にわたることはできないし、そうでない限り、それが食い止めようと思っているもの同様、さまざまに解釈されうるからだ。布告と勅令の言語は、こういった良心にかかわる案件では完全に規定されたものであることはできない。長い布告は読まれない、あるいは読まれても守られない。といってもっと厳格な監視者を任命すべきではない。そうではなく、一般的命令、属に関する命令を出す者は、そこから生じる種に関する命令を抑制するすべを知っておかねばならないのだ。神様が被造物をリンネの分類体系にしたがって扱い、養おうという気を起こしでもしたら、どうなるか、考えてみるがいい。――スケッチブックでは似通って見える人間でも、互いに無限に異なっている。そもそも大きさは相対的なものなので、ここには無限の相違がある。そして我々が人間たちの心のあり方を見ることができたとして、そこで出会う相互の違いというものは、それをどのように名づけようと、最高に探求する目には無限なものであるだろう。――こうして、どのような宗教ポリツァイも、法においてはできる限り一般的に表現され、内密に訂正されねばならない。汝殺すなかれ、汝盗むなかれ、これはまことにみごとな命令である。しかしここから先は少数派が増えていく、等々（八九年二月二日）。［J33］

★1……エピクロス、デモクリトスが空間中の原子《アトム》の、ル・サージュが微粒子（corpuscules ultramondains）の運動および衝突や遮蔽によって宇宙の生成を説明しようとしたことを指す。ル・サージュについては第一章［J393］注参照。

★2……ポリツァイについては第一章［J954］注参照。

かつてカトリックの人々はユダヤ人たちを火刑に処したが、神様の母がこの民だったことを考慮しなかった。そして今も、自分たちがユダヤ人の女を崇拝していることを意識していない。［J111］

思うに、とても多くの人間が、天に向けての教育にかまけて地に向けての教育を忘れている。天に向けての教育は、まるごと天に委ねておくのがもっとも賢明だと思われる。もし我々がある賢明な存在によってこの場所に置かれたのなら、そしてそれに疑いはないが、我々はこの場所で最善を尽くそうではないか。啓示などに目を晦《くら》まされないでいようではないか。それらはすべてまやかしなのだ。人間が自らの至福のために知っておく必要のあるもの、それを人間は、自らの本性にしたがって所有している啓示以外の、あらゆる啓示なしにまちがいなく知っている。人間に最終目的を見出させよう。一時的な静穏という緩和剤がどれほどの災いをもたらしたか、すでに目にしたではないか。ああ、日曜日はいつも教会と聖餐式に行くような人間とばかり（神よ助けたまえ）付き合わねばならないとしたら！　この緩和剤が生み出した流血沙汰は周知のとおりである。自然的な宗教が導入されていたら、その宗教に忠実であり続けたとしても、そんなことにはならなかっただろう。私はこれら人間の手になる教義（注意セヨ《NB》）のすべてを、真の歩みを探すための時間稼ぎの緩和剤とみなす。

「宗教」という言葉をそもそも持つべきではないだろう。いつ、そしてどうやってこの言葉は生まれたのか。そこから真の至福の教えを生み出すこと、すべてはそれを目的とせねばならない。私が宗教について考えていることに従えば、それは至福に至るための規則の集成であり、人類のなかで探求に携わる部分（人類の代表者たち）が、それに携わらない部分に、彼らが自分たちでもっと良いものを探り出してくるまで、説き聞かせるものだ。庶民が安らっている間に、探求者たちの進歩する精神はどれだけ善きことをなしたか！　もちろん、いま我々が本来的な意味で［民を］改善しようとしたら、多くの無秩序が生じるだろう。しかしそれは彼らの罪ではなく、そんなに多くを信じ込ませた我々の罪である。二四ページ（［J137］）参照。　［J125］

二二・二三ページ（［J125］および［J129］）への補足。カトリック教徒は、そして我らが神学者たちもまた、再び自分たちが介入せねばならないと考えた。神様が介入せざるをえなかったであろう――彼らはそう考えたのだが――のと同じように。聖書の間違った説明、個人告解、法王の無謬性等々はここに由来する。なぜなら彼らによれば単純な教説では十分ではないからである。全体をよりよく見通し始めた我々こそが、いまや介入し、そういったものを再び取り除くのだ。　［J137］

彼は神様に惚れ込んでいた。　［J158］

キリスト教のような実効性を持った新たな宗教を導入することはおそらく不可能である。それ故キリスト教徒にとどまり、むしろそこで実りをもたらすよう試みるがいい。おそらく、キリストのさまざまな言葉も、世界が存在する限りそこに最良のことを運び込めるように作られている。　［J235］

ヨーロッパ全土が一度ゴリゴリのカトリックになったらどうなるか、知りたいものだ。ほほえみ、賢い頭脳を目覚めさせるプロテスタントはもはや存在せず、坊主が恥じる必要もなくなり、すべてが数世紀前のように進んでいったとしたら、法王は神のごとく崇拝され、その汚物はカラット単位で値がつけられ売られたことだろう。いや、それどころか聖書は次のように始まっていただろう――はじめに法王は天と地を創造された。　[J236]

神は言った――汝盗むなかれ。窃盗の有害性についてのいかなる証明よりもこれは効果がある。神がともかくこう言ったのだ、それが誰であれ。事物の本性は、もちろん哲学者には尊重されるべきだが、庶民にはそうではない。庶民は、「神よ！」が何を言っているかを理解するが、証明は理解しない。したがって、「世界を創造し、ないしは世界であるような存在、徳に報い、悪徳を罰する存在がある」と私が言うとき、これはすべて真である。民衆がこの存在をただちに敬うようになるには、この存在を人格化する以上の方法があるか。ネッケル★が言ったこと、すなわち民衆のなかに真面目な無神論者はいない、ということを考慮すべきである。学者は別の事物によって手綱を締められるのだ。　[J238]

★――Jacques Necker（1732-1804）　ルイ十六世のもとで財務長官を務めるが、一七八九年七月十一日に解任される。それは同年七月十四日のバスティーユ襲撃のきっかけともなった。娘はのちに『ドイツ論』*De l'Allemagne*（1810）などを書くスタール夫人（Anne Louise Germaine de Staël, 1766-1817）。ここで言及されているのは『宗教的見解の重要性について』*De l'importance des opinions religieuses*（1788, 同年ドイツ語訳が出版）である。

カトリックの庶民は神様よりも聖者を崇拝し、あるいは祈りを捧げる。ちょうど農民がつねに召使

のほうを頼りにするように。同等のもの同士は集まりたがるものだ。［260］

啓示が、私になんらかの事柄を［無条件で］了解させることはない。啓示が了解させるのは、権威を持った事柄だけだ。しかしどのような権威が、わが理性に矛盾するものを信じるよう強いることができるか。神の言葉のみである。しかし我々は、理性以外に神の言葉を持っているか。間違いなく持っていない。なぜなら、聖書が神の言葉であると語ったのは人間であり、人間は理性以外のいかなる神の言葉も知ることはできないのだから。［269］

教皇制度と煉獄が発明されるずっと前から、故人のために祈るしきたりがあった。かつて私も、母への愛ゆえ、母のために祈ろうという誘惑にかられた。これは、我々がそれについて何も知らず、知りえないようなものすべてを人間化し、人間的なものにすること以上のなにものでもない。我々は至るところでこれに遭遇する。［271］

我々の神学者は、聖書から力づくで、その中にいかなる人間知性も存在しない本を造ろうとする。［277］

自己を徳によって堅牢なものとする決意をともなった、切なる至福の感情――この至福がどこに存するにせよ。これは、その中に私があり、そしてそれによって私があるような存在に対する感謝である。それがキリスト教の神であれ、あるいはスピノザの神であれ。［金紙ノート58］

心の底から、熟慮を尽くした結果、こう思う。キリストの教えは、厭わしい坊主のラードを拭い取られ、我々の自己表現の仕方に沿う形で理解されれば、世界における安寧と幸福をもっとも早く、力強く、確実に、あまねく促進するための、少なくとも私の考えうるもっとも完全な体系《システム》である。一方で、完全に純粋理性から育ち、まさに同じ結果をもたらす別の体系《システム》★も存在すると思う。しかしそれは修練を経た思索者に向けてのもので、人間一般に向けられたものではない。またそれが受け入れられたとしても、実行用には人々はキリストの教えを選ぶに違いない。

キリストは同時に、素材に自分を合わせた。このことには無神論者ですら感嘆を禁じ得ない（ここで「無神論者」という言葉をどのような意味で用いているか、思索者ならだれでも感じ取るだろう）。そのような精神にとって、純粋理性のための体系《システム》を考案するなどいともたやすいことだったに違いない。そしてそれはすべての哲学者を満足させただろう。しかしそれにふさわしい人間はどこにいるのか。ひょっとすると、その体系《システム》がまったく理解されないまま何世紀もが過ぎ去ったかもしれない。そんなものが、人間という種を導き、操り、死の時に慰める役に立つのか。それだけではない。あらゆる時代、あらゆる民族のうちなるイエズス会士たちが、そこから何を創り出すことになっただろうか。人間を導くべきものは、真実でありつつも万人に理解されるものでなければならない。たとえそれが図像で伝えられ、人間が認識のそれぞれの段階で、違ったようにそれを解き明かすとしても。四七ページ（［J302］）を見よ。 ［J295］

★……本章［H143］における「純化されたスピノザ主義」参照。

四五ページ（［J295］）の補足。例えば苦痛は、四肢に壊れるまで無理をさせないよう警告を発する。この危険を知性だけで認識するにはどれだけの知識が必要だろう。橋の梁が弱すぎて危険なときでも、棟梁が苦痛を感じることはない。同じように啓示宗教は、スピノザ主義で計算するのは難しすぎるような、人を破滅させかねないものを感じ取れるようにしてくれる。 [J302]

今日、もっとも役立たずな文書は、道徳に関するものだと思われる。我々が聖書を手にして以来そうだ。アレクサンドリア図書館に火を放ったときのカリフ、オマールの言葉★1（『ジェントルマンズ・マガジン』★2一七八九年五月号の未知の人物（T・H・W）による記事）を借りたくなる。それらの文書は聖書に書かれていることを含んでいるか——だとしたら不要だ——、聖書に反するかである——だとしたら燃やされねばならない。我々のたいていの道徳文書は、本当に、十戒を取り囲む美しい枠にすぎない。 [J354]

★1……「それらの文書は……」からの文で「聖書」を「クルアーン」に変えれば、その言葉になる。
★2……*The Gentleman's Magazine*（1731-1922）定期刊行物で〈マガジン〉という名称が用いられたのはこの雑誌が始めてである。

確かに多くの正直なキリスト教徒はいる。どこにでも、どんな身分にも善人がいるのと同様、それに疑問の余地はない。しかし同じように確かなのは、彼らが総体として《イン・コルポレー》、キリスト教徒として企てたことは、それほど価値あるものではなかったということだ。 [J358]

カトリックの宗教を、神を貪る女、と呼ぶこともできるだろう。 [J369]

そんな人々はそもそもキリスト教を保護しているのではない。しかし彼らはキリスト教によって保護されている。 ［J504］

多くの信仰の教師が自ら教える命題を弁護するのは、それが真理であることを確信しているからではなく、それが真理であると一度主張したことがあるからだ。 ［J521］

最終的にすべては一つの問いに帰着する：思考は運動から生まれるのか、それとも運動が思考から生まれるのか。ファーガソンの道徳哲学への注釈でガルヴェが極めて的確に述べているように★、これは第一の宗教原理であり、第一の実在的なものは運動力か思考力かという問いへの答えが、有神論と無神論の最終的な境界を定める。 ［J531］

★……スコットランド啓蒙主義の哲学者・歴史家であるファーガソン（Adam Ferguson, 1723-1816）の『道徳哲学原理』*Institutes of Moral Philosophy*（1769）をガルヴェは独訳し注釈を施している（*Grundsätze der Moralphilosophie* 1772）ガルヴェについては第三章［F802］注参照。

これは幾何学的な正確さで証明できることだが、新約聖書がキリスト教の教義を完全に含んでいるとすると、カトリックは端的に言ってキリスト教とは呼びえない。ではプロテスタントの教派のどれか一つは完全にキリスト教であるか、それはここでは決めないでおこう。思うに、百万対一の掛け率で賭けてもいいが、あらゆる民族のもっとも理性的な人間からなる集会でこの問いが出されたら、次のような決定が下されるであろう――カトリックがキリスト教でないのは、今日のイタリア語がラテン語でないのと同程度である。そもそもヨーロッパではキリスト教が支配的な宗教であったところはどこにもない。あちらこちらで、この宗教を持った人間はいるが、それを声高に言うことはないだろう。なぜなら自分たちの意見が広く受け入れられた教義と同じでないことが知れたら、自分たちの行い自体が真正ならざるものとみなされるであろうと彼らは恐れるからである。「皆、ここから飲むように★」と新約聖書にはある。

[J651]

★……マタイ福音書二六章二七―二八「そしてまた杯を取り、感謝して彼らに与え、言った「皆、ここから飲むように、何故ならこれは、多くの人々のため、罪の赦しのために流される私の契約の血である」（『新約聖書　訳と註　第一巻』田川建三訳著　作品社　二〇〇八年　一一六ページ）。

我々は結局のところユダヤ教の一宗派以外の何ものでもない。

[J687]

キリスト教徒は花に水をやり、ユダヤ教徒はそれを切り取る。

[J696]

我々の出来具合からして、自分に役立つものの正当な判定者たりえることはめったにない。この人生ではそうである。来世に関しては違うと誰が保証してくれるだろう。主は、愛する者を躾けるのである★。これが、神は愛する者を滅ぼされる、という意味だとしたらどうだろう。

[J725]

★……「ヘブライ人へ」一二章六「主は、愛する者を躾けるのである。／（子として）受け入れる者をみな鞭打つ」（『新約聖書　訳と註　第六巻』田川建三訳著　作品社　二〇一五年　七二ページ）。

神への畏れをひけらかす人間に、決して本来のキリスト教的志操を探してはならない。

[J733]

自然は動物に、自己を維持するに十分な分別を与えた。この重要な案件に関わることとなると、彼らは自力で見事にしのぐ術を心得ている。［ル・］ヴァイヤン★は、ライオンが近づいてくるときの動物たちの振る舞いという非常にいい例を紹介している。人間を、自然は、死への恐怖からほとんど本能的ですらあるやり方で守った。すなわち、不死性への信仰によって。 ［J761］

★……François Le Vaillant（1753-1824）はフランスの自然研究者《ナチュラリスト》・鳥類学者・探検家。その著書『アフリカ内陸の旅、［……］』*Voyage de M. Le Vaillant dans l'Intérieur de l'Afrique*［……］（1790）からの抜粋をリヒテンベルクは『ゲッティンゲン懐中暦』一七九一に「ホッテントットのなかにも全き人々はいる」„Unter den Hottentotten gibts ganze Leute"という記事で紹介している。

ラテン語の言い回しによる罪の赦しを最初に発明した人間たちは、この世における最大の堕落に責任がある。 ［J842］

今日『ブラウンシュバイク・ジャーナル』で読んだ考えは悪くない。聖書が曖昧さ抜きに書かれていれば、我々はあらゆる種類の啓蒙においていまだ立ち遅れた状態にあっただろう、というのだ。これは昔からある考えで、私自身も抱いたことがあるように思う。『賢者ナータン』★もおよそそういった結論に達する。 ［J844］

★……レッシング（Gotthold Ephraim Lessing, 1729-1781）の最後の戯曲（一七七九年刊行、没後の一七八三年初演）。みずから刊行したライマールス——この人物については第一章［B34］の注参照——の遺稿をめぐってルター派正統派の牧師ゲッツェとの間に生じた激しい論争のさなか、当局により論争文の公表を禁止されたレッシングは、ドラマの形式で自らの宗教観を明確にすることを選んだ。十二世紀末のエルサレムを舞台に、ユダヤ教、キリスト教、イスラム教の相互理解と寛容の必要が説かれる。主人公はメンデルスゾーンをモデルとしている。

人間にとってもっとも難しい技術の一つはおそらく、自らに勇気を与える技術である。勇気が欠けている人間たちは、すべてが欠けているときでも我々を助けることのできる、勇気ある人間の力強い庇護のもとで、初めて勇気を見出す。さて、勇気でもって対抗しようにも、そうするに十分なだけのわずかな慰めを、いかなる人間も与えることができないような苦しみが、この世には数多ある。それゆえ宗教は特別なのだ。宗教とはそもそも、神の存在を考えることで、それ以上の手段なしに、苦しみの中にあって慰めと勇気を、そして苦しみに立ち向かう力を生み出す技術である。みずからの幸運がみずからの神であるような人々を私は知っていた。彼らは幸運を信じ、この信仰から勇気を得ていた。勇気は幸運を与え、幸運が勇気を与えた。

思慮深く世界を操る存在に対する確信を失ったら、それは人間にとって大きな喪失である。思うに、これはあらゆる哲学及び自然研究の必然的帰結なのだ。神への信仰を失うことはないが、もはや子供のころの助けてくれる神ではない。その歩みは我々の歩みではなく、その思考は我々の思考ではないような存在。これでは、この寄る辺なきものにとって特別にありがたいものとはならない。［J855］

原因という曖昧な観念の上に神なるものへの信仰を打ち立てたのはまことに驚くべきことだ。神なるものについて我々は何も知らず、知ることもできない。というのも、世界の創設者なるものへの推論はすべてつねに擬人論だからである。［J944］

カトリックの説教者が信徒に向けて、プロテスタントの文書に気をつけるよう絶えず警告せずにいられないのは不思議ではないか？ それに対しプロテスタントの側は、決して自分たちの信徒にカトリックの文書への警告を発したりしない。そう、私がプロテスタントの説教者だったら、いわゆる「ゴリゴリにカトリック的な」本を、信仰を強化する最強の手段として、わが信徒に推奨するだろう。

[J957]

雷雲における神の全能が讃嘆されるのは、現に雷雲がないときか、去った後である。

[J1047]

主の名において炙り、主の名において燃やし、殺し、悪魔に委ねる。すべては主の名において。

[J1099]

人類にとっては、その全体がカトリックであるほうが、プロテスタントであるよりひょっとするといいかもしれない。しかし、ひとたびプロテスタントであるとなれば、人はカトリックであることを恥じずにいられない。なぜなら、普遍的カトリシズムが持っていた良きものはいまや消滅し、それをふたたび普遍的なものとすることは不可能だからだ。

[J1134]

聖書に触れるだけで一種の礼拝とみなされていた（πμ《ワタシニヨル》）（まったくもって本当だ）時代を私は知っている。それはもっとも不快な時代というわけではなかった。

[J1199]

誰でも自分自身の医者、自分自身の弁護士になれるのに、自分自身の司祭になろうとしたとたん、悲嘆の声と苦しみの声を投げつけられ、地上の神々が介入してくるのは奇妙ではないか。地上の神々は人々の永遠の幸福にはあれほど心砕く癖に、時間のなかでの幸福は無責任にもなおざりにすることがしばしばである。その原因は何か、これに答えるのはそれほど難しくはない。　[J227]

キリスト教の効用について多くの熱狂をもって語るとき、それは〈根拠ならざるものを根拠とする誤謬《ファラキア・カウサエ》〉★ではなかろうか。完全にそうだと言わないまでも、かなりそれが入り込んでいるのではないか。宗教が善良な人間を創るのではなく、宗教を崇拝するのは善良な人間だということではないか。彼らが宗教の信奉者にして弁護者になるのは、それが彼らの根本原則を説いてくれるからだ。悪い人間がめったなことでは宗教に心を煩わしなどしないことも同じくらい確かである。　[K73]

★……fallacia causae non causae のこと。根拠でないものを根拠とすることによる誤り。

どんな村にもピラミッドがある、すなわち教会の塔が。ドイツのすべての教会の塔を集めたら、それを材料にエジプトのピラミッドを建てることもできるだろう。なぜこんなに高く建てるのか。鐘のためだけでないことは確かだ。宗教に関しては、つねに虚栄心が存在し、ひょっとするとそこには迷信も交じっているかもしれない。それがこうしたピラミッドを建てたのだ、エジプトのものと同じように。　[K93]

神にかけての誓約をすることは、それを破ることよりも罪深い。　[K105]

これまでは、改宗に当たっては、頭に触れることなく意見を取り除こうとしてきた。今、フランスではもっと近道を取る。頭ごと意見を取り去るのだ。 [K155]

フランスでキリスト教が放棄されてしまったの★はそんなに忌まわしいこととは思わない。そういったことはみな、取るに足らぬ口実でしかない。民衆が、外的な強制がまったくなしでその懐に戻るとしたら？　それなしでは幸福はないという理由でだ！　後世へのなんという実例、そしてなんと高くつく実験だろうか。本当に毎日やるようなものではない！　そう、ひょっとすると一度キリスト教を完全に廃棄する必要があるかもしれない、浄化して改めて導入するために。 [K159]

★「教会財産国有化令」（一七八九年）と公民宣誓を要求する「聖職者民事基本法」（一七九〇年）による「聖職者の国家公務員化」（ジャン・ボベロ『フランスにおける脱宗教性《ライシテ》の歴史』三浦信孝・伊達聖伸訳　文庫クセジュ　白水社　二〇〇九年　二六ページの訳者注）はカトリック教会の独立性を揺るがすものだった。続いて宣誓拒否僧の国外追放処分がなされ、一七九二年の九月虐殺以降、啓示宗教に対する弾圧――ユダヤ教も同様に弾圧されたことを考えると、これを「非キリスト教化」と呼ぶのは適切ではない、とボベロは前掲書において述べている（三一―三二ページ）――が進められるのと並行してさまざまな革命の礼拝が執り行われる。そのクライマックスとなるのが一七九三年十一月十日パリにおける「理性の祭典」である。テルミドールのクーデタの後、一七九五年に教会と国家の分離に関する法律が採択され、僧侶への給与支払いが廃止される。後にナポレオンは、一八〇一年教皇ピウス七世とのあいだにコンコルダートを調印。フランスのカトリック教会は教皇庁と結びつく形で復興されることになる。

ライネ河★、エルベ河、ライン河流域ではこうなっている。ヨルダン河流域でもおそらく事情は同様であっただろう。 [K229]

★……現在のテューリンゲン州・ニーダーザクセン州を流れる川で流域にゲッティンゲンやハノーファーがある。

キリスト教を誇示することはできる。しかし、まことキリスト教徒に誇示できるところなどほとんどない。[K234]

神学は一八〇〇年をもって完結したとみなし、神学者がさらなる発見をすることを禁止する、というのは悪くないのではあるまいか。[K237]

どれだけ多くの人間を聖書は養ってきたことか。注釈者、印刷職人、製本職人などなど。[K278]

新約聖書は最高ノ手本《アウ「ク」トル・クラシクス》であり、これまで書かれたもののうち、いざというとき一番役に立つ本だった。したがって、今日、キリスト教徒のどの村にもこの手本を説明する教授役が置かれているのは正しいことだ。これらの教授役の中にみずからの手本を理解していないものが多くいるというのも、他の手本と共通している。しかしこの本では、説明における間違いすら神聖なものとされた点が他の本と違っている。[L27]

家臣を連れた神様。神の君主制の代わりに、我々はいまや神の封建制を持っている。[L72]

神様がカトリックだなどと諸君は信じているのか？[L113]

占星術《アストロロギー》が天文学《アストロノミー》に変わったように、我々の神学《テオロギー》が、このまま次第に神による立法《テオノミー》に変わっていくとすると、新約聖書は中途約聖書★と呼んだほうがいいのではないか、ということが問題になるだろう。

[I.184]

★……原語は„das mittlere [Testament]"

何日か前、また読んだのだが、リュティッヒ★の司祭――私の記憶が間違いでなければ百二十五歳で死んだそうだ――が司教に、どうやってそんな長生きになったのか尋ねられた。答えて曰く、ワインと女性と怒りを控えました。思うに、ここでともかく問われねばならないのは次のことだ。この人物はそうした毒を控えたが故にそんな高齢に至ったのか、それともこうした毒を控えることを可能にしたその気質の故そうなったのだろうか。後者に一票を投じないことは不可能だと思う。それらの毒で命を、それも大幅に縮めることがありうる、ということは、その使用を控えれば命が延びることの証明にはならない。こうした気質を持っていない人間は、異性を避けたとしても、それによって寿命を延ばすことは決してないだろう。

真のキリスト教徒はつねに正直者だという伝説に関しても同じことが言える。キリスト教徒が存在する前からずっと正直者はいたし、キリスト教徒のいないところにも――素晴らしいことに！――正直者は存在する。人々が善きキリスト教徒であるのは、彼らがそれなしでもそうなったであろうものをこそ、真のキリスト教は求めるからだ、ということも大いにありうる。ソクラテスは間違いなく、とても善きキリスト教徒になっただろう。

[L.194]

★……………ベルギーのリエージュのこと。

「ああ、私たちはどうしたらいいんでしょう」とその娘《こ》が言った、「神様がいらっしゃらないとしたら」。 [I254]

今、また古代の研究が勃興し始めている。そこに救いを見出し、そこから観察の精神と自然の真の言語を再び広めようと考える者もいる。ごくわずかな人間にはこれも助けとなろうが、しかしこの大騒ぎは間違いなく多くが流行であり、本来の真なるもの、そして人間の本性および理性と関連しているのはごくわずかでしかない。騎士道の精神には人間の本性に即したところが多々ある。しかしその行動の大本は流行と団体ノ精神《エスプリ・デュ・コール》だった。そのただなかに自分を見出す限り、すべてを必然的と思ったのだ。

キリスト教も同様である。神を讃えるため、これまで何という戦い、争い、競争があったことか。人間はただ祈り、神を讃えるために生きている——いくつもの時代にそう信じられていたかもしれないほどだ。その大部分はただの発育異常であると私は確信している。自分の義務を果たし、理性が与えた規則にしたがって行為すること以外に神を崇めるやり方は存在しない。「神が存在する」ということは、私の意見では、次のこと以外のことを言ってはいない。私は、わが全き意志の自由にもかかわらず、正しいことをなすよう強いられていると感じる、ということである。それ以上にどうして神を必要とするのか。神はこれなのだ。これをさらに展開させれば、私の意見ではカント氏の命題に至る。私が正しくないことをしたら客観的に介入してくるような神は存在しない。それは法の監督者たる裁判官が、あるいは我々自身がやらねばならない。したがって宗教の嘲弄者というものが存在するとは思わないが、神学の嘲弄者ならいるだろう。――上述のものは発育異常であり、さまざまな種類があって、そのなかにはきわめて人好きのするものもあった。それは迷信や当初の評価によって真理という名声と重みを獲得したのだ。この論はさらに展開する必要がある。そもそも我々の心は一人の神を知っている。これを理性が捉えられるようにすることは、もちろん、まったく不可能ではないとしても難しいことである。これについては別のノートに書いてある。探し出さねば。パスカル参照。K.174★頁。 [L275]

★……プロミースによれば、パスカルに言及されていたであろう〈ノートK〉の部分は失われている。

単なる理性が、心のない状態でなんらかの神に逢着したか、というのは一つの問題だ。心が（怖れが）神を認識した後で、理性もまた神を探した。ちょうどビュルガーが幽霊を探すように★。 [L276]

★……ゲッティンゲン大学の私講師であり、〈杜の同盟〉とも交友のあったビュルガー（Gottfried August Bürger, 1747-1794）のバラード『レノーレ』*Lenore*（1774）は一種の幽霊譚である。その事実と作者が幽霊を信じていたかが別問題であることは自明のことだが、プロミースは「ビュルガーが幽霊を信じていた」とリヒテンベルクが語っていたことを伝える第三者の手紙を紹介している。

人間にとって天国の発明ほど簡単なものはおそらくなかった。 [L298]

宗教というもの――日曜日の用事。 [L368]

フランス人はとても気持ちのいい人間である。二度目に神を信じはじめたときには。　[L546]

しっかりした典拠があって知っているのだが（ウィリアムズ嬢のスイス旅行記★）、革命以来、宗教的懐疑主義は、地位と家柄のある人々には——かつては支配的だったのだが——もはや受け入れられないそうである。人は祈ることを学んだ。これまでそんなことに関心を持たなかったご婦人方が、いまや我ラガ父祖ノ宗教《ラ・レリジョン・ドゥ・ノ・ペール》に賛同している（多くの人間は雷が鳴るまでは祈ったりしない）。しかしまた、そこで彼女らは何かそれ以上のものを祈っており、我ラガ父祖ノ政府《グヴェルヌマン・ドゥ・ノ・ペール》も念頭にあると考えられている。　[L596]

★……Helen Maria Williams (1762-1827) *A Tour in Switzerland: Or a View of the Present State of the Governments and Manners of Those Cantons* (1798)

人間は宗教のために戦うのは好きなくせに、その規律に従って生きるのは嫌う。奇妙なことではないか。　[L705]

我々の神学者のかつての教説を近年のそれ★1と比較するなら、本当に驚かされる。直接的な啓示、償い等々についての教説が、今日彼らによって説かれているやり方は、かつて自由精神★2とみなされ、嘲笑され嘲弄された人々のやり方と同じなのである。事柄を了解するのは簡単だ。かつて人々は譲歩するのは沽券に関わると考え、そうする代わりに迫害したのだった。なぜなら力を持っていたからである。今日、かつての自由精神がいたところに人々はいる。そもそも、あの義勇軍の大胆な行為はいいかなるときにも決して非難してはならない。正規軍がそれを用いることを必要とみなすときが来ることもありうるからだ。それが今起こっているのである。

未来について、ここから何が結論できるか。おそらく、我々は最後に、ある単なる理性宗教に至り、そこで停止せざるをえないであろうということだ。すべてはこの「せざるをえない」に最終的に帰着する。そしてこれが神の限界でもある。ただ残念なのは、そこでもまた意見の不一致が起こるということだ。

歴史が我々に提示する教理神学のさまざまな要素が、一つの系列の諸項とみなされることがないのはなぜだろう。後続する諸項を明示することが必ずや可能であるような系列の、である。明らかに、ここでも我々は所与のものに基づき、さらに推論することができる。しかし我々にそうするだけの勇気はない。なぜなら我々の理性にとって我々の現在の国家体制は、ちょうど理性にとって感性がそうであるようなあり方をしたものだから。国家は我々の拡大された身体であり、人間の精神は、身体を一つならず持っており、その非精神性と戦わねばならない。おのれの血と肉、妻と子、職業、都市と研究、国家体制等々。しかし最後にはつねに理性の絶対命令がある（教授については学部がそれに加わる）。すべての身体に従いつつ、これを貫徹すること。注意セヨ《NB》注意セヨ《NB》 [1975]

★1……ある研究者は啓蒙期のドイツ神学を三つの時期に分類している。一、いわゆる〈移行期の神学〉の時期（一七二〇—一七五〇）：ルター派正統派の神学を部分的に修正しつつ、自律性に目覚めた理性の関心に部分的にではあれ対応しようとした。二、〈ネオロギー〉の時期（一七五〇—一七九〇）：聖書に基づいた宗教の本質的内容を、「人間の自然的理性にのみ依拠する」自然宗教という理念によって解き明かそうとした。三、〈神学的合理主義〉の時期（一七九〇—一八二〇）：あらゆる超自然的前提が否定され、かつて啓示の教説だったものは理性の真理として再解釈された。（Ulrich Barth „Religion" in *Handbuch Europäische Aufklärung. Begriff-Konzepte-Wirkung*.hrsg. von

Heinz Thoma, Stuttgart（Metzler）2015, S.445）　ここで第三期に対応するのは、哲学の領域ではフィヒテの『あらゆる啓示批判の試み』*Versuch einer Kritik aller Offenbarung*（1792）やカントの『たんなる理性の限界内の宗教』*Die Religion innerhalb der Grenzen der bloßen Vernunft*（1793）になる。「今日」という言い回し――〈ノートL〉の執筆時期は一七九六年から没年（九九年）まで――とその内容から、この第三期に該当すると思われる。

★2……第四章［B81］注参照。

三人の非常に正直な人物A、B、Cを――一人はプロテスタント、もう一人はカトリック、三人めは例えばフィヒテ主義者としよう――集めて、正確に調べてみれば、三人とも神に対するほぼ同じ信仰を持っていることがわかるだろう。しかし誰も、そうすることを迫られたとして、きっぱりと告白するような――もちろん言葉で――信仰を完全には持っていないであろう。どんなに徳のある人間も、なぜ自分が有徳なのかをちゃんと言うことができない、というのは人間本性の大きな利点であるからだ。そして自らの信仰を説いていると思っているときには、そもそも彼らはそれを説いてはいないのだ。［L980］

第六章　政治について

〈概説〉

『雑記帳』における政治についての記述はイギリス滞在時とフランス革命勃発後に集中している。

それまでゲッティンゲンを中心とする狭い空間の中で生活していたリヒテンベルクにとって、イギリス滞在は外との出会いであると同時に、外から中へ新たな形で入り込むことでもあった。ハノーファー選帝侯国とグレート・ブリテン王国は、共にジョージ三世を君主といただく同君連合だったからである。上流階級の子弟の家庭教師兼世話係を務めたことをきっかけとして、リヒテンベルクはイギリス政府上層部や王家と密接な関係を築くことに成功する。この緊密な関係を如実に示すのが次の事実である。一七七〇年五月、最初のイギリス滞在を終えてロンドンを離れると、すぐにジョージ三世はリヒテンベルクを員外教授に任命するよう指示、ゲッティンゲンに戻る数日前には教授任命が決定していたのだった。第二回イギリス滞在（一七七四―一七七五）においては、一種のインサイダー的視点を持ちつつ、リヒテンベルクは議会での論戦に熱心に耳を傾け、さらにさまざまな階層の人々の意見や社会の雰囲気を直接に見分けようという姿勢を持っていた。

七四年、アメリカ問題は緊急の度を増していた。「帝国の改革が始まってからわずか十年後の一七七四年には、ジョージ三世の即位をかつて祝ったアメリカ人たちは、事実上、グレート・ブリテンへの反乱状態にあった。「強制諸法」制定後の二年間で、事態は急変し、ブリテンとその植民地との和解は、しだいにありえなくなっていった」（ゴードン・S・ウッド『アメリカ独立革命』中野勝郎訳　岩波書店　二〇一六年　五七ページ）。その後もアメリカをめぐる情勢は刻一刻と変化するが、帰国後それを逐一追跡していった痕は『雑記帳』には見られない。イギリスを離れると、その関心は当時の知識人の一般的水準を超えるものにはならなかったようである。二十年後の「アメリカを基準にはまだ何も判断を下すことはできない。なぜなら、考え方の違うこちらの国々から彼らはあまりに遠く、世界のあちら側で別の考え方をしている彼らは、もはや十分に支持されていないから」［L34］というのが、アメリカ問題に関する彼の総括ということになるだろう。

一七七五年の時点では「イギリスは彼らを議会に迎え入れた上で課税する、それでも武器を置こうとしなければ強制手段をとる、という提案をすべきである」［RA93］と総括される。現イギリス政府の態度には「何事も、強さと「団体の精神」が与える勢いをもって指導されることがなくなっている」［RA87］と、高い評価を与えてはいない。一方で反政府の言動は「野党の奴隷」［F431］とみなされる。

そもそも自由がもっとも重要なのは思考と宗教の領域であり（「宗教的専制と［思考の］体系《システム》の専制はすべての専制のうちでもっとも恐るべきものである」［F431］）、政治的生活は「それ［自由］が人間を不幸にする」（同）領域であるとみなされている。宗教や思考上の専制と対比的に政治上の専制が肯定されているわけではない、逆である。政治上の自由が危険なのは、「最高度の政治的自由は専制政治にじかに接している」［K149］からである。

彼にとって専制政治とは「人間をもてあそぶ」悪しき動物［J359］であるが、それは「最後には根絶される」（同）ことも確かであり、しかしそれ故にいっそう人間を押さえつけようとする。検閲もそうした「政府の弱さ」［J51］の現れだとされる。神が派遣した天使の使節団により「地上の神の何人かと大臣の何人かは絞首刑となり、すべてが平穏となる」［J1150］という専制政治打倒のイメージも提示される。

フランス革命が勃発すると、「フランス革命、哲学の作品。しかし我思ウユ故ニ我アリからパレ・ロワイヤルにはじめて『バスチーユへ！』という叫びが響き渡るまでにはなんという飛躍があることか」［J380］と記す。本章にも雑誌や書籍の名が挙げられ、記事が引用されているが、リヒテンベルクは当時の他のドイツ知識人と同じく、多大な関心を持って事態の推移を追っていたようである。そのいわば静観的な態度と対照的だったのがゲオルク・フォルスター（一七五四—一七九四）のフランス革命との関わりだった。リヒテンベルクは二度目のイギリス滞在において、キャプテン・クックの第二回航海に同行したフォルスター親子と知り合い、『世界周航記』を刊行した息子のゲオルクとは一七八〇年から一七八五年まで共同で『ゲッティンゲン学術文学雑誌』を編集するほど密接な交流を結んだ。フランス革命勃発後、革命軍がドイツに向かうとフォルスターはフランス軍占領下のマインツで共和国の樹立に加わった。マインツ共和国は短期間で瓦解、フォルスターは亡命先のパリで九四年に死ぬ。その間、『雑記帳』にはフォルスターのこうした活動についての記述は見られない。一七八九年から書き始められたきわめて簡潔な『日記』にも、フォルスターとの手紙のやり取りと、ゲッティンゲン学術協会からの除籍に関する回状について、そして一七九四年一月三十日「夕刻にフォルスターの親友であったゼメリらせ」とあるだけである。追悼文を書くこともなかった。しかしフォルスターの親友であったゼメリンク――その『魂の器官について』についてのコメントが第一章［I10］に見られる――に宛てた手紙にはこうある。「本当に、あの人物を想えば悲哀を感じずにはいられません。（……）私にまだ子供がおらず、かつてのように未来を憂うこともなく自由に思考し執筆する人間であったなら、どんなに喜んで全紙数枚の追悼文を捧げたことでしょう！」（一七九五年六月五日付）。彼を恐れさせていたのは検閲であり、私信の内容を政府によって――書簡を密かに開封することで――知られることだった。専制政治が自由な人間を恐れるように、リヒテンベルクも政府を恐れていた。

あくまで内密な『雑記帳』において、彼は〈革命〉をどう考えていたか。肯定と否定がせめぎあう記述を整理するのは容易ではないが、次のことは言えるだろう。「起こることは、起こるべくして起こる」という意味で、それは自然現象と同じである。ただし、激烈な変化を〈目指す〉ことは無駄であるし危険である。それは自然の領分だからだ。局限された存在である人間は地表の耕作に専念すべきで、地殻変動は自然の仕事である。〈プロジェクトとしては漸進的かつ穏健な改良に専念し、生じてしまった革命は自然現象として許容する〉ということだ。革命は〈進歩〉ではなく、〈変転〉を引き起こすものである。

政治体制としては、漸近的には〈制限された君主制〉を良しとする。実際にはさまざまな体制が変転するであろうが、イギリス型の立憲君主制を最善のものとする。それは「共和制的な自由と君主制がすでにあらかじめ混ぜ合わされていて、民主制から純粋な君主制ないしは専制への完全な転換を妨げることになっている」［K149］からである。これは、宗教において、漸近的には普遍化されたスピノザ主義に帰結するであろうが、現実においてはイエスの教えとしてのキリスト教を最善のものとする、という発想と類似している。それぞれの政体がどれだけ持続するかは主体――ここでは主権者の意味である――の善良さによるとされる。善良さとは、かならずしも人格者であることを意味しない。善良であるとしても、それが評価されるのは社会的紐帯の体現者としての機能を果たす限りにおいてである。

王は法の体現者ともみなされる。〈体現〉とは、ここでは象徴ということだ。政治における象徴性に注目するリヒテンベルクにおいて、人為的に政治的象徴を形成することへの批判は、人為的に革命を目指すことへの批判と不可分に結びついている。フランス総裁政府が社会的紐帯を衣装によって形成しようとすることへの批判に、それは明確に表現されている。

クロムウェル★治下のイギリスでは王国という言葉がひどく忌避されたため、主の祈りで「あなたの王国を来たらせたまえ」ではなく、「あなたの共和国を来たらせたまえ」と唱えた。　[KA2]

★……Oliver Cromwell（1599-1658）　イギリスの軍人、政治家。清教徒革命に際し議会軍に参加、独立派の指導者となり長老派、平等派との権力闘争に勝利、四九年に国王チャールズ一世を処刑、護国卿となると議会を解散し独裁を行った。

一頭の馬に乗って殴り合っている二人。一つの国家体制についてのうまい比喩だ。　[C229]

もしイギリス人が一つの特性を持っているとしたら、それは『ジョン・ブルの生涯』――作者はスウィフトか、あるいはもっとありそうだが（スウィフトはスコットランド人をこんなに公平には扱わなかっただろう）、アーバスノット博士★1だろう――に出てくるジョン・ブルのそれだ。（……）イギリス人の自由を我々ハノーファー人のそれと区別するのは、イギリスでは自由は法によって保証されるのに、ハノーファーでは王の好意に依存するということだ。したがって［イギリスにおいて］それが葬られるとすれば、議員の買収によるほかなく、今日起こっていることはまさにそれであるように思われる。植民地に対する戦争は、民衆の声［票］に反して行われるのだ。票数を数える代わりに、その重みを測ることができたらどんなにいいか。[★2]

［RA23］

★1……『ジョン・ブルの生涯』*Law is a bottmless pit or the history of John Bull*（1712）の作者はリヒテンベルクの言うようにスウィフトやアレクサンダー・ポープの友人アーバスノット（John Arbuthnot, 1667-1735）であった。

★2……リヒテンベルクの二回目のイギリス旅行（一七七四―一七七五）は、アメリカ独立戦争直前にあたり、議会ではアメリカへの対応を巡って激しい論戦が繰り広げられていた。リヒテンベルクも議会でそれを聞いている。以下、しばらく『旅行注記』におけるアメリカ問題を巡っての考察が続く。

x[★1]の最大の欠点は、何人かの密告者を除き、すべての人々を疑っていることだ。彼はまったく政治的な人間であり、彼自身の考えを他人が見たり聞いたりすることは決してない。「余はM卿に会おうとは思わぬ。王としてではなく、人間として。余の母を侮辱したが故に」と口にしたら、それを疑う者は誰もいなかったであろうし、それどころか、拍手喝采を受けただろう。xは全身これ偽装である。y[★2]はその正反対で、全能なる方の手から生れ出たもっとも善良な魂の一つだ。

［RA30］

★1……国王ジョージ三世のこと。

★2……王妃のこと。

アメリカをめぐる問題は悪化の一途をたどっている。今日（六月十九日）、イルビィ氏[★1]の手紙には、数日前ノース卿[★2]の近親と話をしたが、その人物はグリーヴス提督[★3]の手紙を見たとかで、そこには、次に手紙を書く前にボストン[★4]が砲撃されるのを恐れる、とあったそうだ。彼らはアダムズ某[★5]という勇敢で断固とした人物をリーダーとした。意見に武器で対抗した結果がこれである。 ［RA33］

★1……William Henry Irby（1750-1830） 第二章［RT13］注参照。

★2……Frederick Lord North（1732-1792） 一七七〇年から一七八二年までイギリス首相を務める。就任当初は茶税以外のタウンゼンド諸法を撤廃するなど柔軟な姿勢を見せたが、ボストン茶会事件以後は植民地に対する態度を硬化させ、アメリカ独立戦争勃発後もジョージ三世の強硬策を支持し、敗北により十三植民地を失い、八二年に辞職した。

★3……Samuel Graves（1713-1787） イギリス海軍提督として一七七四年から一七七六年初頭までアメリカ方面におけるイギリス海軍を指揮した。

★4……この記述がなされた一七九五年の四月十九日から、初めはアメリカ植民地兵、のちにワシントン指揮の大陸軍によってボストンは包囲され、翌年三月十七日に撤退するまでイギリス軍は動きを封じられた。

★5……Samuel Adams（1722-1803） ボストン出身で実業家として出発するが政治の道に進み、一七六五年には印紙税法に反対する民衆の運動を組織、ボストン茶会事件で指導的役割を演じた。大陸会議のマサチューセッツ湾植民地代表に選ばれ、一七七六年独立宣言に署名した。一七九四年から一七九七年までマサチューセッツ州知事を務めた。

イギリスでは事をひどく熱心に始めながら、それを継続させなかった。そうやって植民地人の敬意を失ったのだ。印紙税法の撤回[★]が、ひとえに現在の不穏な状況とこの国に迫る不幸の原因である。それは撤回される必要はなかった。当時、戦争してでも実施すべきだったのだが、もう遅すぎる。

［RA80］

★……七年戦争（一七五四—一七六三）の戦費等で財政難に陥っていたイギリス政府が、植民地のあらゆる印刷物に所定額の収入印紙を貼るよう命じた法律。一七六五年にグレンヴィル内閣のもとイギリス本国議会によって制定された。植民地議会の同意なく制定されたため「代表なくして課税なし」をモットーとする大規模な反対運動が生まれた。イギリス製品不買運動も起こるなか、イギリス本国でも反対運動が起こり、六六年にロッキンガム侯爵内閣によって撤回された。

ただ真実によってのみ思考が拘束され、あるいは導かれ、政治的な底意によってそうされることはない非党派的人間にとって、今日の王および議会と植民地の争いについて確固とした見解を抱くことは困難だ。一方では、事前の照会なしに人々に税を課そうとするのは過酷である。他方では、こう言うこともできる——かの地を征服してやり、おまえたちに所有させたのは誰か、ひとえにイギリス人ではないか。議会はこうも言える、「私なしでは、おまえたちはひょっとすると何者でもなかったかもしれないのだ。その返礼として妥当な額の税を課してはいけないか。私自身にも、もっと多く課すのだからなおさらである。おまえたちはイギリスの臣民であり、そのころはおまえたちに税を課すことができた。したがって現在もなお、課税可能である」。ただ、植民地の人々は議会での代表権を携えて渡航したわけではなかった。もちろん、自分たちが議会で代表されるべきだというのは正しいだろう。それに反対することはまったくできないと思う。「だが、それも無駄なことだ」、とイギリス人は言う、「おまえたちが下院に送れる議員はわずかなもので、我々は常に多数を占めるのだ」。——「ならばますます諸君にとって好都合ではないか」、とアメリカ人は言う、「我々は少なくとも投票権を求めているのだ」。しかし、私が正しく理解しているなら、彼らは代表権を争点にはしなかった。彼らが今戦っているのはそのためではない。自分たちが議会に座を占めていたら、いま払おうとしない税金をすべて払わねばならないと容易に予測できるからだ。

彼らが戦っているのは［次のような主張のためである］、「イギリス議会は課税する権利を有さない。イギリス議会よ――この件に一色付けるため彼らは付け加える――そもそも自分たちは税を課されるつもりはないのだ。自活できるとわかった今、自分たちにとってもう必要とは思われない別の民を支えるために金を支出しようとは思わない」。しかしここで一つの問いが生じる。そうできる時はもう訪れたのか。そうするに十分な強さを彼らは持っているか。彼らがイギリス人に反抗するとして、他のどの勢力に対してもオープンであるわけではない。スペイン人、フランス人に対してである。彼らはスイス人やオランダ人と比べられもするのだが、こういった人々は反抗するまったく別の理由を持っていた。彼らは何が起ころうと、端的に言って何一つ失いようがない、悲惨な、きわめて悲惨な人々だったのだ。彼らには、もし勝てばもっと幸福に生きられるという希望があった。しかし私が恐れているのは、植民地の人々が勝利したら、より不幸になりはしないかということだ。誤った熱意に駆られている彼らを支持しているのはイギリスの諸党派である。すなわち市民《シチズン》たちだ。彼らはこれをあてにしすぎている。チャタム卿[★1]の言うには、アメリカはドイツにおける先の戦争で征服された。[★2]今や再びシティ[★3]に秩序を取り戻すべきである。X[★4]はX以上に、そして本当の自分以上に見せるべきである。イギリスにもはや議会がなくなり、省内にさまざまな意見を持った人々がいるようになるときまでは、幸せに統治することはできないだろう、とビュート伯[★5]が善良なXに吹き込んだ。その結果、何事も、強さと「団体の精神《エスプリ・デュ・コール》」が与える勢いをもって指導されることがなくなっている。ロッチフォード卿[★6]、サフォーク[★7]、ノース等々、誰もが負けず劣らず憂慮している。思うに、自分以外の人間が縛り首にされるのを誰もが見かねないのだ。

［RA87］

★1……William Pitt（1708-1778）　初代チャタム伯爵。一七三五年ホイッグ党の庶民院議員として政界に入る。デヴォンシャー公・ニューカッスル公内閣のもと、南部担当大臣として七年戦争を事実上指揮。植民地よりフランスを駆逐することに成功するが、七年戦争の早期講和を目指すジョージ三世即位（一七六〇）後に辞職。その後、グレンヴィル内閣による植民地課税政策に反対した。一七六六年より首相となるが、六八年に辞職。以後十年のあいだ野党において影響力を発揮し、アメリカ独立に反対した。

★2……「先の戦争」とは七年戦争（一七五六―一七六三）を指す。プロイセンと同盟を結んだイギリスはフレンチ・インディアン戦争においてカナダを征服し、六三年のパリ条約においてフランスは北アメリカ植民地域（ヌーベル・フランス）とミシシッピー川より東のルイジアナをイギリスに割譲、スペインからフロリダを奪ったイギリスは、ミシシッピー川より東部の北アメリカ全体を支配下に置いた。

★3……ロンドンにおける通商と金融の中心地。

★4……国王ジョージ三世を指す。

★5……第三代ビュート伯爵ジョン・ステュアート（John Stuart, 1713-1792）　スコットランド貴族の出身で、皇太子時代のジョージ三世の養育掛兼侍従として宮廷に入る。ジョージ三世が即位すると国務相に登用され、ニューカッスル公爵の辞職とともに首相に就任（一七六二）し、六三年にパリ条約を締結するが、ピットの戦果を活かしていないと批判が高まり同年辞任。

★6……William Henry Zuylestein（1717-1781）　第四代ロッチフォード伯。一七六八年入閣、北部担当国務大臣および南部担当国務大臣を務めた。病と政治上のスキャンダルによって一七七五年十一月に政界より引退。

★7……Henry Howard（1739-1779）　第十二代サフォーク伯。一七七一年よりロッチフォード伯の後継者として北部担当国務大臣。

ここに私は『雑記帳』[★1]同様すべてをごちゃまぜに書き込んでいる。さて、今日の私の意見は、私が知っていることの帰結は（というのも、もっと事情に通じていれば、意見を変えることもありうるから）どのようなものか。それはこうだ――イギリスは彼らの代表権を、すなわち議会における議席と投票権を許さないという点において正しくない。彼らの争点がこれだとしたら、私は全霊を込めてアメリカ側に立つと宣言するだろう。ただし、自分たちが議会に入ることを許されたら、間違いなく今払うつもりのない税金をすべて払わねばならなくなると見て取っているので、彼らはもっと高いところに狙いをつけているようだ。印紙税法以前のように、彼らはいかなる税も払うつもりはない（航海法★2を無効にしようとしている）。そして、この点で彼らはまったく正しくない。なぜなら、植民地が初めは成長を妨げられないように優遇されるとしても、そこから、将来も何一つ要求されることはない、とはならないからだ。ロシアの女帝は、反逆者によって苦しめられた臣下たちに、年利一パーセントで融資した。将来はもっと多くを求めるだろう。つまり、イギリスは彼らを議会に迎え入れた上で課税する、それでも武器を置こうとしなければ強制手段をとる、という提案をすべきである。これはまったく可能だと私は思う。イングランドを現在の状態に維持するのにハノーファーがどうしても存在せねばならないというわけではない。★3しかし、自分を維持できる状態にイギリスを置くために、それを利用することはできる。イギリスは革命のときにオランダを利用しなかっただろうか。そう、一七四五年の反乱で、王位要求者がダービーまでやって来たとき、オランダとヘッセンは加勢した★4ではないか。★5

［RA93］

★1……この断片では、自ら『雑記帳』と呼んでいる。
★2……イギリスが自国船による貿易の独占を図るために制定した法律の総称。
★3……プロミースはハノーファー軍のアメリカ派兵が念頭に置かれていると推測している。
★4……ステュワート朝出身の王位要求者ジェームス・フランシス・エドワード・ステュアート（James Francis Edward Stuart, 1688-1766）の皇太子チャールズ・エドワード（Charles Edward, 1720-1788）は一七四五年にジャコバイト軍と共にイングランドへ侵攻、ダービーまで進軍したが、一七四六年カロデンの戦いで敗北した。
★5……『旅行注記』におけるアメリカ問題をめぐる記事はこれが最後になる。

人間が自由を求めるのは、それが人間を不幸にするであろうところ、すなわち政治的生活においてであり、それが人間を幸福にするところではそれを非難し、他人の意見に盲目的に追随する。宗教的専制と［思考の］体系《システム》の専制はすべての専制のうちでもっとも恐るべきものである。内閣を罵るイギリス人は野党の奴隷であり、流行の、愚かしい慣習の、レッテルの奴隷である。　［F431］

人々は今日アメリカとその政治状況にかくも多くの期待を寄せており、こう言えそうなほどだ――あらゆる啓蒙されたヨーロッパ人の願望は、少なくとも密かなそれは、我々の磁針と同じく西へ、西への偏向を持っている。　［G6］

国民に風を通すことは、その啓蒙にどうしても必要だと思う。というのも、人間とは古い着物でないとしたらなんだろうか。風が通らねばならない。誰でもこの件を好きなようにイメージしていい。ただ私のイメージでは、それぞれの国が衣装簞笥で、人間は衣装である。君主はそれを着る人で、時にブラシをかけ埃を払う。着古したら、［織り込まれた金や銀を取り出すために］飾り紐を燃やし、残りは投げ捨てる。しかし風通しが欠けている、つまり床に垂らされているのだ。皇帝がいつかハンガリーの羊をマルク・ブランデンブルクの砂地に追いやり、プロイセン王が自国の羊にハンガリーで草を食ませたら、世界はどんなものを手にするだろうか！　［H52］

検閲令。★1 こうした憐れむべき一時しのぎの緩和剤でしのごうとすることは予見されていた。すべての弱い政府は、国民のより賢い部分の口に鍵を掛けたり絆創膏を貼ったりすることに基礎を置いている。基準は何か。初めに教皇が天と地を創った。天にまします我らの母よ。——ゲーディケ★2とビースター★3はツィンマーマンに攻撃された。幸いなことに、この大人物の著作は特に価値があるわけではない。 [J51]

★1……プロイセンにおいて叔父フリードリヒ二世（一七一二—一七八六）の後を継いで王位に就いたフリードリヒ・ヴィルヘルム二世（1744-1797, 在位1786-1797）が、宗教大臣ヴェルナー（Johann Christoph von Wöllner, 1732-1800）の勧めにより一七八八年十二月十九日に発布したもの。同年の宗教勅令に啓蒙主義者たちから抗議の声が上がったのに対抗し、宗教勅令を強化するため発布された。その標的は第一に『ベルリン月報』などベルリン啓蒙主義者たちの出版活動であった。すでにフリードリヒ二世治下にあっても検閲制度は存在したが、大学において出版されたものは検閲から除外されていた。それに対し八八年の検閲令においてはあらゆる書物・新聞・パンフレットの事前検閲が要求された。

★2……Friedrich Gedike（1754-1803） ドイツの教育者・教育学者。ベルリンでギムナジウムの校長を務め、ビースターと共に『ベルリン月報』*Berlinische Monatsschrift*（1783-1796）を創刊した。

★3……Johann Erich Biester（1749-1816） 弁護士、大学私講師、大臣秘書などを務め、ゲーディケと共に『ベルリン月報』を創刊。一七八四年より王立図書館司書となった。

検閲令の最初の条項で、のっけから密売が禁じられているのは大いに滑稽である。密かにしか行われていないことを公的に禁止するばかばかしさは、多くの人に愛されたカリギュラ★が、公的になされていることを密かに禁止するときの残忍さに比しうるものだ（もっとうまく）。 [J52]

★……ガイウス・カエサル（Gaius Julius Caesar Augustus Germanicus, 12-41）ローマ皇帝（在位三七―四一）。即位当時は人気を得たが、重病の後、その人格が激変したと言われる。四一年に妻と娘と共に暗殺された。

あらゆる身分における啓蒙は、そもそも我々の本質的な要求を正しく把握することにある。［J246］

人間に力で勝り、ときに子供がコガネムシをもてあそぶように人間をもてあそぶことで満足を覚えたり、あるいはチョウのように標本箱に並べたりする動物がいたとする。そんな動物も最後には根絶されるだろう。人間に精神力ではるかに優れていないのならなおさらである。人間に屈しずにはいられまい。であれば、人間が自分の力を少しでも行使することを邪魔せずにはいられないはずだ。専制政治とはまさにそうした動物であり、それでもまだ、かくも多くの土地に生存している。なお、この動物を博物誌に記載する際には、この動物が人間なしではいられないことも書き込まれねばならない。［J359］

フランス革命、哲学の作品。しかし我思ウ故ニ我アリからパレ・ロワイヤルにはじめて「バスチーユへ！」という叫びが響き渡るまでにはなんという飛躍があることか。バスチーユのための最後のラッパの響き。［J380］

ドイツ的専制は、他ではたやすくは生まれない促進的予防措置を生み出すだろう。［J915］

いまや望む者は誰でも絞首させることのできる自由なフランスで。［J935］

民衆が望むなら、自らの国家体制を変えることは許されるか。この問いについては多くの良いことや悪いことが言われてきた。思うに最良の答えはこうだ——民が決意したのであれば、だれがそれを阻もうとするだろうか。一般化した諸原則にしたがって行為することは自然であり、その試みは失敗することもありうる。しかし民はともあれ試みに打って出たのだ。こうした試みを予防するには、もっとも賢明な人々が支配していなければならないだろうし、この人々は、より良い人々の理性と、より悪い人々の従属をつねに同じ側へ向けておくために、一群のもっとも賢明な人々と、それと同数のもっとも賢明でない人々に号令をかけることができなくてはならないだろう。 [1972]

下手な議論でも、まったく議論しないよりはいつもましである。酒場での政治談議も人々を賢くする——政治についてでなくとも、別の事柄で。このことは十分考慮されていない。 [1001]

フランス共和国の反対者はいつでも、それはごく少数の煽動的で貧弱な頭脳による作品だという。ここで率直にこう問うこともできる。大事件のなかで、多くの人間が同時に携わったものが何かあっただろうか。しばしばそれはただ一人の作品だった。そして我々の「君主たちの戦争」は、王と大臣というごく少数の人間の作品以外の何であったか。憐れむべき議論である。首脳部が多数であることこそれ自体が、進展を阻む。何か大いなることが実行されるべきときは、ごくわずかの人々でなされねばならず、またなされうる。その他大勢は、つねに引っ張ってこられねばならない——それを説得と呼ぼうと、誘惑と呼ぼうと、どうでもいい。また今、大きな役割を演じているビール醸造業者や香水師についても軽蔑的に語られる。しかし必要とされているのは人間としてのまっすぐな感覚と、勇気そして名誉心だけなのだ。民を率いるには、生得の才は抜き書き集★の売り台の下ですべてないがしろにされてしまっていなければならない、とでもいうのか（この思想の単なる骨格）。［1094］

★……多くの断片で「提要」と呼ばれているものと同じ。高等教育で大きな位置を占めていたが、知識の寄せ集めとしてリヒテンベルクは評価していなかった。

ヘルダーの素晴らしい言葉（『イデーン』第二部第九巻第四章）――いかなる民族も、自ら抑圧されることを望まない限り抑圧されることはない、ということを歴史の根本原則として仮定しうる。［1128］

一七九三年一月十二日。ある政治雑誌で共和国とフランス弁理公司の交渉について★、そのあとでフランス内務省についてのいくつかのリポート等々を読んだ。駄弁にうんざりした。そのあと、誰かが持ってきてくれたのが、『ベンジャミン・フランクリンの青年時代――息子のために本人著す。ゴットフリート・アウグスト・ビュルガー訳』だった。ああ、真に偉大な人物の著作を読むことと、私にはどちらも関係ない二つの国の政府同士の無用のごたごたのあいだには、なんという違いがあることか。そんな政治上の駄弁でどれほどの時が無駄に費やされてしまうことか。十人中九人、それどころか百人中九十九人にとって、そのうちの一行でも知ることが何の役に立つ？　我々を裁く裁判官がいるように、現世において支配者を裁く裁判官がいたら、これがなんたる愚行か、いかにすべてが憐れむべきおしゃべりと境を接しているか、正しく明らかにされるだろうに。神様が毎年天使の使節団を地上に派遣し、イギリスの裁判官のように巡回させたらどうか。ひょっとすると、数年で地上の神の何人かと大臣の何人かは絞首刑となり、すべてが平穏となるかもしれない。

若者は昨今、読みすぎる。自瀆に反対するのと同様、読書に反対するものを書かねばならないだろう。すなわち、ある種の読書に反対するものを。それは心地よくはあるが、火酒を飲むのと同じくらい有害なのだ。 [1150]

★……プロミースによれば、ここで話題になっているのは『政治年報』*Politische Annalen*（1793-1794）所収の「フランス共和国とスイス連邦共和国の交渉」„Verhandlungen der Französischen Republik, mit der Republik der vereinigten Helvetischen Staaten"という記事である。したがって文中の「共和国」はスイスにあたる。

あるとき、天から次のような知らせが届いたとする――「神様が天使たちの全権使節団を早々に地上にお送りなさる――イギリスの裁判官のようにヨーロッパを旅してまわり、この世では〈より強い者の権利〉以外のいかなる裁判官も裁けないような大きな訴訟沙汰の数々を片づけるためである」。さて、どうなるか、知りたいものだ。多くの王や大臣はどうなるだろう。自分の地位にとどまるよりも、慈悲深い賜暇《しか》を請うて、捕鯨に同行したり、ホーン岬の澄んだ空気を吸おうとしたり等々する者もかなり出てくるだろう。 [1151]

すべての人間が抱いているわけでもない祖国愛★に、王への愛なるものをこっそり含みこませて何がまずいのか、私にはわからない――すべてが王への愛と忠誠から生じるように、王が統治しているならば、の話である。正直な人間に対する愛と忠誠は、人間にとって、最高の法に対するそれよりもはるかに理解できるものだ。徳についての教えは、正直者の両親の口から語られたなら、どれほどの力を発揮するだろう。神はこう言われた、「汝殺すなかれ、父と母を敬うべし、偽りの証言をすることなかれ」等々。自然の主人であり、汝の創造主である神がおまえにそう命じられた――このことは誰でも理解できる。自然権に基づく証明は、それほど理解しやすいものではない。あれらの言葉が偽りでないのは、それが自然の声であり神の声だからである。

［1161］

★……愛国者„Patriot"や祖国愛„Patriotismus"という言葉はドイツ啓蒙期には独特の意味を持っており、この「国」を十九世紀のナショナリズム的な意味で考えることはできない。ハンブルクで一七二四年から一七二六年にかけて『愛国者』*Der Patriot*という道徳週刊誌が刊行されたが、そこで「祖国ということで考えられているのは、そのつどの最も狭い周辺区域のこと、ここの例では、都市の城壁に囲まれたハンブルクという都市共同体のことなのである。ここで私利私欲の正反対として理解されているパトリオティズムはこう考えると、宗教改革の時代に再興された帝国自由都市の基本的価値と、そのままつながっていることになる」（エンゲルハルト・ヴァイグル『啓蒙の都市周遊』三島憲一・宮田敦子訳　岩波書店　一九九七年　一〇四ページ）。

この世の古くからの悪習を簡単に拭い去ることができると信じる者がいるか。フランス革命は、それなしでは決してこの世に至ることのなかった多くの善きものを、それが何であれ、残すだろう。バスチーユはなくなった。フォン・ボルン氏[★1]がその僧侶論[★2]の中で描写していたあの悪名高い虫は、それによって少しは燻蒸されたのだった。

［1172］

★1……Ignaz von Born（1742-1791）　オーストリアの鉱山学者。フリーメーソンのメンバーであり、『魔笛』（一七九一年初演）のザラストロのモデルであったと言われる。

★2……変名で出版された『僧侶の最新博物誌――リンネのコレクションの精神によって執筆され、説明用に三葉の銅版画を付す』*Neueste Naturgeschichte des Mönchthums. beschrieben im Geiste der Linnäischen Sammlungen und mit drei Kupfertafeln erklärt*（1783）を指す。

ある戦争が二十年続くなら、おそらく百年は続きうる。というのも戦争が一つの常態になってしまうから。戦争政《ポレモクラティー》。平和を味わってきた人間は、死に絶えてしまうのだ。 [J1181]

兵隊がどのような動物であるか、現在の戦争からはっきり見て取れる。兵隊は自由を確固たるものにするのにも、自由を抑圧するのにも、王を打倒するのにも、そして玉座を固めるのにも使える。フランスに抗し、フランスを助け、ポーランドに抗して！★ [J1182]

★……ポーランドの立憲君主制導入に反対し憲法廃棄をねらうタルゴヴィツァ連盟の要請を受け、ロシアのエカテリーナ二世が軍を派遣、ポーランド・ロシア戦争（一七九二）となり第二次ポーランド分割に至る事態を指す。

フランス人は、養子にした国々で同胞愛を約束した。連中は結局、兄妹愛に切り詰めた。 [J1192]

各身分の平等に反対して書く者、これを笑うべきものとみなす者はみな、自分が何を言っているか本当にわかっているのか、知りたいものだ。すべての人間の完全な平等、たとえばコガネムシのそれといったものは、まったく考えられない。フランス人が平等をそのように理解していたはずもない。至るところで金持ちについて語っているからだ。カンボン★ですら十二月十五日の報告で——悪名高い布告はこれに基づいていた——金持ちのみが国家負担のため醵出すべきだと言っている。大学生の間にはこうした平等が生まれる。どんな貧しい学生も自分を伯爵と同等だと思い、といって伯爵に対し何もハンデは与えない。そしてこれは正当なことだ——自分が講堂で特別な机の前に座り、もっと上等の服を着ていると伯爵が進んで白状するとしても。ただ、彼は伯爵としていかなる特典も要求してはならない。すでに認められている特典は、誰でもよろこんで彼に認めるのだ。何らかの特典を要求しようとすると、その結果、すべてが拒絶されることになるだろう。自由な人間にとって耐えがたいのは、ひとえに尊大な要求である。ちなみに、好きにさせておけば、この人物は誰にでも、ふさわしい特典を認めるだろう。各人がどのような特典に値するかについて、こうした人物はとても正確な秤を持っている。どの敬意も一つの贈り物であり、それは強制することは許されず、そうすることもできない。布告によるある種の特典を民衆が承認するならば、それは交付されたものであって、個々人の贈り物ではなく、要求できる特典となる。勤務中の市当局の人間の特権とはそのようなものである。誰でも、自分の街の市民のことを考えてみるがいい。町一番の金持ちが、もっとも貧しい靴屋か仕立て屋に対し、自分が優先されるよう要求したら、それは撥ねつけられるだろう。おまえに命令される筋合いはない、というのが答えとなる。それを要求せず、普段も正直な人物だったら、この者も、この特典を決して拒みはしないだろう。

［J194］

★……Pierre Joseph Cambon（1756-1820）　革命期フランスの政治家。主として財政問題を担当した。一七九二年十二月十五日、国民公会においてフランスの財務状況についてなされた報告に関してはギルタナー（Christoph Girtanner, 1760-1800）の『フランス革命についての歴史的報告および政治的考察』第十巻 *Historische Nachrichten und politische Betrachtungen über die Französische Revolution*（1795）に記されているとプロミースは指摘している。

フランス革命に対する誤解、ないしは誤った説明の一つとして、国民が何人かの悪人に操られているというものがある。むしろこの悪人たちは国民の気分を利用しているのではないか。

［J203］

『一般文芸新聞』（一七九三年七八号　六二二ページ）で、暴徒から守るため、パリでは彫像類を館の中にしまい込んでおくべきだったとコメントされていた。別の箇所には（八五号、六七五ページ）、多くのことが、革命の際、かくも暴力的に生じる必然性はなかったはずだ、とある。まるで自然が自分の計画を形而上学に譲るとでも言わんばかりではないか。カラブリア[★1]の街々の地下に自然が築こうとしていた地下室[★2]が完成するまで——それはかなわなかったのだが——それらの街が安全に守られていればよかったと言うようなものだ。

あらゆる修繕や支えにもかかわらず建物はついに倒壊する。であれば、全体がより良きものへ整備されたのは修繕計画およびその進行法則によってではなかった、と考えるべきだろう。つねに、ただし自らの原則に従って改良されてきたカトリシズムからはプロテスタンティズムは決して生まれなかったし、改良された通俗哲学からは決してカント哲学は生まれてこなかった。次第に改良されてきたデカルト自然学《フィズィーク》からは決して真のニュートン自然学《フィズィーク》は生まれえなかった。もっとも偉大な数学者たちは渦を動き出させるために回したり操作したりした[★3]。しかしすべては無駄だった。それらの渦は下野せざるをえず、万有引力が玉座についた。そして今や、銀河系から太陽に至るまで支配し、時の終わりまで支配するだろう。［J223］

★1……イタリアのこの地域を一七八三年二月五日壊滅的な地震が襲った。
★2……地震の原因を地下空洞の崩壊によるとする説が当時あった。
★3……デカルト自然学は渦動説であった。

彼らは政府の圧力を、大気の圧力程度にしか感じない。［J243］

フランスでは発酵が進んでいる。ワインになるか酢になるか定かではない。［J249］

ルイ十六世の殺害で[★1]、フランク王国におけるヴァンダル族[★2]の諸原則に対し人々は敏感になった。以前はそうではなかったのだ。あの行為は言語であって、それを通してこれらの原則は理解されるものとなったのである。その復讐として、今日では多くの人々が、それまでだったらやらなかったことをやっている。もっとも偉大なことは、こうして成し遂げられるのであり、何千人もの人々が、王への愛に関して、まさにこうした状態にある。家臣は、法という青銅の装飾円柱のためだったら決してやらないようなことを、良き王のためならしばしば行う。

善き君主とは法の力［の源］であるが、この力はもちろんたいていの場合罰するためにのみ用いられ、報いるために用いられることはほとんどない。君主の憎悪に対する恐怖から何かを慎むほうが、君主に対する愛から何かをするよりはるかに容易である。それと知らずに人間に何かをさせる技があれば、何と素晴らしいことか。ちょうど狩りを好む者が身体に良い運動をし、飢えを鎮める者が身体に栄養をもたらし、ただ自らの満足にのみ意を用いる者が自らの種を殖やすように。天が我々の知性に委ねたのは、ごくわずかなものだ。それでもわれわれは、それでやっていこうと思う。法は冷え切った物体だ。君主が家臣たちの前にしばしば姿を現し、説教したりすれば、特に小さい国家であればなおさらだが、君主にできないことがあろうか。彼らはそうすれば法の魂となる。その身体は、それ自体としてはほとんど魅力を持ってはいないのだ。　［K1］

★1……一七九三年一月十五日から十九日にかけ、国民公会は四回の投票を行い、即時死刑執行との決定を下した。それを受け、同月二十一日、革命広場においてギロチンによる斬首刑に処された。

★2……もともとヴァンダル族は北アフリカにヴァンダル王国（四三五―五三四）を興したゲルマン民族の一派を言うが、ここではフランスにおける革命勢力・政府を指している。

どんな優れた法も尊敬し恐れはできるが、愛せはしない。善き君主は、尊敬し、恐れ、愛される。民の幸福にとって何と力強い源泉であるか！ [K3]

なんらかの革命を含む全体計画が偉大かつ広壮であるほど、革命は巻き込まれた人間に苦しみをもたらす。全体を見渡していても、知性によって忍耐強く自らを強化するのは万人の務めではないからだ。自分がその果実を享受することができるか定かでないならなおさらである。まさに、摂理の大いなる全体計画を展望できなくする人間の近視眼のせいで、どんなに賢明な政府も、穏当なやり方で——その道へ踏み出すのは正しいことだが——大いなる目的を達することはできない。であるから、常に我々にとって善いと思われるものだけを選ぶべしというのが自然的義務である限り、世界に利するため、現在の数百万人を不幸にする道へ歩みだすことはできないのだ。人間は、ただ地表を耕すために存在しているに過ぎない。もっと深部に関わる建設および復旧作業は、自然が自分にとっておいている。この建設は人間に委託されてはいない。人間は都市を倒壊させる地震を起こすことができないし、できたところで、間違いなくそれにふさわしくない場所で起こすだろう。我々の「——主義」や「——政体」においても同様だと考えたくなってしまう。犂《すき》と斧《おの》がなしうること、それは我々ができ、やらねばならないことである。しかし、地震や洪水、ハリケーンの類はそうでない。そしておそらく、いや間違いなく、それらも同様に有用であり必要なのだ。

最終的に人類全体の幸福が「——制」に存するのなら、そしてこの合成語の最初の語がまったくわからず、数学者のしきたりに従って「X制」と表現できるなら、誰がこの〝X〟を規定しようとするだろう。ある友人は、これを「キリスト制」と読んだ。腹を割って言えば、〝X〟がこの値をとることに反対するいわれはまったくない——ただし、まずは「キリスト」という語の意味について本当に皆が一致するか、あるいはこんなに判明な意味を勝手に誤解しないという条件でだが。しかし、この理解もまた、いくつもの宗教改革的革命と三十年戦争を通じてしか生み出されえないおそれはある。

［K16］

取り壊しは、通常の施設では大いなる破壊である。特に政治・経済・宗教においては。新しいものは、計画の立案者にとってはきわめて心地よいものだが、当事者にとってはおしなべてははだ不快なものだ。自分たちが相手にしているのは、穏便なやり方で気づかぬうちに導かれる必要のある人間であること、そしてその価値が経験によってあとから決定されねばならないような改造によるよりも、そうしたやり方のほうがはるかに多くを成し遂げるということを、立案者は考えてもみない。二番目のことに思い至ってくれればいいのだが！　いくらか歪みはしても、まだ癒せる手足を切り捨てることはない。手術のせいで死ぬことだってありうるではないか。いささか不都合だというので建物をただちに取り壊し、それによってもっと不都合なはめに陥ったりする必要もない。ささ、ささやかな改良を施せ。

［K140］

記憶にあるいかなる争いでも、いま自由と平等をめぐってなされている争いにおけるほど、これらの概念が歪められていたことはなかったと思う。一方の党派は叫ぶ、「パリへ目を向けよ、そこに諸君は平等の果実を見るだろう！」有名な文筆家たちもこの調子で唱和しているのを見るのは憂鬱なものだ。まさに同じように、私はこう叫ぶことができよう——「異性との交際や愛のうちにかくも多くの幸福を見出す諸君、そこの、鼻を失った者たち★の治療院を見たまえ！　あるいは、友情を満喫しつつワインがもたらしてくれる晴朗なる思いについて語る諸君、腹を空かせた子供らに囲まれ、結核の手に捕らえられゆっくりと死んでいく大酒のみを見るがいい!」。愚か者の諸君よ、どうか私たちの言うことがわかるようになってくれたまえ。いやいや、諸君は十分すぎるほどわかっていると思う。諸君がそれほどまでも理性を失っている《デレゾニールト》のは、ただ世の中が我々の言うことを理解しはしないかと恐れているからだろう。我々が求めている平等とは、我慢できる不平等のなかでもっとももましなものである。とてもさまざまな種類の平等があり、そのなかには恐るべきものもあろう。まさにそれと同じく、さまざまな程度の不平等があって、そのなかには同じく恐るべきものがある。このどちらの側も破滅だ。これは確信なのだが、この二つの党派の理性ある人々は、思っているほどかけ離れてはいないのだ。一方の側が言うところの平等と、もう一方の側の不平等は、結局のところ同じもので、違う名で呼ばれているのかもしれない。ただ、ここで哲学して何になる? この中間は戦い取られねばならず、一方の党派が度を越して優勢になると、もう一方の側の軽率さが抑えきれなくなるとなおさら、状況ははるかに悪化しかねない。ひとえに心配されるのは、あの中庸の平等ないし不平等(どちらでもよい)がどちらの党派からも等しく毛嫌《けぎら》いされるのではないかということだ。そうなれば力づくで導入されねばならないだろう。その一撃が多少強力になっても、導入者を恨みに思うことはできない。ここに、善き中庸が稀であることの一般的な理由がある。 [K144]

★……梅毒患者のこと。

黄金の中庸が、二つの極端なものの弁護者の争いを通じて戦い取られるべきだとすると、これはまったくまずい事態である。それが生み出すのは、両陣営の完全な消耗以外の何ものでもなく、そこでは第三の立場が容易に両陣営を占領することになる。 [K145]

自分がどれだけ重要で、何ができるか、人間がとても生き生きと認識するときは、つねに危機的な時である。人間が、自らの政治的な権利と力と素質に関していくぶん眠った状態にあるとき、それはつねに良い時である。馬はどんな機会にでも自分の力を使っていいわけではないのと同じだ。［K147］

自由が、人の言うように人間にとって自然なものならば、自分が十分な強さと活動性を持っていないとき、他者の庇護のもとに自らを投げ出すのは、より不自然なことだろうか。人は王を超える地位に自らを据えたのだから、法を超えた地位に自らを据える人間も出てくるのではないか。あらゆる身分における徳が肝要である。徳がないところではすべては無である。そして交替はつねに起きるであろう。国家が配慮すべきことは、神と自然の正しい概念を流通させることに尽きる。人が王たちの上位に自分を置いたのは、王が僭主だったからではない。自分を王の上位に置きたいと思ったが故に、王を僭主と呼んだのだ。そして、法をすら僭主とみなす虚栄心の強い人間がいなくなることは決してあるまい。では、どうなるか。［K148］

ある種の真理の認識と、生におけるその応用については、ほとんど植物と同じことが言えるようだ。それは、ある程度の高さに至ると、切り取られ、また最初から始めることになる。最高度の政治的自由は、専制政治にじかに接している。イギリスの政体において共和制的な自由と君主制がすでにあらかじめ混ぜ合わされていて、民主制から純粋な君主制ないしは専制への完全な転換を妨げることになっているのはなんと素晴らしいことか！［K149］

間違いなく、フランス革命が我々に対して引き起こしたもっとも悲しむべきことは、理性的で神と法に鑑みても求められてしかるべき要求が、憤怒の萌芽とみなされるであろうということだ。[K150]

今日多くの人々が考えているような平等と自由を確立することは、十戒をすべて廃棄してしまうような十一番目の戒律を与えることを意味するだろう。[K153]

根本的に言われたことと、ただ美しく言われたことと、この世ではどちらによってより多くのことが成し遂げられているか、というのは大きな問題だ。何かを根本的に、かつ美しく言うのは非常に難しい。少なくとも美が感じられている瞬間には、根本性が完全に認識されることはない。今フランスで印刷されている、政治的な事柄についての浅薄な駄弁を人は非難する。思うにこの非難は、それ自体がいくぶん浅薄であり、そこで筆を導いているのは体系《システム》であって人間の本性に関する知識ではないことを示している。これらの本は、人類および抽象的理性のためにではなく、ある政党の具体的な人間たちのために書かれているではないか。そして、いまだ一度も存在したことはなかったし、これからも存在しないであろう抽象的人間を当て込んだあらゆる著作よりも確実に自らの目標を達成するのだ。[K158]

破壊された君主制を素材に共和国を樹立するのはもちろん難題だ。まず石の一つ一つが削りなおされるまで、ことは捗《はかど》らず、それには時間がかかる。[K167]

第三身分の人間を一種のビーバーに変えることのできる教理問答書が、というかむしろカリキュラムが見出されたら素晴らしいだろう。地上でビーバーより優れた動物は知らない。噛みつくのは捕まえられた時だけで、働き者であり、並外れて夫婦の絆が強く、技に富み、素晴らしい毛皮をしている。［K291］

祖国のためになされたと公的には言われる行いが、そもそも誰のためになされたのか正確に知るためだったら、何かを差し出してもいい。［K292］

別様になったら、より良くなるか、それはもちろん言うことはできない。しかしこれだけは言える。良くなるべきだとしたら、別様にならねばならない。［K293］

遠回りしつつ自分たちの幸せを求めるよう、フランス人に強いたのは誰か。今の憲法（一七九六年）[★1]がその目標だったと言えないのは、ロベスピエールの専制[★2]がそうでなかったのと同様である。この道を経て、思うに、事は見出されるにちがいない。彼らが最後に君主制に戻るとしても、よろしい、それは、大国は他のやり方では支配されえないことの、あらためて非常に強力な証明となる。［K295］

★1……テルミドールのクーデタ（一七九四年七月二十七日）でジャコバン派が排除されたのち、共和暦三年（一七九五年）に制定された一七九五年憲法を指す。一七九九年ナポレオンがブリュメールのクーデタで総裁政府を倒し十二月に共和国八年憲法を発布するまでの四年間、効力を有していた。

★2……一七九三年に革命裁判所が設置され、公安委員会が結成される。五月にジロンド派が国民公会から追放、逮捕・処刑され、ジャコバン派（モンターニュ派）の独裁となる。同年六月に共和暦一年憲法が制定されるが、ロベスピエール（Maximilien François Marie Isidore de Robespierre, 1758-1794）の参加後モンターニュ派が完全に主導権を握った公安委員会によって施行が延期され、十月より公安委員会による独裁体制が確立、その後革命裁判所による処刑は増加。翌年のテルミドールのクーデタまで恐怖政治が続いた。

支配者たちは、とても多くの善行をなしえたにもかかわらずなさなかった、とよく非難される。彼らはこう答えることもできただろう——我々がなしえたにもかかわらずなさなかった悪行のことを考えてみるがよい。 [L9]

人は徒弟精神（ギルド精神）を軽蔑する。しかし支配者たちが成し遂げたことはすべて軍隊の徒弟精神に帰されるべきではなかろうか。 [L24]

フランス革命は、それが到達した普遍的言語を通して、人々にある種の知をもたらしたが、これは容易にふたたび破壊されることはないだろう。支配者たちは、野蛮を導入する[★1]必要に迫られないか、誰が知るだろうか。一七九六年秋現在、ロシアが軍備を整えている[★2]。それにはこれはうってつけである。この荒涼とした泥濘からは我々の国々にとって多くが期待できる。 [L25]

★1……啓蒙期の諷刺的文人・詩人リスコー（Christian Ludwig Liscow, 1701-1760）の表現——それは文芸の領域に関するものだが——の借用であるとプロミースは指摘している。

★2……ロシアはポーランド・リトアニア分割で西方への拡張政策をとっていた。リヒテンベルクはフランス革命政府への対抗と、この拡張政策の両者を念頭に置いていたのかもしれない。

今日（九六年十月二八日）、『政治的獣帯あるいは時代の徴』（ヒューゲルマー著、シュトラースブルク、

ゲオルク・ケーニッヒ書店）★1という本を読んだ。よく書けていて、今日の支配者たちと君主制に反対して今日言えることとしては——部分的には自分の言葉で、部分的には抜き書きの形で——最高のものを含んでいる。そのうちのいくつかはおそらく反駁しがたいものだろう。——ともかく民主政権を実現してみればいい。おそらく、今日の状況と同じく理性にはほとんど承認しがたい、別の諸状況が生まれてくるだろう。なぜなら、共和政体があらゆる災いを免れているはずだというのは一つの夢、単なる理念だからだ。そもそも、それが実現されたらどうなるか。——私の考えでは、とはいうものの裁きを下すつもりはないが、いくつもの革命★2によって一つの政体《システム》から別の政体《システム》へ永遠に転び続け、一つの政体《システム》がどれだけ持続するかは、その時々の主体の善良さに依存するだろう。アメリカを基準にはまだ何も判断を下すことはできない。★3なぜなら、考え方の違うこちらの国々から彼らはあまりに遠く、世界のあちら側で別の考え方をしている彼らは、もはや十分に支持されていないから。制限された君主制★4が、結局のところ漸近的に近づいていくべきものらしい。しかしそこでも、いつも肝心なのは主体の善良さということになるだろう、以下無限《シーク・イン・インフィニートゥム》ニツヅク。 ［L34］

★1……ドイツの法律家・出版者であるレープマン（Andreas Georg Friedrich Rebmann, 1768-1824）はエルフルトに設立した出版社の共同経営者が検閲令に違反したとして一七九五年逮捕されるとアルトナへ逃亡。九六年から九八年までパリで出版者として活動した。『政治的獣帯』*Der politische Tierkreis oder die Zeichen unserer Zeit* は一七九六年、Huegelmerという仮名で出版された。

★2……「革命」Revolution は後期ラテン語 revolutio に由来するが、そこでは〈回転〉を意味していた。英語の revolution も〈回転・天体の運行〉が原義である。

★3……『旅行注記』のアメリカ情勢をめぐる記述（本章［RA23-93］参照）から二十年以上たっており、その間に独立戦争（一七七五—一七八三）・アメリカ合衆国憲法制定（一七八八年発効）・ワシントンの初代大統領就任（一七八九）という出来事があったが、その間のアメリカ情勢について『雑記帳』には散発的な言及しか見出されない。

★4……「漸近的」という表現を考えれば、現に制度化されているイギリス立憲君主制と、この「制限された君主制」を同一視することはできないが、イギリスの場合もこの〈制限〉の一つの過渡的なあり方と考えられているとは言えるだろう。

N・Nという国では、戦争に際し、君主も顧問官たちも戦争中は火薬樽の上に寝泊まりせねばならない。それも、城の特別な部屋で、誰でも常夜灯がいつもついていることを確かめるために覗き込めるようになっている。火薬樽は民衆代表団の封印によって封じられているが、それだけではなく革紐で床に結わえられており、その紐もきちんと封印されている。毎朝毎晩、この封印はチェックされる。こうなってからというもの、この地域では戦争は絶えてなくなったそうだ。

[L58]

一七九六年にフランス人がウィーンまで達していたら、★ウィーンにとってはいいことだったかもしれない。野蛮人ではなく、地位のある才気に富んだ士官の話だ。彼らによって多少の品種改良がおこなわれた可能性もある。オーストリアの羊からもっと出来のいい羊毛を取りたいのであれば、フランスの牡羊を連れてこなければならず、さもないと馬鹿のままということになるからだ。

[L65]

★……一七九六年総裁政府にイタリア方面軍司令官に任命されたナポレオン（Napoléon Bonaparte, 1769-1821）はアルコレ（九六年十一月）・リヴォリ（一七九七年一月）など各地でオーストリア軍を撃破。結局一七九七年十月にカンポ・フォルミオでオーストリアと平和条約を結ぶ。これによって第一次対大仏同盟は瓦解することとなった。

新聞で軍の首脳陣《シュピッツェン》や王冠の誉れについて多くが語られる昨今、真の愛国者★1にして人間の友が知りたいと願うことといえば——一、軍の先端《シュピッツェン》がどこに位置しているか。前部か、後部か、脇か、真ん中か。それとも、敵に向かって行進するとき、軍はその先端をそもそも携えていくことすらせず、聖なるものとして、有能な護衛のもとに残していくのか。二、王冠の真の誉とはどこに存するのか。その家臣がつつましい収入とまっすぐな肢体をもち、幸福であることか、それとも何十万人を殺したり片輪にしたりさせ、何人かの商人を富ませ、こぼれおちたそのお余りで王冠を飾る宝石を買うことにだろうか。（ホガース［注解］で利用済み★2）［L101］

★1……愛国者・祖国愛という概念については本章［J1161］注参照。
★2……後の書き込み。一七九八年に刊行された『ホガース注釈——『当世風結婚』第一葉の注釈に利用されている。

これから述べることには以前から確信がある。例えば、夫と妻、四人から八人の子供、一人の未婚の養育係、何人かの女中、何人かの召使い、御者などからなる家庭では、あるいはもっと小さな家庭でも、少なくとも何人かの「おばさん」★1が許容されている家庭では、必要な変更を施せば《ムーターティース・ムータンディース》、最大級の国家と同じようなことが起こる。そこには契約があり、講和があり、戦争、大臣の交代、封印状《レットル・ド・カシェ》★2、改革、革命などがある。こうしたことを、観客に向けて《ア・ラ・スペクタトゥール》、いくつかの家庭の話で説明すること。［L106］

★1……親戚や家人の友人で、家族として遇される未婚の女性を指す。
★2……十七世紀後半から革命までのアンシャン・レジームにおいて、フランス国王の署名、国務卿の副署があり、封蠟に国王印璽が押されていた文書を言う。司法手続きを経ることなく個人を投獄・監禁・追放することを可能にした。家族の問題と封印状を結びつける発想はM・フーコーの諸研究を先取りしているようで興味深い。

どんな町医者も試験が必須なのに、この世の最高の名誉職（王）には試験なしで到達できるというのは奇妙ではあるまいか。［L261］

祖国愛★、愛国心は諸国民が戦争において発揮する天才である。愛国心なしに戦う国民は機械工であり、本来の天才なしの、仕立て上げられ訓練された戦士である。ここでも、真面目な人間が名誉心や義務の生きた感情に掻き立てられ、ギルドの匂いのしない何ごとかをなしうることはあきらかだ。しかしそれは従属的天才であって、主導的天才ではない（もっと上手く）。国民における天才は個人における天才とは大いに異なっている。一度よく考えてみること。［L283］

★……本章［J1161］注参照。

「革命」という語が一七八一年から八九年までの八年間と、一七八九年から九七年までの八年間にヨーロッパで口にされたり印刷されたりした回数の比率を見てみたい。一：一〇〇〇〇〇以下ということはまずないだろう。［L286］

実験としての政治、フランス革命。［L322］

そもそも貴族という位はいかなる法律によっても廃しえない。法にできるのは、いかに、そして誰にそれが与えられるべきかを定めることだけである。［L334］

支配者たちが平和を愛人のように好んでいたら、世界はどんなに素晴らしかったか。彼らは自分たちに関わることとして戦争を恐れる必要がなさすぎるのだ。［L374］

西インド諸島で黒人の召使いがパンチを作るとき、あらかじめ「酔っ払い用ですか、素面用ですか《フォー・ドランク・オア・フォー・ドライ》」と尋ねるそうだ。政治論争の際も似たようなことを尋ねることができよう。感情で議論するのか、理性で議論すべきか、「酔っ払い用ですか、素面用ですか《フォー・ドランク・オア・フォー・ドライ》」。［L389］

政府、すなわち総裁政府への敬意を生むために、ある衣装を、コスチュームをつくる[★1]とは奇妙ではないか。政府の世襲制が、疑いもなくもっとも美しいコスチュームのはずだ。それに匹敵するいかなる衣装も服装も作られることはないだろう。人間の中には一つの原理があって、それがこの服装を仕立てているのだ――この服装も、いまはただ仕立屋ギルドに任されているわけだが。［原理とギルドの］中道を行く手段は見つからないだろうか。

純粋理性の君主制を非難するのは、頭脳と心からなる人間のうちなる民主制である。だというのに政治的民主主義者たちは理性の君主制を支えとしている。彼らは民主制を守るために君主制を承認する。――何はともあれ、ひとえに理性によって玉座に据えられた神をこの世で意のままにしようとしてみるがいい。諸君は気づくだろうが、これは不可能である。この試みが正当だということもよくわかる（わかる）が、それでもこう言うのだ。しかしこれが比較的大きな正当性を持つというのも、まさにこれを求めている理性の意見であり、したがって党派的だ。

心に聞いてみるがいい、そうすれば諸君は気づくだろう。衣装が人間を作るように、生まれが君主を作るのだ。正直に言うが、この比喩は笑うべき結論へ導いていく。しかしそれは、知る限りもっとも憐れむべき存在である笑い屋にとってのみ、そうであるにすぎない。理解されたい人々には、間違いなく私は理解してもらえるだろう。そしてこのことが、表現をもっと精緻にする労を省いてくれる。私のどの八つ折り判★2が後世に残されるべきかという選択を任されるとすれば、落ち着いてこう答えよう。「これです」と。

そもそも衣装は理性なのか。仕立屋の手のかかったルーベル★3が、自然のままの——裸の、あるいはおかっぱ頭で、クマの毛皮の褌《ふんどし》で、ズボンなしの——ルーベルよりも、価値あることになるのはなぜか。諸君は想像力と心に畏怖の念を起こさせるが、そんなやり方では心が自らの誤りを正すのも簡単だ。特権や出生が支えるやり方よりも、はるかに簡単なのだ。諸君の新しい仕立業と一緒に消えてしまえ。それは我々のものよりはるかに劣っている。諸君のお仕着せにすら「知られざる神に」★4の幾分かがある。心と目は何かを持つことを求めるのだ。 [L403]

★1……一七九五年、総裁政府は、職能ごとに官吏の制服を定めた。

★2……印刷用の全紙を十六ページ分印刷したものを八葉とする。もとの八分の一の大きさとなる。

★3……Jean-François Rewbell（1747-1807） 弁護士。政治家。テルミドールのクーデタ（九四年）の後、一七九五年総裁政府総裁に就任（九九年にシェイエスに交代）。ブリュメールのクーデタ（九九年）の後、政界から引退する。

★4……『使徒行伝』一七・二三。「ここまで道を通って来る途中、あなた方の聖所をいろいろ見てまいりましたが、一つの祭壇に、知られざる神に、と碑文が彫ってあるのを見つけました。あなた方が知らぬがままに拝んでいるものを、私がお教え申し上げましょう」（『新約聖書　訳と註　第二巻下』田川建三訳著　作品社　二〇一一年　五四ページ）。

法律が存分に寝足りた後でフランス共和国がどうなるか、見てやろう。 [L419]

一国の政府が、ただ命令するだけでなく——それは法の運用者としての務めである——ときには希望したり、見てみたいと思ったり、その他もろもろのやり方をしてもいいかもしれない。それが自分たちの品位を傷つけるとみなさなければ、こうしたやり方で一群の事物を、それも、他のやり方ではそう簡単ではないことを片付けることができるであろう政府を私は知っている。説明しよう。例えば手紙で笑うべき、あるいはけしからぬ長々とした称号の羅列が差し控えられたら、彼らはそれを見てうれしく思ったり、聞いて満足したりするだろう。少なくとも増築のたびにライマールス流の避雷針★が設置されるようになったら、彼らはそれを大いなる喜びを持って聞くだろう。一国の政府は父親なのだから、時にこうした調子で子供たちと話をするということでどうして不愉快になったりするだろう。——思うに、そこで肝心なのは、視野の広い実践的なまなざし、年齢を経た経験であり、若者じみた秘書官の感情ではないのだ。　[L424]

★……ライマールス（Johann Albert Heinrich Reimarus, 1729-1814）——哲学者・オリエント学者のH・S・ライマールスとは別人——によって一七六九年ハンブルクに設置された避雷針はアースを施されていなかった。リヒテンベルクはライマールスとも文通しつつ一七八〇年にゲッティンゲンの自宅に本格的な避雷針を設置した。一七九二年にライマールスとの文通を再開する手紙の中で、リヒテンベルクは「家が新築される際には避雷針を敷設する」べきだと述べている（一七九二年十二月二日付）。

今日ではオリエント祖語を学んだことのない博士候補者は説教職に就くこと許すべからずという規定をしばしば目にする。公正なる神よ、だというのに日々人々は自分の専門で用いられる母語すら知らない連中を玉座や内閣に上らせている！　[L485]

偉大なる将軍《フェルトヘア》の不在は喜んで我慢しよう。代わりに、もっと多くの偉大な市長《シュタットヘア》や領主《ラントヘア》に恵まれるのであれば。(『暦』一八〇〇年★)

[L563]

★……『ゲッティンゲン懐中暦』は一八〇〇年号まで刊行されたが、リヒテンベルクは一七九九年二月二十四日に死去したため、もはやこのメモを基に執筆することはできなかった。

第七章　自然と自然科学をめぐって

〈概説〉

自然科学に関するノートは膨大な量に達するが、そのうちごくわずかなものしか収録できなかった。ゲッティンゲン大学でキャリアを積みながら、科学者リヒテンベルクの実践の中心は天文学・数学から現在で言う物理学と化学へ移動していく。その一方で、天文学の最新の知見に関する記事も繰り返し『ゲッティンゲン懐中暦』などに執筆し、気象学・地質学にも大きな関心を抱き続けた。以下、当時の自然科学諸分野に対する彼のスタンスを概観する。

まず当時の自然科学の分類について述べておかねばならない。ある研究者によれば、十八世紀の自然学は大きく三つの分野に分かれていた。観察と記述に力点を置く〈自然誌／史〉(Naturgeschichte)、因果関係等の説明に力点を置く〈自然学〉(Naturlehre)、そして〈応用数学〉である。〈Physik〉という語は現在の〈物理学〉という意味ではなく、一、自然科学全般、二、自然誌／史と自然学を包括したもの、三、自然学の同義語という形で用いられてきた。現在の〈物理学〉の意味に限定されるのは十九世紀以降である（Rudolf Stichweh: *Zur Entstehung des modernen Systems wissenschaftlicher Disziplinen*. Frankfurt am Main 1984. 94-95ページ）。したがって本書では一貫して自然学《フィズィーク》と訳してある。ルビの付いていない「自然学」がNaturlehreの訳語になる。リヒテンベルクが増補改定を繰り返したエルクスレーベンの教科書も『自然学基礎』と題されていた。

リヒテンベルクが学者への道を歩み始めたのは、ゲッティンゲンの天文台でケストナーの助手としてであった。イギリスで国王ジョージ三世の歓迎を受けたのもリッチモンド天文台においてであり、後には実際の天体観測からは次第に退くが、最新の観測結果にはつねに旺盛な関心を持っていた。なにより彼の賛嘆の対象となったのはW・ハーシェルの仕事であった。天文学は、地質学・気象学と並んで巨大なスケールを持った自然の事象に関して彼の想像力を喚起し、数多くの魅力的なイメージを生み出している。

天文学に「人間の知性がその最大量において現れ」［C183］るとしたら、その数学における表現は解析学だろう。まさに解析学は『雑記帳』冒頭に登場し、偏差を内包する厳密性として、彼の思考の基本モデルの一つとなっていた（第一章［A1］）。数学において、彼の思考の根幹に関わって大きな役割を演じるものがもう一つある。確率論である。彼の就任講義においては、パスカルとフェルマーを継承する形で、確率が賭けと結び付けて論じられた。そもそも〈賭け〉は、彼が記録した最後の夢に登場する「何も得られず、何も失わないが、それだけに重要な」賭け（第三章［L707］）に至るまで、繰り返し現れる主題であり、可能性と存在をめぐる思考（第一章［C303］）とも結びついていた。さらに観相学批判において、観相学を「蓋然的なものの数学」と結び付けねばならない（第三章［F730］）と書いていたことも重要な事実である。

当時の天文学は測量術と密接な関係があり、彼は一七七二年にハノーファー、オスナブリュックおよびシュターデの正確な位置を天文学的に測量する仕事をジョージ三世より委託され、成功を収める。イギリス旅行においても測量と密接な関係のある時計・クロノメータの改良などにも大きな関心を抱いていたことはここに収録した『旅行注記』［RA143］の記述からも見て取れる。

測量途上のハノーファーで観察・実験したのがヒドラである。この生物の分裂と集合は「魂の移動」というリヒテンベルク独自の観念にも深い影響を与えたようだ。ここに収めた長い文章は生き生きと実験の様子を描き出しており、自然誌的な描写と〈実験〉の精神の目覚ましい結びつきを見て取ることができる。他にも生物についての断片も数多いが、博物学に関しては〈流行りすぎ〉という評価が下される。自然の多様性に向けられた好奇心にはきりがないという事実と、カタログ的な知識の集積に対する批判がその主な理由となっている。しかしそうした事実に彼自身魅了されていたことは、本書に収めたいくつかの断片や、イギリス滞在時にさまざまな博物学上の資料に触れた際の生き生きとした筆致（第三章［RA18］）からも読み取れる。

放電現象に伴う〈リヒテンベルク図形〉を発見した一七七七年、彼は実験自然学《エクスペリメンタル・フィズィーク》を初めて講義した。ここから〈実験〉という実践が前面に出ることになる。手段の組織化、徹底的な改良への意志、機材の多様な利用可能性への関心、大胆な仮説と緻密な観察の不可分性――彼の方法論の根幹は実験の実践から生み出されていく。

十八世紀後半には実験学としての化学が勃興し、さまざまな性質をもったガス――当時は〈空気〉と総称された――が発見された。リヒテンベルクもプリーストリらの研究に注目し、八二年にガスの研究を開始する。水素ガスを動物の膀胱につめた気球を講堂に浮かばせるのは大学での講義の呼び物の一つであった。

当時は、熱・光・電気・磁気などの現象に注目が集まっていた。そうした現象を説明するために、重さを持たずにさまざまな特性を生み出す「不可量物」（Imponderabilia）としての「流体（Fluidum）」――極小物質の集合――を仮定することが広く試みられ、その物質の性質をめぐって多くの論争が行われていた。リヒテンベルクもこの論戦に介入していく。そこに一貫するのは、既存の立場に対し慎重な批判的距離を保とうとする姿勢である。

そうした態度がもっとはっきり見て取れるのは電気に関してだろう。当時、二種類の電気が存在するのか、それとも一種類なのかが争われていた。電気に＋／－という記号を用いることを提唱したのはリヒテンベルクなのだが、この記号は一つの要素の相対的な多／少も、逆の性質を持った二つの要素も表現できるものとして選ばれている。電気物質の流体性に関しても同様の態度が見られる。この図形が〈流体〉のイメージに重ね合わされることを認め、このイメージそのものの発見法的な意義は重視するものの、電気の本質が流体〈である〉ことがこの図形によって証明されたとみなすことはないのである。新たな化学命名法に関して、あくまで名称は〈記号〉であり、事柄の本質と関連するような見かけを持つと思考を誤導してしまう恐れがあると強調されるのも、そうした〈用心深さ〉の表れと言える。燃焼に関しては、フロギストンという物質の存在を仮定するシュタールと、それを認めないラヴォアジエの論争があった。リヒテンベルクはフロギストン派であったが、多くの揺らぎをみせるその立場を整理するのは難しい。こういった現象に関しては、それらが相互に関係しあっていえる可能性に注目している点がなによりも重要だろう。それは「すべてがすべてのうちにある」という言葉を繰り返すリヒテンベルクにふさわしい思考の方向づけだった。

当時、科学というフィールドでゲーテがニュートンに戦いを挑んでいた。『色彩論』によってである。後には科学者にもその独自性が評価されることとなったが、最初は巨人に素人が戦いを挑む蛮勇とみなされていた。リヒテンベルクも結局はこの評価を共有していたようだが、それはまさに自身の独自の観察と考察に基づいていた。ゲーテとの手紙のやり取りと「色のついた影」をめぐるいくつかの断片がそれを証明している。「言語批判」的観点から色彩の問題を考察するこれらの断片群は、最晩年のウィトゲンシュタインに大きな刺激を与えたことで知られている。

自然科学の方法論をめぐる諸断片は、第一章の〈思考の指針〉といわば対を成すものである。実験という実践との関連についてはすでに述べたが、発見の手引きとしては〈型（Typ）〉という概念と〈範例（Paradigm）〉という方法が注目に値する。そこで繰り返し言及されるのがル・サージュの理論である。その理論の〈モデル〉としての価値を表現するにあたり「聾唖者も、目によって導かれ、発音を司る筋肉の動きを真似しようとすることで、自分では聞くことのできない音声で話をすることを学ぶではないか」（[J1416]）と語られるのは注目に値する。それは、もっとも抽象的な自然モデルも身体論と関係させるリヒテンベルクの思考の独自性を表現すると共に、十八世紀の思考の一つの系譜に彼を位置づけることにもなるだろう。モリヌークス問題（第一章［L798］）やディドロの『盲人書簡』『聾唖者書簡』、コンディアックの感覚論などが形作る系譜である。

全巻の最後には、もともと『提要』の断固たる批判者であったリヒテンベルクが最晩年に抱いた『自然学提要』執筆計画を中心に、最後のノートの記述が集められている。提要といっても、ある種のアフォリズムの集積のようなものを構想していたらしい。そこではカントの『自然科学の形而上学的原理』（一七八六）を土台にある種の原理論も展開されるはずだった。カントにおける引力と斥力からなる体系と、原子論の体系——両者は対立関係にあると考えられるのが一般的だった——の「相互依存性」［L917］が示されたかもしれない。しかしこの書物は、結局書かれることはなかった。同様に実現しなかったのが、自然科学における未解決問題を集積した書物である。それは『遺産』という表題が与えられるはずであった。学への深甚な懐疑に苦しめられ（第四章［J938］）ながらも、彼は次世代に希望を託していた。紫外線の発見者として知られるJ・W・リターもその一人だった。その著書のタイトルについて『すべてがすべてのなかにある』、という私がいつも説いてきた命題の一種の応用だ」［L915］と述べているのは興味深い事実である。

「存在しない」とは、自然研究者――少なくともある種の――にあっては、「感覚されない」と同じことである。［A127］

ある種の小鳥はどんな太いうつろな木にも穴をあける。この鳥は自分の嘴《くちばし》にとても大きな力があると思っていて、一突きごとに木の反対側へ行っては、もう貫いていないか確かめるということだ。［C134］

天文学とは、偶然に発見されたものがもっとも少なく、人間の知性がその最大量において現れ、人間がいかに小さいかを自らもっともよく知ることのできる学問であるかもしれない。Vaezupahe.★［C183］

★……この語の意味は不詳。

カタツムリの身体から家が成長していくさまと、クモが巣を編むやり方と、説明するのが難しいのはどちらだろう。クモの巣も体から成長してくるのではないか。粘液を分泌してカタツムリの家にする腺の活動や、そこを通って粘液が沈積していく水路を見ることができたら、我々は「カタツムリが自分の家を建てる」と言うかもしれない。Z.U.★ [C226]

★……プロミースは、「探求すべし」（Zu Untersuchen）の略語であろうと推定している。

二匹の単純な動物が集まって、一匹の対称形をなす動物となることがありうる。 [C270]

石と鉱物は、ひとえに足に踏まれ、いわば動物と植物に屈従するために存在する、とビュフォン★は言う。しかしそれらを動かす力の源泉はどこにあるのだろうか。そしてシラミは、もし知性を持っていたら、肉と血について同じような判断を下さないだろうか。 [C291]

★……フランスの博物学者。第二章［L77］注参照。『博物誌』のドイツ語訳（全五巻）*Herrn von Buffons allgemeine Naturgeschichte, eine freye mit einigen Zusätzen vermehrte Übersetzung nach der neuesten franz. Außgabe von 1769*（1771-1774）の第三巻第二部第一章「動物と植物の比較」に該当箇所がある。

コウモリはオウィディウス流に変身したネズミとみなせるかもしれない。狼藉者のネズミに襲われ、神々に翼を乞い、それを恵まれたネズミ。★ [D65]

★……オウィディウス（Publius Ovidius Naso, BC43-AD18）の『変身物語』*Metamorphoses* に描かれる数々の変身のな

かでここではダプネのそれが念頭に置かれているようだ。処女のニュンフェであるダプネはアポロの求愛を逃れていたが、ペーナイオス河畔まで追い詰められたとき父の河神に変身を願い、その願いを聞き入れられて月桂樹に変身する。

死せる物質における引力[★]は、生きた物質における自己愛のようなものである。　[D178]

★……カントは『自然科学の形而上学的原理』*Metaphysische Anfangsgründe der Naturwissenschaft*（1786）の第二章「動力学の形而上学的原理」において、物質の「不可入性」と「空間充実」という二つの基本的性質を、引力と斥力という二つの根源的な運動力によって説明しようとする。引力は、ある物質と別の物質の間に存在する——遠隔力として——だけでなく、物質そのものの諸部分の間にも存在する。しかし引力が単独で存在するとすれば、「諸部分は数学的な一点に合流し、空間は空虚となり、つまりは物質がまったく存在しない、ということになるであろう」（第二章・定理六・証明、『カント全集第十二巻』犬竹正幸訳　岩波書店　二〇〇〇年　七五ページ）。反対に斥力のみが存在するなら「物質は無限に拡散し、特定可能ないかなる空間のうちにも、特定可能なほどの量の物質を見いだすことができないであろう」（同書、七一ページ）。こうして物質の現実存在にはこの二つの力が必要ということになる。

先の夏[★1]、ハノーファー滞在の折、ヒドラ[★2]についていくつかの実験をする機会があった。早々に同様の実験を繰り返して自然学愛好家の皆さんにお披露目できるだろうと思っていたので、当時は公表を差し控えた。しかしその後すぐに暑くなり、そうなるとちょっと苦労すれば何百匹も取れたところでもヒドラが見つからなくなり、また別の種類のヒドラはどんなに苦労しても見つからず、使えなかったため、この希望はかなえられなかった。それゆえ、この実験を拡大する機会だけでも差し上げようと、今これを公にする。こんな不完全な形でも、何人かの識者に称賛されたし、一人の偉大な自然研究者[★3]の注目を引いたのである。

以下の実験を試みたヒドラは、ローゼルの『虫の楽しみ』[★4]第三巻五〇五ページに「茶色」という形容詞をつけて描写されている。エギディエン門の前、ノイエハウスに通じる道の傍の堀や、ノイシュテッターマルクトの噴水に、コウキクサや別の水草、それに淡水カタツムリの殻に張り付いた形でよく見つかる。春や、夏でもあまり暑すぎないとき、そして秋に、いくぶんかコウキクサに覆われ、おだやかに流れている水中なら、そもそも見つからないほうが珍しいだろう。一方、コウキクサにすっかり覆われ、小さな虫が蠢《うごめ》いているようなよどんだ水では、見つかるのは稀で、水が腐臭を発しているところでは探す労をまったく省いて構わない。

よくある切断の実験はこの種のヒドラでは簡単である。はじめに私は、そのために用意したとても鋭利なハサミでヒドラを二つに切り、それからその一つを長さ十一ツォルの錆びた紙鋏でまた二つに切った。長いほうに沿って半分だけ切ったり、完全に切ったり、切れ目を入れたりするには、しかし精巧な道具が必要になる。その際必要なコツについては、ヒドラを論じるすべての本に書いてある。あるいはいずれにせよ、自分でコツを見つけるだろう。

では、私の実験そのものに移ろう。少し前にたっぷり喰らったのか、ガラス容器の中でその大きさと太さゆえとりわけ目についたヒドラを、それを根に貼りつかせていたコウキクサといっしょに取り出し、その根がむき出しになるようコウキクサを机に置いた。そうすると、その根っこの端にヒドラの全身がひとかけらのゼリーのように、およそ太い留め針の頭ぐらいの大きさで見えた。その上で髪の毛に結び目を作り、その中にヒドラを入れて結び目をきつく締めた。それすると結び目の両側で、同じ大きさの二つの球状になった。ほどけないようにもう一度結んでから、この毛を、そこにぶら下がっているヒドラと一緒に水に戻したが、拡大レンズで観察することができるぐらいはガラス容器の側面に近く、かといって尾部でそこに貼りついたりしない程度には離しておいた。この状態で、ほんのわずかな動きも見て取れないまま長い間ぶら下がっていた。しかしヒドラの死後、普通はじきに起こる溶解が始まらないので、まだ望みを捨てずにいた。ついに、いままでに見たことのないほど縮れ、絡み合っていた触手を、ほんとうに一本また一本と伸ばし始めた。その体もいまや通常の大きさを取り戻し、体の太い部分のおおよそ真ん中で搾り上げられた状態になっているのが見えた。食後すぐに下半身をこんなに搾り上げられたので、半ば消化された食物がみな口まで上がってきて、口の手前でスポンジのように盛り上がった。その際たえず身をよじり、助けを求めて触手を四方八方に伸ばし、体を伸ばしたかと思うと縮めた。それで、哀れさのあまりバラバラに切断してやりそうになった。自力で脱出したためそうしなくてすんだのだが、それはまったく不思議なやり方で、私がしてやれたことよりも限りなく優れたものだった。この憐れむべき状態のまま数時間が過ぎると、結び目の両側の肉が膨張し、結び目が覆われて見えなくなった。ヒドラはいまやこれまでに倍する勢いで脱出しようと努め、と思うと、突然、驚いたことに結び目が体の一方の側に出てきた。ヒドラはもう一方の側で繋がっていて、十分後には結び目は完全に外に出ており、この動物は結び目から半ツォル離れたところで毛の上でバランスをとりながら自由に動いていた。じきに元通りになるとガラス容器の底に落ちた。翌日、彼は底から水面へのゆっくりとした旅を再開し、その途中で以前のように捕食した。天使がミルトンの悪魔を打ち砕く代わりに縛り上げたとしても、この悪魔でさえその縛《いまし》めからこれほど巧みに抜け出すことはできなかっただろう。

この実験はいくぶん注意を要するが、それほど難しいものではない。その証拠に、九回中二回しか失敗しなかった。結び目をきつく締めすぎて、水に入れたときにバラバラになってしまったのだ。それでも成否の多くはこの動物の体の状態にかかっている。体が太く不透明であるほど、この実験に適している。したがって、白くて触手の短いヒドラでこれができるかどうかは疑わしい。そもそも水から取り出すときに、水面に貼りついてちぎれてしまうこともあるからだ。

七回成功したと言ったが、そのうち一つだけ特にお話ししておこう。今度はそれまでのように結び目をヒドラにベルトのように巻き付けるのではなく、縦向きになるように掛け、冠部に糸がかかるようにした。こうして頭部と尾部がくっつくようにひどく締め付けて、結び目の両側の体が対称形になるようにした。この場合も、何時間かすると最初の実験と同じように結び目は体を通り抜け、元の姿かたちをすっかり失って下に落ちてきた。この化物じみたやつは口と胃を失ってはいるが、将来それらとなるべきものは残っており、ガラス容器の底に横たわったと思うと、たちまち六本の腕を伸ばした。どんどん伸ばし、二・五ツォル伸びたところから足を宙に浮かせ、とても大きな虫たちを捕まえると、かえってガラス容器の中をあちらこちら引きずり回された。この場合は、敵意を持ち貪欲なヒドラのほうが狩り手であろうと考えざるをえず、それはそれで正しいわけだが、そうでなければ、どちらが狩り手でどちらが獲物かを決めるのは難しかっただろう。ぐちゃぐちゃになったヒドラについての別の実験から、このヒドラは口と胃を再生させただろうと推測できる。しかし彼は再生を経験するには至らなかった。偶然のいたずらで、このガラス容器が、そこに住んでいたすべての生物とともども破壊されてしまったためである。

★5 この実験が成功してから、今度は二つのヒドラをこの方法で共に治癒させることで、二匹を一匹にできるか実験を始めた。一匹をいくつにも分けるのは、みな繰り返しやって来たことではないか。最近、この実験をやって半年たって、手元にあるベーカー氏の『ヒドラの博物誌試論』ロンドン一七四三年（八つ折り判）――これがヒドラに関する手元にある唯一の本である――で、トランブレー氏が一七四三年八月、王立協会に、別々のヒドラを一緒に治癒させる手段をときたま見出した旨報告したとあるのを目にした。この実験は極めて難しいと語ったが、そのやり方については述べなかったとのことだ。ベーカー氏は自分でさっそくその実験を試みた。そのやり方は、同書一七五ページ以下に記されているが、そのやり方ではどうしてもうまくいかなかったということだ。そんなやり方では誰もうまくできはしないのではないかと思う。彼は二匹のヒドラを二つに切り、結び付けようと思った部分をまとめて一滴の水の中に入れた。しかしそれぞれの部分は切断されると同時に収縮したし、おまけにそれはつねに水中に置かれておかねばならず、そこではほんのわずかな動きがあってもバラバラになってしまうから、たとえ切断された繊維がたまたまうまく重なり合ったとしても、このやり方で最終目的に達するのはほとんど不可能だとわかる。私は以下のやり方を試みた。もっと手先の器用な人物なら、このやり方でこの有効な実験を成功させることを私は疑わない。私は二匹のヒドラを結び合わせ――これは想像するよりも容易である。というのも、このゼラチン質のかけらは水から出されるとしっかりと絡み合うからである――その髪の毛を水中に入れた。ヒドラが再び膨張すると、私はそれらを触手の下で結び付けていたのがわかった。四時間後、結び目は二匹を通り抜け、二匹ははなはだ弱々しくではあるものの繋がっていた。彼らは私の予測に反して、その尾部で普通のようにどこかに貼りつくことができた。そのとき、何かに抵抗して互いに引っ張り合い、ついにはちぎれてしまったが、一方の体の大きな塊はもう一方にくっついたままだった。二度目の実験はもっとうまくいった。私は二匹を体の中央部で結び付けた、というより、行き当たりばったりに結び目を締めてから、その場所で結びついていることに気づいたと言ったほうがいい。彼らは、これまでのすべてと同様、結び目を抜け出してからも一体であり、どんどんくっついていった。ちょうど、全身を縦に半分切ったときとまったく同じ外見になっていたので、なんとか緑ヒドラを手に入れ、緑ヒドラを茶ヒドラに接いでみようとした。それはうまくいくことを私は疑わない。しかし、ハノーファーでも、ここオスナブリュックでも――ここでは九月になっても茶ヒドラが群れを成しているのを見つけられるのだが――緑ヒドラは手に入らなかった。ハノーファーでは一度オレンジ色のヒドラが二匹届けられた。しかしそれはこの実験には小さすぎ、弱すぎた。愛好家諸氏にも披露しようと思っていたかけがえのない個体を、こんな難しい実験に使う決心がつかないでいるうちに、本当にこのヒドラは死んでしまったのだった。

［D683］

★1……以下は「ヒドラについてのいくつかの実験」„Einige Versuche mit Polypen"と題されて『ハノーファー・マガジン』*Hannoverisches Magazin* 第五号（一七七三年一月十五日）に掲載された原稿のほぼ完全な清書である。リヒテンベルクは一七七二年三月三日から同年八月三十一日までハノーファーに滞在していた。

★2……淡水ポリプとも言う。自ら実験を試みる以前からリヒテンベルクは人間との関連において繰り返しヒドラに言及していた。第三章［A91］注参照。

★3……上記『ハノーファー・マガジン』の注によると、この人物は植物学者のミュンヒハウゼン男爵（Otto Freiherr von Münchhausen, 1716-1774）であった。

★4……August Johann Rösel von Rosenhof（1705-1759）はニュルンベルクの自然研究者・細密画家・銅版画家。『月刊・虫の楽しみ［……］――銅版画による模像を付す』*Der monathlich-herausgegebenen Insecten-Belustigung ... : mit Kupfern nach dem Leben abgebildet* は一七四〇年から刊行され、合本は一七四六年から一七六一年まで計四冊出版された。

★5……この段落替えはリヒテンベルク自身による。

アリスタルコスや他のいにしえの天文学者が、マイアー★が描いた月の地図を見ることができたら、啓示を受けて描いたと思っただろう。

［D717］

★……Johann Tobias Mayer（1723-1762）はゲッティンゲン大学教授、天文学者・地理学者。詳細な月面図を作成した。リヒテンベルクはマイアーの遺稿集の編集出版にあたった。

キャプテン・クックは前回の旅[1]でもハリソン[2]の時計を使い、「わが忠実なる僕《しもべ》」と呼んだ。有名な時計職人のマッジ[3]はさらに一つ、きわめて重要な改良を成し遂げた。彼の時計では、最後のゼンマイがほとんどじかに振り子調速機に作用するので、ハリソンの時計ではゼンマイと振り子調速機の間にあった摩擦も歯車の油も、障害を起こすことがありえなくなったのだ。

［RA143］

★1……第二回航海（一七七二―一七七五）を指す。

★2……John Harrison（1693-1776）イギリスの時計師。イギリス政府による正確な航海用時計の募集に応じて一七三五年に最初の応募を行い、五九年にクロノメータを完成した。最終的な賞金を受け取ったのは七三年であった。

★3……Thomas Mudge（1715-1794）イギリスの時計師。

不信は、ドリュック氏[1]によれば哲学者が身につけるべき第一のものであり、自分で見出したものも、本に書いてあることも、すべてを疑いの目で見なければならない。彼の知る最大の天才の一人であるジュネーブのル・サージュ氏[2]は、自然の普遍的体系《システム》に取り組んでいる。その一部は『力学的化学』[3]に発表されたが、ドリュック氏がそれを贈呈してくれた。ル・サージュ氏は、すべてを充たし、あらゆる点へ向かって運動し、あらゆる点から発出する物質を仮定して、それによってすべてを構築する。物体に弾性を分かち与えるのはこの物質である。蒸気とは弾性のある水である等々。そう呼びたければ、水性の空気と呼んでもかまわない。水中の熱がこれ［蒸発］を起こすのかは一つの問題だ。水銀は圧力計の内部で蒸発する。デプトフォードのロームピットヒルにオーバート氏[4]の天文台を訪ねた折、私もこの目でそれを見た。であれば、水がゲーリケ[★5]の真空で蒸発しても驚くに当たらない。この点から見て、二つの弾性流体[★6]が一つになると白い粉末を生み出すというプリーストリ[★7]の実験はきわめて注目すべきである。ひょっとすると、この粉末をふたたび弾性流体に戻す手段がついに見つかるかもしれない。空気とは何か。それはどのような固体[★8]（Solido）に属するのか。それとも、自然における、弾性を有するようになった固体すべての混合体なのだろうか。帯電した弾性体？ つねに弾性流体の成分であるような物体は存在するのか。 ［RA151］

★1……Jean André Deluc（1727-1817） ジュネーブ出身の地質学者・気象学者。象牙を用いた湿度計を発明。リヒテンベルクはイギリスで出会ったドリュックと親交を深め、晩年もその雨の理論を擁護する論考を書いている（北沢恒人「リヒテンベルクと雨論争」『哲学の歴史・第七巻 理性の劇場』加藤尚武 責任編集 中央公論新社 二〇〇七年 一八一―一八二ページ 参照）。

★2……ル・サージュについては第一章［J393］注参照。

★3……『力学的化学試論』*Essai de Chymie Méchanique*（1758）を指す。

★4……Alexander Aubert（1730-1805?） イギリスの天文学者。王立協会会員でハーシェルの友人。

★5……Otto von Guericke（1602-1686） マクデブルクの市長、科学者。一六五〇年真空ポンプを発明。二つの半球を合わせ、中の空気を抜いて密着状態を作ることで大気圧の大きさを示した〈マクデブルクの半球〉の実験（一六五四）で有名。

★6……„elastisches Fluidum“の訳。〈流体〉はかならずしも〈液体〉を意味するものではなく、微粒子からなるガス状の物質も含んでいた。

★7……Joseph Priestley（1733-1804） イギリスの自然学者《フィジカー》、政治理論家、神学者、教育者。神学・政治・教育・哲学などさまざまな領域で膨大なテキストを残したが、自然科学の分野では『さまざまな種類の空気についての実験と観察』全六巻 *Experiments and Observations on Different Kinds of Air*（1774-86）で知られる。一七七四年に酸素を発見するが、本人は燃焼に関するフロギストン説を取っていたので〈脱フロギストン空気〉と呼んだ。

★8……ガス状になった微粒子が考えられているのか。

キュー★でドリュック氏が話してくれたことだが、フランスでサナダムシを駆除する間違いない方法が発明されたそうだ。フランス国王は発明者から秘密を買い取ったので、早急にこれを布告させるという。これこそ、国王にふさわしい金の使い道というものである。 [RA162]

★……ロンドン南西部に位置する。王立植物園で知られる。

イギリスで、観測結果に手を加えた天文学者たちと知り合いになったが、彼らは正しいことをした。時に自然の手を取って導いてやることがどうして悪いのか、まったくわからない。二つの命題を結合しようとして、どうしてもうまくいかないとき、一方に軽く蹴りを入れるが、それが何だというのか。それがいけないことだと論じる人間は、つねに真理を念頭に置いている。では体系《システム》はどうでもいいのか。3を2にしても、真理は貧しくならない。しかし、私の体系《システム》は破綻しかねないのだ。我らが最良の自然学者たちの著作に、「ある命題を証明するために行った実験は、予想を超えてうまくいった」といった正直な哲学的表現を見出すたび、うれしくなってしまうのはそのせいだ。ここには言うに言えないもの、感じるしかないものがある。こうしたことが嘲弄されるのはまったく理解できない。この目には喜びの涙が浮かぶのだが。 [E331]

自然を徹底的に知った後なら、子供でもわかることだが、実験とは自然に対してなされる挨拶にすぎない。それはただの儀式である。自然の返答を我々は前もって知っている。自然に対する我々の問いかけは、主君の領邦等族に対する問いかけのようなもので、ただ同意を求めるだけだ。[E332]

電気を通す鎖を用いて、信号を送ったり、さほど辺鄙ではない場所の経度を確定したり等々できるかもしれない。ひょっとしたらそのために電流を、少なくともある程度の距離までは、用いることができるかもしれない。★ [E40]

★……電信と同じアイディアであるが、電信はル・サージュが一七七四年に自宅で実験を試みている。

[……] 人間においては説明のつかないと思われるようなことが、植物や昆虫ではあると我々は気づいていないか。クモがハエを捕まえるとき、神は悪の創始者なのか。大昔から挙げられる例だが、ここからはきわめて多くを導き出すことができる。[F78]

♂[火曜日]二十日。ここだけの話だが、昨今、博物誌の研究は行きすぎである。たいていの人間は、他の人間がすでに知っていることを学ぶだけで、自分で何かを見る段階にすら達しない。そうした研究の重要性と価値を否定するつもりは毛頭ない。しかし、若者たちが昆虫博物誌にかまけて、自らを知ることを、その身体と魂を知ることをなおざりにしているのを見ると悲しくなる。あるガの特徴についてのほうが、二格構文の特徴についてよりも詳しいのだ。東インドの魚について語れても、胃がどこにあるのかを知らないのだ（これについて『パラクレートル』でかならず触れること）。[F149]

24［木曜日］十四日。自然誌の研究は今やドイツにおいて熱狂の域に達している。もちろんそれは、溢れかえりそうな自由のオードを拵えたり、あるいは取ってつけたような感激状態で、我々のいわゆる大詩人らの提供する一ダースの理念を混ぜ合わせ、あるときは三ツォル[★1]、あるときは六ツォルの詩行を拵えたりするよりましであることに変わりはない。しかし、神の前では昆虫も人間も同等であるとしても、我々の神経の糸玉［＝脳］にとってもそうであるわけではない。まったく、鳥類やチョウ類に達するまでに、人間はどれだけのものを秩序付けねばならないだろう。君の身体を知りたまえ、そして魂について知りうる限りのものを。仕事を習慣化し、安逸を克服するすべを学びたまえ。悟性は懐疑することを、心は折り合いをつけることを習慣としたまえ。人間を知り、隣人のため真実を語るべく勇気で武装したまえ。他の対象が見つからないときは、幾何学で悟性を研ぎ澄ましたまえ。

ただし、虫の名の名簿には気をつけろ、そこでは中途半端な知識はまったく役に立たず、正確な知識は果てしない。しかし虫の中でも太陽の中でも、神は果てしない存在である。もちろん私は喜んでそれを認める。神はしかし、リンネのような人物が形状によって分類したことのない浜辺の砂の中でも計り知れぬ存在である。かの分野で真珠採りをするべく天職として定められていないのであれば、ここにとどまり、君の畑を耕作せよ[★2]。この畑は君が全身全霊をあげて勤めることを求める。

そして考えてほしいのだが、君の頭脳の繊維とその襞の数[★3]は有限なのだ。いまチョウの自然誌が収まっているところには、プルタルコスの英雄伝が収まっていたかもしれないし、それは君を大いなる行為へ鼓舞したかもしれないのだ。技芸の歴史も、より必要で有用なものではなかろうか。リンネがこれまで考え、書いてきたこと、今知っていること、かつて知っていて、また忘れてしまったこと、そういったことすべてよりも、私は手工業と技術の歴史のほうが知りたい。しかしながら、偉大な外国人なら誰でも模倣することがドイツ人の運命である——彼らのほうは自分がやったこと以外のことはできなかったし、他ならぬまさにこの分野で偉大になれと自然にはっきり命令されていたのだが。そう、自然の命令を受けていないだけではなく、自然の意志に逆らってでもこの人物を模倣することがドイツ人の運命なのだ。一九頁（[F149]）を見よ。 [F262]

★1……インチのドイツ名。
★2……ヴォルテール『カンディード』*Candide*（1759）の結末を連想させる。
★3……脳の襞と神経線維に関しては、第三章［F105］［F814］［F1183］などを参照。

☽［月曜日］十八日。ひょっとすると、眠り込む直前の犬は、あるいは酔っぱらった象は、哲学の修士にふさわしくなくはないさまざまな概念を持っているのではないか。しかしその動物たちにはそれは使いようがなく、あまりに刺激されやすい感覚器官によって、また掻き乱されてしまう。 [F265]

我々の感覚は、間違いなく、自然の見渡しきれない計画が持つ美を測る尺度たりえない。 [F961]

自然学の実験で、音を立てるものは無音のものよりもつねに価値がある。したがって天が誰かに何か発見させようとするなら、それが音を立てるものであるように、と天にどれだけ願っても十分ではない。一度鳴れば、その音は永遠に反響するのだ。 [F1147]

植物については、人間はある個体を他の個体よりも美しいとはみなさず、ある種、それどころか類に関してそうみなす。これは確かに弱さである。 [F1196]

自然の作品の高貴な単純さは★、あまりにもしばしばその根拠を観察者の高貴な近視眼に負っている。　［H5］

★……ヴィンケルマンの「高貴な単純さと静かな偉大さ」の引用。第二章［B20］注参照。

講義に広く利用しうる基礎としては、自然学《フィズィーク》★1のたいていのハンドブックは大部すぎる。そこにはアフォリズム的な短さと表現の精緻さ★2が欠けているが、それはどうしてもなくてはならないものだ。基礎として使える教科書は、その学問ないし技芸の核心のみを、可能な限り圧縮した短い形で含むものでなければならない。そうして、教師がどの行にも、そこで述べられていることを説明するきっかけを容易に見つけることができなければならない。　［H175］

★1……本書ではPhysikを「物理学」ではなく「自然学」と訳してある。当時の自然科学の分類については本章の〈概説〉参照。

★2……もともとアフォリズムという形式は伝ヒポクラテスの『アフォリズム』*Ἀφορισμοί*に端を発する。ベーコン（Francis Bacon 1561-1626）は『ノヴム・オルガヌム（新機関）』*Novum Organum*（1620）第一巻「自然の解明と人間の支配についてのアフォリズム」八六番において「（……）最初の最も古い真理探究者たちは、より良心的にかつより幸運にも、彼らが事物の考察から取り出し、利用のために貯えようと企てたかの認識をば、『アフォリズム』すなわち短くしかも断片的で、体系的に結び付けられていない宣言に、まとめるのを常とした。自ら学術全体を捉えているような風をしたり、述べたりはしなかったのである。しかし現在行われているような仕方では、もはややり遂げられた、すでに諸部分に亙ってとっくに解決されたものとして、差し出されたことがらにおいて、人々がより以上問わないことになっても、何ら不思議はないのである」（岩波文庫　桂寿一訳　一四〇―一四一）と述べた。アフォリズムの集積とみなしうるかどうかは疑問だが、〈つねに新たに問う〉ことの重要性を強調することとアフォリズムという形式の結びつきという点において、リヒテンベルクとベーコンには大きな親近性が見出される。

新たな『自然学《フィズィーク》』★においては、どのパラグラフも、書き写されたものではなく、自分で考えたものだと見て取れるようになっているべきだろう。　[H177]

★もともと提要執筆という仕事を忌避していたリヒテンベルクだが（第二章［C346］参照）、晩年には自然学《フィジーク》提要を執筆する構想を温めていた。結局それは実現せず、彼の知見はエルクスレーベンの教科書への注記として、断片の集積という形で表現されることとなった。

数学の研究で、その難解さに際して何より慰めになるのは、自分で熟考するより他人の熟考の成果を理解するほうがはるかに難しいという事実である。　[J9]

宇宙の構造は、一本の植物の構造よりはるかにたやすく説明できるのは間違いない。前者はむしろ凝集力と最高の結晶化に対応している。しかしすでに溶液内には樹状の結晶が形成され、窓ガラスに氷が美しい花模様を描くではないか。　[J34]

数学がこれまでなしてきた大きな進歩は、ひとえに、たんなる量でないものからの独立性のおかげである。すなわち、量でないものは数学には完全に無縁である。ただ量とのみ関わり、いかなる異質の援助も必要とせず、ひとえに人間精神の諸法則の展開であるから、それはすべての学問の中でもっとも確実で信頼できるのみならず、もっとも容易なのだ。その拡大に役立ちうるものはすべて人間そのものの中にある。自然は賢い人間一人一人に完全な道具を与えており、我々はそれを嫁入り支度としてもらっている。まさにそれ故、数学はあらゆる学問のうちでもっとも容易なものとなる。まさに、他の学問ではこんなに先にまで行くことができると希望することすら許されない。なぜなら、ユークリッドの第一巻の四十七番目の命題★を証明できる人間は、人間精神のこうした法則の、あるいは量の法則の発達に関して、自然学《フィズィーク》がこれまで至ったよりもはるかに先に進んでいるのだから。注意セヨ《NB》。しかし誰がここで量あるいは尺度を確定しようと思うだろうか。とにかく我々に有用なものは、至るところでまったく手近に存在しているようだ。こうしたやり方で、いまから人間諸学の確実性が調べられねばならないだろう。 [103]

★……いわゆる三平方の定理（ピタゴラスの定理）を指す。

その雷雨の迫ってくる様子は実に恐ろしいものだったので、何人かは本当にケルビムの頭とラッパが雲から覗いているのを見たと言い張った。 [160]

過ぎ去ったものよりも来るべきものを容易に把握するような、思考する存在もありうる。昆虫の本能には、彼らが過ぎ去ったものよりも来たるべきものに導かれていると思わずにはいられなくさせるものも多い。もし来るべきものの予感と同じだけ、過ぎ去ったものの記憶を持っているなら、かなりの昆虫が人間より優れた存在となるだろう。しかしながら、予感の強さはつねに、過ぎ去ったものの記憶と反比例の関係にあるようだ。 [178]

自然学者《フィズィカー》たちの神話。 [J241]

直径四分の一ツォルの大きさになった地球と、世界となった私の電気石《トルマリン》を材料にしてうまい夢★が作れるだろう。まず、この土の塊［＝地球］は乾燥され、それによってすべての海と水銀と流体はなくなる。金はどこだ？　金だって？　金はそこにはない。この種の石には金は含有されない等々。アジアの砂漠、マルク・ブランデンブルクはいったいどこにある？　実は、液体を注いでアフリカの半分を流してしまったのだ。火にかけると、植物界の全体が破壊されるだろう。そしてアルカリ塩と死んだ大地を生み出すだろう。 [J333]

★……これは『ゲッティンゲン懐中暦』一七九四年に「夢」„Ein Traum"（一三八―一四五ページ）と題されて掲載されている。この小品についてはH・ブルーメンベルク『世界の読解可能性』（山本尤・伊藤秀一訳　法政大学出版局　二〇〇五年）所収の傑出したリヒテンベルク論「額のしるし、天上のしるし」を参照されたい。

犬やスズメバチが人間の知性を備えていたら、ひょっとして世界を征服できるかもしれない。 [J360]

ただ一つの植物しか、ただ一つの動物しか存在せず、両者は一つである。植物によって生きている動物は、根を大地に生やしている。したがって動物によって生きる動物も同様である。 [J758]

確かルソーだったと思うが、こう言った――両親しか知らない子供は、両親のことも本当に知ってはいないのだ、と。この発想は多くの別の知識へ、いや純粋な本性でないあらゆるものへ適用可能である。化学しか知らないものは、それを本当には知らない。 [J860]

学問における未踏の道について書くこと。何かが得られるべきだとするなら、どうしてもこの道が取られねばならない。音におけるクラドニ。★ [J866]

★……Ernst Florens Friedrich Chladni（1756-1827）　ドイツの物理学者・天文学者。『音響の理論についての諸発見』*Entdeckungen über die Theorie des Klanges*（1787）において、音響の振動を平面上で可視化する図形、いわゆる〈クラドニ図形〉について報告したことで知られる。

磨かれたレンズ★の向こうの世界は、海の彼方の世界よりも重要であり、それを凌駕するのはひょっとすると墓の向こうの世界だけかもしれない。 [J937]

★……顕微鏡と望遠鏡が念頭に置かれている。

重力の説明、水晶の生成についての推測などを私はヨハネ黙示録のように最後に持っていった。それで人は好きなだけ、あるいは可能な限り、それについて考えることができる。 [J1183]

ある作用を完全に妨げるには、その原因と同等の力が必要である。しかしその作用に別の方向を与えるには、しばしばほんのわずかな力で足りる。 [J1196]

あらゆる争いでは、有名なフルクロア★流にやるのがもっとも合理的である。彼はフランス化学の敵を二つの種類に分けた。一、事柄を理解していない人々　二、党派心に操られた人々である。 [J1214]

★……Antoine-François de Fourcroy（1755-1809）フランスの化学者・政治家。ラヴォアジエ（A. L. Lavoisier, 1743-1794）の理論に基づいた体系的な化学命名法を提唱した『化学命名法』*Méthode de nomenclature chimique*（1787）の共著者の一人。この新たな命名法については本章［J1681］［K19］［K20］［K21］参照。

あらゆる国で、こんなに多くの人間が機械仕掛けの宇宙模型を作り上げるとは不思議なことだ。ボストンでも、ブリッソー★1の語るところでは、ポープ某が十年以上かけてそれを作り上げた。これより無用な仕事は思いつかない。ヴォーカンソン★2のフルート吹き人形は、実際にフルートを吹く点ではるかに優れている。宇宙という機械を、歯車仕掛けで表現しようとすることほど、魂の力を無駄に使用することはない。この歯車仕掛けはロースト用回転機の一族で、それを思い出させる。円錐形の上に鎮座している金メッキの太陽だけでも不愉快である。そして重力を棒で代理させ、そこに惑星をいくつも突き刺すというのは、シェイクスピアのある作品に登場する農夫（?）の思いつき★3に似ている。この男は、『ピラムスとシスビー』と題された芝居で月の光を演じようとする（まさに身をもって）のだ。支配者たちが——そんな人物だけがこんな冗談に金を払うことができるのだが——そんなものを見たいと思ったら、広場で廷臣や召使にそれを表現させ、自分は太陽を演じればいいのだ。［J228］

★1……Jacque Pierre Brissot（1754-1793）フランスの政治家。ジロンド派を代表する人物であり、一七九三年ジャコバン派によって処刑された。本断片の記述はそのアメリカ旅行記（*Nouveau voyage dans les États-Unis de l'Amérique Septentrionale* 1788）の独訳に基づくという。

★2……フランスの機械職人ヴォーカンソンについては第二章［D116］注参照。

★3……リヒテンベルク自身が（?）としているが、この『夏の夜の夢』の劇中劇の趣向は職人たちの発案による。

もし地球が、すべての物質を今と同じ比率で持ったまま銃弾くらいの大きさになったら？　その反対に、電気石《トルマリン》がすべての物質を今と同じ比率で持ったまま地球になったら？　このアイディアを突き詰めること。組織化のさまざまなアナロジー。電気石《トルマリン》はイラクサのように構造を持ち、それ故電気石《トルマリン》である。そうでなければ、電気石《トルマリン》とその化学的諸成分を溶け合わせたものはまったく同じものになってしまう。しかしある組成を破壊すると、その組成の産物であるものも同時に破壊することになる。書物を化学的に分解したら、どのような結果に至るだろうか。ところで規則的に配置されたこうした細孔は、その周囲で起こっていることに規則的な分割を生じさせるに違いない。乱れた髪を櫛で整えるとき、まさにこうしているのだ。梳《くしけず》られ、篩にかけられ、打穀され、濾過され、滴下されることで、一つの物体はおそらく区分される。こうして、秤の対象ではない事物が十二分に存在することになる。

［J488］

避雷針★――人々の不注意のせいで都市が陥る火事の危険性を感覚的に表現するために、雷鳴を用いるとすると、轟きを決して止めず、毎週数回は落雷しつつも火事には至らず、年に少なくとも二、三度は火事を起こし、とにかく轟きを決して止めないものを選ばねばならないだろう。――雷鳴は電気的な起源を持つこと、稲妻は金属のほうに向かうこと、この二点を除いては、我々はそれについてほとんど何も知らない。
［J636］

大規模な実験★に何ができるかは、いっしょに埋葬された多くの死体が完全には腐敗せず、一種のチ

★……避雷針については第六章［L424］注参照。

ーズ状の物質になったというフランスでの事例から見て取ることができる。この経験は非常に重要であり、多くの点で我々はどれほど自然を模倣できないかを示している。［J653］

★……本章［K316］参照。

疑問——現在、いろいろな場所で天文学のために作られている高価で途方もない施設は理にかなったものか。イギリス人の、フランス人の、そしてイタリアのいくつかの国の施設などで、この学問にはもう十分ではないか。少なくとも別の道が試みられねばならないだろう。ハーシェル★は拡大の道を試み、不死の名声に至った。観測所をモンブランやモントローズの頂や、地球の反対側に建設して、ひょっとしてそこでは重力が別様に作用したり、その他なにか新しいことが現れたりしないか確かめてみる必要がありはしないか。——他の諸学は塵にまみれているのに、こうした施設をつくることは少なくとも賢明な行為だったか。［J657］

★……大口径反射望遠鏡を用いたハーシェル（William Herschel, 1738-1822）については第一章［K69］注参照。

大宇宙を活動の場とする動物がいないのは、不思議ではないか。宇宙レベルでの虫の群れや、地球上で鳥が陸から陸へ渡るように宇宙の中を渡っていく動物が一度も見られたことがないというのは、不思議ではないか。ひょっとして、かつて一羽のカラスが、太陽から一粒の穀種を、あるいは一組の人間をも、地球に運んできたのかもしれない。火球★がどんな種子を我々のところへ運んでくるか、誰が知ろうか。彗星はひょっとして、宇宙レベルの虫の集まりなのだろうか。［J658］

★……隕石を指す。アレニウス（Svante August Arrhenius, 1859-1927）のパンスペルミア説を思わせて興味深い。

電気で我々は病を治療し、珪土とプラチナが一瞬で溶けるのを見た。熱を生じさせずに極めて激しい痙攣を引き起こし、瞬時に死をもたらした。時計も電気で動かした。ほとんどこう尋ねたくなる——この世にこれ以上に力ある物質[★1]が存在するだろうか？ そのくせこの物質を蔑ろにしてきたのか？ 電気を用いた玩具はこんなにたくさんあるのに、電気について根本的なことはほとんど何も手にしていない。このことは、我々はいちばん外側の枝にぶら下がっているだけで、幹については何も知らないということを証明している。火と電気を分離してはならない。思うに、火の理論[★2]は電気なしには理解できないし、我々が火に完全に帰属させているものが、部分的にはこの流体［＝電気］に属することもありうる。注意セヨ《NB》 火の理論が不完全なのは、ひょっとすると、ただこれまで火が電気から切り離されていたからかもしれない。

要するにこういうことだ。すべてのものの中に混ざり込んだ、ある一つのものがなおざりにされると、すべては否応なく判明でなくなってしまう。まったく教授風に、自然における物質を、まるで一つのパラグラフのように、まずはこれ、続いてこれというふうに扱えると思っている人々、本当はどのパラグラフも別のパラグラフ抜きには取り扱えず、すべては全体でただ一つであるということを考えてもみない人々を見ると、まこと微苦笑を禁じ得ない。我々は電気の理論と火の理論を、それらが単独で存在し、それ故まさにもっともわずかしか作用しないレベルで把握し注釈してきた。もしコップの中に入っている水しか知らなかったら、水とは何だろうか。鎖に一つの環が欠けている限り、磁気も親和性[★3]も、すべてが未知のものであり続けるだろう。自然学を支配している不明瞭さの大きな部分が、ひとえに電気物質がこれまで何かと結合した状態でよりも、単独で考察されてきたことに由来

しているとしたら。磁気物質も電気によって変容されうるのだ。［J748］

★1……当時まだ電気は物質の一種と考えられていた。不可量物については本章の〈概説〉参照。「不可量物体系の重大な欠陥は、化学があくまでも秤に頼ろうとしていた時代に重さのない流体を増やしたことの他に、いくつかの流体に形而上学的に依存していたことだった。不可量物体系がもたらした統一は、さまざまな現象をそれらの作因のつながりに基づくのではなく同列に扱うことによるものだった。この欠陥は、ハンス・クリスティアン・エールステッドが一八一九年に導電線が磁石に及ぼす作用を発見したことを皮切りに、電気と磁気が結びつけられたことで、ある程度克服された。だが十九世紀初めに微粒子説が光の波動説に取って代わられ、同世紀半ばにカロリックが熱の運動論によって否定されて、この古い標準理論は葬り去られた」（「不可量物」『現代科学史大百科事典』太田次郎［総監訳］朝倉書店二〇一四年　六七四ページ）。

★2……「十七世紀の化学者が、あらゆる物質を構成すると思っていた五つの単純な原質から火を除外したとき、火は物質を変えたり変形したりする最も強力な作因であるという考えは、依然としてもっていた」（「火と熱」『現代科学史大百科事典』六五一ページ）。リヒテンベルクは自らが増補改訂を続けたエルクスレーベンの『自然学基礎』第六版の注で、火の本性に関して注目すべき叙述を行っている。「絶対的真理」と「相対的価値」の対比、諸現象を関連させるという比喩／イメージの発見的機能、比喩／イメージであることの忘却と再意識化、言語の純化ではなく豊饒化への志向、大きな懐疑（「ひょっとしたら」）を内包するが故にいっそう駆り立てられる探究心、認識と表現に関する聾唖者モデルなど、ここにはリヒテンベルクの思考を特徴づけるさまざまな要素が集約的に表現されている。「言うまでもなく、火の本性については、なおも多くのものが我々の眼からは隠されたままであろう。しかし、こうした表象［**火を流体とみなす表象**］は、たとえ絶対的真理からは程遠いものであり続けようとも、我々にとってはつねにきわめて大きな相対的価値を有している。それは、自然の多様な現象を関連の中で考察し、それについて知識を得ることを容易にさせる適切な比喩／イメージ（Bild）である。熱の原因が流体ではないとしても、そしてこの原因が、自然の中に似たものが存在しないようなものだとしても、それらの現象［**熱および火に関する現象**］は、我々の知る限り、ある流体的存在という比喩／イメージのもとできわめて適切に考察することができることは否定できない。こうした記号が幸運にも選び取られたのであれば、それは、この未知なる存在の新たな諸状態へも精神を導いていくことにすら役立つのである。［……］だとすれば、彼ら［自然研究者たち］が、自然現象に関する自分達の説明を単なる比喩／イメージ言語以上のものとみなし始めたとしてなんの不思議があろうか。——それに、我々の外部にある事物について我々が抱く表象における〈そのもの自体〉とは、いったい何か？　また、そうした表象はこうした事物とどのような関係にあるのか？　それ故、我々はこれからもずっとこうした比喩／イメージ言語を研究していこう。そして、この言語がいっそう豊かなものとなるよう努力しよう。そうすれば、最後にはひょっとして真実に突き当たるかもしれない。ちょうど訓練された聾者が真実に突き当たるように。そうした人間は、耳に向けられた我々の言語を、目に向けられた言語とみなし、本来は音声であるものを喉と唇の運動とみなす。また、目に向けられた言語を自ら語ろうと努力することで、それと知ることなく——聴覚は完全に奪われてしまっている——聴きとりうる言語を語るのである」（Erxleben, J.C.P.: *Anfangsgründe der Naturlehre. Sechste Auflage. Mit Verbesserungen und vielen Zusätzen von G.C.Lichtenberg.* 1794.（東京大学総合図書館所蔵）S.453f.）。

★3……化学反応を発生させる力としての親和力は「魔術」の時代から中世、近世と注目されてきたが、一七七五年にトルビョルン・ベリマン（Torbern Olof Bergman, 1735-1784）の『選択親和力論』*A Dissertation on Elective Attractions*（1775）は一時代を画した。二つの物質は相互に引力をおよぼし、その大きさが物質によって異なっているならば、化合物ＡＢに物質Ｃを作用させたとき、物質Ａと物質Ｃの間の親和力が物質Ａと物質Ｂの間のそれよりも大きいならば、物質Ｂは追い出されて新しい化合物ＡＣができることになる。さらに「二重の選択親和力」によって二つの化合物ＡＢ、ＣＤを作用させることによって新しい二つの化合物ＡＣとＢＤが生じるという現象についても論じられた。これはゲーテの小説『親和力』*Die Wahlverwandtschaften*（1809）の登場人物たちの関係のモデルとなった。

医者は「誰々を治した」などと言うものではない。「誰々は死なずにいてくれた」と言うべきだ——

リヒター★は私にそう語ったことがある。自然学《フィズィーク》でも、「私は説明した」と言う代わりに、「私は、それらが不合理であると最終的に示すことはできないような、いくつかの原因を挙げた」と言うことができるだろう。

[J1827]

★……ゲッティンゲン大学創設時の医学部教授リヒター（Georg Gottlob Richter, 1694-1773）の著書についてリヒテンベルクはいくつも記述を残しているが、ここで言及されているのはその甥で一七七一年医学部教授となり、リヒテンベルクの主治医でもあったリヒター（August Gottlieb Richter, 1742-1812）と思われる。

自然学は、少なくとも私にとって宗教に対する一種の減債基金《シンキング・ファンド》★である——知ったかぶりの理性が借金をこさえるなら。

[J1828]

★……「国債の償還のための財源を制度的に確保し、償還を行うための基金。イギリスでは一七一六年剰余金による減債基金が創設され」た（『世界大百科事典第二版』デジタル版　平凡社）

溶解とは何か、我々がいつか正しく知ることがあればいいのだが。思うに、「溶解」は「引き付ける」と同じような語である。それは、我々がその力学的な原因を知らない現象を表現している。それは諸存在の透入であるようだ（カントは、私の間違いでなければ、そうした考えを表明している）★。少なくとも、溶解は分解の最終段階であるようには見えない。

[K325]

★……カントの『自然科学の形而上学的原理』*Metaphysische Anfangsgründe der Naturwissenschaft*（1786）の第二章に「物質が静止状態にあっても、その固有力によって物質諸部分の結合を相互に変化させる場合、そうした物質の作用は**化学的**と呼ばれる。こうした化学的作用が物質の諸部分の分離を引き起こす場合には、その作用は**溶解**と呼ばれる。（……）種類の異なる物質同士がたがいに溶解しあっていて、一方の物質のいかなる部分をとっても、それが他方の物質の部分と結合している割合が全体における割合と完全に同一である場合、そうした溶解は絶対的な溶解であり、それはまた化学的な透入とも呼ばれる」（『カント全集』第十二巻、犬竹正幸訳　一〇七ページ　岩波書店）という記述がある。

これほど長く反フロギストン派の化学★への賞賛を控えてきたのは（私の重き罪を赦したまえ）、単にそれが、推論において軽率であり、自然学において浅薄かつ無知であるとわかっている連中によって熱狂的に賞賛されてきたためであった。　［K336］

★　燃焼の理論をめぐるフロギストン派と反フロギストン派の論争については本章の〈概説〉参照。

ニュートンとオイラーをそれぞれ学派の頭に戴く、光の理論についての争い★のような縺《もつ》れきった争いにおいては、問題はもはや端的に「何が真実か」ではありえず、「どの説明がもっとも単純か」である。真理への入り口は「単純なもの」にある。　［K361］

★　光とはばらばらの微粒子が発光体から発出するものだとするニュートン（Sir Isaac Newton, 1642-1727）の説（放射説・発出説）に対し、ホイヘンス（Christiaan Huygens, 1629-1695）やオイラー（Leonhard Euler, 1707-1783）は宇宙を満たすエーテルの振動が光だと考えた（波動説）。第一章［J280］の注も参照。

色のついた影★1は間違いなく自然研究者の最大の注目に値する。大部分の人々はそれについてあまりに軽々しく考えている。事柄はすでに完全に説明されているとみなされているが、私はむしろ、いま

だ完全には説明されていないと考えるほうを好む。いやそれどころか、光学の現状、あるいは光についての我々の知識は、色のついた影を説明するに十分なものですらまったくないということもありうる。したがって、この困難な問題を徹底的に究明することは、本当の利益になるかもしれない。これに関する主たる書物はフランス語の小さな著作[★2]で、著者はただＨ・Ｆ・Ｔとのみ表記されており、ゲーラー博士は彼の辞典の「影」の項目でこれを引用している。[★3]ここにはゲーテ氏のアイディアのほとんどすべてが含まれている。

[★4]色のついた影の問題を解決するには、我々が「白」と呼ぶものをいっそう正確に解明することが、かなりの程度、その基礎となる――今もやはり、私はそう考えている。白いのは、すべての色を跳ね返す物体である、と言われる。この定義で密かに前提されているのは、何か白いものが見えるところでは、反射されるために、すべての色が存在していなければならない、ということだけではない。それらすべての色が、量的にも質的にも、適切な関係のうちになければならないとも前提されている。しかし、例えば、地表のもっとも高い地点におけるもっとも純粋な日光などを除けば、この世のどこでこんなことが期待できるだろう。では、そこからなにが結論されるか。我々は日光の中ですら白い物体を見ることは決してないし、影の中や曇り空のもとではなおさらそうだということである。しかし、純粋な白を経験できないにもかかわらず、「白」という語で何を理解しているか、我々はよく知っている。というのも、我々は自分たちの感覚をつねに推論によって修正するからだ。これを我々はとても早くに学び、それは自然本性となるので、我々はそもそも推論であるものを、感覚していると思う。シャツの類を着ている人が襞などを工夫すると、私は、暗い日や夕焼けや朝焼けの中でも、いつもそれをとても白いと思ってしまう――本当は違うのだが。それはただ推論されているだけなのだ。すべての色についてそうなのである。

[K366]

★1……一七九二年五月十一日、リヒテンベルクはゲーテから丁寧な献辞とともに色彩論の第一部と第二部を受け取り、好意的な返書を送ったようである（この書簡は残っていない）。翌九三年八月十一日、再びゲーテから色彩論の原稿が届く。第三部「色のついた影について」と題されたその原稿の内容について、十月七日付の書簡でリヒテンベルクは、この現象に多大な興味を引き起こされ、その重要性に初めて気づかされたことに感謝しつつも、「白」という表現のあいまいさを指摘する。それはまさにこの断片に記された内容であった。そこではゲーラーの『自然学辞典』に引用されたフランス語の論文も言及されている。ゲーテはその返書（十月二十三日付と推定）で、この問題提起に対して、その疑問は白がさまざまな色彩から合成されるとする説――ニュートンの説が念頭に置かれている――に依拠しているものであり、自分はその説を採ってはいないと返答するにとどまっている。その後、第四部の原稿を受け取り、九四年四月十八日に返書をしたためるが、原稿の内容については語っておらず、実質的なやり取りはこれで終わってしまう。ゲーテはリヒテンベルクが増補改訂を繰り返していたエルクスレーベンの『自然学基礎』で自身の色彩論について言及されるのを期待していたようだが、完全に無視され、いたく失望したらしい。色彩論をめぐる両者の関係については：Heinwig Lang: „Goethe, Lichtenberg und die Farbenlehre.“ In: *Photorin* 6/83, S.12-31. 一九五〇年、ウィトゲンシュタイン（Ludwig Wittgenstein, 1889-1951）はゲーテの『色彩論』を読んだことがきっかけで色彩をめぐる二十個の断片を書く――これらの断片はアンスコムによって『色彩について』*Remarks on colour*（中村昇・瀬嶋貞徳訳　新書館　一九九七年）にまとめられた。この時期の断片は同書第二部にあたる――。その後も色彩についての考察をつづけ（同書第三部）、最晩年、死の直前まで色彩についての断片を整理しつつ、新たな草稿を書いた（同書第一部。以上は同書「解説」（村田純一）による）。その第一部第三番にはこうある。「リヒテンベルクは、純白を見たことのある人はごくわずかしかいない、と言っている。そうなると『純白』という語を、たいていの人は誤って使っていることになるのか？　当のリヒテンベルクは、その語の正しい使い方をどのようにして学んだのであろうか？――彼はその語の通常の使い方から理想的な使い方を構成したのである。そしてこれは、彼がよりすぐれた使い方を構成したという意味ではなく、ある方向で純化された使い方を構成したという意味なのであり、ここではなにかが極限にまで押しすすめられているのである」（同書　一三ページ）と述べ、さらに八十八番まで色に関する考察を推し進めていく。晩年のリヒテンベルクにおける言語批判的なカント読解と哲学理解——第一章参照——とウィトゲンシュタインの思考を突き合わせつつ、ここで「極限にまで押しすすめられている」ものが何かを探ることは残された課題であり続けている。

★2……フランスの鉱物学者アッサンフラッツ（Jean Henri Hassenfratz, 1755-1827）による『色のついた影についての観察』*Observationes sur les ombres colorées*,［……］(Paris 1782）を指す。

★3……ゲーラー（Johann Samuel Traugott Gehler, 1751-1795）の『自然学辞典』*Physikalisches Wörterbuch*［……］(1787-1795）第三巻の「青い影」という項目（第三巻八二六ページ）でアッサンフラッツの論考から間接引用されている。

★4……この段落分けはリヒテンベルク自身による。

色のついた影は気象学の新たな要素にもなりうるだろう。日の出や日没においてはなおさらである。

［K367］

色のついた影に関してもう一つ考慮せねばならないことは、光る物体からの距離が異なっていると き、光の色は同じかどうかは、まだまったく明らかになっていないということだ。距離の二乗に反比例して、光は減少する。しかし、例えばある距離で受け止められた光の色と、その四倍の距離で受け止められた光の色は、同じであって、ただ弱まっただけということになるのか。概念に基づいて、色が異なる理由として何かを挙げることはできないだろう。さらに、それが正しいか誤っているか、どうやって確信すればいいのか。色を認識するための道具は存在しないのだ。次のことだけは確かである——白い紙を光源から離すほど、紙のそばにある諸物体の反映が、この光の色を支配するようになる。

［K368］

影についての私の説において、白い色は平行線と似たような事情にある。我々が平行線を引くとき、もしそれが、目が中心に位置している球面の内側に描かれているのでなければ、それを我々は平行には見ていないのだ。 [K372]

それに関わる重要な自然学的実験をすべて暗闇の中でやり通さない限り、光と火について我々が判明な概念を獲得することはないだろう。 [K377]

磁化された鉄をそうでないものと区別するよう犬を仕込むことができるだろうか。犬の鼻の利用法はまだ汲みつくされているとは言えないだろう。犬は、ほかの何種類かの動物と同じく、地震予知もする。 [K416]

自然科学の方法論について

一七八九　自然学《フィズィーク》と数学のためのさまざまな所見（というより単なる示唆）★

★……以下の方法論的考察は、最初の著作集では『雑記帳』から切り離され「自然学・数学論集」（『著作集』第六―第九巻）*Georg Christoph Lichtenberg's Physikalische und Mathematische Schriften*（Göttingen 1803-1806）第四巻の「自然学研究一般について」という章に――配列や細部は異なっている――納められていたが、本書の依拠するプロミース版で『雑記帳』第二巻に収録された。

ある事柄に関して誰でもすぐにありきたりのことを思いつくから、すぐにわざと普通でないもの、一般的でないものへ向かうこと。植物ノ性、天体ノ性、酸ノ性、アルカリノ性、等々。 [J1254]

これについて、考えた人間がこれまでいそうもないような、まさしく逆説的なことを。[1261]

その件に普通とは異なる、しかし別の観点からはふさわしい名を与えて、そこから帰結を引き出すこと。だとすればゴータのフォイクト氏★は、凝固点を融点と名付けたとしても間違いを犯したことにはならなかったはずだ。比喩的な名で十分なこともよくある。[1266]

★……ドイツの数学者・自然学者のフォイクト（Johann Heinrich Voigt 1751-1823）を指すと思われる。

さらに探求されることもなく現在すっかり信じられている事実を疑うこと。何事についてもこれが肝要だ。[1276]

なぜ私はそう信じるのか。本当にそう決まっているのか。[1326]

ここからどのような利点を引き出すことができる？　自分にとって、他人にとって。経済的な利益も除外せずに。[1327]

なぜたいていの発見は偶然によってなされねばならないのか――自身の家政のため、これはいちど本気で真面目に調べてみる価値がある。おそらく、人間がすべてを教師や周囲の見方で見るよう学ぶのが主な原因なのだ。それ故、ある法則に従いつつ規則から逸脱するやり方について手ほどきするこ

とは、きわめて有益であるに違いない。 [J329]

ここで一度街道を離れてみろ。こうしたことは他人が決めるにふさわしいなどと思うな。自分も評議会のメンバーなのだ、といつも考えろ。 [J331]

時にきわめてありふれた件について、その改良案に関し、どんな風変わりなものも省かずに意見を書いてみること。例えば薬剤瓶のラベルについて。 [J336]

なにか新しい思考、新しい理論に至ったら、「本当におまえが思うほど新しいのか」とつねに自問すること。これは、そもそもこの世の何も驚嘆のまなざしで見つめたりしないための、最高の自戒の言葉でもある。〈私は何にも驚かない《ニル・アドミーラーリー》〉 [J341]

そう、すべてのことについて、できる限り新しいものを付け加えて、自分の意見を述べること。これなしではすべてから何も生まれない。ただ印刷させることだけは用心すること。黙って熟考するだけでなく書き留めることも表現を容易にする。また、暗記されたものにも自分の思考の色彩を与える能力も生む。 [J352]

自然誌における数々の人工的体系★は間違いなく最上のものではない。それが選ばれるのは、自然な体系が欠けているからにすぎない。しかし、すべて人工的な体系は偽りであると信じる者も、次のことは認めざるをえないであろう。いつか自然な体系が生まれたら、これまで人工的体系に携わってきた人々の疲れを知らぬ熱意に感謝せねばならないのだ。仮説に関してもまさに同じである――たとえ誰かがその効用を否定したとしても。 ［J360］

★……まず念頭に置かれているのはリンネ（Carl von Linné, 1707-1778）の分類体系であろう。

何かがうまく言われると、いつでも似た形のものがつくれる。それが、ただ超越的にすること★1でしかないこともよくあるのだが。うまく言われたものは、範例★2を与えることができるのだ。 ［J361］

★1……第一章で登場した〈脱超越化〉［F791, F793］という概念とちょうど反対の操作を指す。〈超越的（transzendent）にする〉は、ここでは経験の領域を超越するという意味であろう。

★2……リヒテンベルクにおいて方法論上きわめて重要な概念。„Paradigma“はもともと語形変化の一覧表も意味し、系列上の一連の変化を含意する。

これを変化★させるための範例を見出すこと。 ［J362］

★……„deklinieren“は言語学では〈名詞類を語形変化させること〉であり、天文学では〈偏倚すること〉を意味する。

どんな事象にも、誰も見たり考えたりしなかったことを見ようとしてみる。 ［J363］

いつでも「これはほんとうに真実だろうか」と問い、それから、これが真実ではないと考えられる理由を探してみる。 ［J389］

なぜル・サージュ氏の理論にこれほど感嘆するのか、その何よりの理由としては、それがアナロジーと厳密な幾何学に依拠することで大掃除を行い、我々の認識圏のもっとも外側までも包括し、あらゆるこまごまとした局所的な仮説の玩具を飲み込み、それ以上の夢を不要にしてしまうところにある。これが夢ならば、これまで夢見られてきたもののなかでも最大にしてもっとも崇高な夢であり、我々の書物のなかの、ただ夢でのみ埋められるであろう一つの欠落を埋めることができるのだ。そしてこの夢が統一的な連関を持っており、正しいアナロジーの指図から逸脱しなければ、この夢は真理そのものでありうるし、あるいはそれに代わってその場所を占めることができる。氏は型《テューブ》を用いて自説を述べることができる。ちょうどアレゴリーという形で説教がなされるように。そう、聾唖者も、目によって導かれ、発音を司る筋肉の動きを真似しようとすることで、自分では聞くことのできない音声で話をすることを学ぶ★ではないか。

ル・サージュ氏が正しくないこともありうるなどとわざわざ言うにはあたらない。彼に示されねばならないのは、彼が本当に正しくないということ、そしてどこで正しくないのかということであり、あるいはともあれそれ以上のものを代わりに提出しなければならない。その他の論争はすべて、総じて自らの不能、怠慢あるいは嫉妬が生み出したものである。［……］

諸物体のための織り機。 ［J1416］

そう、すべての仕上げにおいて、画家ゼーカッツ★のやり方に従うことだ。すなわち素案が描かれた

★……聾唖者をモデルとする一連の思考については第一章［F373］注および本章［J1748］の注参照。

ら、気分によってあちらこちらで仕事を進め、個々の観察を完成させ、この場所やあの場所にふさわしい表現そのものを集めること。これは気力を保つ。気分転換の欠如と、下から上へ秩序だてて仕上げていくことほど気分を削ぐものはない。この世のすぐれた詩で一行目から書かれたものなどないと自信を持って主張できる。 [J1422]

★……Johann Conrad Seekatz（1719-1768）ヘッセン＝ダルムシュタットの宮廷画家を務めた。ゲーテの父親と親交があり、幼いゲーテが羊飼いの扮装をしているゲーテ家の家族肖像画（フランクフルト・アム・マインのゲーテ博物館収蔵）なども残している。

あらゆるところで、真理のみならず、ある特定の機会にふさわしい表現も集めておくこと。しばしばそれらを通読すれば、似たものを思いついて在庫が増える。 [J1427]

その日の仕事の手順を一時間刻みで立てること。 [J1428]

すべてにおいて、ある一つの精神が存在していなければならない。いわば一つの魂として、全体を率いるようなまなざしである。 [J1430]

まだ知らないものを知っていると信じることほど、学問の進展を阻むものはない。熱狂的な仮説発明者は、たいていこの誤りに陥る。 [J1438]

ある事象に取り組んでいるときは、それとすっかりなじみになって、すべての部分が眼前にある。なので、どんな事象にでも、時にはとてもかけ離れた対象にもそれを当てはめてみて、比較やアナロジーによってそれを解明し、そうして他のものを解明せねばならない。［J1446］

これに関して決着がついているのは何か、これから決着がつけられねばならないのは何か。決着をつけるのは難しいが、しかし有用であるものは何か。［J1458］

この分野においてまだハーシェルのような人物★は可能か。［J1459］

★天文学者ハーシェルについては第一章［K69］注参照。

つねに最終原因を探すこと。それ自体のためでなく、関連を発見するためと、たんなる発見手段として。［J1518］

明らかになったものからのアナロジーによる仮説と推測。［J1520］

観察や実験をただ集積する人は、二人のチェスの指し手が取り上げ、置き、あるいは取り除くコマを記録していく人物のような存在だ。それらのコマがどのような動きをしているかに注目する人間は、すでにかなり進歩している。それでも動きの法則を正確に割り出すには、少なからず時間がかかるであろうし、そもそもなぜこうした動きが企てられるのかという意図に思い至り、すべては相手のキングを捕えるために行われているということを知るまでには多くの時間が経過しているだろう。こうした類の仮説なしでは何一つ成し遂げることはできない。

　仮説が役に立つかという問いには、馬鹿げたところがある。自然のさまざまな現象を説明しようと誰もが考えているわけだが、仮説とは、まさにあえて試みられた説明に他ならないからだ。現象が仮説と矛盾したとたん、仮説はたちまち崩壊する。誤った仮説も役に立ちうるかという問いにも、すぐに答えは出る。すなわち、ただちに最良のものを射止めるというのは、誰にでもできることではないのだ。

　仮説は自然学にのみ登場するわけではない。テュレンヌとフリードリヒ二世★1も、各々の企てに際してはニュートンと同じく仮説に従った。仮説なしにはオンブル★2を楽しむこともできない。もっとも鋭いプレーヤーは、もっとも多くの仮説を作る。誤った仮説が反駁されても、すぐに別の仮説が立てられる。それがより劣ったものであるのは、ごく稀なことでしかない。［J521］

★1……テュレンヌ子爵（Henri de la Tour d'Auvergne, Vicomte de Turenne, 1611-1675）フランスの軍人。大元帥をつとめた。ナポレオンはテュレンヌとフリードリヒ二世（大王）（Friedrich II, 1712-1786）を、アレクサンドロス大王、ハンニバル、カエサルなどと並んで歴史上もっとも偉大な軍事指導者に数えている。
★2……トランプ遊びの一種。

　ここでふたたび、ぜひともあらゆる自然学的《フィズィーク》探求のモデルたりうる天文学とのアナロジーへ進まねばならない。その学説はさらにその崇高さによって支配的な地位を誇っているが、それは根源的には単に主観的なものである。電気石《トルマリン》の特性を知るために宮殿を立てたり世界周航したりする者はいないであろうが、電気石《トルマリン》は神の前ではおそらく太陽と同じ価値を持つ。

　天文学の進歩以上に、無知な人間を驚嘆させるものはない。しかしそこまで至ったのは、それが極めて容易だったからである。場所を規定するのに何百マイルが問題にはならず、法則は極めて単純だったからだ。ここでは、ごく少数の人間しか習得できず、また習得することもない計算が必要だということは、その難しさの証明にはならない。それが証明しているのは、単純な法則の結び付きが極めて複雑な現象を生み出しうるということにすぎない。地球上の事物に関しては、そういった知識すべてを集めても十分ではない。金星の太陽面通過は予言できるが、天気や、今日ペテルスブルクで日が照るかどうかは予告できない。一言で言えば、人間が大きな進歩を見せる事柄は、そもそもそれほど難しいものではありえないのだ。

天文学はまた広く共有された関心と、対象の本性によっても進歩が促される。すなわち、その対象は同時に広範囲から観察することが可能で、また冬の夜はほとんど満天の星を観ることができるのだ。自然学《フィズィーク》のどの分野にも天球的部分・理論的部分・物理的部分がある。天球的部分とは現象の正確な言語化であり、この点においてはいかなる不一致もあってはならない。あったとしても、「どれが正しいか」容易に決することができる。 [J522]

計画を構想すること。論文で取り扱うつもりのない事物についても、ただ自分を試すために。[J528]

自然学《フィズィーク》は聖書の系図のようである。何某は息子であった。何某はアダムの息子であった。そしてアダムは神の息子であった。 [J548]

そもそもこれらの道具には、まだ何ができるはずなのか。ここではまだ何がなされねばならないか。 [J557]

ある体系から、その構成要素を思考の中で取り除き、残りがどうなるか調べてみることは、すぐれた発見手段である。例えば、世界から鉄がなくなったと考えてみよ。我々はどのような世界に存在することとなるだろうか。これは古くからある一例だ。　[J1571]

フロギストンについての争いでも、中間の道が最上の道だと思いたい。何かが分離し、何かが結合するわけである。　[J1592]

自然の探究において経験や実験が蓄積されてくると、理論はますます揺らいでくる。だからといってそれをただちに放棄しないのは、つねにいいことである。というのも、あらゆる仮説は、それが優れたものであったなら、少なくともしかるべき時までは、現象をきちんと関連づけて思考し、記憶することに役立つからである。その仮説に矛盾するような経験は特に記録しておくべきだ。それが十分たまって、新たな建物を立ち上げることが、その労に値するようになるまで。　[J1602]

これは、我々がともあれ脱出せねばならない軌道（因習《オルニエール》）ではないか？　[J1603]

今日は何を新たに学んだか、と毎晩真剣に自問すること。　[J1619]

機知は発見者（ファインダー）であり、悟性は観察者である。　[J1620]

あらゆる事物に対して、何らかのファインダーを発見すること。 [J621]

以前の自説から離れるよう私に命じるもの、それは私の個人的で主観的な進歩ではない。学問自体の進歩である。 [J635]

これが本当に、これを説明する唯一のやり方なのか。 [J639]

ただちにその学問の限界へ赴くこと。どこに欠落があるか、すぐに学ぶことができる。 [J643]

気象学の発展を主として阻んできたのは、さまざまな現象がその大きさでのみ気づかれるものとなるということ、すなわち我々の実験室ではうまく模倣できないか、あるいは小さいと我々の目を逃れるという事実である。これまで何度も掲げられた規則の有効性がここから明らかとなる。すべてを拡大し、特性を増強したら何が生じうるかを見ること。そしてまさしく同じ意図において、どんな大きな事物も縮小すること。これは新たな思考をもたらす多産な母である。大発見には少なくともそうした要素が見られるが、このやり方でなされたものは稀だ。 [J644]

私に強みがあるとすれば、類似性を発見し、それを用いて自分が完全に理解していることを判明にする能力であることは確かだ。したがって、何よりもこれを目指して思考せねばならない。 [J646]

毎日、自然学《フィズィーク》についてのアフォリズムを書くこと。最上のことを短く、そしてつねに見出しうる最

適な例を添えて。 ［J1647］

真理の発見のための本来的な規則［を見出す］には、まだニュートンやハーシェルのような人物が欠けている。 ［J1672］

はっきり区別する必要がある。フランス式の命名法★1に反対することはフロギストンを受け入れることを意味しない。フロギストンが存在するかどうかが不確かとされた時点でなされるべきは、まさに用心深さを教えることであって、ただちにまた言語を一つ発明することではない。少なくとも哲学的ドイツ人はただちにそうすべきではない。名前は翻訳されるべきではない。それゆえギリシア系の名前はつねにドイツ語による名前よりも我々には都合がいい。ドイツ語による名前は少なくとも一世代は学問の進展を邪魔するのだ。電気化《エレクトリジーレン》は、故ヘマー氏★2による「琥珀‐力を帯びさせること」より優れている。 ［J1681］

★1……ラヴォアジエ（Antoine-Laurent Lavoisier, 1743-1794）の理論に基づいた体系的な化学命名法。『化学命名法』*Méthode de nomenclature chimique*（1787）によって提唱された。

★2……Johann Jacob Hemmer（1733-1790）はプファルツ選帝侯国の宮廷付き司祭。避雷針の設置法について論じた書物の冒頭で「電気力すなわち琥珀‐力」と呼んでいるという。本章［K19］の注も参照。

自前の新たな思考の一つ一つが元気を生むので、すべてのことにできる限り光を当て、なにか自前のものに突き当たることを目指さねばならない。努力しさえすれば、それに失敗することは稀である。 ［J1708］

知っているすべてのことを、自分の本質に属しているように見えるまで自分のものにすること、それが肝心なのだ（わかってもらえるといいが）。歴史についての知はまさにその反対である。歴史上の多くのことを知っているのはいいことではあるが、考える役には立たないし、必要とするとき心に浮かびもしない。したがって、すべてが一つの全体へ結び付けられれば、たとえそれが疑わしい仮説でも、事実の抜き書き集が記憶に委ねられている状態よりも良い。いま述べていることには、私がはっきり表現できる以上のことが含まれている。これを読み返すたび、自分の言っていることを理解するようでありたいものだ。（ガンボル★一七九一年十二月二十六日）　[1738]

★英語で「(子供・羊などが戯れて）はね［飛び］回ること：ふざけること」を意味する（『ジーニアス英和大辞典』電子版　大修館書店　二〇〇一―二〇一一）。ライツマンがリヒテンベルクの聴講者の一人であろうと推定したのに対し、プロミースは一、この日付の日記や学生名簿にその名が記録されていない　二、日記の別の日に、他人の人名としてではなく、この名が記されている、という二つの理由からリヒテンベルクの自称であろうと推定している。

何か新しいことを見るには、新しいことをせねばならない。　[1770]

ここで完全な革命は可能か？　[1773]

思うに、今日の自然学者《フィズィカー》の理論が非難されているのは正当ではない。例えば原子論者が原子の固体性を問題視せず、流体性よりも固体性を仮定しているというようにである。こうした超越的自然学《フィズィーク》★は、思うに、しかしながら独力で立派に存続しうる。それには自分のやり方で説明を続けさせ、集めさせるがいい。最後にすべては一つにまとまるだろう。諸原理における難点について語りすぎると、多くの研究者の努力の妨げになりかねない。我々が現象の分類に携わっている限り、そういった形而上学的自然学《フィズィーク》はまったくなしで済ますことができる。実証的になりすぎず、言葉を証明とみなさない、という条件でだが。農夫だって肥料の化学的研究なしでやっていけるではないか。

ル・サージュの思想はともあれ多くの利点を持つが、それはこの思想が万有引力という大きなものときわめて密接に関連しているからである。大きいものの中で我々は小さいものを知らねばならない。私は我々の太陽系全体を一つの点と考えることができる。自然はなぜかくもしばしば物体の遠心力ないしは慣性を、合一を妨げるために用いてきたのか。ある空間を満たすには諸力が必要であるということも一つの前提である。我々は大きなものから小さなものへ推論できなければならないのではなかろうか。 ［I775］

★……「重力、引力、親和性を機械論的に説明しようとする試み」（第一章［I393］）としてのル・サージュの理論がまず念頭に置かれている。

それについてなしうるもっとも並外れた、もっとも目立つ使用法はどれか。あるいは、そこから帰結するもので、もっとも奇妙なものはどれか――最大のものおよび最大化されたものにおいて、あるいは最小のものおよび最小化されたものにおいて。 ［I832］

シンボルを発見すること。これは私の言う範例《パラダイグマ》★にいくぶん通じているところがある。［J1833］

★……本章［J1361］［J1362］参照。

これは何の型《テューブ》であるか、あるいは、どのような点でこれはその型《テューブ》であるのか。［J1836］

これらの問いからもっとも優れたものをすべて一つにまとめ、あらためてすべての範例《パラダイグマ》と比較すること。［J1839］

これはほんとうに、広く信じられているごとく真の原因なのか、それともまだこの奥に何か隠れているか。［J1884］

クラドニ★のように、あるいは似たやり方でもっと多くの事象を。［J1886］

★……本章［J866］注参照。

探求しようとする問いを正確に規定してから、ただちにそれを、それぞれのステップがきちんと区別されるようないくつかの部門に分ける。そうすればどの部門もまったく独自の主題として取り扱い、さらに下位区分することができる。すると理性にとって探究はもっとも容易なものとされ、それでいてこうした人工的な手続きは天才のあらゆる飛躍も廃棄することはない。道具が問題となれば、その材料がまさにこのように考察されねばならない。ドリュックは最初の湿度計において★そうやった。

［J1889］

★……ドリュックはリヒテンベルクの友人の地質学者・気象学者。本章［RA151］注参照。王立協会の『フィロソフィカル・トランザクションズ』に湿度計についての最初の論文を発表したのが一七七三年（"Account of a new hygrometer"）で、さらに一七九一年にも発表している（"A second paper on hygrometry"）。

反駁する際には決して急ぎすぎず、あらゆる細部を詳細に検討して、現在のステップにおけるすべてがうんざりするほど説明されるまで次に進まないこと。これは極めて重要である。急がないこと、いつも私はそれで失敗する。

［J1963］

主要な問いの一つは、おそらくつねに、極めて自明なことではなおさら、こうだ――これは本当にそうなのか。必ずしも常にそうではありえない、ということが明確になる区別を設けることはできるか。一番必要な時に、こうした問いがなされないのはともかく残念である。

［J1965］

ベーコン『新オルガノン』第一巻　アフォリズム一〇〇番。★ただ自然を探究するのではなく、これまでとはまったく異なった方法を試してみなければならない。これがおそらく本当に肝心なことだ。いちど提要の全体を、この思想で通覧してみること。もっともありふれたもの、例えば大気圧に関しても。

［J1991］

★……「しかしながら単により大きな数量の実験、しかも今までなされたのとは別の種類のものが、求められ入手されねばならぬのみならず、経験を継続し前進させる全く違った方法、順序および過程が導入されねばならない。というのは、漫然たる成り行き任せの経験は（……）ただの手探りにすぎず、人に知らせるよりもむしろ当惑させるから。しかし経験が確かな規則によって、順序立ててかつ間断なく進むときには、諸学によりよき希望を持ちうるであろう」（『ノヴム・オルガヌム』桂寿一訳　岩波文庫　一九七八年　一五九―一六〇ページ）。ベーコンについては本章［H175］注参照。

すべての人工的な実験はいわば怪物である。 [J2009]

自然学《フィズィーク》提要においては、火や電気や磁気および他の多くのものに関して、〈理論〉という言葉を使わないこと。代わりに〈事実〉や〈推測〉、〈表象の仕方〉といった語を使うこと。 [J2021]

何よりも学問の限界の拡張。これなしではすべては無だ。 [J2041]

一冊の本か論文を読んだら、読んだことが無駄にならないよう心せよ。つねにそこから、自己改善や授業や、あるいは文筆家としてのやりくりに役立つものを抽出せよ。 [J2070]

我々は何をしたのか。
我々は今何をしているのか。
我々はまだ何をやるべきか。 [J2076]

すべてを自分のやり方と経験に基づいて理解することを学び、あるいは少なくともそう理解するよう試みること。もっとも賢明な人々によって主張されたことのすべてと矛盾するような命題に逢着したら、それ［矛盾］が何によるものか探求し、自己を改善するか他人を反駁するよう試みねばならない。

［J2107］

いちど私の実験室全体をこう自問しながら一巡してみること——この道具は、その本来の用途以外に何のために使えるか。こうすることで多くが節約できると思う。たとえばケンペレンの機械[★1]用に検熱器《パイロメーター》のランプは実にうまく使うことができる。電気実験におけるユソウボク材の球[★2]。眠れない夜、これはいい時間つぶしになる。

［J2138］

★1……プロミースは、ゲーラーの『辞典』第一巻五六七—五六八ページに描かれた、新発明の蒸気機関を指すと推定している。

★2……固く上質で、家具やろくろ細工にも用いられる。

さらに私の［実験道具の］コレクション全体を、こう自問しながら通覧すること。一、この機械はどうやれば、その類から逸脱せずに、もっと便利なように整備できるか。二、まったく別の方法で、もっとうまくこれをやれないか。三、似たような道具が役立ちうるようなものが、自然学《フィズィーク》の別の分野に存在しないか。

［J2139］

今日、命名法[★1]と正しい命名について非常に活発に論じられている。それはまったく正当である。すべては改良され、最高の状態へもたらされねばならない。ただし、思うに、人はそれにあまりに多くを期待しすぎるし、事物にその特性を表現する名を与えようと細心の注意を払いすぎる。言語が思考にもたらすはかりしれない利点は、思うに、むしろ言語が事象の記号であることに存するのであって、定義であることにではない。そう、まさに定義であることによって、言語が持つ有効性は部分的に再び廃棄されてしまうと思う。事物が何であるか、それを明らかにするのは哲学の仕事である。語は定義ではなく、定義のための単なる記号であるべきで、定義とは研究者の活動の総体から帰結し、変わっていくものである。そして我々の思考の無数の対象において永遠にそうしたものであり続けるであろうから、思考者は定義としての記号にはもはや心を煩わせないことに慣れるだろう。やがて、特別な意味を持たない記号のこうしたあり方は、それと気づかれずに、正しい定義である記号にも転用されていくだろう。これはまったく正当なことだと思える。というのも、概念の記号は定義ではないことがありうるのだから、いかなる記号も定義とはしないほうが、正しい定義であるいくつかの記号に注目することで、本来それに値しない多くの別の記号にもそうした間違った信用を与えるよりましだと言えるからである。そんなことになれば、意見に対する言語の支配★2という結果をもたらし、記号が我々にもたらした利点を再び奪うことになってしまうだろう。しかし心配するにはあたらない。自由に任された理性は、語をつねにそれが本来あるようなもの［単なる記号］とみなすであろう。

定義を与えるような語がなすことは、信じられないほどわずかなことでしかない。そもそも語がすべてを含むことなどありえないので、事象を特に知る必要がある。最善の語とは、誰でもただちに理解する語である。したがって、広く一般に理解されているさまざまな語を捨てるにあたっては用心深くあってほしいし、それが事象について誤った概念を与えるからといって捨てないでほしい！というのも、第一に、その語が私に誤った概念を与えるというのは間違っているからだ。語は事象を区別するためにあるということを私は知っているし前提にしている。そして第二に、語から事象の本質を知ろうなどとは思わないからである。誰が「金属灰★3」から石灰を連想したか。彗星を「彗星《コメート》すなわち髪《コーメー》の星」と名付けて何がいけないか。それを「火の星あるいは蒸気の星」と名付けたとしてなんの役に立つのか（流星）。名前に多くを盛り込めるのは稀であり、まずは事象を知らねばならないのだ。放物線、双曲線、楕円といった名と比較すると、化学者は自分たちの領域での名をそれほど自慢できない。なぜなら上記の名はこれらの曲線の特性を表現しており、残りの性質はそれらの特性から導出できる★4からである。このことはもちろん、命名者の特別な機知に帰されるというより、こうした観察がなされるこの学問［数学］の純粋な性質に帰されねばならない。しかしまさにこうした知恵がなんの役に立つというのか、こうした名も、円や円周や螺獅線《コンコイド》［貝の線］といった名と同じように使われるが、これらは定義というわけではないのだ。

まったく、この論争には言語改良論者や正書法論者★5のピューリタン的な努力に似たところがある。良い名にあまりに多くを期待し、そして悪い名の悪影響を恐れすぎるのだ。表現の正しさだけでなく、その知名度も問題なのだ。そしてある語の価値は、いわばそのつどの正確さと知名度の複合的関係によって定まる。もちろん造語法の規則を確立するのはつねにとても良いことである。なぜならそれを利用する機会が訪れることもありうるからだ。事物にギリシア語系の名を与えるのは本当に良い。化学全体でヘブライ語系の、あるいは例えばアルカリといったアラビア語系の名が用いられていたら、その名を理解することがないだけに、うまく取り扱うことになっただろう。［K19］

★1……念頭に置かれているのは化学における新たな命名法である。ギルタナー（Christoph Girtanner, 1760-1800）の『ドイツ語のための新化学命名法』*Neue chemische Nomenklatur für die deutsche Sprache*（1791）、シェーラー（Alexander Nicolaus Scherer, 1772-1824）の『ドイツの化学者のための新命名法試論』*Versuch einer neuen Nomenclatur für deutsche Chymisten*（1792）といった著作を指す。

★2……ベーコン『ノヴム・オルガヌム』における〈市場のイドラ〉を思わせる。「言葉の悪しくかつ不適当な定めかたは、驚くべき仕方で知性の妨げをする。学者たちが、或る場合に自分を防ぎかつ衛るのを常とするとき使う定義や説明も、決して事態を回復はしない。言葉はたしかに知性に無理を加えすべてを混乱させる、そして人々を空虚で数知れぬ論争や虚構へと連れ去るのである」『ノヴム・オルガヌム』第一巻「自然の解明と人間の支配についてのアフォリズム」四三番（岩波文庫　桂寿一訳一九七八年　八五ページ）。

★3……原語は„Metallkalk"で石灰„Kalk"を含む。フロギストン説において、金属灰とフロギストンが結合したものと考えられていた。つまり金属が燃焼すると、フロギストンが放出され、残ったものが金属灰である。現在の金属酸化物にあたる。

★4……「三種類の円錐曲線の名前を改めて思い出してみましょう。「放物線《パラボーラ》」「双曲線《ハイパーボーラ》」「楕円《エリプス》」はそれぞれ「適合」「出っ張り」「へこみ」にあたるギリシャ語に由来する言葉なのです。／アポロニオスはこれらの「シンプトマ［円錐の諸点が満たさなければならない条件］」を、円錐の切片としてのこの三つの曲線の定義から直接導き出していきます」（ファン・デル・ヴェルデン『古代文明の数学』加藤文元・鈴木亮太郎訳　日本評論社二〇〇六年　一二六―一二七ページ）。

★5……十八世紀後半には正書法改革のさまざまな試みがなされ、それをめぐって様々な議論が交わされていた。リヒテンベルクがくりかえし批判と嘲弄の対象としてきた詩人のクロプシュトック（Friedrich Gottlieb Klopstock, 1724-1803）も一七七八年「ドイツ語の正書法について」„Ueber di deütsche Rechtschreibung"を発表し、リヒテンベルクと学術上の交流のあった気象学者のヘマー（Johann Jakob Hemmer, 1733-1790）も正書法改革論者として著名であった。

命名法。ここでも貴族制より制限された君主制★を選ぶべきである。合理的に選ばれた表現のみを認めようとすると、貴族制となる。そうなると、どれがもっとも合理的な表現なのか？　そして誰がそれを決定するべきか？　多くの表現が、同等にうまく、同等に合理的に選ばれていることだってありえるではないか。ここでも私は彫像の君主を最良の君主とみなす。彫像の聖者には、有情の聖者より多くのご利益がある。すでに導入されている名を変更するのは、有用性よりも虚栄心の故であるのがつねだ。というのも、それらの名が役に立つのは、通例、それが古くからある名と同じ受け取られ方をするようになってからなのだ。すなわち、それらが記号表示している事物がその本質からして何であるかを考えたりせず、ただその事物を連想するようになってからである。仮説は鑑定書であり、命名法は命令書だ。 [K20]

★……政治の領域におけるこの概念については第六章［I.34］参照。

命名法。いつも思うのだが、何も改革しないのが一番いい。改革は憤激と妬みと軽蔑を掻き立てる。それに、名についてあまりに多く書かれすぎている。それはそもそも何ものでもないのだ。馬鹿げたものはおのずと消えていくし、いわば自然に反するものが再び栄えることはない。 [K21]

例えば自然学において新たな思考を見出す、少なくとも思いがけない応用をする最良の手段は、何日かあるいは何週間か、一つのテーマに文字通り没頭してから、自然学全体をあるプランに基づいて手早く通覧することである。そうすると間違いなく思いがけない結びつきが生まれる。 [K309]

我々の自然学《フィズィーク》教科書★1では、自然においては分かれないで現れるものを分けるが、これは正当なことだ。我々はそれらを合一することも試みるべきだろう。例えば光において反射、屈折、屈曲が分けられ、さらにそれらがまとめて化学的結合から区別される。しかしどのようなケースであれ、これら三つの、またそれ以上の関係が共存していないなど、私には考えられない（ブルーム[★2]の「屈曲等についての実験と観察」『フィロソフィカル・トランザクションズ』一七九六年および九七年）。こうした分離において悲しむべきことだが、そうなると我々は、それらのうちの一つが特に現れる物体のみを実験のために選んでしまう。たしかにこれは、一つの良き方法と呼ばれるに——少なくとも我々の制限されたあり方からして——はなはだふさわしいやり方である。しかし応用となれば、ただちにすべては取りまとめられねばならない。——例えば物を二重にする透明な物体が極めて一般的なもので、ガラスが稀少だったら、屈折光学はどうなることだろう。　[K311]

★1……まずはリヒテンベルクが一七八四年第三版から一七九四年の第六版まで増補改訂を繰り返したエルクスレーベンの『自然学基礎』が挙げられるだろう。

★2……Henry Brougham, 1st Baron Brougham and Vaux (1778-1868)　イギリスの弁護士・政治家、自然科学も研究し若くして王立協会員となった。

思うに、あらゆる発見的方法の中で私が「範例《パラディグマ》法」と名付けたもの以上に実り豊かなものはない。そうした観点からすると、金属の灰化[★1]についての説でなぜニュートンの光学が範とされないのか、合点がいかない。今日の状況では、どんなに自明なことについても、あるいは少なくともそう見えているものでも、まったく新たな道を試みることを、どうしても始めねばならないからだ。軌道は、あるいはこう言ったほうがいいが、すでに切り開かれた道はとても良いものだ。——しかし誰もその道の傍らをぶらぶら散歩しようとしなければ、我々は世界についてごくわずかしか知ることはないだろう。その地域に住んでいる人々、すなわち、世界におけるごく小さな専門に専心している人々が、すべてを試みねばならない。旅人は大きな街道にとどまる。地主はすべての箇所を探索せねばならない。

［K312］

★……本章［K19］、〈金属灰〉の注参照。

［K313］

思うに、自然学《フィズィーク》から得られた範例《パラディグマ》によってカント哲学に至ることもできたであろう。範例《パラディグマ》による発明法はもちろん愚か者の役には立たない。まさに愚か者であるが故に、この者は役立たずだからだ。しかしすぐれた頭脳も、新しいものを見るには衝撃を受けねばならない。とくに新しい方法による新しいものは、ほとんどこの手段によってのみ見出されうる。もし、かつてケストナーが推測したように、ニュートンは光をめぐる出来事を通して重力の法則に至ったのだとすれば、これは範例《パラディグマ》法である。優れた頭脳は、ここでもつねに自然な自由を持っており、したがって別のやり方がこの補助手段によって妨げられることはない――このことは、この補助手段に関しどれだけ念頭に置かれても十分すぎることはない。

［K314］

至るところに顕微鏡を発明すること。それがかなわないところでは、大規模な実験★を行うこと。直接、新しいものに到達するこれが唯一の方法である。

［K316］

★……これについては本章［J1644］［J1653］参照。

入門編の知識に、もっとも深い知識から帰結するものをじかに組み込むという点で、すでに人は天文学の模倣から逸脱している。しかしこれは決して正しいやり方ではない。まずは大局的に秩序づけ、それから訂正を施さねばならない。自然学《フィズィーク》の講義は本来そうするべきだ。そのように教えられない限り、何も生まれない。人はまず何かを持たねばならず、そこに、飾ることが必要だとみなされたものを乗せるのだ。すべてを一度にやろうとすることは、すべてを一度に破壊することである。[K317]

予想していなかった出来事はいかに観察されるべきか、その際、どこへ目を向けるべきかについて、自然学の全体を通して論じる本があれば、極めて有益だろう。こうした知識なしでは本当に先に進めない。注目すべき現象が発生したときに、そうした知識を持っている人間がどれほどわずかであるか。しかし分かりやすい授業によって、きわめて容易に、ある特定の事象に関する知識の所有者になれるのは確かだ。[K318]

最後のノートから——『自然学提要』執筆計画を中心に

自然学《フィズィーク》について抱いている私の疑問を集めた本には『遺産』というタイトルをつけることができるかもしれない。ささやかなことでも遺産にはできる。[L166]

自然学《フィズィーク》についてのわが疑問集をまだ出版することがあるとしたら、ひとえに若い活動的な自然学者《フィズィカー》に捧げられるべきである。グレン[★1]、フォン・フンボルト氏[★2]、ヒルデブラント[★3]、シェーラー[★4]等々。[L233]

★1……グレン（Friedrich Albert Carl Gren, 1760-1798）はハレ大学教授。『全化学の体系的ハンドブック』*Systematisches*

Handbuch der gesammten Chemie (1787-1790) を著し、一七九〇年から一七九四年までライプツィヒで『自然学《フィジーク》雑誌』*Journal der Physik* を刊行した。

★2……Alexander von Humboldt (1769-1859)　ドイツの博物学者・地理学者。ゲッティンゲン大学、フライベルク鉱山学校に学び、ゲオルク・フォルスターと知り合う。九九年から一八〇四年にスペイン政府の後援を受けて中央アメリカ・南アメリカ北部を調査。一八〇八年にパリに定住。二七年にベルリンに戻る。主著に『コスモス』全五巻 *Der Kosmos, Entwurf einer physischen Weltbeschreibung* (1845-1862)。

★3……Georg Friedrich Hildebrandt (1764-1816)　医師、化学者。エアランゲン大学教授。

★4……Alexander Nicolaus Scherer (1771-1824)　イエナ大学で化学を教えた後、ワイマルで鉱山顧問官に任命される。一七九八年から一八〇三年まで『一般化学雑誌』*Allgemeine Journal der Chemie* を編集した。他に『ドイツの化学者のための新命名法試論』については本章［K19］注参照。

稲光と雷鳴を説明するには、まだ数ダースの種類の気体が発見されねばならないだろう。［L733］

冒頭。★ 我々の心性は——この言葉を私は、身体と魂の区別なしに、あらゆる素質の総計（もっとうまく）と解する（我々の認識能力）——そもそも道具であり、この道具の知識に、これから考察されるすべてがかかっている。それ故ここで、この道具について数語費やしてもかまわないであろう。天文学者は自分の道具の説明をする。ここでは、さまざまな素質を伴った人間が道具であり、この道具は通常の自然学《フィズィーク》では説明されない。この仕組みは周知のものとして前提されるのだ。しかしそれについての意見はさまざまである。すなわち、いくつもの仕組みがあり、どれが最高のものであるかについては争いがある。要するに、道具の仕組みについてさまざまな意見がある。さて、では人間をそのさまざまな素質にしたがって手短に論じるとしよう。内的対象と外的対象。［L799］

★……計画していた『提要』の序文として構想されたもの。

自然学《フィズィーク》の本来的な限界について熟考すること。そしてシェリングの『自然哲学に関する考案』★を読むこと。 [L850]

★……シェリング（Friedrich Wilhelm Joseph von Schelling, 1775-1854） ドイツの哲学者。フィヒテ（Johann Gottlieb Fichte, 1762-1814）の知識学の強い影響のもとに出発し、自然と精神の同一性という観点から独自の自然哲学を展開し、その体系は同一哲学と呼ばれた。後に〈現実存在〉を解明しようとする積極哲学という立場を唱え、独自の宗教哲学・神話論を展開した。『自然哲学に関する考案』*Ideen zu einer Philosophie der Natur*（1797）はシェリングの自然哲学に関しては最初のまとまった著作。同書と、これにつづく『世界霊について』*Von der Weltseele*（1798）のいずれもリヒテンベルクの蔵書に確認される。それらの著作では何度もリヒテンベルクに言及されている。

自然学において計算によって大きな発見がなされたことが一度でもあったとは思わない。それは計算の対象でもない。偶然ないしは実践的まなざしが何かを発見した後で、ただちに数学が最適条件を示すのだ。事象の全体が一つの状態にあるとき、最適な形式と仕組みはどのようなものかを数学は示すが——それ以上ではない。（要熟考《Medit》） [L866]

原子論者は物質を要請し、その際、この物質を衝突と力と運動を備えたものとして要請することはほとんどすべてを要請することになるということを考慮しなかったが、これは疑いもなく誤りである。

というのも、〈いかにしてある特定の形を持ったアトムが生まれるか〉は、私には、〈どうやって太陽が生まれるか〉に比べて少しも理解しやすいことではないからだ。最良の頭脳が、好んでこんな底も見えない大胆な企てに挑み、大衆が彼らの蛮勇に対してあげる驚きの声に喜び、その堅固さを万人が認める土地をおだやかに耕す人間であるよりは、無鉄砲と呼ばれたがるというのは残念なことである。

［1894］

我々に天文学が反駁の余地なく教えること、すなわち物質は距離を隔てて互いに引き付けあうということを、公正な目で見るならば、この引き付ける作用がなぜ不加入性と並んで物質の根本力★1と呼ばれないか、納得がいかない。前者によって物質の各部分が互いに近づき、後者によってこの接近に限界が設けられる。なぜ不加入性を衝突によって説明しないのか。［そうしたら］ここにはむしろ循環が認められることになっただろう。というのも、不加入性なしに機械的衝突はありえないからである。こうして、一つの根本力を仮定したくなる。問題は、物質がバラバラにならないという同じく一般的な現象も、すなわち引力も、このような根本的な力なのかということだ。これに根拠を持って反対できるのはなぜか、私にはわからない。物質の引力が途方もない距離にまで、いや無限にまで届くことは、私にとって、かの斥力以上に理解できないことではない。引力については、それがどこで終わるかを私は言うことができず、斥力については、どこで始まるかを言うことができない。しかしこの力はどこかで始まらなければならない。でなければいかなる物体も生じないからだ。

我々はここで、またもや両方の側に無限を観る。このような形而上学的な考察において、自らがこうして境界に接していることを見出すとき★2には、つねに自らを祝福すべきであると思う。数学においても、そこから出発しはじめてからの進歩は途方もないものとなった。［自然学《フィズィーク》においては］人は必ずやここに到達するだろう。そして、この大胆な企てのために理性の法廷で自らを正当化するより前に、あの大いなる泉★3が発見されたのは、この学問にとって幸福なことだった。——この正当化が、最終的になされないまま終わることはあるまい。何と言っても、成功そのものがすべての期待を超えて有用なものだったのだ。「物質は単なる現実存在によって空間を満たす」——こう言うだけで十分やっていけると人々は考えた。しかしこれは根本的には何も言っておらず、おそらくは想像力が哲学者たちに仕掛けたささやかないたずらなのだ。というのも、問題となっているのはまさに、「現実に存在する」とは何かということ、そしてある物が「現実に存在している」と言えるためには、我々および我々の認識能力に対する関係をどのように表現せねばならないか、ということだからである。（続く★4）　[L897]

★1……『自然科学の形而上学的原理』における〈物質の根本力〉については本章［D178］の注参照。
★2……無限小解析［微分学］を指す。
★3……ニュートン自然学を指すか。
★4……[L917]に続くとプロミースは推定している。

時間の持続は、自然の諸現象を実験室の操作によって説明しようとするすべての努力に際して重大な障害である。嵐は夏にのみ花咲くが、ではいつの年にそれは植え付けられたのか、誰が知ろうか（注意セヨ《NB》、注意セヨ《NB》、注意セヨ《NB》）。コガネムシの一年。多くの焼きの操作が、火を急ぎすぎるために失敗する。錫の結晶樹★1も同様である。こうした困難を人間は克服することはあるまい。

冒頭★2をこうしてもいいかもしれない——空間は多くの事柄の徹底的な究明を不可能にするが、時間も同様である。我々は月に昇ることができず、地球の中心に下りていくことができない。それと同じように、ひょっとすると数世紀かけて孵るのかもしれず、そのために五大陸すべてからその構成要素

が集められてくるような自然の諸過程を、我々は模倣することはできないであろう。 [L900]

★1……塩化第二錫の飽和溶液から樹状の錫の結晶を作ること。
★2……構想していた『自然学提要《フィズィーク》』を指す。

人間たちは物質の本質について多くを書いている。物質のほうが、人間の心性について書き始めてくれればいいのだが。そうすれば、これまで互いに相手を少しも正しく理解していなかったことが、明らかとなるだろう（もっとうまく、人間的に表現されねばならない。注意セヨ《NB》）。 [L908]

リター★氏の思想、それはすでに著作の表題（『持続的ガルヴァーニ現象が動物の生命現象にも随伴することの証明』）から読み取れるが、とても気に入った。「すべてがすべてのうちにある」、という私がいつも説いてきた命題の一種の応用だ。なぜガルヴァーニ現象が生体に現れていけないことがあろう。死に著しく近づいた生体にもそれは見出せるのだから。

自然の諸現象で見出される交替すべてにおいて、つねに、それが原因そのものの変化によって生じているのか、それとも反作用によるかを明らかにするよう努めねばならない。一七九八年の七月と八月初旬はしばしばひどく暑い日があった。気圧計は下がり、南西風と西風が吹き、空は曇り、しかし嵐にはならなかった。ここでは確かに反作用が理由である。発達した電気物質はどこかよそで使われたのだ。 [L915]

★……Johann Wilhelm Ritter（1776-1810） ドイツの自然学者《フィジカー》。化学的過程とガルヴァーニ現象（電気現象）が結びついていることを示し、電気化学の創始者の一人となった。紫外線の発見でも有名。ノヴァーリス（Novalis, Friedrich von Hardenberg, 1772-1801）やA・v・アルニム（Achim von Arnim, 1781-1831）といった、自然研究者でもあったロマン派の詩人・作家とも交流があった。『若き一自然学徒の遺稿よりの断片』*Fragmente aus dem Nachlasse eines jungen Physikers*（1810）はW・ベンヤミンなどにも大きな影響を与えた（『ドイツ悲劇の根源』*Ursprung des deutschen Trauerspiels*, 1928）。

原子論の体系《システム》に対する強力な反論として、それは諸力を仮定することなしには定立できないはずのものをまず定立し、それから残りのことのためにあらためて諸力を仮定している、というものがある。単なる現実存在という概念からは、不加入性や慣性といった概念は、引力や酸あるいは赤さといった概念と同じく導き出すことはできない。にもかかわらず、原子論にはなお優れた点がある。一、それは日常的な諸概念との接続の度合いが他のものより大きい。このことは尊重されねばならない。二、それは数学にとって使用可能であり、数学の自然への応用を容易にする。この体系はつねに卓越したイメージであり続けるだろう。しかし、あの形而上学的体系《システム》★に立ち戻ることがこれによって妨げられることはない。

こうして、この二つの体系《システム》は、ひょっとすると対置されるのではなく、その相互依存性が示されるべきなのかもしれない。銘記せよ、自らの立場を明確に説明すれば、人々はすぐに理解しあうであろう（一粒の塩《クム・グラノー・サーリス》をもって記すこと）。

［1917］

★……カント『自然科学の形而上学的原理』の立場を指すか。

引力論者と斥力論者の二つの体系《システム》、すなわちカントの体系《システム》とル・サージュの体系《システム》★とを比較することは一度やってみる価値があるだろう。両者には非常に多く照応する点があるので、すべてを一度付き合わせてみる価値がある。引力――衝突。始原の諸力――始源の諸物体。

［L918］

★……ル・サージュについては第一章［J393］注参照。本章［RA151］［J1416］では直接、［J1775］では間接的に言及されている。

「引き付ける」と「反発する」――これらは異なった事柄として語られるが、それを要求しているのは言語の用法であり、我々の交流の全体である。書物では、我々の交流はこの二つに左右されているのだ。しかし物体に引力を付与し、斥力を排除することで、我々は理性が是認しえない一面性で事を運んでいる。もちろん我々は引力の領野に、それが支配するところに生きている。我々の身体はそれによってのみ存続している。我々も、我々の惑星も、我々の太陽もこの領野の中にあり続ける。しかし反発作用の領野にあり、天の全体を満たす存在も――ヤーコプ・ベーメ★ならずとも――考えることはできる。

［L919］

★……ベーメについては第二章［D158］注参照。

一七九九年。ロウソクでこれまで何度か観察してきたことが昨晩も起こった。芯がきれいになっていないときには、時に、細い繊維が一本で炎のなかに立って、その上のほうが普通に点火すると、すぐに燃え尽きないで数分間その状態を保つことがある。昨晩はこの繊維がとても細かったので、そこにくっついた小火球が、それを支えているものの存在を推測させなかったら、これを見つけ出すことは非常に難しかっただろう。この繊維は、自分が燃えないだけでなく、太さを増すこともない。しかし先端の煤玉は、とてもゆっくりとではあるが大きくなっていく。［左図］ここでは、この細い物体はいまだ多くの獣脂を吸っており、それが気化する際に繊維そのものを冷却している（芯が燃えないのはそもそもこれが理由だ）のか、あるいはその位置の関係で、分解によってこの物体を破壊するに十分なだけの純粋空気（reine Luft）がそこに到達しないかのどちらかだろう。前者が本来の理由だと思われる。しかし、こんな細い木綿の繊維が、火のなかで金やプラチナの糸と同じように破壊されないでいるのを見るといつも驚いてしまう。［L949］

新たな「土」[★1]類の発見は、大いに気に入るどころではない。新たな物質がこうして堆積されていくのを見ると、天文学における周転円[★2]を思い出す。あの天文学者たちは、恒星の光行差[★3]を見ることができたら、自分たちの周転円で何をやっただろう。例えばコペルニクスが自らの誤りのなかで見せたような、幾何学における非凡な明敏さを見せることはできたはずだ。しかし、それが何だ？――言いたいのはこういうことだ。化学はすぐにもケプラーにあたる人間を見出さない限り、大量の周転円によって押しつぶされてしまうだろう。化学を研究する人間はもういなくなるだろう。そして最終的には、怠惰さが化学を単純化するすべを知るであろうが、本来であれば、活発な知性のほうがずっとうまくその作業をやれるはずなのだ。そこから見ればすべてがもっと単純に見える地点が、絶対あるに違いない。一枚一枚の葉は不規則であると推定し、それが樹の博物誌における重大な事象として言及に値

するとみなされる限り、樹の本性を極めることなどまったく考えられない。［I962］

★1……ラヴォアジエの『化学原論』*Traité élémentaire de chimie, présenté dans un ordre nouveau et d'après les découvertes modernes*（1789）においてはライム（酸化カルシウム）・マグネシア（マグネシウム）・バリタ（酸化バリウム）・アルミナ（アルミニウム）・シリカ（ケイ素）の五つの元素が「土」に分類された。

★2……天動説において、円軌道上にあると推定された惑星の運動を説明するためにアポロニウスによって提唱されたもの。惑星は地球を中心とした大きな円（従円）上に中心を持つ小さな円（周転円）の上を運動するとされた。第一章の［I473］では、カントの体系とコペルニクスの体系を比較しつつ、「カントの体系《システム》のほうが周転円はより少ない」と述べられている。

★3……観測者が地球の公転方向に移動しているために、観測する天体の位置が移動方向にずれて見える現象。ジェームズ・ブラッドリー（James Bradley, 1693-1762）によって一七二八年に発見された。

解説

『雑記帳』という名は一つの断片［E46］に由来する。こまごました取引を分類なしにとりあえず記録し、あとで帳簿に整理する――そうしたイギリス商人のやり方を、リヒテンベルクが自分の執筆方法になぞらえたものである。それがノート群の総称として用いられるようになったのは二十世紀以降のことだ。ノート群から抜き出された数多くの断片が〈リヒテンベルクのアフォリズム〉としてアンソロジーにまとめられるだけでなく、『雑記帳』というテクストの集積それ自体が関心の対象となるのも二十世紀になってからである。

原著（本書が依拠したプロミース版）を広げてみる。ぎっしり組まれた合計千八百ページの二巻本には、ノートAからノートLまで、それからイギリス滞在時の旅日記と、一七八一年から没年まで間を置きながら書き続けられた簡潔な『日記』といくつかの小ノートが収録されているが、個々の断片に整理番号が打たれているだけで、分類もなければ見出しもない。ほんの数行やただの一行からなる、まさに箴言《しんげん》と言えるようなものもあれば、数ページにわたる小論文や観察記録もあり、小説の腹案、実験器材や人物のスケッチ、日常茶飯事の羅列、幻視を交えた独白のようなものなどが目まぐるしく交替していく。異種混淆性に貫かれた、〈書くこと〉の執拗な持続――この特異なありようこそが『雑記帳』の豊かさの源泉であるという見方も大きな説得力を持つ。

その持続がこのような内実を生み出すためには、リヒテンベルクという特異な個性のみならず、場所と時代も決定的な重要性を持っていた。本解説では、まずその場所と時代を一瞥し（I、II）、「はじめに」で触れた、社会と人間の観察記録としての側面、文化史・思想史・科学史に関する批判的ドキュメントとしての側面、そして〈思考の実験室〉における実践記録としての側面についていくつかのトピックを紹介した（III）のち、書物としての『雑記帳』の受容史を概観する（IV）。

I　場所について――ゲッティンゲンとイギリス

1　大学と大学町について

一七六三年五月、リヒテンベルクはゲッティンゲン大学（正式にはゲオルギア・アウグスタ校）に、数学と自然学《フィズィーク》――当時は今日の物理学より広い領域を指す言葉だった――の学生として学籍登録を行っている。生まれたのは一七四二年。生地はヘッセン＝ダルムシュタット方伯領のオーバー＝ラムシュタット。二十一歳で、ハノーファー選帝侯国という異国の大学に入学したことになる。

ゲッティンゲンは六三年当時で人口はおよそ六千人（十八世紀末には一万人弱まで増加する）、一七三七年に大学が新設された当初は人口四千人足らずであり、この四半世紀でおよそ二千人増加しているが、それは大学の設備が整い、大学関係者や商人、職人が流入してきたことによる。まさに大学と町は一体となっていたのである。ゲッティンゲン大学は教授の任命権と大学財産管理権を国家が掌握し、自国のみならず他国の学生をもひきつけるべく、新しい構想のもと設立された。そこで打ち出されたのは、経験的方法の重視であり、解剖学教室・植物園・自然学実験室・天文台が整備され、理系では天文学・数学・自然学《フィズィーク》、文系では歴史学・言語学・地理学などに力点が置かれた。また、貸出システムなどが完備した大規模な図書館も有名だった。

小さな町だったが、ヨーロッパ各地から学生が訪れた。例えば学生時代にリヒテンベルクの親友となり、晩年まで交流のあったユングベリはスウェーデン人だったし、ハノーファーと同君連合であるグレート・ブリテン王国からも王族や上流階級の子弟が大学の門をくぐった。まだ学生だったころ、そうしたイギリス人学生の家庭教師兼世話係を引き受けたことが、リヒテンベルクの生涯を決定づけることとなる。一七七〇年、そうした学生の一人であったイルビィらの帰国に付き添う形ではじめてイギリスの地を踏むことになったからである。

一七七五年の年末に第二回イギリス滞在から帰国して後は、出版者ディーテリヒの館を住まいとした。印刷所と書店を兼ねており、このディーテリヒ書店が文筆活動の拠点となる。出版物を通し文人としても名声が広がると、ドイツのみならずヨーロッパ諸国から客人が訪れた。レッシング、ドリュック、ゲオルク・フォルスター、ヴィーラント、ゲーテ、ハーシェル、ヴォルタ、バーダー、A・G・ヴェルナー、ラーヴァター――錚々たるものである。さらに旺盛な文通によって、ヨーロッパ各地の学者たちと活発な知的交流を繰り広げてもいた。ただリヒテンベルク自身は前述の第二回イギリス滞在以降は幾つかの小旅行をのぞき、ほとんどゲッティンゲンを出ることなく生涯を送る。この町について、あるとき彼はこう書いた。「一つの顔が、別の顔といつも韻を踏んでいるような小さな町にて」[E289]。

2―〈イギリス〉が意味するもの

「私は見ました。大海原を、七十四の砲門を備えた数多くの戦艦を、冠を戴き議会に座る威風堂々たるイギリス国王を、有名人の眠るウェストミンスター寺院を、セント・ポール大聖堂を、「ジョン・ウィルクス！　自由よ！　神のご加護を！」と何千人もが叫ぶなか、行列を連ねる市長を――私はこれらすべてを、わずか一週間のうちに見たのです」。リヒテンベルクが古代学者ハイネにこう書き送ったのは一七七〇年四月十七日、はじめてロンドンを訪れて一週間目のことである。

このときのイギリス滞在は一か月強という短期間のものだったが、大きな意味を持っていた。異国ハノーファーの大学に学んでいた決して豊かとはいえない奨学金受給者が、グレート・ブリテン王国の上層部と深いつながりを築くことに成功したからである。子弟の手紙に好印象を受けていた社交界からは歓迎され、国王ジョージ三世は謁見の後、リヒテンベルクをゲッティンゲン大学の員外教授とするよう指示を出す。

この短期間の滞在に関しては手紙や日記に記録されたものは乏しいのだが、一七七四年から七五年にかけて一年三か月滞在した際には、大量の記録が残された。本書ではそのうち『旅日記』『旅行注記』のわずかな抜粋を収めたが、このイギリス体験は決定的なものだった。大都会を経験し――彼の書簡には、ドイツ文学史上最初の大都会の描写があるとされている――、立憲君主制議会でのアメリカへの対応をめぐる激しい論戦を傍聴し、そして国王一家との交わりは、彼の視野を大きく拡げた。一方で、危険とされている地域も一人で歩き回り、処刑を見物し、ベドラムの精神病院を訪れ、娼婦たちの振る舞いや言葉遣いを記録している。当時最高の俳優と言われたギャリック（David Garrick　一七七一―一七七九)の演技に震撼し、その観劇記兼演劇論として書かれた「イギリスからの手紙」(一七七六)はドイツの演劇界に大きな影響を与えた。多くの科学者と交流し、天文台を訪れ、産業革命の現場にも触れた。旅行記などの読書でしか知らなかった非ヨーロッパ世界が、これまでにない具体的なものとして現れてきたことも重要である。キャプテン・クックの第二回世界旅行に同行したフォルスター親子と知り合い、『世界周航記』*A Voyage round the World* [……](1777), *Reise um die Welt* [……](1778/80)で有名になる息子のゲオルク(一七五四―一七九四)とは雑誌も共同編集することになる。タヒチから連れてこられた現地人オマイと出会い、強い印象を受けた。帰国後も非ヨーロッパ世界に強い関心を持ち続けたのには、この出会いの経験が大きい。

II　時代について――〈啓蒙〉から〈革命〉へ

リヒテンベルクが生きたのは一七四二年から一七九九年まで、現存する『雑記帳』がカヴァーしているのは一七六四年から没年までである。その間には七年戦争があり、アメリカ独立戦争があり、フランス革命があった。イギリスでは産業革命が進行し、学問の領域においてもさまざまな変革があったが、例えば〈化学革命〉には、リヒテンベルクは当事者としてコミットすることになる。彼が生きた十八世紀の後半は、〈啓蒙〉と〈革命〉の時代でもあった。

啓蒙という言葉が自覚的に用いられるようになるころから、身分や職業から自由な議論の場がドイツ各地に作られる。中心になったのは、教養市民層(官吏や大学教授、弁護士、医師など、中等・高等教育を受け、それを職業上利用している人々)とブルジョワジー(商人、工場主、銀行家といった経済・有産市民層)である。書物の共同購入や読書会を行う「読書協会」といった団体は人々が出会い語り合う場となり、雑誌や手紙――この時代は回覧が前提とされる半ば公的なメディアだった――は言論による場を形成した。リヒテンベルクは『ゲッティンゲン懐中暦』という雑誌を編集し膨大な記事を自ら執筆することで、文字通りこうした啓蒙の運動の一端を担っていたのである。一方、開明派貴族や官僚による「上からの改革」の運動があった。具体的な在り方は各領邦国家によって異なるが、その範囲は社会経済・司法・教育など多方面に及ぶ。ゲッティンゲン大学の開設はその顕著な一例である。両者が目立った衝突を生み出さなかったのは、ドイツ啓蒙運動の大きな特徴といえる。

この運動を導いていたのは改良への意志である。昔からあるというだけで、納得できる理由もなく力をふるう制度や考え方は改められねばならず――絶対主義国家体制に関しては、納得できる理由があると繰り返し論じられた――、慣習や目先の欲望に支配される生き方は、自覚的に定められた目的に向かってきちんと秩序付けられたものへ変えられねばならない。〈思考を、社会を、自己を、いかに律するか〉が最大の問題であり、自発的・自律的に生み出された秩序がもたらすはずのものは幸福と呼ばれた。

何に基づいて律するのか。当時の人々は「理性」と答えただろう。世界を秩序付け、人間にあまねく与えられているはずの理性に基づき、〈現にあるもの〉を考察することで、それを可能にした原理に接近する。仮説的な原理に基づいて再構成してみることで、〈現にあるもの〉を相対化し、さらに〈良い〉ものへの道筋を描く。そのような啓蒙のプロジェクトにあって、理性は前提とされることもあったが、自らが根拠付けるはずの運動の中で問い直されもした。リヒテンベルクに決定的な影響を与えたカントは、「理性のあらゆる営みの中でも最も困難な、自己認識という営み」（『純粋理性批判』第一版序文　一七八一年）と書いたが、リヒテンベルクもまた、この営みに携わり続けたといえる。

啓蒙について、彼はこう書いた――「啓蒙の印としては、よく知られた火の印（△）がいいのではないかと思う。火は光と熱を与え、生きるものすべての成長と進展に欠かすことができない。ただし――不注意に扱われると、火傷を起こすし破壊もする」[J971]。彼は時代診断のなかでくりかえし「火傷」と「破壊」に対して警告を発するが、いったん生じたものに対しては冷静な診断を下すことになる。変革は、啓蒙の帰結であると同時に、ある種の自然的カタストロフともみなされることになる。

啓蒙が推し進められるとき、自身がその対象となり、いわば〈啓蒙に対する啓蒙〉として啓蒙の自己批判が展開される――これは啓蒙期研究で繰り返されてきた主張である。十八世紀後半の啓蒙主義ないし運動を後期啓蒙と呼び、その大きな特徴としてこの〈啓蒙の自己批判〉を挙げる研究者も多い。それが正しいなら、リヒテンベルクを〈後期啓蒙主義の体現者〉と呼べるかもしれない。これから見ていくように、そこには楽天的進歩主義に対する批判があり、平板な、均一化された人間観に対する批判があった。

III　観察記録・批判的ドキュメント・思考の実験室

1―〈序文〉――ひそかな〈宣言〉

おそらく一七七〇年、最初のイギリス滞在から戻った後に書かれたと推定される「序文」――何への序文であるかはわかっていない――の草稿が残されている（[B321]）。短い未完のものではあるが、ひそかな宣言のような響きを持つ。

「流行と、習慣と、あらゆる偏見の揺動から守られて、「人間という」複雑極まりない体系《システム》の独自の運動を観察することができるようなささやかな場所を見つけたい」という願いから、序文は書き起こされる。〈皮肉と愛情をもって、ゲッティンゲンというささやかな場所から人間を観察し記録し続けた人物〉、というリヒテンベルクのイメージがあり、それはそれとして決して間違ってはいないのだが、「これまでめったになかったような場所」でなされた「小さな観察の寄せ集め」を世に問おうとした三十歳前のリヒテンベルクにとって、そうした「ささやかな場所」は現実のものとして与えられてはいなかったようである。「人間観察者は船酔いに襲われるものだ。十分安定した土台が欠けているという彼らの嘆きには、海上の天文学者や星の観測者全員の嘆きを合わせたよりも遥かに正当性がある」という言葉は、〈無限なるもの〉の水平線に閉じ込められ、すでに存在しない〈陸地への郷愁〉に駆られる認識者について語る『華やぐ知恵』*Die fröhliche Wissenschaft* のニーチェ（第三章一二四番）を連想させるものがある。

なぜ土台が欠けているのか、「序文」はその答えを出そうとはしない。ただ、「我々に何か変化が起こったのではないか」と問い直すだけである。その変化によって、従来「安定した土台」とみなされてきたものが、「流行と、習慣と、あらゆる偏見の揺動」としての姿をさらすに至ったのではないか。「自然さ」も、素朴な、自明なものではなく、「技」を通して獲得されねばならなくなる。「自然人」という存在も一種の虚構（自然人という衣装）でしかありえない。そのような場で「人間」を論じようとするとき、ある種の安定した〈人間〉像を所与のものとすることはできない。そこでリヒテンベルクが拠り所にしようとするものは二つある。現実の、個々の、特異な人間と、理想としての〈全き人間〉である。

現実の人間に、彼は「聞け、君は人間だ。［……］君の感情や感覚は、忠実に、そしてできる限りうまく言葉にされれば、誤謬と真理に関する人間たちの評議会でも通用する。思考する勇気を持て、今いる場から取れるものを取れ！」と呼びかける。カントが『啓蒙とは何か』で「思考する勇気を持て」と語るのは一七八四年のことだから、それにはるかに先んじた呼びかけであり、まさしく啓蒙の呼びかけといえる。しかしこの呼びかけに続くのは、この声が本当に届くのは何千人に一人でしかないだろう、という苦い確信である。結局それは自分への呼びかけとなるだろう。特異であり、まぎれもない人間としての自分の感情や感覚や思考を言語化することへの自己鼓舞である。

そこで提示される理想が〈全き人間〉である。「全き人間は一体となって動かねばならぬ」というアディソン（Joseph Addison 一六七二―一七一九）の言葉が「序文」に引用されるが、これは『雑記帳』に繰り返し書き込まれ、ノートCではその表紙に大書されることになる。およそ百五十年後、第一次大戦前後の精神的混乱の中であらたな統合の可能性を模索するホーフマンスタール（Hugo von Hofmannsthal 一八七四―一九二九）は、二つのテクスト――『ドイツの小説家』*Deutsche Erzähler*（1912）というアンソロジーの序文と講演『国民の精神空間としての文学』*Das Schrifttum als geistiger Raum der Nation*（1927）――でこの言葉を引用することになる。

「序文」に戻ろう。〈全き人間〉の対極にあり、しかも人間の大多数を占めるのが「置かれたどんな場所も塞いでしまうが、少しも不快がらない」ような「隙間を満たす種族」である。このような人間は、「感情と感覚の体系《システム》が特定のものを与えないときには、信念や、追従に由来する迷信や、軽率さに由来する迷信でそれを補い、つねに一つの体系《システム》を完備していて、どんな形式にでも従う」。まだ若さゆえの気負いの感じられるこの文章では「世にそんな人々が存在する必要があるかどうか、私は知らない。理性の真理の収集者、哲学者や本来的な意味での批評家にとって彼らは無に等しい」と片づけられるのだが、彼らは『雑記帳』の世界から追放されることはない。むしろリヒテンベルクの鋭い観察眼と苦みの利いた切れ味のいい筆致によって、その姿が定着されていくことになる。

2―人間観察と人間像

i―個々の人間、多様な人間へのまなざし

リヒテンベルクはその鋭い目をさまざまなものに向けた。たとえばヒドラ（[D683]）やロウソクの炎（[L949]）といった自然の事物の観察と描写にも優れたものがある。しかしなによりも人間こそが、その観察の対象だった。

『雑記帳』は、表情や身振りや話し方のカタログと呼びたくなるようなところがある。たとえば、窓から観察した学生の足取りから、講義を受けようとしているのか、受けたところなのか推測するかと思えば（[B125]）、ちょっとした仕草について、小道具を用いたその演劇性が強調される（「彼は自分の小さいステッキをさまざまなものを測るのに用いた。物体としてのものも、精神的《モラーリッシュ》なものも。というのも、「これっぽっちも心配なんかしていませんよ」と言っては、どのぐらい心配しているか、親指の爪でステッキにあたりを付けてみせることがよくあったのだ」[B215]）。

また、環境の変化と行動の変化の対応関係へ、いわば行動心理学者的なまなざしを向けることもある。例えば［J528］では、広場を人間たちがどのような軌跡を描いて渡っていくか、雪が降った後にはどのような変化が見出されるかが、時間的な変化も含めて描かれる。

人間を観察するなかで、表面の挙動の下に隠されたものを見抜いてしまう鋭さがユーモアを交えて表現されることも多い。しかし、そのまなざしが表面そのものに留まるとき、そこには独特の優しさがある（「シュターデで一度、いつもはいやがる水飲み場に豚をうまく連れてくることができた男の顔に密かな笑みと穏やかさが浮かんでいるのを見たことがある。そんな顔はその後二度と見たことがない」[C300]）。

他者に対するきわだった観察眼を有していたリヒテンベルクだが、もっとも執拗に観察したのは自

分自身だった。そこには、例えば天蓋の織り目のなかに無数の顔が浮かび上がるといった特異な知覚状態（[C107]）や、思考の発生と姿勢の相関関係（[A34]）、脳のなかを通り過ぎていく無数の微生物的観念群（[J850]）、読み間違いに露呈する無意識的なもの（[G187]）や発語と認識のずれがはらむ不思議な時間性（[G21]では、「そんなこと、信じられるものか」と独語しながら、すでにまた信じてしまっているのに気づく瞬間が描き出される）など、心にかかわる学問や芸術に現代においても多くの示唆を与えるようなものが含まれている。

矛盾し分裂した存在としての自己も繰り返し描き出される。〈霊肉の分裂〉のような伝統的なモデルが、いわば生きなおされるのである。書物を広げ、知性においてはニュートン力学に基づいて宇宙の構造を追跡しながら、その居酒屋の女給——彼女たちには星に関わるあだ名がつけられている——の動作や肌に惹きつけられ、欲望に駆り立てられる自分を描いた[B263]はその顕著な一例である。そこでは、ひとたび意識された分裂は収束することはなく、互いがわからない状態にまでエスカレートする。〈一体となって動く〉べき〈全き人間〉という理想とは逆に、人間が分裂していく運動が生々しく定着されているのである。

これらの自己観察や他者の観察に基づいてさまざまな省察がなされるのだが、それはモラリストの系譜に位置づけられるようなものであることも多い。例えば「これは私の確信だが、人は他人のなかの自分を愛するだけではなく、憎みもする」[F450]であるとか、「我々の勤勉さは、まるごとどこか児戯めいたタッチを帯びるようになった」[F588]といったもの。ニーチェ（Friedrich Wilhelm Nietzsche 一八四四—一九〇〇）もリヒテンベルクをモラリストの系譜に位置付けていた（『ニーチェ全集』第一〇巻（第Ⅱ期）清水本裕・西江秀三訳　白水社　一九八五年　二二ページ）。

しかし、すでにあるモラリスト的思考に無批判に追随する姿勢は批判される（「ナイトガウンを羽織って、ラ・ロシュフコーの言葉のどれかに膝を叩くような、ひきこもりがちの人間が思うほど、人間とは知り難い存在ではない。［……］」［E218］）。重要なのは、書物を通して〈人間通〉になったような錯覚に浸ることではなく、日常生活において、いわば暗黙知のレベルで活用されている知識を、可能な限り正確に言語化することである（「人間についてあまりに人工的な観念を持つな。人間については自然に判断し、善良すぎるとも悪すぎるとも考えるな」［E412］）。ここでも重要なのは〈用心深さ〉なのである（「人間の性格ほど軽率に判定されるものはない――ここでこそもっとも用心深くあるべきなのだが。［……］」［G67］）。

そうした観察の対象は、イギリス滞在において圧倒的に広がった。王族から処刑される犯罪人に至るまで、さまざまな人々が観察され、狂気への関心も具体的な、生々しいものとなる（「ベドラムにいる人間の狂気から、人間とは何か、これまでより多くを推論できるに違いない」［G50］）。数多くの旅行記――これは異文化世界に十八世紀がよせた大きな関心の産物である――を通じて触れていた非ヨーロッパ世界が具体的な姿を取って彼の前に現れた。そうした旅行記の多くが有するヨーロッパ中心的な視点を、リヒテンベルクは相対化する。――第三章〈さまざまな文化〉に収められた断片からは、彼自身がそういう視点を共有していることも読み取れるのだが。そういった相対化がもっとも簡潔に、そして見事になされているのは、次の断片においてだろう。「コロンブスを最初に発見したアメリカ人は、いやな発見をしたものだ」［G183］――望遠鏡をひっくり返したように、ここでは「発見」の主体がネイティブ・アメリカンに移され、「いやな（böse）」――これは「悪しき」とか「忌まわしい」という意味にもとれる――という言葉で、以後の侵略の歴史が意識化されている。ラーヴァターの観相学に対する批判の動因の一つも、非ヨーロッパ世界の人間の相貌が、美しい精神の宿るはずがないものとして例示されることに対する反発なのである。『観相学について――観相学者達に抗して。人間愛と人間認識を促進するために』（一七七八）において、「なんと？　ニュートンの魂がニグロの頭に宿るなどということがありうると？　天使の魂が醜い身体に？　創造主が徳とその勲にそのような印を与えると？　そんなことはありえない」とラーヴァターの言葉を要約的に引用し、リヒテンベルクはただ一言「それがなぜいけない」と反問する。

そうした非ヨーロッパ的なものを、〈我々〉――ここではヨーロッパを出自とする白人を指す――にとって完全に外的な、単なる好奇心の対象とするのではなく、自分たちにも通ずるものとみなし、逆に自分たちのうちにそうした存在を見ようとする姿勢も顕著である（「我々の学問と技芸のどんなに洗練された分枝も、どこかで未開性ないしは野蛮（未開性と洗練の中間段階）に根差した幹につながっている。この幹を探し出すにはどれほどの哲学が必要か。しかしそれはどれだけ効能があることか！」[H17]）。こうした、いわば開かれた姿勢と対照的なのが、偏狭と呼ばざるをえないユダヤ人観である。第三章の〈概説〉で述べたように、これは大きな問題を突き付けてくる。この頑なな態度は何に由来するものだったのか――それが改めて問われねばならないだろう。

個々人の思考、そしてさまざまな民族の文化を集積したとき、人間は、単に多様なものとしてではなく、ほとんど矛盾した存在として現れる。次の断片は「序文」で語られていた「船酔い」の表現として読むことができるかもしれない。人間の多様性を、いわば矛盾語法的に列挙する修辞的な技巧が誇示されているだけではなく、ここに描き出されている側面の多くが自らのうちに存在し、自分を安定させないでいるとリヒテンベルクは意識しているからである。

「人間というもの。――あらゆる量はそれ自身に等しい、と言いつつ、太陽と全惑星の重さをはかるに至る。はるか遠くの惑星で食が起きる時間は知っているくせに、自分の身体を構成している世界の滅亡についてはなにも知らない。自分は神の像になぞらえて造られた、と言いながら、かしこでは不死のラマ僧の尿をすする。ミツバチの巣房を感嘆して眺め、自分ではピエトロ教会を建てることができる。キビの粒を投げて針の頭を通し、あるいは針を石で擦って〔磁石にして〕、海上で道を見出す。神を「もっとも活動的な存在」と名付けるかと思えば、「不動のもの」とも呼び、天使に太陽光の衣装を着せるかと思えば、クズリの毛皮を着せる（カムチャツカで）。ネズミや虫けらを崇拝し、その存在にとっては千年も昨日の一日のごとくある神の存在を信じるかと思えば、いかなる神の存在も信じない。自らを殺し、自らを神格化し、自らを去勢し、自らを火あぶりにし、死に足るまで断食し、貞節の誓いを立て、……のせいでトロイアを焼き払う。同胞を喰らい、おのれの糞を喰らう。（もっと咀嚼して、整理した形で）」［F191］

ii—類としての人間へのまなざし

さらにマクロな視点ではどうなるか。そこで問題となるのは〈人類〉であり、他の生物の中の一つの生物としての人間である。それが〈流行〉に抗う進歩の土台（「我々の新しいものがすべて流行にのみ属すると考えるのは間違いだ。そのなかには確固としたものがある。人類の進歩は見誤られてはならない」［G41］）、判断の基準（「善き作家とは、多く長く読まれ、百年後もさまざまな判型で出版され、まさにそれによって人間一般にとって喜びとなる存在である。人類全体は善きもののみを称賛し、個体はしばしば悪しきものを賞賛する」［D219］）として現れるとき、彼のうちに「進歩」へのオプティミズムがあることは否定できない。

一方、伝統的人間像を継承しつつ、それをラディカルに徹底させるという姿勢も顕著である。例えば、中間的存在としての人間という発想は「人間はひょっとすると半ば精神、半ば物質である。ヒドラが半ば植物、半ば動物であるように。境界線上にはいつも奇妙な生物がいる」[D161]という形で変奏される。人間を「奇妙な存在」と呼ぶことにも通じるが、存在の連鎖の頂点にある人間、というモデルに対しても皮肉なコメントがつけられる(「人間がもっとも高貴な生物だということは、いまだどの生物も反論してこないことからもわかる」[D331])。頂点どころか、人間は「世界の尻尾」(「世界の尻尾である我々は、頭が何を企てているか知らない」[F54])なのである。

この「奇妙な生物」は、一見するとまったく人間とは思えないような姿にデフォルメされることもある。「この地球の表面には、一本の太い根と、そこから生えた何本かの細い根、そしてもっと細い何本もの根を持った一群の丸い物体がある。それはエーテルの中で、水中のヒドラのように生きており(脳、神経、脊髄)、ヒドラがその腕を広げるようにその根を広げている。それは、覆いの役目をし、動かすことのできる一個の特別な容器に入っており、自身の繊細な根を別の物体のうえに伸ばす必要がないような仕組みになっている。[……]」[F34]。これはハートレー(David Hartley 一七〇五―一七五七)の学説に強い影響を受けた結果、神経を中心に描きなおされた人間像であり、他の生物とのアナロジーやその生活圏に力点が置かれている。

上記の断片ではエーテルのなかに生きているとされた人間は、現実には大気中にしか生存できない。これは何を意味するか。人間は表面的存在だということである。人間の生活圏は地球の表面であり(「[……]人間は、大気を勘定から除けば、住んでいる球の表面にいるのであって、内部にではない。[……]」[D433])、また人間は事物の表面にしか関与できない(「事物において人間の関与しうるのは、哲学する潜水夫が生きていけるわずかな深みを除けば、その表面であって内部ではない。諸君が「根底から研究する」と呼んでいるのは、ただ広がっていくことでしかない[……]」[同])。こうした表面的存在としての〈人間というもの〉を見るまなざしは冷徹なものである。一方、一人一人の人間に向けられるまなざしにはある種の優しさがあると前節で述べたが、その独特の優しさも、表面そのものに向けられるまなざしに由来している（「相手の表情が読めない人間は、読める人間よりもつねに残酷もしくは鈍感である。小動物に対して、むしろ残酷になることができるのはそのためだ」［G20］）。

彼の批判は、なによりもそうした人間の被規定性と限局性を自覚することのない傲慢さに向けられる。例えば観相学という構想は、人間を、外的特徴と性格の対応関係に基づいて、いわば簡略化し透明化しようとする試みであり、そのような手段によって個々の人間の不変の本質まで把握できると考える点にリヒテンベルクは知の傲慢さを見たのだった。

「我々がここかしこでいくつか発見をしたからといって、いつまでもこれが続くと思ってはいけない。軽業師は農夫より高く跳び、ある軽業師は他の軽業師よりも高く跳ぶ。しかし、人間である軽業師の跳躍力の限界は、たかが知れている。掘ってみれば、水が出る。それと同じように、人間は遅かれ早かれ、いたるところに概念では捉えがたいものを見出す。いくつかの観相学的規則はあっというまに確立された。そしてじきに、それを超えたと思われるようになった。しかし面倒は永遠に流れ込んでくる。人間はあらゆる学問について、その一本の繊維根を摑むことはできる。しかしそれが苔の一部か、ヒマラヤスギの一部かを知ることはない。天文学者のキンダーマンは、地球を一周するまで先を観ることのできる望遠鏡を発明したと思い、それを銅版画に彫らせさえした」［F645］

3—時代批判と論争への介入

〈啓蒙〉の人間として、彼はさまざまな批判に取り組んだ。その大きな対象として迷信があった。例えば避雷針をドイツに導入したが、それは人間を自然の脅威から守ることであり、同時に迷信の打破を目指すことでもあった。落雷は「天の怒り」ではなく、電気がその原因であり、科学によって対処可能なのだと彼は説いた。

ここでも自己の分裂に敏感であるリヒテンベルクは、自分がどれほど迷信的な人間であるか、というこ とも繰り返す（「第五章　宗教について」参照）。なにより彼が嫌悪し危険視したのは、自覚せざる迷信、というか、傲慢な迷信であり、彼にとって「観相学」とはそうした迷信に他ならなかった。

彼が公的な論戦の対象としたのは、ほとんど「観相学」に限られるが、この論争は彼の科学観と人間観の根幹に関わっていたと言っていい。その批判は多岐にわたるが、①顔貌の個々の部位の形状と心性を関係づけようとするとき、それが静的な対応関係にとどまっており、変わるものと変わらないものについての視点が欠けている、②環境と人間の相互作用に代表されるような、自然の限りない関係の網目のなかに織り込まれている人間という視点が欠けている、③人間の自然的・文化的多様性に対する視点が欠けており、白人中心的価値観や美意識が無自覚的に混入している、などが挙げられるだろう。ここでもリヒテンベルクがそうした無自覚性に対置するのは〈用心深さ〉なのである。『観相学について』の序文草稿の一片における「［……］私の唯一の最終目標は、用心深くあれと勧めることにある」［F802］という発言に続く言葉は、そうした用心深さを失った人間の恐ろしさを彼が鋭く感じ取っていたことを示している。「まったく私に背き、悪徳は身を歪めることもありうる、と考えるに至る者が現れても、もし君が不快な相貌をした歪んだ人間を見たら、徹底的かつ正確な探求もせずにこの人物を不品行な存在とみなすようなことは、どうかやめてほしい。君をそのように美しく作った神が、この人物をそのように創ったということもありえるのだ。後生だから、あえてこう言うが、後生だから、彼にも人間性と寛容の施しをしてやってほしい。信頼という、本来なされるべき貢物は拒絶するとしても、である。［……］」（［同］）

そうした公然たる論争以外にも、同時代の思想や潮流に対する批判的・批評的なコメントは『雑記帳』全体にちりばめられている。この書を十八世紀後半ドイツ語圏文化の批判的ドキュメントとして読むことのできるゆえんである。

まず目につくのは「本」をめぐる問題である。読書人口の増加と、それに伴う出版物の増加、各地に設立された読書サークルなどが〈啓蒙〉運動を支える大きな基盤となっていたことはすでに述べた。しかし読書が惰性的や受動的なものになることにより、むしろ啓蒙を阻害する、素朴に言えば〈自分で考え、自分の表現を求めなくなる〉危険性にリヒテンベルクは敏感であった。「多くの本は本から書かれる。我々の詩人はたいてい他の詩人を読むことで詩人になる。感情や感覚を、そして観察を本にすることに学者はもっと心を砕くべきなのだが」［D541］といった断片は数多い。

それが学者批判となったとき、ニーチェの批判を先取りするような鋭さを見せることになる。たとえば歴史学についての考察がある。ゲッティンゲン大学は歴史学も重視しており、ガッテラー（Johann Christoph Gatterer　一七二七―一七九九）のもとで歴史学講座が開設されるとリヒテンベルクも熱心に聴講し、みずからも発表をするほどであった。しかし彼がイギリスに行ったとき見出したのは、学者のみならず、知的一般人の家庭にも歴史書が常備されている英国とドイツの大きな隔たりだった。「［……］なにゆえ、真に良き歴史家、どの机にも置かれているような国民の本当のお気に入りが我々にはかくも乏しいのか。［……］我々は、あらゆる学問同様、歴史も拡大しすぎるのだ。我々の歴史家はたいてい歴史を教える人間であるわけだが、彼らは、しばしば我慢ならない冗長さを除けば、事典類にふさわしい存在である。彼らはディテールというものを間違って捉えているのだ。［……］」［E389］。これはニーチェの歴史主義批判にも通じる批判である。実際、ニーチェはシュトラウス批判を書いていた一八七三年に、リヒテンベルクのこれに類した断片をノートに書き写している（『ニーチェ全集』第四巻（第一期）大

河内了義訳　白水社　一九八一年　三三〇／三六五ページ）。

ニーチェと同様、リヒテンベルクにも一群の〈ドイツ人〉論がある。そこで目を引くのは模倣性と独創性をめぐる逆説的な一対の定式化である。「ドイツ人は、他の国民も独創的だという理由から絶対的に独創的であろうとするとき以上に模倣家であることはない［……］」［D367］。「思うにドイツ人が強みを発揮するのは、ある特別な頭脳によってすでに準備がなされていた独創的な作品においてである。別の言い方をすれば、ドイツ人は模倣において独創的となる技術を最高度に完全させた形で自分のものとしている。［……］」［E69］。

これらを「われわれが偉大となり、もし可能なら、模倣しえないものとなるための唯一の手段とは、〈古代人〉を模倣することである」というヴィンケルマンの発言と結び付け、さらに分析することもできるだろう。すなわち、ラクー＝ラバルトが『近代人の模倣』（大西雅一郎訳　みすず書房　二〇〇三年　ヴィンケルマンの引用は一〇一ページ）で執拗に追跡する、ドイツ人における模倣をめぐる問題系に位置づけるということである。

ヴィンケルマンにおいて模倣の対象は「古代人」であったわけだが、同時代の古典古代ブームに対する批判、さらにヴィンケルマンに対する一種の嘲弄も、同時代の〈流行批判〉（「［……］流行という媒体を通したり、あるいは流行の体系《システム》を顧慮したりせずに、ある事柄を新しく見ることは難しい。理由が必要とされるべきところでいつも名声が用いられ、教えるべきところで恐れさせられ、人間で十分なところで神々が加勢させられる」［G110］「流行になる可能性のある書き方をする人間のほうが、流行の書き方をする人間より好感が持てる」［G134］）や〈天才批判〉（「［……］この六年から八年のあいだ、いかなる国民も、ドイツ人ほど「天才」という語を口にしては来なかったし、この間ほど天才が稀だったこともなかったのだ。［……］」［E501］）とならんでリヒテンベルクにおいて頻出する主題だった。それらに共通するのは、怠惰な思考、空疎な言葉、上滑りする言葉であり、独創性を誇っているようでありながら、実は彼らこそ「序文」にいう「隙間を満たす種族」に他ならない、というのが、リヒテンベルクの見立てなのである。

流行や潮流への批判的コメントだけでなく、論争へのコメントも興味深い。例えば、ドイツ近代の思想史において大きな意味を持つ〈スピノザ論争〉について。詳しくは第一章の〈概説〉と注を参照されたいが、争点の所在をリヒテンベルクがはっきりと把握していたことは、ヤコービの書物からの抜き書きがあることからも明らかである。そのうえで、スピノザの思想を「かつて一人の人間の頭脳に到来した思想のなかでもっとも偉大な思想」［J292］と呼び、「数えきれぬ年月にわたり世界がなおも存続するなら、普遍宗教となるのは純化されたスピノザ主義だろう。自らに委ねられた理性は、他ならぬここに帰着する。他に帰着することはありえない」［H143］と断言する。しかし同時に、「キリストの教えは、厭わしい坊主のラードを拭い取られ、我々の自己表現の仕方に沿う形で理解されれば、世界における安寧と幸福をもっとも早く、力強く、確実に、あまねく促進するための、少なくとも私の考えうるもっとも完全な体系《システム》である」［J295］とも言われる。「完全に純粋理性から育ち、まさに同じ結果をもたらす別の体系《システム》」――これが「純化されたスピノザ主義」を指すのであろう――は「修練を経た思索者に向けてのもので、人間一般に向けられたものではない」［同］というのである。

理念としては〈限りなく近づいていく〉べき極点を示し、現実には〈人間の条件〉を踏まえ、さまざまな可能性のなかでもっとも望ましいものを提示する――この思考法は、政治にも適用される。〈限りなく近づいていくべき〉政治体制は、一般的な〈制限された君主制〉である。しかし人間は政治において象徴的紐帯を必要とする。それ故、もっとも強力な象徴性を有する〈世襲〉に基づく（［L403］）イギリス型の立憲君主制が、現実における最善のものとされるのである。

科学については、彼が増補改訂を繰り返したエルクスレーベンの『自然学基礎』への注が、当時のさまざまな論争に関する持続的なコミットメントの場となっていた。そこでは実にさまざまな領域への介入が試みられるのだが、ここでは、本書でも登場する二つの論争を見ることにする。

ゲーテ（Johann Wolfgang von Goethe　一七四九―一八三二）がニュートンの『光学』への批判を『色彩論』として展開したこと、その草稿をリヒテンベルクに送ったが、芳しい反応を得られず、エルクスレーベンの教科書でも無視され非常に立腹したこと――それについては第七章の注でも述べた。実際のところ、リヒテンベルクは最初から無視したのではなく、ゲーテへの書簡で自身の見解も述べている。そこでは「色のついた影の問題を解決するには、我々が「白」と呼ぶものをいっそう正確に解明することが、かなりの程度、その基礎となる」［K366］という考えに基づいた慎重な反論がなされたのだが、ゲーテはその真意を理解することはなかった。その後、色彩をめぐるリヒテンベルクの思考が再考されるには、最晩年のウィトゲンシュタイン（Ludwig Josef Johann Wittgenstein　一八八九―一九五一）の『色彩について』*Remarks on Colour*（1950）（中村昇・瀬嶋貞徳訳　新書館　一九九七年）を待たねばならなかったのである。

もうひとつは〈化学命名法論争〉である。第七章の概説と注にあるように、この論争の主役の一人であるラヴォアジエは、当時激しく争われていた〈燃焼論争〉の主役でもあった。フロギストン（シュタール）派と酸素（ラヴォアジエ）派の間でのリヒテンベルクの位置づけは一筋縄ではいかないのだが、命名法論争に関しては旗幟鮮明である。「今日、命名法と正しい命名について非常に活発に論じられている。それはまったく正当である。すべては改良され、最高の状態へもたらされねばならない」［K19］というのだが、すぐに条件が付く。それが決定的なのである。「思うに、人はそれにあまりに多くを期待しすぎるし、事物にその特性を表現する名を与えようと細心の注意を払いすぎる。言語が思考にもたらすはかりしれない利点は、思うに、むしろ言語が事象の記号であることに存するのであって、定義であることにではない。そう、まさに定義であることによって、言語が持つ有効性は部分的に再び廃棄されてしまうと思う［……］」（同）。これは、言語が独り歩きし、認識に余計なバイアスを与えてしまうことに対する批判である。その一方で、例えば火を流体とみなすといった比喩／イメージ言語が新たな発見をもたらす可能性もリヒテンベルクは認めていた（第七章［J1748］の注参照）。Ⅳで見るように、リヒテンベルクの言語批判的な側面は二十世紀初頭のウィーンの知性に大きな影響を与えることになるのだが、彼の自然科学研究においても、言語は——可能性と危険性の両面で——大きな役割を演じていたのだった。

4—〈実験室〉の思考

リヒテンベルクは実験自然学《エクスペリメンタルフィズィーク》の教授であった。一講義期間に六百以上の実験を行い、ゲッティンゲン名物となったその講義には多くの貴族や市民が詰めかけ、教室は立錐の余地もないほどだったという。ここでの実験は、既知の知識を具体的な形で印象深く教授するための手段であるが、もうひとつ、未知の知識を求めていわば自然を「尋問」するものとしての実験があり、リヒテンベルクも日々そうした実験に勤しんでいた。

『雑記帳』は実験ノートしての性質も持つ。さまざまな実験のデータが記され、新しい実験が構想される。そうした実験は自然科学に限定されるものではない。一例を挙げよう。「四方に黒いカーテンがかけられ、天井も黒い布で覆われ、黒い絨毯が敷かれ、黒い椅子と黒いソファーがある大きな部屋で、黒い服を着て、何本かのロウソクを灯して座っていなければならないとしたら、そして従者たちも黒い服を着ているとしたら、それは私にどんな影響を及ぼすだろうか」［F325］といった心理学的実験も構想される。

実験を組み立てるための方法論、自然探求の方法論についても独自の考察がある。例えば〈範例《パラディグマ》法〉と呼ばれる、組織的にパラメータ等を変更していく手法・発想法である（［J1361］［J1362］［K312］など）。ちなみにS・トゥールミンとA・S・ジャニクの『ウィトゲンシュタインのウィーン』*Wittgenstein's Vienna*（1973）（藤村龍雄訳　平凡社　二〇〇一年）では、リヒテンベルクの〈パラディグマ〉概念と後期ウィトゲンシュタインの〈論理的文法〉との関連に言及されている（二八九ページ）。自然科学研究と言語への視点の結びつきという、先述の観点から見ても興味深い指摘である。

そうした探求にあって欠かせないのが〈仮説〉である。リヒテンベルクは、たとえばル・サージュの重力理論といった仮説モデルを高く評価していた（［J1416］［J1775］など）。仮説が必要となるのは科学の領域に限られるわけではない。たとえば政治や戦争も、トランプのゲームも、仮説に基づいて戦略を立てるのだと指摘される（［J1521］）。さらに言語そのものが仮説、というか〈仮定〉に関して特別な道具を備えている。具体的に言えば、ドイツ語には非現実的な仮定を表現する〈接続法二式〉という特別な動詞の形がある（英語の仮定法にあたる）。この非現実な仮定に基づく思考実験に、リヒテンベルクの思考の極めて大きな特徴があり、それが自然科学者としての営みと不可分のものであると論じたのが、ドイツの研究者シェーネ（Albrecht Schöne）だった（『実験自然学の精神に発する啓蒙。リヒテンベルクの接続法』*Aufklärung aus dem Geist der Experimentalphysik. Lichtenbergsche Konjunktive.* München (Beck) 1993）。第一章の〈機知と思考実験〉の項目に、そのめざましい例をいくつも見つけることができる。そうした非現実的仮説は、ときにSF作家のアイディアメモのような趣きで読者を微笑ませながら、現実をもう一度新鮮な目で見直すことを可能にする。

次のような断片がある。「私がこの本を書かなかったら、千年後の今日、夕方の六時から七時の間に、例えばドイツの多くの街では、これから千年後に本当に話されているであろうこととはまったく別のことが話題になっているだろう。ヴァードーで私がサクランボの種を海に投げ込んでいたら、「船長」が喜望峰で鼻から拭う水滴は、まさにその場所には存在しなかっただろう」［D55］。現実の事象はまったく見通すことのできない連関のうちにあることが、ここでは仮定と帰結という形で鮮やかに描き出されている。この後半の仮定に対する帰結が、別の断片では「［……］もしこの海が私の頭脳だったら、おそらく中国の海岸でその作用を感知するだろう。しかしこの作用は、他の諸対象が海に与える印象や、海上に吹き付ける風や、海を行く魚や船や、海底で陥没する地下空洞によって強く変形されるだろう。［……］」［F34］と変奏され、さらに「その脳が海であり、北風が青、南風が赤を意味するような動物もありうるだろう」［同］と展開される。この突飛な発想の出発点にあるのは、連合（連想）を基盤とする精神活動を神経線維の振動や共振で説明しようという、ハートレーの学説である。海における波の伝播の複雑さと重ねられることで、結果的に、人間の頭脳のなかでの振動の伝播や共振のメカニズムが持つ見通しえない複雑性を強く印象付けている。

　SFといえば、まさに〈人間ならざる知的生命体〉が登場することもある。そのまなざしには、例えば女性の衣装もまったく別の姿をみせる（「もし後世が（後世よりも別種の知的生命体のほうがいいか）、脱いで広げられた婦人服一式をみつけることがあって、それに包まれていたご婦人の肢体を推定しようとしたら、どんな肢体が出てくることだろう」［L74］）。次の断片では、学者の世界で通用している人間像の異様さが戯画的に描き出される――「これは確信なのだが、哲学の修士や教授が思い描く人間を神が創造したら、その日のうちに精神病院に入れられるだろう。ここから洒落た寓話を作ることもできる――ある教授が、自分を自らの心理学の像に従った人間にしてくれるよう神意に乞う。神意はそれを叶え、この人間は精神病院に運ばれる」［F33］。

　非現実的な仮想ではなく、現実に実行可能なものとして、人間を対象とした実験が想像されることもある。「黒い部屋の実験」などはまだいいが、独創的な人間の頭部は非対称的であるという観察を述べた後、「新生児に拳で頭に優しい一撃を与え、怪我をさせずに脳の対称性を少し崩すことを、賢明な処置であるとみなしたい」と言いながら、どの角度からの打撃がもっとも効率的であるかと真剣に考察してみせる断片（[E147]）などには、一種のグロテスク趣味と〈黒いユーモア〉を感じずにはいられない。ただし、この想像の出発点に何かの偶然で特異なものとなってしまった自己の身体へのきわめて屈折した想いがあることを見落としてはならない。いわば〈自然による実験〉の被験者として生まれてきた人間が、さらなる実験を夢想しているようなところがある。しかしそれが個人的な夢想にとどまらなくなる可能性を彼は見据えている。ある断片ではこう書く。「［……］今は宗教によって抑えられている実験を、将来は人間に行うようになるのではないか。確かに人間には、そんなことをやってしまうところがある。世界の人口がもっと増えれば、いつかはそうした実験が行われるようになるだろう。そうした時代は我々をはるかに超えて進んでいくだろう。［……］」［D170］。この「確かに人間には、そんなことをやってしまうところがある」というさりげない言葉が持つ予言的な響きには恐るべきものがある。

こうした仮定や仮想で現実を相対化しつづけた彼は、ある日ため息をつくようにこう書く。

強い感情が、我々をこの世界にだけ生きるよう定めるときほど幸福なことはない。私の不幸は、決してこの世界にではなく、さまざまな結合の、ありうる連鎖の一群の中に存在しているということだ。私の想像力が、私の良心に支えられ、それらを作り出している。こうして、私の時間の一部は過ぎ去り、いかなる理性もそれに対し勝利を収めることはできない。このことはさらなる分析に値しよう。第一の生を正しく生きよ、第二の生を享受しうるために。人生にはつねに医者の仕事のよ

うなところがある――最初の処置が決定的なのだ。しかしどこかがまずい、素質だろうか、それとも判断だろうか？［J948］

それは、確かに彼にとっては不幸だったのかもしれない。しかしその結果、「この世界」と「さまざまな結合の、ありうる連鎖の一群」の無数の断面が、鮮やかな筆致で定着されることとなった。それは他に類を見ないような時代のドキュメントであると同時に、現代においても読み手の思考を挑発する力をまったく失ってはいないのである。

Ⅳ〈アフォリズム〉から〈異種混淆的な持続〉へ――『雑記帳』という〈書物〉

1―〈アフォリズム〉作者としてのリヒテンベルク――「ドイツ散文の宝」（ニーチェ）

生前誰にも知られることのなかったノート群に書きこまれ続けられていた断片群がはじめて刊行されたのは、九巻からなる最初の著作集（*Vermischte Schriften.* Hrsg.von Ludwig Christian Lichtenberg und Friedrich Kries. 9 Bände. Göttingen (Dieterich) 1800-1806）の最初の二巻としてだった。それはテーマ別に分類され、きわめて部分的なものであり、刊行当時の批評においては、独自性は評価されたものの、その断片性は体系性のなさ、思考の拡散性、持続性のなさの現れとみなされた。（Dieter Lamping: *Lichtenbergs literarisches Nachleben.* Göttingen (Vandenhoeck & Ruprecht) 1992, S.65ff.）この断片群が〈アフォリズム〉という独自の文学形式とされ、さらには〈ドイツ・アフォリズム文学の嚆矢〉と位置づけられるのは、ゲーテ、ショーペンハウアー、ニーチェなどによって十九世紀にアフォリズム形式が自覚的に展開され彫琢されたのち、文学史家による遡行的な評価による。

十九世紀におけるリヒテンベルク受容を決定づけたのは、結局のところゲーテとニーチェによる、それぞれ箴言的な定式化だった。「リヒテンベルクの書いたものを、私たちは不思議きわまる占い棒として使うことができる。彼が冗談を言うところには、なにか問題が隠されている」――とゲーテは語った（一八二九年、『ヴィルヘルム・マイスターの遍歴時代』*Wilhelm Meisters Wanderjahre*第二版の「マカーリエの文庫から」と題されたアフォリズム集が初出、のちにマックス・ヘッカーによって『箴言と省察』と題されまとめられたアフォリズム集に七一三番として収録された）。実際、リヒテンベルクの受容史を、そうした問題が発見されていく歴史として見ていくことも可能だろう。そしてニーチェは、『人間的、あまりに人間的』*Menschliches, Allzumenschliches*（下巻）「漂泊者とその影」一〇九番（一八七九年）の〈ドイツ散文の宝〉と題された断章において、「ゲーテの著作、とりわけ存在するかぎり最良のドイツ語の書物『エッカーマンとの対話』を別とすれば、ドイツ語の散文＝文学書のなかで、再三再四読まれるに値する書物としては何が残るだろうか？」と自問し、まずリヒテンベルクの『アフォリズム集』を挙げるのである（『ニーチェ全集』第七巻（第I期）浅井真男・手塚耕哉訳　白水社　一九八〇年　二九一ページ〔「漂泊者とその影」は浅井真男訳〕）。

二十世紀初頭にライツマンによって刊行された『ゲオルク・クリストフ・リヒテンベルクのアフォリズム』（*Georg Christoph Lichtenbergs Aphorismen.* Nach den Handschriften herausgegeben von Albert Leitzmann. 5 Hefte. Berlin 1902-1908）において、主題別分類を廃し年代順にノートのままの形で刊行するという、画期的な編纂方針が取られた。ライツマンは一八九六年、リヒテンベルクの孫の家で、紛失したと考えられていた十一冊のノートのうち八冊を発見していたのだが、それらもこの新版に収められた。ただしノート群全体が収録されているわけではなく、自然科学の個別トピックに関する記述や、実験ノート的色彩の強い断片などは省略されている。あくまでも〈アフォリズム〉性が強調されているのである。しかし文献学的に言えば、二十世紀の受容がこのテクストによって礎石を築かれたことは疑いない。各断片に番号が付されたのはこの著作集からであり、戦後のプロミース版が基本的にこの番号を踏襲しているのもそのあらわれである（もちろん拡充と再編集の結果、後のプロミース版では同じ断片でも異なった番号が付されていることが多くなるが、プロミース版には番号の対応表がついている。本書はプロミース版の番号に従っている）。

　そうしたなか、極めて先鋭的な哲学的思考をリヒテンベルクのうちに見ようとする動きが、特にウィーンから現れてくる。先鞭を切ったのは『感覚の分析』*Die Analyse der Empfindungen*［…］（1886）の第一章で„Es denkt."をめぐる断片（［K76］）を引用した（須藤吾之助・廣松渉訳　法政大学出版局　一九七一年　二二ページ）エルンスト・マッハ（Ernst Mach　一八三八―一九一六）であり、『哲学辞典』*Wörterbuch der Philosophie*（一九一〇／一九二三）の〈コギト・エルゴ・スム〉という項目で同じ断片に言及し、〈対象〉という項目では〈外〉〈われわれの外〉をめぐる一連の断片を引用しながら、みずからの〈言語批判〉というプロジェクトの先駆者としてのリヒテンベルク像を打ち出したフリッツ・マウトナー（Fritz Mauthner　一八四九―一九二三）であった。ムーアのノートによる『ウィトゲンシュタインの講義　一九三〇―三三年』*Wittgenstein's Lectures in 1930-33*にも、この断片について言及されたことが記されている（『ウィトゲンシュタイン全集』第一〇巻　藤本隆志訳　大修館書店　一九七七年　九六ページ）。

　一方、フロイト（Sigmund Freud　一八五六―一九三九）は『日常生活の精神病理学』*Zur Psychopathologie des Alltagslebens*（1901）において、失策行為に関して「彼はいつも『仮定して《アンゲノンメン》』を『アガメムノン』と読んだ。それほどホメーロスを読みこんだのだった」（［G187］）という断片を引用しつつ「他でもない、読み間違いの秘密そのものがそれによって明るみに出されている」と語り（『フロイト全集〈7〉　一九〇一年――日常生活の精神病理学』高田珠樹訳　岩波書店　二〇〇七年　一三八ページ）、『機知』*Der Witz und seine Beziehung zum Unbewußten*（1905）では数多くの断片を引用しつつ、「リヒテンベルクの機知はとくにその思想内容と正鵠を射ている点で卓越している」（『フロイト全集〈8〉 一九〇五年―機知』中岡成文／太寿堂真／多賀健太郎訳 岩波書店 二〇〇八年 一一〇ページ）と評価する。独自の「エス」概念を提起するに際しては、哲学者たちがあれほど引用した断片に触れることがないのは興味深い事実である（„Es denkt."に関しては、互盛央『エスの系譜』〔講談社 二〇一〇年〕が第一に参照されねばならない）。

二十世紀前半の文学者による受容として特筆すべきは、ベンヤミン（Walter Benjamin 一八九二―一九四〇）とブルトン（André Breton 一八九六―一九六六）によるものだろう。十八世紀半ばから十九世紀半ばに書かれた手紙のアンソロジー『ドイツの人びと』*Deutsche Menschen*（1936）に妻の死を報告するリヒテンベルクの手紙を収録したベンヤミンは、月の住民が人類の幸福について調査し、その対象として、月の研究に寄せた関心に対する感謝の意も込めてリヒテンベルクが選ばれるという趣向のラジオドラマ「リヒテンベルク――ある断面」*Lichtenberg: Ein Querschnitt*（『呼ぶ者と聴く者――三つの放送劇』内田俊一訳 西田書店 一九八九年 八四―一四三ページ）を書いたが、それは『雑記帳』をはじめとする大量の資料の引用をもとに構成されている。ブルトンの『黒いユーモア選集』*Anthologie de l'humour noir*（1940）には、アルベール・ベガン――『ロマン的魂と夢』*L'Âme romantique et le Rêve*（1937）でドイツ・ロマン派の文学的達成をフランス語圏に紹介した人物――の翻訳による『雑記帳』からの抜粋と、簡潔でありながら極めて行き届いた紹介文が収められた（『黒いユーモア選集 1』河出文庫 二〇〇七年 河出書房新社 清水茂訳 〔該当箇所〕七八―九二ページ）。全体の序文に「避雷針」というタイトルをつけ、「序文に「避雷針」というタイトルをつけてもいいだろう」[F1013]をエピグラフとしていることからも、同書にリヒテンベルクが占める位置の大きさがわかる。

2 ―『雑記帳』全体としての受容――「世界文学におけるもっとも豊かな書物」（カネッティ）

現代におけるリヒテンベルク受容を決定づけたのは、一九六八年に刊行が開始されたプロミース（Wolfgang Promies　一九三五―二〇〇二）による著作集である。本書もこの著作集のテクストに拠る。ノートAからノートLに関してはライツマン版で省略されたものも収録され、さらにオリジナルが失われたノートGとノートH、そしてノートKの現存しない部分も、『著作集』第九巻の初版（一八〇六）と第一巻・第二巻の増補版（一八四四）をもとに復元することが試みられている。そこにはリヒテンベルクによって「書かれたもの」の総体を刊行しようという志向がはっきりと見て取れる。

受容において、その方向をもっとも明確に打ち出したのは、実験的な詩作品で知られるハイセンビュッテル（Helmut Heissenbüttel　一九二一―一九九六）だが、残念ながらまとまった邦訳もなく、日本ではほとんど知られていない。ここで名を挙げるべきは、誰よりもカネッティ（Elias Canetti　一九〇五―一九九四）だろう。

カネッティはウィーンにおけるリヒテンベルク受容の系譜の継承者でもある。ブルガリアでスペイン系ユダヤ人の家系に生まれ、ウィーン大学で学び、一九三五年には大部の処女長編『眩暈』*Die Blendung*を刊行し、一九三八年にはパリに亡命、その翌年ロンドンに亡命した。その後、一九六〇年に刊行される『群衆と権力』*Masse und Macht*を書き続ける傍ら、無数の〈断想〉を書き溜めていったカネッティは、三〇年代にはリヒテンベルクを読み始めていたが、プロミース版著作集の刊行は新たな関心を呼び覚ましたようである。一九七三年に刊行された『人間の地方：断想　一九四二―一九七二』には、一九六八年――この年は、現在においてもまず参照されるべきフランツ・H・マウトナーによる大部のリヒテンベルク研究（Franz H. Mautner: *Lichtenberg. Geschichte seines Geistes.* Berlin (de Gruyter) 1968）と並んで、プロミース版著作集が刊行され始めた年である――に書かれた次の断想が収められている。

「リヒテンベルク

その好奇心は何ものにも縛られてはいない。いたるところから跳ね戻ってきて、あらゆるものへ向かっていく。

その明るさ。彼が考えることで、どんな暗いものも明るくなる。彼は光を投げかけ、言い当てよう［命中させよう、と言う意味にも取れる］とするが、殺そうとはしない。殺人的な精神ではないのだ。何も彼の身につかない。脂肪もついていなければ膨らんでもいない。あまりにも多くのことを思いつくので、自分に満足することがない。群がり、あふれ返る精神、しかしその混雑のなかにはいつも空いた場所がある。何一つまとめ上げようとしない、何一つ成し遂げないということは、彼の幸福であり、我々にとっても幸運である。そうやって、彼は世界文学における最も豊かな書物を書いたのだ。その控えめさのため、いつだって抱きしめたくなってしまう。

こんなに話をしてみたかった人物はいないが、その必要はない。

理論を避けることはしないが、どんな理論も彼にとっては何かを思いつくきっかけだった。さまざまな体系《システム》と戯れながら、そこに巻き込まれないでいることができた。

どんなに重いものも、まるで上着の埃のようにはらうことができた。その運動のなかにいると、自分自身も身軽になる。彼とともに、すべてを真剣に受け止めるが、そうしすぎることはないのだ。光のように軽やかな学識。

あまりにも独自なので、妬みようもない。どんな偉大な精神にもある仰々しいところがまったくないので、ほとんど人間とは思えないほどだ。

飛躍するよう彼が誘惑するというのは本当だ。しかし誰にできるだろう。リヒテンベルクは人間の精神を備えた蚤だ。自分自身から跳び去るという比類ない力を持っている――次にはどこへ跳んでいくのだろう?

彼の機嫌は、飛び跳ねる刺激になるすべての本を見つけだす。他の人間たちは本の重さのせいで悪魔になるが、彼は自分の鋭く繊細な心を本で養うのだ」(Elias Canetti: *Die Provinz des Menschen. Aufzeichnungen 1942-1972.* Müinchen (Hanser) 1973, S.304.)

少々大上段に構えすぎのきらいがなくもないこの〈解説〉を、この繊細で行き届き、愛情に満ちた断想で閉じることができることを嬉しく思う。

蚤という比喩は、リヒテンベルクの『ホガース銅版画の詳細な説明』に大きな影響を受けたE・T・A・ホフマンの最後の長編『蚤の親方』*Meister Floh*(1822)を連想させる。カネッティがホフマンを意識していたかどうかは明らかではないが、読み手の脳裏には、リヒテンベルク―ホフマン―カネッティという一本の線の上を、小さな蚤が飛んでいる姿が浮かんでくる。

二〇〇五年より歴史批判版リヒテンベルク全集が刊行されはじめた。現在のところ、まず自然科学者としての活動に関するものが集中的に刊行されている。こうした基礎文献の相次ぐ出版は、リヒテンベルク研究が、自然科学者としての活動も含めた総合的な理解へ本格的に向かおうとしていることの現れだろう。異なったタイプの実践――たとえば実験と雑誌編集と『雑記帳』への書き込みなど――の相互作用に注目しつつ、その総体をさまざまな文脈とその交錯の中で探求し、それらの制度的・社会的・メディア的基盤を明らかにしつつ、彼の営為の特異性を浮き彫りにすることが目指されている。

『雑記帳』には多くの翻訳がある。今回の翻訳にあたって参考にした英訳・仏訳を挙げる

The Waste Books, translated with an introduction and notes by R.J.Hollingdale, London; New York: Penguin Books, 1990.

Georg Christoph Lichtenberg: Philosophical Writings, selected from the Waste Books, translated, edited, and with an introduction by Steven Tester, Albany, State Universiy of New York Press, 2012.

Aphorismes, traduction et préfaces de Marthe Robert, Paris, Éditions Denoël, 1985.

Lichtenberg: Le miroir de l'âme, traduit et préfacé par Charles Le Blanc, 3e édition revue, Paris, Éditions Corti, 2012.

Lichtenberg, traduit et préfacé par Jean François Billeter, Paris, Éditions Allia, 2014.

邦訳には次のものがある。

「わが箴言」国松孝二訳『世界人生論全集　第12巻』所収　筑摩書房　一九六三年

「アフォリズム」恒川隆男訳『澁澤龍彦文学館　第10巻　迷宮の箱』所収　筑摩書房　一九九〇年

『リヒテンベルク先生の控え帳』池内紀訳（平凡社ライブラリー）平凡社　一九九六年

さらに、

『ドイツ名句事典』池内紀／恒川隆男／檜山哲彦編　大修館書店　一九九六年

にも、数多くのリヒテンベルクの言葉が収められている。

すべての翻訳から多くを学んだ。

＊

筆者の下記の論文・記事の一部を組み込んだことをお断りします。

「実験者の〈文学〉――リヒテンベルクの場合」『文化交流研究：東京大学文学部次世代人文学開発センター研究紀要』東京大学文学部次世代人文学開発センター二一号　二〇〇八年　二五―三六ページ

「啓蒙」（『ドイツ文化55のキーワード』宮田眞治／畠山寛／濱中春編　ミネルヴァ書房　二〇一五年　一二四―一二七ページ）

「書評：Haru Hamanaka: *Erkenntnis und Bild. Wissenschaftsgeschichte der Lichtenbergischen Figuren um 1800.*」『ドイツ文学』日本独文学会　第一五四号　二〇一七年　二六五―二六九ページ

あとがき

四半世紀前、神戸大学に勤め始め最初のボーナスが出て、京都市上京区の至誠堂書店に行き、せっかくだからなにか大きな買い物をしようと思い、ふと手に取ったのがプロミース版のリヒテンベルク著作集だった。それまでノヴァーリスについての論文ばかり書いていたのに、どんなつもりだったのか。三冊目の裏表紙に留めてあった縮小版小冊子のホガース銅版画集が気になったことは覚えている。その後、ときたまめくられるだけで、ずっと本棚の隅に収まっていた。

この五年間、大学院の演習で『雑記帳』を——去年まではレクラム文庫版を、今年はエゴン・フリーデルが編集したアンソロジーのリプリント版で——読んできた。しょっちゅうつっかえては、あーでもないこーでもないと頭をひねった挙句、翌週になってまた訂正するなど、学生諸君にとってはもどかしい授業であったと思う。教師の側にとっては発見の連続であり、ときに笑いも混じる時間はかけがえのない思い出である。参加してくれた学生諸君に心から感謝する。

邦訳者の方々のお仕事、そして日本で最初のリヒテンベルクに関する単著『アフォリズムの誕生——リヒテンベルクとニーチェ』（近代文芸社　一九九六年）を著された加納武氏をはじめ、宮内伸子、佐々木滋、内田俊一、船越克己、亀井一、石原あえか、坪井靖子、濱中春の諸氏による研究の蓄積——現在はその多くがCiNiiおよびJ-Stageで検索・ダウンロード可能である——なしには、このささやかな仕事はあり得なかった。

同僚のシュテファン・ケプラー゠田崎さんには、何度も、長い時間をかけて質問に答えていただいた。まったく逆の読み方をしていた箇所もあり、感謝の言葉もない。質問することすら思いつかなかったような盲点がたくさん隠れているのではないかと恐れている。

作品社の増子信一さんは、最初にお目にかかり、おずおずとリヒテンベルクの話をしたときから、ノート別の配列をやめてテーマ別に組み替えると決めるときも、そして入稿にいたるまで、短いけれどこちらの背中を押すようないくつもの助言で支えてくださった。膨大な編集・整理の仕事が正確かつ迅速に進むのには驚くばかりであった。どうもありがとうございました。レイアウト・印刷・製本など、本になるまでにお力添えいただいた方々にも御礼申し上げます

同僚の大宮勘一郎さんには、さまざまな形で励まし、助けていただいた。その大宮さんと、在職中も出版をずっと待っていてくださった松浦純さん、重藤実さんに本をお見せすることができ、ようやく肩の荷がひとつ下りるような思いがする。

本書を妻の優子と、娘の梨香に捧げる——いつか、どれか一つの断片でも面白がってくれることを願って。

二〇一八年三月

宮田眞治

一七四二
六月一日、ゲオルク・クリストフ・リヒテンベルク、牧師ヨハン・コンラート・リヒテンベルクと妻ヘンリエッテ・カタリーナ・リヒテンベルク（旧姓エックハルト）の第十七子（末子）として、ダルムシュタット近郊オーバー＝ラムシュタットに生まれる。

一七四五（**三歳**）
父が首席牧師に任命され、家族はダルムシュタットに引っ越す。ヨハンは詩文と音楽を愛し、ダルムシュタット宮廷教会の日曜ごとのカンタータの作詞を行った。さらに教会や孤児院など多くの建物の建設の指揮を執った。母については、リヒテンベルクの思い出を通して知りうるのみ。家庭的な善き母親であったと思われる。母の姿が「夜ごと現れる」とのちに書いているように、その存在は大きな刻印を残した。幼少期から少年期にかけ、成長とともに背骨が後部と側部に大きく湾曲し、そのため呼吸器疾患に悩まされるようになる。

一七五〇（**八歳**）
父が教区監督に任命される。彼の生涯のテーマの一つとなる「魂の移動」を初めて経験する。ガラス屋シュヴァルツの息子との間で起こった出来事とある。もともと„Seelenwanderung"とは輪廻転生を表現する言葉だが、ここでの内実はわからない。

一七五一（**九歳**）
七月十七日、父死去（六十二歳）。

一七五二—一七六一（**十〜十九歳**）

ダルムシュタットのギムナジウム〝ペダゴーギウム〟に通学。啓蒙主義の影響を受けたカリキュラムが組まれた学校では、何度も主席となった。十四歳ごろ、〈書くこと〉への欲望が目覚める。一七五八年の冬、自殺するという考えを初めて抱く。快活な人柄で友人たちにも好かれていたが、死の想いやさまざまな鬱屈もつねに彼と共にあった。

一七六一—一七六三（**十九〜二十一歳**）

ギムナジウム卒業からゲッティンゲン大学入学まで一年半を独学で過ごす。リヒテンベルク家には末子まで大学に送る経済的余裕がなかった。一七六二年八月にはリヒテンベルク未亡人がヘッセン＝ダルムシュタット方伯に息子の奨学金を出すよう請願書を送る。

一七六三（**二十一歳**）

奨学金が認められ、五月二十一日、ゲッティンゲン大学（ゲオルギア・アウグスタ）に登録。ハノーファー選帝侯国という異国の大学に入学したことになる。一七六七年まで数学、天文学、自然学《フィズィーク》などを学ぶ。著名な数学者であり天文台長も務めていたアブラハム・ゴットヘルフ・ケストナー（Abraham Gotthelf Kästner 一七一九—一八〇〇）に師事する。一番の友人となったのはスウェーデン出身のイェンス・マティアス・ユングベリ（Jens Matthias Ljungberg 一七四八—一八一二）。また、街の古物商兼古書店主であったクンケルという人物に大いに興味をひかれ、数多くの人物スケッチを残した。

一七六四（**二十二歳**）

六月十一日、母死去（六十八歳）。『雑記帳』への書き込み開始（**「ノートA」：一七七〇年まで**）。ノートにアルファベットを記入するのは〈C〉以降であり、それ以前の〈A〉〈B〉は一九〇六年より刊行された『ゲオルク・クリストフ・リヒテンベルクのアフォリズム』で編者ライツマンによって付されたものが踏襲されている。

一七六五（二十三歳）

ガッテラーの歴史学講座で三回の発表（「歴史における諸性格について」など）を行う（**一七六五―一七七一**：「**豊穣の角の書**（**ケラス・アマルテイアス**［**KA**］」）。

一七六六（二十四歳）

年頭、重い病気にかかる。／五月、印刷された最初の原稿として、『ブラウンシュヴァイク学術報知』に「悪しき詩人の自然誌試論――主にドイツ人について」掲載。／八月、『ハノーファー・マガジン』に「数学がよき精神（Bel Esprit）にもたらしうる効能について」が掲載。／ケストナーの指導のもと、天文台で観測の仕事に従事（一七七四まで）。

一七六七（二十五歳）

八月、ギーセン大学の数学第二教授および英語教師任命の打診を受けるが受諾せず。／英語・英文学の教授であるトンプソンの家へ転居し、イギリス人学生のための「家庭教師兼世話係」を引き受ける。そのなかにウィリアム・ヘンリー・イルビィ（William Henry Irby　一七五〇―一八三〇）がいた。父はイギリス王ジョージ三世の友人兼助言者であった初代ボストン伯ウィリアム・イルビィである。

一七六八（二十六歳）

七月、「ノートB」開始（一七七一年八月まで）。

一七七〇（二十八歳）

三月二十五日、イルビィらの帰国に同行してイギリスへ出発。四月十日、ロンドン到着。学生の報告により上流階級の人々のあいだでも彼の名は口に上っていたらしく、大いに歓迎される。四月二十二日、リッチモンド天文台において英国王ジョージ三世の歓迎を受け「人生でもっとも幸福な日」を体験する。／五月中旬：イギリスを発つ。六月一日、ゲッティンゲン着。／五月末にリヒテンベルクを員外教授に任命するようジョージ三世が指示。六月、教授任命が決定される。就任講義「賭けの確率計算におけるある種の困難を除去するためのいくつかの方法についての考察」では、賭けと期待値をめぐる、いわゆるペテルスブルクのパラドクス（あるいはベルヌーイのパラドクス）を論じた。

一七七一（二十九歳）

三月、ダルムシュタット政府、リヒテンベルクにギーセン着任を要求。ハノーファー政府がダルムシュタット政府との交渉により問題を解決する。

一七七二―一七七三（三十～三十一歳）

ハノーファー、オスナブリュックおよびシュターデの正確な位置を天文学的に測量する仕事をジョージ三世より委託される。経済的・軍事的な理由からも正確な測地図が求められていた。精密機械を扱う能力と天文学・数学の知識が必須の業務であったが、成功し高い評価を得た。さらに天文学者・地理学者であったトビアス・マイアー（Johann Tobias Mayer　一七二三―一七六二）の遺稿集編集を引き受ける。

一七七二（三十歳）

九月、「ノートC」開始（**一七七三年十月頃まで**）。

一七七三（三十一歳）

八月、「ノートD」開始（**一七七七年まで**）。／同月、ハンブルクでクロプシュトックの面識を得る。／最初の大きな論争文『ティモールス』が変名で刊行。単独で印刷された最初の風刺文『ドイツ人の酔態学への愛国的寄与』がディーテリヒにより出版。

一七七四（三十二歳）

八月二十九日、第二回イギリス旅行へ出発。九月二十五日イギリス到着。／十月二十六日、『トビアス・マイアー未刊草稿集』をジョージ三世に献呈。／ジョージ三世一家とキューで交際。クック船長の第二回世界周航のメンバーと知り合う（オマイ、フォルスター父子など）。バンクス、ソランダー、プリーストリ、ワットらと会う。バーミンガムでバスカヴィルの印刷所やボルトンの蒸気機関工場を訪問。ギャリックに紹介される。ベドラム精神病院訪問。ドリュックと友情を結ぶ。バース旅行。マーゲートとブライトンの海水浴場を訪れる（ここでは翌七五年まで滞在中の出来事をまとめて記載している）。『**旅日記**』『**旅行注記**』。

一七七五（三十三歳）

一月、ゲッティンゲン大学正教授に任命される。／**初夏、「ノートE」開始**（**一七七六年四月まで**）。／十二月七日、帰国の途に就く。十二月三十一日、ゲッティンゲン着。ディーテリヒ邸に居を据える。一階が書店と印刷所になっていた大きな建物の、初めは二階が、そして七七年には三階が彼の住まいとなり、講義室もこの階にあった。

一七七六（三十四歳）

四月、「ノートF」開始（**一七七九年一月まで**）。／十月、ドリュック来訪。／十二月、ゲッティンゲン学術協会正会員に任命、同協会で「一七七二年及び一七七三年の天文測量」について講演。／『ドイッチェス・ムゼーウム』に「イギリスからの手紙」掲載。イギリスの演劇事情を紹介したこの書簡体の観劇記・演劇論・俳優論は、ドイツ演劇界にセンセーションを巻き起こした。「トビアス・ゲプハルト宛の手紙」および「フリードリヒ・エックハルトの手紙」で、海賊版をめぐる争いにおいて出版者ディーテリヒの権利を擁護。

一七七七（三十五歳）

一月、「魔術師」として大々的に売り出していた興行師・手品師ヤーコブ・フィラデルフィアがゲッティンゲンでショーを開くと聞き、公開の挑戦状を印刷させせばらまく。その結果、フィラデルフィアは興行することなく逐電する。／三月、レッシング来訪。／四月、偶然によりリヒテンベルク図形を発見。直径二メートルの電気盆で放電実験を行った後、その上に積もった埃が不思議な図形を描いたことによる。／物故したエルクスレーベンに代わり、『ゲッティンゲン懐中暦』編集人を務める（一七七八年号より一七九九年まで）。／花売りをしていたマリア・ドロテア・シュテッヒャルト（当時十二歳）と知り合う。家に招き、読み書きや計算などを教え、少女の方はリヒテンベルクの家事を見るようになる。／「愛の力について：二通の手紙」＊（以下、＊の記事は特に記載のない限り『ゲッティンゲン懐中暦』に掲載されたものである。なお、『懐中暦』は刊行年の〈翌年号〉として刊行されている。たとえば一七七七年には「一七七八年号」が刊行された）／「観相学について――観相学者たちに抗して」＊、人間の内面・本性を顔の骨相や細部の造作から読み取ろうとするラーヴァターの『観相学断片』（一七七五―一七七八）を批判するもの。『懐中暦』は短日月で八千部を売り切り、小冊子として別刷りされるほどであった。この批判の内容をラーヴァターに知らせ、それを著者の身体の不具に帰したのが、ハノーファーで侍医を務めていたツィンマーマン（Johann Georg Zimmermann　一七二八―一七九五）である。ツィンマーマンはリヒテンベルクのもっとも憎み、嘲弄する敵となった。／一七七七・一七七八年冬学期、はじめて実験《エクスペリメンタル》自然学《フィズィーク》を講義する。教科書を朗読し筆記させる従来の教授法ではなく、直接実験をして見せる講義は名物となり、ゲッティンゲン実験物理学の伝統の基礎を作った。ガス爆発・電気による火花放電・牛の膀胱に水素ガスを入れて教室で浮かせて見せる実験など、レパートリーは六百を超えていた。／『懐中暦』に「ホドヴィエツキの銅版画注解」を連載（一七八三年まで）。

一七七八（**三十六歳**）
『学術協会会誌』一七七八年号にリヒテンベルク図形について報告した「電気物質の本性と運動を探求するための新たな方法について」掲載。この発見は大きな驚きと、電気の本性を解明する手掛かりになるのではないかという期待とともに受け止められた。年末にゲオルク・フォルスター来訪、二週間滞在する。

一七七九（**三十七歳**）
一月、ヴィーラント来訪。／**失われた「ノートG」開始**（**一七八三年まで**）。／聖霊降臨祭休暇にはフォルスターと連れ立ってハノーファーへ行く。

一七八〇（**三十八歳**）
復活祭、「牧師の祝福をまったく受けることなしに」マリア・ドロテア・シュテッヒャルトがリヒテンベルク宅に転居。／「地球より月に宛てし、いともありがたき書状」「ドイツの劇作家、小説家、俳優のためのオルビス・ピクトゥスの提案」（いずれも『ゲッティンゲン学術文学雑誌』掲載）。／六月、庭付きの別宅にゲッティンゲンで最初の避雷針を敷設。これについて『ゲッティンゲン学術公報』に「最初の避雷針についての報告」を掲載。尊敬していたフランクリンに倣った自然電気研究の一環であったが、落雷を神の怒りとする迷信との闘いという意味も持っていた。／この年からリヒテンベルクとゲオルク・フォルスター、共同で『ゲッティンゲン学術文学雑誌』を編集（一七八五年まで）。

一七八一（三十九歳）

冬学期、エルクスレーベンが担当していた自然学《フィジーク》の講義をすべてケストナーより引き継ぐ。／カントを研究する。

一七八二（四十歳）

八月四日、シュテッヒャルト死去（享年十七）。「おお、大いなる神よ、この天使のような娘が、一七八二年八月四日の夕方、日が落ちるのとともに死んでしまったのだ。最高の医者たちに看てもらい、あらゆる手立てを、この世でなしうるありとあらゆる手立てを尽くした。考えてみてもくれたまえ、親愛なる人よ、そしてぼくがここでペンを擱くことを赦してくれたまえ。さらに書き続けることは、僕にはできない。G・C・リヒテンベルク」（『ドイツの人びと』（『ベンヤミン・コレクション3記憶への旅』浅井健二郎編訳　久保哲司訳　筑摩書房　一九九七年所収）に収録されたリヒテンベルクの手紙の末尾。浅井健二郎訳による。二七九―二八〇ページ）。／ガスの研究開始。

一七八三（四十一歳）

気球の実験を試みる（翌年まで）。／五月、マルガレーテ・エリザベート・ケルナー、リヒテンベルク邸の家政婦となる。／九月、自身の病気について詳説する最初の報告。ゲーテ来訪。／『尻尾についての断片』（一七七七年執筆）刊行（バルディンガー編集の『医師のための新雑誌』に掲載）。／「最近フランスで行われた、大きな中空の物体を空中へ浮上させる実験について」＊／この年の『懐中暦』（一七八四年号）から、イギリスの諷刺画家・版画家ホガース（William Hogarth　一六九七―一七六四）の銅版画に対する詳細で機知に富んだ注釈『ホガース銅版画の詳細な説明』（以下『ホガース詳解』）が掲載され始める。生前、その文名を高めるのにもっとも貢献した仕事の始まり。

一七八四（**四十二歳**）

失われた「ノートH」開始（**一七八八年まで**）（推定）。／九月十六日、マルガレーテ・エリザベート・ケルナーとのあいだに長男カール・ルードヴィヒ誕生（三か月後に死亡）。／十月、ヴォルタ来訪。一年分の年棒の前払いを含めてイタリアへの研究休暇申請が承認される。旅行は学生時代の友人ユングベリとともに計画されたが実現せず。／エルクスレーベンの『自然学基礎（G・C・リヒテンベルクによる増補第三版）』刊行。

一七八五（**四十三歳**）

イタリア旅行の中止が確定。精神的に大きな打撃を受ける。／小説『二重の王子』を構想する。

一七八六（**四十四歳**）

二月（あるいは十二月）四日、次男ゲオルク・クリストフ・エックハルト誕生（一八四五年十二月十九日没）。／六月、ラーヴァター来訪。予想とは異なる人物であることに驚き好感を抱く。ハーシェル、ゲッティンゲン学術協会に入会を機会にリヒテンベルクを訪問。

一七八七（**四十五歳**）

エルクスレーベンの『自然学基礎（G・C・リヒテンベルクによる増補第四版）』刊行。／八月二十日、三男クリスティアン・フリードリヒ誕生（一七八九年九月三日死亡）。

一七八八（**四十六歳**）
九月、宮廷顧問官に任命される。／ゲオルク・フォルスター、マインツ大学の司書部長兼博物学教授となる。

一七八九（**四十七歳**）
一月一日、「ノートJ」開始（**一七九三年四月まで**）。／六月二十四日、長女クリスティーネ・ルイーゼ・フリーデリケ誕生（一八〇二年十二月十七日死亡）。／八月、A・G・ヴェルナー（フライベルク鉱山大学教授）来訪。／九月、最新式で優れた実験器具のコレクション――それは現在もゲッティンゲン大学に保存・展示されている――を政府が購入する契約が締結される。それまでは私費で購入していたので、経済的にも大きな負担だった。／十月五日、フランスでは女性を中心としたパリ市民がヴェルサイユへ行進し、国王一家をパリに連行したその当日の朝五時、痙攣性の呼吸困難に陥る。その発作はほぼひと月続き、ほとんど毎日窒息死の恐怖に駆られるほどだったという。生涯続く大病の始まり。マルガレーテ・エリザベート・ケルナーと結婚。身分違いの結婚ということで、周囲の反対の声も大きかったようだが、財産を本人と子供たちに残すため、自らの意志を通した。／**冬、「金紙ノート」**。ほとんど連日の『日記』書き込み（現存分）開始。

一七九〇（**四十八歳**）
五月初頭、病気のため数か月中断していた講義再開。晴朗な気分に満たされるひとときを得る。「アミントーアの朝の祈り」＊／八月、F・v・バーダー来訪。

一七九一（**四十九歳**）
気分は一転し、懐疑主義とペシミズムが昂じる。引きこもりがちの生活となる。／エルクスレーベンの『自然学基礎（G・C・リヒテンベルクによる増補第五版）』刊行。／十月二十二日、四男ヴィルヘルム・クリスティアン・トーマス・リヒテンベルク誕生（一八六〇年五月三十日没）。

一七九二（**五十歳**）

「なぜドイツには海水浴場がないのか」＊／フランス軍がマインツに侵攻し、マインツ・ジャコバン・クラブが結成される。ゲオルク・フォルスター、当初は態度を保留する。

一七九三（**五十一歳**）

「夢」＊執筆。地表という極めて狭い生存圏のなかにしか存在しえない人間の構想する学には限界がある、という主題の記事への付録として書かれたものだが、リヒテンベルクのエッセイ的作品の頂点をなすと言ってもいい凝縮度を持つ。／三月一日、次女マルガレーテ・エリザベート・アグネーゼ・ヴィルヘルミーネ誕生（一八二〇年九月三十日没）。／マインツ国民公会が開催され、マインツ共和国が宣言される。ゲオルク・フォルスターは副議長を務める。フランスとの併合をフランス国民公会に求める決議がなされ、フォルスターはマインツ共和国を代表しパリに派遣される。その後マインツはプロイセン・オーストリア連合軍に占領され、七月二十二日、マインツ共和国は陥落する。フォルスターはパリに亡命状態となる。／四月、ロンドン王立協会《ロイヤル・ソサイティ》会員に選出される。／**四月二十七日**、「**ノートK**」**開始**（**一七九六年九月ごろまで**）。／「色彩論」をめぐるゲーテとの文通始まる。／十二月、〈ドリー〉――その素性は現在もわかっていない――とのあらたな情事が始まる。彼を翻弄し、苦しめたこの関係については、謎めいた簡潔な筆致で死の直前まで『日記』に記されている。

一七九四（**五十二歳**）

一月、ゲオルク・フォルスター、亡命先のパリで病没。／エルクスレーベンの『自然学基礎（G・C・リヒテンベルクによる増補第六版）』刊行。これが最後の改定作業となり、これ以後は、みずから『自然学提要』を執筆しようという計画を抱く。同書中に自身の色彩論についての引用や言及がないため、ゲーテは大いに失望する。／文人としてのリヒテンベルクの名をもっとも高めることとなった『ホガース銅版画の詳細な説明』単行本での刊行開始（『女旅役者たち』『真夜中の団欒、あるいはパンチ酒の集い』『一日の四つの時』）（一七九九年まで五冊刊行）。

一七九五（**五十三歳**）
ペテルスブルク学術アカデミー入会。／六月十三日、三女アウグステ・フリーデリケ・ヘンリエッテ誕生（一八八七年十二月十五日没）。／家族や子供の将来を心配した断片が書かれ、〈老い〉を強く意識し始める。

一七九六（**五十四歳**）
伝記「ニコラウス・コペルニクス」執筆（一八〇〇年刊行）／**十二月、「ノートL」開始**（**一七九九年二月まで**）。／『ホガース銅版画の詳細な説明：放蕩息子一代記』刊行。

一七九七（**五十五歳**）
六月二十四日、五男フリードリヒ・ハインリヒ誕生（一八三九年一月十七日没）。／『ホガース銅版画の詳細な説明』仏訳刊行。

一七九八（**五十六歳**）
ジャン・パウルを読む。特に『カンパンの谷』における気球旅行の描写に感銘を受けたと手紙に記す。／

「一七九九年新年、数字の議会における八の演説」＊「ブロックスベルクにいればいいのに。」＊／『ホガース銅版画の詳細な説明：当世風結婚』刊行。／八月、ドリュック来訪。『**雑録ノート**』。

一七九九

二月九日、最後の夢の記録（[L707]）。／二月二十四日、死去。長い病の末の、穏やかな最期だったという。最後の言葉は残されていない。二月二十八日、埋葬。ある報告によれば総数のおよそ三分の二にあたる五百人以上の学生が棺に従った。また、本物の太陽とは別の太陽も輝くのが見えたという記録がある。／『ホガース銅版画の詳細な説明：勤勉と怠惰』刊行。

※　この年譜を作成するに当たって、主として次の二著所収の年譜をもとにした。
Wolfgang Promies: *Lichtenberg. Mit Selbstzeugnissen und Bilddokumenten.* Reinbek (Rowohlt) 1987.
Ulrich Joost u.a. (Konzeption): *Georg Christoph Lichtenberg 1742-1799. Wagnis der Aufklärung.* Müinchen (Hanser) 1992.)

［ア］

［カ］

［ナ］

［ハ］

［ワ］

ゲオルク・クリストフ・リヒテンベルク
Georg Christoph Lichtenberg

一七四二―一七九九。ゲッティンゲン大学実験自然学の教授として、講義ではさまざまな実験を披露し、学生以外にも多くの聴衆を集めた。科学者としては、放電現象に伴うリヒテンベルク図形の発見で著名。雑誌『ゲッティンゲン懐中暦』を編集、自らも多くの記事を執筆する。ユーモアに富んだ啓蒙的な記事は広く読まれた。イギリスの画家・版画家ホガースの諷刺的銅版画に注釈を施した連載記事は、単行本にまとめられ、ドイツ以外の地でも文名を高めた。葬儀には五百人以上の学生が参列したという。

宮田眞治
みやた・しんじ

一九六四年生まれ。京都大学大学院文学研究科博士課程中退。神戸大学文学部を経て、東京大学大学院人文社会系研究科教授。研究領域は近代ドイツ文学・思想。

リヒテンベルクの雑記帳

二〇一八年六月一〇日　初版第一刷発行
二〇二一年二月二〇日　初版第二刷発行

著者　ゲオルク・クリストフ・リヒテンベルク
編訳者　宮田眞治
発行者　和田肇
発行所　株式会社作品社
〒一〇二-〇〇七二　東京都千代田区飯田橋二-七-四
TEL＝〇三-三二六二-九七五三
FAX＝〇三-三二六二-九七五七
http://www.sakuhinsha.com
振替口座00160-3-27183

印刷・製本　中央精版印刷株式会社

ISBN978-4-86182-690-0　C0098